SOCIÉTÉ

DES

ANCIENS TEXTES FRANÇAIS

—

BENOIT DE SAINTE-MAURE

ROMAN DE TROIE

II

Le Puy, imp. R. Marchessou. — Peyriller, Rouchon et Gamon, successeurs.

LE
ROMAN DE TROIE

PAR

BENOIT DE SAINTE-MAURE

PUBLIÉ D'APRÈS TOUS LES MANUSCRITS CONNUS

PAR

Léopold CONSTANS

PROFESSEUR A L'UNIVERSITÉ D'AIX-MARSEILLE

TOME II

PARIS

LIBRAIRIE DE FIRMIN-DIDOT ET Cie

RUE JACOB, 56

M DCCCCVI

Publication proposée à la Société le 29 mars 1903.

Approuvée par le Conseil dans sa séance du 8 juillet 1903, sur le rapport d'une Commission composée de MM. J. Bédier, P. Meyer et A. Thomas.

Commissaire responsable :
M. A. THOMAS.

ROMAN DE TROIE

DEUXIÈME BATAILLE; MORT DE PATROCLE, DE CASSIBILANT
ET DE MERION.

Hector assembla toz premiers,
8330   Veant dis mile chevaliers.
Tant come uns ars traisist e plus,   *8295*
Li vint encontre Patroclus.
Lor destrier furent plus isnel
Qu'esmerillon ne qu'arondel,

8329 (*A²P²R*); *E* asanbla, *FH* assambla; *M²AA'BCJM'k* iosta trestoz (*BM'* trestot, *A* touz li) p., *M²k* Veiant, *FM'* Voiant; — 3o *M* c. m.; *FJ aj.* 2 *v.* : Vint galopant (*J* -ent) sor galatee (*J* -etee) Lenseigne (*F* Sa ans.) a uent (*F* au uient) desuolopee (*F* -upee) — 31 (*BCHLR*); *M²y* treissist, *EP²* tress., *GM* traiss., *F* traist — 32 (*BCHLR*); *GN* uient, *F* uet — 33 *AH* Li; *A* erent; *M* fort et i. (*v. f.*); *M'* ignel; *R* f. de castele — 34 *F* Qesmerilon; *M²K* ne a., *x* ne autre (*N* quautre) oisel, *P²* ne questornel; *R* Plus coranç que nest arondele, *M* Et remuant et .m'l't isnel.

8335   Qui tost les ont faiz assembler,
          Ne faillirent mie al joster :   *8300*
          Patroclus le fiert en l'escu
          De tel aïr, de tel vertu
          Qu'outre en passe li fers bruniz
8340   E l'enseigne de vert samiz :
          Sor le hauberc la lance archeie ;   *8305*
          Escliz en volent, si peceie.
          Hector ne muet ne ne chancele :
          Tres par mi la targe novele
8345   E par l'auberc maillié menu,
          Que Patroclus aveit vestu,   *8310*
          Conduit le bon espié trenchant,
          Que tot le piz li vait fendant.
          Le cuer li trenche en dous meitiez :
8350   Envers chaï morz a ses piez.
          Hector li dist : « Bien sai de fi   *8315*
          « Que n'avez or si chier ami
          « Qui por vos feïst cest eschange.

8335 *E* Si; *K* firent, *LN* a fez, *FMRe* a fait — 36 *KR* aioster
— 37 (*GHLP²*); *R* P. f., *M²BCJM'k* Hector (*J* -ors) le f. par mi
lescu (*CR* de tel uertu) — 38 (*HP²*); *M²BJM'k* De tiel force
e; *R* permi lescu; *C* Per mi la pene de lescu — 39 *M²* Quoutren,
N Qoutre; *BP²* passa — 40 *P²* Ou lensegne iert — 41 (*H*); *nP²*
Por; *R* auberch; *M²ABCJM'k* Patroclus (*M* -chus) sor (*M'* sus,
A en) la sele ploie — 42 *EH* Esclat, *R* -az; *FH* uole; *M²BCJk*
Li ais (*JK* Larcon) deriers (*M* darr., *B* derrier, *J* derniers, *K*
detries, *E* de driers) brise (*B* ploie) et p. (*M* darriez p.), *A* Et
larcon derriere p., *P²* Et an .ij. troncons li p. - 43 *A* ne mut, *H*
neriet — 45 (*J*); *M²k* Et tres p. mi l. menu; *M* le haubert, *M²*
lauzberc; *R* lauberch maile — 47 (*AJ*); *EN* Conduist; *EP²R*
son; *K* buen, *P²* fort; *H* espil, *E* glaisue — 48 *n* Trestot, *P²*
Tretout; *A* lauberc li ua; *P²* ront et fent — 49 *P²* fent, *M²M'k*
part; *EN* mitiez, *K* meit., *les autres* moit. — 50 *A* E. labat; *N*
chei; *AMe* mort — 52 *F* Qen auez or, *AHP²* Que uos nauez;
FP² bon, *N* boen — 53 (*P²*); *A* Q. pr. ore c. e.; *M²BCJek* preist
ceste estreine (*C* astraine, *E* estreinne, *M'* -eigne, *M* -ienne, *B*
entrangne); *H* uausist c. escange; *R* Ke per uos uoille estre en
c. change.

« Bien conqueïsseiz terre estrange,
8355 « Qui en paiz le vousist sofrir.
« Por ço deit om desavancir   *8320*
« Ses enemis, qui fairel puet. »
Cil n'entent mais ne ne se muet.
    Dès que Deus voust le mont sauver,
8360 N'oï onques nus hom parler
Que chevaliers eüst sor sei   *8325*
Iteus armes ne tel conrei :
De grant richeise esteient faites.
Hector li eüst ja fors traites,
8365 Auques l'aveit ja desarmé,
Quant Merion vint abrivé :   *8330*
Devant trei mile chevaliers,
Acort a lui trestoz premiers;
Puis li a dit : « Lous enragiez,
8370 « Autre viande porchaciez;
« Ja de cesti ne mangereiz :   *8335*

.8354 (*P²R*); *M²* conqueissez, *ACEN* -iez, *F* -quessiez, *K* -quis-
siez, *M* -querissiez, *M'* queris., *R* -quessisseç; *P²* B. preissiez
la, *H* Conquerriez; *M²ABCJek* or (*E* tot) cest (*M* ce) regne (*M*
reine, *A* rainne, *C* raisne, *E* reingne) — 55 *R* Ke; *M'* uosist, *EK*
uols.; *P²* Q. le uos uoussist conseruir — 56 *R* cest; *M²k* adeuancir
— 57 *EJKNR* faire el, *FM'P²* faire, *M* f. le — 58 *R* ne lentent
ne, *M'* ni e. ne — 59 *nP²* Puis; *M²E* uost, *MM'P²* uolt, *H* uaut,
KN uint, *F* fist; *kJN* saluer, *ER* former — 61 *k* Quuns; *M'*
Cun cheualier, *R* Ke kaualers — 62 *M* Itel, *ENP²* Teles; *F* itex
c. — 63 *M²ABCJM'Rk* Destrange r. (*H* chierte) erent f.; *E*
furent f. — 64 *M²M* hors, *B* tost; *J* Hectors; *A* les e. ia for-
traites, *yR* les li e. ia t.; *n* les li auoit, *P²* si les li a — 65 *C*
leust; *EH* estoit ia desarmez — 66 *M²ABCEHRn* merions; — 66
n la escrie, *M²ACM'k* la esgarde, *B* la reswarde, *P²* .j. roi loe,
EH u. abriuez (*H* abrieues) — 67-8 *interv. dans P²* — 67 *ACK*
Voiant; *CP²* dis m.; *A* cheualier — 68 *HR* Ataint; *L* uers lui;
P² I acorut; *M²CM'k* Point uers hector; *B* P. envers ector tot
p.; *P²* tretouz, *F* trastot, *C* trestot; *A* cruel et fier — 69 *P²* Li
auoit dit; *K* leus, *N* lox, *P²* lex, *HM'* leux; *L* comme; *By*
esragiez — 70-71 *interv. dans F* — 70 *P²* uitaille — 71 (*C*); *ekF*
cestui, *R* ceste, *P²* cete; *R* nen; *L* gosterez.

« Ainz cuit que chier le comparreiz.
« Tigres, lion, orse desvee,
« Quant ont lor preie devoree,
8375   « Si la vont il aillors porter :
« E tu t'en vueus ci saoler!   *8340*
« En estrange lieu descendeies :
« Dis mile chevaliers veeies,
« N'i a un sol qui son poëir
8380   « Ne face de ta teste aveir. »
A tant s'eslaisse, si le fiert;   *8345*
Felenessement le requiert
Par mi l'escu, ou l'ors clareie.
Hector chaï en mi la veie,
8385   Mais son destrier pas ne güerpi :
Par les resnes l'ot tost saisi,   *8350*
Tost remonta senz demoree,
Ainz que lor gent fust assemblee.

8372 *EN* einz; *M²K* quit; *LP²* q. uos; *M'* conperrèz, *F* -arez; *P²*
la cheterez — 73 (*R*); *n* Tygres, *LMP²y* -e; (*e* lion), *M* lyons, *P²*
lyon, *M²HKn* lions, *N* leons; *H* Orsse l. t. deruee; *nP²* orses
desuees; *L* T. sen uont sanz demorees — 74 (*ACH*); *R* Cant
l. p. ont d.; *M'* la p.; *LNP²* proies deuorees (*L* deuisees), *F*
proie porchacees — 75 (*R*); *M* Sil; *M²M'k* la reuont; *M'* por-
tier; *P²* Si les en uuelent il p. — 76 *kR* te; *KP²* uels, *M* ueulz,
En uiax, *M²* uous — 77 *P²* Trop folement ius d. — 78 *H.* xx;
P² Tiels .m. c. i u. — 79 *M²ABCHk* a celui — 81 (*R*); *EH* ses-
lesse, *GLN* saprisme, *F* sa presme, *P²* laprime; *M²ABCJky*
Merion uait (*AB* ua) uers lui (*ABJM'k* tot droit) sel (*C* sil, *K*
et) f.; *H* a lui si f., *L* et le f.. *G* se le f., *A²F* sil reqiert — 82
(*ABHJL*); *P²* Et si uasaument; *M* requert; *A²F* Ml't (*F* Si) f. le
fiert; *R* Felenosement, *C* Felleneus., *A²GHN* Feloness., *F* felo-
nos. — 83 *E* Por son e.; *R* ont; *EK* qui dor, *ACDMM'* ou lor;
M²ABJRk clareie (-oie), *A²DGHLM'* rogoie, *E* roioie, *CF* flam-
boie; *N* qui reflanboie, *P²* q. refembloie — 84 *P²* Questor abat;
n chei — 85 (*ABC*); *nP²R* na pas g. — 86 *M²BCHMP²* T. lot
(*HP²* Ains la) p. la (*M²H* le) r. s., *K* Ainz par les reignes la
seisi, *R* Parmi les regnes lot saissi, *A* Hector la par le frain
sesi; *M²BC* renne — 87 *E* Si — 88 *A* la; *M²n* genz; *N* soit.

Dès or puet saveir Merion
8390 Qu'o sei porte sa raençon.
Ja, se Hector le puet ataindre, 8355
Ne li leira sa mort a plaindre :
A ço ne puet il pas faillir,
Se le tornei vueut maintenir.
8395 Glaucon i vint o son conrei
E Heseüs, ambedui rei, 8360
Sis fiz o lui Archilogus
E chevalier trei mile e plus,
D'ire e de mautalent espris.
8400 Lances baissiees, escuz pris,
Vont encontre toz cez de Phice 8365
Loinz as plains chans, fors de la lice.
Glaucon vint premiers en l'estor,
Puis vait joster a un des lor ;

8389-90 *interv. dans A* — 90 *F* Com, *R* Ka; *CP²* Quo lui;
P² guerison; *A* Qui uint poignant a esperon — 91 *kN* ateindre
— 92 *C* Nel, *K* Ne le; (*CM* leira), *A²EHJ* loira, *M²AM'x* laira,
P² larra, *K* lerra; *M²AA²BCJky* de la (*G* de sa, *HJ* sol sa, *A²*
altrui) m. p. — 93-4 *interv. dans P²* — 94 *F* uialz, *M²* uoult, *N*
uielt, *M'k* uelt, *AP²* ueut; *M²ANk* Sil u. le besoing (*N* tornoi);
e Se le besoing — 95 *M²k* Glacon, *C* Glaçon, *R* Glanconç,
AL Glaucons, *P²* lancon (*la majuscule manque*); *DM'* Alacon
u.; *R G.* o s. c. i u.; *AF* a; *M'* soi c. — 96 *P²* teseus,
M²DRekx th.; *n* amedui; *R* Et rois t. autresint; *J* endui sunt r.
— 97 (*R*); *P²* Son filz; *EH* Auoec (*H* Auolc) ax fu, *M²ABCJM'k*
Si (*A* Sil) ujnt sis (*JM'* son) fiz; *JM'* archel., *K* antil., *B* arcil.,
C artil., *L* archilocus — 98 (*H*); *P²* Et cheualiers, *M²ACM'Rk*
C. ot (*R* ont, *C* sont); *M* troiz; *n* mil; *Ae* .iij. m·, *P²* .ii. m·
— 99 *M'k* maltalant (*k* -ent) — 8400 *M'P²* leues — 1 *H* a
lencontre cels, *E* encontrer icez; *M²AJM'k* Sont ale (*M'* alez)
contre celz; *FLP²* ces; *M²ACJKLRn* fice, *P²* frise, *M'* lice, *EH*
troye — 2 (*C*); *R* Fors, *Ae* Hors, *M²M* Loing, *K* Loins; *M²J* es,
AM a; *A* plain, *K* plans; *nP²* En mi les c.; *M²MM'* hors de,
AEH enmi, *R* loinç de, *J* loin de; *P²* lise, *EH* uoie — 3 *M'k*
Glacon; *K* primes, *C* -iers, *M'* premier; *E* an u. droit; *R* Toz
premerains uint a; *nP²* U. Archilogus; *P²* plains diror — 4
M'MM' E, *K* I; *N* ua, *F* uot; *P²* Fierement ua i. aus l.

8405   Sa lance el cors li fait baignier,
    Mort le trebuche del destrier.   *8370*
    D'ambedous parz sont assemblé :
    La ot un fier estor meslé,
    La veïsseiz escuz percier
8410   E les verz heaumes detrenchier,
    E tant bon hauberc desmaillier   *8375*
    E abatre tant chevalier,
    Tant mahaignier e tant ocire,
    Qu'om nel porreit conter ne dire.
8415   Li granz conreiz que Patroclus
    Ot amené ne tarja plus;   *8380*
    Mais ço lor est granz desconforz,
    Que bien sevent que il est morz.
    Avenu sont a la bataille,
8420   E si poëz creire senz faille
    Que lors i ot grant fereïz   *8385*

8405-6 *m. à n*P² — 5 (*ABHJLR*); *C* et c.; *EJ* fist; *G* Sa l. li f.
an c. (*v. f.*) — 6 *R* trabuche — 7 *n* Damedous, P² Dembedeus — 8
C La i ot; *E* si fet, *n* si fier; *P²* e. si fort; *N*P² melle, M' mene,
JK ioste, *M'ACHMR* leue — 9 *J* escu; *A* brisier; *P²* Que nus
nu porroit anoncier — 10-11 *interv. dans HJ* — 10 *M'ABCJM'k*
E tant uert (*A* bon) heume depecier (*B* pechoier, *J* pec.); *n* forz
h.; *Hn* detranchier, *E* depecier; *P²* Maint escu i couvint percier —
11 (*H*); *n* bons haubers; *R* hauberch; *M'ABCJM'k* Hauzbers
derompre e d., *P²* Et maint haubere tout depecier — 12 *H* Et
ocire; *n* meint c.; *P²* Et maint c. detrenchier — 13 *M'* maaignier,
E mahei-, M' mehei-, *J* maha-, *P²* mehaingnier, *F* mahagner,
N mahenignier — 14 *n*P² Qan ne (*P²* Quen nu) poroit; *ER* Nel
p. nus (*R* riens), *H* N. nel p.; *M'BJMM'* Que nel (*M* Quel)
puet n., *ACK* Q. n. (*A* nul) nel p. — 15 *R* Si; *P²* Le grant
conroi, *M'ABCJM'k* La bataille — 16 *M'ABCJM'k* I ameneit
(*ABCJKM'* -a); (*P²* taria), *H* targa, *les autres mss.* (*et ABCJR*)
tarda — 17 (*H*); *R* Mas; *P²* l. fet; *M'ABCJM'k* M. mout i ot;
M'ABCJM'P²k grant desconfort — 18 (*HR*); *P²* Quil s. lor
segnor a mort, *M'ABCJM'k* Quant lur seignor trouerent (*k* t. l.
s.) mort — 19 *M'ABCJM'k* Uenu sont tuit a, *P²* Aioute s. en
20 *n*P² Et bien — 21-2 *m. à P²* — 21 *R* Kadonc; *M'ABCJM'k*
Q. granz i fu li f.; *R* froisseiç, *EH* croisseiz.

De lances e d'espiez forbiz :
Maint chevalier i abatirent
E maint des lor i reperdirent.
8425   Idomeneus i est venuz
Bien o dis mile fervestuz :   *8390*
Ço sont Creteis li poigneor;
Fierement vienent a l'estor.
Merion est ensemble o eus,
8430 Por Patroclus crüeus e feus.
Icil de Crete e cil de Phice   *8395*
Se combatent o ceus de Lice.
La ot des Grezeis grant content
E maint bon chevalier sanglent: *8398*
8435 Mout se peinent d'eus damagier
E d'eus ocire e detrenchier.

8425 *M²* Diomenex, *M* -es, *CHK* -des, *M¹* Hydomenex, *EJL*
Yd., *P* Hidomenes, *B* Ypom., *P²* Damonius, *F* Edomenius; *G* i
rest; *R* Domenix i est auenuç — 26 *M²FJ* B. ot, *k* O b. *L* O tout,
P² A touz; *C* do m⁴, *M²JMR* dous mile; *P²* m. de ses druz —
27 *M²Kn* grezeis, *e* cretes, *M* cretoiz; *M¹* le p.; *n* li g. fercor;
P² Embatu se sont en lestor — 28 (*J*); *M¹* uiegnent, *R* uindrent,
H uinrent; *nM* en; *P²* Fierent anuiron et entor — 29 *En* Merions;
L Morions sassambla; *KL* o els, *E* o aus, *H* a els, *M²* o elz, *M*
o eulz, *F* ou ciaus, *N* o caus, *P²* ocis — 30 *L* De; *M²* cruels et
falz, *HK* cruex et fels, *M* cruelz et feulz, *JM¹P²n* fel et crueus
(*J* -els, *n* -aus, *P²* -iex), *E* iriez et maus — 31 *MP²* Et cil;
KLM'NR grece, *M²* grice; *L* et de, *n* icil de; *M¹LMM'Rn* lice,
A fice; *P²* qui furent de larise — 32 *L* Sembatirent; *M²AEFGMP²*
a¹; *F* ces, *EP²* cez, *M²R* celz, *KL* cels, *G* cex; *M* a ceulz
deffice; *E* tice, *M²GLMM'Rn* fice, *P²* frise — 33 *EHLNR* Et
des (*E* a, *R* o) g. (*N* gcretois, *sic*) la (*N* lo) ot, *G* Des g. i ont
grant, *P²* La fu ml't aspres li; *LP²* contens, *G* -ans; *M²ABCJM'k*
Estor i ot et noise grant — 34 *GL* Et de (*G* mains) bons cheua-
liers sainglans (*L* sanglens): *R* buen, *F* bous; *M²ABCJM'k*
Maint ch. i ot sanglant, *P²* Mainz cheualiers i ot senglanz —
35-6 m. à *M²ABCJM'Pk* et sont interv. *dans R* — 35 *E* del; *R*
dels, *H* dals, *x* dax, *P²* dex; *EHN* dom., *FGL* -er, *P²* doma-
chier — 36 (*P²*); *GLR* Et dels, *H* Et dals; *E* De locirre del d.;
N Et de locirre, *F* Dax ocire.

Hector est sor le cors venuz,   *8399*
Espee traite est descenduz :
Ne laissera qu'il nel despout,
8440   Qui qu'i guaaint ne cui qu'il cost ;
Ainz i perdra del sanc del cors
Que les armes n'en traie fors.
Aamees les a d'amors :   *8405*
Dreit a, que soz ciel n'a meillors
8445   Ne plus riches ne plus preisiees.
Ja li eüst del cors sachiees,
Mais Merion le ra choisi,
Qui mout en a son cuer marri.   *8410*
O bien cent chevaliers e mais
8450   Li chevauche de plain eslais.
Feru l'en ont bien plus de dis :
Por un petit ne l'ont maumis.

8437 *DEHJ* rest; *G* lor c., *R* les c.; *K* i est lo c. — 38 *H* lespee — 39-40 *interv. dans K* — 39 (*B*); *A* Nel ; *G* Il ne laira; *JM¹* Ne lera quil ne le (*J* nel) d. ; *HK* que ; *P²* nu, *A* ne, *M* nes; *MM¹* despolt, *A* -ost, *CE* -oust, *J* -eust, *L* -uist, *GK* -uit, *R* -uilt, *P²* -ueille, *F* -oille, *N* defface — 40 *M²* Qui quei, *LM¹* Qe (*M¹* Que) qui, *M* Cui qui, *C* Qi qen; *B* Qui qui i gaint; *M²KM¹* gaaingne, *M* gaaingne, *C* gaain, *L* en poist; *EG* Cui quil pleise (*G* place), *H* Qui que place, *R* Cai ke p., *A* Cui qui soit bel; *C* ne qe qil c., *HM¹* ne qui que plort (*M¹* cost); *AM* qui c., *M²* quil cout, *R* ke nuit, *L* anuist; *GK* cui (*K* qui) quil anuit (*K* ennuit); *N* Cui quil enuit ne cui quil place, *FP²* Qi que sen plaigne ne qi sen doille (*P²* ne ne dueille), *J* Car les armes couoite et uelt — 41 *B* Ainc; *M* de c., *G* des c.; *P²* A. despecera tout le c. — 42 *H* ni, *KNR* ne; *M²e* hors — 43 *R* Henamees, *P²* Car amees; *M²ek* Amees les a par a. — 44 *K* Dreiz; *EK* car; *n* qel siegle (*F* scigle), *P²* que en mont — 45 *M²M¹* proisies, *NP²* prisiees, *M* -iez — 46 *ER* del dos, *K* molt tost; *P²* Du dos les li e. s.; *M²F* sachees — 47 *M²M* le rechoisi, *K* lo rei c. — 48 *P²* en ot, *K* aueit; *NP²* le c. — 50 *R* keualke, *M* poinst sore, *kAM¹* cort (*M* corent) s. (*AM¹* seure), *FP²* est uenuz; *F* plan, *EKN* plein — 51 (*GJ*); *B* Feront, *M²AA¹CFP²Rk* Ferir; *BP* les ont, *C* len ueut, *M²AM* len uont, *A¹KM¹P²* le u., *F* les u., *L* i ont; *H* Si len ont feru p. — 52 *M²AA¹A²BCDPky* Par (*M²* Por) les costez (*DP* le coste) e par le pis (*A¹A²De* piz), *J* El p. el coste et el uis; *GN* Par; *P²* ocis.

Mout ot sor lui un grant barat,   8415
La volerent tros e esclat;
8455 Mais ne l'ont pas en char navré.
Hector se tint a maumené,
Quant a pié fu entre les lor;
Mais o le vert brant de color   8420
Lor done cous ruistes e fiers;
8460 Toz lor detrenche lor destriers,
Trenche lor braz, cuisses e piez :
Ocis en a e mahaigniez
Plus de quinze, tot senz mentir.   8425
Onc por eus toz ne voust guerpir
8465 Son bon destrier. Mais Merion
A mis le cors sor son arçon :
Fors de la presse le voust traire.
Trop par en fait que de bon aire,   8430

8453-4 *interv. dans* M^2ABCJM'k — 53 *N* M. par ot; P^2 sus li;
J granz baraz; M^2BEHJR M. fu s. l. granz li baraz; *kC* Or est
(*CM* Ml't fu) hector en g. b. — 54 *R* trois; *F* de lance e.; *E*
esclaz, *H* esclas, *R* asclaç; M^2ABCJM'P^2k Des (*M'* De) lances
uolent les (*A* font uoler) esclaz (*J* li e., *CM'k* li esclat, *M* li esclast)
— 55 (*C*); M^2 mie el cors; *A* ne sont p. en c.; P^2 a mort n. —
56 *n* tient; P^2 uit forment greue — 57 *n* De (*F* Por)
ce qil est, P^2 Qui fu enclos, *E* Qua pie estoit — 58 (*R*); *E* a son;
EP^2 bon br.; *F* b. u., *N* bran cler — 59 M^2 coups, n*M'* cox, *K*
cols, P^2 cops, *M* copz, *E* cos (*formes ordinaires*); P^2 criex et f. —
61 *M'* cuises; *E* C. lor t. et b. et p., P^2 Et lor decoupe poinz et
p.; *K* et poinz et p. — 62 *K* meh., *M'* meheigniez, *EN* mahei-,
F maha-, M^2R maai- (*formes ordinaires*) — 63 *F* toz; *ER* s. nul
(*R* nus) m.; $M^2M'P^2$k quatorze (*K* .l.) s. m. — 64 *R* Unc, M^2
Ainc, *EF* Ainz, *N* Einz; *R* nel; M^2An uost, *M* uout, K*M'* uolt,
R uelt; P^2 Por ex touz ne doigna (*sic*) fouir — 65 *K* buen; P^2
Mais par force rois merions — 66 *F* archon; P^2 ses arçons —
67-8 *interv. dans* xP^2 — 67 *FMe* Hors; *ADE* len; *N* uost,
AA^2CHLMP^2 uolt, *FG* uout, *E* uialt, K*M'* uelt, *D* ueult — 68
M^2BKe Molt; *DF* a f., *CHL* en fist; *R* T. i fasoit, *E* M. en fai-
soit, *A* De ce fait il; *H* eire, *De* ere; P^2 Qui quen ait ire ne
contraire.

Mais mar l'a fait : ço dot e criem ge,
8470 Que meschaance ne l'en vienge.
A tant s'en vait, Hector remaint.
Grant merveille est s'il ne se plaint
Des colees dont tant a prises,   *8435*
Mais mout seront bien en lieu mises
8475 A ceus qui les li ont donees :
Ancui seront chier comparees.
Mout se defent, mais trop le hastent
Icil qui o lui se combatent.   *8440*
Perdre i poüst legierement,
8480 Quar nel veeit nus de sa gent,
N'il ne se poëit tant pener
Qu'en son cheval poüst monter,
N'il ne li poëient tolir.   *8445*
Dodaniëz del Pui de Rir,

8469 P^2 mal ; *GN* lo fet ; *R* Mal li fasoit ; *E* mal estet, *H* mous
estoit, *L* s'il le feit ; *EFLP¹* ie, *GN* iel ; *H* ce dolt ; *F* creme,
A^2N crieigne, *EHL* criengne ; *G* dit et taigne, P^2 dout forment ;
$M^2ABCDJM^1k$ ie resui (M^2J sui mout) en grant dotance — 70
R li uenge ; *n* ueigne ; *G* Je dous m. ne lan uaigne ; $M^2ABCDJM^1k$
Quil ne len uienge (*k* uienge) m. (*J* li u. a m.) ; *nyDM* mes-
cheance, *GJ* meschance, *K* mesestance ; P^2 Quil nu compere
chierement — 71 nP^2 A tot ; *A* ua — 72 *n* meruoille (*forme ordi-
naire*) ; *E* ert ; *A* Qui de ce ne mie ne, P^2 Qui de cest afere ;
E sen p. — 73 *EHK* que t., *F* qil t., NP^2 que il — 75 *E* cez, *F*
ces ; *A* q. li orent d. — 76 M^2NP^2ky Encui, *A* Encor — 77 {*HR*} ;
$M^2AJKM^1P^2$ Bien, *C* Trop ; M^1AJMP^2k m. mout, P^2 m. si ; FP^2
se h. ; A^2 mais le hastoient — 78 M^2CMk Tuit cil, *R* Et c.,
A^2F Cil ; $M^2A^2CFM^1k$ a ; AP^2 Cil q. contre lui, *B* Q. encontre
l. ; A^2 combatoient — 79 *F* Pandre ; M^2K poist, *M* peust, *en*
pooit, P^2 porra — 80 *H* Mais ; *EH* n. sauoit, *R* ne le uoit, *kn* ne
(*n* ni) ueoit nul, P^2 ni uoit nului, *J* ni auoit nul ; M^1 nel ueoient
pas sa g. — 82 *M* peust, *les autres* poist — 83 (AA^2P^2) ; *enL* Ne il
ne li poent (*R* point, *L* poeent, *e* puent), *C* Ne il li pooient —
84 *EJ* Doldauiez, DM^1 Dol dauiez, *C* Da daniez, *B* Dedanie, *n*
Doldaniez, *H* Dejdames, *R* Mes dauiet ; *A* Duel dauiet du pont,
P^2 Ez espaulart des plains ; A^2 des puis, *n* del plain, *J* de pui ;
(M^2MR rir), *K* uir, *B* uoir, nHP^2 tyr, *CDJy* tir ; *L* Ml't pensa
bien de lescremir.

8485   Uns suens vaslez qui mout l'amot,
       Qui dous lances li aportot,
       Vit le meschief de son seignor :
       Al cuer en ot mout grant dolor.   *8450*
       Une lance li voust geter,
8490   Mais sempres ot autre penser.
       Trop ot grant ire e grant rancune :
       En la main destre en a mis une,
       Plus près se traist de la meslee   *8455*
       E vit Carrut de Pierrelee,
8495   Qui son seignor mout requereit.
       Lancié li a la lance dreit :
       Par mi l'escu, par mi le cors
       L'en fait saillir une aune fors.   *8460*
       Cil chaï morz en es le pas.
8500   Dodaniëz refiert el tas :
       L'autre lance lor a lanciee,
       Mais bien la tient a empleiee,

8485 *M'P²* .j. suen uallet, *M* .j. sien uaslet; *CR* ke (*C* qi) m.
amoit — 86 (*C*); *K* Et d., *P²* Qui .iij.; *R* Icist d. l. li portoit —
87-8 *m. à M* — 88 (*A*); *R* cor; *F* auoit; *M²M'k* ire et d. — 89
n*EP²R* Lune (n*P²* Une) des lances u. g.; *M²E* uost, *KM'N* uolt,
FP² uout, *R* uelt; *EKP²Rn* giter — 90 *NP²* M. apres, *M* M. tost,
E M. ml't t., *F* S. mais i ot — 91 *M²M* cuer, *M'* duel, *P²* doil —
92 (*R*); *M²M'P²k* En sa; *R* mise, *P²* prise — 93-4 *interv. dans P²*
— 93 (*AR*); *enM* trait; *P²* Se tret ml't p. — 94 *G* vut; *M²* carut,
C -us, *B* -is, *GK* karut, *H* carrus, *E* -uz, *DM'* -iz, *J* quarriz, *R*
toriç; *F* Et haucharuz, *L* Hernalt corut, *P²* Et (*3 ou 4 lettres
illisibles*) oct; *F* perelee; *N* Celui uet ferir de lespee (*2° main*)
— 95 *N* trop r., *P²* (*quelques lettres illisibles*) forment r. — 96
M sa l.; *P²* Lance li a l. tout d. — 97 *M²M'k* e p. (*M²* por)
le c. — 98 *F* An; *E* fist; *E* ausne; *M²Me* hors; *M²M'k* La
li a faite s., *P²* Li a fet s. lame — 99 n*E* chei; *M'* en ellepas, *P²*
isnelepas, *C* esn., *A* isnellep. — 8500 n Daldoniez (*F* -el), *E*
Doldauiez, *H* Deidames, *P²* Et li uallez; n*P²* se fiert; *M²ACJM'k*
Et cil se rest (*K* r. tost) feruz (*A* se refiert ens) — 1 (*R*); *F* lan
a, *M'P²* li a, *M* li ra, *K* si a; *P²* bailliee — 2 *M* M. ml't la t.
bien a, *P²* Ml't la t. b. a; *P²ek* tint; *F* M. ml't lan a b. amploiee.

Quar un d'eus en a mort geté.   *8465*

Puis a a haute voiz crié :

8505   « Quar retornez, franc chevalier. »

Cicinalor l'entent premier,

E dès qu'il sot que ço esteit,

Cele part point a grant espleit ;   *8470*

Entre eus s'embat fiers e hardiz,

8510   Trenche lor braz e chiés e piz.

A tant Troïen recovrerent,

E cil mout tost se remuërent :

En lor bataille se sont mis,   *8475*

Des cent en ont bien trente ocis.

8515   Hector monta, mais, ços di bien,

En lui nen ot qu'iraistre rien.

Vers Grezeis s'est abandonez,

Toz lor trenche braz e costez :   *8480*

N'en ataint nul qui ne s'en plaigne

8503 *KP²* Que; *M'* .j. autre; *P²* maint en a mort et bleciez;
EKn gite — 4 *E* A h. u. a escrie, *P²* P. sest hautement escriez —
5 *M²M* Ca — 6 *(R)*; *EH* Cicilanor, *F* Licinalor, *N* Ciciualor,
J Cicinalors, *M²BCM'* Cigna *(CM'* Cligna) les lor, *M* Cil fiert
les leur, *K* Ferez les lor, *A* Et court au leur *(cf. 7709 et 7783)*;
M²ABCM'k por esmaier; *P²* Hector lentent tretout prumier —
7 *E* Et quant il s.; *CR* soit; *M²AM'k* La ou *(M²* o) il sot quector
(A quèstor) e., *P²* Ml't se merueilla que cestoit — 8 *AMN* cort,
K uait — 9 *R* senblant; *n* fel et, *M²AM'k* come; *R* ardiç — 10
M²A Trencha ; *n* et poinz, *K* et buz; *A* bras et mains; *M* T. ces
chiez et bras, *P²* Si lor doront costez — 11 *A* retournerent — 12
K Icil; *P²* Et li grezois si reculerent — 13 *P²* Et en lor conroi —
14 *KM'P²n* De; *E* an ot; *P²R* sont li t., *A* o. les t. — 15
M²AA'BCDJM'k Rest *(M²ACJk* est) montez el *(AA'BM'* ou) des-
trier; *A²P²x* tot de *(A²* trestot, *P²* tretot) premier, *E* mes sachiez
bien; *H* io uos, *R* m. cõs *(sic)* — 16 *n* M. en lui not, *P²* M. not en l.;
M²AA'BCM'Jk M. ni aueit; *M²AA'BCDJM'P²kn* que corročier;
E not que c. rien, *H* na quairier r.; *Ck* coroc., *ENP²* correc.,
JM' corouc., *F* corrocer — 17 *H* grigois, *e* greiois; *H* est — 18
m. à *H*; *M²M'J* Tot; *K* A toz t.; *J* piz et c.; *FP²* Tot *(P²* Si)
l. detranche les c. — 19 *M²EHJk* atejnt, *N* atoint; *JKN* se p.

8520
Ne qui en la sele remaigne.
La bataille a par mi fendue
O la trenchant espee nue : *8485*
Se Merion puet encontrer,
Ja li fera chier comparer
8525
La rescosse de Patroclus.
A tant i vint Menesteüs
Bien o trei mile Atheniëns.
Beaus fu li jorz e clers li tens : *8490*
Mout resplendissent fer de lances,
8530
Or e verniz e conoissances.
Lez la bataille s'en passerent,
A ceus de Frise rassemblerent. *8495*
Reis Antipus, reis Mercerès,
Reis Thalamus de Valadès
8535
E Troïlus le bel, le gent,
Conduiseient iceste gent.

8520 *KN* Et qui; *F* Ne que antor lui r. — 22 *Fek* A; *k* tren-
chante — 24 *K* Il; *M'* conperer — 25 *K* rescose, *M* -oise, *F*
-oisse, *M'* -ouse, *EP²* resqueusse — 26 *n* reuint — 27 *MM'* B. a,
E A b., *R* O b., *nP²* A tot; *P²* .ij. m'., *M* troiz m.; *M* at., *P²* athe-
nyens — 28 (*DJR*); *M'* li iors, *M'* le ior; *E* Li i. fu b.; *M²M'*
cler le t. — 29 *M²AM'k* M. i reluisent;; *AKM'* fers — 3o (*AR*);
M² Ors; *N* Et ors uermauz, *M* O. bruniz, *F* Or et azur; *E*
conuiss; *P²* Et ces riches requenoissances — 31 *A* Les batailles
sentrespasserent — 32 *A* O; *E* cez, *F* ces; *EK* sasanbl., *F*
resambl., *A* saiousterent; *P²* Et a cel de f.; *DP²* asembl. — 33
(*M²* antipus), *ACGLNP²* sant., *kBR* xant., *A²M'* sanct., *D*
sanctippus, *F* santhifus; *EH* et m.; *P²* Roi s. roi; (*A* merceres),
P² meceres, *A²* masc., *R* mesc., *M'k* misc., *G* mis., *CD* miss.,
FM' mis., *BEHN* mic., *L* myscenes — 34 *BN* calamus (*le c
gratté dans N*) (cf. *8575 et 8596*), *M²AA²CDGMy* alcamus,
I alch., *FL* ac., *K* alcanus, *D* acalmus; (*A²BDFGIJLRy* ualades),
N nalades, *P²* qualades, *H* ualides, *C* ualescles, *M* -esdez, *M²*
-esdes, *A* palades — 35 *P²* troillus; (*P²* le bel le gent), *M²ABCkny*
li biax (*M²Bky* prouz) li genz — 36 *M²ABCM'k* Orent (*M* Erent)
a conduire (*M'* ordonees) cez (*M²* cesz, *CM* ces, *K* tex, *AM'* lor)
genz; *ERn* icestes (*F* -e) genz; *P²* Conduient toute cete gent,
H Conduioient iceste gens.

D'ambedous parz tant s'aproismierent
Que par mi les escuz se fierent.   *8500*
La rot de lances josteïz
8540   E estrange peceieïz :
Fierent d'espees comunal,
Qu'en retentissent li costal ;
Mort e navré chieent sovent.   *8505*
La ot mortel torneiement.
8545   Li dus d'Athenes li preisiez,
Li beaus, li proz, li enseigniez,
Joinst, senz mentir, a Troïlus,
Que del cheval le porta jus :   *8510*
Trop chaï en lieu encombros,
8550   A mout grant peine fu rescos.
Li dus le prist par la ventaille
Por traire[l] fors de la bataille :
Sor lui aveit trop grant trepei,   *8515*

8537 *n* Damedous (*forme constante*); *K* si; *M²* sapresmerent, *M¹* saprimierent, *DEM* saprism., *C* aprochierent, *K* saproch.; *n* p. santraproch., *P²* p. tant esploitierent — 38 *EFM* P. mi (*E* Que sor) les e. sentrefierent (*F* se fierirent); *P²* Que fierement sentrencontrerent — 39 (*CR*); *HKM¹P²n* ot; *BEFK* des l., *P²* estrange ; *nP²* fereiz, *A* froisseis — 40 (*AHJ*); *B* estraigne; *M²BCMM¹* pesteleiz, *K* pilteiz, *R* pecoeiç, *F* defroisseiz; *P²* Et merueilleus abateiz — 41 (*R*); *EH* Despees f.; *P²* et de lances; *M²ABCJM¹k* Tiels coups f. de lor (*A* se f. des, *K* se donent des) e. — 42 *J* Que, *H* Si, *A* En; *R* tuit li ual, *M²ACJM¹k* les ualees, *B* lor espees ; *P²* Sus hiaumes et sus quenoissances — 43 *M²* cheient, *FM¹k* chient, *N* cheent; *P²* Ilec c. espessement — 44 *K* rot; *M²F* mortiel — 45 *M* datheines, *P²* dathaynes; *ENP²* prisiez, *M* pres., *M²FM¹* prois. — 46 *M²* bieus; *E* afeitiez, *P²* enuoisiez — 47 (*R* Joinst), *FP²n* Joint; *M²M¹k* A si ioste; *R* o t.; *R* troillus (*forme constante*), *P²* troillu[s] (*rogne*) — 48 *FP²* le porte, *M²M¹k* labati — 49 *EP²n* chei — 50 (*P²*); *M²AMM¹* A grant peine (*A* painne) (*M²* granz peines) i fu (*M¹* sera) r.; *L* A trop, *M¹* resques, *EP²* resqueus; *E* Car a g. poinne en fu r. — 51 *M²* le u. — 52 *M²M¹k* hors — 53-4 *interv. dans M²AJRky* — 53 *EH* Tres; *M¹* Tiel presse ont, *K* Tel noise i a; *R* En tel p. est en; *L* m'lt g.; *F* tropoi, *M* trespoy.

Ne pot prendre de lui conrei.

8555   Sovent le fierent e menu
Des espees sor l'eaume agu :
O morz o pris sera senz faille,
Se n'est rescos par teus qu'en chaille.   *8520*
Mercerès crie e plore e brait

8560   Por ço que il ensi le lait.
Quant ne pot sa gent arester,
Si lor comença a criër :
« Va », fait lor il, « mauvaise gent,   *8525*
« Que Troïlus le bel, le gent,

8565   « Le frere Hector, le fil le rei,
« Laissiez ci prendre en cest tornei,
« Qui sire e princes ert de nos !
« Or si l'avons si bien rescos,   *8530*
« Ja mais honor n'avrons sor terre.

8554 *A* Ni; *M²AHR* puet; *M²AJRky* retor de se; *P²* Si en estoit
en grant esfroi — 55-6 *interv. dans M²AM'k* — 55 (*HJR*);
M²AM'k Le f. s. — 56 *M'P²* sus, *A* sur; *K* lialme, *HM* le heaume,
M² leume; *H* Despees sor le hiaume — 58 (*L*); *M'P²* Sil, *R*
Sor; *F* San est; *EP²* resqueus; *M²AMM'R* na secors; *KM'* de
tel, *AR* de tex, *M²* De cesz, *NP²* par tel, *F* por tex; *R* cant kaille,
F qi i caille, *KM'P²* qui uaille — 59 *ADM'* Meceres, *M²R* Mesc.,
EHJ Mic., *F* Mis., *NP²K* Misc., *B* Lic.; *M²AMP²* p. e (*M* p.)
criè — 60 *M²ARck* De ce; *KR* issi; *M'* lor l.; *M* quainsi aler len
uait — 61 *P²* Con; *M²R* puet; *ER* ses genz; *P²* auner — 62 *P²*
Sus; *M'k* comence; *M²M* a escrier — 63 *eK* Ha; *R* hil; *A* f. il
donc, *M'* f. ce il, *M²* ce lur dit; *nP²* Diua fait il honie g. (*P²*
uos iestes male g.); *E* faillie g., *A* mauuaisses gens, *R* honi sor
toç — 64 (*M²A* Que, *F* Qe), *ekN* Qui, *R* Ki, *P²* Quant; *K* lo preu
lo g., *A* li biaus li gens, *R* li b. li proç — 65 *P²* et f.; *M²R* fiz,
AMM'P² filz; *M²N* au r., *R* li roi, *A* le roy — 66 *F* anprandre;
M²M a c., *A* en ce; *K* L. issi p. au t. — 67 *HMM'Rn* prince ; *R*
p. et s., *E* s. et mestre; *M²A* iert, *M'* est, *nEHP²R* estoit; *R*
sor nos, *A* de touz; *J* Q. sires estoit de toz uos, *P²* Q. cheuetains
e. de u. — 68 *n* Et nos, *J* Et or; *M* lauez; *M²* se b., *A* ainsi,
N si mal; *P²* Sil nest espertement r. — 69 *KP"n* nauron (*N*
nauront) enor; *nP²* en t.

8570   « Que venimes nos hui ci querre?
        « Ancui serons mostré al dei.
        « Quar s'en torgent sol cent o mei :
        « Entre eus l'irai ja ostagier   *8535*
        « A l'espee trenchant d'acier.
8575   « Reis Thalamus », fait il, « tornez,
        « Quar laidement vos en alez. »
        Cil se guenchist a une part,
        Fiers e hardiz come liepart.   *8540*
        Une grant lance ot recovree,
8580   Qu'uns suens vaslez li ot portee :
        Senz plus dire, senz mot soner,
        Les est alez toz encontrer;
        Un en fiert si par mi le cors   *8545*
        Qu'une aune en saut la lance fors.
8585   S'enseigne a escrïé treis feiz :

8570 *F* uenons; *nKP²* ici, *M¹* hui ca; *M* Que ne uodriez nous
— 71 *M¹NP²ek* Encui; *M²* monstre, *M* mostrez, *P²* moutre; *R*
a doi — 72 *R* en t.; (*K* torgent), *M²R* tornent; *FM¹P²* Car
retornez; *F* ci auec moi, *P²* auecques m.; *N* Car en retornez
ci, *E* Sil an uenoient cent — 73 *R* astagier, *M¹* chalengier; *M²*
Sel irai entrels o., *E* Ja liroie entrast o. — 74 *NR* O; *M* mespee
— *Au lieu des v. -73-4, P²* donne *ces* 4: Quant cil loent einsi
parler [Il] (*rognure à gauche*) lessent les cheuaus aler [Et v]ont
troillus o. [A]s espees sanz atargier — 75 *M* Roy; *N* calamus
(*le c gratté, cf. 8534*) *M²FMP²e* alcamus, *K* alcanus; *P²* a 2
v. : [Rois] a. fet misceres [Ca r?]etornez et uenez pres — 76
M Qui, *K* Trop; *M²* leid., *P²k* led.; *P²* aj. : .j. petitet a moi par-
lez — 77 *P²* Si ne soiez pas si coarz — 78 *H* H. et f., *A* Fel
et cruel, *P²* Cil qui fu fiers; *M²R* plus de, *y* p. dun; *P²* lieparz,
H lupart, *F* leop., *e* lieup., *K* lip. — 79-80 *interv. dans P²* — 79
M²AM¹Rk fort l.; *A* a r.; *P²* A une l. r. — 80 (*AR*); *M²* Quns;
M Que .j. sien uaslet, *M¹* Cun suen uallet; *P²* Qui la renposne ot
escoutee — 81 (*P²R*); *FP²* Sanz mot d., *N* S. rien d. — 82 *K* ale
— 83 *P²* Lun — 84 *M²* Qune; *K* sort sa; *M²Me* hors; *M¹* ist de
la l. h.; *P²* Que dautre part s. li sans f. — 85-6 *interv. dans P²*
— 85 *M¹* Son signe; *nM* S. escrie, *KS* S. a criee; *F* .c. f.; *P²* De
descolorez et de froiz.

Jan i avra de mort destreiz.
Li suen li furent lues al dos,
Qui d'entre Grezeis l'ont desclos.   *8550*
La rot si faite chaplerece

8590   E sor heaumes tel tinterece,
Si faite presse e si estrange,
Mainz deus por autre s'i eschange :
Teus i ocit qui rest ocis,   *8555*
E teus maumet qui rest maumis.

8595   En dementres que Antipus,
Il e li bons reis Thalamus,
Contendeient o les Grezeis,

8586 (*H*); *M²en* Ja ni; *ek* a m.; *RP²* Or (*P²* Ja) en i a. de d. —
87-8 m. à *P²* — 87 *M* luore, *AM¹* lors; *R* sunt sempres, *EHN*
sont si pres; *F* font que pres an dax; *H* del dos — 88 (*A*); *MM¹*
greiois; *R* fors clos; *N* Que les g. i ont anclos, *F* Qe li g. les
o. an clax — 89 *M²AFJP²k* ot; *F* fiere, *M¹* forte; *A* chaplerie,
F tinterie, *N* traiterie; *P²* fieres bateries, *J* grant chaploiement
— 90 *ER* tinteresce; *n* Sor (*F* Et s.) hiaumes tel charpanterie,
P² Sus h. despees forbies, *M²AM¹k* E si faite (*AM¹* forte, *K* fiere)
retenterece (*M¹* retint., *A* retinterie), *J* Et si grant retentissement
— 91 (*A*); *P²* Et si fiere p. et e., *F* Si f. espesse — 92 *G* duels,
L̇N dax, *R* dels; *M²Aky* Que luns (*MM¹* lun), *H* Que mains,
F Mais luns, *M²FGJNek* lautre; *F* estanche, *A* estrenge, *M¹*
desrenge; *J* Que li uns p. l. seschange, *P²* Li plus seurs color i
change — 93 *x* Meinz dals (*GL* i); *L* ocist; *G* quest puis ocis;
M²ABCJM¹k Tiels (*M* Tel, *M¹* Cil) le fist (*J* refat) bien cui (*H*
qui, *K* que) hon (*CK* len) (*J* b. quen) rocist (*B* oc. *A* occ.), *R* M.
cuide ocir kil fu o., *P²* .M. troiens i ot o. — 94 (*G*); *F* est; *P²* Et
.m. grezois a la mort mis, *E* Fort ieu auoient antrepris,
M²ABCHJM¹Rk Ainz que li estors (*BR* la presse) departist (*R* -is)
— 95 *LN* Endementre, *P²* -eintres, *M²ACDKR* Tant dementres,
M Tout en d., *F* Endementiers, *G* Tant d.; *M¹* con; *AHNP²*
santipus, *e* sanct., *D* sanctippus, *M²BCk* xantipus, *F* santhifus
— 96 *G* biaus; *BLNP²* Et il (*LP²* Il) et li r., *F* Et li r. danz, *R*
Lui et ses b. r., *A* Il et la gent roy, *GK* Et li tres biax (*G* li b.)
r.; *eC* le bon (*C* boen) roi, *M²MR* buens, *M* bon; *N* calamus
(*cf.* 7739), *M²AFGMP²Re* alcamus, *K* alanus, *L* achaamus — 97
(*P²R*); *E* uers les pigrois; *M²M¹k* Se cumbateient (*M¹* conbatirent)
as g., *A* Se conbatoit o ses griiois; *M¹* greiois (*forme ordinaire*).

Reis Mercerès o ses Friseis   8560
S'en passa outre la bataille.
8600 Cez a choisiz por veir, senz faille,
Qui Troïlus aveient pris :
La point de mautalent espris.
D'ire desvez, cruëus e feus,   8565
Toz premerains s'embat entre eus ;
8605 Menesteon fiert al travers :
Se ne fust si buens li haubers,
Del cors li fust l'ame sachiee.
A tant i revint sa maisniee.   8570
Dès que li monz fu estorez,
8610 Ne fu estor si esfreez,
Meins senz merci, plus aïros,
N'a Troïens si encombros.
Dis mile Greus virent venir,   8575
Qui ja les feront despartir.

8598 *A* meceres, *BDLM'N* mic., *FP'k* misc., *M'* mesc.; *K* et
ses; *L* fissois, *R* friçois, *F* feois — 99 (*CJ*); *F* Sa p.; *R* oltra, *E*
outre a, *H* oltre de la; *A* pour b., *M'M* par b.; *P'* Tresperca tote
la b. — 8600 *NR* Cels, *EJ* Ces; *M'JM'k E* si a celz (*J* ces)
choisi; *R* cosi de uoir; *P'* sanz nule f. — 2 *F* Se; *M'k* mal talant
— 3 *R* Dire et d.; *M* cruels e feulz; *KR* fels, en*P'* fel; en*P'R* f.
et cr. (*N* cruiax, *F* cruax, *P'* criels, *R* cruels) — 4 *R T.* permein-
rans, *EH T.* premeriens, *NP'* Par (*F* Por) mautalant; *EFH* se
fiert; *H* en ex; *M'ACJM'k* Sest enbatuz premiers (*M'* -ier, *k*
primes, *C* -ers) — 5 *ny* Menesteun, *M'ACRk* -us, *J* Menescius;
CJP'Rn en, *y* a — 6 (*AR*); *M'* bon; *En* Mes se ne f. li bons,
BCM Se ne f. li b. (*C* boens) h., *P'* Si que se ne f. li h. ; (*tous les*
mss. haubers) — 7 *F* fist; *FR* larme; *E* Lame li f. d. c. s., *P'* Il
li eust lame s.; *R* sachie, *J* seichiee — 8 (*J*); *E* i auint, *A* i
reuient, *M* il reuint; *R* uindrent a la meslie — 9 *R* restoreç —
10 *M* esfraez, *F* redoutez — 11 *N* s. pitie'; *M'K* Si dotez (*K* -os)
ne si peorex (*K* pooros), *M'BM* Ne si douteuz (*M'* doutez) ne
paoureuz (*M'B* paoros), *A* Ne si fier ne si p., *E* Si mortex ne si
perilleus — 12 (*BC*); *E* Nas; *N* troylus; *H* Ne troien; *n* plus e.,
A si perillous — 13 *M'* gries, *M* griex, *EKN* grex, *M'* genz;
F Dis mil greu — 14 *E* iront.

8615   Li dus d'Athenes mout s'iraist,
       E sacheiz bien mout li desplaist
       De son prison, qu'il veit rescos :
       Onc mais ne fu si angoissos.   *8580*
       Mout lor defent, mais ne li vaut :
8620   Par dreite force e par asaut
       L'ont remonté, mais bien li peist.
       Tote lor force en doble e creist ;
       E puis que il fu remontez,   *8585*
       Si lor fu dreite fermetez,
8625   Quar la presse ront e desfait :
       Maint freit, maint pasmé en i lait.
          Hector esguarde près de sei
       E veit le doloros tornei,   *8590*
       Ou tant cler heaume retentissent
8630   E ou tant chevalier fenissent.
       Cele part point o mil des suens :
       Ja resera li torneiz buens.
       Reis Ascaloz d'Orcomenie,   *8595*
       Il e tote sa compaignie,

8615 *M* datheines; *R* sereist, *F* ireist, *M²Ne* sirest — 16 *M²M'k*
Ce; *M²* sachez; *en M*-iez; *M²NRek* desplest, *F* -eist — 17 *E* res-
queus, *M'* -ex — 18 *M²*Ainc, *EK* Ainz — 19 (*R*); *H* le; *Ek* de-
tient, *M²AM'k* est (*K* uait) sus (sus *m. à M*); *J* ll lor cort s.;
EHK poi (*E* po) li ualt — 20 (*R*); *M²AM'k* Car (*M²JM* Que)
p. f. e p. dreit a.; *E* asalt, *K* ass., *M²MM'* assaut — 21 (*J*); *E*
et b.; *ARe* lor p. — 22 (*R*); *K* la; *M²HJM'k* f. d. — 23 *R* Et de
pus ke il fu monteç; *n* Car des que, *E* Tantost com — 24 *M²* Se
lur — 25 *n* Que — 26 *M²CJM'k* M. mort; *A* m. naure; *EHR*
M. f. et m. p. i l.; *n* M. en fet f.; *F* et m. l., *N* meint en i l. —
27 (*A²J*); *N* esgarda, *E* reg., *KM'* regarde — 28 *N* Choisi, *R* Coisi,
F Choissi — 29 *M²M'Rk* uert; *H* elme; *E* t. espees; *R* retentis-
sant — 30 (*R*); *M²AHJM'k* Et t. bon (*K* buen) c.; *M²AJM* fre-
missent — 31 *R* puint, *k* uint; *A* a m., *E* ou uit — 32 *J* resserei;
n Hui mes sera; *AMM'* bons — 33 *M* Roy, *R* Car; *K* ascalor,
J acaloz, *A* acalos, *C* esc., *L* acarloz, *N* arcaloz, *R* oscoloç, *H*
camelos, *E* archelax; *n* de comenie — 34 (*AC*); *R* O tota sa
grant c., *n* Et t. la g. (*N* granz) c., *E* O trestote sa c.

8635	Faiseit socors Mencsteüs :	
	Ja lor remansist Troïlus,	
	Li autre fussent mort o pris,	
	Petit en eschapast de vis.	*8600*
	Hector e cil d'Orcomenie	
8640	Sont la venu a l'escremie :	
	Les forz escuz s'entrenfondrerent,	
	Tant com les lances lor durerent ;	
	Après traistrent les branz d'acier.	*8605*
	La rot ocis maint chevalier.	
8645	Hector fait merveilles de sei,	
	Hui vueut qu'il seit mostrez al dei :	
	Si sera il le ior de mainz ;	
	Sovent fait geter criz e plainz.	*8610*
	Grezeis dïent que mar le virent.	
8650	Des murs de Troie le remirent :	
	Sovent le veient recovrer,	*8611*
	Sovent chacier, sovent joster,	
	Sovent ferir, sovent ocire,	
	Sovent Grezeis metre a martire,	
8655	Sovent faire teus envaïes	*8615*
	Dont maint des lor perdent les vies ;	
	Sovent rescot ses compaignons.	

8636 *EN* remassist, *MM'* remainsist, *K* remasist — 37 *(R)*;
EMn et p. — 38 *M* Poy; *F* eschampast; *E* la uns toz seus nen
alast u. — 39 *M* Dector; *M'* dorcomonie — 40 *(R)*; *EN* S. aucnu;
M²M'k a (*M'* o, *k* en) lor aie — 41 *M²* sentrefonderent, *K* -fon-
drerent, *E* sentresf., *n* santrefandoient — 42 *n* duroient — 44 *R*
la; *ERn* ot — 45 *F* meruoile; *A²* i fait parler de s. — 46 *M²A²ek*
Or; *K* estre mostre; *M²M* monstrez ; *R* a doi — 47 *(R)*; *M²AM'k*
encui; *A* maint — 48 *M²FR* giter, *EN* -ier, *M'* ieter; *E* feisoit
g. granz p., *A* Li uns crie li autre plaint — 49-50 m à *K* — 49
(AA²CHJ); *nR* D. g.; *B* dirent — 5o *H* Del mur; *M'* reuirent —
51-2 *interv. dans* *M²JMM'* — 51 *M²* recourier, *A* trestourncr —
52 *(AJR)*; *F* S. ferir, *H* S. cair; *M²* iostier — 53 *F* S. tuer; *M²en*
ocirre — 54 *E* S. liurer les a m., *H* S. cachier s. desrire — 56 *E*
m. grezois; *KM'* perdront — 57 *M²M* rescout, *E* resqueut, *F*
requiert, *M'* requert.

Por lui font li suen oreisons,
Que Deus son cors guart e defende
8660 E que sain e sauf le lor rende.   *8620*
      Menesteüs fu mout dolenz
De son prison e de ses genz
Qu'a perdu par mesaventure :
La ou la bataille ert plus dure,
8665 Les est alez el tas ferir.   *8625*
A tant vit Mercerès venir,
Qui son prison li ot toleit :
Tres par mi l'eaume sus a dreit
L'a si feru que toz chancele
8670 E qu'il li fait voidier la sele.   *8630*
Ne pot a lui plus recovrer,
Mais autre en a fait enverser :
Sovent les fiert, bien s'i aiuë
O la trenchant espee nue,
8675   Cil de Larise chevauchierent,   *8635*
Qui de rien plus ne se targierent.
Dou mile sont icil e plus :
Hupoz li granz e Cupesus

8658 *M*' P. li; *M* sienz; *En* fet li pueple (*N* plople); *MM*'
oroisons, *E* oris. — 59 *M*²*AM*'k de mal d.; *E* g. s. c.; *n* garde
— 60 *M* Et s.; *F* Et s. et saus et uif lor r. — 64 (*AC*); *R* Li on;
K b. p.; *M*⁴*CM*'*Rk* est — 65 *R* al, *M*¹ ou, *M* en — 66 (*H*);
M'*BCM*'*k* ueit; *kF* misceres, *yBN* mic., *C* mis., *M*² mesc. —
67 (*CR*); *ABHJK* a; *En* toloit, *M*²*ABCJM*'*k* tolu — 68 *N* tot a
d.; *F* li hiaume t. d.; *AEJ* Parmi le (*J* son) elme (*EJ* hiaume);
*M*¹ leume; *M*²*ABCJM*'*k* el (*BM*¹ ou, *M*¹ e) plus agu — 69 *M* fort
f. ; *A* tout, *M*'*k* tot — 70 (*ABC*); *R* Et ki li faiç; *M*²*M* Si que;
EH Et si li f. uuidier; *M*' uidier; *J* A poi quil na guerpi — 71
*M*² recourier; *A* l. recourerer — 72 *HJ* un a. f. (*J* fist), *M*²*M*'*k*
outre la f., *R* o. en a f.; *n* a terre lo fet (*F* uait) uerser; *M*²
enuersier — 73 *n* Forment lo f. fort (*F* et f.) si; *K* i f.; *M*¹ se;
M'*N* aue — 74 (*R*); *M*²*FM*'*k* A; *K* trenchante — 76 *M*²*n* tar-
derent, *EM* -dierent — 77 (*AJ*); *M*²*F* Dous, e .ij., *H* .x.; *A* Dui
millier; *H* bien cist, *E* icist, *M*²*AJM*'*k* cil bien — 78 (*R*); *M*²*JM*'*n*
prouz; *JM*' cupessus, *n* cupressus, *M*² tupesus, *H* cupas.

Les conduiënt serreement.
8680 La ot maint riche guarnement,   *8640*
Tant bel heaume, tant bel escu
De vert, d'azur e d'or molu,
Tante enseigne de bon orfreis
E tant cheval aragoneis.
8685 Del pas se sont mis es galos.   *8645*
Reis Archelaus e Prothenors
O Boëciëns les encontrent.
Autre parenté n'i acontent,
Mais maintenant des fers aguz
8690 Se fierent par mi les escuz.   *8650*
Grant fu la noise a l'assembler :
Cil quin porra vis eschaper
Porra dire que bien li vait.

8679 *R* condugent, *F* -duisent, *M²k* -uistrent — 8o *EH* tant r.
— 81 (*R*); *n* Meint; *F* bon, *nA* meint bon (*N* bel) e.; *M²AM'k*
Tante (*M'* Mainte, *A* Maint, *M* Tant) bele (*AM* bel) arme; *K* t.
escu; *EH* Et tant bel (*H* bon) hiaume et tant e. — 82 *M'* u. a.; *e*
uolu, *H* uolsu; *k* dor esmolu — 83 (*J*); *M²k* Tant, *M'N* Mainte,
F Maint; *E* enseignes; *M²k* de buen, *H* faite a; *R* Tante bone e.
dorfrois — 84 *M'n* Et maint c., *E* Et tanz cheuax; *M* aragocoiz,
H sarragocois, *J* arrabiois — 85 *K* les metent el (*éd.* es); *R* en,
J as; *nJ* galoz, *M* galox — 86 *A²* Dans; *EJ* archenax; *A'* rois;
A² protenors, *A'DFJKM'* prothenos, *M²AC* prot., *M* prothenox, *B*
prot., *N* protheloz, *L* -os, *H* -cenos, *F* epistroz — 87 *M²ABCDM'k*
Quant, *H* Od; *R* Au bociens; *M'* li bocien, *A'* boyciens, *M*
-ien, *M²J* boicien, *E* -iens, *ACK* boecien, *H* boessiens; *A²N*
O (*A²* Et) boetes, *L* Ou boethes, *F* Ou bones gent; *A* lencontre-
rent, *A²JRLn* les encontrerent; *D* Q. bocien les en e. — 88 (*BC*);
A' Autres parentez, *HJ* Autre parage; *R* ni conterent, *An* nacon-
terent; *A²* Ainc parage; *A²J* ni aconterent (*v. f. dans J*); *L* Au-
trement ne sentracointerent — 89 (*BJ*); *A* Tout; *n* as pointes;
E as tranchanz espiez, *H* des grans f. burnis, *R* a granç bruiç de
f.; *A* molus — 90 (*ABD*); *M²K* Les; *ENR* Se uont trespercier
(*E* esfondrer, *R* estroer), *H* Souent estroent, *F* S. trepechent —
91 *M²KN* Granz — 92 *ELn* qui, *R* ken; *FR* escamper; *M²M'k*
Qui uis en p. e. — 93 *M²* len v.; *n* la fét; *R* li part; *k* D. p.
b. li estáit.

Ha! tant en gist par le guarait,
8695 Qui ja ne feront mais noisance
Ne mal ne noise ne pesance!
Cil de Larise recovrerent,
Qui vassaument s'i aviverent.
Chascuns i escrie s'enseigne.
8700 La meslee dès or engraigne :
Jas covendra d'el a parler.
    Senz plus targier ne demorer,
Vint al bosoing li reis Remus :
Trei mile chevaliers e plus
8705 Ot en la soë compaignie,
Nez del regne de Cisonie.
Armé sont tuit jusqu'as arteuz;
Grant clarté done l'ors vermeuz

8655

8660

8665

8694 *F* mortel ; *R* garat — 95 (*R*) ; *M²* ferunt ; *M²AFe* nui-
sance, *N* nuiss.; *M* Q. ia mez ne f. pesance — 96 (*A*); *ER* Ire
ne ioie, *N* Ne nule i., *F A* ces de troie; *M* nuisance — 97 e larisse
— 98 *M²* Q. mout, *M* Et mlt, *F* uasaudement, *A* ualaum., *M¹*
ualsalm., *EH* durement; *M²* se ; (*H* aujuerent), *M²M¹* aidier.,
nCEM aider., *B* aieuer., *K* aiuer. (*cf. 421*), *J* esprouerent;
R Ke de granç cous lor donerent — 99 *M¹* Chacun i escria —
8700 *E* des lor, *M²M¹k* creist e e.; *M¹* engreine, *R* -oigne, *E*
-eingne, *n* angraigne, *K* engeigne — 1 *M²* Ials, *Ren* Ia, *M* Nes,
K Cels; *k* dels; *M²* parlier, *N* paller, *F* parller; *M* del p. — 2
M²EKN tardier, *F* -er; *MM¹* et d., *E* sanz d.; *M²* demorier;
R Aitant sen plus d. — 3 *n* besoig ; *A* Au b. u. ; *K* a lestor;
R renus — 4 *M²* Trois e .iij. — 6 (*J*); *E* Nel; *K* N. del son r. de
lisonie; *M¹* de sizonie, *L* de osonie, *N* disionie, *EH* dalizonie (*cf.
8149 et voy. à la* Table raisonnée des noms propres) — 7 (*R*);
M²BM¹k T. s. a., *A²* A. s. bien; *A¹* iusques, *H* dusques, *A²E*
desquas, *I* desques; *M²* arteilz, *A¹* artalz, *E* -auz, *M* ortelz, *K*
-euz, *A²* -els, *BI* -aus, *A* -ex, *H* -eus, *M¹* -eux; *n* iusqa lar-
toil, *L* jusqe en lorteill, *R* iuske lorceil; *J* Molt furent noble-
ment a. — 8 *A²R* lor uermels (*R* -eil); *H* rendoit li vermeus, *E*
rent li ors uermauz, *nL* i ot dor uermoil (*L* -eill); *M²AABCIM¹k*
Mout rent g. c. (*I* Grant c. i r.) li soleilz (*M¹* soleux, *A¹* -auz,
BI -aus, *AC* -eus, *K* -euz, *M* -elz), *J* Et li soloiz r. g. c.

Qui sor lor armes resplendist.
8710 Polidamas li proz lor dist :   *8670*
« Seignor, quar faisons une rien.
« Se vos le m'atornez a bien,
« Iceste bataille eschivons,
« Deça sor destre lor alons.
8715 « Si com m'est vis e com mei semble,   *8675*
« Trop vei ces noz conreiz ensemble :
« Meins en espleitent, meins en fierent,
« Lor enemis meins en requierent.
« Alons joster a cel conrei
8720 « Ou tante bele enseigne vei :   *8680*
« Mout semblent estre bien armé.
« Se durement sont encontré,
« Ja lor ferons le champ guerpir. »
Tuit respondent : « Vostre plaisir.
8725 « A vostre buen nos avez prez :   *8685*
« Ja mar eschiverons icez. »

8709 *E* en, *nA²R* de; *M²JM'k* les; *N* replandist — 10 *M²y*
Seignors; *EN* feisons, *K* feson, *M'* fetes — 12 (*A*); *J* le me
tornez, *M²* le teniez, *M'* le maintenez ; *En* cuidiez que die (*n* ce
soit) b.; *A²H* Et si gardes (*A²* Or esgardez) se io di b., *R* Si
esgardeç ke il soit b. — 13 (*AA²CIJ*); *K* Et ceste; *nR* La b. tote
e., *H* Ces batailles tot e.; *M²AIRk* eschiuon — 14 (*A²CIJR*); *A*
Et ci; *AH* nous tournon — 15-6 *interv. dans A²ERn* — 15 (*leçon
de EH*); *R* con est; *A²* Si cum moi est auis et s.; *M²ACIM'kn*
Co mest auis si c. moi s. (*K* et co me s.) — 16 (*A²HR*); *E* les;
M²ACM'k Trop par sunt (*AK* Que trop s.) cez (*M²* cesz, *J* ci)
noz genz, *I* T. auons nostre gent — 17 (*HR*); *M²ACM'k* M. e.
e m. en (*K* i) f. — 18 (*HR*); *M²ACM'k* E m. lur e. r. — 19 *N*
a ce — 20 (*R*); *N* ansoigne giaune, *F* anseigne et hiaume ; *E*
Ou tant hiaumes et escuz u. — 21 *n* M. par (*F* M.) me s. bel a.;
E M. sont riche bien sont a., *R* M. les uoi richement armeç —
22 *R* les encontreç — 23 *M²* faront, *R* ferroiç — 24 *EK* Cil; *nEK*
responent; *N* plessir — 25 *e* bon, *M* bons, *N* boen; *F* Ancore
bien; *M²* presz, *M'* pres — 26 *F* eschiueront, *AK* -ez; *M²* icesz,
AM' ices, *M* icelz.

Adonc essamplerent lor pas :
Ja les iront ferir el tas.
   Menelaus vit ses enemis
8730   Encontre lui, les escuz pris,   *8690*
Toz abrivez, toz desiros
De faire lor cors damajos.
As suens parla, mais petit fu :
« Seignor, » fait il, « or iert veü
8735   « Qui onc m'ama ne qui mot chier.   *8695*
« Vez le bosoing e le mestier ; » —
Onques plus merciablement
Nus sire ne preia sa gent ; —
« Onques ne vos fis se bien non :
8740   « Ci m'en rendez le guerredon   *8700*
« As branz d'acier sor ceus qui vienent.
« Por enemis morteus nos tienent :
« Ne sai mie que chascuns pense,
« Mais guardez tel seit la defense
8745   « Qu'il seient ja si conreé   *8705*
« Que mil en i chieent pasmé.
« Por mei e por vengier ma honte
« A or ci tant rei e tant conte

8727 *EH* A tant, *n* Tantost; *ENR* essanpl., *F* anforcierent, *H*
enforch.; *EF* le p.; *M²AJM¹k* A cest (*A* ce) mot (*J* Vers cex en)
uont (*M* nont) (*k* A cez mourent) plus que le p. — 28 *M²* irunt,
F irons; *M¹* ou t. — 29 *A²* uoit — 3o *J* Vers lui uenir; *R* lor e.
— 31 *E* et d. ; *e* desirreux — 32 *EM* De l. c. f. — 33 *M* siens —
34 *e* Seignors; *E* ert, *M¹* ai — 35 (*R*); *M²* ainc, *F* anz, *N* einz,
E ainz ; *M¹n* et qui, *K* ni qui, *M* ne onc — 36 *FMR* Veez; *R*
beisogn, *F* besoig, *N* besoinz, *M²ek* besoing — 38 *M²E* pria —
39 *R* Unc ne u. f. rien — 40 (*R*); *e* Si, *M²* Se, *Fk* Or; *k* me ; *K*
rendrez — 41 *M¹* sus cex, *N* a cels, *E* sor ces; *F* dacer ces qi ci
uenent — 42 *K* mortals, *M²* -iels, *F* -iax; *M¹* tiegnent — 45 *MM¹*
tel, *M²Kn* si ; *n* ancontre; *R* dels conroieç ; *E* Et que tel soient
c. — 46 *n* li mil an c.; *R* en c. de p.; *M²* cheient, *kFJR* chient,
M¹ soient; *E* M. en i c. tuit p. — 47 *R* par u. mes hontes — 48 *H*
Sont; *E* S. ici t.; *K* A or ici t. r. et c., *M¹* A ici maint r. et maint
c., *n* Sont ci uenu t. r. t. c.; *R* Auom tanç anç rois et tanç contes.

    « E tant prince ci ajostez,

8750   « Mieuz voudreie estre desmembrez   *8710*

    « Que uns sous de ma compaignie

    « Face semblant de coardie.

    « Vers mei pent li afaires toz,

    « Si devons estre des plus proz

8755   « E de la gent que mieuz le face.   *8715*

    « Iço vueil jo que chascuns sace,

    « Ja n'i reculerai plein pié

    « Por estre mort e detrenchié.

    « Vez en vint mil, cui rien n'ataint :

8760   « N'i a celui qui ne se peint   *8720*

    « D'onor aveir, d'eschiver honte.

    « Ne vos i ferai plus lonc conte :

    « Poignons contre eus, quar mout sont près. »

    A tant brochierent a eslais :

8765   A meins del trait d'une arbaleste   *8725*

8749 *HR* Et tant princes ci aiostez, *F* Ici t. p. a., *N* Et tanz
p. a ci iostez, *E* E tant i a p. i., *A²* Et tant prince si a., *M°AClk*
Et tanz hauz p. (*A* p. h.) assenblez, *J* Et tant baron riche a., *M¹*
Et maint haut prince a. — 5o *M°A* uoudroie, *ECJk* uoldroie,
M¹ uodr.; *F* Qe mialz uialt, *N* Qe melz uoil; *A²R* M. uoil; *R* e.
toç d., *A²* auoir le chief colpe — 5i (*R*); *F* nus sels, *M°A²M¹k*
ia hon (*M¹* .j., *A²* uns, *K* nus, *M* nul) — 53 *F* paint; *K* affere —
54 *M¹* doi bien e.; *R* de — 55 (*AHJ*); (*F* que); *DM¹* Des miex
uaillanz des plus proisiez — 56 *R* u. bien; *M°DKy* Ce u. ie b.,
AM Et si (*M* Si) u. b.; *M°Ek* sache; *DM¹* que uos sachiez; *J* la
de lestor ne de la place — 57-8 *interv. dans EH* — 57 *M°K* ne,
AM¹k ni, *n* nan; *n* reculeront, *M°k* reuserai; *J* Ne deuons reuser;
M reusera mes piez; *R* dos pieç; *EH* Que ia reculesiens .ij. p. —
58 *M°JM¹k* Por (*K* Par) paor (*M°K* poor, *M¹* peor) destre d., *EHR*
Mialz uoldroie estre detranchiez — 59 *FM¹R* Veez ; *M¹* ent mil, *A*
ci m., *E* ant xxᵐ., *N* .xxᵐ., *F* .xx. mille; *FKM¹* qui; *A* riens; *AK*
nen (*K* ne) taint, *F* nacoint, *N* natoint, *n* nateint; *R* V. en u.
mile et cent — 6o *R* un sol; *E* Si ni a nul; *M°M¹k* paint, *N*
point, *R* pent — 6i *E* Dennor a. de uangier h. — 62 *EKn* en f. —
63 (*JR*); *EN* a ax, *FM¹* uers aus, *AK* sor eus — 65 (*AJ*); *Hk*
En, *M°R* El, *EFL* Au; *M°* meinz, *AJM¹* mains, *M* mainz, *En*
mòins (*de même à peu près partout*); *Rn* dun, *HM* de; *J* arbeli

Trova chascuns sa joste preste.
Mais qui abat son chevalier
Ne s'en vait pas o le destrier ;
Ja de sa main n'iert adesez :
8770 Trop en sereit des suens blasmez.   *8730*
El i covient que cheval prendre :
C'est d'autre ocire o sei defendre.
N'estuet que nus plus i guaaint.
Si durement se sont empeint,
8775 Entre Remus e Menelaus,   *8735*
Que jus s'abatent des chevaus :
N'i a un sol cui sans ne paire
Del gros del cors o del viaire.
   Polidamas s'est eslaissiez
8780 E vait ferir Merel de Biez :   *8740*
Niés fu Heleine e riches dus ;
Vint anz aveit e neient plus ;
Preisiez ert mout en son païs.
Tel li dona sor l'escu bis,

8766 *R* sa honte — 67 *K* lo c. — 68 *nM* ua; *Kn* mie; *K* son
d. — 69-70 *interv. dans n* — 69 *KM'* nert — 71 *FJM'R* Et
li; *M²* couint. *M* conuient — 72 *M'N* ocirre, *M* ochire, *F*
oeure; *K* Ou altre o., *M²* Autre o., *R* Cest a. o. — 73-4 *interv.*
dans K — 73 *M'* Nesteut; *M²M* gaaint, *M'* gaient; *R* A ce refiert
toç le gaainç, *E* A ice reuert li gaheinz, *n* Ge uos di bien nus
ne sen foint (*F* faint), *K* Que lance entiere ne remaint — 74
N anpoint, *E* anpeinz, *R* enpainç — 76 *n* se portent; *K* lus
sabatirent — 77 *E* celui don, *K* cel a qui, *M²* nuil de cui;
M²E ni p., *R* napaire — 78 *K* El g.; *n* del piz; *F* et del, *K* ou
el — 79 *M'* Pollid. — 80 *N* Si, *F* Puis; *H* ua; *M²AC* meren,
nM' meriau, *R* meria (*sigle sur l'i*), *D* merau, *J* -ea, *H* -u;
D des biez, *R* de beç, *A* dou biez, *BH* de bies — 81 *F* Nez;
nK ert, *H* est; *M* h. r. — 82 *H* .xv.; *M²M* nient, *K* naient,
E neant; *H aj. 2 v.* : Que il nauoit armes portees Sot maintes
oeures achieuees — 83 *M²e* Proisiez, *MN* Pris., *F* Pros; *M²AJk*
fu m., *e* estoit — 84 *N* donc; *M* sor son e. b.; *JM'* sus, *n* an;
A Si le fiert par mi.

8785 Tot le li fent, l'auberc desmaille ; *8745*
   Tote l'enseigne de Thessaille
   Li a el sanc del cors baigniee.
   A grant angoisse e a haschiee
   Est chaüz morz : c'est granz damages,
8790 Car mout ert beaus e proz e sages. *8750*
   Quant Menelaus vit Merel mort,
   Ne cuide pas aveir confort,
   Quar mout l'amot e teneit chier ;
   Mais mout le cuide bien vengier.
8795 Son escu pris, son bon brant trait, *8755*
   Requiert Remus, dont mal estait.
   Un si grant coup li done e rent
   A mont en l'eaume qui resplent
   Que jusqu'al test li aciers cole.

8785-6 *J dével. en 4 v.* : Quil li a fret et estroe Et le blanc
hauberc descloe Onc ne poet garantir la maille Tres en mi leu
de la coraille — 85 (*DL*); *M*¹ T. li porfent, *nER* Quil (*F* Qe)
lo li f. ; *M*¹*k* Tot li f. lauberc e d. — 86 (*R*); *M*²*DM*¹*k* Si que;
N lansoigne; *F* tes., *DEN* tess., *M*¹ tesselle, *K* thessaile —
87 *A* ou s., *M*¹ ou flanc; *M*²*K* el c.; *FM*¹ baignie, *R* baigne; *J*
Li a senseigne el cors baignie — 88 *R* O; *AF* douleur; *n* a
grant hachiee (*F* aschie), *R* et o a.; *JM*¹ achie, *FR* aschie, *M*²
aschee, *N* hachiee — 89 *M* mort; *M*²*EJMN* cheuz, *K* chaiez;
*M*²*AJMM*¹ E. m. c.; *E* ce est, *M*²*AJM*¹*k* ce fu; *M* domage, *A*
domm. — 90 (*R*); *M*²*M* fu, *M* est, *JM* preuz et biax; *n* C. m.
par ert (*F* estoit) et p.; *A* Car il ert ml't preus et ml't s.; *AM*
sage — 91 *D* menalax; *M*²*Bk* meren, *A*² -eu, *A* -e, *n* -iau, *D*
-au, *M*¹ -ax, *R* -iaz, *H* -u — 92 *e* Nen; *K* Iames ne quide —
93 *M*¹ lameit; *n* ml't lauoit, *R* et auoit — 94 *D* Et mont len; *F*
li c.; *K* Or le quide; *k* tres b. u. — 95 *M*² prist, *A* prent;
*M*²*ABCDJM*¹*k* toz eslaissiez (*A* airiez); *n* son bran (*F* brant)
nu t., *EH* et s. branc t.; *R* s. buen — 96 (*H*); *R* Ne quiert; *N*
dom, *EF* don; *n* m. li fait; *M*²*ABCDJMM*¹ toz (*M*² mout) airiez
(*A* elaissiez), *K* triste et iriez — 97 *n* Un ml't g., *M* .j. g.; *enM*
cop, *K* colp (*de même partout, sauf avis contraire*) — 98 *ERk*
el, *M* au; *e* hiaume, *K* hialme, *R* iaume; *n* sor liaume (*F* li
hiaume), *M*² en leume — 99 *M*²*En* iusquau, *K* iusquel, *M*¹
tresqua; *eM* li acier, *n* lespee.

8800	En la grant presse e en la fole	*8760*
	Chaï pasmez : s'or n'en est traiz,	
	Achevez a toz ses mesfaiz.	
	Quant cel coup virent mil des suens,	
	N'orent donc guaires de lor buens :	
8805	Cuident l'ame s'en seit alee.	*8765*
	Gent veïsseiz desconfortee,	
	Deshaitié sont e angoissos :	
	Ja par nul d'eus ne fust rescos,	
	Ainz voleient le champ guerpir,	
8810	Ja començoënt a foïr,	*8770*
	Quant les retint Polidamas,	
	Qui s'est alez ferir el tas.	
	En haut a escrïé s'enseigne ;	
	Maint en ocit, maint en mahaigne ;	
8815	E cil ront lui mout damagié	*8775*
	E en set lieus son cors plaié.	
	A grant peine a socors eü :	
	Tant ont des branz d'acier feru	
	Que trei cenz d'eus e plus senz faille	
8820	Remestrent mort en la bataille.	*8780*

8800 *M²M¹k* Si quen la p. — 1 *n* Chei; *R* nest — 2 *R* Acherie, *M²M* Afine, *K* Or finez; *M²* mals traiz, *k* malfaiz ; *BM¹* A fin a toz ses max atrez (*B* malfais trais) — 3 *K* Icel; *N* ce, *R* cest; *E* Q. ce u. .vᵉ.; *R* de; *D* sens — 4 *E D.* n. g.; *R* gaire, *F* gueire, *E* gueres, *N* gaires; *M²DM¹k* N. mie trestoz l. b. — 5 *k* Quident; *FMR* larme; *M²M¹k* C. que lame en s. — 6 *eF* ueisiez — 8 *M²* por; *n* nus; *K* fu; *E* resqueus, *M¹* -ex, *F* rascous — 9 *eN* Einz — 10 *F* comencaissent; *M²F* fuir — 11 *A* Q. p. les r. — 12 (*M²Jk* Qui sest); *R* Kis, *M¹* Ques, *En* Qui; *eM¹* est a., *n* les ala; *K* ale; *M¹* ou; *A* Qui tost a la meslee uint — 13 *A* Trois fiees crie s. — 14 *MM¹* ocist; *R* Mainç en o. mainç; *M²* meeigne — 15 *M¹* Mes; *nER* il; *F* lo r. m. — 16 *F* maint, *N* meint, *E* mainz; *M²M¹k* En plus de s. l. lont p.; *M²R* lues, *M* lieuz, *EKN* leus, *F* lous — 17 *F* ses cors, *les autres* secors — 18 *M²* as b., *En* del brant — 19 *FK* troi .c., e .iij. ᵉ, *M²R* treis cenz, *N* trois c.; *M* .iiij. cens et ; *R* o p. — 20 *F* Remistrent; *M²R* a la.

Li reis Remus jut toz pasmez :
Tant fu des chevaus defolez
Que, quant li suen l'en orent trait,
Ne cuidoënt pas por nul plait
8825 Que il fust vis desci qu'al seir.　　　　　*8785*
Reis Menelaus par estoveir
Les a chaciez e remuëz :
Par tant i perdirent assez.
　　　Reis Celidis esteit mout beaus,
8830 Lons, grailes, dreiz, juevnes toseaus.　　*8790*
La reïne de Femenie
Aveit esté lonc tens s'amie :
Por li esteit mout essauciez,
Mout coneüz e mout preisiez.
8835 Ses armes e son milsoudor,　　　　　　*8795*
De chierté e de fine amor,
Li ot tramis, s'en ert armez :
Por ço ert sovent remirez.

8821 (*J*); *C* geist; *M*²*Cn* tant, *M* tout; *K* ert tant naurez — 22
(*BCH*); *JK* de c.; *M*¹ De c. fu t. d.; *F* detirez — 23 *F* Car; *M*
sien — 24 *K* Quil ne quiderent, *eM* Ne cuidierent pas; *FK* par,
*M*²*Ma*; *R* Ne cuident pas par negun p. — 25 *M*² Qui il, *F* Qil;
HR soit uis, *n* uesquist, *M*¹ nes quist; *M*²*EN* de ci, *kHR* desi, *M*¹
iusques; *HM*¹ au s.; *F* an iusqau s.; *R* ior — 26 *FR* por; *R* estouor
— 28 *H* Por ce, *E* Por cen, *BCJM*¹*k* Por t., *n* Par force; *A* Por
quant si p. — 29 (*M*²*FJRky* celidis), *A*² scelidis, *N* celydis, *B*
scedius — 3o (*H*); *N* L. et g., *F* Longniez g.; *R* doiç; *M*²*M*¹*k* G. et
d., *B* G. estoit; *N* grailles, *k* gresles, *e* grelles; *M*²*HMR* iounes,
*nBJKM*¹ iones; *E* et iouenciax — 31 *K* femelie, *eF* feminie; *D*
danphemenie, *J* deufemie — 33 *N* Par; *k* lie; *F* es., *K* essal-
— 34 *N* M. enorez; *F* prosiez, *N* priss., *M* pris., *M*²*e* prois. —
35 *K* Les; *M*²*Rk* milsoldor, *E* -odor, *F* mis., *M*¹ miss. — 36 *E* Par
c. et par; *M*²*BCHM*¹*k* Li ot tramis (*HM*¹ done) par; *J* T. li auoit
por a.; *H* grant a.; *FR* De (*R* Ke) chieree de (*F* et de) fin a. —
37 *R* sis nest a.; *F* montez; *M*²*BCM*¹*k* Et quant il en esteit a., *J*
Ml't estoit ricement armes — 38 (*H*); *R* fu; *n* Por ce estoit, *E* P.
cestoit; *M*²*M*¹ Plus s. en iert, *k* Molt s. esteit; *M*²*M*¹ regardez, *k*
esgardez.

Nus qui seit vis, ço me dit Daire,
8840 N'en savreit la façon retraire :   *8800*
Teus ne furent ne n'ierent mais.
Reis Celidis de plain eslais
Ala ferir Polidamas
Sor son escu, qui toz ert quas
8845 E estroëz e depeciez.   *8805*
Trenchanz fu e forz li espiez :
L'auberc deront e trenche e faut ;
Entre le cors e le bliaut
Passe une aune del fust fraisnin.
8850 Mout a esté près de sa fin.   *8810*
Bien l'a empeint, mais ne chiet pas.
Mout fu iriez Polidamas :
Le sanc mua e la color,
Vers Celidis ot grant iror.
8855 O le brant d'acier esmolu,   *8815*
L'a tot jusqu'es denz porfendu ;
Puis li a dit : « Ceste meslee
« Avez chierement comparee.
« Sos m'aviëz en hé coilli,

8839 (*A²HR*); *n* Hom; *A²n* s. nez, *R* uis s.; *A²* ce nos; *N* dist;
M²AJM¹k Riens (*JMM¹* Rien) qui seit (*JK* fust) nee tesmoing (*J*
al t.) d. — 40 *M²A²EJRkn* Ne; *A²JM¹n* sauoit, *EK* seust, *H*
saroit; *k* sa, *R* lor; *M²* faicon; *J* len plus bel r. — 41 *N* nerent,
R nerunt, *F* iert; *M²M¹k* Tiels (*M¹* Tiex, *k* Tex) armes ne uer-
roiz ia mes — 42 (*M²A²FKRe* celidis), *N* celydis, *LM* scelidis;
K a grant e. — 44 *e* que; *M¹* tot; *M²M* iert, *e* fu; *n* tot li (*F* lo)
fist c.; *M¹NR* cas — 45-6 m. à *N* — 45 *F* E. fu et d. — 46 *M¹*
Trenchant et fort fu, *E* Auques fu tranchanz; *F* Qe par poi quil
nest detranchiez — 47 *M* ront, *E* li r. — 48 *Kn* lauberc; *M¹*
bluiaut — 49 *K* alne, *E* ausne; *M²* freisnin, *R* frainin, *ek* fresn.
— 5o *M¹R* la — 51 *En* Enpeint (*n* -oint) le b.; *K* ne chai p. —
52 *K* fu muez — 53 (*H*); *M²AJR* Li sans li mue, *M¹* Le sanc li
nua (*sic*) — 54 (*M²A²FKRe* celidis), *N* celydis, *LM* scelidis —
56 *EFk* iusquas, *M¹* dusques — 57 *N* mellee, *M¹* melee — 58 *M*
comperee — 59 *R* Sous, *k* Voz, *M²e* Vos; *n* Se uos mauez; *F*
hait, *R* et, *M¹* gre.

8860 « Bien vos en ai rendu merci.   *8820*
     « Ço peise mei por vostre amie,
     « Que en sera vers mei marrie,
     « Que mout est proz e riche e bele :
     « Ore en orra freide novele. »
8865 Greu firent duel de Celidis,   *8825*
     Que Polidamas ot ocis.
     Sa gent en plore e brait e crie :
     Onc tel dolor ne fu oïe.
        Ore a Hector mout de ses buens :
8870 O la grant aïde des suens   *8830*
     Les a chaciez une grant masse.
     Par vive force les entasse
     Sor un conrei mout orgoillos :
     Ja i avra des lances tros,
8875 Quar ço sont cil de Salemine.   *8835*
     Quant Telamon vit la destine,
     Qui reis e sire e maistre ert d'eus,
     D'ire desvez, cruëus e feus,
     Ala un Troïen ferir,

8860 *M²M'k* R. uos en ai la m., *E* B. le uos ai ici meri — 61 *F*
poisse; *R* Et p. men par; *M²M'k* Mout men p. — 62 *FKe* marie
— 63 *E* et sage et b. — 65 *k* Griu, *M²* Grie; (*A²FKR* cel.), *LM*
scel., *N* celydis, *M²* cilidis — 67 (*R*); *M²ENRk* genz; *KM'* p.
b., *M²M* b. et p. — 68 *M²* Ainc, *EF* Ainz, *N* Einz; *M²EKn* tex
(*M²* tiels) dolors — 69 *M²AMM'n* Or, *H* Dont, *ER* Lors; *M* ra,
E ot; *M* bonz, *A* bons — 70 (*J*), *M²M* A; *n* bone a.; *H* aie; *E*
A laide quil ot d. s.; *A* sons — 73 *K* Sorra c. m. merueillos; *M²*
ergoillos, *E* orguillos, *MN* -ueillos, *F* -ueillous, *M'* -uellox — 74
FKe de; *F* trous, *e* trox, *M* troz — 75 (*BCDHIJ*); *M²A'A'k*
salamine, *n* la marine — 76 *R* Cant; *H* menelax, *les autres*
thel.; *n* uoit, *H* ot; *M²ABCDIJM'k* T. ueit la descipline (*ADM'*
dece-, *J* deci-, *BCIK* desce-, *M* desci-) — 77 (*R*); *F* Qe; *AEI* Q.
s. et rois; *M²K* Q. s. et mestre iert (*K* mestres esteit) delz;
MM' Q. s. et m. et rois (*M* roy); *M²AMM'* iert; *I* dials, *M²*
delz, *Ke* dels, *A* deuls, *M* deulz, *F* dax, *N* daus — 78 *LM'* deuez;
M²MM' cruelz, *H* -ex, *N* cruiex; *M²M'* felz, *N* faus, *H* fex, *M*
feulz, *K* fels; *AEFJL* fel et cruex (*JL* -els, *A* -euls, *F* -ax).

8880   Qu'en es le pas l'estut morir.   *8840*
        Puis trait l'espee, si lor done :
        Maint en ocit, maint en estone,
        Maint en abat, maint en mahaigne.
        Quatre amiraut de sa compaigne
8885   E Teücer avuec, le rei,   *8845*
        Qui mout par aveit grant conrei,
        L'ont socoru, jol vos di bien.
        Ja i perdront li Troïen :
        Enui deivent faire e rancune
8890   Treis batailles que sont contre une.   *8850*
          Reis Teücer fu en l'estor
        Sor un cheval bai milsoudor,
        Plus isnel d'autre e plus corant,
        Plus bel, plus hardi e plus grant.
8895   A Hector joint : en mi le piz   *8855*
        Li a fausé l'auberc tresliz :
        Se ne brisast si tost la lance,
        De l'ame eüst fait desevrance.
        Blecié l'a mout, s'est qui l'en plaigne;

8880 M^1 ele p.; M^2k lestuet, F lestoit — 82 N Meint; CLM^1
ocist, M ochist, K abat; F Un si grant cop qe ml't rasone — 83
N Meint; K ocit — 84 M^2 amirails, F -anz, K -alz, M -auz, AM^1
-aus, H -al — 85 A^2M^1Nk theucer; E auoec; M^2AJM^1Rk qui
esteit reis, nA^2 qi r. estoit — 86 (H); R Ke molt p. a. genç tor-
nois; M^2AJM^1k Q. m. esteit (k Et m. par iert) proz e corteis, n Qi
g. cheualerie auoit — 87 M^2JMM^1 Le, AK Les; M^2M^1 secorrent,
k -orent, J -unt, A -ourut; FR ie, N gel, M^2JM^1k cc, E si, A se —
88 n perdissent t. (N li troyen) — 89 (A); E Bien d. f. grant r.; nHR
Bien doit (H doiuent) e. f. — 90 M^1 .x., K Dous; R ke, *les autres*
qui — 91 M Roy; M^2A^2Ken theucer — 92 M^1 Sus; n uair; M^2K
milsoldor, E -odor, FM^1 miss., M misodour, N misoudor — 93
M^1 ignel; EK corrant — 94 nK P. fort — 95 R O; M^2M^1k
point; n parmi, R kemmi; M^2M^1k si quenz el (M^1 ou) p. — 96
K false; M^2Re Li fist fauser — 97 M^2R Si; M^1 bruisast; M^2FKM^1R
sa l. — 98 R larme; F Del aume; R la seurance; M^2M^1k De
sei poist (M peust) estre en dotance — 99 F Blece est m.; eM
le, nL lo.

8900	Mais, ainz que li jornaus remaigne,	8860
	Cuit jo que teus le comparra	
	Qui nules coupes n'i avra.	
	De lui se fust il bien vengiez,	
	Mais mout li fu tost esloigniez.	
8905	Dorion trueve l'amiraut;	8865
	El li trencha que le bliaut,	
	Ço fu del sanc e de la char.	
	Dès or nel tient mie a eschar :	
	Trop veit grant gent environ sei,	
8910	E trop li targent si conrei.	8870
	En dous cenz places se combatent,	
	Ociënt sei e entrabatent.	
	Beaus e riches ert Theseüs.	
	Treis anz aveit e neient plus	
8915	Que primes ot armes portees,	8875
	S'en ot teus uevres achevees	
	Dont il aveit grant pris eü	

8900 (*R*); *N* einz; *E* cist, *F* cil; *E* iornex, *N* -auz, *M*² tornoiz, *MM*¹ -ois, *K* -eis; *M*¹*N* remeigne, *E* -eingne — 1 *K* Quit gie; *M*² tiels, *M* tiex, *Ekn* tex; *M*¹ conperra — 2 *M*²*k* Que, *F* Qe; *EN* corpes, *LM*¹ colpes; *M*²*F* nujlle (*F* nulle) coupe — 3 *R* ben, *M*²*M* tost — 4 *N M*. trop se fu; *F M*. il sot ia bien e. — 5 (*E* Dorion), *M* Dorium, *M*²*BDJM*¹ Dorjus, *K* Merion, *R* Morius, *n* Dozius; *Kn* troue; *M*¹ lamiral, *B* -alt — 6 *K* Et; *M*¹ bluiaut (*forme constante*) — 8 *M*¹ tien; *M*²*k* t. pas — 10 *eknR* tardent; *KRn* li — 11 *F* Qe an d. c. lous, *N* En plus de c. leus, *A* Kar en cent p. — 12 *K* sentreb., *M* entreb.; *A* Et socient et sentrab., *R* Entrocient soi et ab., *E* Si santroc. et ab.; *N* Fierent et ocient, *F* F. batent tuent, *L* F. maillent t.; *nL* et chaplent; *A*²*G* F. trenchent ch. ab. — 13 (*A*²*R*); *F* Jaus; *M* riche; *M*²*MM*¹ iert, *nBR* fu; *R* B. r. forç, *E* R. et preuz; *M* teseus, *les autres* theseus — 14 *M*² Treise, *R* Troïç, *n* Trente; *DJM*¹ ne guerres p.; *E* neant, *FM* nient, *K* naient — 15 (*DJ*); *ER* Que il auoit; *F* primiers; *A* Quil auoit este adoubez — 16 *AK* Si ot; *k* tex choses a., *A* de telz fais acheuez; *F* Maintes ourees ot achiuees — 17 *N* Dom, *M* Donc; *K* molt esteit sis p. creuz, *M* ses p. e. m. c.

E dont il ert mout coneü.
Vit la grant gent cui il aveient,
8920 Qui a Hector se combateient ;   *8880*
Vit e cuida tot a estros
Qu'ainz qu'il poüst aveir socors,
Qu'il ne fust morz, vencuz o pris.
De tel chose s'est entremis
8925 Que li avra mestier ancui :   *8885*
« Hector, » fait il, « trop grant enui
« Sofrez ici. Ne sai por quei
« N'endurez vos que cist conrei
« Vos viengent aidier e socorre :
8930 « Mei est avis que trop demore.   *8890*
« Se vos chaez ci entre nos,
« Vos n'i poëz estre rescos :
« Pesereit m'en. Ja Deu ne place
« Qu'uns sous des noz mal vos i face !
8935 « Mandez, beaus sire, vostre gent   *8895*
« Qu'il chevauchent isnelement,
« Quar en poi d'ore mesavient :

8918 N Dom, M Donc; M²M iert; Ne en lot, F il ot; A
conneus, M -uz, K coneuz — 19 A les granz gens, K de la g.;
M² qui, kn que, R ke; e quileuc; M² auoient — 20 Kn Que; R
o h.; M² cumbatoient — 21 K quida — 22 (R); n Ainz (N Einz)
qil; F cuida; M²ek Quil ne p.; EK estre rescous — 23 M² Qui;
E Et quil f., nR Laussent; R morç; N uoincu, E ueincuz, M¹
uaincuz — 24 A Dune c. — 25 (R); F Qe, eMN Qui, K Quil;
kM¹ encui — 26 F H. li f. — 27 BM¹ or ci; F Soferre ci — 28
n Ne uolez, K Ne ueez; R cest, M²Ek cil; M¹ Cuidiez uos que
uostre c. — 29 Ek ueignent, M²M uiegnent, K uienent; R
uienge a. ne; J viegne a. et nos accorent; M¹ aident et uos
secorent; K edier — 3o (J) FMe Ce mest a.; R t. uus d.; JM¹
demorent — 31 M²n cheez; K si — 32 eF ne; K A grant peine
sereiz; k rescous — 33 M¹ Pesera; R me, M² mei, M moy, e inoi;
M²MM¹ mais; MM¹ dieu, K de, R dex — 34 R Come, n Qe nus,
M Que .j. seul, M¹ Cun sol, M² Quns sols, E Que uns; M²Ek
de nos, M¹R des nos — 35 MNe biau sire; RF a u. — 36 M
Que.

« Trop par est fous qui rien ne crient. »
Hector l'en rent mout granz merciz :

8940 « Beaus amis, frere, mout bien diz.
« Grant gré t'en sai : se jo poëie,
« Volentiers tel guerredorreie;   *8902*
« Mais mout ses poi que jo sai faire :
« Or le verras jusqu'a ne guaire. »

8945   Reis Menelaus entre tant dis   *8903*
Polidamas en menot pris :
Telamon aveit abatu,
Qui dur estor li ot rendu ;
Pris ert en fin senz recovrier.

8950   Perdu aveit son brant d'acier,
Sis heaumes li ert sor le vis,
Rompus e quassez e maumis;   *8910*
Entor lui ert grant la meslee.
Hector le veit, cui pas n'agree :

8955   Cele part point toz eslaissiez,

8938 *A* Ml't; *E* fos; *AK* riens; *M²BRk* Tost prent (*k* pert) cum
f., *J* T. prent un fox, *H* T. est hardis, *CM¹* Fols est li hons;
Rk ice ne tient — 39 *H* m. de m.; *BHM¹* mercis — 40 *H* A.
b. f.; *M²BHM¹* dis — 41 (*ABH*); *A²N* Granz grez; *M²* poeiee;
E sen leu uenoie — 42 *EK* Bien le te, *N* Ml't b. lo, *DFM¹* Ge
le te; *J* V. te, *M* V. le; *H* tel guerdoneroie, *M²* le guerredonreie,
C gerrendonroie, *DJMen* guerredoneroie, *K* gueredonereie; *B*
le te meriroie; *A* Le guerredon ten renderoie — 43-4 m. à
M²ABCDJM¹k — 43 *R* Mas; *A¹A²ELRn* sez; *H* poi s.; *A²R*
puis f. — 44 (*L*); *A¹EF* Tu, *A²* Ja; *A¹R* sauras; *A¹* na g.; *FR*
gaire, *EHN* guere; *A²* sanz plus retrere — 45 *K* Danz, *B* Dans,
MM¹ Dant, *M²* Dan, *A* Roy — 46 *M²* en meneit, *F* an moine;
H Rauoit p. tot p. — 47 *M²ADJKRen* Th.; *ADRky* lauoit —
48 *M²* Que — 49 *M²M¹k* iert; *F* sanz f., *K* issi; *E* Toz estoit p.;
F recourer — 50 *e* branc, *N* bran — 51 *M²ERn* Ses h., *MM¹*
Son heaume (*M¹* hiaume); *R* le fu, *M²M¹* li iert; *KM¹* sus —
52 *M²F* Rumpuz; *e* cassez; *M²ek* malmis — 53 *M²M¹* iert, *K*
est, *n* fu; *M²EN* granz; *M¹* mellee (*forme constante*) — 54
(*R*); *EH* Hectors; *E* uit; *KM¹* qui; *M* point — 55 *M²AM¹k* p.
uint; *H* Dicele p. p. e.; *M²k* esleissiez, *F* eleissiez, *A* eless.

E sacheiz bien mout fu iriez,
Tost ot la presse departie :   *8915*
A l'espee trenchant forbie,
Plus de trente lor en a morz.

8960   Rescos fu cil par son esforz,   *8918*
Par estoveir lor a toleit :
Grant merveille a cil qui ço veit,
Quar tanz granz cous a receüz
E de tanz a esté feruz,

8965   Nul nel poüst aveir sofert.   *8919*
E si sacheiz merveilles pert
De la soë gent en l'estor :
Trop par sont poi contre les lor.
    Reis Epistroz, reis Menelaus,

8970   Reis Telamon o lor vassaus
E o lor gent comunaument   *8925*
Pristrent un tel envaïment
Sor Troïens, qui mout perdirent,

8956 *M²HMe* sachiez, *n* sachoiz (*de même partout, sauf avis contraire*); *My* Et si s., *K* Et s. que; *F* tot fu — 57 *K* T. a — 58 *n* O; *kN* dacier — 60 (*A²BI*); *M¹* Resquiex, *E* -queus, *H* -cols; *H* Tost fust r., *E* R. lor a; *LN* est c., *F* a c.; *A* ses esfors — 61-4 m. à *M²ABCDJM¹k* — 61 (*ILR*); *H* Par son esfors, *F* Por grande force (*v. f.*), *A²* A grant f. — 62 (*HI*); *A²* M. en a, *L* Ml't se m.; *R* ki tenoit, *F* qil ueoit — 63 (*HR*); *L* Qe; *nI* tanz (*F* tant) cox i a; *A²* Kar de cols a tant r. — 64 *N* estez — 65 *R* Neus n. puet; *EHN* poist; *F* Qe nel pooit; *M²J* Mais tanz (*J* mainz) granz coups (*J* cops), *ABCDM¹k* M. (*B* Qui) maint (*B* tant) grant cop (*K* colp); *M²ABCDJM¹k* i a s. (*M²* sofret) — 66 (*BC*); *H* Et bien s., *A* Et s. b., *R* Mas s. b., *nA²E* Mais ce (*A²* bien) s.; *EH* meruoilles, *n* -e; *M²ABCJM¹k* que mout i p. — 67 *ABH* a lestour — 68 *EH* Car ml't, *R* M. par; *n* Dont (*N* Dom) il a ire et grant dolor (*F* et d.) — 69 *JM¹* epitroz, *K* epistrox, *M* epystroz; *H* et m. — 70 (*R*); *M²* E, *ek* Et; *tous les mss.* th.; *M²AM¹kn* o ses — 71 *M²AM¹k* Et la l. g. (*M²* genz); *KR* comunalment, *M²Men* -ement — 72 *M¹* Pritrent, *A²* Ont pris; *A¹* un enuaiemant, *M²AA²M¹kn* tiel (*A²n* un) enuaissement — 73 *M²MM¹* que, *E* ou.

Que par force le champ guerpirent.
8975 Toz desconfiz les ont chaciez :
Ja n'en eschapast la meitiez,   *8930*
Mais li dis frere qu'Ector ot —
Oëz com grant mestier li ot —
Del conrei s'esteient parti
8980 Ou les aveit mis e guerpi.
De lui criement, s'en ont dotance :   *8935*
N'en iert hui mais fait desevrance,
S'o lui se pueent ajoster.
Les batailles virent mesler,
8985 Virent les estranges meslees
E la resplendor des espees :   *8940*
Adonc vousissent o lui estre.
Reguardé ont desor senestre :
Virent Troïens desconfiz,
8990 Oënt les noises e les criz.
Ensemble traistrent cele part,   *8945*
Fier e hardi come liepart.
Tuit li premier quis encontrerent

8974 *en* Car, *M* Et — 75 *K* Tot par force — 76 *F* nen escham-
past, *C* nescamp.; *EN* mitiez — 77 *(HJ)*; *M'* Vint e .v. f., *AA²*
Mais .j. (*A²* li) f.; *nA* que h.; *A²* auoit; *CM'k* Se ne fussent; *M'*
li f. h., *Ck* li (*m. à M*) .xxv. f. — 78 *M²A²HR* Oiez; *M²BEJ* quel
(*M²* que) m. ce li ot; *A²* grans mestiers estoit; *A* Deux quel m.
celui ior ot, *M'* Li bon batart li poigneor, *Ck* Quector aueit li
(*K* le) combatere — 79 *F* Des conroiz; *M'* setoient; *Kn* partiz —
80 *kO*; *R* rais et g.; *Kn* guerpiz — 81 *M'* si ont, *K* et o. — 82 *K*
Dels nert oi mes; *M²M* Ci niert, *E* nen ert; *e* mes hui, *n* ia mes
— 83 *M²M* Sa; *FM* puent, *M²KM'N* poent; *M²* aiostier — 84
N uoient, *F* uolent; *E* merler, *M'N* meller — 85 *n* mellees, *e*
melees — 86 *M²Rk* les resplendors — 87 *(AR)*; *M²* E doncs,
e Lores; *k* uols., *M'* uolisent; *n* Lors reuousissent) *F* -istrent)
— 88 *E* Esgardez; *M'* desus, *nK* deuers — 89 *E* T. u. — 90
M² la noise; *AEH* Les n. o. — 91 *(R)*; *M'* tretrent, *J* traent,
E poignent, *H* poinsent, *n* corent, *K* alerent, *A* uindrent — 92
M²AEJ plus que; *K* lipart, *M'* lieup., *F* leop., *J* lep. — 93 *E*
Et li: *R* kis, *M²MM'n* ques, *E* quil.

A haute voiz lor escrïerent.
8995 « Poigniez », font il, « ne targiez mais, 8950
« Qu'Ector i sofre trop grant frais. »
Veir est, mout i ert entrepris :
Soz lui ont son cheval ocis,
Mais n'i a nul qui prendre l'ost,
9000 Quar il le comparreit mout tost. 8955
Amphimacus nel pot sofrir,
Avant ala por lui saisir,
Mais chierement le compara ;
Onc autre guage n'i laissa
9005 Ne mais le chief desor le bu. 8960
A tant si frere i sont venu.
Odeneaus joint o Eneas,
Qu'il l'abati en mi le tas ;
O Epistrot Antonius,
9010 Que des chevaus se mistrent jus ; 8965
Durement ra feru Edron
Par mi l'escu rei Telamon,

8994 n les — 95 M² Poignez, M¹ Poignons; M² funt, M¹ fet; EN tardiez, M²M -ez, FM¹ -ons, K -on — 96 E Quectors, n Hector; e suefre — 97 EH Voirs e., AR Cest uoir; R ere, H est; M²M¹k Trop par i est or (M¹ ore) e.; A m. lont ore e. — 98 R keual; M²M¹k Son c. o. s. (M¹ sor) l. o. — 99 F Nen i a n. — 9000 M²En comparroit, M¹ conperroit, R -arast, M -aroit — 1 M²FHJMM¹ Anph., E Anf.; HJ ne; M²R puet — 2 EJ seisir, ses., M¹ ferir — 3 M² comparra, MM¹ -era — 4 M² Ainc, E Ainz; F ne leira — 5 EJ Fors que; M desus — 6 J An tant; M¹k sunt si (k li) f. u. — 7 R Odemaus, nE Theseus, M²MM¹ Dorius, A Doridis, B Torius; M²MM¹ point a, FHLR i. a, A feri; M²M¹k celidas, R roi esdras; J A teseius ioste e., K Carut broche uers celidas — 8 J abati; N labatie; E pas (N pas corr. en tas); A isnellepas — 9 AK Et, EH A; M² epistro, LR -oz, KM¹ -ox, n -oiz, A -os, J empitroz; H epitros ioint a.; EHJMn anth.; n Epistroiz et a. — 10 (R); FM Qui; AEH du cheual; EH le porta, R se portent, M²AJk sabatent, M¹ se metent — 11 R ad; EHLR esdron, F esdroiz; M²Mk ra rois (M¹ roi, M roy) thelamon — 12 Rn roi thelamon (F -onz), EH r. sarpedon; M²M¹k feru edron.

Qu'onques l'aubers ne l'a guari
Qu'outre n'en past l'espié forbi,
9015 Si que del cors li sans l'en ist
A si grant fais que mot ne dist.   *8970*
Ne refailli mie Delon,
Que l'amiraut Polixenon
A si feru qu'entre mil Gres
9020 Est morz a la terre remés.
Le destrier prent, qui vaut cent livres : *8975*
Isneaus ert, coranz e delivres.
A Hector vient e si li baille,
Qui mout tost i monta, senz faille.
9025 Siciliëns ra si feru
Un amiraut par mi l'escu   *8980*
Que lui e le cheval enverse
Mout laidement en mi la presse.
Quintiliëns ne refaut mie :

9013 *EH* Mes ainz, *M²M'k* Si que; *J* haubers, *F* hausberc, *M²R* lausbers, *MM'* lausberc; *M²JN* ne le (*J* li) g., *EHM* nel garanti, *M'* li desfendi — 14 (*H*); *JK* ne ; *F* paist; *M'* nist pas — 15 *M²* le sans; *nMM'* Si (*n* Et) que li (*M'* le) sans (*FM'* sanc); *EJK* li ist, *M'* sen i. — 16 *M'* Dune g. piece; *JRn* ml't li nuist (*R* mist), *E* mal li fist — 17 *JLen* delon, *R* del miç — 18 *k* Qui, *exJ* Car, *A²* quant; *JMM'* lamiral, *M²* -ail, *K* -alt, *F* -ant, *R* -auç; *L* pollixedon, *A²* -enon, *F* polixeron, *R* poliseniç — 19 (*R*); *M²M'K* quenmi; *M²M'* cent gres (*M²* greis), *M* gent griez, *R* m. grex, *K* grezeis — 20 (*R*); *E* E. uis, *R* Esrus, *M* E. mort; *M'* E. a la t. m. r. — 21 *ekN* ualt — 22 *Rn* I. e.; *R* correns, *F* corant; *E* l. c. et toz d., *A²* I. estoit et ml't d.; *R* desliures; *M²AM'k* I. ert (*M²M* iert) et forz (*M²* fort) (*M'* estoit fors) — 23 (*A*); *A²R* uint; *M²MM'Rn* si (*R* se) le li; *A²* Droit a h. u. si — 24 (*R*); *A* Il; *H* ml't i m. t., *AMM'* i m. ml't t.; *M²A* Et il i monte t., *K* Il monta sus molt t. — 25-38 *m. à A²* — 25 (*DJ*); *M²EKR* Sisiliens, *M* -enz, *M'* -en, *B* -iens, *A* Sicilien, *L* Et scelius, *H* Fileminis — 26 (*DJ*); *M²* amirail, *Bk* -al, *FM'R* -ant; *A* Apon le uiel; *C* sor son e. — 27-30 *m. à M²ABCDJM'k* — 27 (*H*); *x* anuerse, *R* enuersse — 29 *FG* Qint., *L* Antilocus.

9030 A Bauduin joint, le fil Ourie,
 Que del cheval le desensele.   *8981*
 O ses dous mains tint sa boële,
 Que del cors li chiet par la plaie :
 Or a dur cuer, s'il ne s'esmaie.

9035 Rodomorus revait si joindre, *8985*
 Que dous lor en abat d'un poindre.
 Cassibilanz bien le refait,
 Qu'o le conte Glo de Valfrait
 Josta, veant Hector son frere.

9040 Ne fu la maille si entere,   *8990*
 Que de dous parz li fuz n'i paire :
 Bien set qu'il ne puet vivre guaire.
 Autre en refiert Dinas d'Aron,
 Si qu'il ne dist ne o ne non.

9045 Doroscaluz bien i revient : *8995*

9030 *H* Od beduin; *n* baudin, *E* bauduit, *R* -uç, *L* -ur, *G* bandus; (*GHL* ourie), *E* hurie, *R* enrie, *F* marcie, *N* marrie — 31 *R* de; *B* desass., *MM'* desess., *J* dessaele; *H* ius le desselle, *x* i. lo chancele (*FG* cancelle); *A* Que du bon c. le desselle — 32 *EHn* A; *M²ABCJM'k* Entre ses braz; *nJR* tient — 33 *M* li ist; *R* Ke des cors li chieç per, *n* Qui del c. c. par mi — 34 (*R*); *M²M'k* grant c.; *F* qi ne sensmaie — 35 *N* Romodenus, *M'* Rome-, *EG* Romodernus, *H* Romedellus, *D* -ernus, *F* Romecleus, *L* Remodenus, *N* Rom., *M²AB* Reis modernus, *R R.* mordenus; *AMM'* si r., *K* i r., *M²* se r.; *AEHJL* reua; *F* deuant iondre — 36 (*G*); *k* Qui; *L* Qun delz; *K* enbat, *F* aberat; *R* a un p., *nL* au p. — 37 *M²M* Cassibilan, *G* -en, *M'* Carsibilan, *E* -anz, *J* -en, *K* Cassibalan, *A* -elain, *L* Et sabilant — 38 *F* Qa, *L* Qui, *M²ek* O; *K* glot, *N* glou, *F* galon, *G* gyon, *R* glor, *E* gloz, *L* glo, *M'* dol; *n* ualfet, *L* uorfreit — 39 *M²Ek* ueiant, *nM'* uoiant — 40 *nE* antere, *M²M'k* entiere — 41 *M'* danbepars; *M'* le fust, *M* li f., *K* li fers; *nM'* ne, *K* nen — 42 *F* seit, *M²* siet, *MN* sot; *K* ne p. mes; *n* pot; *E* que il ne uiura g. — 43 (*G*); *M* fiert si; *R* diras, *B* disna; *L* deron, *M²Bk* danon — 44 *BK* Que il, *n* On- ques; *FK* dit; *R* Si con d. — 45 *GN* Doroscalus, *A* Doroc., *F* Dorasc., *B* Doscalius, *L* Et dorcasus; *K* tost, *F* rement, *R* raruent, *E* rauient *M* reuit.

Fiert l'amiraut qui Dorse tient,
Que lui ensemble e le cheval
A abatu tot par egual.
Puis metent les mains as espees,
9050   Si s'entredonent granz colees   9000
La veïsseiz un estor tel
Onc nus hom ne vit si cruël.
Li onze frere s'i aiuënt,
Si que les treis conreiz remuënt.   9004
9055   Teus cent lor en i ont ocis,
Qui assez erent de grant pris.
Granz fu l'esforz qu'il i ont fait :   9005
Por ço sera toz jorz retrait.
    Cil de Peoine chevauchierent,
9060   Vers la bataille s'aproismierent :
Dui riche rei en sont seignor,

9046 M^2R lamirail, $M'k$ -al, A -ant; E Lamiraut f., n d. q. t., $M^2AM'k$ qui (M' et) bien se t. (M tint), R ke dor se t. — 47 R keual; M^2M son c. — 48 (AR); E A trebuchie t. contreual; x an mi un (L le) ual — 49 M' la main — 50 nR Si se (R lor) donent de — 51 ABC ueissiez, M' ueisiez; E Icil (sic) par ot; HRn Donc (H Ci, n Lors) comenca uns (n li) estors tels (HN tex, F tiex); B fier, M^2C tiel — 52 (C); R Anc, M^2 Ainc, K Ainz; M' ne ueistes, R ne fu ueuç; A Onques on ne uit; EH Nus hon ne u. ensi (H mais si); B Ains mais ne uistes si cier; M^2C mortiel, K-el, F -iex, (Ae cruel), R -els, H -ex, N -iex — 53 (J); R Lu unce, F Li .xv., N Li xi., A Li xxv., M .xxv., M^2BK Vint et .v.; M^2k freres; M' Lui et si f.; C Li f. si fort si; M^2 aujent, B aieuent, M auent — 54 (AB); $nCEHR$ Que toz (R Ki tot) les t., J Si que toz l.; F remuerent — 55-6 m. à $M^2ABCDJM'k$ — 55 R Tel, EHn Tex — 56 (R); H furent; n Qi mult estoient; E haut p. — 57 nR Grant; F qe li, R ke il; EFH li estorz quil (F qe il) o. f.; $ADJM'$ Grant (D Granz) e. ont iluecques (JM' ot iloques) f., M^2BCk Mout g. e. (B hector) ont iluec (K ilec) f. — 58 (JR); ACk Por tant, M' Pot t.; nH Qui (F Qe) t. i. mes (H a t. i.) s. r. — 59 B pioine, C pionie, N pyoine, GH peone, L peeine, A pierne, F erope — 60 E De; M les batailles; M saprimerent, DE -ierent, M^2 saproismerent, M' saprimerent, R apresmierent, nK saprochierent — 61 $M^2M'k$ Un r. r. ont a s.

Qui les ameinent a l'estor ; 9010
E Deïphebus les chadele,
L'arc en la main : n'a pas roële.
9065 N'a nul escu en sa compaigne,
Mais maint bon arc e mainte engeigne ;
Maint quarrel e mainte saiete 9015
I a saisie, a traire preste.
Tuit entesé le poindre ont pris :
9070 La ot maint chevalier ocis
E maint cheval mort e navré.
Deïphebus a avisé : 9020
D'une saiete o trenchant fer
A si feru rei Teücer
9075 Par mi l'escu, par mi l'auberc
Qu'il li a fait un mout lait merc :
N'en iert mais bien guariz des meis. 9025

9062 *M²M¹k* Q. tost (*M¹* toz) les ameine (*M¹* remaine), *M* Q.
l. amene; *R* en moinent, *N* an m., *E* ameinnent, *F* amoinent;
n an l., *R* en lostor — 63 *k* deyph., *n* deyf., *E* deif., *M¹* dey-
phefus (*cf.* 9072); *M¹* chaele — 64 *M¹* not — 9065-10816 *sont
dans B²* — 65 *k* Ne; *E* Il na e.; *AM¹* en lor; *M²* cump., *A* champ.
— 66 *M* quarrel, *n* espie; *B* M. bons escus, *R* Mainte buen arc,
B²E Maint a. i a; *C* engaigne, *N* ang., *B* engagne, *A* -aingne, *M²R*
enjagne, *kM¹* enseigne, *EG* ans., *L* enseingne — 67 (*A*); *M¹* quarrel,
B² -iels; *ENR* carrel; *B²EFR* Et m. q. m. (*R* et m.); *M¹* bone s.,
DJM¹ maintes saietes (*M¹* seetes), *k* maint arbeleste; *L* Et m.
haubert et m. qarrel — 68 *R* saissi, *C* sachiez; *B²* A i lesses de
t. p.; *DM¹* Ont saisies (*M¹* sachies), *E* I auoient, *J* Auoient cil,
B Aparillie; *JM¹* de, *D* pour; *A* Chascun de bien faire sapreste,
n I aura sanpres a aus traite, *L* la i a. des mors maisel — 69 *M²*
enteisent, *K* entesant, *R* estese, *G* antese, *AB²ELn* ensemble;
n lor; *B²* E. ont (*la fin manque*) — 70 *B²ER* mal mis — 72 *M¹k*
Deyph., *n* Deyf., *BE* Deif. — 73 (*R* o), *Nek* a, *M²* au; *F* s.
tranchant dacer — 74 *B²* auice t.; *knM¹* theucer — 75 *M²* lauzberc;
B² et par laubierc; *A* le cors cune grant plaie — 76 *R* m. larc,
KM¹ uilain; *A* Li fist mes cil point ne sesmaie — 77 *M¹* ert; *K*
Mes nen i. b., *E* Il nen i. m., *A* Si nen i. il, *B²E* Nen sera mais,
N Dom il niert m.; *F* garri, *M¹* gari, *A* garis; *M²* mois.

Por quant si li corut maneis
Doner une si grant colee
9080   Que tote ensanglenta s'espee.
Reis Steropeus i trait sovent :
Mout lor damage de lor gent ;   *9030*
Martire en fait Pretemesus :
Vint lor en i a morz e plus.

9085   Theseüs vait par la bataille   *9031*
L'eaume lacié e la ventaille,
L'escu al col, l'espee ceinte :
Del sanc des Troïens est teinte ;
Mout en a hui fait grant damage.   *9035*
9090   Quintiliëns le pro, le sage,
Ala joster ensemble o lui.
Tel se donerent ambedui
Par les escuz, par les haubers
Qu'outre en passerent fuz e fers,   *9040*
9095   Si que les lances peceierent
E qu'a la terre s'abatierent ;

9078 (*R*); *B²N* Por tant; *E* corut; *B²R* lor coru; *N* si corut
demanois; *F* Et p. si c. manois; *M²* *AM'k* si li (*M²* se lur) uait
(*A* uient) demanois (*M* demen.) — 80 (*A*); *A²* Tote i e.; *M²* en-
sanglente, *B²* -etee; *kR* lespee — 81-4 m. à *A'* — 81 *A* sterepex,
R terespex, *M* teupler, *M²B* teuplex, *C* th., *DJM'* terepex, *B²* -er,
GK thereplex, *n* cheropex, *L* cnierepex; *M* traist — 82 (*AHJR*);
C Qui m., *AE* M. i — 83-4 m. à *M²CK* — 83 *A* pretermissus, *H*
pretem., *J* protememus, *FL* prothemesus, *N* -essus, *B* protese-
mus, *G* pretemisus, *R* -mesu — 84 *yR* en a ocis; *ABJ* mors,
xB² mort; *B²* m. bien v p. — 85 (*M* teseus), *B²* Teucus, *les autres*
th.; *B* ua — 86 *B²* Liame li ciet et; *C* sor la — 88 *M* de, *M'N*
as; *E* ert, *M* iert, *R* ere; *B²* entainte — 89 *MN* f. h.; *K* oi;
EKR granz, *M* ml't; *NRe* domages, *K* dam. — 90 *M²* Quinta-
liens, *R* Kintil.; *M'KR* li prouz, *nM'* li proz, *EM* li preuz;
M²FMR li sage, *B²KNe* li sages — 91 *Hn* e. lui — 92 *B²* Tels;
M²M'K sentredonent, *M* -erent — 93 *M²F* Por... por; *M* Par
mi e. par mi h.; *M²* hausbers, *B²* aubierc — 94 *M²* Quoutren
p. fusz, *B²F* Que o. an passa; *F* fuiz, *K* fust, *B²* li fiers — 95 *F*
pecoirent — 96 *K* Jusqua, *E* Et a, *B²* Et en; *F* sabatirent, *B²*
abat., *K* trebuchierent.

Après se donerent de granz
Parmi les heaumes de lor branz.
La vint poignant Rodomorus :   9045
9100   De s'espee fiert Theseüs
Tres par mi l'eaume granz cous treis.
Li dui frere l'aveient preis :
Le chief perdist de maintenant,
Quant i avint Hector poignant.   9050
9105   Bien le conut, mout li fu bel :
« Laissiez » fait il, « le damoisel :
« Il n'avra mais hui destorbier,
« La ou li puisse aveir mestier.
« N'a pas volu hui mon damage, —   9055
9110   « Mout est corteis e pro e sage, —
« Dreiz est que mei repeist del suen.

9097 (R); C sentredonent ; n cox g., M de corps g., K des g.,
B² des brans — 98 nR reluisanz, B² [de cou (?)]s grans — 99 C
Auint, A La uient; M²M rodomerus, B -orus, F rodemenus,
DGJM¹ romodernus, LN -enus, H romecrenus, IR rois moder-
nus, A roy dorius — 9100 EKn lespee — 1 illisible dans B²; C
P. mi laume tres grans c. t.; EGHM Par mi (G mei) le hyaume
(M heaume, EJ hiaume); xI amont el uis; M²BDGLMM¹P
trois, NR sis (manque à F); K Par mi lialme cols plus de dis,
A Si que du cheual jus la mis; EH de belis, J de bellis — 2
M²ABCDGMM¹P prois (cf. 24036), AB²EFHIJKR pris; L ra
en fust peis — 3 G perdit; H i p. maintenant, B²E p. tot m.; L
Ja i perdissent m. — 4 C issoruint, F la uint; M se ni uenist;
I Q. h. i uint a p. — 5 (CR); M¹ Quant; F conuit; E si len
fu, B² se li fu, M²CM¹Rk m. li fu — 6 k Leisseiz; M² damaisel
— 7 (R); M²K Ne li uenra hui (K oi), B²E Car il nara
h., M Naura h. mal ne; n ancombrier — 8 F Ja; M² o; K
poisse, M¹ puise; N p. aidier; R Je uoi kil a de moi m. —
9-10 interv. dans M¹ — 9 E h. u., K oi u.; R Il na pas u.;
B²ER nos (R mes) domages — 10 B²ER sages; n Molt a an lui
prodome et sage, M¹ Bien le conois a preu a s. — 11 AB² quil;
M²AKn me, B² nos; M²AER repoist, B -ois, C respoist, M¹
repaist, B² -ast, M reprast; C soen, A sien, B² son; M du mien,
R des suens.

« En cest cheval, qui mout est buen,
« Le remontez a sauvement :
« Vueil que quites raut a sa gent. » *9060*

9115 Ensi le firent, n'i ot plus :
Mout l'en mercia Theseüs.

    Thoas rest al tornei venuz,
Bien o plus de cinc mile escuz,
E Philitoas senz essoine *9065*

9120 O la grant gent de Caledoine.
Quant cez dous batailles i vindrent,
A mout grant peine se retindrent
Li Troïen qu'il ne foïrent :
Ço sacheiz bien, mout i perdirent. *9070*

9125 Merveille fu ço que pot estre :
Se seüssent Grezeis lor estre,
Mis les eüssent a la veie.
Thoas avant toz se desreie,
E sist armez sor tel destrier *9075*

9130 Qui cent livres valeit d'or mier.

9112 *B* Sor ce, *E* An cel; *R* buens; *M²BB²CEMn* que (*B²* quil, *E* quan) tejng (*F* teig, *M* tieng, *B* tieg, *B²E* tient) a b.; *M¹* corant et bon; *B²N* bon, *C* boen — 13 *CM¹* a sauement, *EK* a salu., *N* tot salu., *F* hastiuement — 14 *R* Ki tes uoil kc, *C* Qitels u. qe; *M²* haut, *C* uaut, *F* ait, *K* ralt, *R* tort, *B²E* Toz q. uuel quaut (*B²* en aut) a, *H* Et q. a la soie g. — 15 (*H*); *A* noient p. — 16 *A* le; *E* mercie; *B²* thesaus, *les autres* theseus — 17 *B²* Toars; *kEH* est; *D* a toel, *M¹* au toeil, *A* ou chaple — 18 *H* od, *M²ek* ot, *n* a; *K* .iij., *M²EHJR* cinc, *AM¹* .xx.; *B²* .v. c. e. — 19 *M²B²ek* filitoas, *n* -thoas, *A* filistoas; *B²* ensoine — 20 *M¹* O les grans genz de; (caledoine *corr.*), *M²ERkn* calced., *B²* calcid., *M¹* calsid. (*voy. la* Table rais. des n. pr.) — 21 *M²* cesz, *ek* ces, *R* les, *n* ices; *FR* dos; *B²ER* auindrent, *M¹* reu., *N* uindrent — 22 (*R*); *nK* detindrent, *B²* retirent — 23 (*R*); *M²M¹k* fuioient, *B²* fuirent — 24 *B²* Si sacies b. quil; *M²M¹k* Mais ce s. m. (*K* trop) i perdoient — 25 *R* ke ce, *B²* que cou, *E* quant ce, *n* con ce — 26 *R* Sen — 28 *M* toas; *n* desor, *R* dauant; *M²* les d. — 29 *B²EH* Trestous a.; *M¹* sus (*forme constante*); *E* tez, *H* le, *B²* .j.; *M²F* destrer — 30 *K* .m. l., *M* cent mars; *M²F* dor mer.

Tant come il pot traire de sei,
Vait ferir un des fiz le rei :
Apelez ert Cassibilanz.
A merveilles l'amot Prianz,   *9080*
9135 Quar mout ert proz e genz e beaus :
Hui en sera faiz dueus noveaus.
Thoas li a l'escu percié
E son hauberc si desmaillié
Que tres par mi le gros del piz   *9085*
9140 Passa l'enseigne de samiz.
Morz trebucha, veant teus cent
Qui mout par en furent dolent.
N'i a celui qui la venjance
Ne quiere a espee o a lance.   *9090*
9145 Duel a Hector : ço vos di bien,
Ne laissera por nule rien
Que il a ceus ne s'abandont ;

9131 (*GL*); *M²MM¹* en, *A* on, *K* onc; *CR* puet; *F* estre, *H*
faire; *R* T. com p. t. tot par s. — 32 *AH* Va — 33 *M²AM¹* iert,
B²FL est, *GR* fu; *kC* Quen apelot; *en* cars., *L* cas., *R* cassibel-
lanç, *A* -elans, *M* cassibilan, *C* -illan, *K* -alan, *B²* carsibulans —
34 *J* merueille, *M²Aen* lamoit; *kC* Molt iert (*K* ert) amez del
(*C* dau) r. prian — 35 *M²M¹* iert (*de même à peu près partout*);
k prouz; *M²Ke* riches, *B²* sages; *AC* estoit et (*m. à C*) p. et b.;
n Por ce qil ert sages et b., *R* Car en lui ot, *I* Molt i auoit; *IR*
sage home et biel — 36 *E* Encui an ert fez diax nouiax, *IR*
Mais hui en ara (*R* orra) duel nouel; *K* Oi, *A* Or; *k* fet; *M¹*
duel; *J* mortax; *B²* li diols nouials — 37 *B²* Thoars — 38 *B²EM*
le, *K* li; *M²* hauzberc; *N* tot, *F* ert — 39 *n* Et; *M* Q. tresmi; *M¹*
Q. p. mi le t. g. — 40 *K* Passe; *N* lansaigne, *F* -oigne; *FR* del
— 41 *MR* Mort; *M* trebuca, *K* -e, *F* trabucha; *M²R* ueiant,
MM¹n uoiant (*de même à peu près partout*), *B²* deuant; *M* tel; *n*
tel gent; *R* M. le t. u. c. — 42 (*R*); *M²B²F* en par f.; *E* tuit an
f. ml't d. — 43 *nR* un sol — 44 *M²E* Nen; *M¹* o e. et o, *E* a
lespee et a, *N* o lespee o la, *FK* ou (*K* o) e. ou (*K* o) a, *M* a e.
et a l., *R* despee et de — 45 *M¹* H. a d.; *K* Dol; *B²* ie uos; *n* se
sachoiz (*F* -ez) b. — 46 *B²* laisere — 47 *K* uers; *NR* cels, *E* ces,
F ce, *M²* elz, *K* els, *M* eulz, *M¹* eux, *B²* aus; *R* se bandont.

Pesera li, s'ensi s'en vont.
Son escu prent, son heaume afaite ;   *9095*
9150   De son frere mout se dehaite,
Que il ont mort devant ses ieuz :
Dès ore engroisse sis orguieuz.
Ses genz restreint environ sei,
Puis recomence le tornei,   *9100*
9155   Ensi estrange e ensi dur
Que rien n'i esteit a seür ;
Quar cent mile saietes volent,
Que maint bon chevalier afolent.
    Hector, ensi come li lous   *9105*
9160   Qui de longes est fameillos
S'embat por sa preie saisir,
Que rien ne la li puet tolir,
Tot ensement s'est embatuz
Entre set mil Greus fervestuz :   *9110*

9148 *F* lor, *M* lui; *K* se si, *M* sainsi, *M'* seinsi, *R* seissi, *N* sansi; *B²EH* Grant duel aura — 49 *nB¹* Un, *R* Une; *M¹* afeite, *F* afraite — 5o *e* Por; *M²* deheite, *B²N* deshaite, *M'k* -ete, *C* dehayte — 9151-78 *m. à M (j'utilise BC)* — 9151 *BR* Quil li ont m., *n* Qe il uit mort (*F* morz), *CK* Quil (*C* Qui) uoit ocis, *BM'* Quil (*M'* Quen) a o., *M²* Que la o., *AJ* Qui est o.; *B* uoiant; *F* lor ialz — 52 *K* ore, *les autres* or; *M²* rengr., *En* angr., *M'* angoise, *A* engresse; *B²* De sos comence; *F* lor, *M²BCR* ses, *eAKN* li, *F* lor; *M'* ergoilz, *K* org., *R* orguoilç, *M'* -uelz, *C* -uels, *EF* -uialz, *N* -uiauz, *B* -ieus, *B²* -iols — 53 *n* restroint, *BE* estraint, *B²* estrait, *M'* retraint — 54 *F* recomencent li t.; *M²* recommença, *BC* recom., *B²* a comencie — 55 *F* Ansi, *BCKM'* Issi; *B* estraigne, *B²* -agne; *C* et isi, *BFKM'* et issi — 56 *M²BCkn* riens, *M'* nus; *C* nestoit — 57 (*R*); *M²BCM'* plus de mil, *K* .m. et p. — 58 *BCKNe* Qui; *KR* buen, *C* boen — 59 *M²B²EFJR* ausi, *L* ausint, *M'* aussi, *K* alsi, *R* einsi; *R* lions; *E* los, *JN* lox, *BHM'* leus, *M* lex — 6o (*B*); *C* longues, *M²R* lunges; *B²Jny* de (*B²* ml't) lonc tens, *A* longuement; *F* fameilous, *R* -eillons — 61 *C* sensir, *k* tolir — 62 *M²EKRn* riens, *C* nus; *M²BC* li pooit (*C* poroit) t., *K* len puet dessesir, *B²* li p. retolir — 63 *B* entrement, *B²ER* autresi, *K* altresi; *R* conbatuç — 64 *M²* gries, *B* griex, *K* grex; *C E.* set mille greuz a f. u., *B²M'* E. .v. (*M'* .vij., *n* .c.) mile f.

9165 Fiert e ocit, detrenche e tue,
   Tote la bataille remue.
   Nel puis dire, quar ne savreie,
   Mais ceus qu'il trove en mi sa veie
   Fait tost aveir la fin prochaine;   *9115*
9170 Mout par i traist sis cors grant peine.
   Mout le refont bien li Bastart :
   De ceus de Grece font essart,
   Le duel lor vendent de lor frere;
   Teus n'i a coupes quil compere.   *9120*
9175 Vueillent o non, ços di de veir,
   Chaciez les ont par estoveir ;
   Mais mout i ont grant perte faite :
   Toz li plus riches s'en dehaite.
    Mal lor alot a cele feiz,   *9125*
9180 Quant venir virent dous conreiz :
   Ço sont Creteis e cil de Pire,
   Dont Nestor esteit reis e sire.

9165 *BCM'* ocist; *B²M'* et trence, *C* trenche — 67 *M²BCM'n*
Ne; *BM'* sai; *F* ne ne s. — 68 *n* Tot ce; *C* cil, *E* cez; *C* la u. —
69 *B²E* F. aler a; *C* sa, *B* le — 70 *M²BCM'* Et mout, *E* Mes m.,
R Mas m.; *C* il trait, *E* i t., *M'* en tret; *R* le ior; *M²BCEN*
ses, *FM'* son; *B²* recors (*v. f.*) — 71 *M²* refunt; *F* Molt par le r.
b. — 72 *E* cez; e gresse; *M²* grice funt — 73 *M²F* l. rendent, *B* j
uengent, *B²* l. uengent — 74 *M²* Tiel, *M'* Tel ; *K* colpes, *n* colpe,
C coups, *E* corpes; *M²e* quel, *R* chil — 75-6 *interv. dans M'* —
75 *M'BCKM'N* Voillent, *F* Voilent, *E* Vuellent; *J* O u. o n.;
R cous, *M²BJn* ce, *B²E* uos; *n* dit; *JM'n* por u.; *CK* sacheiz (*C*
sachiez) de u. — 76 *B* Sacies; *FJ* por; *C* esteuoir, *B* estauoir —
77 *C* perde; *M²* feite — 78 *B²F* hardiz ; *R* se, *K* sanz; *M²* deheite,
B²n desheite, *A'CR* -aite, *E* -hete — *Pour 9179-10018, qui m.*
à BCM, j'utilise A' pour les variantes importantes — 79 *E* Mau;
M² lur ; *K* feis, *M'* fois — 80 (*R*); *F* Q. uirent u., *K* Q. u. uoient,
M²B²E Q. i aujndrent (*E* reu., *B²* soru.), *A'* A tant estes uos; *F*
dos, *K* treis — 81 *DEJ* cretes, *M'* crestes, *A'* cretois, *R* greçois;
A cil de crete et de, *n* Cels (*F* Ces) de c. (*F* grece) et cels (*F*
ces) de; *LN* pyre; *B²* Cest certes cil de lemperi — 82 *M'AEF*
Don.

Mais chevalier si richement
Ne vindrent a torneiement.   9130
9185 Cinc mile sont : n'i a pas treis
Qui nen aient confanon freis
Jaune o vermeil o inde o bloi.
N'en i semble pas aveir poi,
Quar, quis esguarde, ço li semble,   9135
9190 Se toz li monz esteit ensemble,
S'avreient il o eus bataille.
Dès or vos di jo bien senz faille
Qu'il i avra tel poigneïz,
Dont mil seront enseveliz.   9140
9195 Le petit pas ont chevauchié :
Ja esteient mout aprochié
De la ou cil se combateient,
Qui as armes s'entrocieient,
Quant une eschiele lor avint,   9145
9200 Que a grant peine les detint.
Cil d'Agreste les encontrerent,

9183 *N* Onc, *F* Anc — 85 (*A'H*); *DM'* .vij., *J* .x. — 86 *AHJKM'*
Q. naient (*H* neussent) bons g.; (*M²F* confanon), *AA'B²EN* con-
fanons, *HKM'R* gonf.; *nA'B²R* Qi c. naient (*A'B²R Q.* n. c.) toz
f., *E* Q. tuit n. c. f. — 87 *K* Jalne, *EF* Giaune; *M'* uremeil,
EKn uermoil; *A* l. et u. i. et b., *F* G. u. i. et blo; *A'e* ynde;
LN blou, *B²* noir — 88 (*R*); *M²n* Ne nj; *LN* pou, *F* po; *B²*
p. poi a. — 89 *AA'KRn* qui, *B²* si; *n* les garde, *A'B²* lesgarde;
R ce me s. — 90 *N* Que se; *R* le monç; *M'* Que tot le monde
fust e., *A'* Se tote iant erent e., *M²B²* Que totes genz seient (*B²*
erent) e. — 91 (*A'*); *R* Si eust il, *Kn* Si (*n* Se) auroit il, *B²* Si
auroient, *M'* Neussent il, *A* Nauroient il; *AJKny* a; *M²* cels —
93 *F* Qe i, *B²* Lor i — 94 *H* D. mains hom ert e.; *N* Dom,
M²A' Don; *E* an fera, *F* an sera, *B²Ke* i aura; *B²EN* denseueliz,
KM' .m. de feniz, *D* .m. feniz; *A'* D. .m. en i aura f. — 96 *n*
pres; *M²* aproisme, *R* -ie, *N* daprochie, *E* apruichie — 97 (*HR*);
M²A'M' sentrocieient, *B²* sentroeient — 98 (*H*); *R* o a. sentro-
cient; *Kn* a glaiue; *M²A'B²* se cunbateient; *M'* Q. as troyens
conb. — 99 *K* eschelle; *F* la iuint, *N* i soreuint; *B²* les retint
— 9200 (*A'R*); *F* se; *K* destint, *e* retint — 1 (*A'JR*); *M'* de greste,
B² de grece; *E* sentrencontrerent.

Qui onques nul jor nes amerent.
Si sacheiz bien que cil d'Agreste
Sont chevalier pro e honeste :　　　　　　　*9150*
9205　D'icez est sire reis Edras
E reis Fion, li fiz Doglas,
Cil qui le riche curre aveit
Qui de si grant beauté esteit.
Fion esteit desus armez,　　　　　　　*9155*
9210　Bien deveit estre redotez :
Chose devine resemblot
A qui que onques l'esguardot.
Pitagoras, li fiz le rei,
Les ot amenez al tornei,　　　　　　　*9160*
9215　Qui mout par ert proz e aidables :
Sire esteit d'eus e conestables.
Icist redrecierent les fuz
E resaisirent les escuz ;
Lez la bataille s'en passerent,　　　　　　　*9165*
9220　O les dous conreiz assemblerent.

9202 *M'n* o. i. ne les a.; *B²* encor nes a. — 3 *n* Et, *e* Ce, *B²*
Cou; *M²* sachez; *B²* de grece — 4 *M²* prouz, *n* prou, *K* proz,
A'B²e preu — 5 *M²R* Dicesz, *K* Dicels, *J* Dices, *nB²* De ces, *E*
De cez, *H* De cels, *AA'DM'* De ceus; *AA'B²DKy* fu; *B²JKN*
sires; *A²* sire et r.; (*A'* edras), *M²AA²B²DJKLRny* esdras — 6 *n*
fions, *A'* phion; *F* le fil, *M'* le filz; *A'DKRny* duglas, *A* durglas,
M² duclas, *B²* esclas — 8 *M'* Et — 9 *nK* Fions — 10 (*AR*); *M²*
renomez, *A'* remirez — 11-2 *interv. dans R* — 11 (*A'J*); *F* diu.;
R li sembloit — 12 *F* A que; *A'* A cui qui; *J* que conques, *n*
cunques qui; *M'* A q. conques le resenbloit; *B²R* A qui onques
(*R* Et ki qunkes) le regardoit — 13 *M'* Pyt., *A'JK* Pict., *E*
Ermag., *B²* Ern., *M²GR* Jeconias, *H* -ax, *L* nethomias, *N* Lyco-
nias, *F* Lidomius; *R* au r. — 14 (*A'*); *M²B²e* a. a — 15 *M²K*
iert, *R* est; *A'Kn* m. e. p., *B²e* m. estoit p.; *E* eidables — 16 *E*
Sires ert dax, *A'* Sire an ert, *n* Et sire dals; *M'* conoist. — 17
FM' Icil, *K* Et cil — 18 *M²E* reseis., *R* resaucierent, *M'* redre-
sierent, *B²* [redr (?)]ecierent; *M²R* lor — 19 *A'M'* sarcsterent, *F*
san partirent — 20 *A'* Et as deus c.; *A'B²E* sassanbl., *M'N*
saresterent.

Al venir ot brisiees lances
E derompues conoissances,
Perciez escuz, heaumes quassez,
Haubers e ventres esfondrez,   *9170*
9225   Chevaliers morz e maubailliz :
N'i ot mais hui tel fereïz.
    Par la bataille Fion vait :
De son curre lor lance e trait
Darz empenez de fin acier ;   *9175*
9230   Le jor ocist maint chevalier.
Come il le fist nel savreit riens,
Mais mout aïde as Troïens ;
Les greignors presses des Grezeis
Fait departir tot sor lor peis.   *9180*
9235   Ne li pueent grantment forfaire,
Sin veïsseiz mil a lui traire :
N'i a un sol a ço n'entende,
Que jus del curre le descende
Mort, piece a piece depecié.   *9185*

9221 (*peu lisible dans B²*); *K* A u.; *M²e* Al auenir; *A'n* ont; *M²E* brisie, *A'M'* bruisie, *A* fruisse — 22 *E* conuiss., *Mᵗ* conois. — 23 *eB²* E. p.; *EKn* haubers fausez — 24 (*AR*); *M²* Ozbers, *F* Heumes, *EN* Hiaumes, *K* Hialmes, *B²* Hiames; *F* uandres; *M²* efondrez — 25 *M²* malbailiz, *nM'R* -bailliz, *K* -is, *B²* -balis — 26 (*LR*); *A'B²EG* h. m.; *F* del; *K* tex fereis — 27 *n* fions — 29 *E* enpanez, *N* anp., *K* enpennes — 3o *A* Dont il; *M²* tant; *R* keu. — 31-2 *m. à ADM'* — 31 *M²A'EHJKR* Dire nel (*H* nem, *A'* non) sai (*HJK* puis); *M²JKR* ne nel set (*M²* siet, *R* sot), *E* nen sauroit, *H* ne ne sai, *A* car nan ui, *L* nen saurez, *G* nel sauroiz — 32 (*A'JR*); *R* aida; *H* Ml't a. lès t. — 33 (*M²En* greignors), *B²* gregnors; *M'* La grenor presse; *A'* de, *F* del — 34 (*A*); *R* et sor, *DE* de sor, *A'* toz s., *n* malgre, *M'* Fet partir tot desus; *B²* aj. 2 v. : A dars a lances a espee En ont ml't mors [...] — 35 *M²NR* poent; *A'DFKM'* puent; *M'* forsaire, *E* sorfere — 36 *B²KM'R* Sen, *En* San; *e* ueisiez, *A'KN* ueiss.; *F* ueul'ier mout a lui trare — 37 (*A'HJR*); *M'* qua ce, *E* a lui; *N* ne tande, *F* ne cande — 38 *BF* Qui; *F* puis; *J* de; *JKM'* mort lestende; *H* dessende, *N* descande — 39 *F* Moit, *KM'* Tot; *M²* p. p.; *eA'JK* detrenchie, *A* lont d. (*v. f.*), *H* detrencies.

9240   Bien en cuident estre vengié,
        Quar enclos l'ont loing de ses genz.
        Grant piece dura li contenz :
        Greu l'asaillent de granz vertuz,
        Mais vassaument s'est defenduz.   *9190*
9245   Por quant si l'a navré Ludel
        Par mi la chiere d'un quarrel :
        Ludel esteit bons chevaliers,
        E si esteit mout bons archiers.
        Ne se poët mais plus tenir :   *9195*
9250   Sempres li esteüst morir,
        Quant le choisi Pitagoras :
        « Sire », fait il al rei Edras,
        « Vez la Fion : ou il l'ont pris,
        « Or i parra, s'il a amis   *9200*
9255   « Ne bienvoillanz a lui socorre. »
        A tant laissierent chevaus corre.

9240 *n* Ml't; *H* uengies — 41 *F* anclox, *K* enclox; *M*² loinz,
F loig; *A'B²KM'n* sa gent — 42 *A'* a dure lor contant, *n* furent
au content (*F* an contrit); *KM'* Entor lui (*M'* li) sont tex .m.
et cent — 43 *M²R* Grie, *KM'* Qui; *F* i ass., *R* lalassent, *B²*
asamblent; *n* par; *M²AA'B²FKM'* grant; *A'* uertu — 44 *A'* Car;
K uassalm., *En* uas., *A'B²* durement — 45 (*ADJ*); *B²* Por tant;
F Por ce, *N* Peruec; *M'* sa il; *B²* la naura; *nG* lundel, *A'*
Sydel, *H* ydel — 46 *B²* la quise; *e* quar., *N* carr. — 47 *JLN*
Lundel, *F* Londel, *A'* Sydel, *H* Ydel, *e* Ludiax, *A* -a; *G* Prolude
ert, *Rn* En l. ot; *M²A'B²* iert (*A'B²* ert) riches c.; *KRx* bon
(*N* boen, *R* buen) cheualier, *eJ* bon cheualiers — 48 *e* bon,
M² buens; *JK* Et si ert merueillos archier, *n* Et soz ciel not
si bon a., *R* Mas soz c. nauoit tel a. — 49 *R* Nen; *B²* peuist; *M'*
plus maintenir — 5o *JKM'* Maintenant lesteust, *x* Sampres lo
couenist; *A'* S. lesteust a m. — 51 (*A*); *A'JK* la ch., *F* lo coisi;
A'DJK pict., *B²E* ermag., *M²* ieconjas, *N* iectonias, *L* nethomias,
F gechornas; *H* Q. tost le coisi iecoras — 52 (*AA'G*); *M²B²ELNR*
esdras — 53 (*A²GJL*); *K* Veez la; *H* fyon, *L* frion; *A'B²HK* cui
il (*B²H* que il, *K* quil) ont p., (*M²AA²Jex* ou il lont (*AG* ont) p. ;
R ont il unt p. — 55 *FK* -uoillant, *E* -uuillant, *B²* -ueillant; *R* a
soi; *M²R* rescorre, *les autres* sec. — 56 *FK* laisserent.

Tel mil en ont les branz nuz traiz,
Qui n'en partiront mie en paiz.
Mout trouveront bien quis recueille :   *9205*
9260 El i lairont que la despueille,
C'iert des plus chiers membres qu'il ont.
Jusqu'a Fion la veie font,
Mais mout fu forz a delivrer :
A mainz le covint comparer;   *9210*
9265 Cent en remestrent en la place,
Qui onc ne firent puis manace.
Cist ont l'escosse comparee,
Quar al partir de la meslee
En furent Troïen li pire;   *9215*
9270 Quar cil de Crete e cil de Pirc
Pristrent sor eus une envaïe :
Faite lor ont tel departie
O darz, o lances, o espiez,
Dont mout ont morz e detrenchiez.   *9220*
9275 Mesle pesle erent li conrei :

9257 *M²* Tiels, *B²* Tels, *K* Tex; *N* i ont, *F* i ot, *K* i uont; *A'M'* chascun (*M'* chac.) a le branc tret; *M²* trez, *K* tret — 58 *B²* Q. mais nen torneront; *F* antez; *A'KM'* Ja feront departir le plet — 59 *EM* trouerent b., *A'K* M. b. t.; *nB²M'* Se il (*M'* bien) trouent qui les; *E* ques; *nK* recoille, *A'M'* rescueille, *E* recuele — 60 *A²F* El li, *K* Et li; *M²* leiront, *K* lerr., *E* larr., *E* ler., *B²* aura; *A'KM'n* despoille, *E* -uelle — 51 *A'KM'* Cert, *E* Cest; *K* meillors; *R* D. p. riches m. kil — 62 *R* Juscha, *F* -ca, *M'* Tres qua; *M²* Des qua fison la u. funt — 63 *M²KR* molt (*forme constante sauf exception signalée*); *A'* lor; *R* desl. — 64 *M²* meinz, *B²M'N* maint; *F* Mais ml't lo restut c.; *E* lestut ainz c. — 65 *M'* remetrent — 66 *EF* ainz, *N* einz; *B²* ainc ni; *K* pois; *nA'M'R* p. ne f. — 67 e *Cil*; *E* lesquuesse; *B²R* La rescosse o. cil (*R* cis) c.; *M'* conperee — 68 *M²AA'JKRe* Mais; *nM'* mellee — 69 (*AA'*); *eJ* le p. — 70 (*AA'JLR*); *nB²L* trace; *N* pyre — 71 *M²* un; *A'M'n* anu.; *M'* Ont pris sus eux — 73 *B²E* A d. a l. a; *B²R* espees — 74 *E* Don; *A'M'* En i ot (*M'* En oit) ml't de, *n* Assez i ot des; *R* mort — 75 *A'* M. mesle, *N* Melle et melle, *R* Mes de pellee (*v. f.*), *E* Pesle m., *B²H* Pres a pres (*B²* pris); *FM'* Melle estoient.

Ne sai entendre ne ne vei
Com ja mais seient desmeslé.
La ot tant heaume esquartelé
E tant hauberc e tant escu   *9225*
9280 Trenchié, desmaillié e rompu !
 Des faiz Hector que parlereie ?
Bien cuit que il fera la veie,
Cui qu'il enuit, desci qu'as suens :
En talent l'a e en porpens.   *9230*
9285 Grant merveille iert se il i passe.
 Toz les detrenche, toz les quasse ;
Nul n'en consiut, nul n'en ataint,
Qu'il ne l'ocie o nel mahaint.
Si frere sont de lui mout près,   *9235*
9290 Qui mout i sofrirent grant fais.
Deïphebus i fiert sovent,
Qui nes espargne de neient.
Polidamas, ços di por veir,

9276 *F* aitrautre; *A'KM'* Gie ne sei mie — 77 *nE* desmelle, *L*
-erle, *A'M'* deseure, *K* dess. — 78 (*A'*); *K* Ja; *M²EKn* escart.,
B² en quaretelle — 79 *A'M'* Et maint h. et m. e.; *M²* ozberc —
80 *M²* Trenche; *M²F* desmaille; *F* deronpu — 81 *R* Oes; *n*
Del fait; *M'* pal.; *A'* que uos diroie — 82 *M²* B. sai; *M'* qui; *F*
B. aut que ge ferai — 83 *K* Qui; *R* Ki ken, *M'* Qui qui; *B²*
en poist; *M²B²KR* deci, *A'E* desi; *N* e. en iusquas s., *F* en anuit
ius as s.; *M'* as rens — 84 *A'B²FR* t. a — 85 *nK* meruoille; *A'E*
ert; *B²* ne p. — 86 *n* qasse, *E* casse; *A'B²KM'* Trestoz les
detrenche et dequasse (*A'M'* dec.) — 87 *n* Nun; *B²* non c.;
A'M'K Il nen consieut (*K* -ut) nul ne nataint; *F* consuit, *M²R*
-ut, *E* -iust, *N* -ust; *M²* atent, *K* -eint — 88 *M²A'K* Cui (*K* Que)
il (*M²* Quil) nocie o ne m.; *R* machaint, *B²* -hait, *A'e* mehaint,
K -eint, *M²* mahent — 89-90 *interv. dans B²* — 89 (*AA'R*); *E*
estoient de l. p. — 90 (*AA'J*); *R* Ke; *M²H* m. par i sofrent, *F* m.
i sofroient, *E* i sofrirent trop; *B²* Quil par truent trop — 91 *nE*
Deyf., *KM'* Deyph., *B²E* Deif. — 92 *n* Que; *B²* Si nes espar-
gnent; *A'KM'* esparne; *M²* nient, *E* neant, *K* naient, *A'M'*
noient, *n* -ant — 93 *R* cous, *M²A'Ken* ce, *B²* iel; *n* dit; *M²R*
de u.

En redevra grant pris aveir,   *9240*
9295   Quar mout le fait proosement.
Menelaus fu entre sa gent,
Reis Telamon entre les suens,
Qui assez en raveit de buens :
Mout i refont de granz esforz,   *9245*
9300   E tant i ont Troïens morz
Que merveille est e iert toz dis
Com chevaliers en estort vis.
Mais par l'esforz qu'Hector i fait,
Si com li Livres me retrait,   *9250*
9305   Derompirent desci qu'as lor,
Qui en aveient le peior.
S'om lor a fait honte e pesance,
Or en pueent prendre venjance :
Si firent il si merveillose   *9255*
9310   Que lor fu pesme e dolerose,
Quar des meillors des cinc conreiz
Lor laissierent el champ toz freiz.

9295-6 *interv. dans* R — 95 (*HJR*); *B*² proisement, *AA'en*
hardiement — 96 (*AA'*); *D* Menalas; *N* rert, *FK* rest, *E* est —
97 *A* Roy; *tous les mss.* th.; *R* encontre l. s.; *B*² sons — 98
AA'KM' Q. ml't en i auoit, *B*² Q. en a. ases, *E* Q. grant plante
an ot; *B*² bons — 99 *M*² refunt; *K* grant esfort; *B*² M. par i
auoit grant e. — 9300 *M*² unt (*forme constante*); *R* t. ont;
*AA*²*B*²*M'n* Et molt i ot (*A* rot); *B*² auoit; *nA'M'* troyens, *B*²
cheualiers; *K* mort — 1 (*DJ*); *n* A meruoille; *A* i. et est, *N* ert
et iert (est et m. à F); *B*²*DE* et ert; *M'* tot dis — 2 *A* estourt;
F prouz et hardis — 3 *B*²*F* lesfort; *KN* que h.; *AM'* a f. — 4
*B*²*EF* nos — 5 (*HJ*); *B*² Des r., *n* Les ronp.; *M*²*Kn* de ci, *A'e*
desi; *AM'* as — 6 (*A'R*); *M*²*B*² Q. en estoient li; *H* pior, *AJ*
poior, *AM'* paior; *x* Lie (*F* Si, *GL* Qui) e. li soldeor (*F* soud.)
— 7 *AA'B*²*KNRe* Sen, *F* Se an; *M*² fete; *F* honde, *A*² lait —
8 *AA'B*²*FKe* puent, *M*²*N* poent — 9 *M*² f. e si; *B*² dolereuse —
10 (*F* Que), *M*²*AA'JKNe* Qui; *n* ml't fu p., *B*²*E* p. fu; *H* Et
si p. et si d.; *B*² pereleuse — 11 *M*²*A'Ken* Car; *E* mellors; *R*
Kar li meilor; *KR* de c., *n* des trois, *B*²*E* de lor — 12 *B*² Lors;
M' ou, *K* al; *F* as chans.

Desconfiz les ont malement :
N'i ot del recovrer neient. *9260*
9315 Par mi lor genz les embatirent,
E sacheiz bien mout i perdirent.
Les batailles sont reüsees,
Que auques erent esfreëes : *9265*
N'i ot conrei qui ne branlast,
9320 Qui ne criensist, qui ne dotast.
Ja rert li estors maintenuz,
Quant Eneas i est venuz :
Ceus de Licoine ameine o sei,
Qui Eüfeme orent a rei. *9270*
9325 Iceste eschiele fu mout grosse :
A! tante enseigne i a destorse,
Tant escu pris por aler joindre!
A l'avenir ont pris lor poindre,
Puis vont toz les conreiz ferir *9275*

9314 *A'B²* Ni a; *B²E* de ; *M²* Ni ot d. r. ni a n., *N* noiant,
A'M' -ent, *DEF* neant — 15 *B²FR* les; *M²K* gent — 16 *KM'*
Mes molt durement; *A'* soffrirent, *B²* ofrirent — 17 *M²A'M'*
Lor; *B²* deseurees — 18 *M²A'B²De* Car, *N* Qui, *R* Ki; *M²*
alques; *N* sont ia, *M²* se sunt, *R* furent, *F* estoient; *B²* les ont
rausees; *A'DN* esfraees, *K* effr., *M²E* esfrees, *F* aprismees; *M'*
C. durement s. e. — 19 *A'B²* C. ni ot, *M²* Norent c. ; *F* conroz
— 20 *F* Que; *KM'* creinsist, *B²* cremist; *KRe* et ne; *A'* Et q.
ne fremist et d. — 21 *n* La; *M²* riert, *K* iert, *R* nert, *A'B²En* ert;
N estorz, *E* esforz, *A'* tornois — 22 *M²e* Car — 23 *R* Cel, *EF*
Ces; *yJK* lancoine, *A* -one, *F* ladone, *M²A'* laucoine, *N* laco-
me, *R* lauçoine, *B²* lausone; *A'JM'* amene, *n* moine; *R* a soy;
B²E o soi (*B²* i) auoit, *H* auoit od s. — 24 *M²R* eufreme; *A'* Dont
an tient e. a r., *AJM'* Trestuit erent en son (*M'* .j.) conroi, *Kn*
Et eufremes (*n* Euframe) lamiralt (*N* -aut, *F* -auz) r., *B²EH*
Dont eufremes (*B²* -nis) rois (*B²* r. en) estoit (*H* fu sire et roi) —
25 *B²* ensegne; *M²A'Je* bien g. — 26 (*A'*); *De* Ha, *R* Has,
JK Et; *B²* Car t. eschiele; *AB²DKy* i ot; *n* Mainte ansaigne
i a d. (*N* lues d.); *D* det. — 27 *N* Maint — 28 *A* Alors o.
commencie; *M²AA'e* a p., *B²* a ioindre — 29 *K* les granz c., *n*
par tel uertu.

9330   Qu'Ector ot fait le champ guerpir.
        Iluec ot un tel tasseïz
        E un si fait abateïz,
        N'i a Grezeis qui bien ne cuit
        Que il seient tuit desconfit.   *9280*
9335   Teus dis conreiz ont mis a un,
        Dont riche teneit om chascun
        De treis mil chevaliers e plus.
        Or sont Troïen al desus :
        S'est qui fuie, bien chaceront.   *9285*
9340   Mais jusqu'a poi se retendront,
        Quar Aïaus, li bons vassaus,
        Quant veit que sor eus vert li maus
        E qu'il veit ses genz reüser
        E par force del champ geter,   *9290*
9345   Ocire e desconfire e prendre,
        Por poi ne laissent le defendre,

9330 *F* Hector, *EHJK* Quectors, *N* Quil lor; *n* ont f., *M'* a
f.; *A'B²EH* del c. (*B²* d. cant, *A'H* le camp) tolir — 31 (*leçon de
R*); *F* Il ot 9t a.; *n* anuaisseiz, *M²B²KM'* entasseiz (*K* -is), *GL*
abateis, *E* tel fereiz — 32 (*A'H*); *F* fiet, *LN* fier, *AJKM'* grant;
n antasseiz, *K* abateis; *G* si f. fort grant (*sic*) crieis — 33 *R* nen;
M²K quit — 34 (*A'GL*); *F* sogent cuit; *AM'* seront, *HKM'R*
d. t. — 35 (*A'H*); *B²* Ceus .x. c. mainent; *A* a mis; *n* uint un et
un — 36 *M²F* Don; *M²* hom chescun; *R* D. grant et r. ot, *A'* Ou
ml't auoit iant, *JK* O (*K* Qui) m. grant gent ot, *AM'* Ou m. a
(*M'* ot) gr. g., *B²E* Ou meinte g. (*B²* maint prodome) ot, *H* Riche
conroi ot; *AA'B²Ke* en (*A* a) ch., *HR* en cascun — 37 *F* De oto
.m., *eN* De troi .m., *A'B²* Troi .m. — 38 *R* Or sunt, *M²* Orront,
nK Furent, *B²E* Vindrent; *A'* T. s. or; *En* troyen; *M²* le d., *F*
an d. — 39 *F* fine, *R* sieue; *M²R* prou, *B²E* trop — 40 (*A'R*);
HM' dusqua, *JK* tresqua, *M²E* desqua; *F* pas; *A* les; *N*
retrairont, *B²* renderont; *K* p. retorneront — 41 *M²* aiaux, *F*
aias; *M²K* buens, *n* biax — 42 *F* Que; *A'* s. li; *A'B²Ke* uient,
R uint, *n* est — 43 *M'* Et si; *B²* sa gent, *A'* les suens — 44 *R*
le c.; *nK* giter, *M'* ieter, *M²B²R* torner — 46 *A'EN* Par, *F* Per,
M' A; *K* leissent, *F* lass., *A'E* less., *M* lesse.

Deriere sei veit tant conrei,
Tant amiraut, tant riche rei,
Reguarde des Grezeis la flor,   *9295*
9350 Qui hui ne vindrent a l'estor
Ou sont tant riche chevalier
E ou a si grant recovrier, —
Soz ciel n'a nule gent, senz faille,
Vers cui n'eüssent pro bataille : —   *9300*
9355 « Avoi ! » fait il, « ço que sera,
« Iceste uevre a que tornera ?
« E que ont ore nostre gent,
« Qu'ensi s'en vienent laidement ?
« Ja ne pueent il tenir place,   *9305*
9360 « Bien font semblant que l'om les chace.
« Mout conois bien ço que jo vei :
« Veez com branlent cil conrei !
« Tant les ont cil desavanci

9347 *Kn* Derriere, *N* -es; *A'* Darriers son dos; *M²* u. c.;
AKM' maint c. — 48 *F* cant r.; *M²* Et t. a. e, *R* T. r. amirant et,
A'H T. duc t. amiralt, *B²* T. amiral t. d.; *M²A'B²HR* t. r.; *E*
T. amiraut et t. haut r., *K* Maint amiral m. r. r., *AM'* Ou il a m.
prince et m. r., *J* Et meint amiraut et m. r. — 49 *J* de g.; *A'* Et
des g. tote la f., *B²E* Des g. esgarde (*E* i estoit) la f. — 5o *F* Que
— 51-4 *m. à A'* — 51 *M²B²* O a t., *E* Ou t. s.; *KM'* uaillant c.
— 52 *M'* E o; *E* Ou a si riche, *B* Et u il a tant; *M²* recourer — 53
A' El mont, *M'* Ou m.; *M²B²En* na g.; *M²* nel mont, *B²E* cou
cuit; *K* na telle g. — 54 *M²* quj; *E* ml't, *M²* prou; *B²* il neuiscent
b.; *A'KM'* A c. ne tenissent b., *n* Que il dotassent en b. — 56 *M²R*
Ne i. o. a qued torra; *M²Kn* oure, *A'M'* hueure, *R* oura; (*A'E*
que), *M²KR* quei, *N* quoi, *B²M'* coi, *F* cui — 57 *nR* Que o.
ore la n. (*R* oie n.) g.; *A'* ceste iant — 58 *A'B²EN* Qui si, *F*
Que si, *R* Ke se, *K* Quensint; *M'* Qui einsi sen uont; *M²* leid.
— 59 (*A*); *F* puent, *M²KN* poent; *M'* Ia ni pooient t. — 6o *M²R*
funt; *eKR* len, *N* lan, *F* en, *B²* on — 61 *E* quenuis — 62
M' blanlent, *F* branslant, *B²* brallent; *N* cist, *F* cils, *L* li —
63 *J* estoient, *B²* sont icil, *E* s. ore, *F* s. ici, *H* s. icil, *AA'M'*
ont este; *KLN* Or uoi gie (*L* Ml't cognois) bien si com mest
uis.

« Qu'a peine ierent hui mais hardi   *9310*
9365   « Si come erent jehui matin ;
« E si dot mout qu'a la parfin
« Ne nos facent tote pesance :
« Grant paor ai de meschaance.
« Or n'i a plus, seignor », fait il,   *9315*
9370   « Guardez ne seions li plus vil
« Ne li peior al departir :
« Assez nos i vient mieuz morir
« Que faire mauvaistié de nos.
« Ne seiez ja de rien dotos;   *9320*
9375   « Sacheiz, sos m'en volez aidier,
« Nos les ferons ja repairier
« Vers lor lices, mais bien lor peist;
« E se nostre force nos creist,
« Com si fera, de cent mile homes,   *9325*
9380   « Se nos mauvaise gent ne somes,

9364 *n* poine; *F* erent; *E* Qua poinne h. m. seront, *A'M'* Qua
paines (*A'* Qua grant poines) erent m., *B²* Que m. a paine e.,
R Cui m. ne seront si; *KLN* en auront mes (*L* aurons hui)
le pris — 65 *B²E* Tant; *KN* Que il (*N* Quil) auoient, *F* Tant
com cil e., *R* Com il estoient; *M²* ia huj, *M'* iui, *A'E* iehuir, *N*
ieuir; *FKR* hui — 66 *EF* cuit, *B²* quic, *A'* croi; *ELN* bien —
67 (*A'L*); *E* Quil en aient; *B²* Ne n. conueigne auoir p. — 68
(*R*); *M²* Granz poors est; *K* poor, *e* peor; *eA'FL* mescheance ;
A' Ml't par me crieg de m., *N* G. mestier auons de cheance —
69-70 *sont placés dans LN après* -90 — 69 *KLM'N* fet il s. —
70 *A'E* nen; *M²* seions, *n* soiens, *A'EK* -ons, *M'* -on, *B²* soies;
KLN li peior, *M'* le paior — 71 (*A'*); *KN* plus uil, *M'* p. foible,
EJ poior, *B²H* pior; *R* Ne li sordeior au partir, *L* Ne lor puis
aidier au p. — 72 (*A'*); *B²EN* u. il, *KM'* uendroit; *N* melz, *R*
meuç, *A'M'* mex, *M²* miels, *FK* mielz, *E* mialz, *B²* mols; *FR*
u. m. a m. — 73 *M²A'Ke* maluestie, *N* -aistie — 74 *M'* soion;
K riens — 75 *R* sous men, *M²A'B²EFHK* se me (*B²H* men), *N*
sor me; *M²* eidier; *DJM'* Se uos me u. bien a. — 76 *M²* reperier,
E -eirier — 77 (*A²*); *M²A'B²Ke* les l. — 79 *E* Que; *R* ci, *M²F* il;
B²M' .v. c. h.; *n* omes — 80 *M²* malueise, *K* -ese, *Ne*
-aise.

« Contre la porte e a l'entree
« Sera lor gent desbaretee.
« Or i poignons, si n'i ait faille,
« Ainz que vienge cele bataille 9330
9385 « Que ci si près nos siut al dos;
« E si guardez n'i ait si os
« Qui senz mei parte de l'estor.
« Li deu nos en facent honor! »
Lors chevauchierent come gent 9335
9390 Qui de bien faire orent talent,
Tant qu'as lances vindrent baissier.
Por veir vos puet l'om afichier
Qu'il les alerent si ferir,
Cent en chaïrent al partir. 9340
9395 Ci ot grant noise a l'assembler,
Ci veïst l'om estor lever,
Ci veïst l'om lances brisier,
Ci veïst l'om escuz percier,

9381-2 m. à DM¹ — 81 (AA¹JR); N Antre; H lor; E Entre la
p. et l. — 82 M²JN genz, B² gens; F desbarathee — 83 B²EF
lor (B²F en) alons, A¹ alomes; F si mait f. — 84 N Einz;
M²AA¹FRe uiegne, N ueigne; M²AKe u. ca (AKe ca u.) la b.;
A¹ ceste, F cest, R icelle — 85 (M²FR Que), N ici p., F et si
p.; AKM Qui si nos sont (A suit, K uont) si p. as (M¹ au) d.;
M² siet, F suie, E siust, B² sunt, A¹ cort; NR nos (R si) est as
d. — 86 N Si g. bien, F Et grandez quil; R art, AE oit — 87 R
partent — 88 M¹ dieu — 89 (AJL); M²K Donc, H Dont; F CHor
(sic) chenauchent; A¹ L. ch. serreement — 90 (A¹B²H); M² del;
R ait grant t., M²FJ aient t., A auoit t.; L du fere ont bon t. —
91 M¹ que l.; F uerrons; M² beissier, A¹Ke bess. — 92 A¹B²EF
De u.; F nos p.; LN len, FK en, E an, AB²M¹ on, A¹R bien;
A¹ uueil b. a. — 93 m. à F — 94 A¹EN cheirent; F au depar-
tir; KM¹ Quen i (M¹ Quil en) couint .c. a cheir (M¹ chair), L
Que il les firent departir — 95 B² Si — 96 M¹ La, B² la; K
ueisseiz, A -iez, M¹ ueisiez; A¹EN an, FR len; A Fier e. u. l. —
97-98 interv. dans AM¹ — 97 A Tant, B² Se; EN an, B² on, A¹
lan, R len; K ueisseiz, AM¹ -iez; M²M¹ bruisier, A¹ baissier —
98 B² la; EN an, B² on, A¹ lan, FR len; AKM¹ Escuz estroer
et p.; F escu percer; N froissier.

Ci veïst l'om haubers fauser 9345
9400 E des haumes le feu voler,
Ci veïst l'om ferir d'espees,
Ci veïst l'om testes coupees,
Ci veïst l'om abateïz
E tanz bons chevaliers feniz 9350
9405 E tant destrier vuit senz seignor :
N'i ot eü en tot le jor
Estors si pesmes ne mortaus.
O Eneas joinst Aïaus :
Teus se donerent es escuz 9355
9410 Qu'outre en passerent fers e fuz.
N'i ot hauberc qui ne fausast,
Ne nul d'eus dous qui ne saignast;
N'i ot lance que ne croissist,

9399 *A* Tant, *B²* Se; *EN* an, *B²* on, *A'* lan, *F* len; *K* ucisseiz, *AM'* -iez; *R* auberc; *K* falser — 9400 *AB²* elmes; *M²* fue — 1-2 *interv. dans A'F* — 1 *A* Tant, *B²* Ce; *EN* an, *J* en, *B²* on, *F* len; *A'* Et retentissement despees — 2 *M²* E, *A* Tant, *B²* Ce; *EN* an, *B²* on, *FJK* len, *A'* lan; *n* colpees, *eJKL* copées — 3 *M²* E, *B²* Ia; *EN* an, *B²G* on, *FL* len, *A'* lan; *AJKM'* Ci ot éstrange fereiz — 4 *M²* Et tant bon cheualier; *A'F* Et t. (*A* tant) biax c.; *G* faillis, *L* fenir; *R* Cans buens keualers f., *ADJKM'* Et grant chaple et grant poigneiz (*AK* -is, *M'* fereiz), *B²E* Ci (*B²* Ce) ueist an g. (*B²* grans) fereiz — 5 *B²* A tant d. voit; *A'* uif, *F* uont; *LN* Et t. bon cheual, *G* Et tans cheuax, *AJKM'* Maint d. i ot (*K* a) — 6 *N* Sachoiz ni ot estor le i.; *A'* au an — 7 *AA'B²FM'* Estor si (*B²* tant) pesme, *R* Si p. e., *N* Qui fust si pesme; *A'* et si m., *F* si m., *AJM'* de uassax; *K* Estor tant pesme et t. mortax — 8 *M²A'R* Ou, *EH* A; (*M²* ioinst), *A'EHNR* ioint; *F* Oneas le uit, *N* E. ioint a, *B²* Aeneas se i. a, *AKM'* E. iouste o; *A* ayaus, *EN* ayax — 9 *A'JK* Tex, *B²F* Tels, *A* Telz, *y* Tel, *M²* Granz se; *N* G. cops se donent — 10 *M²R* Quoltren, *E* Coltre, *A'B²F* Coutre, *N* Qoutre, *K* Oltre, *AHM'* Outre; *A'JK* passa et; *ER* fer, *J* fier; *M²R* fusz — 12 *A'F* Ni ot nul dax; *M²* Ni nus, *K* Ne nus; *M²AR* dels d., *N* dax dox, *eJ* des .ij.; *B²* nen sagnast; *E* seinnast, *A'JKM'n* seignast, *M²AR* se-; *A²* Ne uns sols dels ne sairast — 13-4 *m. à E* — 13 *FHKM'* croisist; *A²* Ne ni ot l. ne c.

Ne nul d'eus dous qui ne chaïst;   *9360*
9415 Mais sor les heaumes des verz branz
      S'entredonerent de si granz
      Que les cercles voler en firent
      E les mailles s'entrembatirent
      Par mi les chiés, que sans en raie.   *9365*
9420 N'en partissent mie o tel plaie,
      Li queus que seit fust sempres morz,
      O ambedui, se lor esforz
      Ne recovrast, quis a partiz :
      Iluec fu granz li fereïz.   *9370*
9425   N'ert pas la bataille arestee,
      Quar la grant chace e la huëe
      Durot ancore sor Grezeis,
      Ou mout perdirent, ço fu veirs.

9414 (*B²*); *M²A²HM'e* Ne ni ot (*R* mot) nul dels qui (*H* n.
qui ne) c., *JK* Mes dels ni ot nus q. c., *A'F* Ni ot n. (*A'* nus)
d.; *A* quil — 15 (*A'*); *K* Desor, *AJM'* Desus; *A* elmes; *R* les
u. b., *AJKM'N* de lor b. — 16 *AA'B²F* cox (*A'F* cos) si g. —
17 *R* cerdes, *N* esclaz; *A'* sentrabatirent; *A* quil les f. escarteler
— 18 *M'* sentrab., *F* sentreb., *KN* en deronpirent, *B²* en abati-
rent, *A'* uoler en firent; *A* Et les coiffes a dessaffrer — 19 *F* Der
nules cheries; *M²* ches; *R* le sancs; *B²* li sans lor r.; *KN* Par
les uentailles s. en (*N* li s.) r., *A* Que p. mi l. c. li s. r. —
20 *A'F* Ne p. pas, *M'R* Nen (*R* Ne) departissent; *K* Ne sen p.
pas sans p.; *A* Mes ne p. por t. p.; *A'B²Fe* a t. p. (*M'* paie), *R*
une p., *N* mie a p. — 21 *M'n* quels, *A'Ke* quex, *B²* que, *R*
cheux; *B²* tempres; *A'F* Que li q. que s. ne (*F* nen) f. m. — 22
N amedui, *M'* anbedeus — 23 *N* retornast, *A* reconnoist; *eA'*
ques, *F* ius; *J* qui as p., *R* ki ces a p. — 24 *K* Illuec, *M'*
Illeuc, *n* Illuc; *A'M'* fust; *F* ferreiz — 25 (*R*); *G* Niert; *L* La fu
la — 26 (*JR*); *M²* Car; *A²GNR* granz; *A'A²EFH* Que (*EH*
Car) li criz (*F* criez) ert (*E* est, *H* lieue); *B²* Grant cri i ot et
grant; *AB²M'N* mellee, *K* meslee, *L* merlee — 27 (*A²DLR*);
A'B²F Quancor (*F* Quen cors) d. sor les (*F* sour le) g.; *EH* Qui
ancor d. (*E* dure); *JM'* encore sus, *A* oncor dessus; *GK* ancor sur
(*K* onquor sor) les griiois — 28 (*J*); *R* O; *AL* Ml't i p.; *A* sor
lor pois; *B²* drois; *N* Si p. si con fu drois, *A'F* Por ax (*F* els)
secorre uint menois (*F* uin man.).

Philitoas de Caledoine   *9375*
9430   E tote sa gent, senz essoine,
       Dont bien i ot trei mil de taus,
       Qui ja socorront Aïaus, —
       Si firent il par tel maniere,
       Cinc cenz lor en mistrent en biere, —   *9380*
9435   Retenu ont cist dui conrei
       La gent de Troie e le desrei
       Qu'il faiseient sor la lor gent.
       Ci rot mortel torneiement :
       Mout se peinent d'eus reüser   *9385*
9440   E d'eus ariere retorner,
       E Troïen d'eus desconfire;
       Mais mei est vis qu'or lor empire.
       Ne lor est pas legier a faire :
       Por ceste chose mut contraire.   *9390*
9445   Li un vers les autres contendent,

9429 *A²M'n* Filit., *EFH* Filith., *A²* Filot., *A* Filist., *B²* Filo-
thomas; *A²H* calid., *eB²* calcid., *M²AA'JKx* calced. — 3o *A'Kn*
O; *M²* sa genz; *E* totes ses genz — 31 mil m. *à B²*; *M²R* Dom,
E Don; *L* D. ot b., *M²* D. i ot; *M'* D. i ot b.; *A'F* B. ot o
lui troi m. uassax; *M²R* treis mile; *J* cax, *G* tex — 32 (*A'*);
Jy Que; *B²* bien ; *F* Or ia secorrent; *GLN* Dont secoruz
(*L* -u) fu ayax, *R* Ki ia feront sor a. — 33 (*A'H*); *R* furent;
L Si i fierent; *KLN* de tel, *M'* en t. — 34 (*R*); *A'F* Deus c.,
EH .viij. c.; *A'* en i m., *B²* lor i misent, *AM'* en laissierent,
N l. en remest — 35 (*A'*); *FKM'* cil, *R* ci, *A* si, *B²* li — 36 (*A*);
N La grant bataille et lo tornoi; *eB²* lor d. — 37 *A* Que; *A²E*
feisoient, *F* feissent; *B²* la sor l. g. — 38 (*A*); *R* Cil; *A'* Not, *K*
rout, *B²*ront; *M²* mortiel — 39 *M²AKM'* dels, *N* daus, *EFR* del,
A' dou; *B²* de rauser — 40 *M²AFRk* dels, *N* daus, *A'E* dax,
M' eus; *A'EKn* arr. — 41 *En* troyen, *M'* -ens, *B²K* troiens;
M²FIKM dels, *E* dax, *N* daus, *A* de; *R* Et des t. d. — 42 *AE* ce
mest u.; *ER* cor, *M'* ce; *A'F* uis mest (*F* met) que il lor e. (*A'*
anp.); *A* trop l., *K* que l.; *B²* Cou mest auis que lor emperi, *N*
Et daus trestoz metre a martire, *L* Et delz trere a lor m. — 43 *E*
fu p. — 44 (*AL*); *B²* Por cou est cose, *M'* Car c. c. est; *B²M'* ml't
c.; *F* ce cose i ot c.; *R* uint c.

Escuz, haubers, heaumes se fendent,
Trenchent sei braz, cuisses e piez.
Tant en gist morz e mahaigniez,
Tote la terre en est coverte :   9395
9450 D'ambedous parz i a grant perte.
    Philitoas joint a Hector,
Que la lance de sicamor
Vola en pieces sor l'escu ;
E Hector ra lui si feru   9400
9455 Par les dous arçons de la sele
Que li bons destriers de Castele
Chaï soz lui. Cil fu navrez,
Une liuëe jut pasmez :
De la plaie puet bien morir,   9405
9460 E sin reporreit bien guarir.
Ici rot mout chevaliers morz,
Ci recovrerent lor esforz
Cil de Grece sor ceus dedenz ;

9446 (*JR*); *M²* hauzbers; *M³B¹LN* e heumes (*LN* hiaumes,
B² elmes) f.; *M¹* Hiaumes h. e.; *A* H. et c. se porf.; *A¹F* hiau-
mes desfandent — 47 *K* T. lor b., *L* T. i b., *A¹B²EF* B. se t.;
M¹ cuises, *B²* quisses — 48 (*R*); *A¹F* i a, *M²* i g.; *M¹* mort; *L* en i
chiet; *F* t. m.; *EF* mahei-, *N* mehai-, *B²* meha-, *A¹KLM¹* mehei-,
M² maai- *R* T. en i g. de m. — 50 (*A¹*); *F* Dambedos, *N* Dame-
dox, *K* Danbedui; *ELN* i ot; *B²* i est; *K* est g. la p.; *ADJM¹* De
(*J* Des) ij. (*D* dandeus) p. i est g. (*D* granz) la p. — 51 *M²R*
Philistoas, *J* Philithoas, *F* Filitoas, *B²EJN* -thoas, *M¹* Fylitoas,
A Filotas, *A²* -toas; *M¹* ioinst, *AJKR* ioste; *M²* o accentué —
52 *EF* sa; *J* sicc., *E* sicomor, *M¹* sigamor — 54 *R* ra si l. — *Je
ne note plus dans A¹ que les var. importantes.* — 56 *F* Or; *M²FK*
buens, *N* bruns; *M²* chastele — 57 (*AA¹R*); *EKN* Chei; *n* sor;
M² cist; *B²* pasmes — 58 (*A*); *M²K* Cune; *M²* lieue j, *FK* loee,
M¹ louee; *B²* ius — 59 *H* couint; *AHM¹* garir; *EJ* puet lan m.
— 60 *FK* sen, *EJ* san, *B²HNR* si; *AFK* reporra, *N* ran poist;
AM¹ Et b. en repourra (*M¹* reporroit); *H* en puet ml't b., *R* en
reporreit, *B²* en repuet bien; *AHM¹* morir — 61 *K* Ci; *B²* ront;
M² r. bien; *M¹* mort — 62 *A* Cist; *B²E* Ci (*B²* Cil) recourent par
grant c. — 63 *AM¹* sus; *E* ccz; *EN* dedanz.

Tome II.   5

Mais mout dura ainz li contenz   *9410*

9465   Que cele place fust guerpie;
Mainte joste, mainte escremie,
Mainte meslee, maint estor
Firent ainz Greu contre les lor
Que il onques se remuassent   *9415*

9470   Ne que il sor eus recovrassent.
Mais Greu par force recovrerent,
Par ire pleine lor alerent :
Si durement les ont feruz
Que par force les ont rompuz   *9420*

9475   Del champ, o vousissent o non.
Ci rot trop grant ocision,
Ci rot grant desbareteïz :
Li huz e la noise e li criz
Est teus sor Troïens levez,   *9425*

9480   Par force les ont reüsez.
Vont s'en ariere laidement,
Quar trop i perdent de lor gent.

9464 *B²* ains d. m.; *N* einz; *M¹* content, *EN* -anz — 65 *EF*
ceste — 66 *F* escrimie, *M¹N* enuaie — 67 *FM¹* mellee ; *J* et m.
— 68 *E* li greu; *M²M¹* grieu, *F* gre, *A* griex, *K* griu — 69
M²A'EHLn Ainz quil (*L* que, *F* que il) o.; *EJ* san r.; *AB²GJKM¹*
Ainz que il (*M¹* cil) o. recouurassent (*B²* sentruaiscent) (*G* por
ax reuersassent) — 70 (*A'G*); *H* Et; *M²* Najnz que il por els;
AJKM¹ Ne (*JM¹* Et) einz que il (*A* diluecques) se remuassent,
LN Ne ainz que por els reusassent — 71 *M²e* grieu, *F* gre, *K*
griu — 72 (*A'*); *K* une, *N* force; *A* Et por grant i. — 73 (*A'*); *M²*
ront; *KM¹* se sont, *A* ce s.; *KM¹* feru — 74 (*A'*); *M²* unt; *N*
uoincuz; *K* Par force les ont deronpu; *M¹* Par grant f.; *AM¹*
sont derompu — 75 *A'* de; *M¹* uosisent, *K* uolsissent; *AB²EF*
ou il uueillent ou — 76 *AM¹* ot, *B²* rop; *N* ml't; *An* occis. —
77 *M'n* ot; *F* trop g. abataterz; *N* desbarat., *B²* desrabat. —
78 *EKN* huiz, *F* uiz; *M¹* La n. et li h. — 79 *M²* Sunt tiel sor,
B²E Est de sor; *n* troyens — 80 *F* Per, *K* Por, *N* Qua; *M²* Que
par f. sunt reuse; *B²* rauses — 81 *An* arr.; *AB²F* A. sen (*F* se)
u.; *M²K* leid. — 82 *eB²* ml't; *F* Ml't par i.

Tuit li conrei se sont josté
Qui al tornei orent esté;   *9430*
9485 Ensemble sont a un venu :
Onc tant heaume ne tant escu
Ne vit nus hom del mont ensemble.
Tote la terre crolle e tremble.
Mout enforcierent li Grezeis :   *9435*
9490 Teus batailles lor vindrent treis,
Que mout durent estre dotoses
E maufaisanz e perilloses,
Quar ço furent Essimiëis
O saietes, o ars turqueis.   *9440*
9495 Huniers, li fiz Mahont, les guie.
Iceste gent fu mout hardie.
Ulixès fu o ceus d'Achaie,
Qui Troïens point ne manaie ;

9483 *M*¹ tornoi; *F* si s., *N* resont, *M*² se sunt — 84 *N* o. au
t. — 85 (*AA*¹); *F* Assamble sunt; *M*² furent auenu, *N* se sont a.
86 *AF* Ainz, *N* Einz, *E* Ne; en*A*¹ hiaume, *AB*² elme, *M*² heume,
K hialme — 87 *M*¹ nul homs, *A* nuls h.; *M*² nule riens mes e.,
K Ne furent ainz mes tante e., *N* Ne f. m. ueu ansamble — 88
AK en c.; *F* croille, *EK* crosle, *A* croule — 89 (*B*²); *R* esforcier
(*sic*), *F* esforcerent, *M*² -ierent, *A*¹ sesforc., *K* enforcerent — 90
*M*²*R* Car, *K* Tex, *F* Tels, *A'e* Tiex, *A* Telz, *N* Dox; *R* C. de b.;
*A*¹ lan; *B*² remesent trois; *K* freis, *N* frois — 91-92 m. à *M*¹
— 91 *R* Ke; *AA*¹*B*²*FHJ* m. par sont granz et d. (*A* hideuses),
EK Q. furent m. g. (*K* molt f. g.) et d.; *R* destoses — 92 *M*²*N*
mal feisanz, *R* m. fais., *A'EF* maufeisanz, *K* malfaisant — 93
F essinnois, *A*¹ essymiois, *M*² eximjeis, *EN* -ois, *B*² uniois, *M*¹
oxiniois, *K* li hermineis (*cf. 5632*); *A* Cheuaus ont bons coranz
et frois — 94 *B*² A s. a; *F* Assaietes, *A* Et saiettes, *M*¹ O seeites;
AK et; *F* torquois — 95 *KN* Humers, *L* Huimers, *M*²*B*²*E*
Huners, *H* -es, *A* -ez, *F* Uslez, *A*² Ymers; *k* mahon, *M*²*AA*²*B*²*FJy*
mabon, *N* magan, *L* mahalz — 96 *K* Et ceste; *M*² genz, *F* ienz;
N Ceste eschiele fu bien garnie; *F* ardie — 97 *e* Hul.; *J* fut, *H*
uint, *F* mu; *H* a; *E* ces; *F* dacaie, *A*¹ daquaie, *M*²*AA*²*B*²*JKLNy*
de trace — 98 *A*¹*Fe* troyens; *A*¹*F* point ne menaie, *B*² heent et
manecent; *M*²*Ke* het et menace (*M*² man.); *LN* Q. ml't les heit
et les menace.

O les Pigreis reis Emelins :   *9445*

9500   Cist ne chevauchent pas roncins,
Qui chevaus buens d'outre Eüfrate.
Ici vos di qu'ot grant barate.
Cist trei conrei vindrent le pas.
Dis mile sont al plus eschars :   *9450*

9505   N'en i a nul ne seit armez
E de bataille conreez.
O ço que Troïen rusoënt,
Qui vers la vile s'en raloënt,
Cist avindrent, qui furent freis,   *9455*

9510   Quis alerent ferir maneis
Si durement que li escu
E li hauberc sont derompu ;
Percent sei ventres e corailles.
Dès or engroissent les batailles,   *9460*

9515   Dès or i a marteleïz
Sor les heaumes des branz forbiz,
Dès or i chieent chevalier
Mort e navré de lor destrier,

9499 (*AHJ*); *LN* melois; *M¹* hem., *E* ham., *A¹* esm., *B²* am. —
9500 *B²M¹* Cil, *A* Qui; *M²AF* roncis — 1 (*HJ*); *AA²B²LN* Mais;
AA¹A²B²ELN bons c., *K* buens c.; *A* euffr., *A¹* euffraite, *B²*
eufratre, *M²* aigue frete; *A²* de leue eufrate — 2 *AFJKe* por uoir
ot (*M¹* rot), *H* ot p. u.; *B²* baratre — 3 (*A¹*); *HJKM¹* Cil; *M¹*
uiegnent; *N* el tas — 4 *AH* .iij. ᵐ·; *M²F* sunt; *M²* as; *GKN*
eschas — 5 *M²KN* Ni a un sol; *H* a un — 6 *B* Et por — 7
AA¹B²JLen A; *LN* A ce (*L* celz) t. reusoient; *E* troyen, *A¹JM¹*
troiens; *B²* troie rausoient; *A¹F* rusoient, *M²K* reusoent, *AJNe*
-oient — 8 *Kn* Et; *AA¹B²en* aloient, *K* aloent — 9 *eB²KN* Cil;
B²KL i uindrent, *M¹* les uirent; *N* u. qui f. tuit fr.; *A* Ceus il u.
quil — 10 *M²* Quils, *e* Ses; *E* menois; *A* Cil les ferirent de m. —
11 *M²* les escuz — 12 *F* desr., *M²* deronpuz — 13-4 m. à *B²* — 13
HM¹ Persent — 14 (*H*); *M¹* angoisent, *A¹E* enforcent — 15-8 m.
à *A* — 15 *F* marceleiz — 16 *M¹* Sus (*forme presque constante*) —
17-8 interv. *dans A¹* — 17 *A¹N* Ades; *M²* cheient, *K* chient, *M¹*
chiet des; *M²Ke* cheualiers — 18 *M²* Morz et naurez; *F* maumis,
A¹ malmis; *M¹* sor lor, *B²* et lor; *M²A¹ek* destriers.

Dès or i a mortel estor, *9465*
9520 Dès or en ont Greu le meillor,
Dès or en meinent ceus dedenz,
E sin font maint chaeir a denz
Pasmez e freiz, de la mort près.
Ici ont sostenu grant fais *9470*
9525 Li plus hardi e li meillor :
N'i esteient mie a sojor.
Quel merveille, s'il ont dehait?
Quinze conrei sont contre set.
  Veneient s'en, ços di por veir, *9475*
9530 Cui qu'en pesast, par estoveir,
Quant cil de Perse i sont venu,
Qui aportent maint arc tendu.
Paris li beaus, li proz les guie.
Ici ot riche compaignie : *9480*
9535 Haubers orent e hauberjons,
Chapeaus de fer e chaperons

9519 *N* i ot — 20 *G* en sont griu au m.; *M²* grieu; *B²FKe*
Grigois en ont ml't (*FK* or), *A* Mes griiois en o. — 21 *N* man-
ront — 22 *K* sen; *AB²e* Si en f. ml't (*E* maint), *GN* Mains (*N*
Meint) en i f., *F* Assez en f.; *K* cheir, *nAE* cheoir, *M¹* chaoir;
I Et sen abatent mains; *K* as d. — 23 *B²K* Pasme; *e* frois, *B²*
froit — 9524-11108 m. à *A²* (*8 feuillets perdus*) — 9524.*B²* Icist;
F ot, *M²* unt; *M¹* Icil ront; *F* sustenuz — 25 *F* ardi ne — 26 *F*
pas asseior — 27 *AB²HJKNe* Nest m. (*B²* mervelleses), *F* Q. m.
est; *n* meruoille; *M²JK* si a; *M²EJn* deshet, *B²KM¹* dehet, *R*
deshait — 28 (*A*); *B²* Que .v.; *M²Fen* conreiz; *F* encontre s. —
29 sen m. à *F*; *M²* ce di por ueir, *AFJe* ce sai (*J* sa) de u.; *H* V.
ce s. bien de u.; *B²R* por estouoir; *N* Troyen san uienent por u.,
GK Troien se muerent p. (*G* tout p.) u. — 30 *M²Ky* Qui; *H* quil,
N que; *A* Cui quanuiast; *J* por esteuoir, *B²* ie sai de uoir; *R*
Kil nen p. ie uos di u.; *A¹F* aj.: Ia mais arrier (*sic*) ne tornassent
Ne par nul plait ne recourassent — 31 *M²n* p. s. — 32 *B²Fe*
Qui portoient — 33 *y* li p. li b.; *K* bialz — 34 *B²* biele c.; *K*
Ci est molt r.; *M²* cump., *eA* compeignie — 35 *M²* hauzbergels,
AA¹ hauberieus, *E* -iex, *JKM¹* -gex, *HP* -gels, *F* -geus, *R* auber-
ions, *I* haubregons — 36 (*GIL*); *M²AA¹B²FJKy* De fer fu (*A* est)
couerz (*AKM¹* -ert) chascuns (*M²* chesc.) dels.

De dras de seie nués e freis ;
Li bon cheval aragoneis
Sont tuit covert de conoissances ;   *9485*
9540   Ars turqueis ont en lieu de lances ;
Le brant d'acier a chascuns ceint.
N'i a celui qui ne se peint
De venjance prendre des lor,
Qu'il lor ocistrent en l'estor.   *9490*
9545   Serré ensemble chevauchierent,
De la bataille s'aprochierent.
Devers destre sont avenu
Lores, s'i ont levé le hu ;
Tuit ensemble criënt e traient   *9495*
9550   E chevaliers e chevaus plaient.
Ici ot noise e traierece.
Sempres s'esmaie cui l'om blece.
Paris lor trait, bien i avise :
Ocis lor a un rei de Frise   *9500*
9555   Dont mout furent dolent Grezeis,

9537 (GL) ; R Des d. de s. imes (i *accentué*) ; JK et dor f.;
AA'B²Fy De sus (H De sor) orent bliauz (A -aut, M² bliuaus) dor-
frois — 38 (G) ; JK buen ; AA'B²LFe Et lor (L bons) cheuaus (E
-al) ; M²A'e arr., D arrogomois, GN aragocois, F arog., B² aro-
gonois, L aragonnois, A sarragoucois — 39 (G) ; B² Furent c., FL
Ont toz couerz ; K congnoiss., E quenuiss., M²M conois, J coi-
gniss. — 41 (G) ; M²R chescuns a (R sa) c. ; n chascons ; LN C. a
lo b. d. c. — 42 (AA'B²) ; GLN Ni a un sol — 43 GLN De p. u.
— 44 B² Qui les ocient, F Qui lor occient, A Que il ont ocis ;
M²E a lestor — 46 (A) ; M²N Vers ; M² sapresmierent — 47 AK
senestre (A destresce) s. uenu — 48 KN i ont ; N un hu ; A Lores
sont a lestour uenu — 49 A huent ; B² braient — 5o K Et cheuax
et c. — 51-2 m. à A — 51 (R) ; B² Ci ot grant n. ; B²K traerece,
F trair., N grant tristece — 52 (R) ; E Souant ; M' sesmoia ;
M²B²HKM'N qui ; Ke len, N lan, F lem, H on ; B² ot plaie (*sic*)
53 GN i est, M² i tret, H les t. ; AB²EFH et a. ; L P. i a ca
feit tel mise — 54 (A'J) ; AB²GKLN le roi, R uiç roi ; F pise
— 55 R Dunt ; L g. pensis ; AA'B²FJKy Cest domages a ses
amis.

Quar mout aveit d'armes grant preis.
Cosins germains ert Ulixès :
De lui vengier se mist a fais.
Le cheval poinst, qui mout fu buens ;   9505
9560   Paris requiert entre les suens :
Tel li dona par mi l'arçon
E par les pans del hauberjon
Que l'enseigne del vert cendal
Met tote el ventre del cheval.   9510
9565   Paris chaï, por poi n'est morz ;
E s'Ulixès eüst l'esforz,
Sor lui s'arestast volentiers.
Mais Troïlus i vint premiers :
N'ot point de lance, mais l'espee   9515
9570   Li a sor l'eaume presentee.
Fent e quasse, pleie e deront,
Que les mailles d'en mi le front
Li a enz el chief embarrees,
Del sanc de lui ensanglentees.   9520
9575   Pendant ala une liuëe :

9556 *A* Que; (*GNR* g. prois), *AA'B²EFKL* g. pris, *M'* con-
quis; *M²* Car molt esteit proz e corteis — 57 *M²EF* germejns;
M²M' iert, *R* fu ; *e* hulixes — 58 (*R*); *M²B²F* sest mis, *M'* se
met; *AA'FKe* en fes; *L* a pris grant f. — 59-60 *m. à R* — 59
FKe point ; *N* broche qui fu b. ; *B²KM'* m. est, *A'EFL* m. ert ;
B²M' bons, *A'L* boens — 60 *B²* sons, *A'L* soens — 61-4 *m. à E*
— 61 *B²F* done — 62 *R* per ; *AJ* le pan; *JK* de lauberion,
A'HM' du h., *F* do h. — 63 *HJM'* de, *F* do — 64 *A'B²FKM'* enz
el (*M'* ou) cors; *B²HKM'* al, *A'* dou, *F* do — 65 *EN* chei ; *en*
par, *H* a — 66 *B²F* Se u., *A* 9 u.; *E* Et sa hul. fust, *N* Sa u.
an f. — 69 *N* fors sespee, *F* m. despee — 70 *N* Sor liaume li a
— 71 *M'* Tent, *N* Faut; *M²* plie; *eAB²FK* Contre le brant fent
(*F* sent) et d. (*A* despiece et font) — 72 *M²* dauant — 9573-689
sont dans P² (2° fragm.) — 73 *AM'P²* ou ; *P²* front — 74 *P²* li —
75-6 *interv. dans L* — 75 *G* Poignant, *P²* Tantost; *NP²* a la sele
uoidee (*P²* uidiee); *G* loee; *AA'B²FKe* ala plus dune archiee
(*AM'* -ie); *L* Et quil na la cuisse brisiee.

Por poi n'a la sele voidiee.

Sempres li fu li vis sanglenz,

Angoissos fu mout e dolenz.

D'un retros fiert en mi le vis   9525

9580   Celui qui si près l'ot requis ;

Sor le nes pleie le nasal :

Ço sacheiz bien, mout li fist mal.

Escrieve li, fortment li saigne,

E la bataille mout engraigne :   9530

9585   De ceus de l'ost mout i apluet.

Chascun s'aïde com mieuz puet :

Lancent, traient, fierent maneis.

Lors rechacierent li Grezeis.

Lieve li huz e la criëe ;   9535

9576 A^1B^2 A, *en* Par; *N* na laissele tranchiee, P^2 ne la par mi t.; *e* la s. na; M^2 sa s. vujdee; M^1 uidie, *F* -iee, *G* passee — 77 *GLN* Apres; *G* lui fu li leus; P^2 Tot par le cors estoit, *A* S. fu touz cis uis, M^2R Le ujs ot s. tot, A^1B^2FJKy S. manois fu toz (A^1F ml't); *F* dolanz, M^2R sanglent — 78 (A^1J); B^2 Et anguiscous; AB^2EH et m. d.; *F* sanglant; *GN* Ce sachoiz bien ml't fu d., P^2 S. que molt estoit d., *L* Dont il fu durement d., M^2 Fortment en ot le cuer dolent, *R* Bien resembla home d. — 79-80 *interv. dans F* — 79 GP^2 De; P^2 retret, *GL* retor, *N* trestor, A^1B^2Ke troncon (A^1 *a un point après ce mot*); *A* trous de lance; *F* Tel cop li done — 80 (A^1GL); *F* mult p., *N* sampres; B^2 la r.; *A* Fiert celui qui si lot r., P^2 Celi qui lez li iert asis — 81 M^1P^2 Sus, *F* Ke; *N* neis; A^1EFGK plie, *N* plaie, P^2 anmi; *F* et lo n.; M^1 nassal, GNP^2 uasal — 82 *G* S. uous b.; M^2 Ce s. molt li f. grant m.; AA^1B^2FKy Angoisse li a fet et m. — 83-4 *m. à G* — 83 *N* Escreua, P^2 Escrieua; *K* lui, *A* soi; *éd.* fornit; M^2 segne, *R* seigne; *JK* et s.; NP^2 ml't li seigna (P^2 et saina), AA^1Fy li fort a seignier (*F* -er, *E* senier), B^2 si doit al s. — 84 B^2EH Li estorz prent (*H* prist); M^2 engregne, *R* -eigne, *JK* sengr.; NP^2 sangreigna, *L* engreigna, AA^1B^2Fy a engreingnier (*EH* -ignier, B^2 -egnier, M^1 -enier, *F* -eigner — 85 (A^1L); EP^2 cez; *F* loa pluet, *K* i aplot — 86 $AA^1B^2P^2ex$ au mielz (au *m. à* P^2) quil p.; M^2 mjels, *E* mialz, A^1M^1 mex, *K* mielz, *G* miex; *K* pot — *G réduit* 87-90 *à* 2 *v.* : L. t. lieue li huiz Chient grijois. troye out les bruiz — 87 P^2 L. et t. de m. — 88 B^2 Lor, M^2 Doncs; *L* les g. — 89 *F* Lune; *En* li huiz.

9590 La ot maint coup feru d'espee.
S'Ector ne fust e Troïlus
E lor frere Deïphebus,
Paris li beaus e li Bastart,
Qui si irié sont de lor part 9540
9595 Que n'i ataignent chevalier
Qu'il ne guerpisse le destrier,
Mauvaisement lor en fust pris ;
Mais cist defendent lor païs
As branz d'acier, que cil comperent 9545
9600 Qui sor eus par force ariverent.
Greu jusqu'as lices les ameinent,
D'eus desconfire mout se peinent :
Enz en entre dis mile e plus.
Iluec s'aida bien Troïlus : 9550
9605 Pris en devra aveir de maint,
Se par envie ne remaint.

9590 *B²EP²* f. m. c.; *K* colp, *ENP²* cop — 92 *KNP²* ses freres;
KM'N deyph., *A²E* deif. — 93 *P²* li preuz — 94 (*GL*); *AB²FJKy*
Q. as espees font essart, *P²* Q. des grezois firent e., *M²* Q. seure
sunt de la lor p., *A'* Q. ne sont maluais ne coart — 95 *AA'FKP²e*
Car; *P²* ni atoignent, *xA'HP²* il nataignent (*P²* -oignent), *B²* nen
ataignent — 96 *P²* Qui; *K* guerpissent; *GK* lor d.; *AA'B²Fy* Que
(*A'* Cui) il ne (*B²* nel, *H* ni) facent trebuchier, *M²* Sempres ne cheie
del d. — 97 *M²* Mauueis., *A'Ne* Maluais., *K* Malueis., *F* Mauuess.
— 98 (*M²* cist), *exA'B²JK* cil, *AH* il — 99 (*R*); *P²* Au brans,
GNP² quel (*N* que, *P²* gieu) comparront; *A'B²FJKy* Bien le refet
polidamas, *A* P. b. le refist — 9600 *R* Ke sor els per f. armerent,
GLNP² Cil qui par f. arme se (*L* arriue, *P²* entre i) sont, *A* Sus
les anemis reguenchist, *B²JKy* Souent lor i (*B²* se) guenchist,
(*eB²J* reg., *H* reguenci) el tas, *A'F* Se il ne fust nest mie gas —
1-2 m. à *AA'B²Fy* — 1 *M²P²R* Grieu; *M²R* desquas, *G* iusqua,
L iusque aus; *JK* Tresquas l. les en ram.; *P²* enmoinent, *GN*
anm. — 2 *M²* Del, *GN* Dals, *JK* Dels; *P²* Qui dex d. se p.;
GLNP² poinent — 3 *N* Anz, *L* Ens, *G* Ains; *M²* entrent, *G*
naura; *R* Enz entra; *B²* Entre mil cheualiers; *P²* Dedenz en
entrent m.; *AA'FJKM'* Dis m. en entra (*A'F* entrast) enz, *E*
.x. m. homes orent, *H* .x. lor en a ocis — 4 (*A'*); *F* Illuec, *B²* Ileuc,
JM' Illeuc; *E* seida; *P²* La saida molt b. troillus — 6 *K* por.

N'i eüst mot del plus tenir,
Jas covenist a departir,
Enz les meïssent a dreiture,   9555
9610   Mil en eüssent sepouture,
Quant Hector vint a son conrei
Qui ja ert auques en esfrei :
N'aveient mie lor seignor,
Guerpiz les aveit tote jor ;   9560
9615   Senz eus ot mainte lance fraite
E en mainz lieus espee traite.
Dis mile e plus sont el tropel :
Quant le virent, mout lor fu bel ;
Toz lor talenz lor mue e change.   9565
9620   La n'ot nul chevalier estrange :
Del païs sont estraiz e nez
E il e toz lor parentez.
Cil defendront a lor poëir
Lors cors, lor terre e lor aveir ;   9570

9607 (*HJ*) ; *A'N* aust ; *Ne rien*, *AK* riens ; *P²* e. plus or du
soufrir ; *F* do, *B²KNe* de ; *N* ferir — 8 (Jas *corr.*) ; *M²AA'B²J*
KM'P²n Ia ; *J* les c. d.; *P²* les en couu. partir, *E* Ia les esteust a
p.; *B²* al d. — 9 *P²* Par estouoir et par d.; *B²* Ains les menascent
— 10 *M²N* sepolt., *B²FKe* sepult. — 11 *EK* hectors ; *eKP²* o, *B²*
en — 12 *K* fu ; *P²* Q. les grezois mist, *N* Q. ia les metra ; *B²K*
effroi — 13 *N* point de lor, *P²* pas de l. — 14 *K* Guerpi ; *B²* lo
saueit ; *N* Perdu lauoient ; *nP²* tot le i. — 15 (*AA'HJ*) ; *HL*
S. lui (*L* li) ont, *F* Senez eles, *M'* Sen i ot, *P²* Si en fu ; *M²*
aueit m. hanste f. ; *NP²* m. ioste (*P²* ioute) faite, *L* meintes iostes
fetes — 16 *M²B²JLM'* maint lue (*LM'* lieu, *J* leu) ; *EFK* leus,
N lous ; *M²en* scspee, *K* lespee, *B²L* espees ; *L* tretes ; *P²* Et en
fu mainte espee t. — 17 (*J*) ; *K* .xx. ; *L* ou p. ; *N* Plus de dis
mil s., *F* D. mile s. bien; *M'*ou, *B²FK* en ; *P²*.x^{m.} furent en .i. t. —
19 *B²* ensanble — 20 *B²* Ia ; *F* ni ot (*v. f.*) ; *K* un ; *P²* Onc ni ot ;
M² Nesteient mie gent e. ; *B²* estragne — 21 *B²* estrait, *M²e*
estret, *K* -eit, *N* atrait, *F* nurri ; *les sept mss. et B²* et ne ; *P²* Dun
p. s. dune cite — 22 *M²B²P²* tot, *FKe* tuit ; *les sept mss. et*
B² parente — 23 *M²* Cist ; *eP²* desfendent ; *F* pooirs — 24 (*AB²*) ;
A l. terres l. a. ; *M²LNP²* Els (*N* Aus) et lor cors ; *F* auoirs.

9625 Cil vengeront les granz forfaiz
Que cil de Grece lor ont faiz
E le grant tort e le grant lait.
Hector lor mostre e lor retrait :
« Seignor, » fait il, « vos veez l'uevre   *9575*
9630 « Que ore a primes se descuevre :
« Estrange en est la començaille,
« Ne sai quel iert la definaille.
« Ci a sor nos tel riche gent,
« Qui ne nos aiment de neient ;   *9580*
9635 « De tot le mont i est la flor
« E li plus riche e li meillor.
« Venu i sont por nos ocire
« E por nostre cité destruire :
« Ja mais anceis ne s'en iront,   *9585*
9640 « Se par bataille ne s'en vont.
« E s'il nos pueent hui laidir,

9625 *M²E* Cist; *L* mesfez, *A* torfais, *eB²k* torz (*B²M'* tors)
fez — 26 *M'* gresce; *NP²* Les hontages (*P²* outrages) et les
mesfaiz (*L* torfez) — 27 *F* la g. l.; *P²* Que li grezois si lor ont fet
— 28 *P²* si lor montre et r.; *B²* mostra et r. — 29 e Seignors,
B² De griu ; *M²KN* loure, *FM'* leure — 30 *enK* or ; *B²* o prime
— 31 *F* Estranie; *B²* Estragne en ert — 32 *M²* quels, *AP²* quele,
L quielz, *B²* ques, *eN* quex, *A* quelz, *K* quen; *B²EF* ert, *AP²*
est; *N* deseuraille — 33-4 *interv. dans AB²FKe* — 33 *AB²FKe*
Quil (*K* Cil) a; *AB²KLen* ml't; *P²* Sus nous sont uenu cete g.
— 34 *AB²FKe* Mais ce (*F* ie) sai ie (*E* bien) ueraiement (*B²* tot
vraiament), *M²* Por tiel est bien aparissent — 35 *LNP²* Vez
ci de tot lo m. la f.; *B²LM'* flors — 36 *B²* Et la p. r. et la
mellors; *KNP²* Tuit; *K* li plus fort, *P²* li plusor; *M²* Li
p. fort home; *M'* Des p. riches et des meillors — 37 *M²JKNP²*
ocirre, *E* sozduire, *B²* soud., *F* sord., *A'M'* sod., *H* sold.,
A soud., *L* destrire — 38 (*AA'HJ*); *LN* aflire; *P²* Chascuns
dex n. mort desirre — 39 *N* encois, *M²* ainceis, *eB²* ancois,
F nul ior; *P²* riront — 40 *K* por; *P²* Tant que tuit des-
confit seront — 41 *M²KN* poent, *e* puent; *P²* pooient laidir,
puis ces deux v. : Bien le uorroient sanz mentir Se ne les poom
detenir.

« Mout nos en puet granz maus venir :
« Puis que lor gent ne nos criembra,
« Tote lor force en doblera.   *9590*
9645   « Mout les avons hui damagiez,
« Ocis e morz e detrenchiez,
« E mout par l'ont bien fait li nostre :
« Guardez que l'onor en seit vostre.
« Chaciez nos ont e remuëz   *9595*
9650   « E sor noz geudes amenez;
« Ne cuident qu'aions recovrier :
« Mais se vos me volez aidier,
« Ja lor ferons tel envaïe
« Dont mainte ame iert del cors partie ;   *9600*
9655   « Ja les ferons del champ torner
« E lor ferons chier comparer
« La mort de noz riches parenz,

9642 *K* grant ; *F* empora m. u. ; *M¹* mals; *eB²N* mesauenir,
A¹ mal au.; *P²* Max nos en porra bien u. — 43 *M²LN* Des que;
M²N genz; *F* ienz nos uinceindra ; *M²* crenbra, *P²* creinbra —
44 *B²P²* f. d.; *B²* forsa — 45 *A¹* auonmes d.; *P²* detrenchiez, *LN*
mehaigniez — 46 *P²* inchaisniez (*sigle sur le 2° i*), *A¹* detrein-
chiez — 47 *K* Que; *B²* Et m. b. lont f. (*v. f.*), *NP²* Et m. lont
hui b. f.; *B²K* uostre — 48 *M²* Pensez; *EFK* lenors, *F* lanors;
M²K quor en seit lenor; *B²EK* nostre — 5o (*M* geudes), *M²A¹E*
ieudons, *K* geldons, *B²* gens grius; *M¹* ramenez ; *LN* Et desor
nez ioudes (*L* noz ieudes) menez, *F* Et bien sor nos sunt ia
alez, *P²* Et .iiij ᵐ· des noz tuez — 51 *L* Nequedent, *K* Ni quident ;
A¹ quaiens, *F* qua iens, *B²* qua ions, *L* quaions, *N* caienz, *E*
caions, *M¹* caion, *M²K* mes hui (*M²* ci); *P²* C. ni aions; *M²F*
recourer — 52 *K* si; *LNP²* sor me uoliez (*L* uolez bien); *B²*
uolies a., *K* uoliez eidier; *M²* uos bien u. ourer ; *F* aider — 53
A¹NP²e tele — 54 *K* meinte, *M²e* maint; *F* alme; *A¹B²E* ert; *eF*
de; *LN* D. maint des lor perdront la uie, *P²* D. lor gent sera
esbahie, *puis ces 2 v.* : Et dont il conparront les noz Que il ont
ocis comme toz — 55-6 *sont placés dans NP² après 9668 et
interv.* — 55 *L* ferai; *F* don camp, *P²* de ch. — 56 *LNP²* Nos,
K la; *F* lors; *AA¹B²Fe* Et si l. f. c. — 57-8 *m. à LP²* — 57 *F*
Les morz ; *N* poures p.; *A* Et nos p. et nos amis.

« Des proz e des beaus e des genz.
« Venjons, seignor, noz ancessors, 9605
9660 « Qui nos conquistrent les honors
« Que cist a tolir nos essaient
« E ci nos ociënt e plaient.
« Un de mes freres m'ont hui mort,
« Dont j'ai grant ire e desconfort, 9610
9665 « Cassibilant, qui mout ert proz :
« Li reis en iert iriez sor toz.
« Saveir poons senz nule faille,
« Se vencu ne sont en bataille,
« Qu'il veintront nos e ociront 9615
9670 « E noz maisniees destruiront.
« Si vueil jo e pri endreit mei,

9658 M^2 prouz; B^2 D. biaus et d. prous et de g., N Les p. les
riches les mananz, A Que a grant tort nous ont ocis — 59 B^2
Cor; L S. nauons; M^2FM^1 seignors; $M^2B^2KM^1$ nos; N S.
uengomes noz amis, P^2 Se nous uaincons noz anemis — 60 B^2
uos; M^1 conquitrent, B^2 isent; L conquierent noz h.; N noz
pais; P^2 Cez q. c. cest pais — 61 L ci, A ceus; F asaient; P^2 Et
icez ci qui n. e. — 62 L Et ci; B^2 Molt sont or fol sil ne ses-
maient — 63 P^2 .vij. de; nP^2 nos o. m. (P^2 morz) — 64 (A^1); B^2
D. ai; M^2A ie ai ire; e au cuer grant d., N e duel et d.; P^2 D.
ml't granz est li desconforz — 65 M^2A Cassibelan, K -ilan, F
ilanz, EN Carsibilan, A^1L -anz, B^2 -aus, M^1 -eein (?), P^2-elanz;
$M^2A^1KLM^1$ iert — 66 B^2E ert; A^1n dolenz — 67 GLM^1NP^2
poez; AA^1B^2FKy de fi (F uoir) sanz f. — 68 A^1B^2FJy Sil (F Se
il) ne s. uaincu (F ueincu), A Sil nous ont u., LNP^2 Se nos les
uoincons (P uainc., L ueinc.); M^1 par b.; LNP^2 donnent ensuite
les v. 9655-6 interv., puis P^2 a ces 2 v. (que N laisse en blanc):
Si que hui mes secors nauront Ne huimes ne nous ocirront (cf.
9669-70) — 69 A^1B^2FGJy nos u.; J uentront; $M^2A^1B^2FJy$
destruiront, GK ocirr.; A Que nostre terre d., R Ke il trestoç
nos d. — 70 M^2 mesnees, $AA^1B^2EFGHKR$ meismes (corr. en
mesnies dans R), M^1 meimes; F ocirrunt, $M^2AA^1B^2y$ -ont, GK
destruiront — 71 AA^1B^2FHJ Si u. et pri que (A^1FJ ie) (B^2 uos
p.), $GKNP^2$ Or (K Si) uos (m. à N) u. prier, L Si u. pri (v. f.),
M^1 Por ce uos di ge; P^2 de par moi.

« Ainz que departons del tornei,
« Qu'alons mostrer tot nostre esforz.
« N'i seit or ja dotee morz :   *9620*
9675   « Chascuns morra a son termine.
« Sacheiz que mis cuers me devine
« Que il seront hui desconfit.
« Or n'en prenons ja plus respit,
« Mais es nons as deus alons lor.   *9625*
9680   « Que hui nos en facent honor » !
Lors chevauchent senz demorance :
La ot dreciee mainte lance,
E despleié maint confanon
E mainte enseigne e maint penon   *9630*
9685   Vert e vermeil, de seie ovré
E de fil d'or menu brosdé ;

9672 (*AHJ*); *B*² Ains que partions del, *A'M'* Einz q. nos par-
ton de; *M°G* departent li (*G* dou) t., *LNP*² d. li conroi — 73 *M*²
Quaillons, *AFH* Alons; *B*² Lor soit mostres, *M'* Si lor metron,
*GKNP*² Que lor mostrons; *L* Que nos l. m. noz; *G* esfort;
*AA'B*²*KM'n* toz noz esforz, *H* tot no esfors; *E* Lor a. m. n. e.
— 74 *A'B*²*Jy* Ne; *B*² ore d.; *K* Or ni s. ia d., *GN* Or ni s. d. la,
*P*² Ou nous serom ocis et, *L* Ou soit del tout uiure ou la; *GK*
mort — 75 *F* Chascons; *B*² en s. — 76 *M*² m. cors, *M'* le cuer;
*P*² le d.; *B*² S. mes c. se me d. — 77 *NP*² Quil s. hui tuit (*P*²
encui), *L* Qe sempres s.; *FK* desconfiz — 78 *B*² Or ne prendons;
E prenomes ia; *AFM'* nul r.; *FK* respiz; *M*² Nen seit or ia p.
pris r., *P*² Ni ait pris terme ne r. — 79 *M'P*² el non; *M'* as diex,
*P*² de dieu; *B*² alons leuer; *F* M. priuns dex et a. l., *K* M. el (*éd.*
ès) non de a. as l., *L* A lor dex prient par amor — 80 *ENP*² Qui;
A'KM' nos en f. hui, *L* h. lor i f.; *B*² Quil nos en f. tuit h. —
81 *M*² Doncs, *n* Lor, *L* Puis — 82 *M*² drecee, *e* -ie, *F* drice, *K*
froissie, *B*² brisie — 83-4 *interv. dans P*² — 83 *M*² tant c.; *Ae*
gonf., *P*² confennon — 84 *FK* maint; *N* panon, *KP*² pannon; *B*²
Et m. lance et m. pegnon — 85 *B*² Vers et vernaus; *e* uremeil,
F uermoil; *N* De s. uert menu o., *P*² De s. esteient tuit brode;
A ouuree, *J* olure, *B*² oures — 86 *A'NP*² fin or; *M'N* m. (*N*
ml't bien) broude; *B*² bordes; *F* menue oure, *P*² tuit estele; *A*
Et mainte dor m. brodee.

La parut maint heaume d'acier
E maint escu e maint destrier
Sor e baucenc, grisle e ferrant. *9635*
9690 Hector les en meine un pendant.
Tote la bataille eschiverent :
De grant engin se porpenserent,
Quar a travers bien loinz des lor
Sont avenu al grant estor. *9640*
9695 E sacheiz bien, puis le joïse,
Ne fu mais gent ensi requise ;
Onc hom ne vit si dur estor,
Ne ne verra ja mais nul jor,
Com cist rendront ja as Grezeis. *9645*
9700 Chascuns ot ire e fu toz freis,
Chascuns a l'enarme saisie,
Chascuns a l'avenir s'escrie,
Chascuns ala le suen ferir.

9687 *M²* La perent tant, *JN* La parurent, *A* La uit on m., *E*
La ueist on, *A'F* Iqui ot m. ; *M²P²* tant h. ; *M²* heume, *ABJ*
elme, *E* hiaumes — 88 (*AA'B²J*); *M²P²* Et tant e. et tant d.
— 89 *B²* Sors et baucans ; *eAA'KN* baucent, *M²* -en, *FH* -ant ;
(*E* grisle), *M²* crisle, *M'* grille, *H* graille, *A'K* gresle, *AB²* gris,
F grisse, *NP²* noir ; *FM'* g. f. ; *B²* ferrans — 90 *K* ameine, *N*
anmoine ; *F* meine a un p. ; *B²* pendans — 92 *F* enguise porpen-
sarent ; *K* enging — 93 (*A'*) ; *F* Kar, *les autres* Car ; *n* an tr., *B²*
as t., *M'* ariere, *E* -es ; *B²* lonc d. lors — 94 *B²* hestors ; *G aj.* :
Saichiez ne fu mais gent millor, *puis passe aux vers 9907 et*
suiv. (*1 feuillet arraché*) — 95 *N* ioisse, *M'* iuissc, *F* zuisc,
M²B² iuise, *A'* iehuise — 96 *M²K* genz, *n* ienz, *B²E* gens ; *L*
einsi, *K* ensint, *M'* issi ; *N* si bien requisse — 97 *L* Ainz ne u.,
len, *M²* Hom ne uit unc ; *AA'En* Ainz ; *A* homs, *F* om, e nus ;
B²K Nus hom (*k* homs) ; *B²E* grant e. — 98 (*A'HJ*) ; *E* fera ;
M²A mes a n. i. — 99 (*A²*) ; *AJKM'* cil ; *FHM'* tendront ; *M²*
uers g.; *LN* Or retorneront ia g. — 9700 *M²* Chescuns ; *H* Grant
ire orent, *A'F* Il o. ire ; *AFJKy* et (*H* si) furent f., *B²* et si fu f. —
1-2 *interv. dans B²* — 1 *n* Chascons, *M²* Chescuns (*formes ordinai-
res*); *F* alan armer; *M²* seisie — 2 *N* lenuair, *E* lasanbler ; *A* Et
c. au uenir; *B²* escrie — 3 *A'FKe* Molt durement (*E* Irieemant)
les uont f., *A* Fierement les u. enuair, *B²* Ireement se uont ferir.

La oïsseiz lances croissir,   *9650*

9705 La veïsseiz gent bien aidier,

Escuz estroër e percier ;

La ot tant hauberc desmaillié

E tant bon chevalier blecié,

Tant abatu senz relever ;   *9655*

9710 La veïsseiz tant cop doner

Des branz sor les heaumes d'acier ;

La ne se set coarz aidier ;

La ot granz huz e granz criëes ;

La volent fer e pont despees ;   *9660*

9715 Fendent heaumes, fausent haubers ;

La chieent chevalier envers ;

Trenchent sei chiés e braz e cors.

De grant peril sera estors

9704 (*A'*); *En* oissiez ; *M'* oisiez l. croisir ; *B*² La uescies se uont ferir (*sic*) — 5 *m. à B*² ; *n* ueissez, *E* -iez, *M'* ueisiez ; *K* edier — 6 *B*² E. derompre et de pecier, *N* Et maint cheualier trebuchier — 7 *AB*²*FKe* maint ; *M*² ozberc ; *A* cheualier naure — 8 *AKFe* maint ; *F* buen, *M'* bel ; *A* blanc hauberc dessaffre ; *B*² Et m.c. feru, *puis ce v.* — Qui ains puis ne refu sus — 9-10 *interv. dans A'I* — 9 (*I*) ; *M*² Tanz abatuz ; *LN* tant releue ; *AA'B*²*FJKPe* Maint abatu — 10 (*I*) ; *M*²*K* oisseiz, *H* -iez, *M'* oisiez, *F* ueissez, *B*² ueisies ; *M*² tanz coups, *H* tant cols, *F* cels cos, *JPy* tex cos, *A* telz cox, *A'B*² meint cop ; *LN* La ot maint mortel cop done — 11-2 *m. à AA'F, sont interv. dans ILN* — 11 (*HJ*) ; *M*² Sor heumes clers des b. d., *LN* Nil ne si (*L* Ne il ne) puet auoir mestier, *I* Maluais ne si ose aprochier — 12 (*J*) ; *m. à M*² ; *EH* si fet ; *B*² La ueist on ; *L* edier — 13 (*HJL*) ; *IN* g. cris, *B*² grant cri ; *AA'FJKe* G. huiz i ot (*A* a) ; *B*²*M'* et grant ; *B*² huee, *IN* huees, *F* meslees, *M'* melees, *A* mell. — 14 (*LPn* uolent), *les autres* uole ; (*n* fer), *L* fers, *M*² fues, *E* feus, *JK* fex, *AA'M'* feu, *B*²*H* fus, *P* helz ; *M*²*K* ponz, *H* puns, *JM'* pons, *B*² puins, *A* poinz, *E* pom, *F* pun, *A'* pŏ ; *I* La orent mestier les espees — 15 (*A'HJ*) ; *M'* F. escuz, *A* Quassent elmes, *B*² Fausent hiames ; *L* Fondent h. rompent ; *F* fendent h., *N* percent h. — 16 *M*² cheient, *FK* chient, *H* chaient, *B*² ciet mains ; *B*²*M'* cheualiers — 17 *F* Tranche ; *K* Tranchent lor ; *B*² et cos — 18 *M*² perill ; *A* Destreinge leu, *F* Destranie ieu ; *M*² estor.

Qui del champ porra vis eissir.   *9665*

9720 Hector lor fait le brant sentir,
Quis detrenche, qui les mahaigne,
Quin fait esclarcir lor compaigne :
Dès or lor mostre qui il est ;
D'eus ocire le truevent prest.   *9670*

9725 La bataille ont par mi perciee,
Mais mainte sele i ot voidiee.
Cil qui devant se combateient,
Quant il entendent e il veient
Que deriere sont envaï,   *9675*

9730 Auques en furent esbaï.
Entre eus veient lor enemis,
Qui maint des lor ont ja ocis,
E cil recuevrent devant eus,
Qui mout lor sont cruëus e feus.   *9680*

9735 Chascuns ra pris son hardement ;

9719 *N* Q. fors del c. p., *M²* Q. uis d. c. p. ; *B²* puis issir — 20
K Hectors ; *F* son bran ; *B²* les f. del camp partir — 21-2 *m. à F*
— 21 *R* Kies ; *AA'B²JKy* Qui les ocit (*A* occist, *K* oc.), *LN* Q.
(*L* ll) les d. ; *M²LNe* et les m. — 22 *K* Quen, *R* Ki en, *AA'JNy*
Qui, *L* Et ; *HM'* esclerier, *E* escleirier, *K* esclercir, *B²LN*
esclarir, *R* acharier ; *N* Q. e. f. ; *JKL* la c., *H* la canpaigne,
AA' la champaingne — 23 *M²* monstre — 24 *F* Del ; *F* occirre,
les autres ocirre — 25 (*L*) ; *F* parmie ; *AN* partie, *K* percie, *M²*
-ee — 26 *A'E* Et ; (*m. à F*) ; *A'F* i a ; *M²* selen sunt u. ; *LN* M.
ml't i ot s. u., *B²M'* Mainte s. i ont (*M'* ot) u. ; *K* en fu ; *KN*
uoidie, *M* -ee, *FM'* uidiee ; *B²* uuidie ; *A* Maint prodom i perdi
la vie — 29 (*AJ*) ; *M²* tries lor dos ; *FK* derriere, *E* -es, *M'*
derieres, *A'* darr., *N* de derriers — 31 *M²* Entrels, *B²Fe* Pres dels ;
K Cor sunt enmi, *N* Melle s. o — 32 *K* meint ; *A* mains deuls
lor ; *B²* la (*d.-ê.* ia) o. (ont *manque*) — 33 (*HJR*) ; *AF* Icil, *M'* Et
ceus ; *M²HJKR* recourent, *B²* trouerent ; *M²* dauant ; *M²HJKR*
els, *E* ex, *N* aus ; *AA'DFM'* recourerent (*A* encontrerent) deuant
— 34 *R* cruel et fels, *JK* fel et cruels ; *M²* Dont chescuns est
cruels et fels, *N* Qui lo. s. felon et cruaus, *B²H* Q. (*B²* Que) f.
erent et cruels, *E* Que f. trueuent et c., *AA'DFM'* Qui f. (*M'* felons)
sont (*A* s. f.) et malfaisant — 35 (*J*) ; *AA'FHM'* a. p., *K* reprist ;
R ard., *F* ardiment, *M²* ses hardemenz ; *B²* Ci espreue nt lor h.

Dès or vos di qu'i ot content:
Onc hom n'oï parler de tel,
Si doloros ne si mortel.

   Par la bataille vait Thoas,   9685
9740 Sovent les vait ferir el tas :
Tot a bandon a son cors mis,
Mout damage ses enemis.
Coneü l'ont li fil le rei :
Quintiliens lor mostre al dei :   9690
9745 « Seignor, cist est nostre enemis,
« Qui nos a nostre frere ocis ;
« Poignons a lui e sil venjons ».
Donc point e broche a esporons ;
Odeneaus point ensemble o lui.   9695
9750 Cil le ferirent ambedui
Par mi l'escu, qu'il l'abatirent,
Mais autre plaie ne li firent.
Ne lor estordra mie a tal,
Quar saisi l'a par le nasal   9700

9736 M^3 que muet contenz; R ki a ; $AA'B^3FJKy$ Ici ot tel
tornoiement — 37 R p. noi; $eA'B^3F$ Conques, FK Onques,
A Quainc nul — 38 B^3 ni; M^3 mortiel — 39 F toas, B^3 thoars;
A t. uait — 40 M^3 les i fet ($v.$ $f.$); A Qui s. trebuchier en fait —
41 (R); K A b. en a; $M^3AA'B^3en$ En abandon; B^3 s. c. a m. —
42 eN anemis — 43 N Qeneu, K Cogneu; M^3 li fill, M' le filz
— 44 enR le — 45 M' Seignors, A Seingnors; F ci ua; B^3 cis,
M' cil, AA' ce; n uostre, A nos; M^3AB^3Ne an. — 46 R Ke; A
no f. nous a; AN occis — 47 R auant; JK si, R cil, B^3Ne sel,
F ses; F uanchons, N -gons, R uenchom, M^3 uenjon — 48 (R);
M^3 Doncs, N Lors ; $AA'B^3FJKy$ Le destrier (FH cheual) fiert (A
point) des (B^3 broce a) e.; F eperons, *les autres* esperons; M^3R
le (R li) gascon — 49 R Odemax, EK Odeneax, N -iax, AF
Odiniax, L Odon., M' Odinas, A' Odyn., M^3 Ydonex, B^3 Eneas;
N ansanble lui, L auecqes l. — 50 (L); M^3 Cist; R referirent;
N amedui — 51 F mei; R kil ab., A si lab. — 52 N autres
plaies, B^3E nule plaie — 53 M^3K estortra; N pas; M^3R otal,
AB^3Ken a tel — 54 M^3K seisi; A lont; K por; B^3 la ; AB^3Ken
nasel (N nassel, B^3 nacel).

9755   Rodomorus, qui i avint ;
        Mais guaires longes ne le tint,
        Quar cil a trait le brant d'acier,
        Bien se cuida de lui vengier :
        Tel li dona par mi la main,   *9705*
9760   Mais oan ne s'en verra sain.
        Odeneaus l'a treis cous feru
        De s'espee sor l'eaume agu ;
        Si fist Quintiliens teus set,
        Dont cil dut bien perdre le hait.   *9710*
9765   Dous feiz o treis l'ont abatu,
        Mais dur estor lor a rendu :
        D'eus assez tost se delivrast,
        Se s'espee ne peceiast.
        Sempres le vont saisir e prendre,   *9715*
9770   Dès qu'il ne s'ot de quei defendre.
        La ventaille li deslaçoënt,
        Assez vilment le demenoënt :

9755 *R* Rodomenus, *B²* -ernus, *K* Romederius, *M²Ae* Romodernus, *N* -enus, *F* -erans, *AH* Radomenis; *K* ia i uint, *B²* ia iuiot (*sic Jacobs*) — 56 *B²* Na gaires l.; *LN* onques g., *M²FKe* gueres longues; *L* li t. — 57 *R* Ke; *eB²F* branc, *N* bran — 58 *M²B²K* quida, *F* cuident; *EF* uenchier — 59 *N* les mains; *AA'B²FJKy* Par mi la m. tel li d. — 60 *R* De cest mois ne se u. s., *N* Que mes des m. ne sera sains, *AA'B²FJKy* Qua (*JK* A, *B²* Quen) piece (*B²* pieces, *K* peine) mes sains (*A'K* seins, *F* sein, *JM'* sain) nen (*B²* ne) sera — 61 *R* Odemaus, *E* Odeneax, *M'N* -iax, *N* Odiniax, *JK* Odoneax, *M²* -eus, *A'* Odyniaus, *B²* Eneas; *K* cols, *M²* coups, *EF* cos, *N* cops — 62 *N* lespee ; *R* sor hiaume; *AFe* Sor (*M'* Sus) le hiaume del (*F* do) branc (*F* bran) molu, *K* Sor lialme d. brant esmolu, *B²* De son b. dacier e. — 63-6 *m. à A'* — 63 *F* Sil f. q. cel s. — 64 (*J*); *N* Dom; *JN* il ; *R* p. deshet ; *B²* D. il deust p. la het ; *eF* B. en d.; *M'N* auoir dehet (*N* deshet) — 66 *B²* ont r.; *L* uendu — 67 (*R*); *M²A'L* Assez t. dels se d. — 68 *R E* ses espee nen p.; *E* peceast — 69 *E* Atant; *A'* uŏst (*sic*); *M²K* seisir, *A* saillir — 70 (*A'R*); *M'* Puis; *AF* qui; *A* ne sa, *M²* nen ot; *M²R* o q. — 71 *L* deslacerent — 72 *A'n* Et mult uilmant; *L* demenerent.

Le chief perdist senz demorance,
Mais mout fu près sa delivrance.   *9720*
9775   Li dus d'Athenes i avint.
D'une grant lance que il tint
Fiert Odenel si qu'il l'abat
Jambes levees trestot plat.
Teus l'a veü cui mout en peise :   *9725*
9780   Ço est Paris, qui l'arc enteise.
D'une saiete l'a navré
Auques en char par le costé,
E Quintiliens li redone
Sor le heaume, que tot l'estone.   *9730*
9785   Volez lor est Thoas des mains,
Mais ne fu mie del tot sains :
Plaies a granz, mais guarir puet ;
Por quant bon mire li estuet.
Si home lige natural   *9735*
9790   L'ont tost monté en un cheval,
Fors de la presse l'en ont trait :
Assez i ot crïé e brait.
Menesteüs fu bien rescos :
Cent chevalier tuit aïros,   *9740*
9795   Si home tuit de son païs,

9773 *N* demeintenant — 74 *N* ot p. deliuremant — 75 *F* datenes, *B²* daines — 76 *M²* qui — 77 (*A'*); *FM'* odinel, *B⁴*-iel, *LR* odemain ; *M'* tant — 78 *N* James — 79 *K* Molt; *M²KM'* qui — 80 *N* Ce fu, *B²* Couert — 81 *M'* seaite — 82 *B²* Jusques; *F* A. parfont; *nB²* lez lo, *K* por lo — 83 *L* Et Cantileus; *R* lor — 84 (*A'*); *M²KR* Tiels coups (*K* Tel cop) sor leume tot (*R* ki) l. — 85 *A'F* Issuz, *E* Guenchiz; *A'N* taus, *B²* thoars, *F* daus ; *M²FK* mejns — 86 *A'F* il nest ; *FK* de t., *A'* do t; *M²FK* sejns — 87 *M'R* ot — 88 *N* Peruec; *M²* buen ; *A'FKM'* buens (*M'* bons, *A'* boens) mires — 89 *F* Ses homes lige (*sic*) — 90 *A'B²FR* sor, *M'* sus ; *n* son c. — 91 *B²FKe* Hors — 93 *R* rescous b., *B²Ky* secoruz, *F* secūrūz; *LN* B. la rescox m. — 94 *M²* hairos; *R* riche et tunsien ; *B²FKy* C. cheualiers i ot (*B²EHK* a) uenuz, *LN* Qui dathenes ert (*L* iert) sire et dus — 95 *N* Et cheualier.

L'ont trait d'entre ses enemis ;
Estanchiee li ont sa plaie,
Que sans n'en ist plus ne ne raie.
    Hector de rien ne s'aseüre :   *9745*
9800 Son poëir met tot e sa cure
En eus laidir e desconfire.
Des gieus partiz iert lor li pire,
S'il le puet faire, al departir.
    Nel porent mie Greu sofrir :   *9750*
9805 Trop les damage laidement;
Entre lui e la soë gent,
Perciez e remuëz les ont.
Cil de la terre bien le font :
Bon apui ont en lor seignor.   *9755*
9810 Huniers li reis vint par l'estor,
Qui sire esteit d'Essimiëis.
Entesé ot un arc Turqueis :
Destent, si fiert Hector el vis,
Que por un poi ne l'a ocis;   *9760*
9815 Mais la saiete glaceia,
Si que guaires ne le navra.

9796 *B²FKe* T. lont — 98 *B²Fe* ne point (*B²E* plus) nen (*F* ne)
r. — 99 *K* Hectors; *B²* de point — 9800 *EN* Tot s. p. m. — 1
M²B²K En els, *N* A els, *E* As grex; *AFM¹* Des g. (*M¹* griex) l.
(*A* partir) — 2 *AH* Du lieu parti; *M²* jues, *N* ious, *EK* gex; *A¹H*
ert; *F* De siens p., *B²JM¹* Des gex (*M¹* griex) (*B²* De griu) par-
tir; *B* est lor; *A¹F* li l. p.; *M²AJKN* auront le p. — 3 (*AA¹HJ*);
FR Si; *B²* ne — 4 *A* Ne pueent; *H* poront; *M²e* grieu, *F* grex —
5 *N* domagoit — 7 *F* remouez — 9 *M²FKM¹* Buen; *F* espoir;
M¹ de; *N* Bien sapoient a — 10 *B²* Premers luners; *KM¹N* Hu-
mers, *L* Huim., *R* Huin., *A¹F* Hunez, *AH* -es; *yJ* a, *n* an, *B²*
en — 11 *R* Ke; *M²* deximjeis, *AEN* -ois, *M¹* dox., *R* dix., *A¹*
dessym., *B²* des ximiois; *BE* Q. sires ert, *N* S. estoit; *FK* Q.
sires (*F* sire) e. dilinnois (*K* dherminois), *L* Sire e. deximionois
— 12 *R* Enteste; *M²LNR* a, *A* ont; *N* son; *F* torquois — 13 *R*
li f., *B²Fe* et f. — 14 *NR* par; *eF* Par (*B²* Por) un petit — 15 *E*
glacea, *N* glacona — 16 *A* guieres; *A¹F* bleca; *B²* por poi ne la
naura, *M²* de gueres nel n.

Hector s'en est mout tost vengiez :
Le chief li fent en dous meitiez.
Aïre sei de ço qu'il saigne :   9765
9820   Sis hardemenz dès or engraigne.
Un graisle sone por apel :
Maint l'oïrent, cui mout fu bel.
Vers lui s'en traient tel set mile,
Dont bons chevaliers est li pire ;   9770
9825   Puis lor chevauchent de rehiz.
Donc i rot mout grant fereïz.
La bataille ont par mi fendue,
Mais de lor gent ont mout perdue.
O lor conreiz se rajosterent,   9775
9830   E quant ç'avint qu'il assemblerent,
Si torneierent longement
Devant les lices o lor gent.

9817 *R* m. bien — 18 *B*³ trence; *EN* mitiez, *F* -ez — 19 *M*²*K*
por ce; *M*²*R* segne, *K* scigne, *N* saine, *L* seinne; *B*²*FKe* Por ce
quil sen est airez (*F* arirez) — 20 (*L*); *K* doble et e.; *M*²*R*
engrejne; *F* Ses h. li est doblez, e*A*'*B*² Lan (*M*' Li) est s. h.
(*M*' son hardement) (*nous ne relevons plus, pour ce ms., le cas
rég. mis pour le cas suj.*) d. — 21 *M*²*EK* gresle, *M*' grelle, *N*
graille — 22 *B*² Tels; *R* lont oi, *B*²*F* lentendi, *A*' lantandent; *M*²
Mainz lentendent qui il fu, *Ke* Meint (e *Tel*) lentendirent cui
(*K* quen) fu — 23 (*H*); *B*²*DJKNe* se; *J* tracent, *A*'*F* tornent; *K*
tex, *M*²*L* tiels, *A*'*M*' tiex, *F* tels; *A* .iiij. m., *L* .viij. m. — 24
*M*²*R* buens; *M*² iert; *L* bon cheualier est le; *AA*'*DFJky* Qui (*K*
Que) tuit furent (*A*'*JK* erent) ne (*M*' nez) de la (*K* sa) uile (*B*²
dalenie) — 25 *M*' l. cheuauche, *B*² l. ceuauce, *A*'*FH* recheuau-
chent; *R* reiç, *I* rehis, *AA*'*B*²*DFJKy* rechief; *L* l. reueit non
esbahiz — 26 (*R*); *M*² Doncs; *A* Et commencent; *A*'*JK* Lores
(*A*' Leures) i ot, *H* Iloque ot, *B*²*DEILM*'*n* Lors i ot puis (*Ln* un)
(*I* ra molt); *F* estor mult grief; *AA*'*B*²*Dy* .j. e. g. (*B*² fier), *JK* e.
plenier — 28 *A*'*F* trop p. — 29 *L* Od les; *F* lo, *L* les; *B*²*F* conroi;
nEL rasamblerent — 30 *eAB*²*FKR* ce uint, *M*²*A*' auint; *n* raios-
terent, *e* aiosterent; *L* ce fu quil nassambl. — 31-2 *interv. dans*
F — 31 (*JR*); *A*'*F* Illuec tornoient l.; *L* retornerent, *AM*' tor-
noieront, *H* tornoient ml't; *enAA*' longuement — 32 *M*² Dauant;
*M*²*KR* lor, *J* lors; *HL* a, *R* et, *B*² de.

Mout i ot fait chevalerie
E mainte ame de cors partie. 9780
9835 Les geudes i traistrent assez :
Ocis en ont mout e navrez,
Mout i ont chevaus guaaigniez.

Hector ne s'est mie atargiez,
Vait a Priant le rei parler : 9785
9840 « Sire », fait il, « ços vueil mostrer :
« Sacheiz de veir, nostre enemi
« Sont mout gregié e mout laidi
« E enuié de nos sofrir.
« Se de ci les poons partir, 9790
9845 « Desconfit sont senz retor prendre :
« Ne se porront de nos defendre
« Ne tenir place, jol sai bien.
« Or si n'i a plus autre rien :
« Mil chevaliers me baillereiz 9795

9833 M^2 i rot, R i oit; B^2 cheualeries — 34 (L); AM^t ml't, F maint; M^t ames, FR arme, A dames; E Maintes ames; M^2K del, F do; B^2 Mais ml't i ot uies; B^2E parties — 35-6 m. à LN — 35 M^2R ieldes, K geldes, J gueldes; H Saietes, A^t Li ieudon, F Li ialdon; R traient; AM^t Des g. (A guedes) i remest (A remaint) a.; E Des saietes t. asez, B^2 De saies trencans asses — 36 (R); A^tF Des grex ont o. et n., B^2HJK Docis (B^2 De mors) i ot et de n., e D. en i ot de (M^t et) n. — 37 M^2LNR ot; eA^tB^2FK C. i ot (F ont) ml't; M^2K gaaignjez, M^t gaanniez, E gaheigniez, LN mehaigniez — 38 (AA^t); K Hectors; R nen; K atardiez, EJN tardiez, L targiez, F astargiez — 39 A^tF Au roi p. an ua (A^t uait) — 40 R cous, L uos, M^2 ios, N ie; JK uoil uos m.; A^tB^2F S. ia (A^t ie, F a) uos uueil ie m., e S. ia uos uuel ie (M^t uien ge) m. — 41 e an. — 42 AB^2FKLe greue; M^2K leidi — 43 N Et mehaignie, L Et ml't lasse; $AA^tB^2FJKM^t$ Et enuiz est (M^t es) mes del foir (K soffrir), E Granz e. seroiz (sic) del f, H Et anoie sont de ferir — 44 AA^tB^2FJKe Quant; B cil les p. de partir; J poions; H Jo cuit ia nen poront p. — 45 (HJ); LN s. plus atandre — 46 B^2 porent; eB^2 uers nos; H Il ne si p. ia d. — 47 F t. pas ce sai ie b.; M^2B^2LN iel, eK gel, H io, A^t ce — 48 (HJ); A^tN se; E nule a. r.; B^2 a bien.

9850   « A refreschir cez noz conreiz.
       « Por rien del siecle ne creireie
       « Que ja nes metons a la veie.
       « Chevauchiez hui mais après nos
       « O la grant gent que est o vos :   *9800*
9855   « Ja lor covient le champ guerpir,
       « O eus o nos toz a morir;
       « A ço ne puet mie aveir faille.
       « Chevauchiez hui mais par bataille,
       « Les geudes menez sagement,   *9805*
9860   « E n'i ait d'eus desrei neient. »
       Prianz li dist : « Beaus fiz amis,
       « Mout vei ensanglanté cel vis,
       « Mout vei cel escu estroé
       « E cel vert heaume decoupé.   *9810*
9865   « Bien pert que as eü essoigne :
       « Par mi les mailles de la broigne

9850 *H* Si rasamblon, *K* A resfreichir; *M²* cesz, *R* ce,
AA'FKM' toz, *B²H* tos; *M²B²HKM'* nos; *AA'* conrois, *K* her-
neis, *J* -oiz — 51 *B²* riens uiuant, *F* el mont, *A'EHKN* del (*A'*
dou) m., *A* nule; *AB²EF* ie ne, *HK* ce ne ; *R* creroie, *E* cresroie,
M'FHM' querroie; *M'* del monde ne q.; *N* notroieroie — 52
AA'B²Fe Q. nes (*A* nel) m. ia — 53 (*AA'*); *M²KM'* mes hui —
55-6 *m. à LN* — 55 (*A'*); *F* conu., *B²M'* estuet; *F'* lo camp, *B²Ky*
lestor, *A* estal — 56 *AA'B²Fe* O nos o euls; *F* estoit, *H* conuient,
e cou.; *M²K* toz a m. — 58 (*A'*); *M²* E cheuauchez mes; *JKR*
mes hui, *AB²e* uers eus; *H* Cheualcons a eus a b.; *F* a la b. (*v.
f.*) — 59-60 *m. à R* — 59 *M²* ieldes, *J* geldes, *N* iaudes; *AA'Fe*
M. les geudes (*A* guedes, *E* jeudons, *F* ialdons), *H* Mener les
conuient; *M²* saluement, *A* autrement — 60 *A* Si, *B²* Or; *N* Et ni
oit ia desfroi noient; *M'* nient; *AA'B²FJKe* pas (*F* pais, *JK* dels)
desroiement, *H* Si quil ni ait recourement — 61 (*A'*); *F* biax duz,
A biau dous, *B²JKNy* chiers (*KM'* chier) filz — 62 *K* ce, *n* ton —
63-4 *m. à N, interv. dans L* — 63 *AA'B²FKe* Cel e. frait (*M'*
fres); *M²R* M. uei c. e. e. — 64 *LR* ce; *KM'* decope, *E* decolpe
— 65 *F* piert; *A'* tu as, *B²* qui as; *M'* ques eu (*v. f.*); *N* quas
au grant e.; *M²A'Fe* essoine, *R* eiss. — 66 *B²* la maille; *M'* meil-
les; *A'F* ta; *M²A'Fe* broine.

« Te saut li sans de plusors lieus ;
« Dès or pert bien n'est mie gieus.
« Trop deit estre mis cuers marriz.   *9815*
9870   « Or va, sil fai si com tu diz :
« Hui t'en dongent li deu vitoire,
« Si qu'en aions honor e gloire ! »
        Hector retorne a la bataille.
Teus mil en meine o sei, senz faille,   *9820*
9875   N'i a nul n'ait lance e espee
E qui bien n'ait la teste armee.
Ses freres meine Hector o sei,
Par le comandement le rei.
A l'avenir le poindre ont pris,   *9825*
9880   Puis vont ferir lor enemis
Si durement, par tel aïr
Que trestoz les rens font fremir.
A eus hurtent ; cil les recueillent,
Qui en lor sanc sovent se mueillent.   *9830*

9867 *M²* sancs ; *N* li s. par ; *eA¹B²FK* li s. clers (*B²F* c. s.)
(*A¹M¹* le cler sanc) de mainz (*A¹M¹* maint) leus (*M¹* liex) ; *R* Te
raie les s. de tans l. ; *M²R* lues, *N* lous — 68 *M²* pareist, *F* piert
b., *M¹* p. que, *A¹N* p. quil ; *M²R* iues, *N* ious, *M¹* giex, *B²* gius,
EK geus, *F* ieus (*formes ordinaires*) ; *B²N* nest pas (*B²* mie), a i.
— 69 *B²* T. puet ; *A¹n* tes ; *M²B²* cors ; *M¹* mon cuer — 70 *B*
Or puet estre ; *enK* si ; *R* fa, *K* fei ; *A¹F* ce que, *M¹* comme —
71 *M²* Or, *eB²FK* Si ; *B²En* te ; *nR* doignent, *M²* doingent, *E*
-ngnent, *B²* doinsent, *M¹* donent — 72 *E* Que en, *B²* Si que, *M²*
Si qui ; *R* kil aient ; *N* aiens ; *A¹F* quesnor (*F* quanor) i (*F* en)
aies et g. — 73 *EK* Hectors — 74 *A¹B²* Tel, *R* Dis, *N* .x. ; *en* o
lui — 75 (*A¹HJ*) ; *B²K* v e. ; *E* la teste armee ; *A* Qui sont ml't
richement arme — 76 (*A¹HJ*) ; *F* ait ; *E* Et roide lance et bone
espee, *A* Et de hardement esproue — 77 *B²* Se frere ; *EK* hec-
tors ; *A¹* S. .x. f. an moine o s. — 78 *K* Por — 79 *M¹N* lor —
80 *K* les ; *e* an. — 81 *M²K* de, *n* per ; *A¹* ahir — 82 *K* Q. les r.
f. t. fr. ; *FM¹* Q. toz l. r. en f. fr., *B²F* Q. toz en f. l. r. fr. ; *M²*
funt — 83 *F* menent, *E* poignent ; *A¹* qui l. requeuillent, *M²* e
cil l. cueillent, *B²* cil et requierent ; *M¹NR* recoillent, *FK* recuil-
lent, *E* -uellent — 84 *B²* Que ; *M¹* cler s. ; *M²M¹N* moillent,
K muillent, *E* muellent, *F* mollent.

9885 Hector josta o Aïaus,
Que jus chaïrent des chevaus :
Ne l'uns ne l'autre n'i ot plaie,
Ne l'uns l'autre plus n'i essaie,
Quar ne lor lut por la grant presse. *9835*
9890 Uns amirauz, Morins d'Aresse,
Est chaeiz morz, ne vesqui plus :
Tel coup li dona Menelus.
Isdor, sis frere, i ra ataint
Un riche conte e si empeint *9840*
9895 Que mort le seivre de la sele.
Chirrus sa lance i enastele :
Par mi le cors fiert un Grezeis
Estrait de contes e de reis.
Meles d'Orep niés fu Thoas : *9845*
9900 Cist joinst o Celidonias,
Que del cheval l'a enversé

9885 (*J*); *EK* Hectors; *F* cheuauche; *A* Encontre h.; *M²HM'N*
a, *AA'F* et; *E* fiert a.; *EN* ayax, *A* ayaus — 86 (*H*); *A'B²JKe*
se portent, *N* cheirent; *A* Se porterent ius — 87 *e* lun; *R* ni; *F*
lautres — 88 *m. à B²*; (*A'*); *F* Ne lus, *N* Li uns; *FM'* ne lautre
(*F* lautres) p. nessaie (*F* ne se saie), *R* por lautre nen sesmaie
— 89 *F* Kar, *les autres* car; *R* loit; — 90 (*A'J*); *R* morut, *N*
maruc, *A* morons, *B²* morris — 91 *nA'EK* cheuz, *A* -us, *B²*
caus, *M'* chau; *R E* sachieç — 92 (*A'*); *M²AEFJK* menelus, *B²*
menelaus, *puis ce v.*: Que partir li fist les boiaus — 93 *H* Idos,
N Ydor, *B²* Ysdor, *M²EJ* Hisdor, *K* -oz, *M* -or, *A* Hideus,
F Bynsoor; *M'* son frere; *EJKN* freres; *JKN* i rataint (*JK*
-eint); *M²EF* ateint — 94 *M²* Qun; *AA'* et si, *les autres* a si; *B²*
enpoint, *e* enpaint — 95 (*A'*); *F* lasoime, *R* le gite; *M'* M. le
trebuche, *A* Que il le s. — 96 *M²M'N* Chyrrus, *R* Chirus, *A*
Currus, *B²* Cirrus, *E* Churrus, *F* Pirrus; *B²* le sien; *eAA'JK*
escartele, *N* anhastele, *R* enastelle, *F* resquartelle, *B²* -iele; *M'*
E c. sa l. i astele — 98 *M'* nontes; *E* Estrez ert de dus — 99 *yFJK*
Melles; *F* doreb, *N* dorel, *H* dorest; *F* fu n. toas; *B²* Merles de
repuis fils t. — 9900 *yA'KN* Josta a; *A'N* celyd., *R* cilid., *M'*
calicidamas; *F* Celi feri celidomas, *B²* I ot a celui donias — 1 *R*
Ki; *eB²FK* des arcons.

E par mi la chiere navré.
Hermagoras son frere venge :
Celui fiert si desoz la renge   *9850*
9905   Que li poumons e la boële
Li chiet sor l'arçon de la sele.
Scedius ert uns riches reis
E mout preisiez entre Grezeis :
O cestui joinst Maudanz Clarueil ;   *9855*
9910   Si l'a feru tres par mi l'ueil
Que fors del chief li est volez.
De l'angoisse chaïst pasmez,
S'il ne se fust tenuz as mains ;
Dès or n'est mie del tot sains.   *9860*
9915   Bien le fist Sardes de Vertfueil,
Qu'un amiraut de grant orgueil
A si feru al premier poindre
Que mort l'a abatu al joindre.

9902 *M²AB²FJKe* Erm., *N* Em., *R* Emm.; *E* ses freres; *A'*
ueinge — 4 *E* .I. an fiert si parmi; *FM'* desor; *F* rame, *A'*
reinge — 5 *M²B²H* pomons, *A'A²EJKNR* pormons, *A* pourm.,
F polm. ; *M'* le pomon — 6 *F* Li chient; *B²* Li saut s. l. des
aciele ; — 7 *ADJRy* Cedius, *GK* Sedius, *A'L* Cedyus, *F* Medius,
B² Modrius — 8 *En* prisiez — 9 (*R*); *M²* ioint; *LN* A celui (*L* -i)
point, *A'B²JKy* O (*A'K* A) lui iosta; *R* madian, *H* mardan, *M'*
madam, *A'* -ans; *M²* clardueil, *E* claruuel, *J* -uil, *A* -uel, *K*
clauoil, *M'* -eil, *H* caroil, *R* danuel, *F* darmeil, *A'* darueill, *B²*
daruel; *L* mandragrauoel, *N* mandaglauoil (*cf. 8111*) — 10
LM'N feri ; *F* Et si lo ferz; *M²HKN* loil, *eJR* luel, *J* luil, *A'*
lueill — 11 *B²* Qui; *B²JM'* hors ; *R* es — 12 (*R*); *F* Et dangoisse;
N cheist, *J* chait, *AFy* chai, *B²* cai — 13-4 m. à *AA'B²FJy* —
13 (*L*); *G* Cil; *M²R* Se il ne f.; *R* o m. — 14 (*R*); *M²* de tot —
15 *M'* le fet; *R* cardes, *M²* sardre, *N* cadel, *L* cadocl (*sic*);
AA'B²EFHJK B. fiert (*B²* fert, *M'* fet) sardines, (*AA'* -el, *F*
-ez, *B²* sauerniaus); *AA'EJ* uerfuel, *B²* uerseul, *N* uermoil,
GHL uertfoel, *M'R* -uel, *K* -uil — 16 *B²* Com amiraus; *HL* .j.;
FR amirant, *AH* -alt, *e* -al, *M²* -anz, *KN* cheualier, *GL* -iers; *M²*
ergueil, *R* arguel, *AA'Jy* orguel, *GN* -oil, *K* -uil — 17 *A²* quau
p. p. — 18 *R* labati a un i.; *A'* Lor a a. mort au i.

Es rens s'est mis Margariton,   *9865*
9920   Puis vait ferir rei Telamon
       Par mi l'escu de tel aïr
       Qu'il li a fait le fer sentir :
       Se dreit alast, morz fust senz faille.
       Cil traist l'espee, que bien taille.   *9870*
9925   Tel li dona, de set semaines
       Ne furent puis ses plaies saines.
       Prothenor joinst o Fanoël,
       Que jus l'abati del poutrel,
       E s'il n'eüst si tost aïe,   *9875*
9930   Il n'en portast mie la vie.
       Bruns li Gemeaus l'a socoru :
       Prothenor fiert par mi l'escu,
       Que les estriers li fait guerpir
       E les resnes del poing saillir :   *9880*
9935   De l'eaume feri el sablon,

9919 *F* El ranz, *A'* El ranc, *N* Es grex; *A'FM'* se fiert, *H*
sa mis, *B²* sest m. — 20 *B²Fy* Si; *K* ua; *M'* rois; *M²A'B²KNy*
thel. — 21 (*AA'HR*); *M²* ditiel, *E* ditel; *A* ahir, *M²* hair — 22
(*AA'HR*); *F* Qui; *KN* Que; *N* lo f. li a f. s. — 23 (*AA'HR*);
M²F Sa d. — 24 *Kny* trait — 25 *B²F* done; *F* quen; *N* sis; *M²*
setmajnes, *FK* semeines — 26 *K* pas, *B²* mais; *M²N* les; *FK*
seines — 27 *M²F* protenor, *H* parthonoi; *A'JKxy* ioint; *F* a ; (*yJ*
fanoel), *M²AA'B²F* fanuel, *K* phanoel, *G* -uel, *N* fanmuel, *L* sa-
muel; *M²A'B²GKLNy* A (*M²* O) p. i. f., *A* P. fiert si f. — 28 *LN*
labatie, *AA'B²JKy* le porte, *F* lo porta; *M'* potrel, *R* pultrel, *M²*
poudrel; *JK* de morel, *F* du cheual pastrel (*v. f.*) — 29 *EH* Que,
B² Mais; *F* si; *K* Se ni uenist; *EH* plus t. — 30 *AA'B²FKy* Nen
p. m. de; *M²R* point de la u. — 31 *M²* Brun; *M²AA'GKn* de;
M²A' gimel, *A* gymel, *F* iumel, *GK* gimax, *N* -iax; *Ly* li iumeax
(*e* -iax, *H* iemiaus) — 32 *F* Per thenor, *M²KNe* Protenor, *H* Ante-
nor; *M²R* F. p.; *N* de sor — 33 *R* Chi; *E* estries, *M'* estreis, *H*
renes; *A'F* le destrier; *A'B²EHN* fist, *M²KM'* fet, *F* fiet; *M'*
tolir — 34 *K* regnes, *H* renes, *F* rignes; *M²R* la regne; *M²* de;
F poign, *R* point; *H* des poins; *N* li fist saissir, *B²* li f. tolir —
35-6 *m. à A et sont placés dans F après* 9966 — 35 (*R*); *GK*
Que lialme (*G* le hyaumes) ferist; *LN* Li hiaumes, *M'* Le
hiaume; *H* hurta; *F* Liaume chiet el s.; *G* an s.; *B²* [...?] fert el s.

Mais tost le ront monté li son.
O Ulixès josta Mathan,
Qui puis en traist assez ahan,
Quar en la cuisse le navra, *9885*
9940 Que por un poi nel mahaigna.
Almadian le dut vengier,
Quar la teste li fist saignier,
Ou il feri teus treis colees,
Que puis furent chier comparees. *9890*
9945 Emelins e Gilor d'Agluz
S'entredonerent es escuz,
Si que les lances peceierent
E qu'a la terre s'abatierent.
O Archelaus joinst Godelès, *9895*

9936 (*J*); *LN* Mes puis; *A'* lont remonte; *R* le son, *M²* li
suen; *H* M. remonte le ront li s., *GK* En (*G* Au) pardesus sont li
talon — 37 *AB³KNe* A; *e* hulixes; *B³M'* ioste, *GLN* a ioint; *N*
machan, *L* macanz, *A* maran; *A'F* U. i. a matan — 38 *A'B³Fe*
en ot; *M²* haan, *L* ahanz — 39-40 *interv.* dans *N* — 39 *F* Kar,
les autres Car; *M²* coisse, *B²* quisse — 40 *M²* Dont, *R* De;
eFLN par; *M'* ne maaigna; *B²Fe* Par un poi quil no (*M'* nel)
(*E* ne le) maheigna (*M'* meh.) — 41 (*AA'B³G*); *M²EJ* Almadianz,
N Amadian, *M'* -ien; *EJ* uenchier; *LN* lo duc (*L* li dux) dagier
— 42 *A'N* Que; *L* le coste, *M²R* tot le chief; *JK* len; *M²* segner,
nAJM' seignier, *E* senier — 9943-10157 *sont dans P²* (*3e frag-
ment*) — 43 *K* ferist; *P²* Et li dona; *eA'B²F* O le branc (*F* bran)
le fiert (*B²E* done); *B²E* d. tex c. — 44 *M²* cump., *M'* conperees;
L Qui ml't f. desmesurees — 45 *F* Emelius; *M'* Hemelins, *E*
Ham., *H* Emelyns; *F* giloz, *D* gillors, *E* giror, *H* girois, *M'* gil-
lot, *A* gilos, *A'* -oz; *y* daglus, *A'J* -uz, *A* darglus; *K* doros-
calcus, *GLN* -aluz, *L* -alus; *P²* Li rois semel et doroclus, *K*
E. e d., *GLN* Rois e. (*G* euclius) d., *M²* R. e. e dus dagluz, *B²*
Amelin et gerodaglus — 46 *P²* Sentreferirent; *G* ans — 48 *F* Et
a; *KM'* sabatirent; *N* trebuchierent; *GP²* Et qua (*P²* a) t. sen-
trabaterrent (*P²* se trebuchierent), *A'* Et ius a t. se gitierent —
49-50 *P²* développe en 4 v.: Li hiaume fierent en sablon Et
archelaus point a glaucon De lor forz espiez en trauers Que il
fausserent les hauberz — 49 *EG* A; *AA'JKxy* ioint; *B²FGH* A.
(*F* Arcelas) i. a g.; *LN* gad., *B²* cod.

9950   Que des escuz fendent li ais
        E des haubers fause la maille,
        Si que les enseignes de paille
        Sont de lor sanc ensanglantees.
        Mais mout sont poi en char entrees.   *9900*

9955   O Teücer a joint Doglas,
        Mais trop porta sa lance bas:
        Le cheval fiert en mi le front,
        Qu'il l'a trébuchié en un mont.
        Doglas sor lui s'est arestez: *9905*

9960   Morz fust o pris o encombrez,
        Quant Menesteüs le socort;
        Mais, jo cuit bien, ainz qu'il s'en tort,
        Avra il mainz cous receüz
        O les bons branz d'acier moluz.   *9910*

9950 *G* percent, *A M'* froisent; *tous les mss.* (*et AA'B*²*HJR*) les
es — 5ɪ (*R*); *GKLN* ronpent les mailles; *A* Les h. ont si derom-
pus, *P*² Et uoler en font mainte m.; *A'* Les h. fraiz; *A'F* et
estroez; *B*²*D*²*FJ* Les (*H* Lor) h. ont frez et troez (*B*²*EH* quassez,
F estroez), *J* L. h. o. si fez fauser — 52 *M*²*P*²*R* paile, *K* -es,
GLN pailles; *A* Que fers et e. et fus, *A'B*²*DFJy* Qùe (*A'B*²*DJM'*
Et) l. e. de (*F* del) cendez (*J* -er) — 53 *A* Ont de l. s. ensen-
glente — 54 *G* m. par s.; *B*² car naurees; *P*² les ont esquar-
telees; *A* Douleureusement sont naure — 55 *M*² Ou, *A'B*²*JLNy*
A, *G* Et a; *B*²*GKM'NP*² theucer, *L* acheuan; *A'B*²*KHJM'* iosta;
*P*² T. reioint a d., *E* A tucer reiosta d., *F* T Têc (*sic*) iosta o d.,
A Antenor i. a d.; *M*²*Kex* duglas, *B*² deuglas, *AH* durglas — 56
AA'EM' M. ml't; *K* en bas — 57 *P*² destrier; *MAA'e* par
mi — 58 *A'B*²*FKe* Quabatu (*K* Que a.) la (*A'* a) tot en un m.;
*P*² Que tr. la; *M*² trebuche — 59 *AKP*²*ny* Duglas, *B*² Deuglas,
AH Durglas; *M*²*M'P*² sest s. lui (*P*² sus li); *F* est a. — 6o
FKM' Mort, *B*² Tost; *F* fu; *B*²*E* ia (*E* et) p. et; *P*² ou afolez —
6ɪ *P*² jacort, *les autres* secort — 62 *P*² ie croi, *K* gie quit;
A'KM' cains — 63 *N* tex cops, *AM'* maint cop, *M*² cent coups;
*P*² A. de tiex c.; *P*² requeilliz, *N* recoilliz; *B*² Rura (= Raura)
il ml't de cols recus — 64 *eA'B*²*F* De (*B*² Des) lances et de (*B*²
des) b. (*E* despiez) moluz, *A* Soit de lance ou de branc molu,
K De l. de b. esmoluz, *P*² Des brans dacier qui sont m.;
*NP*² forbiz.

9965 Un grant espié d'acier tot cler
   Li fait par mi l'escu passer,
   Que d'or en autre le li fent.
   La maille de l'auberc s'estent :
   Cent en rompirent d'un tenant;   *9915*
9970 Une plaie li fist mout grant.
   Menesteüs del brant d'acier
   Li ra la chiere fait saignier ;
   Tot le nasal li a trenchié
   E del nes tote la meitié.   *9920*
9975 Quant Nez d'Amors vit e conut
   Qu'a son frere si mal estut,
   Eslaisse sei, fiert le vassal,
   Que jus le porte del cheval.
   Menesteüs en piez sailli,   *9925*
9980 Del fuerre trait le brant forbi ;
   Vers les dous freres se defent,
   Mais il le hastent durement :
   L'escu li trenchent o les branz

9965 (*A'L*) ; *P²* .j. bon ; *B²* aspiel ; *eJK* ml't c. ; *F* Li fet un e.
d. c., *A* Par mi lescu durglas le fiert — 66 *F* Duglas ; *L* le cors ;
M²P² uoler ; *A* Se il puet mal uoisin li iert — 67 (*J*) ; *A* Qua ; *M'*
deur ; *A'* doutre en outre, *B²EH* demie (*B²* demi) ausnes ; *P²* Et
de chief en chief ; *A* le pourfent — 68 (*A'J*) ; *M²* del ozberc ; *M'*
se tent, *P²* desment — 69-70 *m. à A* — 69 (*A'HJ*) ; *M²* faillerent ;
NP² fausent en un t. ; *L* Si qoltre passa uoirement — 70 *F* fet —
71 *NP²* au b. ; *A* M. durglas le fier — 72 (*A'L*) ; *eF* Li a ; *P²*
Que durement la f. soinier ; *M²* segner, *nKM'* seignier, *E*
seinnier ; *A* Fiert en lelme du branc dacier — 73 *A²* Que du ;
enB²KP² nasel — 74 (*AA'HJP²*) ; *G* Et de, *F* Et do ; *N* neis ;
M²GLN bien lune (*M²* une) ; *EN* mitie — 75 *A* Q. bruns
danmors ; *A'FM'* damor ; *K* congnut, *F* conuit, *A'* quenut ; *P²*
Q. cynet damors le quenut — 76 *A'* Que ; *F* estuit — 77 *eB²FJK*
De plain (*K* plein) esles ; *P²* uers le ; *FP²* uasal — 78 (*A'*) ; *F*
laporte, *F* le porta, *M'* labati — 80 *eA'FK* En son poing tint ;
A'E lespie, *M'* son b. ; *KM'NP²* branc — 81 *M²GLNP²* treis, *K*
dos — 82 *GLNP²* M. ml't ; *M²G* les ; *NP²* lo chacent, *L* lenchau-
cent, *G* les haste, *B²* le heent ; *N* fierement — 83 (*A'*) ; *K* lor
branc, *P²* le branc ; *A* Les escus trenchent, *M'* Les estranchierent.

	E de l'auberc pieces mout granz,	9930
9985	L'eaume li fendent sor le chief.	
	Trop par i ert a grant meschief,	
	Quar mout le requereit Tharez, —	
	C'ert des freres toz li meins nez, —	
	Quant Teücer i est venuz:	9935
9990	Grant piece s'i rest defenduz.	
	Quant Hector vint a la meslee,	
	Ja fust as premiers cous finee,	
	Mais reis Telamon Aïaus	
	I est venuz o mil vassaus	9940
9995	La rescosse fu comparee,	
	Quar mout en sorst dure meslee.	
	Estrangement fu departie,	
	Quar li riches reis de Persie	
	Rot sa bataille conreëe:	9945
10000	Cinc mile sont de sa contree;	

9984 *eA'B²FK* les p. granz (*K* grant), *P²* piece ml't grant,
M² p. e panz — 85-6 *interv. dans B²E* — 85 *M²* fundent, e tren-
chent; *P²* enz u c.; *B²* li font uoler del c. — 86 (*J*); *B²* T. p.
erent, *A* Que t. par iert, *M'* T. i estoit; *K* est; *F* au — 87 (*A'H*);
F Kar, *les autres* Car (*de même dans la suite sauf avis contr.*); *N*
requerroit; *M²e* tarez, *FJ* charez, *P²* quarrez, *N* terrez, *B²*
crees; *A* Sore li uont de toutes pars — 88 (*L*); *HJK* Ce est d.
f. li, *A'B²Fy* Cest (*A'* Ciert) des (*F* de) bastarz t. li; *M²* Ce iert
d. f. li pujs n., *A* Sest li plus ioenne des bastars — 89 *EKNP²*
theucer — 90 *My* se r., *A'B²EN* si est, *FK* sestoit, *M'* setoit, *A*
sest ia; *P²* contenuz — 91 *E* Q. il i u., *B²* Et q. il u.; *B²NP²*
mellee, *M'* mel.; *A* H. reuint de lautre part — 92 *F* a; *B²P²* al
prumier cop, *M²* as primers coups; *A* Qui de griiois fet grant
essart — 93 *M²B²IKNy* M. (*B²* Car, *H* Quant) thelamonjus a.,
P² M. thelamon et a., *AF* Thelamonius a.; *M²* aiaux, *eKNP²*
aiax, *I* aials, *A* ayaus, *F* anax — 94 *A* I rest u., *P²* I sont uenu;
AA'B²FH conme u.; *J* a .m.; *En* uasax, *M'* ualsax — 95 *A'EN*
resqueusse, *M'* resceuse; *FM'* fust — 96 *nA'P²* i; *M'FM'* sort,
EN font, *B²P²* ot — 97 *FM'* fust — 98 *P²* Que; *F* Quant li rois
r.; *AM'* le riche roy — 99 *P²* I uint o grant gent adoubee; *M²*
conreiee, *A'* -aee — 10000 *F* Set.

Tuit entesé lor poindre ont pris.
Un graisle ra soné Paris :
Hardement prist li plus coarz.
Li huz lieve de totes parz :   9950
10005 Quant les geudes virent venir,
N'i ot neient del plus sofrir.
Tuit ensemble comunaument
Ont pris sor Greus l'envaiement ;
Dès or les ont mis a la veie.   9955
10010 Hector o son brant les conveie :
Por veir retrait e dit Darès
Qu'il en i ocist mil e mais.
S'est qui fuie, pro est qui chace.
O plaise as Greus o lor desplace,   9960
10015 Menez les ont senz nul retor
Desci qu'il furent sor les lor ;
Mais lors i ot grant contençon
E estrange defension.

10001 (*AA'*); *B²HM'N* T. ansanble, *P²* [Co]munement; *B²H*
o. .j. (*B²* lor) p. pris ; (*AB²N* lor), *F* lo, *M²EK* le, *HM'P²* .j.
— 2 (*GLP²*); *N* graille, *M²EK* gresle, *AB²M'P²* grelle ; *M²* a
s., *AA'B²Fy* fist (*A* fait, *F* a f. *H* font) soner — *10003-48* m. à
A — 3 *P²* [Si ?] esbriua li, *B²* H. done as — 4 *M'N* huiz — 5 *K*
geldes, *M²* ieldes, *F* ialdes, *N* iaudes, *B²* gelles, *E* ieudons; *P²*
[Quant ces (?)]te gent — 6 *B²K* de; *N* p. tenir, *P²* retenir — 7 *B²*
Tot; (*M²* comunaument), *A'B²N* comunem., *FKe* comm., *P²*
quem. — 8 *P²* aus, *H* ax, *M²* grieus, *P²* griex; *M'* lenuiement,
B²F enuaiement, *NP²* tornoiement — 9 *M²* unt; *P²* les ont — 10
EJ Hectors; *A'B²EF* a; *E* bran, *eB²K* branc; *M²* Ec uos h. que,
P² [?] Is qui; *GLN* H. uos di; *LN* bien ques (*L* les) c., *G* quon
l. c.; *JK* H. au b. l. enconueie — 11 *B²* retraist, *N* nos iure;
P² nos tesmoigne d. — 12 *N* Que il en o., *P²* o. bien m.; *K* o.
.m. a bien pres; *eB²F* Le (*B²* Cel) ior en o. (*F* ocit) — 13 *M²KM'*
prou, *H* pris, *E* bien, *B²* il, *A'FLP²n* assez — 14 (*B²F* plaise),
EK pleise, *M'* plest, *M²* peist, *A'NP²* poist; *eP²* griex, *A'* gres;
H Ou uoillent greu; *P²* ou bien lor place — 15 *M²* unt; *F* restor
— 16 *M²N* De ci, *eA'B²F* Tant que, *P²* [Tant] coul (*sic* = con il ?)
f.; *M'P²* sus; *K* T. quil f. desor — 17 *M²* doncs, *F* lor, *B²* ml't —
18 *F* confusion.

      Rodeis e cil d'Orcomenie   *9965*

10020 E cil d'Elide la guarnie,

      Treis batailles ruistes e granz,

      Fieres merveilles e dotanz,

      A la meslee sont venues :

      De lances e d'espees nues   *9970*

10025 Donerent mainte grant colee:

      La gent de Troie ont remuëe.

      Mais en poi d'ore recovrerent:

      Une grant piece les menerent

      Vers les tentes mout laidement.   *9975*

10030 Esfreëe esteit mout lor gent :

      Donc ravindrent cil de Larise,

      E si sacheiz bien senz devise

      Qu'il le firent merveilles bien;

      Ocistrent i maint Troïen.   *9980*

10035 Polibetès, qui ert lor sire,

      Les damage mout et empire :

10019 *Ici BCM reprennent; (BCHJL); P* Rodelz; *B²* icil; *N* Rodorus cil; *M²M¹* dorcomonie, *B* dorconomie; *P²* [Rod]us li sires dorcanie — 20 (*J*); *P* Et celz; *B²FPy* de libe, *N* de lyde; *P²* de la lice g. — 21 *LNP²* fieres — 22 *k* Ruistes; *K* et fieres; *E* M. f., *LNP²* Et merueilloses — 23 *M¹NP²* mellee; *M²HK* S. a la m. u. — 25 *B²* D. maintes grans colees, *N* Lor d. de granz c., *P²* Sentredonerent g. c., *F* Ferirent grant c. — 26 *NP²* Les genz; *n* remuees, *P²* -ee, *E* reusee (*B²* *douteux*) — 27 *B²* Mol; *M* remenerent — 28 *M²M* g. masse; *K* Bien g. m. les remenerent; *M* remenerent — 29-30 *interv. dans B²* — 29 *eM* l. lices; *P²* trop l.; *M²* leidement; *B²* Molt i ot grant ociement — 30 *M²M¹kn* Esfree; *JM¹k* Car; *J* C. effree fu ml't lor g., *KM¹* C. e. esteit lor (*M¹* la) g., *M* C. e. iert la l. g., *F* Mult ont e. lor g., *E* La rot ml't fier tornoiement, *P²* [Ml't e(?)]n ocient a torment — 31-2 *m. à P²* — 31 *eB²* Lors; *ek* i uindrent, *B²* reu.; *nL* A tant uindrent; *F* la mise — 32 (*L*); si *m. à B²*; *K* tot s.; *M* a d. — 33 *FM* Qui; *B²E* le ior ml't (*B²* ml') b., *K* merueille b.; *P²* Que nule chose ne lor dient — 34 *M¹* Ocitrent; *M* Ochistrent il, *B²* Et ocisent; *tous les mss.* troien; *P²* Ainz les decoupent et ocient — 35-6 *m. à P²* — 35 *N* Polibethes; *B²FJK* est — 36 (*H M²JM* L. endam. (*J* demaige) e les e.; *B²* emperi.

Onc chevaliers de nul païs
Ne laidi plus ses enemis.
A lui a trait Deïphebus :   *9985*
10040 En la cuisse le feri jus
D'une saiete barbelee
Que jusqu'a l'os li est colee.
Trait sei ariere por sa plaie
Faire estanchier, que mout li raie.
10045 Donc rechacierent cil dedenz,
Quar mout s'esvertuënt lor genz ;   *9992*
Par mi les tentes les ont mis.
La rot maint chevalier ocis.
    Hector a choisi Merion :   *9993*
10050 Tres par devant un paveillon
Li est guenchiz e coruz sore :
« Ja avendra », fait il, « vostre hore :
« As morz vueil que seiez compainz,
« Qu'irié me feïstes dès ainz
10055 « De Patroclus, cui m'escossistes :

10037 *n*P² Ainz, *E* Einz, *B²* Ainc — 38 *M²E* ledi, *F* laida ; *B²*
tant — 39 *P²* A els ; *B²* li t. ; *LM'Nk* deyph., *EFP²* deyf., *B²* deif.
— 40 *M²* coisse, *e* cuise ; *P²* a feru remus — 41 *M'* seaite, *F* saite
— 42 *E* Qui, *les autres* Que ; *E* tresqua ; *M* iusquan loz ; *N* lox,
B² poil ; *P²* alee — 43 *B²* Por soi atraire ; *F* arrieres ; *M°k* la p. —
44 *n* qui, *B²JKM'* car ; *E* le sanc qui r. — 45 *GJP²* Lors, *B²* Lor ;
F cheuaucherent, *L* -ierent, *B²* ceu., *G* recheuauchent, *M'* resa-
chierent ; *H* Adont chacierent — 46 (*M²* Quar), *P²* Que ; (*P²*
sesuertuent), *B²GHLN* sesuertue, *JKM'* -a, *M²* -eit, *F* -ot, *BM*
-oit, *C* esforcerent ; *F* lor ient — 47-8 *m. à ABB²CDJky* — 47 *R*
Permi ; *F* los o. ; *GL* ront — 48 *P²* ont ; *R* keualer — 49 *H* coisi,
J chosi, *M'* passe — 50 (*L*) ; *N* Tres de d., *M²AB²ky* Qui par d. ;
M² dauant ; *F* Per deuant (*v. f.*) ; *M* pauelon — 51 *M²* corruz, *P²*
corut, *MM'* coru — 52 *LN* Auenra ; *F* nostre — 53 *F* ueil ; *M²*
cumpainz, *EF* compeinz — 54 *J* Que ire, *B²* Car i., *M²* Qui re,
M Quire, *M'* lre, *E* Quennui ; *N* Qui men anhatistes ; *L* Q. me-
nuaistes des ; *F* Qi her me f. oreinz ; des *m. à B²* ; *E* des einz,
LM' hui main ; *P²* Mar mostastes cirrus des mains — 55 *P²* Ne
patroclum ; *M²LP²n* qui, *AB²Jek* que ; *M'* mescosites, *P²* me
tolsistes, *AB²M* moceistes.

« Onc mais si mal saut ne feïstes. »   *10000*
Fiert le par mi l'eaume desus,
Que del cheval l'abati jus.
Cil se defent, — Hector l'asaut —
10060   Mais por neient, rien ne li vaut,
Quar il en a le chief perdu,
Si vos di bien que mare i fu.   *10006*
Chevaliers ert hardiz e proz
E uns des plus amez de toz.
10065   Hector veit le cors en la tente;   *10007*
Son poëir a mis e s'entente
D'aveir ses armes, ja li trait :
Ço peise mei, quar trop est lait.   *10010*
Cil qui en a le chief coupé
10070   L'aveit en la tente aporté.
Se dant Hector fust a plaisir,
Il s'en poüst assez sofrir;
Mais trop les aveit aamees :   *10015*
Por poi ne furent comparees.
10075   Li dus d'Athenes l'aguaitot,

10056 *M*² Ainc, *E* Ainz; *nKP*¹ Onques; *P*² sen — 57 *nP*¹
Par mi liaume lo f. d., *A* P. mi le hyaume la feru — 58 *B*² de
ceual bati; *A* la abatu — 59 *F* Chil; *M*² lass., *M* lausat, *K* las-
salt; *A* Cil se relieue si las. — 60 *P*¹ Cest; *EP*² neant; *B*²*KP*¹
riens — 61 (*M*² Quar); *K* i a; *NP*² C. ia aura — 62 *P*¹ Ie; *KM*¹
mare fu, *B*² si mar fu — 63-4 m. à *K* — 63 (*BC*); *eM* Cheualier;
*M*²*MM*¹ iert, *H* fu — 64 (*BCH*); *NP*² Et si ert bien (*P*² iert ml't);
*B*² p. hardis — 65 *M*¹ uit; *P*² sa t. — 66 *B*²*E* ra mis — 67 (*R*);
*B*²*E* les; *F* bien, *M*¹ hors, *B*²*E* la, *JK* si; *M* i t., *B*²*E* se t., *J* les
t.; *P*² vers li vet — 68 *M* que; *R* e. fet; *P*² queinsinc le fet —
69-70 m. à *FP*¹ — 69 (*ABCHJR*); *LN* q. auoit; *ERk* colpe,
*M*¹ cope — 70 (*ABCJ*); *M* a la; *L* terre; *HR* porte, *LN* bote —
71 *CL* Sa; *M*²*ELMN* dan, *B*²*J* dans; *FP*² Se il i (*P*² Car sil li)
uenist — 72 *M* la; *M*²*EKN* poist, *MM*¹*P*² peust; *K* molt bien;
*P*² De ce se p. bien s. — 73 *eN* M. ml't; *H* M. il les a t.; *HP*²
enamees, *B*² ainees — 74 *M*²*K* A poi, *enP*² Par po (*M*¹*N* pou),
J Por pou; *HM* Chier durent estre; *MM*¹ conpereez — 75 *C* datene,
F dachenes, *P*² dataynes; *L* laguetoit, *G* le guetoit, *M*²*BB*²*R* le
gaitoit, *C* li g., *P*² les guetoit, *F* la gardoit, *N* lesgardoit.

Qui a merveilles se penot
Come il le poüst damagier :
Il ne pensot d'el guaaignier.   10020
Vit le sor le cors descendu :
10080   Onc a nul jor si liez ne fu.
Un espié tint d'acier trenchant,   10021
Puis laisse corre l'auferrant.
Ainceis qu'Ector l'eüst veü
Ne qu'il eüst pris son escu,
10085   Li ot l'auberc si desmaillié   10025
Qu'une aune i passe de l'espié.
Plaie i ot grant e merveillose,
Mais n'ert mie trop perillose :
Se travers doi entrast plus enz,
10090   Toz morz chaïst iluec a denz.   10030
Li dus ne s'i voust arester,

10076 *F* Chi, *LNR* Et; *H* merueille; *M²ABB²CJM'k* A m.
(*M²BC* -e) par (*J* por, *C* molt, *A* il) se (*B* sen, *B²* si) penoit; *R* se
peiont, *F* semoit (*v. f.*), *N* lagaitoit; *P²* Q. estrangement les gar-
doit — 77 *F* poist, *E* puise, *B²* puisce; *P²* Et comment peust d.;
M le p. adomagier (*v. f.*) — 78 *M²* penseit, *BCJMe* pensoit; *FKR*
Il (*FR* Ml't) se penoit, *GLN* Il pensoit (*G* pense) ml't; *nHLR* de
langignier, *eB²J* de lagaitier, *G* de laidangier; *P²* Hector et merion
vengier — 79-80 m. *à ABB²CJky* — 79 (*GLR*); *NP²* Voit; *P²* sus;
F defendu — 80 *FGL* Ainz, *N* Einz; *R* Unc mes n., *P²* Mais a
n.; *G* tant; *F* liet — 81-2 *interv. dans A* — 81 *B²* espiel; *H*
T. .j. espil; *A* Dun espie que il t. trenchant — 82 *K* Et, *A* Il; *F*
laisa — 83 *M²* Ainceis, *P²* -ois; *EMN* Encois, *F* Enquois — 85
(*R*); *M²B²NP²ek* Li a; *M²* lauzberc, *F* lauberz, *B* lauber; *M¹*
desmeillie, *F* -aie, *P²* despecie — 86 *k* Unc, *M²* Un; *F* laspie; *B²*
xne (*sigle sur* l'x); *P²* Cuns asnes i meist son pie — 87 *M¹* i a, *N*
ot ml't; *P²* P. ot g. et merueleuse — 88 *M²M* niert; *nP²* M. ne
fu (*P²* nestoit) m. p., *B²Ke* M. ne fu pas t. (*B²* si) — 89 (*L*); *P²*
Se li espiez; *B²* dos; *K* tornast; *F* Sen t. un d. fust p. — 90 *M¹*
Tot mort; *EN* cheist, *M²* ieust; *L* illec; *k* Ilec c. t. m. (*M* T.
m. c. i.) sanglanz; *E* lluec c.; *EN* anuers adanz; *F* la mais
ior ne maniast dedenz, *P²* Hʳ fust cheuz m. adenz — 91 *M²B²K*
se; *B* uolst, *M²EF* uost, *AB²KM¹P²N* uolt; *n* Cil ne si u. plus
a., *P²* Ilec ne u. p. demorer.

Quar bien le poüst comparer.
Une enseigne de samit freis
A fait Hector pleier en treis :
10095   Sa plaie li ont estanchiee   10035
E bien estreitement leiee.
Puis rest montez : mout ot grant ire ;
Dès or fera des Greus martire.
Ço dit l'Estoire de verté,
10100   Que, après ço qu'om l'ot navré,   10040
En ocist plus que de devant :
Miliers, si com jo truis lisant,
En a le jor morz de ses mains ;
E si n'ert il pas del tot sains,
10105   Quar mout l'aveient debatu   10045
E en maint lieu del sanc tolu.
Trop i perdirent Greu le jor,

10092 (*B*); *M²Ck* Bien tost, *AB²* Car t. ; *M²KNe* poist, *AFMP²*
peust, *C* peus, *B²* peuist — 93 (*A*) ; *M²* Un ; *M²M* dun s. ; *BM¹*
samiz, *B²K* -is, *n* paille — 94 *F* A h. f. — 95 *n* estanchie — 96 *nB²*
Et ml't e. liie — 97 *kF* Pois ; *KM¹P²n* est ; *B²E* remonte, *M²* est
montiez ; *B²* mais molt ot i., *n* des or ot ire, *P²* ml't li pot nuire,
A por uengier sire — 98 (*A*) ; *P²* des griex ; *k* Des ore ; *M²M¹k* en
f. (*M²* fara) ia m., *C* f. il dels m. ; *B²* Des lor f. ia grant m., *H*
Il fera ia des lor martyre ; *P* martuire — 99-100 *interv. dans n* —
99 *C* lestorie, *M* hystoire ; *KM¹* por ; *M²* uertie, *C* uierte ; *A* en
uerite ; *B²* Iou uos di et si est vertes, *n* Si conme nos lauons (*F*
auons) troue, *P²* Car a. ce quil ot t. — 10100 *m. à M* ; *M²* Qui,
F Kar, *NP²* Car ; *B²* Quapres cou quil fu ; *K* enpres ço ; *M²BEN*
quil lot, *CFK* quen lot (*F* lout) ; *A* puis que li dus lot ; *P²* Me-
rion si con lot n., — *t M* ochist ; *M²* dauant ; *B²EF* il (*E* ml't) p.
q. deuant ; *M* que de cent (*v. f.*) — 2 *B²* De mil, *F* .CC. ; *P²* Ensi
conme ie vois l. — 3-6 *m. à B²* — 3 *F* En a il puis ; *M²ek* mort ;
P² .C. en tua bien — 4 *M* Et il ; *M²FP²k* niert ; *M* pas de ; *M¹*
nestoit p. du ; *EH* Et lessie anz el champ t. ueins — 5-6 *m. à E*
et sont interv. dans P² — 5 (*M²* Quar), *P²* Et ; *H* irascu, *GN* deferu ;
L le rauoient feru — 6 *K* mainz leus, *J* maint lex ; *M²* lue ; *xP²*
Et (*P²* Que) ml't auoit del (*FG* de) s. perdu — *P²* aj. 26 *v.*
(*voy. aux* Notes) — 7 (*G*) ; *J* T. por p. ; *M²* grie, *JLM¹* grieu ; *P²*
(Dire ne puet chascuns li conte) Conment il fu des griex le ior.

Desconfit furent senz retor.
Agamennon n'ot pas leisir
10110 Qu'onques el champ poüst venir,   *10050*
Ne des autres mout grant partie,
Quar lor gent ert si esfreïe,
Del recovrer esteit neienz.
Mout guaaignierent cil dedenz,
10115 Quar plus de treis cenz paveillons,
Toz pleins de riches guarisons,   *10056*
D'or e d'argent e de vaissele
E de despueille riche e bele
En ont porté e guaaignié: *10057*
10120 Mout en furent Greu damagié.
Le jor fust fin de la bataille,

10108 *L* li plusor; *F* f. li plu (*sic*) senz retor; *B²* D. sunt s. nul
r. — 9 *F* pais; *n* laisir — 10 *F* Onques; *n* p. el c. u. ; *M²P²Ken*
poist, *B²* peuist, *M* peust; *P²* Que il p. u c. cuuenir — 11 *P²* Ne
lautre gent qui est armee — 12 *P²* la g.; *M²EKN* genz, *F* ient;
F iert, *P²* est; *n* esfraie, *P²* esfrece ; *M²B²ek* Si est (*B²* ert) lor
g. espaorie (*KM¹* -oorie, *B²E* -oerie) — 13 *G* De; *M²* recourer,
AB²CDGHJM¹NP²k retorner; *M²* est il; *A¹FP²* Que del recouver
(*P²* ret.) fust (*F* ert, *P²* est) n.; *M²P* neianz, *F* noienz, *A¹GN* -anz,
L -ent, *R* nianç, *H* -ans, *BB²* -ens, *M* -enz, *AC* neens, *K* naienz,
EJP² neanz, *D* -enz, *M¹* neeing — 14 (*A¹J*); *kC G.* icil d. ;
M²ABB²DGLNPy Le (*L* Ce, *H* Cel) ior i firent granz gaainz (*D*
g. ahans, *EGH* gaheinz g., *L* grant gaaing), *R* Molt peti fu granç
le gaainç, *P²* Ce ior soufrirent mainz ahanz; *E* aj. : Icil dedenz
bien le sauons — 15 *M²BJL* Que; *P²* .ij. °·, *F* .m. c. — 16 *m.*
à *E*; *P²* bonnes; *AHNPR* garnisons — 17-8 m. à *M²Ck et sont
interv. dans ENP²* — 17 (*A¹G*); *B²* De dras de soie; *ADIJM¹P²*
uessiax, *B* uassax, *P* uaxeus, *R* uaisele, *B²* -iele, *E* uesselle, *L*
ueisseles — 18 *nGR* despoille; *H* Et de pailes ml't r. bele, *L* De
p. riches et de beles, *B²* Dor et dargent ml't r. b., *E* Toz pleins
de grant richesse bele, *ABDIJM¹PP²* Et de pailes (*A* poilles,
DM¹R pailles, *I* buens dras) riches et biax (*P* beus) — 19 *P²*
portez et enchargiez; *A¹B* gaignies, *FG* -e, *E* gaheignie, *ADM¹*
gaanie, *R* domagie, *B²* dam., *N* traueillie — 20 *AM¹P²* grieu,
B²K griu, *M²* grie, *R* gre; *B²* demangie; *P²* Sen f. g. ml't doma-
giez, *R* Molt i f. g. sormene — 21 *P²* Ce ; *tous les mss.* fins.

A ço ne poüst aveir faille,   *10060*
Mais Destinee nel laissa,
Que ceus de Troie guerreia.

10125   Savez por quei remest le jor ?
Prianz aveit une soror,
Esiona, qu'en fu menee   *10065*
Adonc, quant Troie fu guastee.
La dame un fil eü aveit

10130   Qui au siege venuz esteit :
Ço ert Telamon Aïaus,
Bons chevaliers e bons vassaus.   *10070*
A Hector s'a tant combatu
Qu'il se sont entreconeü.

10135   Li uns a l'autre fist grant joie :
Hector l'en voust mener a Troie

10122 *k* En ; *M²KRen* poist, *AM* peust, *B²* peuist — 23
M²AM¹k Quant, *nEHP²* Mes, *R* Mas ; *P²* auenture ; (*JR* nel),
M²ABB²Ckny ne, *P²* nu — 24 *R* Ke cels ; *M²N* gueroia — 25 *K*
Sacheiz, *M* Saciez, *N* Oez, *GLP²R* Oiez ; *G* remaint, *P* ne mist
— 26 *tous les mss.* seror (*de même le plus souvent*) — 27 *M²Ne*
Esyona, *P²* -aïn, *F* Esynona, *k* Ysiona ; *M²B²P²ekn* ert (*M¹P²*
iert, *B²* fu, *J* fut) apelee, *H* estoit nomee, *R* ki en fu m. — 28
(*H*) ; *M²* Adoncs, *eB²R* Lores ; *N* Primes que, *P²* Eincois que —
29 (*R*) ; *P²* .i. biau f., *enP²* en a. ; *M²HR* Un fiz a. la d. eu ;
MM¹P² filz, *K* fill ; *P²* aj. 2 *v.* : Lenmenerent grezois en griece
Si la tint thelamon grant piece — 30 *M²H* estoit (*H* en e.)
uenu ; *R* Ki a cel s. uenuç fu, *F* Q. de mult grant biaute estoit
— 31 *EHNR* Cert, *M²B²M* Ciert, *F* Che ert, *M¹* Ce iert, *J* Cest
(*m. à K*) ; *Jy* thelamon, *R* thalamon, *M* telamonius, *M²KN*
thel., *F* tal., *B²* thol. ; *kyFJP²* aiax, *N* ayax ; *P²* Sot non thela-
monus a. — 32 (*AB*) ; *K* Buens c. et buens, *MM¹* Bon c. (*M¹* -er)
et bon ; *R* Keualers molt, *P²* Ch. ert ; *EP²R* preuz et u., *n* proz
et loiax, *C* riches u. ; *xP²R* aj. 2 *v.* (*interv. dans R*) : A mer-
uoille (*GL* -es) estoit (*R* pert, *LP²* fu) biax et proz Et uns des plus
amez (*FR* riches) de toz — 33 (*H* sa), *M²ACk* sest ; *M²* cumbatuz,
C comb. ; *enB²P²* Il et h. (*P²* H. et li) sont c. — 34 *NP²* Quant,
B² Si ; *M²C* entre coneuz ; *A* Que lun a lautre conneu, *FM¹*
Tant quil se s. reconeu (*F* sen furent coneu) — 35 (*A*) ; *P²* de
lautre ; *M²k* fait — 36 *eB²M* le ; *E* uost, *K* uelt, *nB²M¹P²* uolt·

Por son grant parenté veeir;   *10075*
Mais il en crensist blasme aveir :
Ne voust aler ensemble o lui.
10140 Mout se baisierent ambedui,
Mout s'acolerent e joïrent
E lor chiers aveirs s'entrofrirent.   *10080*
Cil li a dit e fait preiere
Que sa gent face traire ariere
10145 E comant les a departir,
Qu'a ço porront bien revenir
Chascun jor mais, tant que seit fin.   *10085*
Hector li a dit : « Beau cosin,
« Vostre plaisirs en sera faiz,
10150 « Mais trop par nos est laiz cist plaiz.
« Ceste gent est sor nos venue,
« Qui nostre terre ont confondue,   *10090*
« Si ne sevent dire por quei.
« Mais j'en afi la meie fei,

10137 (*ABCH*); *nP²* Por ueoir (*F* uoir) s. g. p. — 38 *M¹* Mes
sil ; *AEK* criensist, *JM¹* creins., *M* crains., *BH* cremist, *C* ne
creist, *B²* i cremist; *M¹* blame, *H* honte ; *nP²* M. cil (*F* il) ne la
pas creante — 39 *FK* Ni, *M²* Nen ; *E* uost, *B²KLM¹NP²* uolt, *F*
uol; *LN* ensemble l., *P²* auecques l. — 40 *M²* baiserent, *Ek*
beisierent; *nLP²* M. (*L* Il) santrebaisent a. (*N* amedui, *P²* emb.),
M¹ M. sentrebeisierent andui — 41-2 *m. à P²* — 41 *LN* sentra-
merent — 42 *FK* granz; *LN* grant auoir — 43 *L* Si; *M²* priere
— 44 *F* Qe ne saient; *B²M¹N* ses genz ; *L* f. metre — 45 *LNP²* Et
quil les face d.; *M* au d. — 46 *B²* porra b.; *F* auenir; *NP²* Car a
ce poent (*P²* pueent) r. — 47 *K* Chascuns, *F* -ons, *B²* Cascuns ; *F*
iors niest; *LN* encois; *EN* quil, *MP²* quen; (*M* fin), *les autres*
fins; *P²* C. i. t. quen s. la f. — 48 *M¹* biau cosins, *M* b. cosin,
les autres biaus cosins — 49 *M¹* plaisir, *k* plesir; *M¹* fet — 5o
M²k Mais fortment; *nP²* M. ml't par est mauues (*N* mal.); *B²* nos
est lies icist p.; *FM¹* nos par e.; *F* grief, *K* gries, *M* lait, *M¹* let;
E nos e. honteus; *B* cis plais; *M¹* plet; *A* M. t. uos iert cist sie-
ges lais — 51 *M²E* genz, *B²* gens ; *F* Cest ienz; *A* nous e. ci u. ;
NP² Que nostre g. ont confondue — 52 *M* est; *M²* confundue;
LNP² Et nostre (*L* Qui ont no) cite abatue — 53-4 *m. à P²* — 53
F sauent, *M²* sieuent, *k* seiuent — 54 *M²FLM* ie ; *B* iou ne sai.

10155   « Ainz que seions deserité,
        « L'avront chierement comparé:
        « Auques lor est ja chalongiee,   *10095*
        « Mainte ame en est de cors sachiee.
        « Jo ne vueil pas que il s'en fuient
10160   « Ne qu'il s'en aillent ne esduient :
        « Bel m'iert quant jos verrai morir
        « E toz a glaive revertir.   *10100*
        « Li deu nos en facent honor ! »
        Ensi partirent de l'estor,
10165   Ensi remest : n'i ot plus fait.
        Si com l'Estoire nos retrait,
        Les nes voleient alumer,   *10105*
        Quant il en fist le feu torner ;
        E cil qui ardeir les voleient
10170   Tote aise e leisir en aveient.
        Arses fussent de maintenant,
        Si n'en seront ja mais a tant;   *10110*
        Nen avront force ne poëir

10155 *M²* Quainz ; (*M²K* seions), *N* soiens, *B²ELM* -ons, *M¹P²*
-on ; *F* fo sens desar. — 56 *M²k* si fortment (*k* form.), *LNP²* il
ml't chier ; *M¹* conpere ; *P²* aj. 3 v., *qui terminent le fragment:*
Et conpare lont il forment Et conparront encor brifment Quant
il nostre pais destruient — 57 *N* ont ; *LN* hui c. ; *M¹* chalengie,
M qual., *M²C* chalongee ; *B* est escalengie ; *B²* A. en est ia
calengie — 58 (*B*) ; *M²* E m. a. de c. s. ; *C* arme, *F* arma ; *B²* del,
F do ; *BM¹* sachie, *B²M* partie, *M²C* scuree — 59 *M²* ueil, *L*
uoell, *B²* ueul ; *N* Ne uoil mie ; *C* fugent — 60 *F* que ; *B²N* Que
il ; *B²* en alent ; *M²BCK* c e. (*C* desduent) ; *L* sesduient, *B²* end.
— 61 *M²FKM¹* Biau ; *K* mert ; *N* que les ; *M²F* ies, *eK* ges, *M*
ie les (*v. f.*) ; *L* Bien cuit qen les uerra m. — 62 *B²* tot ; *M²L*
glaiues — 63 *nK* de, *eM* dieu — 64 *F* Ensint, *M* Ainsi, *KM¹* Issi,
B² Et si ; *M¹* departirent le ior — 65-6 *interv. dans E* — 65 *F*
Ensint, *M* Ainsi, *e* Einsi, *K* issi ; *M²M* nen fu — 66 *EN* me, *M²*
le — 67 (*BC*) ; *B²* Ne les u. — 68 (*C*) ; *M²* fue, *N* fou ; *K* les
suens ; *BN* oster — 69 *F* Icil... deuoient ; *B²* le — 70 *M²MM¹n*
Tot ; *E* eise ; *N* laisir, *B* laissor — 71 *F* tot mainth. — 72 *B*
feront ; *B²* fuscent ia m. an tant — 73-4 *interv. dans LN* — 73 *L*
Nen orent, *M²B²FJky* Nauront ne.

Qu'il les puissent ja mais ardeir.
10175   Se Fortune vousist le jor,
Lor grant travail, lor grant labor
Fussent finé, qu'a plus n'en fussent   *10115*
N'autre damage n'i eüssent.
Ha! Deus, com lor en fust bien pris!
10180   Mais Aventure, ço m'est vis,
Nel voleit pas, rien n'en doton,
Quant par si petite acheison   *10120*
Remest le jor lor delivrance
E lor rescosse e lor quitance :
10185   Si ert la chose a avenir
Que rien nel poët destolir.

Trêve pour enterrer les morts; Palamède réclame le commandement.

Hector a fait sa gent remaindre,   *10125*
Dont toz jorz mais se porra plaindre :
A mout grant force et a travaille

10174 *(AHJ)*; *M¹* puisent, *k* poissent; *M²k* Que ia m. les p.
a., *L* Quil ne les porent puis a. — 75 *B²* Si; *B²FM¹* uosist,
Ek uols. — 76 *B²M¹k* Le... le; *M²* treuail, *B²* -al, *F* traual; *M²F* e
lor l. — 77 *M¹* Fusent; *F* Eust si finiz, *M²k* Fust si fenez (*K*
feniz), *J* F. affinez; *B* f. p.; *K* que p. nen fust; *B²* ne fuscent —
78 *(B)*; *FM¹* Ne (*F* Nen) autre trauail, *M* Ne mal ne dolor; *M¹N*
nen; *N* aussent, *B²* euissent, *K* eust — 79 *B²* Hai; *M¹* diex, *F* des
— 80 *B²* Ne sauenture lor uenist — 81 *M²F* Nen u. rien; *KM¹*
Ne; *M* u. mie; *M²F* pas nel, *B* p. nen, *M* p. ne, *B²K* r. ne —
82 *M* Que; *H* por issi fete; *E* ensi f., *B²* se p.; *eN* acheson,
M² -aison, *ABFJ* -oison, *M* ac., *H* aqu., *B* oc. — 84 *M²BFk* E
la r.; *M¹* resceuce, *E* resqueusse, *n* rescose, *B²* -ouse; *M²M* la
cointance, *B* lacoint., *FK* la quit. — 85 *M²M¹k* Si iert — 86 *(B)*;
B²Ln riens; *F* ne; *eB²* detolir; *LN* ne la (*L* len) p. tolir — 87
(BR); *B²F* ses genz, *N* lo ior; *L* la feit des or — 88 *(B)*; *n* D. a
(*N* mes) toz i. — 89 *M²R* treu.; *F* A g. f. et a t.; *B²N* et a bataille,
L et a contraire, *B* qui quen caille.

10190 Parti sa gent de la bataille.
En la cité sont repairié,
Li un joiant, li autre irié. 10130
Qui pert ami ne chier parent
Sovent en a le cuer dolent :
10195 Poi en i a qui perdu n'ait
Tant dont il a ire e dehait.
Par les osteus sont departi : 10135
Mout furent bien la nuit servi ;
Li sain furent bien ostelé
10200 E angoissos sont li navré.
    Hector deriers entre en la vile :
Encontre vienent tel vint mile, 10140
N'i a un sol ne plort de joie,
Quant le veient rentrer en Troie.
10205 N'i remaint dame ne pucele
Ne borgeise ne dameisele,
N'en isse fors por lui mirer. 10145
Mil en i veïst om plorer.

10190 (BR); EFk ses genz, M' nos g. — 91-2 interv. dans N
— 91 M² repeirie — 92 F Li uns, M²Bk Lun sont; (E ioiant),
BJN ioios, AF -eus, M' ioex, M²k dolant; H Li un sont lie;
M²k li autre (K lautre) lie — 93 M² ne bon; enB²M a. ou; R o
amiç o paranç — 94 F son c.; K Nest merueilles sil est d. — 96
K Tel; M² dun, E don, M donc; K i a; B²M'N quil (E qui) en
a, B com il a, F qui enc; M²BMn deshait, M' dehet — 97 (B
osteus), F hostes, M -elz, M² ostieus, e -iex, KN -ex — 98 EK
La n. f. m. b. s.; M la n. b. s., N richement s. — 99 N Les
sains a len b. ostelez — 10200 B Mais; B² Et anguiscent; LN Et
(L Les) mires quistrent as naurez — 10201-560 m. à B — 1 (C);
JM derriers, M² derreins, G dariens, K detries, N apres; B²EFH
Li bons (F buens) h., AM' Le bon hector; EJ hectors; M' uont
en la uile — 2 M²k uindrent, C uienent, F uient, AB²LNe lui
uont; M² tiels, M' tiex, k tex; L lui uienent tielz m. — 3 K Ni a
celui — 4 B² uirent; M'kn entrer — 5 M²Ke Ne; M remainst,
M²B²EF remest; L home — 6 m. à F; M² damaisele — 7 eB²F
Que (B² Qui) nisse fors (e hors), L Ni veist len; M' li; F merer;
M²k Quil (k Qui) nel uenissent esgarder (M² -ier) — 8 eB² ueisiez;
N an, Fk len.

En haut s'escriënt li plusor :
10210 « Vez ci de toz vaillanz la flor,
« Li soverains e li plus proz :
« C'est cil qui nos vengera toz   *10150*
« Des torz, des laiz cui faiz nos ont.
« Cil qui sire est de tot le mont
10215 « Le nos defende d'encombrier,
« Ensi come il nos est mestier ! »
Onques iço ne li failli   *10155*
Jusqu'al palais, qu'il descendi.
Sa merel prist entre ses braz,
10220 E ses sorors ostent les laz;
Del chief li ont son heaume osté,
Del sanc de lui ensanglenté;   *10160*
L'auberc li traient de son dos; —
La nuit n'ot guaires de repos;—
10225 Ses genoillieres li osterent
Celes qui de bon cuer l'amerent.
Remés est en un auqueton   *10165*
Porpoint d'un vermeil ciclaton :
Li sans de lui glaciez e pers

10210 *M* Vesci; en*B²* Sor t. u. portez la (*eF* porte cist, *B²* p.
cis, *F* p. cest, *M'* p. cil) f. — 11 *F* Cest li soureins cest li, *N* Li
plus hardiz et li — 12 *E* Et; *B²* Et qui; *M²* uenjera, *E* -chera,
F uanch., *N* uang. — 13 *F* Des l. des t., *N* De toz les l., *eB²* Les
(*B²* Des) domages; *M²Fe* qui, *B²Nk* que; *F* fait, *N* fet; *e* nos sont
— 14 *KN* C. sires qui fist tot lo m. — 15 (*H*); *B²* Il; *E* garise,
M -isse; *EFJ* dencombriers — 16 *M²M'k* Si cum nos en auons
m.; *EFJ* mestiers — 17 *H* O. icil plaiz ne f. — 18 (*A*); *M'*
Iusqua, *H* Duscal, *B²* -a, *M* Iusquel; *F* qui, *N* ou, *C* o — 19
AB²Fy Quil (*E* Quel, *F* Sel) p. sa m., *C* Sa m. el p.; *Nk* Sa m.
lo (*M* le) p. an (*M* entre) s. b.; *AHM'* bras — 20 *K* Et les, *M*
Ses; *B²* lor; *AB²HM'* las — 21 *eB²K* le (*K* li) hiaume, *M* an h.,
F hon h. — 23 *M²* Lauzberc; *eB²FJ* Le (*B²* Li) h. (*F* Lo hauberz)
li ont tret del d. — 24 *n* noit nont — 25 *M'* Des, *B²F* Les —
26 *kF* buen, *eB²* fin — 28 *M²K* Porpoinz; *M'* de; *M²MM'* mout
chier; *F* ciglaton, *M'* sigl., *M²* ciscl. — 29 *K* Li s. g. pales et
p.; *B²EP* uermaus et p.

10230 Le li ot si al dos aers
      Qu'a granz peines li ont osté.
      La ot mout tendrement ploré.   *10170*
      Dame Andromacha sa moillier,
      Cui il ert sor toz autres chier,
10235 Plora des ieuz mout tendrement,
      E entor li puceles cent :
      La n'ot eschar ne guab ne ris.   *10175*
      En un chier lit de ciparis
      A entaille Sarrazinor,
10240 D'or e de pierres tot entor,
      Covert d'un feutre chier e freis
      D'un drap plus blanc que nule neis,   *10180*
      Estelé d'or menuëment,
      Le couchierent isnelement.
10245 Li bons mires Goz li senez,
      Qui devers Oriënt fu nez,
      Qui plus preisiez fu en son tens   *10185*

10230 *N* Le li a, *F* Li auoit; *B¹* Li estoit si au cors ahiers —
31 *F* Quant; *kB²FM¹* grant peine; *E* ml't g. poinne lont o. — 32
E Ci; *N* tanrem., *F* hautement — 33 *M* andromaqua, *EL*-ca,
B adromega; *k* moilliers — 34 *K* Qui; *k* il iert, *M²* el ot: *enB²L*
Qui ml't lamoit et tenoit (*N* lama et lo tint, *FL* lame et m. lot)
c. — 35 *B²* P. por lui; *M²* oilz, *kF* ielz, *E* ialz, *N* iauz, *M¹* eulz;
N tanrem. — 36 *B²M¹* lui, *k* lie; *F* pulcele — 37 *M¹* mot; *F* ga-
bois; *B²* escap; *B²M¹* gab, *EFk* gap, *N* iou — 38 *N* cyp. — 39
AFHM¹ O; *B¹* Deure entallie s.; *M¹* entailles sarrazinors —
40 (*GL*); *AB²Fy* A or a p.; *Ay* et a flor (*M¹* flors), *M²Jk* fait
(*K* fez) e.; *N* Dor et dargent trestot antor — 41-2 m. à *L* —
41 (*G*); *M* de; *E* faltre, *K* feltre, *J* fetre; *N* couertor dorfrois
— 42 *F* blanz, *K* blans; *FKM¹* que flors (*M¹* flor) ne n.; *N*
En dras qui sont, *M* Dun d. de soie ; *MN* p. b. q. nois —
43 m. à *F*; *GLN* Dor estele (*N*-ez) — 44 (*GR*); *Ek* colch., *M¹*
coch., *N* cuch., *F* choch., *A* couurirent; *M¹* ignelement, *LN* ml't
doucement — 45 (*CJ*); *FK* buens; *F* got, *G* gos, *L* Guoz; *G*
sanez — 46 *B²* Q. deuant; *M²e* oriant — 47 (*H*); *E* Et; *EF* prei-
siez, *N* prissiez; *FL* fu p.; *A* tans; *M²k* Ne meinz (*k* meins) ne le
preiseit hon (*M* on, *K* len) pas.

Que Ypocras ne Galiëns,
Li a ses plaies reguardees
10250 E afaitiees e lavees.
Beivre li fist une poison
Que tost le traist a guarison.   *10190*
Li cors li est asoagiez :
Ne puet mais estre trop gregiez.
10255 Un poi l'a fait desgeüner,
Puis font la chambre delivrer.
Ainz qu'il s'endormist, vint li Reis,   *10195*
Prianz li sages, li corteis.
Demanda li com li estait;
10260 E il li dist que bien li vait :
« Demain, senz autre demorance,
« E o m'espee e o ma lance   *10200*
« Lor mosterrai se jo sui sains :
« De ço seiez vos bien certains. »
10265   La nuit ne dist om pas Priant
La mort son fil Cassibilant ;

10248 (JL); F Q. ne y., M' Qui y.; B² et g.; A galians; M²k
Q. galien ne (k ou) y. — 49 M²k Cil — 50 M² afeitees, E -iees;
L et liees — 52 M²n tot; JM le trait, M²AFH la trait, eB² lot
tret; K Quil traist ml't t. — 53 F asu-, M' asou- — 54 (C); M²K
Nen; AM' mes hui (A h. m.) e. g.; B²EH Si nen (H ne) p. mes
e. (H maistre) g. (B² iugies), F Ne p. gaire mes e. g.; LN e.
esmaiez — 55 (C); M²KM'N desi. (M² -ier), F de ieuner, M
desiuner — 56 EM' Si f., E Sa fet, B² La f.; N fait, CK fist;
M² deljurier; B² la grant sale couurer — 57 M' Einz q. se; M iot li
— 58 M² saiues — 59 (AGL); M²B²Jky Demande; H lui; B²K com
il; B²GHJ esta, E asta, A estoit; M²M comant (M conme) li uait
— 60 M²Jk dit; B²EHGJ ua; K Sire fait il molt b. me u., M²M
Il respont sire bien mestait (M sest.) — 62 (J); M²B²EF Et a m.
e a, K Et o lespee et o, M A m. et a — 63 ek mostrerai; eB²N
que toz, F quem cors; EF scins — 64 M tout b., LN trestoz;
FM' Bien en (M' De ce) poez estre, E B. en s. fiz et; B²EF cer-
teins — 65 M²IM on, CK len; B²JLny Cele nuit ne (L nen) sot pas
(L plus) prianz (JL priant); I prian — 66 M' Que ocis fust; M²
fiz, k filz; H cassabilans, J -ant, eN carsibilanz, L ant, B² car-
siulan, F cassibilanz, M -an, K cassibalan, I -ellan, C casabilan.

Celerent li, si firent bien,   *10205*
Quar il l'amot sor tote rien :
La nuit en fust plus dehaitiez
10270 E plus dolenz e plus iriez.
En la sale sont li mangier
Apareillié grant e plenier :   *10210*
Qui mangier voust, sin ot adès ;
E si furent servi en pais.
10275 Après alerent as osteus,
E sin i ot la nuit de teus
Qui n'orent guaires de repos,   *10215*
Quar si lor duelent piz e dos
Qu'a peines se pueent torner.
10280 N'ont mal apris a endurer :
Or l'aprendront, mais bien lor peist,
Por lor damage, qui lor creist.   *10220*
    Les dames ont assez enquis
Qui en deveit aveir le pris,
10285 Emprès Hector cui le dorreient ;
Mais certainement nel saveient,
Quar Troïlus l'a mout bien fait,   *10225*
Ç'a bien dit chascuns e retrait,

10267 *M²* se; *M²n* fierent — 68 (*M²* Quar); *B²* il amoit — 69
F P. en fu la n.; *M²* desheitiez, *M* -hatiez, *E* -hetiez, *n* -haitiez,
K dehetiez — 70 *M²* P. dolanz et mout p. i. — 73 *EK* Q. u.
m.; *M²E* uost, *KM'n* uolt, *B* uot; *M²B²Men* sen; *B²* a pais —
74 *M²k* S. f. bien e en p., *B²* Ensi f. s. ades — 75 *K* Puis sen a.;
n a ; *Fk* ostels, *EN* -ex, *M²* -ieus, *M'* -iex — 76 *M'* si, *M²EMn*
sen; *M²* rot — 78 (*M²* Quar); *M²FM'k* dolent; *M* braz et d., *éd.*
p. et oz; *N* doloient li os — 79 *M²KN* poent, *B²MM'* puent; *F*
Quil ne se pooient, *eB²K* Q. ne se poent; *KM'* nis (*éd.* vis), *E* nes;
M²M virer; *B²* retorner — 81 *F* laprendent, *N* lapanront — 82
M²B²JM Le (*B²J* Lor) grant d., *A* Por le d.; *N* Lor granz doma-
ges ml't l., *K* Car lor g. d. l., *y* Car lor (*H* li) d. toz (*M'* tot) iorz
— 85 *en* Apres ; *kM'* qui; *M²kn* donroient — 86 *B²M'* ne, *M²M*
le; *K* M. bien c. s. — 87-8 *interv. dans LN* — 87 (*M²* Quar),
CLNk Que ; *k* lot; *K* trop — 88 *CKN* Car, *J* Ce a; *kJ* b. c. d.;
FM' Ce d. b. c., *B²EH* Bien le d. c.

E si n'i ra ne haut ne bas
10290   Pris n'en redoint Polidamas :
N'en i ot nul plus i sofrist
N'en tot le jor mieuz le feïst.   *10230*
Tel l'a oï cui pas n'en peise,
Que n'est vilaine ne borgeise.
10295   Qui bien l'ot fait, ne fu teü,
Anceis fu bien dit e seü.
N'i abaissent Paris de rien,   *10235*
Ainz dïent qu'il l'a fait mout bien.
Des Bastarz dïent senz desdit
10300   Qu'il sont bon chevalier eslit
E de lor armes bien aidant.
En paroles d'icel semblant   *10240*
Passent la nuit desci qu'al main,
Que cil qui sont entier e sain

10289 *B²E* Ne; *EN* se, *M* sen; *eK* ni a, *F* iura — 90 *M²B²* ne
redoinst, *FK* en redont (*F* rediont), *A* nen iert grant; (*ENP*
redoint); *M* Ml't le refist b. p. — 91 *B²* un p. en s.; *F* qui s. —
92 (*J*); *kM'N* Ne; *M'* toute i., *B²E* tote lost; *kN* mielz, *E* mialz,
F mielez, *M'* mex; *K* i f. — 93 *M²* Tiels, *N* Tex, *M* Telz; *eB²*
Tele loi, *F* Tel loi, *K* T. ne oi; *KM'* qui; *M²k* ne — 94 *K* Quel
nert u. mes cortoise; *M²Ge* borgoise, *nM* borioise — 95 (*L*);
AB²Fe Q. lot b. f., *G* Q. b. f.; *C* le fist nest pas t.; *P* teuz, *A'N*
tau — 96 *C* Ainchoiz, *JMM'NP* Ancois, *A* Ainc., *F* Enc., *E*
Einc.; *C* est; *GL* Ainz fu tres (*G* ml't) b.; *P* scuz, *A'N* sau, *G* lev
— 97-8 m. à *F et sont placés dans L après les deux suivants* — 97
CI rabaissent — 98 (*GJ LR*); *C* qi; *M²B²K* a fet; *ADy* Aincois (*E*
Ein-) d. quil la (*A* a) f. (*DM'* le fist) b. — 99 (*AA'DP*); *F* dienz;
J desdiz, *H* respit; *GLN* d. autresi; *M²CRk* Li bastart i ont
(*M²M* ront) bien lor leu (*M²* iue, *R* lueu) — 10300 (*D*); *F* buen,
A' boen, *P* buens; *A* elit; *M²CRk* Quar tuit dient que molt sont
(*R* son) (*M²* quil sunt mout) preu (*R* beu), *GLN* Que m'lt s. prou
et m'lt (*G* bien) (*L* et preu et) hardi, *J* Q. m. par s. p. et hardiz
— 1 *L* de ses; *M²* eidanz, *E* eidant — 2 *eLN* O, *F* A, *B²* As; *M²*
ditiels senblanz; (*R* dicel), *FL* de cel, *ekN* de tel, *B²* de cou —
3 *M²N* de ci, *MR* desi, *K* dessi; *M* maint; *FM'* iusquau (*M'*
-a) demain, *E* tresquau d.; *B²* Trespasserent dusqual d. — 4
AB²Fe Et c. (*A* lcil) qui furent auques (*F* aques) s.

10305 Revuelent adober lor cors
      Por recombatre o ceus defors.
      Ja s'armoënt par les ostaus,   *10245*
      Monter voleient es chevaus,
      Quant cil defors triuës requistrent.
10310 Mais ceus des lor qu'il i tramistrent
      Ne sai nomer : nel truis escrit,
      Ne l'Estoire pas nel me dit.   *10250*
      Les triuës furent demandees,
      E cil dedenz les ont donees :
10315 Li Troïen e li Grezeis
      Les ont plevies a dous meis.
      N'avront reguart li un des lor :   *10255*
      Dès or avront assez sojor ;
      Grant leisir avront li navré
10320 De revenir en lor santé.
      Le champ ou la bataille fu,
      Ou tant chiés ot sevrez de bu,   *10260*
      Ou tant ot morz e detrenchiez,
      Ont comandé qu'il seit cerchiez.

10305 *M²Nk* Reuolent, *C* Reuoel.; *F* Se reuuelent, *AE* Ne
uoloient, *B²M¹* Reuoloient; *AB²Fe* armer l. c. — 6 *AB²EH* a
cez (*B²* caus); *FM¹* Por conbatre a; *AHe* dehors; *M²Ck* Por clz
aler (*K* raler) c. fors (*M²* hors) — 7 *N* Il; *k* sesmouent, *M²* sen
mouent; *A* hostaus, *M* -elz, *F* -cs, *eKN* ostax — 9 *M²B²M* dehors,
eB²N de lost; *K* trieues; *M¹* requitrent — 10 (*A*); *Fk* cels, *E* cez,
M²M¹ cil; *M¹* de lost; *e* cui i; *N* Mes les dox que il i — 11 *KM¹*
nes, *B²FM* ne; *F* nescrit — 12 *F* ne me, *B²* ne le; *M¹* plus ne
men d. — 13 *M¹* treues, *K* trieues — 15 *en* troyen; *e* greiois, *M*
greioiz — 16 *F* dos, *M* doz; *K* Les pleuirent iusqua un m. — 17
(*GL*); *K* Naura r. nis uns; *N* nes un; *G* de; *AB²FJy* Ni (*F* Nen,
B² Ne) auront dote (*J* regart) ne peor (*B²F* paor, *J* poor) — 18 (*F*
soior), *yJN* sei., *M²K* lejsor, *M* laisor — 19 *MN* laisir — 21 *B²*
El; *B²FR* camp; *R* on — 22 *M²* mout c. ot, *M* m. ot c.; *nR*
tant chief (*R* kif) ot seure de (*F* do, *R* del), *eB²K* t. ot c. s. (*E*
chies seurez) de — 23 *B²F* t. a m., *e* a t. m.; *N* t. m. et tant d.
— 24 *B²Fe* C. ont (*M¹* a); *K* que.

10325   D'ambedous parz i ot grant gent :
       Chascuns i cerche son parent
       O son ami o son seignor ;   *10265*
       La ot assez lermes e plors.
       As morz donerent sepouture,
10330   Si come il ert leis e dreiture.
         Achillès plore Patroclon :
       Onc greignor duel ne fist nus hom.   *10270*
       Desor le cors sovent se pasme,
       Mout se laidenge e mout se blasme :
10335   « Ne fis pas bien, beaus douz amis,
       « Quant jo senz mei vos i tramis.
       « Ha ! las, com dure destinee !   *10275*
       « Mauvaise amor vos ai portee :
       « Bien reconois miens est li torz,
10340   « Dès que vos senz mei estes morz ;
       « Quar, se jo fusse delez vos
       « Al torneiement doloros,   *10280*
       « Ne crensisseiz home vivant.
       « Quant jo de vos depart a tant,

10325 *N* Damedox ; *M²M'k* i uont les genz (*M'* uet grans g.) — 26 *n* Chascons ; *M²M'k* ses parenz — 27 *E* Et s. a. ; *M'* Et ses amis et ses serors — 28 *F* larmes ; *M'* plors — 29 *M²FK* sepolt., *M'* sepurt., *EM* sepult. ; *M* leur s. — 30 *M²FM'* iert, *N* est ; *K* c. esteit ; *M* Leur loys leur font et leur d. — 31 *F* A Chiuallier ; (*nA* patroclon), *E* -om, *B²GJL* -um, *HM'* -un, *M²CIk* -us, *R* patriclus — 32 *AN* Ainz ; *A* si fet ; *B²FJy* Onques tel ; *CE* ne uit ; *A* mes h., *L* haus h. ; *G* Ains nul grignor d. ne f. h. ; *M²IRk* Onques greignor d. ne f. nus (*I* plus) — 33 *FM'k* Desus ; *k* son c. .c. feiz ; *B²* Par de de le c. se p. — 34 *F* ladanie, *M²k* destruit ; *B²n* l. m. ; *e* blame — 35 *n* fu, *M* fiz ; *F* biens — 36 *N* Que — 37 *N* He, *K* A, *B²* E ; *B²E* male, *F* fiere — 38 *M'N* Maluaise, *EF* -eise, *k* -ese ; *B²Fe* mostree — 39 *E* reconuis, *M²k* le conois (*K* -uis) ; *M* mien — 40 *B²FKy* Quant uos s. m. i e. m. — 41 (*M²* Quar), *FR* Kar, *les autres mss.* Car — 42 *M²M'N* doleros, *M* doulereuz, *EK* perillos — 43 *M²* crienseseiz, *K* -issiez, *M* crains., *n* cremissiez, *M'* -isiez ; *M²F* ome, *N* pas rien — 44 *N* sui departant ; *B²Fe* Biax doz (*E* dolz) amis dor en auant.

10345   « N'avrai amor ne compaignie
         « A rien que seit mais en ma vie.
         « En vos esteit mis cuers trestoz,   *10285*
         « Quar mout estiëz beaus e proz,
         « Leiaus e frans e de bon aire.
10350   « Ja mais ne cuit nul jor rien faire
         « Dont aie joie ne leece:
         « Toz jorz serai mais en tristece.   *10290*
         « Amis, por quei vos ai perdu ?
         « Vostre genz cors tant mare i fu !
10355   « Plus m'amiëz que nule rien,
         « Quar jo ere vostre, e vos mien.
         « O plors, o lermes vos plaindrai   *10295*
         « Toz les jorz mais que jo vivrai.
         « Vengerai vos, se fairel puis :
10360   « Bien sache Hector, se jo le truis,
         « Qu'il ocira mei, o jo lui.
         « Ha ! las, chaitis, que jo n'i fui   *10300*
         « La ou il descendi sor vos !

10346 *FKe* A rien (*K* riens) uiuant, *B²* A nule rien ; *eB²F* ior
de ma u. — 47 *MM¹* mon cuer ; *M¹* trestot — 48 (*M²* Quar); *B²E*
Car uos ; *M²* esteiez, *N* estoiez ; *B²* e. et prous et dous — 49 *M*
Loial; *B²E* et fins, *N* et dous; *M²* eire, e ere; *A* debonnaire —
5o (*J*); *EH* n. i. ne c.; *F* iorz; *M²k* Amis ia m. ne c. (*K* quit); *K*
riens, *A* bien — 51-2 *interv. dans F* — 51 (*AH*); *J* Dom, *F*
Donte; *K* gie aie, *M²N* iaie — 52 *M¹* tritesce, *E* trist., *J* -ece, *n*
trest. — 53 *N* trop ai an uos p.; *B²FJy* quant ie (*B²* iou) uos
— 54 (*H*); *M²MM¹* gent; *M* ml't, *k* com; *M²KM¹* mare fu,
EHJMn mar i fu; *B²* Li u. c. g. t. mar fu — 55 (*AHJ*); *N* P.
mamoiez, *B²* P. mauies (*lis.* mamies) uos, *M²k* Vos mamiez; *N*
riens; *M²Ck* sor totes (*C* tote riens (*k* rien) — 56 *M* ie iere, *M²*
ie ere, *N* iestoie; *CK* C. gere uostres, *N* Car iestoie uostre;
M²N miens; *AB²FJy* Une chose uos promet bien — 57 *M²MN*
A p. a, *eB²F* En p. en — 58 *E* Tot; *M²k* A t. l. i.; *K* com gie u.
— 59 *K* si; *EK* fere el, *M¹* fere, *M* f. le (*v. f.*), *B* iou le, *N*
onques, *F* ionques — 6o *M²* iel; *M¹* Se ie h. atoin et t. — 61 *tous
les mss.* ocirra — 62 *M* A, *C* Ai; *E* chetis, *N* caitis, *M²* dolant,
JMM¹ -ent, *F* -enz, *AC* -ens, *K* -anz; *F* quant; (*AB²CJNy* ni),
M²FK ne — 63 *R* ont cil, *F* hou li.

« Li maus coilverz, li coveitos
10365   « Le comparast : si fera il ;
          « Por vos en ocirai tel mil,
          « N'i avra cel n'ait teste armee.   *10305*
          « Bien lor sera l'ire mostree
          « Que j'ai de vos ». Lors se pasma,
10370   Estrange duel en demena.
               Tot belement e par leisir
          A fait le cors ensevelir   *10310*
          Mout richement, de grant maniere.
          Plusors gieus firent a la biere
10375   De maint endreit, de maint semblant,
          Quar a cel tens, ço truis lisant,
          Le faiseit om al plus vaillant,   *10315*
          Quant d'icest siegle ert trespassant :

10364 *M²* mal, *K* mals, *M* maulz, *F* maix, *EN* max ; *M¹* Le
mal cuuert ; *K* cuuerz, *B²* -ers, *En* cuiuerz, *R* couerz, *M* couu-,
M² cuuez ; *B²F* li traitors (*F* -os) — 65 *M¹* conperast, *CM* com-
para ; *B²* Il le comprast ; *M²B²* sc — 66 (*R*) ; *F* Por li, *B²* P. lui ;
A tant m. ; *M²CRk* O ie i (*C* en) morrai o t. m. ; *M²* tiels, *k* tex,
M¹ tiex — 67 *B²M¹n* a. nul ; *E* Ni a .j. noit la t. a. — 68 *M²e*
monstree — 69 *B²* si p. — 70 *F* per d., *M²* par d. — 71 *M²k* a l. ;
N laisir — 73-74 *interv. dans G* — 73 *B²* Ml't bielement, *E*
Estrangement, *H* Diuersement, *G* De maint endroit, *L* Et uin-
drent tout ; *A* a la m., *LN* antor la biere ; *R* maincre — 74 *k*
Plosors, *B²* Molt bialx ; *G* Divers ieuz out entor le b. ; *N* Ot d.
i., *LJ* Diverse gent, *F* Diuerse icns ; *LN* de grant maniere ;
M² iues, *N* ious, *JM¹* giex, *k* geus, *E* gex ; *M²R* en ; *M²* lan-
biere ; *A* De la terre iusqua — 75 m. à *AB²FGJy*, est à
M²CLNRk — 76 m. à *G* ; *B²* Que al ; *J* cex, *A* ce ; *N* lissant
— 77 *R* Les, *G* Si ; *CJKLNR* len, *EH* an, *GMM¹* on ; *C* Le fait
len si ; *AM¹* au mex ; *F* Lo faisoient lo mielz u. ; *CNk* as (*M* a)
p. uaillanz, *R* has p. uaillant — 78 *n* Q. del siegle (*F* do
siecle) erent (*F* estoit) trespasanz, *M²CRK* Mort (*C* Mors, *K*
Morz, *R* Mor) de cest (*R* dicest) s. t. (*C* et t., *R* trap.), *M* De
c. s. m. t., *G* Batars quant ierent trespassantz, *AB²Jy* Q. del
s. estoit (*H* de cest s. est) trespassez ; *AB²y aj.* : Por (*M¹* Et
por) ce i ot ioie assez, *J* Portant i ioerent a., *et F* Mult estoit la
ioie grant.

Quant i aveit mort un baron,
10380   Granz chanz, granz gieus i faiseit om,
Teus come al mort aparteneit
Solonc l'usage qu'il teneit.   *10320*
Un sarcueil fist faire Achillès
E grant e bel e riche adès :
10385   De vert marbre fu toz ovrez.
La fu li cors bien seelez.
La tombe fu entiere e saine,   *10325*
E si soudee la plataine
Que rien n'i conoisseit jointure.
10390   Mout li fist riche sepouture :
S'il l'aveit a la vie amé,
Bien li a a la mort mostré.   *10330*
Li vilains dist, mais il menti,
Que ja hom morz n'avra ami.

10379 (*R*) ; *m. à G* ; *A* A la mort de chascun b., *FJ* Q. i (*F* il) moroit aucun b. (*F* aucuns auz hom), *B²Ny* Q. il (*HN* Car q., *B²E* Que q.) moroient li b. — 80 (*R*) ; *J* Grant chant ; *E* g. feste, *A* g. ioie, *JM¹* g. noise, *B²* grans cris ; *H* G. ioie et cans, *N* G. i. g. c.; *M²* iues, *N* ious, *F* ieus, *K* geus, *M* gieuz ; *F* li ; *M²* hon, *JKLNR* lon, *yM* on ; *G* i font la gent — 81-2 *m. à G* — 81 *F* Itels as ; *M²M¹k* a, *AB²EFHJR* as ; *AB²FJKRy* morz ; *M²AJR* apertenoient, *kyB²F* apart. — 82 (*K* Sol.), *les autres* Sel.; *M²AB²FJRky* tenoient ; *N* S. la loi dom il estoit — 83 *N* sarcou, *B²* -u, *FGJKM¹* sarqueu, *M* ser-, *EH* -eus, *L* sarqeu ; *M²* sercueil f. feire ; *A* ulixes — 84 (*C*) ; *MM¹* Grant ; *nyB²J* Granz fu et biax (*E* et lons, *B²* asses), *A* B. ert et g.; *N* riches a., *AB²FJM¹* et lons a., *EH* et biax a.; *M²* assez — 85 *N* De bon maubre ; *C* Dun ; *M* tout, *GLN* bien — 86 *EFK* enseelez, *B²* ensaieles, *C* b. saelez — 87 *eB²F* et bele et scinne (*M¹* saine) ; *L* et pleinne — 88 *F* Et bien sodee ; *k* soldee ; *FM* plateine, *E* -einne, *B²* palaine — 89 *F* Qui ; *M²N* riens, *eB²FL* nus ; *M²* conoissent, *eB²F* coneust (*E* queneust) — 90 *B²E* M. i ot ; *LN* fu r. la ; *M²Ek* sepolt., *F* sepult., *M¹* sepurt. — 91 *eB²F* Sa (*F* Se) la uie lauoit a. — 92 *eF* A la m. li a b. m.; *M²* monstre — 93 *EN* uileins, *F* uilieins ; *FLe* dit — 94 *F* mor om; *B²K* mors hom ; *M²M* hon, *M¹* hons ; *L* la home mort.

10395 Ici l'ot mout buen Patroclus :
       Tant en fist cil come il pot plus,
       E a la mort e a la vie   10335
       Li fu amis senz tricherie.
           Agamennon que refaiseit ?
10400 Mout richement, en son endreit,
       Fist sevelir Proteselal
       E Merion, le bon vassal :   10340
       Onques plus honoreement
       N'orent mais rei enterrement.
10405 Li Grezeis ont le champ cerchié :
       En dis jorz ont tant espleitié
       Que tuit li lor sont seveli.   10345
       Troïen ront fait autresi :

10395 *Fk* Icil ot (*F* Iot) ; *JLMN* m. bon, *F* m. buen, *M'* bien
bon, *B²EH* m. bien, *M²Ck* m. chier — 96 *H* len (cil *m. à M'*) ;
AJNy com il pot p., *L* comme p. p., *B²* que il p. p. ; *M²Ck* Qui
(*M* Que, *C* Qe) tant en f. ; *M²CFk* quil (*C* qe) ne pot (*C* puet) p.
— 10399-516 *sont dans P²* (*4ᵉ fragm.*), *qui donne avant ces 2 v.* :
Chascuns i doit example prendre Qui a nul bien vorra entendre
— 10399-402 *sont réduits à 2 v. dans G* : Ag. parthelaum
Reseuelit et merion — 10399 *FGM'* Agamenon ; *M²AM* qui,
B² li ; *K* refereit, *M* requeroit, *E* refeisoit ; *P²* en son endroit
— 10400 (*H*) ; *eAB²F* M. hautement, *k* Mes r. ; *P²* et bien
a droit — 1 *JLMN* Fu (*JFut*) seueliz, *K* Fu sepeliz, *P²* Enseueli,
(*M²B²ny* Fist s.), *AC* Fait (*corr. de* Fu *dans C*) seuelir ; (*B²*
Proteselal), *F* -ax, *M²* Protheselau, *A* -aus, *EH* -al, *JLM'Nk*
-ax, *C* -ilaus, *P²* -alax — 2 *CJN* merions, *B²* melion ; *CLMM'N*
li, *A* com ; *K* buens, *CN* boens, *F* buen, *AL* bons ; *M²* uassau,
ACJLM'Rkn uassaus ; *P²* qi fu uasax — 3-4 *B²* dével. en 4
v. : O. p. honores ne fu Ne plus gentils vassaus ne fu Norent
mais roi entirement Qui plus eust le cuer dolent — 3 *N*
enorablement, *P²* hon., *K* enoreement, *M²A²* hen. ; *P²* Ainz
mes p. h. — 4 *M²k* duj roi, *Jny* mes r., *P²* nul r., *A* n. cors ;
P² aj. 4 v. ; *voy. aux* Notes — 5 e greiois — 6 *P²* Et en .x.
i. t. e. — 7 *F* tut li bon ; *M²F* sunt ; *M²K* sepeli ; *N* toz les
orent seueli, *P²* touz les ont enseueliz — 8 *F* Troyen, *N* Et
t. ; *P²* Et troiens les lor ausi, *k* Li troien firent (*K* font) altresi ;
B²F ont f(

Mout en ont bien porté les lor
10410   E seveli a grant honor.
Delez le temple Veneris,
En un sarcueil de marbre bis   *10350*
Ont enterré Cassibilant.
Grant duel en demena Priant;
10415   Si frere l'ont ploré e plaint,
E si firent li autre maint.
    Quant Cassandra, la fille al rei,   *10355*
Oï la tomoute e l'esfrei,
E vit l'ocise e le martire,
10420   A haute voiz comence a dire :
« Va! coilvertaille, gent haïe,
« Por que het tant chascuns sa vie?   *10360*
« Por que volez si tost morir ?
« A ço vos covendra venir,

10409 *M²M* portez, *B²* -es; *e* ront (*M¹* sont) b. p. li lor; *F* o.
p.; *P²* En o. p. sanz nul demor, *N* Et m. en o. p. des lor — 10
P² sepeliz, *K* -i, *N* anfoi, *F* conrec, *M¹* -eez, *B²* -acs, *E* enterrez
— 11 (*AB²CGHIJLP²*); *F* iunonis — 12 *M²* sarcueil, *N* -cou,
kFGM¹P² -queu, *L* quieu, *E* -queuz, *H* -qu, *B²* -cu — 13 *GJNP*
O. enterre, *F* Illuc fu mis, *Ay* Fu enterrez, *B²* Fu seuelis;
M²CIRk O. c. e.; *F* Cassibilanz, *GM* -an, *M²* -ant, *A* -elans,
EM¹N carsibilanz, *J* -an, *P²* quassibelant, *R* carsibellant, *B²* car-
sebilans, *C* casabillan, *H* cassabilans, *K* cassibalan, *M* -ilan, *I*
-ellan — 14 (*P²*); *J* i d., *B²* en fist li rois ; *nyAG* priant, *B²* -ans,
J prian, *M²CIRk* G. d. (*K* duol) a prianz demene — 15 *H* sont
— 16 *B²H* Ausi; *B²EP²* ont fet; *K* il altres, *M²* il autre, *AP²* des
autres ; *G* Et si ont il f. a. m. — 17 *N* carsandra, *E* cassadran —
18 *G* Oit; *F* temolt, *E* temoste, *M¹* -ute, *G* -ulte, *N* -oute; *nM¹* Ot
la t. et uit lesfroi, *M²k* Oi la noise et uit (*M²* ueit) l., *P²* Entent la
n. et le desroi — 19-20 *interv. dans* *B²* — 19 *B* Tote loc.; *F*
loceise, *N* locisse, *K* la noise — 20 *P²* a pris a d. — 21 *AB²Ky*
Ha, *CN* La; *M²AB²Jky* cuuertaille, *n* cuiu.; *P²* Hai fet ele; *B²*
gens; *F* aie, *NP²* honie — 22 *M²K* quei, *F* quoy, *MP²* quoi, *eB²JN*
coi (*cf. -41 F*); *B²* lait or chascuns ne la u. — 23 *M²K* quei, *M*
quoi, *enB²JP²* coi (*cf. -41 F*); *P²* tenir — 24 *M²K* estuet (*K* estout)
toz u., *JMN* couient reuertir, *A* couuenra u., *H* conuanra morir
uenir (*sic*); *P²* A ce couuient chascun u., *C* A ce ne poez uos faillir.

10425 « Ou cil sont que vos enterrez :
« Toz vos tienc a maleürez.
« Quar faites pais, o se ço non,   10365
« Abatuz sera Ylion.
« Franche maisniee, quel dolor
10430 « Qu'or decharreiz mais chascun jor !
« Frere amis chiers, quel destinee !
« Tante lerme iert por vos ploree,   10370
« S'est quil face, jusqu'a brief tens !
« Se creüz en fust li miens sens,
10435 « De tot cest mal fusseiz en pais ;
« Mais or ne puet remaneir mais,
« Desci que tuit seions destruit.   10375
« Que fait chascuns, qu'il ne s'en fuit ?
« Coment porra cuers endurer
10440 « Le grant duel qu'avons a passer ?

10425 *AN* Que, *C* O, *eB²* Con ; *M²K* cist ; *AB²e* s. (*B²* ot) fet
qui sont tue ; *n* quauez enterre ; *P²* Il ne puet estre destorne —
26 *NP²* Chaitif dolant, *eAB²F* Diua cheitif (*F* chartif, *B²* caitis) ;
Ck tieng ; *C* malagurez, *AB²FP²en* maleure — 27 (*M²* Quar), *B²*
Cor ; *M²* paiz, *ek* pes — 28 *E* Abatu uerroiz, *B²FM¹* Il aba-
tront tot (*F* donc) ; *P²* ylyon, *N* yllion, *B²M¹* illion — 29 *FK*
Franches mesniees (*F* meshues) ; *M¹* a q. d. — 3o *EN* Quant,
K Com, *EP²* Con, *B²* Que, *M¹* Vos ; *F* decharoiz, *M¹* -ez, *EN*
decherroiz, *P²* decharroit — 31 *M²MNP²* F. ami chier, *M¹* Mi f.
chier, *B²E* Mi c. f., *F* Biex f. chier — 32 *AP²en* Mainte, *F* Tant ;
E ert ; *P²* en sera p. — 33 *B²FM¹* qui, *M* quel ; *P²* Ce se ie bien
— 34 *B²* Se en est c. ; *n* Se c. f. li m. fox (*F* fol) s. ; *M²M¹* creust ;
P² Mais qui uorroit croire mon s. — 35 *e* toz ; *M¹* ces max,
n cel mal, *M* ce m. ; *EMN* fussiez, *F* fuissiez, *M¹* fusiez ; *P²*
Vous feriez amor de pes — 36 *F* M. ior, *N* Des or, *E* Mes ce, *B²*
M. cou ; *M²M* remaindre, *E* remenoir ; *P²* Si ne serez ocis iames
— 37 *M²* De ci, *k* Desi, *enB²* Deuant ; *F* tot soiez ; *M* soient, *E*
soions, *M¹* -on, *B²N* soiens ; *P²* Et uos serez mort et d. — 38 *N*
chascons ; *E* quant, *M²MP²* qui, *B²FKM¹* que — 39 *M* ceur, *M¹*
cuer, *N* nus ; *P²* Con p. chascuns esgarder, *E* Comant porrions
e., *B²* C. le porrons e. — 40 *B²M* mal ; *M¹* quauon ; *K* Les max
que a., *P²* Le mal que il a.

« Ha! Deus, por que ne me part il ?

« Ha ! riche Troie, a quel eissil   *10380*

« Sereiz desci qu'a poi livree !

« Maudite seit la destinee

10445   « Que nos avons par dame Heleine,

« E la dolor e la grant peine! »

Içо diseit assez sovent   *10385*

En audiënce de la gent.

Ancor deïst el mainte chose,

10450   Mais il l'ont en tel lieu enclose

Ou assez fu puis longement :

N'en eisseit pas a son talent.   *10390*

Par cez diz furent en errance

E en paor e en dotance.

10455   Les triuës furent si guardees,

Ne furent fraites ne quassees.

Cil de la vile sont a aise :   *10395*

Nus ne lor fait que lor desplaise.

Chevalerie i a assez

10460   E de vitaille granz plentez;

10441 *M'* diex, *M* dieu; *B²E* Li cuers; (*F* que), *M²K* quei,
eB²GLMN coi; *P²* Assez sera tenu por uil — 42 *B²GM'* A; *P²*
Ha t. comme; *NP²* a grant e. (a *m. à B²*); *C* iqel; *CGMP²en*
essil; *GN* ne perist il (*G* cil); *G aj. ce v.* : Dedans la mer par
cui sons vil — 43 *G* Seras, *M'* Serrez; *M²* de ci, *k* dessi; *E* en
tresqua po, *M'* prochenement, *GP²* iusqua gaires (*P²* petit), *N* a
ne g., *B²F* ainz nert (*F* ne) guaire — 45 *K* Com, *F* Or; *P²* por ;
e helaine, *P²* -ayne — 46 *M²KN* dolors; *B²E* La (*B²* Le) grant d.
(d. *m. à B²*), *M'* Le g. anui, *P²* Et le trauail — 47 *NP²* Et ce; *N*
dissoit — 49 *K* Onquor; *P²* Encore deist; *B²M* dist ele; *eB²NP²*
autre c. — 50 *B²* ele est; *N* lou, *M²* lue, *EFKP²* leu, *B²H* liu —
51 *M²F* O; *nP²* longuem. — 52 *M²k* isseit, *eB²N* issi, *F* nissi —
53 *NP²* Mes si dit; *M²* fu maint, *k* fu mainz; *B²* esr., *NP²* do-
tance — 54 *M²P²ek* poor, *E* peor; *N* errance; *P²* En p. et en
mesestance — 55 *k* trieues; *B²EN* bien — 56 *M²* freites — 57 *E*
aeise, *M²* eaise, *F* aise — 58 *k* Nul; *B²ekn* qui; *F* desplase — 59
M i ot — 60 *N* uiandes, *B²* batalle.

Riches osteus i ot tenuz
E mainz chiers aveirs despenduz,   *10400*
Maint bel convive fait sovent
E presenté maint bel present.
10465   Prianz les sot mout bien aveir,
Que a chascun fait son voleir ;
E il sont tuit encoragié   *10405*
Qu'ensi come il ont comencié
De bien faire le parsivront :
10470   Ja a nul tens ne li faudront.
Cil de l'ost sont en mout grant cure
Par quel engin n'en quel mesure   *10410*
Puissent grever lor enemis.
Entre eus en ont maint conseil pris :
10475   N'ert guaires jorz qu'il n'assemblassent
E que li sage n'en parlassent ;
E en maint sen i esguardoënt,   *10415*
E maint conseil s'entredonoënt.

10461 *P²* hostiex, *M* ostelz, *M²* -iels, *M¹* -iex, *F* -es, *EKN* -ex ;
P² ont, *nM¹* a — 62 *M¹* Et maint chier auoir d., *P²* Cil qui furent
contes et dus — 63 *M²* funt; *enB²* M. b. (*M¹* biau, *F* biaus)
conroi i a s., *P²* Et m. biau contor fet s. — 64 *F* apreste; *P²* biau,
FM¹ chier, *N* bon — 65 *M¹P²* Priant; *F* lessent, *M¹N* les set;
nB²M¹ si b. — 66 (*B²*); *M²* Qui, *E* Car, *P²* Et; *K* fet a c.; *M²M*
a trestoz f. lor u. — 67 *G* Que il; *P²* encorachie — 68 *enK* Que
si, *B²* Que sil, *M* Quainsi; *M²MN* lunt; *M* mercie; *P²* De fere
ce cont c., *G* Plus bien faire cont c. — 69-70 *m. à G et sont
interv. dans LN* — 69 *F* lo par feront, *P²* ne se feindront; *LN*
Tant con il aidier se porront; *M¹* parsieuront, *E* -siudront, *M*
-seuront — 70 *k* en; *AFLN* ior, *K* leu, *M²M* sens; *A* len, *B²*
lor, *P²* se; *F* sen feindront — 71-8 *réduits à 4 v. dans G; voy.
aux* Notes — 71 *A¹* C. dou siege s. en g. c., *P²* Et cil de l. s.
en g. c. — 72 *k* ne, *en* par; *P²* et par quel cure — 73 *P²* uaintre;
MM¹P² an. — 74 *P²* grant c. — 75 *M* gaire; *MM¹P²n* ior; *P²* ne
sasenblassent, *F* quil nen parlassent — 76 *E* il entrax, *B²FM¹*
li baron, *P²* ensemble; *M¹P²* ne; *F* nasamblassent — 77 *FP²*
meinz sens; *M²k* En plusors (*K* plos.) sens; *N* esgardasent;
B² sens les gardoient — 78 *MP²* mainz consoilz, *En* maint con-
soil; *N* sentredonasent.

       Palamedès mout s'en travaille :
10480   N'i a nul d'eus qui tant i vaille,
       N'en i a nul mieuz i esguart
       Ne plus eüst engin ne art ;   *10420*
       Mais une rien mout li desplaist,
       E sacheiz bien pas ne s'en taist,
10485   Qu'Agamennon ait la maistrie
       Ne desor eus toz seignorie.
       Oiant les reis, oiant les dus,   *10425*
       Dont bien i ot dous cenz e plus,
       En a parlé mout grossement :
10490   « Seignor », fait il, « ne sai neient
       « Que plus bas home e meins sachant,
       « E qui ne puet pas valeir tant   *10430*
       « Com vos faites plusor de vos,
       « Deie aveir poësté sor nos.
10495   « Ço ne tienc jo mie a saveir :

10479 *n* Palamades ; *M²* treu. — 80 *GI* n. daux, *B²FLP²y* un sol, *N* un daus ; *M²Ik* q. plus — 81-2 *m. à LNP²* et sont interv. dans *CEFGH* — 81 *k* nus ; *AB²CFGJe* Ni a nul (*E* un) de meillor (*G* grignor) e. ; *H* ditel e., *R* m. les e. — 82 (*R*) ; *HM* Qui ; *M²k* et a. ; *G* Ne qui p. ait ne sen, *AB²CFJy* Ne (*H* Qui) tant sache dengin (*C* dengins, *F* dangig) ne (*C* ni) dart — 83 *B²K* riens, *MN* chose ; *M* c. li ; *B²* pas ne li plaist — 84 *B²* Ne ; *e* Et si s. ; *F* point, *M* que ; *B²* se — 85 *B²M¹P²* Quagamenon ; *EP²* a ; *M* Que a. a. m., *F* Que anguamenon les m. ; *B²* le mestire — 86 *B²EK* Et ; *M¹* dcsus ; *F* d. els tel, *M²* d. toz elz, *B²E* d. tanz (*B²* tos) rois ; *kN* sor els toz (*M* desor t.) la s. ; *P²* Desus t. et la s. — 87 *P²* Veant l. r. uoiant l. d., *eB²F* O. r. et (et m. à *B²*) princes (*F* -eps) et d. — 88 *NP²* D. il i ot ; *M²k* i a treis ; *P²* .l. ; *B²* v p. — 89 *B²* Ains parole — 90 *e* Seignors ; *K* naient, *M* nient, *E* neant, *M¹* conment — 91-2 *m. à P²* — 91 *M¹* De ; *E* mains bas hom ; *B²* pl. haus hom et mois sacans ; *M* mainz, *e* -s, *M²* meinz ; *M* ne m. ; *N* uaillant, *E* sachanz — 92 *K* puot ; *M* uoloir ; *B²* ne nest pas si poiscans, *E* nest mie si puissanz — 93-4 *P²* dével. en 4 v. ; *voy. aux* Notes — 93 *B²E* estes ; *F* pluisor, *M²* plusors, *K* plosor — 94 *M²FM* Doit ; *B²* vos — 95 *P²* tiemc m. ; *M¹* tien, *kELN* tieng, *F* ticg ; *M²k* t. ie pas, *M* t. p. ; *eB²F* Ge nel (*B²F* ne) t. m. a grant s.

« Mout en porrions meins valeir.

« Teus covient que seit de nos sire,   *10435*

« Qui grant sen ait e grant avire,

« E qui puisse peine sofrir

10500   « E l'ost guarder e maintenir

« E conseillier en maint endreit

« De ço dont plus serons destreit.   *10440*

« N'ert pas jostee la navie,

« Quant il reçut ceste baillie :

10505   « Il ne l'ot pas par noz otreiz,

« Ne il n'est pas reisons ne dreiz

« Qu'il ait princé desor tant rei,   *10445*

« Se il ne l'a par lor otrei.

« Endreit mei ne le lo jo mie,

10510   « E nel di pas por vanterie :

10496 *LN* Bien; *En* porriens, *M²* porriez; *M²* meinz (*forme constante*); *P²* Que la mestrise en doie auoir — 10497-502 *réd. à 4 v. dans P²*; *voy. aux* Notes — 97 *M²* Tiels, *ekB²CS* Tel; *CMS'* conuient; *S'* estre; *eAB²FJS* couendroit qui en fust (*F* fus) (*J* a estre) s.; *M* quil; *C* de nos s. s.; *N* Un autre nos c. auoir, *GL* Nos (*G* Bien) deuons tel seignor a. — 98 *N* san, *M²L* sens, *M* senz; (*M* auire), *M²* aire, *I* remire; *AB²CFSy* Q. bien fust (*C* soit, *H* fu) (*B²* f. b.) dignes (*H* disnes) de lenpire, *K* Q. b. sache tenir e., *GLNS'* Q. ait g. s. (*G* force); *S'* rauine, *GLN* pooir — 99 *K* poisse, *F* poist; *M²* poine, *M²* poinne — 10500 *N* De — 1 *F* destroit — 2 *M* seront p., *K* p. sereit, *N* p. seron; *eB²* d. il (*B²* il d. i) fusent, *F* il i fussen — 3 *M²M'P²k* Niert; *F* iustee, *NP²* uenue — 4 *M²* bailie; *eB²P²* Q. il en r. la mestrie (*B²* maestrie) — 5 *M²* por; *M²Fe* nos; *M²* outrois, *B²e* otrois — 6 (*M²E* reisons), *B²Ln* rais., *KM'P²* res., *M* -on; *NP²* Por ce nest p. (*P²* il), *FM'* Ne nest mie — 7 *EN* oit; *E* pooir; *K* desus; *KR* Quil seit princes (*R* -eps); *eB²F* Que il oit (*B²* Quil neust, *F* Q. eust) princie (*F* prnce (sic), *E* pooir) ne mestrie, *P²* Quil soit mestres sus t. de rois; *LN* mestrie sor tanz rois — 8 *K* nen est a, *M²R* nel est a; *eB²F* De sor (*M'* sus) tanz (*M'* tant) rois ne (*B²* et) seignorie, *N* Maugre nostre et sor (*L* desoz) noz pois, *P²* Tot m. uostre et sus uoz p. — 9 *M²* le lou gre, *enB²* lotroi ie; *P²R* Endreit de moi nel (*P²* nu) lou — 10 (*L*); *MR* Car, *eB²F* Si; *P²* Ne ne le di; *eFKP²R* par; *R* uantarie, *F* otragie.

« Se il est sages, e jo plus,

« Si ai autant contes e dus   *10450*

« E chevaliers e autre gent

« E plus qu'il n'a, mien esciënt.

10515   « Mieuz sai les hauz conseiz doner

« E les batailles ordener,

« E sai mieuz conoistre al venir   *10455*

« Quin iert li mieudre al departir.

« Mieuz sai endurer fort estor

10520   « E les noz genz partir des lor,

« Si sai mieuz l'ost escharguaitier

« E querre qu'ele ait a mangier,   *10460*

« Aler en fuerre près e loinz,

« Si come il iert sovent bosoinz.

10525   « Mieuz sai departir un comun

« E dreite part rendre a chascun,   *10464*

10511 *R* saiues; *eB²F* Sil est s. et ge sui p. — 12 *B²* Si ait; *M²Ek* Sai autretant — 14 *EF* P. que il; *B²* Que il ne na, *M¹* Comme il a; *KM¹P²* mon; *M* enscient; *B²* mie en sient — 15 *B²* Mols, *F* Meilz, *NP²k* Mielz, *R* Miauç, *E* Mialz, *M* Miex (*graphies ordinaires, F* ord¹ mielz); *k* se; *F* un haut consoil, *e* .j. bon (*M¹* bons) conseil; *P²* Et m. sai bons; *M²LP²Rk* conseilz, *N* -auz, *G* -olz — 16 *F* Et milez b., *e* Et miex b., *B²* Et mols b.; *M²CRk* endurer — 17-8 *m. à x* — 17 *k* se; *M²R* conostre, *E* conuistre; *C* a auenir; *AB²Jy* Bien (*J* Mielz) s. c. a lauenir — 18 *A* Quen; *M²B²CMR* Qui en i. mieudres (*B²* moldres, *R* meudres, *M* mieldres, *C* le miudre) au partir; *K* Quin sera mielz al d., *eJ* Qui (*J* Quin) i. (*E* ert, *M¹* est) noaudres au p., *H* Q. e. mildres au d. — 19 *F* Mialz, *B²* Mols (*f. const.*): *G* fors estors — 20 *M²M¹* nos; *K* Et n. g. departir; *G* lors — 21 *n* mielz, *e* mex; *M²* escargueitier, *Ae* escherguetier, *F* -er, *éd.* -aiguaitier — 22 *M* que il, *M²* quel, *N* quil, *eAB²F* dont; *E* oit, *F* aient — 23 *K* guerre, *M²* fuere, *M¹* feure; *F* loingz, *kLM¹N* loing — 23-6 *m. à G* — 24 *eB²F* est; *M* c. iert; *B²* a aus; *N* Et si con mestier est et soing, *L* Einsint comme il en est b.; *F* besoingz, *kLM¹* besoing — 25 *knI* Mielz, *e* Miex; *B²* en c.; *L* Bien s. d. un grant don — 26 (*ILR*); *eB²J* Sa, *F* Sai; *F* doner c., *N* faire a c.; *n* chascon, *M²C* chescun.

« E si puis mieuz les nuiz veillier
« E les jorz entiers travaillier ;
« E se jo vei qu'il face a faire,   *10465*
10530   « Bien lor savrai un sermon traire
« E mostrer uevres de semblance,
« Por aveir d'eus meillor fiance ;
« E se entre eus sordeit descorde,
« Pais en savrai faire e acorde :   *10470*
10535   « Ja por estre bien enseigniez
« Ne seront jor desconseilliez.
« E dès que jo tant puis e sai,
« Sacheiz que pas n'otreierai
« Qu'il ait baillie mais des meis :   *10475*
10540   « Se il est reis, e jo sui reis,
« Tot d'autre sen, d'autre veisdie
« Que il n'iert ja jor de sa vie.

10527-8 *m. à* M²CHIRk — 27 (*B²J*); *A* sai; *F* meilz, *A* miex;
e la nuit — 28 *F* Si puis meilz les i. t.; *A* traueillier; *eB²JN* Et les
granz (*B²* le grant) oz (*JM¹* olz) eschargaitier (*B²* esk., *JM¹* escher-)
— 29 *B²* si; *J* que; *F* quil est, *CH* quil soit; *H* a traire — 3o *M*
Mielz leur; *kM¹N* sarmon; *B²N* faire — 31 *M²* monstrer; *M²Nk*
oures; *K* par; *N* sanblances; *eB²* lor bone (*B²* gregnor, *M¹*
meinte) s. — 32 *N* aus meillors fiances — 33 *Ck* sentre nos, *B²*
sentre aus; *M¹* montoit, *M²* auoit; *M²AN* disc., *M¹* dic. — 34
B²E P. sauroie; *GN* P. i sai (*G* sa) bien metre (*G* mestre), *M²Mk*
P. en sai bien f., *F* Je en ferrai p.; *n* pais, *ek* pes; *et a. m. à G*
— 35-48 *réd. à 6 v. dans G; voy. aux* Notes — 35 (*A*); *M²M¹k*
enseignie, *B²F* consellez — 36 *LN* Nen ; *AM¹* serez, *EKLN* sera,
B² serai; *LN* nus; *M²M¹k* desconseillie; *B²* ia ior consellies; *F*
Ne feroiz iorz desenseigniez — 37 *B²* Et de; *AB²JLM¹n* p. t.
— 38 *F* Saicoiz; *M²* noltrierai, *AB²CM* notrierai, *éd.* notreirai;
L S. q. ie por lui nirai — 39-40 *m. à A* — 39 (*H*); *A¹EJN* oit;
M² bailie, *B²* batalle; *M²CIRk* de sor moi; *L* En b. mes de
cest mois — 4o (*A¹HJ*); *M²CIRk* par foi — 41-2 *A* Que il ia
mes iour de sa vie Ait sor nous touz la seingnorie — 41 *B²K*
sens; *M²k* D. s. e dautre, *B²* Tote de s. d.; *M²B²Fek* uoisdie, *N*
uoidie, *E* ueidie — 42 *M²* Qui il, *M* Quil; *F* dautre baillie; *B²*
Quil nen ert ia lor.

« Si fait n'ataignent rien as miens :
« Por ço n'est pas raisons ne biens   *10480*
10545   « Qu'il ait desor mei poësté :
« Nen avra il ja mais, mon gré. »
     A ço que dist Palamedès
     Ot dit e respondu adès :
     Devers lui li plusor se tienent,   *10485*
10550   Quar il l'aiment, dotent et crient.
     Ne puis toz les respons retraire,
     Quar trop ai a dire e a faire.
     Ensi remest : n'i ot plus ore,
     Mais vos orreiz assez ancore,   *10490*
10555   Saveir a que ço torna puis.
     Mais, si com jo el Livre truis,
     Les triuës furent acomplies
     E trespassees e faillies :

10543-6 *m. dans A* — 43 *K* fie; *N* natoignent, *M²* ne tienent;
M¹ pas, *B²* niet (*pour* nient) — 44 *M²* reison, *M¹* res. — 45 (*HL*);
EJ oit; *M¹* desus; *N* Q. moit des or en p., *E* Or li ait des or p.,
C Qe il ait sor m. p. — 46 *CK* Non, *M* Nel; *M²* Naura il ia m. a,
LN Il ne mi (*L* li) a. ia, *F* Li ne li a. ia de, *B²EH* Car il ne lot
pas par, *M¹* Car ne lot mie de — 47 *AFM¹* dit; *M²* palem. —
48 *B²GHLN* Ont, *F* Et; *enB²L* respondu trestuit (*eB²* mais tot (*L*
prest et, *F* ce fu) a., *A* Se tiennent tuit li autre a. — 49 (*C*); *KR*
plosor; *nL* li plus se tenoient (*F* reuoient); *AB²Jy* De (*H* Par, *A*
Et) deuers lui (*e* li) li p. se tient, *G* Li p. estoient deuers lui — 5o
(*C*); (*M²* Quar); *M* forment et c.; *R* il lament molt et le c.,
nL Molt est dotez li plus lotroient, *AB²Jy* Chascuns le doute (*E*
dote) ml't (*J* et aime) et crient, *G* Doutez estoit plus de celui —
51 *eB²F* lor; *G* Ne uos p. t. l. r. traire — 52 (*A*); *FJM¹* ml't ai;
N Car ce sachiez ml't ai a f., *G* Atant laisserrent tuit laf., *M²Ck*
Quassez (*C* Qe assez, *k* Assez) ai autre chose a f. — 53 *F* Ensinc,
M Ainsi, *E* Einsi, *K* Issi; *M¹* remaint; *n* nan fu, *eB²* nen font —
54 *M* orez, *M¹* orrez, *N* porroiz; *E* asez, *F* assaz; *Fe* encore, *k*
onquore — 55 *M²k* A que (*K* quei, *M* quel) la chose t. p.; *E* Sau-
roiz; *M¹* a cen en t. p., *F* que t. a ce p.; *G* Assez orrez quant
firent p. — 56 *LN* ensi con, *E* ce que ie; *B²* en l., *G* an l.; *M¹*
si con en lestroire (*sic*) t. — 57 *M¹* treues, *K* trieues — 58 *F*
fenies.

Dès or dirons, n'i avra faille,   *10495*
10560   Com fu de la tierce bataille.

TROISIÈME BATAILLE : MORT DES GRECS BOËTÈS, ARCHILO-
GUS ET PROTHENOR ; MORT DE DOROSCALU, BÂTARD DE
PRIAM.

Agamennon plus n'i atent :
Fait ses conreiz, seivre sa gent.
Achillès met as premerains,
Qui mout par esteit d'ire pleins.   *10500*
10565   Diomedès ala après,
Chevaliers ot pro e adès :
Dou mile en ot de sa contree,
N'i a cel n'ait la teste armee.
Menelaus vait après icez,   *10505*
10570   Qui teus set mile en ot de prez,
N'i a un sol qui ja n'i fiere
Senz faire force e senz preiere.

10559 *G* dirai; *M²k* uos redirons (*M* -on) sans f. — 60 (*GL*);
M²k Quil (*k* Que) fu, *B²* Ce fu; *F* acertes la b. — 61 *FM'* Aga-
menon, *E* -annon — 62 *M²BM'* seure; *n* S. c. fet deliurement —
63 *K* fu, *N* uet, *F* ua; *K* prim., *M²EN* premerejns — 64 *FM'k*
plains — 65-6 *interv. dans E* — 65 *M'N* dyom. — 66 *M²k* prou,
GIn proz, *eAJ* preuz, *B²* preus; *H* C. preuz fel et; *M²* assez, *GH*
engres — 67 *K* Deu .m., *M²* Dous mil, *B²e* .ij.ᵐ·, *H* .x. ᵐ·, *nAG*
.v. ᵐ·, *L* .vij. m.; *G* an ont, *F* aont — 68 *M²* ot; *MM'* cil; *nG*
celui nait t. a.; *J* Dont chascuns ot — 69 *A* uient, *L* ua; *M²* celz
dous, *B* iceus, *JM'* icex, *L* iriez; *I* reuint a. ces, *R* ueneit a.
cez; *G* M. a. san ist, *B²EHK* Apres icez (*K* icels) uet (*H* uint)
menelax, *M* A. ceulz uait roy m., *C* A. cels i u. m. — 70 *A* tel .vij.
m., *M²E* s. milliers, *B²* .iiij. milliers, *BJM'* .vij.ᵐ·; *An* en a, *M'*
en i ot; *M²AB²Je* teus (*J* tex, *M'* tiex, *E* tax, *B²* caus, *A* preus);
B diteus, *H* ditax; *G* issir an fist; *IR* Vij. ᵐ. en ot od lui de (*R* o
soi toz) pres, *L* Q. tex .vij. milliers a des piez, *Ck* Q. sept mile
ot (*CK* .vij. m. en ot) de tex vassalx (*M* -ax) — 71 *K* celui; *L*
par tens; *Mn* ne; *A* pere — 72 *F* fer; *GLN* noise; *M²FGLMM'*
ne p.

Après cez vienent li conrei,
Li duc, li amiraut, li rei,   *10510*
10575 Bien establi e ordené.
Reissu s'en sont de la cité
Guarni Hector e Troïlus,
E chevalier dis mile e plus :
Les batailles ont ordenees   *10515*
10580 E a lor princes comandees.
La lice passent deforaine,
Si s'espandent par mi l'areine.
La veïst om maint heaume agu
E mainte lance e maint escu ;   *10520*
10585 La veïst om maint bon cheval
E maint preisié cors de vassal.
D'ambedous parz a grant orgueil :
Por ço en plorerent maint ueil ;
N'iert mais li jorz anceis passez,   *10525*
10590 N'i aient mil les chiés coupez.
Les Dames sont par mi les estres
E es entailles des fenestres.

10573 *m. à* G; *M*² celz, *kF* cels, *M*¹ ces; *E* uindrent (*m. à B*²), *FM*¹ uiegnent; *L* .ij. c. — 74 *M*² amirail, *kM*¹ -al — 75-6 *interv. dans* G, *puis le v.* -74 *et celui-ci :* Troylus Hector apres soi — 75 *x* bien o. — 76 (G); *A* Issu; *B* Issirent fors, *eB*² Sen issirent, *H* I. sent, *Ln* Lors issent cil, *M*²*C* Cil sen reissent — 77 *H* Vint i; *Kny* troylus — 78 (B); *AB*²*M*¹ Et cheualiers, *AH* Od c., *B*²*E* .ij. ▪·; *L* .vij. ▪·, *n* .c. ▪·, *A* .xx. ▪· — 79 *M*²*F* sunt, *ABNk* sont — 80 *n* Et lor princiees (*F* princeps) — 81 *M*¹ Les lices p. deforeine — 82 *F* la plaine — 84 *E* Et maint hauberc — 85-6 *interv. dans* E — 85 *E* I ueist an et maint c.; *K* buen — 86 *n* uaillant; *F* et de uasal; *J* Couert de porpre et de cendal — 87 *n* Damedous (*F* -eus); *Mn* maint; *M*² ergueil, *Kn* orgoil, *eCJ* -uel — 88 (*B*²*C*); *H* Par tans, *M*²*Jk* Por tant; *M* ploreront, *C* plorent; *M*²*Jkn* oil, *AB*² oel, *E* huel, *M*¹ eul, *C* duel — 89-90 *m. à B*²*e* — 89 *H* Nert; *N* ensi, *F* issi, *BM* ancois; *HJ* ainst (*J* einz) trespassez — 90 (*BJ*); *H* Nen i ait .m.; *F* corpez, *n* colpez; *C* Veoir puissiez mille c. c. — 92 *M* Et as; *eB*² As batailles et as f.

Dame Heleine i est paorose
E mout pensive e mout dotose :　　　*10530*
10595　Entor li resclarzist la place
De la resplendor de sa face;
Sa fresche chiere coloree
Est le jor de maint remiree;
Li uns l'autre la mostre al dei.　　　*10535*
10600　Polixena, la fille al rei,
I rest, que de rien n'est meins bele.
E l'une d'eles l'autre apele;
Al dei mostrent : « Vez la Paris;
« La rest Hector, ço m'est avis;　　　*10540*
10605　« E vez deça Polidamas,
« Qui ja s'ira ferir el tas.
« Mout ressemble bien chevalier :
« Vez com li siet l'eaumes d'acier!
« Ça rest li conreiz Troïlus.　　　*10545*
10610　« Vez! or s'en ist Deïphebus.
« Vez come or sont ja près a près !
« Ja i avra de plain eslais

10593 *N* helaine, *e* -ayne; *N* poer., *M*[1] peoreuse, *M* paour. —
94 *B*[2] et d. — 95 *FM*[1] lui; *F* replandist, *N* respl., *eB*[2]*C* res-
plend., *AM* resclarcist; *B* escl. sa face, *B*[2] r. la f. — 96 *C* De la
grant biaute; *B*[2] Si que deuien clere la p. — 97 *En* f. face — 98
M Fu; *B*[2]*E* de mains (*E* meinz) le i.; *K* renommee — 99 *B*[2]*FM*
Luns, *eM* Lun, *M*[2] Lune; *M*[2]*B*[2]*FMe* a lautre; *B*[2]*M* le ; *M*[2]
monstre; *K* la m. a lautre — 10600 *E* Polisena — 1 (*M*[2] rest),
les autres est; *M*[1]*kn* riens; *M* maiz nest b.; *M*[2] meinz (*forme
ordinaire*) — 2 *M*[2] Lune; *M* Li une dele — 3 *B*[2] Andeus, *M*
Endeuz, *M*[2]*K* As deiz, *kn* Au doi; *M*[2] monstrent uey — 4 *B*[2]*E*
La est — 6 (*M*[2]*K* ia sira), *n* ia ira, *eB*[2]*M* les i.; *M*[1] ou, *M* en —
7-8 *interv. dans B*[2] — 7 *M*[1] rensenble, *B*[2] resamblent; *K* buen
— 8 *M* Veez ; *M*[1] V. li s. b.; *M*[2] leumes, *E* liaumes, *B*[2]*M* li elmes,
K lialmes; *M*[1]*n* liaume — 9 *n* Ce r., *M*[2]*B*[2]*Me* Cest la ; *ekN*
troylus, *F* troyllus — 10 *M* Voiz, *C* Veez; *M*[1]*Nk* Deyph., *F*
Deynph., *B*[2]*E* Delf. — 11 *M* Voiz; *B*[2]*E* resont ia, *n* or san uont
— 12 *M*[2]*k* plein ; *F* plen esies.

   « Mil jostes faites haïnoses.
   « Mout devons estre paoroses,   *10550*
10615 « Que les vies e les santez
   « E les joies de noz aez
   « Veons en si faite balance.
   « Que mort n'en face desevrance,
   « N'i a nule doter n'en deie,   *10555*
10620 « Quar n'i a cele que ne veie
   « Sa mort a ses ieuz o sa vie. »
   Chascune vers Deu s'umelie,
   Que la lor gent i guart e tienge,
   Que meschaance ne lor vienge.   *10560*
10625 D'ambedous parz s'entraproismierent
   Cil qui par ire se requierent :
   Grant noise i a e grant esfreis.
   Dis mile confanons despleis
   I a baissiez : n'en leveront   *10565*
10630 Desci qu'en sanc se moilleront.

10613 *N* Fait maintes i., *F* Maint i. faites, *A* Molt i ot i.; *BC*
ainouses, *E* enuieuses, *M* an., *B²* anuireuses, *n* perilloses — 14
A doiuent; *n* poer., *M¹* peoreuses, *B²* peur., *M* paour., *H* peu-
roses, *C* paurouses, *E* dolereuses — 15 (*B²*); (*F* Que); *M* Qui les
esmez; *E* et l. biautez — 16 *M²* haez, *N* ahez, *E* santez, *B²*
biautes — 17 *K* Veion, *M¹* Veon; *n* ici; *N* faire — 18 *M²Ekn*
morz, *B²* mors; *M* ni, *K* ne; *k* dess. — 19 *B²KM¹N* ne — 20 *F*
Kar, *eAB²HJN* Car, *M²k* Que; *H* a celui, *B²En* a nule — 21 *M²*
O ses oilz. sa m. o sa u.; *B²* La m.; *k* o ses; *EF* ialz, *N* iauz,
M¹ eulz, *M* ieulz, *K* de; *EKn* sumilie — 22 *MM¹* dieu, *K* de; *EKn* sumilie
— 23 *B²* Que il lor g. lor g.; *n* Que hui les (*F* lo) lor g. et lor
teigne (*N* et meinteigne); *M²B²Me* tiegne; *K* g. gart et main-
tienge — 24 *M²en* mescheance; *M²EM* uiegne, *n* ueigne, *M¹*
uigne — 25 *N* Damedox, *F* -os; *M²* sentraprosmerent, *E* -ismie-
rent, *M* -erent, *M¹* -imerent, *An* -ochierent, *K* sentreproch. — 26
M¹ requerent — 27 *K* effreiz, *M* -oiz, *JM¹* -ois, *B²E* esfors, *M²N*
esfroi, *F* esstroi — 28 *JKM¹* gonf., *M²n* confanon; *M* De mil con-
fenonz desploiz; *K* despleiz, *M¹* -ois, *M²n* -oi, *J* toz frois, *B²E* des-
tors — 29 *N* baisiez, *K* beissiez, *F* abaissiez; *B²K* ne; *B²* les ueront
— 30 *M²F* De ci, *EMN* De si, *B²* Deuant; *K* Iusquen cler s.; *E* bei-
gneront, *K* baign.

Hector e la soë compaigne,
Que mout par ert fiere e grifaigne,
E Achillès avuec les suens,
Qui grant plenté en ot de buens,   10570
10635   Assemblerent primes le jor.
Mout se porterent grant iror
E grant haïne e grant rancure :
Par mi les escuz a peinture
Se ferirent de plain eslais,   10575
10640   Que il en desjoinstrent les ais,
E par mi les broignes safrees
Sont les lances enastelees,
Qu'andui chaïrent en l'erbei.
Après comencent le tornei   10580
10645   Pesme e felon e senz amor,
Que dou mile escuz peinz a flor
E trei mile heaumes verz gemez
I ot sempres esquartelez,
Si qu'a mainz perent les cerveles   10585

10631 *F* m. ert, *M²k* m. estoit, *eB²N* m. par est; *M²B²* forz,
M¹ fort; *B²* et engragne — 33 *M²* auoc, *K* auec; *En* o tot, *M¹* a
tot; *B²* o tos les sons; *M* siens; *n* sa gent — 34 *M²* plantie, *M¹*
partie; *B²* en a, *M* en rot, *M²* i ot, *K* aueit; *K* des; *MM¹* bons;
n Q. mult en auoit ansement — 35 *B²E* premiers, *MM¹* -ier —
36 *M¹* sentreportent — 37 Et m. à *B²*; *en* rancune — 38 *M²* o
p., *n* a droiture — 39 *B²* Sentrefierent, *M²k* Se fierent si; *M²Fk*
plejn; *M²kny* esles, *A* elais — 40 *M²* Qui len, *ek* Quil en; *N*
desiontrent, *F* -oignent, *B²* fendirent; *M²K* desiosterent, *E* des-
iointierent, *M* -erent, *M¹* descourirent, *B* desaurerent; *A* Si quil
en desioindrent; *M²ekn* es — 41 *M²CNek* broines; *BB²* brognes;
A Et que sor les b. saffr. — 42 (*B²*); *M²ABCM* enestelees, *N*
escart., *E* oltrepassees — 43 *F* Quamdui; *M* cheir.; *B²* laruoi —
44 *k* li t. — 45 *M¹* P. f. — 46 *M²* dous mil e., *B².* ij. ᵐ· e., *K* dui ᵐ·
escu ; *M* dis mile targes a f.; *n* .X. m. escu tuit point a f. (*F* tint
poirt f.); *M²E* poinz, *M¹* paint, *K* peint — 47 *M²* trois m., *eB²*
.iij. ᵐ·; *F* troi .m.; *M²* uert genmez; *n* h. g. — 48 *N* manois; *M*
eschart — 49 *B²* qual mains, *MM¹* maint; *n* Si qas plusors p.
boeles.

10650 E que mort trebuchent des seles.
      Par grant ire se sont requis :
      Assez en i ot des ocis.
      Hector i fiert, Hector i maille,
      Hector tresperce la bataille ;   *10590*
10655 Par mi la fent et par mi vait ;
      Icil qui veie ne li fait
      Poëz saveir mal est bailliz,
      Quar en petit d'ore est feniz.
           Achillès mie ne sojorne,   *10595*
10660 Quant qu'il ataint ocit a orne.
      Iriez fu mout : s'ire lor vent,
      Après lui lait le champ sanglent.
      Devant lui fuient Troïien.
      Onc tel merveille ne fist rien :   *10600*
10665 Chascuns quil veit vers sei venir,
      Se son cors ne puet destolir,
      Toz est seürs de mort receivre.
      Maint en i fait des ames seivre.
      Sor un cheval sist de Nubie   *10605*
10670 Fort e corant, ou mout se fie :

10650 *K* morz; *B²* cairent; *F* trabucherent — 52 *B²e* Ml't par;
K i en ot; *N* Et ml't i a ia; *F* Et m. par d. o.; *M* ochis — 54
N trespierce, *F* comence — 55 *M²B²M'k* le f. — 56 *En* Et cil —
57 *n* S. p.; *e* est maub. (*M'* malb.) — 58 (*M²* Quar); *F* finiz —
59 *AMM'R* pas ne reseiorne (*R* resoi.), *M²EKN* mie ne sei. —
6o *k* ateint, *N* atoint; *M'* ocist, *M* ochist; *K* et orne — 61 *M²e*
Irez — 62 *K* Enpres; *M'* eus; *B²* fait — 63-4 *interv. dans nB²* —
63 *M²* Dauant; *n* chace; *M²F* troiens, *M* -enz, *N* troyens, *e* -en, *K*
troien; *B²* Ausi fait fuir troiens — 64 *KN* Ainz, *M²* Ainc; *M²M*
mes m.; *nE* meruoille; *M²Mn* riens; *M'* Plus le doutent que
nule r., *E* Autel m. ne f. huen, *B²* Com li ciers fuit deuant les
cies (*pour* ciens) — 65 *e* quel, *B²* qui; *M* sor soy, *B²EK* u. lui;
n Cil qui lo u. u. l. (*F* u. l. lo u.) u. — 66 *K* puot; *B²* retolir;
n Se il s. c. ne p. tolir (*F* garir), *e* Se ml't tost ne sen (*E* li) p.
foir — 67 *M* Tout; *E* E. t. s. — 68 *k* let, *B²* lait; *FMM'* des
armes, *E* de lame, *B²* de larme, *K* de la mort — 69 *M'* Sus —
70 *B²n* et isnel; *M²* e mout.

En tot le monde n'ot plus bel
Ne plus hardi ne plus isnel.
Il sist desus ensi plantez
Com se il fust ilueques nez.   10610

10675   D'armes chieres e precioses,
Forz, entieres e merveilloses,
Fu sis cors armez gentement.
De la clarté li airs resplent.
Dès que li monz fu estorez,   10615

10680   Ne fu veüz si beaus armez
Ne chevaliers de si grant pris.
Il e Hector sont enemis
Ensi com des testes trenchier.
Mout voudreit l'uns l'autre essaier;   10620

10685   N'i a nul d'eus qui sa vigor
E sa grant force e sa valor
Ne vousist a l'autre esprover.
Por tant lor estuet comparer :
Ne cuit qu'il puisse autrement estre;   10625

10690   Mar vit li uns d'eus l'autre naistre.

10671 *E* na; *M* Entor le mot not onc; *M²B²k* si b. — 72 *F* Ne
si ardi ne si; *B²E* Ne p. corant; *M¹* ignel — 73 *E* Il estoit sus,
H Il fu d.; *KM¹* issi, *nB²H* ausi, *M¹* issist; *R* Et il estoit si
sus p. — 74 *M²AB²CHk* Cum sil i f. nascuz (*H* noris) et nez, *R*
Ke il semblot ki il f. neç; *eJ* Come sil f.; *F* iloques, *B²* illeuques,
M¹ deseure — 76 *B²M¹* F. et c. m. — 77 *B²* chierement — 78 *N*
De lor; *M²* clartie, *F* carte; *M²E* eirs, *M²* eir, *F* ars — 79
M²AB²CJM¹k Des que; *F* estoiez — 80 (*C*); *M* ueu, *F* uenuz,
AEF plus b. — 81 (*CJ*); *kM¹* cheualier; *A* Ne si seurs ne si
hardi, *n* Ne plus seur (*F* senis) ne plus h. — 82 (*J*); *C* son e.; *M¹*
Ml't est h. ses an.; *AF* H. et il; *An* anemi, *BHM¹* -is — 83 *F*
Ansi, *M* Ainsi, *B²* Ausi, *K* Issi; *M¹* Si com de la teste t. — 84
M lun; *F* M. uoldront li uns, *M¹* M. uelt li un; *B²MM¹* acoin-
tier, *K* atochier; *M²* lautrencontrer — 85 *n* un sol; *M¹* ualor —
86 *M²* O; *M²Mn* sa f., *K* sa proece; *M²* o sa u.; *B²* Ne sa biaute
ne — 87 *M¹* uosist, *EFK* uolsist; *M²B²KM¹* en — 88 *n* Por ce;
B² la conuient, *F* lo mestuet; *M¹* conperer — 89 (*A*); *J* Ni; *k*
quit; *M²M* que; *M¹* puise, *B²H* puist.

Tant sont venu, tant sont alé
Que l'uns d'eus a l'autre encontré.
En es le pas qu'il se conurent,
De mautalent s'entrecorurent.   *10630*

10695 Requis se sont par si grant ire,
Rien nel porreit conter ne dire.
Par mi les escuz a lions
Se passerent les confanons :
N'i ot hauberc qui ne fausast,   *10635*

10700 Ne nul des dous qui ne saignast.
Al parhurter chiet Achillès
En mi la place toz envers.
Hector a le cheval saisi,
Si poëz bien saveir de fi   *10640*

10705 Que mout li fu forz a tolir.
Dodaniët del Pui de Tir,
Un suen vaslet, l'a comandé.
Tost ront Greu Achillès monté :
Sore li cort le brant nu trait,   *10645*

10691 *n* ont u. t. ont — 92 *n* Q. li uns a; *M* Q. lun lautre a e., *M*¹ Q. il se sont entrencontre — 93 *N* En eslopas, *F* An ellopas, *M*¹ En ellepas, *H* Isnelement; *B*² sencontrerent — 74 (*H*); *M* Par; *M*²*M* mal talant; *AB*²*Ke* De maintenant, *N* Tot m., *F* Areement; *B*² sentredonerent — 96 (*H*); *n* Quan n., *K* Com nus, *M* C. rien, *M*²*E* C. riens, *M*¹ Rien ne, *AB*² Nus nel, *C* N. el; *F* porront; *M*² contier — 97 *E* as leons — 98 *M*² confenons, *KM*¹ gonfanons — 99 *M*² hauzberc, *K* haubers — 10700 *k* nus; *K* dels d. ; *B*² quil; *kn* seignast, *M*² segn., *E* seinnast, *M*¹ sainn. — 1 *M*² hurtier; *M* chai — 2 (*G*); *B*² Par mi; *F* prosse (*sic*); *L* De sus la terre; *eFM* tot — 4 *n* Ce; *H* Et b. p.; *F* de si — 5 *G* m. fors li fust; *eB*²*G* fust; *MM*¹ fort, *Hn* gries; *G* tollir, *M*¹ saisir — 6 *K* Dodaniet, *M* -er, *G* Dodauiel, *C* Dodianes, *M*² A dodauiet, *L* A dardani, *F* A dodinel, *A* Et dodynel, *N* A doldani, *B* A dodame; *AG* du puis; *FL* tyr, *k* uir, *M*² rir; *B*²*M*¹ Par les resnes le uait (*B*² ua) saisir, *EH* Lors (*H* Donc) uindrent greu par grant (*H* ce) air — 7 *B*²*M* sien; *KM*¹*N* uallet; *M*²*k* lot; *E* La ou achilles uit el pre — 8 *K* ont; *MM*¹ grieu, *K* gre; *G* Le sien rot; *E* T. lont sor un cheual m. — 9 *Ln* Cort li (*F* Coru) s., *G* Corrit li sor.

10710 Hector a feru entresait
Dous si granz cous que toz chancele ;
Por un petit ne guerpi sele.
Hector s'iraist : de mautalent,
A trait l'espee o le cler brant;   *10650*
10715 Teus treis l'en ra sor l'eaume asis
Que tot en a sanglent le vis.
N'i eüst rien del departir,
L'un d'eus i esteüst morir,
O ambedous, par aventure ;   *10655*
10720 Mais maintenant e a dreiture
Se sont lor genz mis entredous.
La ot estor si angoissos,   .
Si perillos e si mortel,
Ja mais nus hom ne verra tel.   *10660*
10725   Adonc i vint Diomedès
O set vinz chevaliers e mais,
E de l'autre part Troïlus
N'en ot pas meins, ainz en ot plus.
Cil laissierent chevaus aler,   *10665*

10710 *K* entreshait — 11 *B*²*M* .j. (*B*² O?) si grant cop ; *MM*¹
tot; *F* cancele — 12 *EM* Par; *n* Que par pou ne guerpist la s.,
*B*²*M*¹ A bien petit ne pert la s. — 13 (*C*); *B*² irest; *x* sanpres ;
L par; *eB*²*G* maintenant, *M*²*K* mal talant — 14 *B*² Sa; *M*²*Ek*
Lespee t.; *M*¹ uert b., *B*² nut b.; *G* sanc — 15 *M*² Tiels, *M* Tiex,
M Telz, *EK* Tex; *n* Tel cop, *B*² .iij. cols; *K* len a, *B*²*n* li a; *M*¹
sus (*forme constante*) — 16 *las sept mss.* sanglant; *G* Q. tous an
est sanglans ses u.; *L* t. ansanglanta, *B*² enesanglent — 17 *F*
au d.; *B*² Ni auoit r. daus d., *M*²*k* Ni ot rien des (*k* dels) dous
d., *G* Ni a eu riens departi — 18 (*AC*); *G* A lun; *M* en estut,
ex i couenist; *B*² Lun en i c. — 19 *GN* amedous, *F* -eus, *M*
andeus — 21 e gent — 22 *x* fu hector mlt a. — 23-4 m. à *x* —
23 (*BHJR*); *A* angoissous; *C* periolous; *B*² ne; *M*² mortiel —
24 (*ABCHR*); *M*² nen u. tiel — 25 (*ABC*); *M*² Adoncs ; *H* Adont
reuint, *eB*² Lores i uint; *M* uinz (*cf. le v. suiv.*); en dyom. — 26
(*AB*); *B*² Et; *y A* .vij. ᵐ·, *C* O set mils, *kJ* O set c.; *n* Et .xx. m.
cheualier — 28 *F* ront, *N* rot — 29 *N* laisierent, *k* leiss., *F*
-erent.

10730   Puis si se vont entredoner
        Par mi les escuz de colors
        Et par mi les heaumes a flors.
        Li hauberc blanc, fort et doblier
        Se desmaillent contre l'acier.   *10670*
10735   Par mi les cors passent les lances :
        La ot fait d'ames desevrances.
        Si s'entredonent de lor branz
        Par mi les heaumes de mout granz,
        Que desci qu'as denz se porfendent : *10675*
10740   Ensi faitement se contendent.
        Diomedès e Troïlus
        Se porterent des chevaus jus.
        La joste d'eus fu aspre e dure,
        Quar chascuns ert proz senz mesure : *10680*
10745   Se les lances ne peceiassent,
        Ja a nul jor mais ne jostassent.
        Diomedès premiers remonte :
        A ço qu'il ot e ire e honte,

10730 *n* se u. tost, *K* si sen u., *B*² sentre uont; *M*¹ Si salerent — 31 *C* del; *M*¹ coleurs, *M*²*Ck* color — 32 (*C*); *An* l. targes; *M*¹ fleurs, *A* flours, *M*²*Ck* flor — 33 *J* Li bl. h., *H* Li bon h.; *M*² hauzberc; *n* et li d.; *BB*²*E* Li h. fort (*E* Et li h.) bl. et d. (*B*² plenier) — 34 *M*¹ desmeillent, *n* desmantent — 35 *B*² le c., *An* escuz; *n* depiecent l. — 36 (*B*²*H*); *A* Ja a; *M*²*BK* La ot d. f. d.; *M*² danmes, *ABCFMM*¹*R* darmes; *M*²*k* dess. — 37 (*BC*); *An* Cil (*A* Si) se redonent o les b.; *E* sentrefierent; *kHM*¹ de molt (*M* coz) granz — 38 (*A*); *F* hieumes; *HM*¹ de lor brans, *Ck* reluisanz, *n* cops si granz, *B*² cols molt g. — 39 *M*² de ci, *AMM*¹ de si, *K* dessi; *AB*²*M*¹ es dens; *C* iusqes en dens; *nE* iusques (*F* iusqe, *E* desquas) d. se porfandirent (*E* -oient, *F* profundirent) — 40 *M* Ainsi, *KM*¹ Issi, *C* Isi, *n* E si; *K* fierement; *n* contandirent, *E* contendoient — 41 *MM*¹*n* Dyom.; *ekn* troylus — 42 (*A*); *M*²*CHJk* Sabatirent, *BM*¹ Sentrabatent, *n* Cil (*N* Quil) se portent — 43 *FK* est, *B*² ert — 44 (*AB*²*HJ*); (*M*² Quar); *F* Que c. estoit; *N* est; *M*²*M* sor m.; *CK* Preu e. (*K* Car prou erent) a desmesure, *L* Ch. est p. et s. m. — 46 *nEK* Ja mes a n. i.; *B*² ne lo iost. (*v. f.*) — 47 *GLN* Dyom., *F* DJodenes; *MM*¹ premier, *nK* primes — 48 *F* ot i.

Fiert par mi l'eaume Troïlus   *10685*
10750 Si que le cercle en abat jus.
L'uns fu a pié, l'autre a cheval :
N'esteient mie parigal.
Diomedès mout le requiert
E en mainz lieus l'asene e fiert ;   *10690*
10755 E cil retrait son brant d'acier,
Si li abat mort son destrier :
Tot le fendi jusqu'al peitral.
E cil qui ot le cuer vassal
Ne s'esbaïst ne ne s'esmaie,   *10695*
10760 Ne Troïlus point ne manaie.
Granz se fierent e granz se donent.
Sor les heaumes li brant resonent :
Pleier les font sor les haubers,
Des mailles pareissent les mers,   *10700*
10765 Sis embarrent par mi les chiés.
Trop par esteit li estors griés
E senz manaie e senz merci,

10749 *B²* sor le hiame; *kn* troyl. — 5o *B²* que tot; *M* Que le
c. len — 51 *M* Li .j.; *n* Li uns a p. — 52 *B²M'* Ne furent — 53 *N*
Dyom.; *k* bien le — 54 *B²MM'* maint liu, *n* m. san; *K* lassene,
M lasenne, *N* lo haste, *F* lo aste — 55 *F* requiert; *kL* le b.; *N*
bran, *eFL* branc — 56(*L*); *M²B²N* Se; *F* quil a., *B²* li rebat; *M²K*
li a ocis; *M* Si a ochis le d. — 57 *n* lo tranche; *K* iusquel, *E*
tresqual, *B²* dusqual; *F* petral — 59 (*L*); *M²K* sesbai, *B²E* -ahi, *F*
seuaist, *M* Nesbai — 6o *B²* Et; *ekN* troyl., *F* troyll.; *M'* p. ne
delaie, *B²E* ne se d.; *M* nel; *Mn* men. — 61 (*J*); *B* Sor les helmes
g. cols, *CEn* G. cos se f. et, *M* Ml't se f. et ml't; *H* De g. c. se f.
et d., *AB²M'* Grans cous sentrefierent et d. — 62 (*J*); *B²* S. les
armes, *B* S. liames; *MM'* li (*M'* les) brans, *LN* li cop, *G* li coz, *F*
qui cler — 63-4 *m. à M'* — 63 (*J*); font *m. à R*; *M²* hauzbers,
R aubers — 64 *B²EJ* f. paroir, *F* f. ploier, *N* f. ronpre; *M²*
pereissent; *M'* li mers; *R* Del sanc deuienent teinct et pers —
65 *eB²* Ses; *K* Si senbattent, *M²* Si sen barrent, *M* Si senb.,
n Quil (*F* Quel) senbatent (*F* -trent); *R* Les mailles en batent es
c. — 66 *M²* estor; *K* fiers — 67 *En* men., *M* menoie; *B²M'* Tot;
M' sanz manede.

Quant la presse les departi :
Ja i eüst mereaus mestraiz,   *10705*
10770 Ja ne remansist ainz li plaiz.
Al remonter dès dous barons,
Ot de lor genz granz contençons ;
Maint chevalier i ot feru
E jus del cheval abatu.   *10710*
10775 Diomedès, ços sai bien dire,
N'en fu cel jor de rien li pire :
Se son cheval i a perdu,
Mout bon eschange en a eü,
Dès qu'il le Troïlus en meine.   *10715*
10780 Merveilles i mistrent grant peine
E grant esforz a lui tolir,
Mais ne l'en porent dessaisir :
Puis lor mostra en maint estor
E damaja assez des lor.   *10720*
10785   Quant Troïlus fu remonté
En un cheval sor pomelé
Qui mout fu beaus e mout fu buens,
O l'aïde qu'il ot des suens,

10768 E Mes ; F la d. — 69-70 m. à M — 69 en meriax, K mar-
riax — 70 En remassist, M' remainsist ; E einz ; nK la a. ne r.,
M' Sainsi ne r. — 71 (GL) ; F retorner, M²k departir — 72 F ient,
M gent ; FM'k grant — 73 M² furent f. ; kB²M' en (K i) fu feruz
— 74 x Et de lor c. (G -ax) ; M' de c. ; kB²M' abatuz — 10775-804
m. à G — 75 N Dyom ; K ço, B² cou, M²AJMny ce ; n uos sai d.
— 76 B² de r. c. i. ; M² de neient p. ; kM' Nen (K Ne) fu de riens
icel i. p., n Nen ot lo i. de r. (F De riem nen ot lo i.) lo p. — 78
Mout m. à B² ; F Un mult meillor ; M²K buen ; M i a ; n au — 79
(B²) ; eD Car il, M²K Des que ; eDN troyl., E troyll. ; DM' enmene,
N anmoine, F amoine — 80 B² missent ; n poine, DM' peine, E
peinne — 81 n esfort, M' esfors, B² estor — 82 B² li p. ; EF des-
seisir — 83 n lo m. ; M² monstra ; A a — 84 E domacha — 85
kN troyl., F troyll. ; en ont r., B² ot r., k orent monte, M²AF
fu remontez — 86 M²Fk Sor, M' Sus ; A quest pomelez, M²F
sor p. — 87 M Et ; AB²M' bons — 88 Aen A ; M' layde ; AB
sons.

Les vait ferir de tel vigor   10725
10790 Que sempres perdirent li lor
       Cent chevaliers e assez plus :
       Par force les font traire en sus.
       Mout les menoënt laidement,
       Quant Menelaus vint o sa gent,   10730
10795 Qui durement les a feruz :
       La ot assez des abatuz
       E des navrez e des ocis.
       Adonc revint la gent Paris
       Tote eslaissiee e abrivee :   10735
10800 Or espeisse bien la meslee
       E li contenz d'ambedous parz.
       Traient saietes, lancent darz :
       N'i ose rien descovrir l'ueil.
       Mar virent onc lor grant orgueil,   10740
10805 Qui d'ambes parz i est si grant.
       Hector, li fiz al rei Priant,
       Vait toz armez par la bataille :
       O l'espee, dont li branz taille,

10789 *B²* Le; *n* ua; *F* per tal, *N* par tel — 90 *M²BB²Cek* mout
i p.; *A* perdissent; *n* les lor, *M* le iour — 91 *K* cheualier —
92 *M²* Por funt ariere, *BB²Cek* Lor (*C* Les) font ar. (*k* arr.), *A*
Ar. les f. — 93 *N* Quant; *M²ABB²CM¹Nk* menoient; *F* M. par
les moinent, *E* M. les an meinnent; *EN* malement — 95 *C* ont
f. — 96 *C* A. i ot — 98 *M²* Adoncs; *H* i uint; *B²E* Lores (*B²* La i)
reuint, *nM¹* Lors reuindrent; *M²* les ienz, *F* la grant — 99 *F*
eleissier, *k* esleissie; *L* abrieuee — 10800 (*HJ*); *M¹* Lors; *B²*
efforce; *n* Des or e.; *M* espesse, *EK* respoisse, *M¹* respoise;
M¹N mellee — 1-2 m. à *EH* — 1 *K* contens; *N* damedox, *F* -ōs
— 2 *B²* Volent s.; *M²k* O les s. uolent d.; *M¹* seaites; *J* traient
d. — 3 *M²Kn* riens, *B²E* nus, *M* nul; *M²kn* loil, *eB²J* luel — 4
n M. i uirent (*F* M. u.); *M²* ainc, *B²* bien; *M* le; *M²* ergoil, *kn*
orgoil, *eJ* -uel; *EH* onques lor o. — 5-6 *interv. dans G* — 5 *nM¹*
Que danbe part (*F* parz, *M¹* pars) auoient g. (*F* granz); *M²* dan-
dous p., *M* dambedeuz p., *E* de .ij. p.; *M²EFKL* granz; *L* Dambe
.ij. p. la noise est g., *G* Qui proesse auoit tres grant — 6 *MM¹* le
filz; *E* le roi; *M²Fk* prianz — 7 *M²K* iriez — 8 *eB²J* O (*E* De)
sespee; *M¹* le branc, *M* le branz; *n* qui soef t.

Lor done cous granz e morteus.   *10745*

10810   Le jor lor en ocist de teus,
        Qui mout erent de haut parage
        E ou Greu orent grant damage.
        Les batailles e li conrei
        Sont avenues al tornei :   *10750*

10815   Li un les autres envaïrent,
        Sovent chacierent e foïrent,
        Sovent josterent e menu,
        Sovent se sont entrabatu ;   *10754*
        Sovent perdent, sovent guaaignent ;   *10756*

10820   Sovent s'ociënt e mahaignent.   *10755*
        De toz les plus chevaleros,   *10757*
        Des plus hardiz e des meillors,
        Perdent le jor plus de set cenz
        E cil defors e cil dedenz.   *10760*

10825   Entre les rens del grant tornei
        Vint Boëtès, un riche rei,

10809 *M*² mortiels, *e* -iex, *B*² -aus ; *Fk* g. c. et m. — 10 lor *m.*
à *B*² ; *n* en a ocis ; *B*² taus — 11 *B*²n grant ; *E* hauz parages —
12 *M*²*M*' grieu, *k* griu ; *B*²n Dont (*F* Don) grezois (*B*² li griu) ;
E Ou li g. o. granz domages — 14 (*BG*) ; *M*²*A* ia uenues, *L*
aunees — 15 *P* le autre — 16 *M*²*AB*²*L* fuirent, *G* ferirent — 17-8
m. à n et sont interv. dans B — 17 (*ACHJLP*) ; *R* Et iostent s. et
m. — 18 (*ACHIJP*) ; *M*°*CK* entrebatu — 19-20 *sont interv. dans*
IKR et m. à CP — 19 *F* gahaignent, *J* gaha-, *G* gaignent — 20 *L*
Si en o.; *M* sochient, *R* ocient ; *M*°*R* maeignent, *A* mehaingnent,
E mahai-, *M*' mehei-, *G* mehai· — 21 (*ABGHIJLPR*) ; *M*°*Ck* les
meillors cheualiers — 22 (*G*) ; *HPR* De (*H* Des) plus esliç (*H* -is),
C De p. ardiz, *AJM*' De toz eslis, *L* Des p. riches ; *CPR* et de ;
M°*Ck* plus fiers, *BHP* p. prous, *E* mellors ; *I* Des m. des p. coraios
— 23 (*A*) ; *DM*' des lor ; *M*°*BCDJPky* dous c.; *K* I perdirent lo i.
deus c. — 24 (*AGIRS*') ; *M*°*DJLMe* dehors ; *L*°*S* Que cil defors (*S*
dehors) que cil d. — 10825-76 *m. à M°BCDJL°Pky (et à A° (lacune),*
voy. au v. 9524) et sont dans AA'IL'RSS'x (C'V'V²W non véri-
fiés) — 25 *R* reins (i *accentué*) ; *A'IR* del t. g.; *FGL'* E. l. grex ;
N toz, *GL'* tout, *F* et ; *FGL'N* demanois (*N* demen.) ; *L* Enuers
troye uint j. grezois — 26 *S* Vient boeces ; *FIN* boestes, *L'* boethes ;
L Becus ot non ; *x* uns riches rois ; *A'IR* Est b. uenuç puignant.

L'escu al col, l'eaume lacié,
Vers Troïens le cuer irié ;
Confanon porte en son sa lance
10830   De ses armes par conoissance.
Le jor feïst chevalerie,
Se ne li fust desavancie ;
Mais cil la li mist en defeis,
Qui plus damage les Grezeis :
10835   Ço est Hector, li plus hardiz.
Sor les escuz peinz a verniz
Se donent tel que li quartier
Volent des hanstes de pomier.
Hector ot mout tost fait son tor :
10840   O le trenchant brant de color
Li done tel sor l'eaume agu
Que jusqu'as denz l'a porfendu.
Veant mil Greus chaï cil morz,
E ço lor fu granz desconforz,
10845   Quar il ert mout riches e proz
E uns des plus vaillanz de toz.
Hector en meine le destrier :
N'a guaires mis al guaaignier.

10827-8 *interv. dans* Ln (L' *n'est plus utilisé dans ce passage*) — 27 *A* lelme, *G* hyaume — 28 *x* V. troyens ot le (*FG* t. lo); *AS* fel et irie; *A'IR* Ml't par sambloit (*R* resemblot) bien home i. — 29 *R* en sum, Ln a son; *S* et som la l.; *G* .j. c. p. en sa l. — 3o *G* ces; *FR* per — 32 *IS* Sel, *R* Sil ; *G* adeuancie, *R* desauanchie — 33 *I* li a mis — 34 *F* Que; *S* mult — 35 *A* Or; *R* ardiç — 36 *AI* pains, *A'R* paint, *FL* point, *N* poinz; *n* uermiz — 37 *A* tels; *R* quarter, *AA'ILn* cartier — 38 *F* les; *R* astes, *nL* hantes, *AG* lances — 39 *F* a; *G* f. m. t. — 40 *N* bran — 41 *G* lyaume a., *A* son escu — 42 *I* dusqua, *A* iusques — 43 *R* Voient, *AA'FGILN* Voiant; *F* gres, *AG* griex, *R* greç; *AN* chei; *G* mort — 44 *F* Ice, *G* Que co ; *AA'IR* Ce lor fu (*A* Et si fu) ml't g. (*A* grant); *G* desconfort — 45 *L* Que, *les autres* Car; *A* cil; *L* iert m., *F* estoit; *A'IR* m. estoit — 46 *nL* hardiz, *G* amez — 47 *AG* mainne, *nL* moine — 48 *R* an gaainier, *I* al gaegnier; *Ax* Qui c. besans (*G* liures) ualoit (*nL* bien ualt .c. liures) dormier.

Archilogus veit e entent
10850   Qu'Ector li a mort son parent
E son ami, que mout amot :
Tel aleüre come il pot
Traire del destrier de Castele,
Le vait ferir soz la mamele.
10855   Treis mailles fausent del blazon,
Si que tres par mi l'auqueton
Li saut de sanc uns rais bien gros.
N'entra guaires li fers el cors :
Sempres fust alez a la fin,
10860   Mais la hanste del fust fraisnin
Est debrisiee e dequassee.
Hector a trait la bone espee :
Celui ataint, un coup li meist;
Cui que seit bel ne cui qu'en peist,
10865   Tot le trenche jusqu'al nombril.
Ice[l] coup virent tel trei mil,
Qui mout le redoterent puis,
Ensi com jo el Livre truis.

10849 *L* Archilocus — 50 *A* Questor, *G* Hector — 51 *FL* quil; *G* anmoit; *A'IR* Et celui ke (*A'* que) il tant a. — 52 *G* T. aleur com il plaisoit — 53 *G* le d. — 54 *A* ua, *F* uoit; *F* F. lo u. — 55 *R* Les; *nL* fause, *G* fauce; *I* Si kil li fausa le; *GI* blason, *R* blançon — 56 *nL* par mi son a.; *G* parmei; *R* lauqueçon, *I* lauketon — 57 *n* del cors; *A'IR* Saille del s.; *G* .j. r. de s.; *N* uns granz r. fors, *FL* un r. ml't forz; *A* .j. ray; *G* ml't g. — 58 *R* Nentre; *A* li f. guieres; *x* Sauques (*L* Sempres) antrast; *G* amors; *I* Moillie li a et ventre et dos — 59 *GN* a sa, *F* asla (*sic*) — 60 *G* hanste, *N* hante, *F* hantre, *AA'IR* lance; *AGN* fresnin, *F* fraitin — 61 *A'IR* Est brisiee fraite (*I* et f.) et quassee; *G* et q. — 62 *A'IR* ot traite lespee (*I* sespee) — 63-4 *interv. dans F* — 63 *R* atant, *N* atoint; *F* C. a trait puis si li moist; *A* moit — 64 *A* quil; *FG* Un cop li done cui; *R* Chi ken soit lieç ne cui; *G* qui, *AF* quil, *GN* que; *A* poit — 65 *G* Dont le trencha; *I* lombril — 66 *Ax* Ice; *A'IR* Cest cop ont ueu — 67 *R* len redotoient — 68 *A* Ainsi, *A'FILR* Issi, *G* Ici; *I* iou; *G* gie au l.

Le cheval prent a la main destre,
10870   E l'autre tint a la senestre.
Meine les en, n'est qui li viet :
Fors Galatee, sor qu'il siet,
Ne vit onques nus hom si buen.
A cele feiz chacent li suen :
10875   Lor enemis ont remüé,
Mais mout furent tost recovré.
Li sire d'armes premerains   10761
C'est Achillès li segurains,
Li proz, li forz, li vertuos,
10880   Sor toz les autres merveillos,
Recovra primes en la chace;   10765
Mais jo vueil bien que chascuns sace
Merveilles fist iluec de sei.
Un des Bastarz, des fiz le rei,
10885   Qui aveit non Doroscalu,   10769

10869-82 *m. à G*— 69 *FS*' prist, *I* tint, *R* unt — 70 *F* tute; *R* Et
le suen a a, *I* Et le sien t. a — 71 *N* Mene; *A* Maine les ent, *R*
Moine les ont, *I* Maine len et, *FL* Menerent len; *R* non est; *F* lo
uit; *A'IR* uet — 72 *S'* Et; *A* qui; *S* galathie sor qoi il; *F* sor qui
lo met — 73 *A'IR* Huem (*I* Hom, *A'* Nus) ne uit onques ausi b.;
ASS' ainz (*S'* hons) de ses yex si bons (*S* gens) — 74 *I* cachent;
(*A'IR* li suen); *AS* Adonc cheuauchent (*S* resbaudi) troiens, *nL*
Lors rechacierent (*L* regreterent) t., *S'* Mes on li a mis en desfens
— 75 *S'* Trop ledement furent rescous — 76 *R* Mas; *I* se sont t.,
S t. f., *A'* t. orent; *nLL'* Mult se f. t. retorne, *S'* Li proisie darmes
orguillous, *puis 16 v. spéciaux*; *voy. aux* Notes — 77 (*CDIJ*); *M²*
premierejns, *K* primerains, *R* -eirans, *H* souerains, *N* -eins, *F*
-iens — 78 (*H*); *S* Est, *F* Chest; *M²* segurejns, *R* -ans, *ADJe*
souerains, *N* premereins, *F* -iens, *S* terrains — 79-80 *m. à EH* —
79 (*CJ*); *nR* Li f. li p. — 80 *N* angignos, *F* -inos — 81 (*HJL*); *E*
premiers, *F* mult bien; *F* a sa, *MNR* a la; *E* an lestor — 82 (*HR*);
J Et si uoil; *M'* Meruueilles fist en cele place, *E* Ml't tost les a mis
el retor — 83 *n* Meruoilles; *k* ilec, *F* iluc, *M'* illeuc; *G* Achilles
qui ml't fait de soi — 84 *R* le fil, *M'* le filz; *G* A un d. b. fil, *n*
A un bastart des f. — 85-6 *interv. dans n* — 85 (*DHJ*); *A* doros-
calu, *M²B* dorcaljus; *IR* Con apielloit (*R* Ou on apelloit) doros-
colu (*R* dir.), *Ck* Q. doroscaluz (*M* -us, *C* dorocalus) auoit non.

Trencha la teste sor le bu.
Maint coup reçut por la venjance
De dart e d'espee e de lance,
Mais ne li ont de rien gregié
10890   Ne son cors maumis ne plaié.
Mais por la mort del fil le rei   *10773*
Furent Troïen en desrei ;
Sor ceus de Grece mout perdirent :
Ço fu la mort que il mar virent,
10895   Quar Troïlus toz s'en forsene,
Qui o l'espee les asene.
Sor les heaumes teus lor asiet,
Nul n'en abat qui jan reliet ;   *10780*
N'i a teste si bien armee,
10900   Se il l'ataint, ne seit coupee,
Paris de rien nes remanaie ;
Maint en ocit e maint en plaie ;

10886-90 *réd. à 3 v. dans Ck* : Biax cheualiers et de grant non
Celui trancha lo chief sans faille Al plus espes de la bataille, —
86 *M¹* soz; *M²B* Perdi le chief ne tarda plus — 87-90 *m. à Dy* —
87 *(A¹I)*; *F* Ml't; *R* rechut par; *J* M. cops recu par — 87-92 *m. à G*
— 88 *(AI)*; *R* De darc et dispee, *n* De dart despee — 89 *R* Mas ne
li unt; *AI* riens; *n* M. il ne lont mie g. — 90 *A* Nisun; *J* malmis;
R plegie; *n* de rien anpirie — 91 *Ck* Et, *IR* Tot; *CK* lo mort, *M*
lamour, *DIJRy* lamor, *n* amor; *HIR* le fil; *Hn* au r. — 92 *M¹*
troyens; *M²F.* li t.; *K* effrei, *M²CHM¹* esfroi; *M* F. t. en tel d.,
IR Funt t. un t. d., *n* Firent t. tel d., *C* Sont t. en grant e. — 93
EF cez; *n* ou mult; *G* Cil de g. ml't i p. — 94 *M²* en morz, *G*
mors; *M²* qui; *Gk* mal — 95 *(M² Quar)*, *n* Et, *les autres* Car;
ENk troyl., *F* troyll.; *EM* se, *M²* en; *nK* forsane; *G* tous force-
nez — 96 *M²ek* a; *M²M¹* sespee; *N* asane, *K* ass., *M²E* asene, *F*
ansoigne, *M¹* meheigne — 97 *M²* tiels, *GK* tex, *eMN* tel; *M²GNe*
asiet, *F* asiez; *G* t. cops a. — 98 *M²Me* ateint; *K* Nen a. nul; *N*
ia en r., *G* ia puis r., *eF* qui *(F* que) ia *(E* puis) r. *(F* auliez);
G Ou sespee les a senez — 99 *K* tant b. — 10900 *M²Ek* lateint,
N latoint; *eK* colpee, *F* corpee — 1 *M¹* nel; *N* remenaie; *M²Ek*
ne sen *(E* si, *K* se) delaie — 2 *k* Molt, *M²* Mout; *M²M* ocist;
E m. en deplaie; *M²* mout, *k* molt.

Si refaiseit Polidamas.   *10785*

Dès or nel tieng jo mie a guas :

10905   Li Troïen fort les acueillent,

El sanc des Greus sovent se mueillent.

Des morz est la terre coverte,

D'ambedous parz i ot grant perte;   *10790*

Mais trop avint as Greus pesante,

10910   Quar, si com li Livres recante,

Danz Prothenor, reis de Boëce,

Des plus vaillanz de tote Grece,

Forz e poissanz e beaus e proz   *10795*

E uns des plus riches de toz,

10915   Cil feri Hector en travers,

Que del cheval le porte envers.

Galatee cuida saisir,

Mais mout s'en poüst bien sofrir :   *10800*

10903 *E* refeisoit ; *n* Et si refait — 4 *M* De or ne; *M²* tiegne
m.; *M¹* Cil nel retenoit, *E* Qui ce ne tenoit, *n* De soi nel tienent ;
ekn gas — 5 *n* troyen; *E* acuellent, *M²KM¹n* acoillent, *M* -oient —
6 *F* de; *M²* gries, *M¹* griex ; *EF* muellent, *M²KM¹N* moillent,
M -oient; *E* grezois tuit se m. — 7 *F* De — 8 *FGHJ* i a, *R* i fut,
A i font — 9 (*A*); *M²A¹BC* t. par est; *GM* a g.; *M²* gries, *M*
griex; *x* pesance, *M²* presente, *DM¹* pesanz, *J* mal plet; *IR* M.
(*R* Mas) ml't a. mal as grizois (*R* greçois) — 10 (*M²* Quar), *F*
Kar, *BC* Mais, *les autres* Car ; *H* li uoirs nous raconte; (*BE*
recante), *M²* reconte, *A* rechante, *A¹Ck* nos chante; *DJM¹* Si c.
li l. est disanz (*D* lisanz) (*J* me retret), *IR* Car pr. uns riches rois,
x Et dolerose (*F* de le cose) mescheance — 11 *M²M¹* Rois, *B*
Com, *E* Que, *FJ* Kar, *AGLN* Car ; *M²* protenor; *A¹H* P. li r.,
CK Li r. prothenors, *M* Le roy prothenor, *IR* Ki estoit sire (*R*
Ke sires e.); *M¹* cil de b.; *M¹* boice, *AR* boesce — 12 (*A¹HJ*);
A riches; *M¹* Et .j. des p. u. de g., *IR* De touz les p. u. de g. —
13-4 *m. à HIR* — 13 (*AA¹BC*); *M²* poissant, *ADM¹* puis., *Ek*
puissanz; *n F.* aidanz (*N F.* et a.) biax et puissanz, *G* Et fors et
fiers et bien p. — 14 *A* Caur; *E* uaillanz, *A¹* amez; *n* Et daus
trestoz li p. uaillanz (*F* aidanz), *G* Qui dax estoit li p. aidanz
— 15 (*IJ*); *H* Cist; *Ky* a, *n* de, *A* au — 16 *A* lemporte — 17 *K*
quida (*forme constante*); soisir *F* — 18 *M* se peust, *les autres* sen
poist.

Entremetre l'en fist pechiez.
10920 Hector ot honte e fu iriez ;
Le brant nu trait li est coruz :
Haubers ne heaumes ne escuz
Nel pot guarir que tot nel fende   *10805*
E qu'a la terre ne l'estende.
10925 Ci reçurent Greu grant damage,
Quar mout ert pro e riche e sage.
Hector monte, le cheval prent,
Qui ses set peis valeit d'argent,   *10810*
A tel qui l'en meine le baille ;
10930 Puis rest entrez en la bataille,
Fel e crueus e angoissos :
Le brant nu porte perillos,
Par cui tant chevalier perissent   *10815*
E tant en muerent e fenissent.
10935   Quant Archelaus veit que Hector
Lor a ensi mort Prothenor,
Tel duel en a e tel pesance,
Por poi ne s'ocit de sa lance.   *10820*

10919 *M* le — 20 (*G*) ; *N* duel si fu ; *F* et sest — 21 *N* bran,
e branc — 22 *M*¹ Auzbers, *F* Hauberc, *N* -erz ; *E* nes e. — 23
F Ne — 24 (*L*) ; *M* Iusqua, *G* Ne qua ; *F* lo fonde — 25-6 *m. à G*
— 25 *M*² grie, *k* griu — 26 (*M*² Quar), *les autres* Car ; *M*⁰*M*¹
iert (*de même partout, sauf avis contr.*) ; *M*² prouz r., *M*¹ preu
riches ; *n* estoit et proz ; *k* prodome (*M* preud.) i aueit, *E* ml't
i ot p. — 27 *n*G monta ; *M*¹ son c. — 28 *G* Q. .vij. p. u. bien d.
— 29 *G* cel ; *M*²*Gn* moine, e maine — 30 (*GL*) ; *M*²*kn* est — 31-4
m. à G — 31 *M*²*K* Fels ; *N* crudiex, *F* crinox ; *M*¹ Cruel et fel ;
*nM*¹ et airos ; *E* Iriez estoit fel et cruex — 32 e branc, *N* bran
(*de même le plus souvent*) — 33 *K* qui ; *F* tau ; *n* perirent, *M*
perisent — 34 *K* mourent ; *n* T. en morurent et fenirent, *E* Et
par cui tantes genz f. — 35 *F* achilles ; *A*¹*H* uit ; *G* Archelaus
grex ; *nG* conut h., *H* u. protenor — 36 *M* ainsi, *KM*¹ issi, *D*
ainsint ; *M*²*M* protenor ; *H* Que li auoit ocis hector, *nG* Qui
auoit ocis p. — 37 *k* duol ; *E* Tel dolor a — 38 *DEGLN* Par, *F*
Per, *K* Que, *M*¹ Qua, *M*²*M* A ; *G* socist, *M*¹ cosist.

Cil esteit oncles a cestui,
10940 N'amot nule rien avers lui :
Norri l'aveit enfant petit,
Onc si grant duel nus hom ne vit
Come Archelaus fait e demeine. *10825*
Onques por force ne por peine
10945 Ne porent Greu le cors aveir :
El champ l'estut a remaneir.
Mout s'en entremist Archelaus :
La parut bien qu'il ert vassaus, *10830*
Quar tant i a des lor ocis
10950 Qu'a merveilles en ot grant pris.
Por le contenz del cors aveir,
Vos puet l'om bien dire por veir
Qu'en morurent mil chevalier, *10835*
E si l'estut Greus a laissier :
10955 Ne l'en porent mie porter.
Ja començot a avesprer :
Vers les tentes par estoveir,
Par vive force e par poëir, *10840*
Les aveient fait reüser

10939-44 *réd. à 2 v. dans* G : Ses oncles fu anfant petit Norri lauoit pour ce duel fit — 39 (*L*); *EH* Cist (*H* Cis) e. o. a celui — 40 (*BCHJ*); *AK* riens; *M* nul home; *M²AC* enuers, *nL* N. r. tant con faisoit l. — 42 *M²* Ainc, *K* Ainz, *E* Einz; *k* duol; *M¹* Onques si g. d. hons ; *E* fist — 43 Come m. à *F*; *AFLN* an f. et moine (*A* mainne); *e* demaine — 44 en*K* par f.; *nKM¹* par p. — 45 *M²Me* grieu, *K* griu — 46 *n* camp; *M²* lestuet; *EGN* remenoir — 48 *FM¹* qui; *e* fu; *M* uassalz — 49 *nG* en a; *G* le iour — 50 *n* meruoilles, *G*-e; *M²k* i ot, *M¹* en ont, *nG* en a — 51 *F* Per; *M* content, *n* contant, *M¹* besoing — 52 *M²Fk* Or, *M* Ci; *M²* lon, *EFGL* an, *N* lan, *k* len; *M¹* Si uos p. on — 53 *L* En, *G* Quam; *M²F* morirent; *EF* maint c. — 54 *G* Le cors estut; *M²* lestuet gries; *AM¹* griex; *M* grieu; *Ax* as g. l.; *N* laisier — 55-78 *réd. à 5 v. dans* G; *voy. aux* Notes — 55 (*A*); *M²* poeient pas portier; *E* Quil ne len p. pas p. — 56 *M¹* comenceit — 57 *J* por esteuoir — 58 *F* Per; *K* Et par f. et — 59 *K* fez.

10960	E par force del champ torner.	
	Se ne venist la nuit si tost,	
	Mout i perdissent cil de l'ost :	
	Mout esteient estouteié,	*10845*
	Navré, lassé e travaillié.	
10965	Por l'oscurté de l'anuitant	
	Se departirent a itant.	
	Li jorz failli e vint la nuit.	
	Cil qui furent de guerre duit	*10850*
	Ont la bataille desevree :	
10970	Chascuns en a sa gent menee	
	Estreit e serré e le pas.	
	Travaillié sont, quassé e las.	
	Vers la cité vont Troïen,	*10855*
	Qui le jor l'orent fait mout bien,	
10975	E as herberges li Grezeis.	
	En crieme sont e en sospeis	
	De ço qu'il sont si damagié :	
	N'i a un sol n'en seit irié.	*10860*

10960 (*CH*); *xA* la (*A* La) couenist del a parler — 61-2 *interv.*
dans M²JL²ky — 61 (*HJ*); *K* Si; *M²BEL²n* nuiz; *M²L²k* Se la
n. ne u. — 62 (*A*); *n* perdirent — 63 *M¹* estotoie, *E* estut., *M*
estoutrie, *L* -taie, *K* estolteie — 64 *M²k* e esmaie — 65 *M²*
losculrtie, *E* locurte, *M* losculte, *M¹* le serain; *F* la ioste de
lamirant, *N* la nuit qui uient aprochant — 66 (*HJ*); *K* Se sont
departi, *M²M* D. se s. — 67 *F* sailli; *J* quant u., *M* et uient;
E et la nuiz uint (*sic*); *M¹* Le ior lor faut uoient la n., *R* Ainç
ke il par fust anoitie — 68 (*J*); *N* erent, e an sont; *Mky* use
e d.; *R* Li saieç et li plus uecie — 69 (*HJR*); *n* deuisee —
71 *AE* Estroite serree, *M¹* E. et s.; *e* s. le p.; *N* Estroite-
mant serre lo p.; *k* tot lo p. — 72 *M²K* Treuaillie; *M²Mk*
naure, *E* forment; *A* lasse et mas, *H* nest mie gas — 73 *en*
troyen, *M²k* troien — 75 *M* Et es, *A* Et des; *M¹M* greiois —
76 *N* sopois, *M²* sospois, *M¹* sorp., *M* souspoiz, *K* soupeis,
F espois; *E* li plus norrois — 77 *N* que si s., *F* que il sunt;
M² damagiez — 78 *H* nait cuer i. ; *e* Ni a nul nait (*E* noit) le c.
i., *kC* Forment en sont trestuit (*M* fu chascun) i., *n* Chascons
en a lo cuer i.; *M²* iriez.

Hector criement plus que la mort,
10980 E tot por icest desconfort,
Quant vint la nuit, après mangier,
Ainz que nus d'eus s'alast couchier,
Furent mandé trestuit li rei   *10865*
E li prince chascuns par sei.
10985 Al tref Agamennon josterent :
Or si oëz de que parlerent.
Il lor a dit : « Seignor baron,
« Mout estes pro e de haut non ;   *10870*
« Fort ont esté vostre ancessor,
10990 « Mout ont eü pris e honor,
« Onc de nule hore n'avillierent.
« La digneté qu'il vos laissierent
« Devez guarder e essaucier,   *10875*
« Qu'om ne vos en puisse abaissier.
10995 « Une tele uevre avez emprise,
« Que bien savez tuit senz devise,

10979-80 *interv. dans* G — 79 G Car cruelment les mest a m.—
80 *M²* icel; *n* Et por cestui ont d., G Pour lui sont tuit au d.
— 81 (*GL*); *M²Jky* le seir — 82 *E* Einz; *xM¹* Ancois (*FG* En-,
M¹ Ain-) q. n. alast — 84 *n* chascons; G *aj. 4 v.; voy. aux* Notes
— 85 *F* agamenon; G agamanon ansamble — 86 *x* orroiz; (*H* que),
K quei, *M²L* quoi, *M* quoy, *E* coi, *M¹* qui; *n* conment; *HK* Or
oiez de q. il p., G Sont tuit uenu si com moi samble — 87 *e* sei-
gnors; G Agamanon a dist (*sic*) b. — 88 *M²* prouz, *HK* prou,
e preu, *n* riche; *AEGKLN* grant, *F* gent — 89-90 *interv. dans*
N — 89 *M²* anceisor, *k* -eissor, *A* -issour — 90 *n* au; *A* hon-
nour, *N* enor, *F* auor, *M²ek* ualor — 91 *M²H* Ainc, *E* Ainz; *K*
de riens nule; *M²M* nauilerent, *e* nabessierent, *F* -erent; *H* A.
de moi ore nauillastes — 92 *F* disnete, *M²L* dignite, *H* dinite;
K Les dignitez; *M* qui nous, *n* quil nus; *H* que me laiastes —
93 *N* Deuons, *M¹* Deuos — 94 *KM¹* Quen, *E* Quan, *M* Con; *M¹*
ne nos en puist; *n* Que nus ne la p. a., *H* Gardes en uos ne
puist baissier — 10995-12955 *sont dans* B² (2° *fragment*) — 95
F cele; *M²Kn* oure, *E* oeure; *M* tel chose; *n* aprise; *M¹* Une
heure a. entreprise — 96 *nM¹* tot; *B²* Que tuit s. b.; *M¹* a d.; *F*
diuise.

« Se vos n'en venez al desus,
« Que vostre pris ne durra plus.   *10880*
« Ci perira vostre puissance :
11000 « N'iert de vos faite remembrance.
« La grant honor que vos avez,
« Se vos ceste uevre n'achevez,
« Iert tote quassee e perie,   *10885*
« E vostre terre en iert honie ;
11005 « E se nos poons a chief traire
« Ceste bosoigne e cest afaire,
« Si avrons conquis tel honor,
« Come hom porreit aveir greignor. *10890*
« Mais ço que nos i puet plus nuire
11010 « Nos covendreit plus a destruire.
« Fort enemi e pesme e mal
« Avons trové en cest vassal :
« Lait damage nos a hui fait,   *10895*
« N'i a celui ne s'en deshait ;
11015 « Teus treis reis nos a hui ocis,
« Qui mout esteient de grant pris.
« Conseil en fait mout buen a prendre,

10997-8 *interv. dans* B² — 97 *M²B²EM* alez; *M¹* Se nos nen
alon; *F* a d. — 98 *N* Li; *M¹* nostre; *B²* nen dura — 99 *B²* Ce;
FM¹ nostre; *E* Ici parra — 11000 *M²k* Nen iert puis f. — 1 *M*
Le; *EN* enors, *M²* honeur, *F* anor; *M¹* nos auons — 2 *M²kn*
oure, *E* oeure, *M¹* heuure; *M¹* Se nos c. h. nacheuons — 3 *n*
honie — 4 *nM¹* nostre; *n* perie — 6 *k* ceste a. — 7 *M²* Sauriens,
KM¹ Saurions, *E* Sauroiez; *B²* Sauries conquest; *en* tant denor,
M tel honnour, *M²* tiel henor — 8 *B²* Que; *M²* hon, *A* en, *B²M¹*
riens, *EK* nus; *M* Hons ne; *B²* ne puet; *n* nus hom puet; (*M²Eu*
greignor), *B²* gregnor, *k* graignor, *M¹* greneur; *H* Nos ne poriens
a. g. — 9 *B²* cou qui p. nos porront n. — 10 *C* Ce; *M²* conuen-
droit, *n* couanroit; *B* tost a, *eB²J* ml't a, *n* auant, *A* primes —
11 *enM* anemi — 12 *EF* uasal — 13 *K* a oi, *F* ha ui — 14 *nB²*
un sol; *nEM* deshet, *KM¹* dehet; *R* Ni a un sol en vos ait —
15 *F* haui, *B²K* a oi; *R* Des — 16 (*R*); *eM* de haut p., *M²* enforci-
cis — 17 *En* Consoil; *M²ek* tres bien, *B²* trop bon; *R* T. b. en
f. c. a p.

« E tuit devons a ço entendre,
« Com faitement poissons ovrer
11020   « De son cors prendre e encombrer :   *10902*
« Trop par nos a hui damagiez
« E faiz coroços e iriez.
« Sovent serons par lui marriz,   *10903*
« Se de mort n'est desavanciz :
11025   « C'est lor esforz, c'est lor chasteaus,
« C'est lor apuiz, c'est lor chadeaus,
« C'est lor ados, c'est lor fiance,
« Ço est tote lor atendance,
« Qu'il ne font rien se par lui non :
11030   « C'est lor enseigne e lor dragon.   *10910*
« As plus coarz done osement :
« Sa grant proëce, quis esprent,

11018 *B²* Et bien d., *R* Trestuit deuom; *n* Et a ce nos couient
(*F* fait bon) antandre — 19 *M⁴M* puissons, *K* poissons, *M¹* pui-
sons, *n* porrons, *G* deuons — 20 (*DHR*); *C* Par, *N* Por; *A* a e.
— 21-2 *m. à M⁴BB²CDJky* — 21 *R* a oi; *x* T. n. a h. andomagiez
(*G* adam., *L* fort dom.); *A* dommagiez — 22 *AR* fait; *N* correcox,
R -ouçous, *G* -esoz, *A* courrouceus; *R* irrieç — 23 *M⁴BC* por; *A*
marris, *M⁴BB²C* malmis; *J* Ml't en s. souent m., *eD* S. par lui
mal mis (*D* maumis) serons, *R* S. en fera de marriç, *N* Mult
nos f. s. m., *F* M. s. n. f. marrir — 24 *AR* par mort; *H* Se il nen
est, *n* Sil nest auant; *F* desauancir, *A* -is, *M⁴B²H* adeuancis, *B*
adenancis; *kC* Sil est alques longuement uis, *J* Se de cest oure
nest conquis, *DM¹* Se de m. nel (*D* nes) deuancisons, *E* Se nos
nel desauancisons — 25 *B²* C. l. apois; *G* et; *M⁴* chastiaus, *L* -eax,
Ke -iax, *B* catex, *G* chatiax, *R* estoiç; *M* C. leur chastel cest
leur efforis — 26 *K* apoi, *J* -oiz, *MM¹* -ui, *G* -is, *L* -iz, *N* ados,
B² effors, *F* espoins; *G* et lor; *B* cadels, *G* gaceaus, *M⁴* cha-
diaus, *Ke* -iax, *M* -ias, *J* cheiax, *D* chasdeax, *B²* casiaus, *nG*
cenbiax; *IR* castials c. lor apoiç — 27 *C* andoux, *R* adous,
K adox, *BB²E* redos, *M* aidenz, *N* apoinz — 28 (*BCDG*); *nL*
acordance, *B²* sostenance — 29-30 *interv. dans L* — 29 *n* Il;
M⁴ funt; *K* riens — 30 *F* Ceste a. l., *L* Lor e. e. et l.; *n* ansoi-
gne; *M* cest l.; *B²* dragon — 31 *n* rant; *N* hardement, *F* hardim.,
M⁴ Ardem. — 32 (*L*); *B²* La; *M⁴EN* granz; *ekN* proesce;
M⁴G quil, *eF* ques; *M* qui lesprent; *G* anprant.

« Nos fait noz presses departir.

« Mais qui or lor porreit tolir,

11035   « Que pris o mort rendist son cors,   *10915*

« A peines mais istreient fors,

« A peines avreient vigor

« De nos sofrir un tot sol jor :

« Sacheiz que mout s'esmaiereient

11040   « Del damage qu'en lui fereient ;   *10920*

« Ne nos porreient mais durer

« Ne en bataille contrester.

« E por ço vos ai jo mandez,

« Qu'en si grant fais vos en metez

11045   « Qu'a ço seient tuit vostre esforz,   *10925*

« Coment puisse estre pris o morz.

« Chascuns en face son poëir,

« Quar mout i a grant estoveir :

« Bien se devreit de mort disner,

11050   « Dès quos en voudriëz pener.   *10930*

11033 *M²ek* nos p. — 34 (*B*); *K* oi; *LM'* or la, *M²EN* le lor; *au lieu de ce vers, G en donne 12 ; voy. aux* Notes — 35 *B* mors; *N* auroit, *L* eust, *F* randroient, *G* -oit; *K* morz fust li suens c. — 36 *B²M* paines, *M²N* poines, *F* -e, *E* poinnes, *K* peine, *M'* pene (*cf. le v. suivant*); *E* i. puis, *n* i. mes; *F* ca fors; *M²e* hors, *M* horz; *K* i. il puis f., *MN* i. mez h. (*N* f.) — 37 (*M²* peines), *M* painez; *kFM'* a. il (*FM'* mais) u. — 38 *N* Des noz, *A* De vous — 39 *A* q. tant — 40 *F* quillor, *AM'* quil en, *E* que i, *B³N* que il; *AB²KNe* auroient — 41 *M'* Ne p. uers nos d., *A* Ne nel p. puis d.; *FL* plus d., *N* andurer — 42 *M²* contre ester — 43 (*AG*); *M²B²ek* ai ci — 44 *Ln* Qa; *M* fait; *B²G* i m. — 45 *R* Ka ce, *M²* Que ce, *B²* Q. cou, *E* Q. ci; *F* Or li mostrez lo u. e.; *B* Que a cou soit tos nos e.; *H* tot uo e. ; *B²* estors — 46 (*H*); *M* Conme, *n* Que il, *B²* Com il; *K* poisse, *M'* puise, *BB²* puist, *R* il soit — 47 *n* Chascons; *M* tout s. p. — 48 (*R*); (*M²* Quar), *les autres* Car; *n* m. nos est; *E* Ce nos couient; *H* Faire lestuet par; *B²H* estauoir; *B* m. i est grans lest. — 49 (*BCJ*); *B²* deuoit, *x* deura; *xK* doter, *DM'* digner; *H* B. deueroit tempre finer — 50 *xK* Puis, *H* Plus; *M²BCDJLkny* que uos en, *G* q. nos en; *M²MN* uoudroiz, *K* uoldreiz, *F* -oiz, *E* -ez, *G* -ons, *DM'* uodrez, *B'* uolries, *B²* uories, *H* uauries.

« Danz Achillès, que jo vei ci,
« O son bon brant d'acier forbi,
« Li dona hui teus treis colees
« Que mout furent desmesurees ;
11055   « E s'il n'eüst prochaine aiuë,   10935
« Tel essoigne li fust creüe,
« Dont bien poüst mort receveir.
« Or en faisons nostre poëir,
« E seit si asprement requis
11060   « Que demain seit o morz o pris. »   10940
Comunaument ont respondu
Que cist conseuz iert bien creü.
Mout en depriënt Achillès   10941
Que il de ço se mete en fais :
11065   « De ço », fait il, « ne parlez mie.
« S'aveit chascuns juré sa vie
« Qu'il n'eüst mal ne destorbier,   10945
« Mort ne prison ne encombrier,
« Ne porreit il pas remaneir —
11070   « Tant par m'a fait le cuer doleir
« De Patroclus, qu'il m'a ocis,

11051 *M* Dant — 52 *B²Jky* A; *C* Ou le son b.; *K* buen — 53
C Hui len d.; *M²B²DJMe* ia hui (*J* gehui, *B²* geui, *E* iehuir, *M*
ie vi, *M¹* .iiii.) trois (*E* tex) c., *H* h. de grans c. — 55 *K* se; *n*
naust; *M²* procheine, *EF* -lene, *D* prouchainne; *nM¹* aue — 56
M¹N Tele, *BDEK* Tex, *B²* Tels, *M²* Tiels; *K* essoines, *M²B²Mn*
-e, *D* essoignes — 57 *F* Don, *N* Dom; *M²Ke* poist, *M* peust, *n*
deust; *K* p. b., *N* il d. — 58 *N* feisons, *M²* faites; *M²F* uostre;
D deuoir; *M* Or faites u. grant p. — 59 *n* si fierement — 60 *A*
soient mort — 61-2 m. à *M²BB²CDky* — 61 (*AGJLR*); *F* Comuna-
mant, *les autres* comunement, comm. — 62 *A* conseuls; *R* Cant
ke cist dit; *nG* Que mult lont bien tuit antandu, *J* Quil ni aura
plus atendu — 63 *B²* M. le; *M²M* deproient, *DJy* proierent —
64 *H* Que de tot ce si; *B²* se mace; *nK* a fes — 66 *n* Saust; *F*
uiure — 67 *N* naust, *F* nast; *En* mort; *B²* enconbrer — 68
En Mal; *B²* destorber — 69 *n* Se ne p. ce; *E* remen. — 70 *M²k*
Trop; *F* a fet, *K* me f.; *n* mon c. — 71 (*AC*); *n* a o.; *B* que
mas o.

« Dont tant sui dolenz e pensis —   *10950*
« Qu'il n'ocie mei e jo lui.
« Toz afaires lais por cestui,
11075   « Qu'a nule rien ne guart ne pens,
« Ne mais que truisse lieu e tens
« Que del grant duel seie vengiez   *10955*
« Dont toz jorz mais serai iriez.
« Tres bien poëz de fi saveir
11080   « Que mon engin e mon poëir
« I metrai tant que mort le rende :
« Il n'iert mais jorz qu'a el entende. »   *10960*
Autretel ra chascuns pramis,
Mais ainz qu'il l'aient mort ne pris,
11085   Lor fera il teus treis saillies
Dont maint des lor perdront les vies.
Departent sei, mais l'escharguaite   *10965*
Fu cele nuit richement faite,
Quar o mil chevaliers e mais
11090   La fist la nuit danz Ulixès.
La quarte bataille fu grant :

11072 *n* Mult an, *B²* Dont m. — 73 *B²n* ocie, *M¹* ocirra —
74 *n* lai; *M¹* cetui — 75 *M²B²k* Que, *n* A; *K* riens — 76 *n* Mes
que ie t.; *K* truis et; *M²* lue, *N* lou, *EFK* leu — 77 (*A*); *M²*
Cum, *M¹* Com; *K* duol (*forme const.*) — 78 (*GL*); *M²BB²Cek*
D. tant sui pensis (*K* desuez) et i., *A* D. touz iours ie me sui i.
— 79 (*AHJ*); *F* de si, *M²* de fin, *B²M¹* dire et s. — 80 *n* angin,
K enging — 81 *M²* I metra, *n* Metrai mes; *B²* nel r. — 82 *M²M*
Ne sera m. aillors mentente (*M²* -ende), *K* Nest mes riens ou
a. entende, *B²* Ni s. iors m. ni e. — 83 *M²KM¹n* a; *n* chascons
— 84 *N* loient; *M* ne mort; *F* o p. — 85 *n* L. f. tex t. asaillies;
B² tel tresalie — 86 *M²* Don, *n* Dom; *k* mainz, *n* .m.; *B* mains
d. l. perdra la vie — 87 *M²* lesquergueite, *M¹* lescherguete, *N*
lechargaite, *F* -guete, *M* leschargueite, *K* leschalguete — 88
EF Fu r. c. n.; *F* noit; *M²* feite — 89 (*M²* Quar); *eB²* a — 90
F fuist, *G* fait; *MM¹* dant; *AN* achilles, *F* acl ulixes (*sic*) — 91-2
interv. dans xB²M¹R — 91 (*leçon de E*); *M²CHk* iert (*H* ert,
M² est) molt g., *R* orra g., *B* sert g.; *J* Demein feront b. g.,
xB²M¹ De la q. b. g., *A* La q. si i ert m. g.

Qui or voudra oïr avant   *10970*
Escout, quar bien savrons retraire
Tot quant qu'en dit l'estoire Daire,
11095   Quant qu'en fu e quant qu'en avint,
E li queus d'eus mieuz se contint.

QUATRIÈME BATAILLE ; THOAS PRISONNIER

Cil de Troie sont a seür.   *10975*
Sor les portes e par le mur
Sont les guaites que chalemelent
11100   E que cornent e que frestelent.
A ceus de l'ost dïent folie,
E quant l'aube fu esclarcie,   *10980*
Si se lievent par les osteus,
As temples vont des damedeus
11105   Sacremenz faire e oreisons.

11092 *F* Que; *kEF* uodra, *G* -oit, *M'* uodra; *R* aoir a. —
93-4 *développés dans G en 8 v.; voy. aux Notes* — 93 *nM'* Escot,
kJ Escolt, *B³* Ascont; *M'* que; *H* Desore vous s., *R* Ce cuit b.
en s., *L* Encor en s. bien; (*J* saurons), *A* sauron, *H* saron, *B³*
sarai, *M³BCRkxy* sauons — 94 *nL* Tot (*L* De) ce que (*N* quen)
dist, *A* Ce que en dit; *BB³CJMM'* T. q. que d. (*B³CJ* dist), *M²*
Q. que dit en, *k* Q. quen conte; *M* lyst.; *H* Tot quanquen fu et
que dist d., *R* Ce que nauom (*sic*) oi dir d. — 95-6 *interv. dans H*
— 95 (*R*); *L* Quanqe; *M³B³CDJek* Tot q. que (*e* quen) fu et q.
quauint (*B³* que uint), *nAG* T. ce quan (*N* que, *D* quil) fu et
quen (*G* quant, *N* que, *A* qui) a., *R* Kant ken fu et cant ken a.,
H Et tot si com il li a. — 96 *R* Et le kes dels meus; *GN* melz,
A si; *F* Et conment chascons se c., *M³B³CDJky* Et cum (*H*
Coment) hector (*M* Et com li estour) uers (*H* contre) els se tint
(*B³* sen uaint), *L* Qui chei bien qui mesauint — 97 *k* asseur —
98 *M* Sur, *KN* Par, *F* Per; *B³* S. le porte et sor le mur; *K* et
sor — 99 *M³* gueites — 11100 *N* vielent — 1 *EF* ces — 2 *M³*
esclarzie, *B³F* -arie — 3 *F* hostes, *M* -eix, *M³* ostieux, *M'* -iex,
EKN -ex — 4 *F* Es; *M'* damediex, *k* danledex; *B³* as damedeus —
5 *n* Sacrement; *B³n* font; (*M³En* oreisons), *MM'* -oisons, *B³* -isons.

Puis ont vestuz les auquetons:
Sor bliauz, sor peliçons vairs,　　　　*10985*
Lacent heaumes, vestent haubers.
Par mi la vile s'arment tuit
11110　Senz noise faire e senz grant bruit;
Cuevrent chevaus de conoissances,
Lacent enseignes en lor lances.　　　*10990*
Les escuz pris sont tuit monté
E les conreiz ont devisé
11115　Par grant esguart e sagement.
Hector s'en ist premierement:
Ceus de la terre estraiz e nez　　　　*10995*
En a en son conrei menez;
Grant est e fier e redoté.
11120　Eneas rist de la cité
O ceus qu'il ot a maistreier:
Plus de trei mile heaumes d'acier　　*11000*
Poüst om choisir entor lui;
Riche conrei ot en cestui.
11125　Paris s'en ist li beaus, li proz,

11106 *nL* uont uestir, *e* reuestent, *B²* remestent; *n* lor; *k* alq.,
LN hauberions, *F* herbergons — 7-8 *interv. dans n* — 7 *M* Souz
b. soz; *B²* Soz heames, *M¹* Sus bluiaus; *M²* e sor (*v. f.*); *n* S.
les b. p.; *M²* ueirs, *ekn* uers — 8 *B¹* L. bliaus — 9 *A²* Par la cite
sarmerent t. (*fin de la lacune*) — 10 (*A²L*); *n* Sanz grant n. et;
K et s. b.; *B²* crit — 11 *M²Mkn* Courent; *F* et c. — 12 (*A²J*); *n*
Metent, *B²M¹* Ferment — 13 *N* Pranent e., *F* Planez esaiz; *n* tost
s. m., *K* se sont montez — 14 *nB²M¹* li conroi sont; *K* deuisez —
15 *F* Per — 16 (*A²*); *B²en* Sen ist (*F* Eissi) h. — 17 *F* Cez, *E* Ces;
E la uile — 18 *B²E* a son; *n* A a s. c. amenez, *A²* En a tos
auoc lui m. — 19 *M²* Granz e fiers; *K* et forz; *E* Preu sont et
fier; *M¹* et redoutez; *B* Ml't sont hardi et r., *A²* Cist furent
tot preu et sene — 20 (*A²B*); *EK* ist, *M* sen ist; *B²M¹* rest
(*M¹* est) apres alez — 21 *EF* ces; *n* a a; *A²* iusticier — 22 *n*
troi .m., *k* .iij. .m., *E* xx. — 23 *M²Kny* Poist, *M* Peust (*de
même partout, sauf avis contraire*); *kN* len, *E* lan, *F* an, *M²B²HM¹*
on; *K* conter, *B²* trouer; *n* an cestui — 24 *B²* ont; *M¹* cetui, *H*
celui; *n* antor lui.

Qui ceus de Perse meine toz.
Après s'en ist Deïphebus,   11005
Polidamas e Troïlus,
Philemenis e Antenor,
11130 Li reis Perseis, sis niés Mennor,
Tote lor gent, tuit li conrei :
N'i remaint amiraut ne rei.   11010
La veïsseiz maint heaume a or
E maint destrier baucenc e sor
11135 Covert de riches dras de seie :
Toz li païs en reflambeie.
Quant eissu furent de la vile,   11015
Plus sont de cent cinquante mile.
Cil de l'ost ront lor armes prises
11140 E de lor gent fait lor devises.
Lor conreiz seivrent e partissent
E merveilles bien se guarnissent :   11020
Qui veit les heaumes, les escuz

11126 *EF* cez; *n* moine; *e* mene, *B²* menoit — 27 *K* deyph., En deyf., *B²* deif. — 28 *L* Poll.; en*KL* troylus — 29-30 *m. à An* — 29 *K* Philim., *P* Filyminis, *M²BB²CIJMy* Filimenis (*cf. 6814*); *BCJKy* anth.; *A²* Richement furent atorne — 3o (*BCHJ*); *B²* li fils m.; *K* R. p. et son f.; *A²* Sor lor cheuals bien seiorne; *E* mannor, *DP* menor — 31 *A²e* Totes les (*e* lor) genz, *A* Tuit lor prince; *AB²DFKM²* tot (*ADK* tuit) lor, *BM* tot li, *H* et li, *E* et lor — 32 *MNe*; *M²* remest, *BC* remeist, *P* -ist ; *BDMM²* amiral, *C* -aus, *J* -aul; *P* ni amirail, *A* duc conte; n*IKL* Il ni (*F* ne) remest (*F* -ist) (*K* Ni a remes, *J* Ni remesent) prince (*F* conte), *A²* Ni laissierent p.; *EH* Li amiraut et tuit li roi, *B²* Ni r. ne p. ni r. — 33-6 *m. à AA²lx* — 33 *BCDky* ueissiez, *M²* ueisez; *J* escu a or — 34 *H* cheual; *M²Bky* baucent, *P* bauzain; *C* despaigne s. — 35 (*J*); *M²BC* Couerz, *B²HMM²* Couers; *B* rice drap; *P* sie — 36 (*DAJ*); *M²* Trestoz li p. en flanboie, *B* T. li pans en refl.; *P* reflandie — 37 *BCEk* issu, *HM²* issuz, *P* isu; *n* Tuit sen issent fors, *B²* Q. issirent tot — 38 *D* de tex .l. m., *B²* de .xl. m. (*v.f.*); *M* Qui p. s. de .ij. c. m., *n* Plus poent estre de .c. m. — 39 *CP* ont — 40 (*HJ*); *M²EK* gens; *B²I* font lor d., *M* f. les d., *N* faites d.; *F* De l. g. f. lor d. — 41 *M²* Les c., *EH* Li conroi — 32 *M²kA*; *K* merueille, *n* -oilles — 43 *H* lor elmes et lor lances.

E les enseignes sor les fuz
11145 Merveille sei dont tant gent vint
E coment rien lor contretint.   *11024*
Assemblé sont d'ambedous parz :
Traient saietes, lancent darz
Mout plus espés que ne chiet pluie ;
11150 Del cors lor ist li sans e vuie.
Dis mile e plus trestuit d'un front
Lances baissiees s'entrevont ;
Si se fierent par les escuz
Que les haubers mailliez menuz
11155 Fausent e rompent as plusors,
Que les enseignes de colors
Se metent par mi les costez :
Onques estors ne fu jostez
Ou eüst tel ocision.
11160 Tant en chiet morz sor le sablon,

11144 *H* Et esgarde les conissances ; *N* ansaignes, *F* -oignes
— 45 (*A²G*) ; *M²* Merueillent, *P* -es ; *EFH* Grant m. a (*F* est) ;
A²EG don ; *M²* tanz genz ; *BB²CDIM²P* tel (*BD* tex, *B²I* tels) gent ;
(*B²* gens) ; (*M²AA¹A²BB²CGK* uint), *DIJMPe* uient, *H* mut ; *nL*
de tant de gent — 46 *A²* cum ainc ; *M²AA²CHJKx* riens, *R* nus ;
AA¹A²BCDKex les, *B²* le ; (*M²AA¹A²BB²G* contretint), *H* contres-
tut, *C* escontre tint, *DIJMe* contretient, *P* contratient, *LN* con-
tratent, *F* contrastant, *K* entretint — 47-60 m. à *M²A¹BB²CDJPky*
et sont dans AA²IRx — 47 *R* Ensemble uienent de dos parç, *A²*
Tost assamblerent dambes pars ; *A* Auenu sunt ; *n* damedous p.,
I par de deus p. — 48 *N* T. espees ; *A* Volent s. uolent d., *IR* S.
font uoler et d. — 49-50 m. à *N* — 49 *F* Plus espesse ; *L P*.
uolent saietes que p. ; *A²IR* ne fait p. (*R* pluiue) — 50 *AA²LR*
Des ; *IR* Li sanc des c. ; *G* l. chiet ; *R* uiue, *G* ruie, *FL* mue
— 51 *N* Dou, *I* Dous — 53 *IR* si sentrefierent es e. ; *F* per —
54 *F* Per ; *R* aubers, *N* hiaumes — 55 *R* Font fauser et rompre ;
AA²G a p. — 57 *N* ansaignes, *F* -oignes — 57 *x* mistrent —
58 *F* iostrez — 59 *R* On ; *I* tant o., *xAA²* Plus (*A* Si, *G* Tant)
airos ne plus (*A* si, *G* tant) felon (*L* felons) (*A²* bien le set on) —
60 *A* Mlt ; *xAI* mort, *A²* mors ; *R* T. a des morç ; *AA²* sus, *L*
par ; *F* chient m. el s.

Grant merveille a quis veit as ieuz. *11025*
Lor granz sorfaiz e lor orguieuz
Cherra ancor, ne puet autre estre.
Mar virent onc Heleine naistre :
11165 Ço savez bien que pas ne fail,
Mout les a mis en grant travail. *11030*
  Li grant conrei sont avenu
E se sont si entreferu
E des lances e des espees,
11170 Ne sont les testes si armees
Que a miliers, ço dit l'Autor, *11035*
Ne s'entroceïssent le jor.
Estrange peine i endurerent
Icil qui d'armes se penerent.

11161 (*H*); *C* g. m. est, *N* Merueilles a, *AA²GR* Merueille sen
(*A²* sent, *G* soi, *A* soit); *FL* Meruoilles uoit qui uoit (*L* oit) as
ialz (*L* ha! las); *xB²CJ* qui, *R* kis, e ques, *D* qes, *A* quil; *A* yeux,
GN iauz, *A'EF* ialz, *DJM¹* eulz, *B²* eus, *R* keuç (*avec un* u *sous le* k),
k ielz — 62 *AB²* grans forfais, *M²FK* grant forfeit (*K* -et, *F* -ait); *R*
Li grançç forfaiç et li o., *A²* Si g. forfais si grans orgeols, *L* Les
granz mesfez et les granz mals; *M* et li, *K* lor grant, *G* l. grans;
M² ergoilz, *F* orguielz *A* -ieux, *J* -iez, *G* -ex, *N* -iauz, *A'E*
-ialz, *R* -eç, *H* orgels, *B²* -uels, *K* -oilz; *M¹* Trop sont sorfet
et plain dorgueilz — 63 *A²GJK* Charra, *H* Carra, *L* Cherront;
k onquor, *M²EHJL* encor; *FG* ancore (*G* ancor ce) ne puet e.;
L nen p. plus e.; *B²M¹* Destruit seront; *B²* el ne p. e. — 64 *F*
honc, *EL* ainz, *M²B²* ainc; *M¹* heleyne, *E* -einne, *N* -ayne, *FL*
-aine, *B²* elaine — 65-6 *interv. dans A²x* — 65 *E* Ce seuent tuit
et; *K* rien ne; *A²x* Comencie fu la bataille — 66 *M* Que m.;
M² treuail, *A²* trauaille; *x* Ml't par les ocit et trauaille (*F* detaille)
— 67 *B²* Et si; *n* i sont uenu — 68 *E* Si se, *B²* Et si; *n* Qui (*F* Que)
si se s. — 69 *n* O les l. o les e., *M* Et de l. et despees, *B²* Que
de l. que despees — 70 (*C*); *M²* lur t. — 71 Que m. à *C.*; *K* Qua
merueilles; *B²* cou dist, *K* co d., *ABHL* ce d., *GN* tesmoing, *F*
tesmoig; *BCKy* lauctor, *AM* -our, *L* lactor, *B²* lautors — 73-4
m. à *B²* — 73 *x* poine, *E* poinne, *MM¹* pene; *C* Ml't grant p. i
durent; *F* i demenerent — 74 (*ABG*); *M²H* Tuit (*H* Tost) cil;
LMN Cil qui d. (*L* damors) plus (*M* ml't), *F* Cil q. des armes;
C Cil q. arme en el camp furent.

11175 Le jor i ot mout poi josté,
       Quar si par est l'estor meslé,   11040
       N'i ot se chaple non d'espees,
       Dont se donent morteus colees.
       Greu n'orent force ne leisir
11180 D'Ector encombrer ne laidir :
       Chascuns aveit mout a entendre   11045
       A son cors guarder e defendre,
       Quar la bataille ert mout dotose
       E felenesse e perillose.
11185 Mout i chaeient mort sovent ;
       Maint chevalier i a sanglent   11050
       O de son sanc o de l'autrui.
       Il ne departiront mais hui
       Que trei mil chevaliers n'i ait
11190 Qui ja mais ne vendront a plait,
       Ne ne pendront escu a col.   11055
       Tot le plus sage tienc a fol,

11175 *M²Ak* Cel; *M²B²M* si poi; *EH* Mes po i ot le ior i., *C*
C. i. tot se poi i.; *B²* mene — 76 (*C*); (*M²* Quar), *A²* Kar, *les*
autres Car; *B* C. si pres fu, *EH* Si auoient; *n* lestor uirent si m.,
A ml't par fu le iour m., *A²* tot estoient si m., *K* si par sont
entremesle; *B²* il ont si lestor mene; *AM²N* melle — 77-8 *m. à x*
— 77 *B* Ni a; *A²* chaples — 78 *M²* Don; *J* se donoient, *B²* sen-
tredonent; *A²* Et denemis; *M²B* mortiels, *K* -ax, *M* -elz, *A²* -els;
M¹ il se d.; *B²JM* granz c.; *EH* se fandent tres (*H* des) quas
corees — 79-80 *interv. dans nL* — 79 *A²* Norent g., *J* Nil n.;
M²A²e Grieu, *k* Griu, *F* grex; *n* laisir, *GHJLM¹* loisir — 81 *E*
Ml't a. c.; *n* Chascons — 82 *M* De; *B²* A soi g. et a d. — 83 (*M²*
Quar), *les autres* Car; *KM¹* iert, *M²M* est; *n* si d. — 84 *n* felo-
nesse, *M* felonn.; *H* Ml't orrible et ml't p. — 85 *L* Mort; *M²L*
cheoient, *M¹* cha-; *En* Maint (*N* Mainz) en i chieent (*N* cheoit)
(*F* en chierent) m. (*n* ml't) s. — 86 *enK* i ot; *n* Et m. uassal —
— 88 *B²* Ja ne departira — 89 *K* Qua; *FK* troi .m.; *M²B²Me* T.
(*M* .iij.) mile (*e* .iij. ᵐ·) c.; *K* cheualier; *E* j uet — 90 *M²F* Que;
M² uenront, *N* uan-; *F* nen auront — 91 *F* prandront, *A* pendra;
E as cos, *B²* as cols, *F* al col — 92 *M²B²GJky* Li (*B²* Qui) plus
sages (*A* saiues) se (*G* san, *M¹* sen) tient (*HK* tint) por (*J* a) f.
(*B²* fos); *N* teing, *A* tieign, *F* tent.

Quant por ceste acheison s'ociënt.
La gent de Perse se raliënt :
11195 Le poindre ont pris, les ars tenduz :
La rot assez des abatuz   11060
E des navrez e des ocis.
Merveilles l'ot bien fait Paris :
Hardiement, par grant ruistece,
11200 L'or fait conoistre sa proëce ;
Bien se fait le jor conoissant   11065
O l'arc turqueis e o le brant.
Coment que il l'ait aillors fait,
Le jor est dreiz que pris en ait :
11205 Si avra il, quar bien est dreiz,
E or, ço cuit, e autre feiz.   11070
Agamennon fu entrepris,
Qu'Ector li perça l'escu bis
E le hauberc menu maillié :
11210 A la terre l'a trebuchié.
Nel consiut pas par mi le cors :   11075
A cele feiz li est estors,
Quar Achillès l'a socoru,
Qui fiert Hector del brant molu,

11193 *K* Car par male; *M¹* par cest, *B²* par ceste; *M²* achaison, *Ky* -eson, *M* acoison ; *x* Que (*G* Quant) por pou dacoison (*L* dach., *G* doquison) — 94 *HKkn* Les genz — 95 *N* Le p. p. — 96 *M²B²ek* ot — 98 *EN* Meruoilles, *F* Merueille; *E* la; *n* bien lo fist, *M¹* b. le fet — 99 *n* Hardemant ot et; *M²B²* rust., *M¹* uist. — 11200 *K* fist; *N* C. lor fet, *F* Fierement conoist; *Ne* proesce — 1 *B²n* fist — 2 *B²* Al arc; *M²EF* turquois, *M¹N* turcois — 3 *M²* qui; *EN* loit, *F* soit, *KM¹* ait, *B²* ot — 4 *E* Or est bien d.; *M* droit — 5 *M²Ek* car, *nM¹* que — 6 *B²* Et cor; *K* altres — 7 *FM¹* Agamenon, *E* Agamannon — 8 *n* Que; *N* hector; *K* perce — 9 *M¹* meillie — 10 *M²* trebuche — 11 *M²K* consut, *M* -eut, *N* -iust — 13 *Any* Car; *M²k* A. la del brant feru — 14 *M²k* Leume (*K* Lhialme, *M* Le heaume) li a del chief tolu, *B²Jy* Hector a si del (*J* de) branc feru, *A* Que h. a .iij. cox f.

11215   Si que l'eaume li fait voler.
         Mais mout le dut chier comparer,   *11080*
         Quar Eneas e Troïlus
         E chevalier seisante e plus
         I sont venu tuit a eslais.
11220   Ne s'en ira hui mais en pais,
         Quar as branz nuz mout le requierent, *11085*
         Mout le damagent, mout le fierent :
         Meü li ont tel encombrier
         O les clers branz trenchanz d'acier
11225   Que jusqu'a poi, s'il n'a aïe,
         Porra petit preisier sa vie.   *11090*
         Saisir le vont de totes parz :
         Mais senglers, lions ne lieparz
         Ne se defent si come il fait.
11230   Nos porreit pas estre retrait
         L'une meitié de sa proëce :   *11095*
         Mout les ocit e navre e blece.
         Bien conurent icist le jor

11215-6 *interv. dans* M²k — 15 M²k Sautre li leust recourer,
eB² Liaume li fist del chief u.; A lelme li fist u. — 16 MM¹ con-
perer; n c. lo dut c. — 17 (M² Quar), *les autres* Car; M¹ heneas;
enK troylus — 18 M sexante, *en* .lx., K .l., B² .xl. — 19 M¹ tant,
E tot; n les branz nuz traiz — 20 (A²G); L Ne seront or; K mes
or; M²L mes hui, M¹ ia mes — 21-2 *interv. dans* xA² — 21
(M² Quar), nk Car; MM¹ bien; G Mult lo domagent (F de-
moinent, G laidengent) et r., A²L M. le hastent et (A² ml't) le r.
— 22 (A²); E Et m. le d. et f.; x Mult lo batent (N hastent) et m. le
f. (L et le requierent) — 23 (AHJ); M² Mou; M¹ del e. — 24 (A);
F lo cler brant tranchant; M²B²Jky As b. forbiz; E moluz dacier
— 25 (A); M² truesqua, Me tresqua, A²H dusqua, n ius ca; M si;
B² nont — 26 A²J; Hx P. ml't pou, B² Petit poront; N prissier,
F proisier, GH pris., M²B²Jek amer; B² lor uie — 27 M¹ part —
28 L sangler; FK liparz, M¹ lieupart — 29 F desfait, k deffent,
M²AGLNe desf. — 30 (*corr.*) AEHx Ne p. pas (AEH mie),
M²B²JM'k Ne uos p. — 31 n Nes la; L Ne la moitie; M¹ meitiez,
EN mitiez, B² moities, F mortiez; e proesce (*forme constante*) —
32 n Il les, B² M. en; M¹ ocist; M ochit; FM o. n. et b. — 33
B²M¹N icil, F cil; E Cil c. ml't b. le i.

Sa grant proëce e sa valor :
11235　Nus ne cuidast que uns sous hom
Poüst aveir defension　　　　　　　11100
Tant come il ot. De set parties
Li erent ses armes faillies;
Toz ses escuz ert detrenchiez,
11240　E sis heaumes a or vergiez
Li dependeit toz par quartiers.　　11105
Sis cors ne resteit mie entiers,
Quar li sanz li saut par mainz lieus.
Ja fust de lui feniz li gieus,
11245　Qu'Ector l'aveit pris e saisi
E de la place departi,　　　　　　11110
Quant noncié fu Diomedès :
Cele part vint tot a eslais,
Le cheval broche et se desreie.
11250　Eneas trueve en mie sa veie :
Tel li dona par mi l'escu　　　　　11115
E par l'auberc maillié menu
Que del costé li traist un rai,

11234 n Et sa p. — 35 F Rien, N Riens; K nus, Me .j.; E seus,
M¹ seuz, M seul, M²KN sols; M²Ek hon, M¹ hons — 37
(ABCHJ); n de tant — 38 (ABCJ); M² Ja; M ierent, M²E furent;
n Ses (F mais) a. li e. f., H Furent s. a. departies — 39 (BCHJ);
M¹AMM¹ iert, E fu; A Touz i. cist e. d. — 40 (BCHJ); A sil
(sic) elmes, MM¹ son hiaume — 41 M²BB²CJky Par (J Por) les
laz pendent li quartier; A Li dependeloit par; An cartiers —
42 A Li cors de lui niert m. e., M²BB²CJky Naueit mie le c.
entier — 43 (M² Quar), ek Car; An Li s. li sailloit; FM¹ maint,
AK mains; M² lues, N lous, EFk leus, J leox, M¹ liex, H lius —
44 nAA² A tant estoit partiz (A²L uenus, F nomer, A remez) li;
M fait li g.; n ious, M² iues, A ieus, EFk geus, H gius, M¹
giex — 45-6 m. à EH — 45 (J); n Que h.; M¹ Car h. lauoit ia s.
— 46 F sa; A² presse — 47 F Que; A² noncies fu, K il fu dit,
B²M¹ la ueu; nM¹ dyom. — 48 n uient, E point; H P. c. p.;
EFH toz; K de plein e.; B¹ broche a grant e. — 49 M² point;
n lo d. — 50 F Lo cheual t. eneas emi — 51 M²ek done — 52
M² maille, M¹ meillie; E quil ot uestu — 53 M du costel;
M²B²MM¹ trait; n Q. del cors li a t., K Del coste li issi.

Jus l'abati en mi le tai.

11255   Puis li a dit : « Sire honorez,
    « Qui les autres conseuz donez,   11120
    « Mout estes proz, mais, par ma fei,
    « Ne me pris pas meins endreit mei.
    « Quel damage se l'om vos pert!

11260   « Ou trovera l'om mais coilvert
    « Ne losengier nul qui vos vaille?   11125
    « Ne venez mais a la bataille,
    « Que mal vos vueil por le conseil
    « Que vos donastes non feeil

11265   « L'autr'ier al rei de mei laidir :
    « Faire vos en cuit repentir.   11130
    « Mar vos cola onques del col :
    « Tenir vos en poëz por fol. »
    Li fiz Tydeüs trait l'espee.

11270   L'ire li fu el chief montee :
    Quant veit Achillès entrepris,   11135
    Por un petit n'enrage vis.
    Hector feri, qui le teneit,
    Par mi le chief desus a dreit.

11254 *n* Puis — 55 *M²EKN* enores; *M¹* hen., *F* an. — 56 *M²k* a, conseilz, *n* a. consauz, *AA²C* riches conseus — 57-8 m. à *AA²B²Rxy* — 57 *M²Jk* prouz; *B* M. uos proises; *C* por. — 58 *B* enuers — 59 *M²* Q. d. iert; *A²* Quels, *R* Kex, *L* Cest; *AA²R* domages; *MM²R* len, *nA²E* lan, *M²K* lon; *A* on les — 60 *M²Ak* Ou (*A* Com) iert trouez sers ne c., *H* Ou trouerons serf ni c.; *JLe* len, *n* lan, *A²* lon; *M²AKM¹* cuuert, *M* coluert, *J* couert, *EH* cuiuert; *EJ* tel c., *Ln* m. tel sert — 61 (*R*); *M²k* losengurs; *M²En* mais; *B²M¹* qui si bien u. — 62 (*A²R*); *F* u. mie — 63 *M²B²Jek* Car; *en* ie uos he, *A²H* ml't u. haz (*H* aim); *E* consel, *n* -oil — 64 *A²* nos; (*M²A²K* non feeil), *M* uostre f., *n* conme foil, *e* c. fel, *B²* c. feil — 65 *M* le roy, *F* as uos; *nM* por — 66 *N* an uoil, *F* an doi, *B²* en quier — 67 *A²* issi o. — 68 (*C*); *M²²M* porroiz; *E* par — 69 *M²k* tid., *eF* thid.; *K* traist; *A²* tint sespee — 70 *B²* li est — 72 (*A²*); *B²EK* Par (*B²* Por) .j. p. (*E* po) quil, *M²M¹* A por (*M¹* par) .j. poi (*M* pou), *R* Por un sol p.; *B²MM¹* nesrage; *M* A por poy nesrage toz uis — 74 *M¹* le chies, *n* liaume; *M* au d.; *K* amont a d.

11275 N'aveit heaume fors la ventaille :
Contre le brant l'aubers desmaille,   *11140*
Une grant plaie li a faite.
Hector de rien ne s'en deshaite :
Por quant cil li vola des poinz,
11280 Cui mestiers ert e granz bosoinz.
Hector fu toz d'ire embrasez :   *11145*
L'espee trait qu'il ot al lez,
Tel la rendi Diomedès,
Que del cheval le porte envers.
11285 Sor lui descendi Troïlus,
Quil haï tant qu'il ne pot plus ;   *11150*
Mais cil tost en piez resailli,
Qui vassaument se defendi :
Dure escremie, n'en sai plus,
11290 Se rendent il e Troïlus.
Ne s'en foï pas Achillès,   *11155*
Ainz se requistrent de mout près :
Entre Hector e lui s'entredonent,

11276 *B²* Bons fu li brans, *M¹* Bon fu le branc; *B²* fors la uentaille; *MM¹Nk* branc; *M²* lauzberc, *M¹* lauberc, *A²F* dacier d. (*F* qui taille); *N* Au branc dacier qui soef t. — 77 *F* playe; *N* Li a u. g. p. f. — 78 *k* de riens, *A²* un point; *n* se; *K* dehete, *M¹* -eite, *M²* -aite, *E* deshete — 79 *B²* se li; *E* si li estuert — 80 *B²k* Qui; *M².* g. et b.; *A²M¹* Hector (*M¹* A cui) estoit ml't grant, *E* Cil qui en auoit granz; *tous les mss.* besoinz (besoins) (*de même partout, sauf avis contraire*) — 81 toz m. à *B²*, *A²* ml't; *K* abr., *C* esbrasiez, *M¹* desuez — 82 (*L*); *B²* De lespee q. ot au bres; *F* cot ceint; *FGN* as lez — 83 *A²B²e* T. cop; (*CGJk* la), *AB* le, *N* an, *M²* en; (*ABCJK* rendi), *M¹* -ie, *EN* randi, *G* -it, *F* tandi, *M²A²B²* dona, *M¹* feri; *H* T. a rendu; *xCH* dyom. — 84 (*HL*); *B²* Qui; *AG* labat; *G* a fez; *M²BB²CJek* lesloigne ades; *A²* Qua terre labat a un fes — 85 *Ekn* troylus — 86 *M* hait; *eN* Qui t. le het, *F* Que lo het t.; *B²* que ne — 87 *M²B²Ke* mout t. en p. (*M¹* en p. m. t.) sailli, *M* en p. t. resailli — 88 *Fk* uassal-, *N* uasal- — 89 *N* ne; *k* se — 90 *B²* cil — 91 *M²B²M.* fui — 92 *A²* requisent; *K* requierent de si p.; *n* m. de p.

   Que tuit se blecent e estonent.
11295 Agamennon ont remonté.
   Entre tant dis que ç'ot duré,   *11160*
   A l'escosse vindrent tel cent
   Qui assez orent hardement :
   Reis Menelaus, reis Ulixès
11300 E uns autre, Polibetès;
   Li forz, li granz Telepolus,   *11165*
   Palamedès e Sthelenus;
   Reis Polidarius li gras,
   Nestor li vieuz, li reis Thoas,
11305 Ascalaphus e Archelaus
   E Telamon e Aïaus;   *11170*
   Menesteüs le pro, le sage,

11294 (*B*); *A* Tel qui, *M*² Qui t., *C* Qi molt; *AB*²*y* se tüent;
n Qe tot desfandent (*F* def.) et e. — 95 *FM*¹ Agamenon, *E*
-annon; *nI* orent (*F* oient) monte, *A* fu remonte; *B*² retornee —
96 *E* Endemantres, *nA*² And.; *M* qua tout d., *B*²en que (*M*¹ con)
ca d.; *A* sot; *AK* este; *B*²*M*¹ *aj.* 2 *v.* : Li grans li fors (*M*¹ Le
fort le grant) neptolemus (*cf. 11301*) Lacie son hiaume par (*M*¹
a or) desus — 97 (*J*); *M*²*n* Al escouse, *E* A lesqueusse; *A*²*B*²*En*
mena; *EK* tex c., *M*²*J* tiel c., *B*² tel gent, *n* del gent; *AHM*¹ A
la rescousse ala (*H* en a) tel (*H* tex) c. (*M*¹ mene gent) — 99
(*A*); *M*²*B*²ek e u.; e hul. — 11300 *A*² Et li hardis; *M*²*B*²*Ikn*
autres; *N* bolibethes — 1 *B*²*H* Li g. li f., *M*¹ Le fort le grant;
*A*² teptolemus, *M*²*AB*²*CJky* nept., *GLN* nepth., *F* -omus (*cf.
5014 et 5663*) — 2 *G* Palem.; *M*²*ACEIM* stel., *G* -inus, *HK*
thelenus, *N* -mus, *L* -us, *M*¹ telenus, *F* thelefus, *A*²*B*² theseus
— 3 *AB*²*M*¹ cras, *F* grans — 4 *A* Hector; *M*²*B*²*MM*¹ i uint;
C ueils, *K* uielz, *F* uialz, *N* uiauz; *M*² choas; *E* Et rois
fortins et afimas, *H* Qui de proece ne fu las — 5 (*G*);
*M*²*ABB*²*DM*¹*N* Ascalafus, *FL* Asch., *I* Ascolophus, *A*²*E* Asca-
lofus, *H* Arcalafus, *CH* arcelaus — 6 *M*²*A*²*BCEn* E thela-
monjus a., *k* T. a.; *JM*¹ Et thelamon a. (*M*¹ et a.); *JLM*¹*Nk*
aiax, *EF* ayax — 7-8 *I* Et si fu li r. de c. Auoec m. le s.
— 7 (*A*); *M*² Meneceus, *E* Et menestex; *M*² li prouz, *nAMM*¹
li proz, *M* li pros, *B*² li prous, *k* li prou, *E* li preuz (*formes
ordinaires; cf. 7482*); *M*²*k* li sage, *ABB*²en li sages; *A*² quon
tint a sage.

E li riches reis de Cartage
E li beaus Eürialus,
11310 Philitoas e Theseüs,
E tel seisanté autre Grezeis   11175
Dont li plus povre ert dus o reis.
Cil vindrent tuit a la meslee.
De la rot grant gent aünee,
11315 Quar il i fu reis Pandarus,
Apon li vieuz e Adrastus,   11180
Li reis Nesteus, li reis Caras,
Reis Mercerès, reis Sanias,
Reis Cupesus, cil de Larise

11308 (HL); K le riche rei, M le riches roys, M²M¹ li (M¹ .j.)
riche rois; N carthages, B²EFH cartages, G -aige — 9-10 interv.
dans A¹ — 9 M²BB²CJk È li biaus (K bials), AA²kn Et li tres b.,
DLy Et li b. rois; DHM¹ eurualus, N euriaclus, F curiaclus,
GI -alus, A² heurialus — 10 GKN Philithoas, CEFHJL Fil., I
Phylitoas, A Philistoas, A² Filotoas, D Et filiton, B² Et fileton,
M¹'Et fyliton, A² Palamedes; (AA²CERHIJkx theseus), J tes.;
M¹ eseus, B² isaus, D yseus, B steleus, M² steseus — 11 Ek
tex, DM¹ tiex, M² tiel; EHMn .lx., K .l., B²DM¹ v. ª·; Dek autres
— 12 (C); M²BM poures, G bas; AA²EKLN Li p. poures (L -e)
ert (A iert, L est), B²M¹ Dont cascuns est (M¹ iert) ou; AA²GL
quens ou r., F Don li pire ert sire et r. — 13 E Cist; N mellee,
M¹ melee — 14 M¹ De la fu; B² ront; A assemblee; G De de
la rot, n De la r. trop; x grant asanblee — 15 (HI); A² Quant;
B²en ia (B² la, m. à M¹) i fu, A ci refu, C il fu li; J la i estoit;
K li r. i fu; M¹ roys, AB roi; A adatus — 16 M²AA²EHI Apon,
GM Alpon, K Arpon, C Alpom, L Aspons, F Al poln, N Al
ponz, M¹ Hupoz, B² Hupos; M²Ck uielz, AM¹ uiex, N uiaus,
EH uialz, A² uils, F malz; L asdralus, G adastrus, F andarus
— 17-20 sont placés dans A² après -22 — 17 (CI nesteus),
M²EHK nestex, nB²LM¹ nestor, G phions, A² fion; A Nestor
li r.; AKN carras, C charas, G carcas, F calcas, A² esdras;
H et r. c. — 18 M²CFk misceres, BB²EHJNy mic., A²L masc.,
I mesc., A mecerez; (LM¹ sanias), G samyas, N samias;
M²A²BEFHK e (m. à F) rois samas (B somas), M et li roy s.
— 19 (A²J); C copesus, yJ cupessus, G cypressus, nL cupr.;
M¹ larisse.

11320   E li vertuos reis de Frise;
        Li reis Remus de Cisonie,   *11185*
        Eüfemes de Liconie
        E li reis de Trace Acamus;
        Reis Steropeus, reis Antipus,
11325   Reis Sarpedon, reis Heseüs
        E li tres beaus Archilogus;   *11190*
        Philemenis li granz, li proz :
        Icist furent al bosoing toz.
        Paris i fu e li Bastart,
11330   Qui ne sont mauvais ne coart :
        Soz ciel n'a gent qui plus d'eus vaille   *11195*
        Ne en estor ne en bataille.

11320 *M²B* E leuertins, *M¹* Et -sins, *E* Et -cins, *k* Et leurcins, *A¹* Et leutins, *nL* Et leuerains, *I* Et leoncins, *B²* Et leuncis, *G* Leuretius, *A* Leoncius, *A²* Eurialus, *H* Quinelius (*cf. 5675*); *C* Et le uertuous rois de f.; *M²AA¹A²BIJkxy* li reis (*M¹* le roi) de; *n* pise — 21-4 *sont placés dans B² après* -26 — 21-2 *sont placés dans A² après* -16; *puis A² donne* 25-6, 17-20, 23-4 *et* 27 *ss.* — 21 *C* cys., *G* Sys; *EH* R. li r., *A²* Et li r. r. (*v. f.*) — 22 *eM* Eufremes, *M²B²AG* E eufr., *A²* Et rois eufr., *B* Et enfermes, *nL* Euframes, *K* Eufemus, *J* Et lamirauz, *H* Et trenies; (de Liconie corr.), *C* de cysonie, *B²* dorcomonie, *M²EGLM* dalizonie, *A* -sonie, *B* -ssonie, *K* de lisonie, *H* de lys., *I* dalys., *n* de lithonie, *M¹* daritonie — 23 *B²* tarse, *I* trache, *B* trasse; *M²AA²EJMx* alcamus, *CH* alch., *M¹* comus, *B²* corus, *K* alannus — 24-5 *m. à EH* — 24 *A* sterepex, *A²* -eus, *M²B²JMM¹* terepex, *CK* tereplex, *G* thereples, *N* cheropex, *FL* chet.; *AB²FL* santipus, *GN* santh., *M¹* sanct., *M²k* xantippus, *J* -ippus — 25 (*AJ*); *L* sap.; *B²* serpentun et isaus; *M²AIJk* eseus; *N* esius, *FL* elius, *G* eysus, *M¹* yseus, *C* theseus, *B* tes., *A²* cipressus (*voy. aux Notes*) — 26 *A²* t. bels, *H* biax rois, *A* courtois; *F* archillogus, *BC* arcil., *B²* archilocus — 27 (*A*); *CM¹* Phylim., *J* Phil., *B²EFk* Fil., *N* Filem., *A²* Filom.; *BEKn* li biax; *H* Et filiminis li bien p.; *M²* prouz — 28 *A* Iceus, *k* Icil; *M* uindrent; *A²B²e* Icez (*A²B²* Ices, *M¹* Iceus) orent, *n* Cez (*F* Cer) amoinent; *B²M¹* a; *M¹B²ek* secors, *AA²n* besoing — 30 *M²* mauuez, *k* malueis, *eN* -es; *F* Qe no sunt mie c., *A²* Qui ne furent fol ne c. — 31 *A²* nen a g. qui tant u. — 32 *M²B²ek* En dur e.

Vers eus se trait Polidamas,
E Antenor, qui nes het pas.
11335 Puis que li monz fu estorez,
Ne fu si fiers estors jostez   11200
N'ou tant eüst de riche gent.
La ot tant riche guarnement,
Tant precios, tant chier vendu,
11340 Tant heaume a or e tant escu,
Tant bon cheval covert d'orfreis   11205
De grant valor e de grant preis !
Chascuns pense e dit e afie
Que ja fera chevalerie.
11345 Ne sai que plus vos en devis :
Lances baissiees, escuz pris,   11210
Se vont les escuz estroër;
Fers e penons i font passer,
Les ais en fendent e desjoignent;
11350 Par mi les haubers s'entrepoignent,
Si que li sans del cors lor raie   11215
Par desor l'erbe que balaie.

11333 *E* sest trez, *G* sen uait — 34 *enM* anth., *K* -ors; *M²*
nels, *AEN* nel, *M* ne; *F* quil ne — 35 *M* li mont, *M¹* le m.
— 36 *M²B²EK* riche, *M* grant, *A* grans, *M¹* dur; *B* si riches os,
n e, si f.; *Ek* estorz, *M²B²HM¹* estor; *E* leuez — 37 *E* Ou, *M*
Ne ou (*v. f.*); *M²* riches genz; *nK* Ne ou t. e. r. gent (*K* riches
gens), *M¹* Ne ou c. t. haute g., *B²* Ne ni euist t. r. g. — 38 *M²*
out; *M²K* tanz (*K* tant) riches garnemenz; *MM¹* maint — 39 *E*
si c. — 41 (*ABC*); *EH* Et tant c.; *M²* Tanz buens cheuaus
couerz; *K* buen — 42 (*AL*); *G* pois; *M²BB²CM¹k* Et tant confa-
non (*B²* -ons, *M¹* gonfanon, *k* -annon) riche et frois, *E* Et li
cheualier furent f, *H* Ml't auoient riche harnois — 43 *n* Chascons
p. c. afie; *BMM¹* p. dit, *K* iure et d.; *B²* dist — 44 *EF* Que la —
45 *k* Ne se — 46 *M¹* besies, *F* baissies, *B²* brisies, *N* leuees —
48 *M²N* Fer; *nE* panons, *M²k* pennons; *B* Fiers espanois — 49
n Escuz fandent (*N* percent) les es d., *B²M¹* Quil (*M¹* Quel) les
estroent (*B²* estoent) et d.; *K* desioingnent — 51 *M²* li sancs,
M¹ le sanc; *M¹K* des cors; *F* rage — 52 *M²B²M¹k* de sus; *F*
baloge, *M¹* baloie, *k* uerdaie, *M²* -eie.

Agamennon e Pandarus
Se porterent des chevaus jus :
11355 Bien s'atainstrent e bien se fierent
E durement se combatierent.   *11220*
Reis Menelaus joste a Paris :
Si l'a feru, ço m'est avis,
L'escu soz la bocle li part,
11360 Ou il aveit peint un liepart.
Ja fust Paris, senz faille, morz,   *11225*
Mais li haubers esteit si forz
Qu'il n'en puet maille desmaillier ;
Mais Menelaus l'a fait glacier,
11365 A l'empeindre, tot contre val.
Par sor la crope del cheval   *11230*
Paris chaï : grant honte en ot
Por Heleine, que l'esguardot.
Entre Adrastus e Ulixès
11370 S'entrevindrent de plain eslais ;
L'uns feri haut, li autre bas.   *11235*

11355 *M* satainstrent, *k* -einstrent, *M'* -aindrent, *A E J* -aignent, *H* sentre at. (*v. f.*), *N* sasenent, *G L* sairent, *F* saurent, *M*ª sencontrent ; *n G* b. santrefierent, *K* et se ferirent, *M'* et enuairent ; *B*ª B. durement s'entrauirent — 56 (*J*) ; *H* Et malement, *E* Que laidemant, *B*ª Et ml't forment ; *k* se conbatirent, *G* cil se requierent, *A E* sentrabatierent — 57 *A*ª coinst ; *I R* ioint o ; *A* daris — 58-66 *réduits à 5 v. dans* x A Aª I R ; *voy. aux* Notes — 58 *H* que lescu bis — 59 *M* sor ; *B* bloque, *C* boce ; *H* Par desor la bocle — 60 *M'* paint, *E J* point ; *K* lipart, *C* leup., *B H* lup., *M*ª lieup. — 61 *M'* mort — 62 (*B C H J*) ; *M'* son hauberc par est si fort ; *B*ª ses h. par est — 63 (*B C J*) ; *H* nel p. ; *M'* maile ; *B*ª*M'* deslacier — 64 *J* le, *B*ª li — 65 *M*ª*J y* enpoindre ; *J* contraual — 66 *Ce* P. sus, *B*ª*J* Par (*J* Por) son — 67 *M*ª*A*ª*Ex* chei, *B* sen ist — 68 *M'* heleyne, *N* -aine ; *M*ª qui tant amot, *B* que plus a., *H* qui ueu lot, *k* q. molt (*M* plus) lamot, *A J R* q. (*R* ke) puis le sot — 69 *e* hulixes — 70 *M*ª*k* plejn, *F* plen ; *e* Qui parent erent auques pres, *H* Q. procien p. erent p. — 71 *M'* Lun ; *K n* Li uns fiert h. ; *M*ª li lautres (*sic*), *n* li autres, *e k* et lautre (*M* lautre).

Reis Adrastus chaï a quas :
Si fu navrez par mi la boche
Que grant dolor al cuer l'en toche.

11375 Le destrier en meine Ulixès :
Adrastus ne l'avra hui mais.   11240
Polimenès ra si feru
Ampon le vieil par mi l'escu
Que del coup le porta en veie.

11380 Cil trait l'espee que verdeie :
Ferir le vait, si l'a ataint   11245
E si tres durement empeint
Qu'a terre chiet a mort navrez.
Ampon s'en est a tant tornez.

11385 Li gros, li lons Telepolus
E li beaus reis Archilogus   11250
S'atainstrent si que chascuns saigne,
E chaeit sont en mi la plaigne.

11372 *F* adastrus; *M²EN* chei; *M²KM¹* a cas, *B²* tos plas —
74 Que *m. à n*; *A²B²* grans dolors; *K* Dont grant d.; *M* a;
B²FKM¹ li — 75 *M²M* moine, *E* meinne, *M¹* mene, *n* seisi; *e* hul.
— 76 *M²* nel raura, *B²M¹* nel uera; *K* oi mes; *n* Qui ualoit .c.
liures et mes — 77 (*M²Hk* Polimenes), *nB²JM¹* Polibetes, *E* Fi-
limenis; *M²EHk* a — 78 *M²B²JMe* Apon, *n* Alpon, *K* Arpon; *k* li;
K uielz, *B²* fiel, *les autres* uiel; *E* sor son e.; *A* Que il li fent
trestout l. — 79 *F* Or; *B²* le col, *KM¹* del col, *nM* d. cop.; *K* li;
M porte; *E* Q. del cheual le porte — 80 *B²* flamboie — 81-2
laissés en blanc dans N — 81 *K* Il lenuaist; *FL* Au brant daçier
mult bien lataint; *M²k* atejnt — 82 *M* lenpaint; *FL* Polibetes
mult bien lanpaint (*L* si la rempeint) — 83 *n* Que ius chei — 84
M²B²Me Apon, *K* Arpon; *n* O lo cheual sen est t. — 85 *L* Li
gras; *M²* loncs, *AR* grans, *I* gras, *K* blonz; *M* Li biaz li lonc, *B²*
Li biaus li bons; *M²A³B²Jek* neptolemus, *nG* nepth., *H* net., *C*
neopt., *L* necth. — 86 *xAA²R* forz r. (*cf. 11326*), *B²* tres grans;
C arcil., *L* anthil. — 87 (*HR*); *k* Sateinstrent, *M¹* Sataindrent, *B²*
Sataisent, *M²* Sencontrent; *n* Si sanc. que; *M²n* saine, *M* siane,
K seigne, *EH* seinne; *M¹* si de grant uertu, *B²* par itel u. —
88 (*R*); *F* chau, *N* cheu; *n* plaine; *M²EHk* Et sabatirent en
laraine (*M* lareine, *EH* lareinne, *K* la plaigne), *B²M¹* Que il se
s. entrabatu.

Après se donerent de granz
11390 Par mi lor heaumes de lor branz,
       E s'il ne fussent departiz,   11255
       Li queus que seit en fust marriz.
          Polidamas de plein eslais
       Fiert en l'escu Palamedès,
11395 Si que l'enseigne tote i passe
       E de la lance une grant masse   11260
       Peceie e fraint e enastele.
       Mais cil ne muet ne ne chancele,
       Ainz refiert lui si durement
11400 Par mi l'escu, qui d'or resplent,
       Qu'outre en passe li fers d'acier.   11265
       Ne fu si forz l'auberc doblier
       Qu'il ne li esfondrast la pel;
       Tot abati en un moncel
11405 E le seignor e le cheval,
       Puis li a dit : « Sire vassal,   11270
       « Mout estes proz, mais, par ma fei,
       « Ne me pris pas meins endreit mei.
       « Dès or en vendrons a l'essai :

11389 *E* Et puis; *MN* cops g., *B²* cos g. — 90 *F* Per mi, *JM*
Desus, *M²* De sor; *ekB²* les h. — 91 (*H*); *A* Et se il ne sont; *R*
ne sunt tost; *B²JKen* Et sen (*e* Se len) nes (*B²* sil ne les) eust d.;
M departi — 92 *R* queuç, *M²k* quels, *n* ques; *M* furent marri,
R iert ia marriç; *B²M¹* honis — 93 *L* Poll.; *M²k* plein, *F* plen
— 95 *K* li glaiues toz — 97 *M²* freint, *e* fent, *N* fant; *M²M*
cnestele, *M¹* esquartele, *n* escart. — 98 *K* muot, *B²* nuet, *N*
chiet — 99 *E* Einz; *En* le refiert — 11400 *B²* Que p. mi l. q. r.
— 1 *N* Coutre, *F* Qoutre, *E* Coltre, *K* Quoltre; *M²* le fer, *M* li
fer; *B²M¹* Et (*M¹* Que) par mi le hauberc doblier — 2 *K* Nen ot
si fort h. d., *B²M¹* A fait passer le branc (*M¹* fer) dacier — 3
M² esfrondast, *k* effondrast; *B²M¹* Esfondree li a — 4 *K* Tot
chai ius, *x* T. lo (lo *m. à G*) trebuche (*F* trab.); *F* montel — 5
B²n segnor; *K* Et li sires et li cheuax — 6 *B²* frere u.; *K* uassax
— 7 *K* sachez bien — 8 *K* Que ne me p. p. m. de rien, *B²* Mains
ne uos p. iou que de moi — 9 *M²* uenrons, *n* uanr.; *M* ataindrons a lessoy; *B²* Desore asase uos ai.

11410 « Ja mais en lieu ne vos verrai
      « Que mis escuz vos seit guenchiz,   11275
      « Anceis poëz bien estre fiz
      « Que j'en ferai oïr novele
      « A tel dame que mout est bele.
11415 « Poi l'en chaudra, que qu'ele en oie.
      « Autres chevaliers a en Troie   11280
      « Plus beaus e plus vaillanz de vos :
      « Trop vos faites chevaleros.
      « De grant neient entre en barate,
11420 « Qui ço bargaigne qu'il n'achate,
      « Quar de son gré ne a enviz   11285
      « Ne sereiz ja de li saisiz. »
      Polidamas fu toz desvez.
      Les paroles conut assez :
11425 Ja ne seront mais obliëes
      Si les avra cil comparees.   11290
         Reis Sthelenus e reis Caras
      S'entrevindrent plus que le pas.
      De grant ravine s'encontrerent,
11430 Merveillos cous s'entredonerent :
      Par mi escuz jusqu'as haubers   11295

11410 *M²* lue, *N* lou, *EFK* leu; *J* uenrai — 11 *F* failliz — 12 *n* Ancoiz — 14 *M²* que; *KM¹* est m'lt — 15 *n* chaura; *M²* quei, *B²* quel — 16 *B²* Amis c.; *M²k* a t.; *En* troye — 17 *M²k* P. prouz; *n* p. riches; *B²* p. ceualerous — 18 *F* T. per estes; *B²* Car trop uallant uos faite uos — 19 *EF* neant, *K* naient, *M* nient; *M²* entren, *n* est an; *B²* sentre barate — 20 *M¹* barcaigne, *k* barg, *M²N* -igne, *E* -ingne, *F* -ine — 21 (*M²* Quar), *les autres* Car; *M¹* en a anuiz — 22 *M²B²* seroit; *B²MM¹* lui, *K* lie — 26 *B²M¹* si en seront; *kB²M¹* chier c.; *MM¹* conperees — 27 *M²A²BEHIJM* st., *G* stelinus, *M¹* Telenus, *K* thel., *Cn* -emus, *L* chelemus, *B²* thelemon; *A²KLN* carras, *G* guarras, *F* cartas, *A²* esdras — 28 *K* en es le pas — 29 (*A*); *M²B²ky* De plain (*B²* plains, *k* plein) esles sentracontrerent (*B²M* sentre-, *eK* sentren-) — 30 *B²* Et ml't grans cols — 31 *M²* Par les e.; *M²* trues quas, *M* tresquas, *A* iusques, *KM¹* iusqua, *B²E* parmi, *n* et par.

Firent passer e fuz e fers ;
Des lances volent li esclat.
Reis Sthelenus Caras abat ;
11435 Sor lui s'areste e fait que fous,
Quar cil li done de teus cous   *11300*
Que son cheval li a ocis,
Lui meïsme navré el vis :
Ensi se defent chevaliers,
11440 Quant veit que il en est mestiers.
Li dus d'Athenes, li preisiez,   *11305*
Vint par le champs toz eslaissiez
Sor un cheval baucenc d'Espaigne
Qui toz ert coverz d'entreseigne :
11445 L'eaume lacié, l'auberc vestu,
Par les enarmes tint l'escu ;   *11310*
En sa lance ot grant fer d'acier
E une enseigne de drap chier ;
Chevalerie vueut e quiert.
11450 Philemenis le cheval fiert
Des esporons tant com plus puet.   *11315*
Li uns des dous vers l'autre muet.

11433 *F* De lor l. u. e.; *N* uolerent e. — 34 *M²A²CGM* st., *F*
stelesus, *L* theleus, *N* thelemus, *eK* -enus, *B²* -amon ; *GKN* car-
ras, *F* cartas ; *A²* a. esdras — 35 *M* Sur — 36 (*M²* Quar), *FGNek*
Car, *L* Qe ; *M²B²KM¹* il ; *k* dona ; *L* granz cops, *A²* tel cols —
37 *B²* Q. le — 38 *M* Li ; *en* meismes ; *e* naura — 39 *M* Ainsi, *K*
Issi, *e* Einsi, *B²* Ausi ; *B²M¹* font li bon ; *B²MM¹* cheualier — 40
B²M¹ uoient quil en ont (*B²* i nont) ; *M* en a ; *MM¹* mestier — 41
M¹ dateines ; *B²* -aines ; *EN* prisiez — 42 *K* lestor, *M²B²y* les rens
— 43 *tous les mss.* baucent ; *e* despeigne — 44 *n* Que tot ; *N* est, *A*
fu ; *BG* daltre anseigne, *F* dautresoigne, *L* Qui fu c. de haute
enseigne, *M²B²Cky* Couerz estoit toz (*k* tot, *B²M¹* bien) dentresei-
gne (*EH* dune e.) — 46 *G* tient — 47 *B²* Et en ; *B²M¹* .j. fer ; *n*
Grosse l. ot o (*F* l. o) f. — 48 *F* An ; *eK* dun ; *B²* Et grant e. dun
drapiel — 49 *KM¹* uelt, *M* ueult, *F* uielt, *E* uialt, *N* uiaut — 50
B²ek Filim., *n* Filem, *M²* Felem. ; *B²* quiert — 51-2 *interv. dans B²*
— 51 *M²Men* esperons ; *en* il p. ; *K* puot ; *B²* Por esprouer son grant
orguel — 52 *K* dels deus, *E* dax .ij., *B²* des .xx. ; *n* ancontre ; *K*
muot.

Li dus d'Athenes fiert premier :
La hanste grosse de pomier
11455 Li fist par mi l'escu passer;
Plain pié en puet l'om mesurer. *11320*
Joster li fait al cors le braz.
Del hauberc sont rompu li laz :
Parmi le cors le navre e plaie.
11460 E cil de rien nel remanaie :
Fent li l'escu, trenche l'arçon, *11325*
Del hauberc deront le giron,
Le braier trenche en dous meitiez;
Par sor la cuisse fu plaiez.
11465 Empeint le bien, jus le cravente : *11330*
Entor lui fu l'erbe sanglente.
Le destrier prent Philemenis
Qui mout ert buens e de grant pris;

11453 (L); G Le duc; M²ABB²Cky Le duc (M²CM Li dus, A Li dux) dathene (M -ez, M² datheine, A dathainnes) ateint p., J Li riches dus lateint p, — 54 x Que (L La) lance, A Que lanste; M²BB²CJky Desoz (M Desor, E Desus, H Par sor) la grant bocle (C boche, K bogle). (B²M' Par desoz la b.) dor (BH a or). mier (M²H mer) — 55 (AGL); M²BB²CJky lescu fraindre (JM fendre) et (C a) casser (M² quasser, CM qasser, B² passer) — 56 A len puet; AG on, F an, LN len; M²BB²CJky E la (B²KM' sa) lance par mi passer (B² quasser) — 57 M le fet, E li fer; B² Joindre li fist; F an c. — 58 M De lauberc, M' Du h. — 59 J Por la main; M²AA²BCEHk Par mi la main; A² griefment le p.; B²M' En la m. li fet une p.; C plage — 60 (AJ); K riens; M remenaie; n ne lo menaie, A² ne li manaie, B²y ne sen esmaie; C remanage. — 61 K Fiert len l., E L. li fant, M F. li escu; n Fant e. tranche li a.; B² ront li larçon — 62 B²E ronpent li g. (B² gieron), M' cope le geron; k li ront; n Fause li hauberz (N -erc) a bandun — 63 B² braieul; n Ses braiers ront; A Fent le braier; M²AMM' moitiez, En mitiez — 64 E Desus, B²M' Parmi, K Par soz; nA Cil fu ml't fel et ml't iriez — 65 M' Enpaint, n Anpoint; E Si la enpeint; K lacrauente, M' lagr. — 66 M li; En est — 67 B²ek filim., M²An filem. — 68 B² est; En bons, M²B²M'k biax.

O tot s'en torne, as suens le baille,
11470 Puis rest venuz en la bataille.
          Mercerès joint, le pro, le sage,   *11335*
       O le riche rei de Carthage :
       Par mi le cors tot a bandon
       Li fist passer son confanon ;
11475 Mort le trebuche de la sele,
       Mais le bon destrier de Castele   *11340*
       A il saisi e guaaignié,
       Puis l'a a un des suens baillié.
       Philitoas a le renc pris :
11480 Armes ot d'or a lions bis ;
       Sor son hauberc ot un bliaut   *11345*
       D'un drap de seie qui mout vaut.
       Lance baissiee, l'escu pris,
       Li saut Remus en mi le vis,
11485 E sist en un cheval ferrant

11469 *B*ªEK*n* A tot, *M*¹ A tant ; *K* sen uait ; *F* noblie — 70
N Si, *F* Se ; *L* Sest reuenuz ; *B*ª*k* est ; *R* entreç ; *M*ªKL*e* a la ; *F*
baillie — 71-8 *m. à HM*¹ — 71 *M*ªE Mesc., *A*¹BC*k* Misc. ; *G* Mis.,
*B*²J Mic. ; *R* Mec., *A*² Masc., *A* Mecerez, *L* Micere ; *A*¹BC*kn* point,
R ui ; *M*ªBB*ª*EMN li ; *M*ª prouz, *B*ª prous, *E* preuz, *A* preus, *n*
proz, *kR* prou ; *nB*ª li sages, *M*ªBM li sage, *A*² dirie corage, *C* par
grant c., *JM* li sires de frise — 72 *A*² Encontre le roi, *C* Contré
le bon r., *R* Joindre au r. r. ; *M*ªAA¹BB²LR cartage, *nC* -es, *J*
cartaige ; *J donne 3 v.* : Josta sanz nule autre deuise, O le r. r. de
c. Qui molt auoit grant uasselaige ; *EJM* confenon, *K* gonfanon
— 74 (*J*) ; *M*ªB*ª*k le c., *R* tot s. c. — 75 *A* Jus ; *M* la trebucie, *F*
lo trabuche ; *E* M. la enpaint ius — 76 (*A*) ; *R* Mas ; *M*ªBCJ*k*
Puis prent (*J* prist, *C* pris) le d. ; *R* castelle — 77 (*AR*) ; *M*ªBCJ*k*
Que (*M*ª Qui) il (*J* Quil) aueit (*C* lauoit) bien gaaignie (*J*
gahagnie, *E* gaaingnie, *F* gahaignie) — 78 *M*ªBCK Si, *M* Sil ;
CF de s. ; *A* enmi des siens ; *M*ª bailie ; *B*ª li a un ; — 79 (*B*) ; *M*¹
Philyt., *B*ªCE Filithoas, *J* -toas, HK Phil., *M* Filotoas, *J* Filit.,
nAR Rois theseus (*R* tes) ; AA²BR*k* ot, JM¹ rot, *N* o ; *F* brant,
N bran, *Ak* branc ; *B*ª li elme p. — 80 *A*² od, *M*ª o ; *A*²B*k*
lion, *E* leons — 81 (*A*²B*ª*) ; *M*¹ Sous ; *F* sun — 82 *e* Du — 83 *N*
leuee ; *F* escu — 84 *F* Li sans li mue emi ; *K* Li uint — 85
(*AHJR*) ; *nB*ªK sor, *M*¹ sus ; *B*ª corant.

Fort e isnel e tost corant. 11350
Ferirent sei de tel aïr
Que les lances estut croissir :
Haut en volerent les asteles.
11490 Ambedui ont guerpi les seles ;
Sor piez saillirent de vigor ; 11355
O les trenchanz branz de color
Se sont alé entrenvaïr
E granz colees departir.
11495 Reis Theseüs vit la bosoigne :
Sor un cheval baï de Gascoigne 11360
Vint eslaissiez par mi la presse ;
E Resa, li feus reis d'Aresse,
Li vait encontre les granz sauz.
11500 Par mi les escuz a esmauz
S'ont fait passer les fuz fraisnins, 11365
Si que les haubers doblentins

11486 *M'* ignel; *M* bien; *K* corrant, *n* alant; *B²* et remuant —
87 *F* Ferr.; *EK* Ferir se uont; *F* tal; *M²* hair — 88 *R* estoit, *M²M*
estuet, *KM'* firent, *B²* fisent; *F* se font froisser — 89 *H* H. sont
uolees, *K* En h. en uolent; (*HKM'* asteles), *B²* -ieles, *M²EJMn*
esteles — 90 *nM'* Amedui (*M'* Anbedui) o. guerpi, *M²AB²EHk*
Andui o. guerpies (*B²* -pes, *M* guerpi, *K* uoidies), *J* Guerpies o.
andui — 91 *n* par u. — 92 *MM'* brans, *B²* fiers; *K* b. t. — 93-4
placés dans *H* après 11500 — 93 *n* Salerent tost, *R* Se cor-
rurent; *MM'* alez; *B²FR* antrauair, *JR* entre-, *C* entres-, *K*
entre enuair — 94 *B²* Et ml't g. c. ferir — 495-502 m. à *E* — 95 *M*
theus, *HKM'x* theseus, *M²BC* tes., *A* eseus; *A²F* uoit —
96 (*AA²CHJ*); *M²* Por, *M'* Sus; *K* bai c.; *F* ros, *N* uair, *L* fu;
G de uers g. — 97 *F* elaissiez, *N* eslaisiez, *M²* eslessez — 98 (E
Resa li feus r., *correction*; *voy. la note au v.* 11325);
M²A'A²BB²FGk Eurialus, *HJ* Eurualus, *M'* -allus, *I* Euryalus,
LN Urialus, *C* Euripillus, *A* Euualus; *M²AA'A²BB²CHJM'kx* li
r. (*M'* le roi) dar. — 99 (*A²GIL*); *C* I; *n* uet, *M²AA'BB²CHJM'k*
uint — 11500 *n* bocles — 1-2 m. à *H* — 1 (*A*); *M²* Sunt f., *JM'*
Ont fet, *nB²K* Se font; *M²* forz f.; *n* frainins, *JKM'* fresn., *L*
fren., *M²* frejsn., *G* fraign. — 2 *M²* hauzbers, *A* boucles; *B²* li
hauberc doblentin.

Firent fauser e desmaillier.
Malement se durent blecier :
11505 Par mi les cors se sont navré
E des chevaus jus enversé.   *11370*
Ne puet li uns d'eus l'autre nuire :
Dès or avront mestier de mire.
    Li Bastart ont brochié as lor.   *11371*
11510 Ja, quant departira l'estor,
Nes en tendra l'om as peiors :
A lor escuz pert de colors,
Qui sont fendu e eströé   *11375*
E des fers des lances clöé ;
11515 O les trenchanz espees nues
En sont les bocles abatues.
Mout par sont hardi e vassal :

11503 (*A²GL*) ; *M¹* Se font deronpre et d., *M²ABB²CJk* Sunt (*BJ* Ont) deronpu (*B* -us, *A* dessaffre) e desmaillie, *EH* Mes li hauberc sont d. — 4 (*G*) ; *A²* Maintenant, *M¹* Durement ; *L* le ; *FL* firent, *N* sorent ; *A²* plaier ; *M²ABB²CEHJk* Mout (*H* Et) durement (*A* malement) se sunt b. (*C* plaje) — 5 (*A²B²CHJR*) ; *K* le c.; *G* s. si; *B* les escus s. n.; *AL* naurez — 6 (*AR*) ; *A²* Et ius d. c.; *AL* i. enuersez, *G* antrauerse ; *M²BB²CJky* Mout a li uns lautre greue — 7-8 *interv. dans LR, m. à M²A¹BB²CJy* — 7 *CL* nus dax, *A* lun deuls; *I* Poi p. luns diels; *G* de lautre rue, *AIL* a lautre n., *A²* et laltrestire ; *R* nuirre, *FL* uiure — 8 *A* lor est ; *A²* Chascuns auoit ; *G* daiue, *R* de mirre — 9 *M²AA²BB²IMR* ront; *M²AA¹BCM¹k* ioste; *C* iot i.; *L* les lor; *E* sont enmi lestor, *H* ont escuz a our — 10 *C A, H* Mais; *k* Ja al departit de lestor, (*ABCR* departira l.), *J* on departra l., *M²* departiront l., *xy* partiront de l. — 11 *n* Nes i; *M* N. attendra; *M²* lon, *H* on, *En* lan, *kM¹* len ; *M¹* N. t. len pas; *B²EHMn* a; *EH* poiors, *FM¹* peors, *N* piors — 12 *M²* piert, *G* pers, *M¹* pains, *M* paint, *B²* poins — 13 *CK* Qil; *G* de coupe — 14 (*H*) ; *CM¹* de; *M* fer; *B²* naure ; *J* Des f. de l. encloe, *nAA²L* Et despees tuit (*A¹I* tot) decoupe (*F* decorpe), *G* Et des espees estroe — 15 (*ABJ*) ; *A²* Od les, *nE* Et de, *L* Que des, *GH* Et des, *M¹* Haubers — 16 (*A²L*) ; *J* Se s.; *BGH* boucles, *M¹* bougles ; *L* derompues — 17 (*J*) ; *B²M¹* li u.; *AA¹EI* M. s. h.; *A¹* et m. u., *AI* ml't s. u. (*A* uassaus), *E* tuit li u.; *H* M. s. andui h. u., *n* Abatu i ont maint u.; *nE* uasal.

Guaaignié i ont maint cheval
Qui plus valent de mil besanz.
11520 Amer les deit li reis Prianz, _11382_
E si fait il tot a estros,
Quar chevalier sont merveillos.
   Li beaus, li proz reis Sarpedon _11387_
Ala joster a Telamon,
11525 Qui mout fu fel e mout fu durs
E forz e hardiz e seürs. _11390_
Sor les chevaus, les escuz pris,
D'ire e de mautalent espris,
S'entrevindrent de plain eslais :
11530 Des forz escuz fendent les ais
E des haubers rompent la maille, _11395_
Que les enseignes de Thessaille
Passent par mi les nuz costez.
A terre sont chaeit pasmez :

11518 (_I_); _A¹E_ Gaaingnie, _M¹_ Gaanie, _F_ gahaignie, _les autres_
gaaignie; _n_ Et g., _AA¹K_ G. ont; _A¹Kn_ m. bon c., _A_ de telz cheuaus
— 19 (_ACHIJ_); _B²_ vallent, _K_ ualeit; _n_ P. ualoient; _A²_ Sors pome-
lez bais et balcans — 20 _F_ doint — 21-2 _dével. en 4 v. dans_
M²A¹BB²CJky : Si fait il tant (_M_ f. t.) quil (_CM¹_ qe) ne (_M²_ cum
il) puet (_BH_ pot) plus Maint roi (_B²_ Mais en) i (_H_ li) unt (_kB²M¹_ ot)
le ior (_H_ iloc) confus (_K_ conclus) E abatu de son destrier (_eB²_ Et
abatuz de lor destriers) Trop (_yB²K_ Ml't) par sunt (_H_ s. la) hardi
cheualier (_E_ ot en ax (_M¹_ en a eus) bons cheualiers) — 21 (_AA²G_);
_I_ Car si f. il tous; _L_ estoz — 22 _L_ Qe; _AIRx_ cheualiers; _A²_ Kar
ml't erent cheualeros — 23 (_G_); _AH_ thelamon, _A²I_ tel., _L_ sape-
don; _M²BB²ek_ Li biaus Rois (_M_ biau roy) li prouz (_M_ prou) the-
lamon (_BM_ tel., _B²_ sarpedon) — 24 _M²_ iostier; _M²AA²IJky_
sarpedon, _B²_ telemon, _x_ thelamon — 25 (_A_ fel), _H_ prous, _M²B²_
biaus, _eknJ_ biax (_cf. 5195-8_) — 26 _F_ ardiz; _k_ Et cheualiers prouz
et s. — 28 _k_ maltalant, _les autres_ maut. — 29 _EF_ Sentreuienent;
_FK_ plein; _M_ tous a eslez — 30 _A_ F. des forz e.; _B²_ les lais — 31
_A_ sestent; _M²B²ek_ Des h. deronpent (_B²_ des respent, _M_ ronpent);
_n_ les mailles — 32 _F_ Qui; _N_ ansaignes; _F_ ansoignes; _A_ thes.,
_N_ thessailles, _F_ cess.; _M²B²ek_ Si que les (_E_ des) e. sans faille
— 33 _E_ Passerent par mi l. c.; _M²_ costiez; _B²_ lor .ij. c. — 34
M²M cheu, _AE_ cheoit; _n_ A la t. chieent (_F_ chient), _M¹_ Chacun
a t. chiet, _B²_ Cascuns ciet a t., _K_ A t. chient chascuns.

11535   Navré se sont trop malement.
       La joste virent tel cinc cent,   *11400*
       N'i ot un sol cui n'en pesast
       E qui grant duel n'en demenast.
       Trop erent cil haut home e fort :
11540   A maint donerent desconfort.
         Entre Thoas e Achillès,   *11405*
       Qui parent prochain erent près,
       Se combatirent a Hector,
       Que les heaumes cerclez a or
11545   S'esteient fait des chiés voler.
       Onques ne d'ors ne de sengler   *11410*
       Ne fu veüe tel bataille.
       Par les mailles de la ventaille
       Rendent le sanc : n'est pas merveille
11550   Se soz eus est l'erbe vermeille.
       Thoas i ot del nes trenchié   *11415*
       Bien les dous parz o la meitié.
       L'esforz Hector ont esprové
       Cil qui sont mout d'armes lassé :
11555   Soz ciel n'a mais home vivant

11535 *n* mult malament — 36 *M*² tiel, *M*¹ tiex, *K* tels — 37 *K* uns sols; *M*¹*N* qui — 38 *B*² Ne — 39 *M* ierent; *M*² cist; *E* Cil e. ml't, *M*¹ T. estoient, *B*² T. ferirent — 40 (*AGL*); *EN* mainz; *eJ* en donent, *M*²*k* ont done — 41 (*AA*²*CGHL*); *F* tneas, *B* toas — 42 (*AA*²*C*); *eB*²*J* erent prochain (*E* asez) p., *n* estoient ml't p.; *M*² prochejn, *BB*²*H* procain — 43 *M*² conbatierent — 44 (*H*); *M*² heumes, *B* elmes; *B*²*M*¹ as cercles (*M*¹ a cercle) dor, *k* cerclez dor; *n* clers h. uerz a or — 45 *E* fez; *B*²*M*¹ Sentrefirent (*M*¹ -isent); *n* ius aualer — 47 (*L*); *n* tex, *M*² tiels, *G* telle — 48 m. à *G*; (*L*); *M*²*B*²*ek* Le sanc rendent par mi la maille — 49-5o interv. dans *B*² — 49 *M*² Des blans haubers (*M*² aub.); *B*² Batalle i ot a grant m.; *n* meruoille (*forme const.*) — 5o *MM*¹ Se soz; *B*² Desus aus ert; *n* uermoille (*forme const.*) — 51 *AB*² le; *n* neis — 52 *M*²*GHLe* moitié, *EN* mitie, *F* morcie — 53 (*A*); *BH* Lesfort, *eGL* Le fort; *M*¹ estor; *x* compare; *B*² Li fors h. a recouure — 54 *AG* greue; *M*²*BB*²*Jky* Li bastart sunt (*M*¹ ont) si recoure (*H* resuigore) (*B*² se s. esproue), *C* Li filz prianz ont r.

Qui encontre eus eüst guarant.   *11420*
Por Telamon, qui fu navrez,
Qui toz por mort en fu portez,
Se retraistrent Grezeis en sus :
11560   Seisante chevaliers e plus
Des lor i ont le jor perduz.   *11425*
Thoas li reis fu retenuz :
Deïphebus l'en a mené
E Antenor en la cité.   *11428*
11565   Paor deveit aveir mout grant,
Quar mout le het le rei Priant.
Mout en fu Achillès dolent,   *11429*
E il e tote la lor gent :
Por tant fu bien aparissant,
11570   Ainz que li trei jor passissant.
    De cest estor fu mout parlé
Par l'ost e en la grant cité :
Joie en ont grant, quar bien l'ont fait.   *11435*

11556 *n* aust (*forme ordinaire*) — 11557-624 *réd. à* 2 *v. dans*
G : Menelaus maris helaynne Est reuenus an mei la plainne —
57 *ekN* thel., *F* thelemon — 58 *N* Et; *M* tot; *K* morz, *B²* mors
— 59 *B²* Si retraisent; *eK* retrestrent, *F* restointrent; *B²M¹* li
griu; *N* Se traistent li grezois — 60 *eN* .lx., *K* .l.; *k* cheualier
— 61 *M²B²Fky* I unt d. l. (*EH* le ior); *M²B²kny* les (*M¹* le, *H* lor)
chies p. — 62 *H* detenus — 63 *M¹Nk* Deyph., *EFH* Deyf., *B²* Deif.;
I ont m. — 64 (*L*); *H* A; *Fy* anthenor, *KN* -ors (*dans N, l's est
de 2ᵉ main*); *A²* uers — 65-6 *m. à M²BB²CJky* — 65 *N* Peor; *L*
deureit; *R* Poors doit a. de si granç, *AA²I* Poour (*I* Peur) doit
(*I* puet) grant (*A²* bien) a. de soi — 66 *ANR* Car, *F* Que; *nR* li:
(*F* lo) rois; *R* priancç; *A* priant le roi; *A²* Ml't le heent li fil le r.,:
I Kil nestoit preu amis le r. — 67 *B* accilles; *M²KNe* dolenz,
Fk -anz, *B²H* -ens — 68 *B²* Ausi furent totes l. g.; (*FLM* gent);
M²KNe genz, *C* ianz, *ABB²* gens — 69 (*B*); *HM¹* Por quant,
AB²CR Pour ce; *C* fu il b. (*v. f.*), *H* si fu; *L* Lor en fu b., *n*
Bien lor (*F* li) firent; *M¹* aparis., *N* aparissent, *k* app. — 70
(*AL*); *F* qui; *k* -ent, *M¹* pas., *EHJ* passesant, *BB²* -isant, *M²*
passessant, *N* -escent, *F* -essent; *M* fust li tiers iour passant —
71 *H* Dicest; *M* De ce lestour — 72 *F* Il ot et; *B²K* par la —
73 en m. à *B²*; *M* quant lont b. f.

Lonc tens après fu puis retrait,
11575　Por ço que tuit li rei defors
Aveient josté cors a cors
A ceus dedenz qui plus valeient
E qui de greignor pris esteient.　　　　　*11440*
Perdu i ont e guaaignié :
11580　C'est costume de tel marchié.
　　　Quant li estors fu departiz,
Dont tant en i ot de marriz,
Si se retraistrent li conrei.　　　　　*11445*
Assez dura puis le tornei :
11585　Assez i ot puis chevaliers
Abatuz morz de lor destriers.
De granz quarreaus lor traist Paris :
Mainz lor en a le jor ocis.　　　　　*11450*
O l'arc turqueis les enhardeie :
11590　De la cité vueut qu'om le veie.
S'entente a mise Menelaus,
O cent de ses meillors vassaus,

11574 *K* enpres; *n* Ml't l. t. fu a. r.; *B²* bien r. — 75 *M²B²Me*
dehors — 76 *F* A. este — 77 *EF* ces; *M* que mielz; *B²* auoient
— 78 *K* graignor, *M¹* grenor, *F* greinor, *B²* plus grant; *M* du
meilleur — 79 *M²AJKM¹* ot; *M²AEk* ga-, *n* gah., *M¹* gaanie, *J*
gahagnie — 82 (*L*); *F* Dont cent; *M²B²Ke* Ou (*M²* O) thela-
mon (*E* tel.) fu si laidiz; *M* Donc en i ot de tous marris — 83
e retrestrent, *B²* retraisent, *F* restraintrent, *K* -eintrent, *M*
-aistrent, *L* -eignent; *M²* liᵉˢ (*sic*) conrois — 84 *K* Assez tindrent
p., *M¹* Ne lessent pas tuit, *B²* Tuit seslaisent par, *F* Puis rehurte-
rent, *M* P. reduient, *L* Et recomencent; *M²FLM* li t.; *E* Asez i
ot puis del t., *N* Chascuns moine sa gent o soi — 86 *B²* et
detrencies — 87 *ek* quarriax, *N* carr., *F* queriax; *B²* les traist;
nM trait, *e* tret — 88 *L* Meinz, *B²KM¹* Maint, *M²FM* Mout; *M*
ochis — 89 *B* Qua, *ekn* A, *B²* De; *M²AB²* turquois, *eB²N* turcois,
F trucois; *AMe* enhardoie, *M²* en ardoie, *B²* entardoie, *KL* en
conuoie, *n* anc. — 90 *M²* uout, *KM¹* uelt, *M* ueult, *E* uialt; *M²A*
quon, *ek* quen; *F* les an anuoie; *N* Loing de la c. les anuoie;
B² violt que loie — 91 *M* Entente; *F* misse; *M¹* a menelax —
92 (*L*); *n* A.

En lui guaitier, en lui sorprendre.   *11455*
Sa femme li cuide chier vendre:
11595 L'ame del cors li cuide traire,
Mais ço li est mout grief a faire.
A el ne pense, a el n'entent,
Mout l'envaïst le jor sovent;   *11460*
Par la bataille le porsieut:
11600 Sa mort porchace e quiert e vueut.
Paris s'a bien aparceü:
Reguarde sei, si l'a veü.
E dist : « Ja vos traireiz ariere,   *11465*
« E guardez que jo ne vos fiere
11605 « El cors de vos o el cheval.
« Se vos alez querant mon mal,
« Le guerredon vos en rendrai :
« Vos savreiz ja coment jo trai ».   *11470*
Une saiete a encochiee

11593 *n* A; *F* guitier ; *n* a l.; *K* De lui greuer; *F* pro prandre;
M²BB²ek et entreprendre — 94 *M²Men* fame, *K* feme; *K* quide
(*forme constante*); *nM* Quil li c. (*F* cuite) (*M* Car c. chier) sa
c. u. — 96 (*A²L*); *M²BB²ek* M. auques (*k* alques, *M¹* autres)
e. g.; *F* m. a contraire — 97 *H* Del; *M²* nen p.; *A²* Et neque-
dent; *B²* a el ne tent, *L* ne nentent — 98-9 m. à *L* — 98
(*A¹A²BJ*); *H* lenuia, *B²* lanuioit; *F* lo ua lo i. prosiuant — 99
A poursuit, *A²* porselt, *M* desuit; *M²A¹BB²CJKy* Molt le por-
sieut (*BM¹* -ieut, *H* -eut, *A¹CJ* -uit, *E* -ilt, *K* desielt) par (*M²*
por) la b., *n* Par (*F* Por) lo tornoi lo uait guetant — 11600 *M* p.
en *A²* p. ml't; *A* et dit; *A²* et uelt (*A* et q.) *nL* et uet (*L* ua)
querant); *M²A¹BB²CJKy* Voluntiers (*K* Volont., *y* Volent.)
lociroit (*M²* locirr.) sans faille; *L* aj. 2 v. : Ml't par lala le ior
suiant Par le tornoi le ua querant — 1 (s'a corr., *les sept mss.*
et A la); *M²Aek* aperceu — 3 *M²K* dit; *M²n* trairoiz, *E* trer.,
M² trerez, *M* traiez — 4 *M²K* Bien g.; *E* Or si g. que ie ne f.,
B²MM¹ Bien uos g. (*M* Si g. bien) que ne uos f. — 5 *K* En...
on; *n* ou del c.; *M¹* Le c. de u. ou le c. — 6 *k* Si ; *F* monual —
7 *M²en* sauroiz, *M* -ez; *B²K* com iou (*K* que gie) trairai — 9
M¹ seaite ; *M²* encochee, *B²* encocie, *M* encouchie, *B* entoskie,
N antouchiee.

11610   Reide e trenchant e aguisiee ;
         Bien l'avisa e traist d'aïr,
         De près la li a fait sentir.
         Menelau fiert e navre e plaie: *11475*
         De la cuisse li sans li raie ;
11615   Por poi qu'a terre ne s'estent
         De la dolor qu'il a e sent.
         En sus se trait, ire a e duel :
         Ja mais joie n'avra, son vuel,   *11480*
         Devant que il s'en seit vengiez.
11620   Si tost come il fu estanchiez,
         Est remontez en l'auferrant ;
         Bien dit e mostre e fait semblant
         Qu'ainz i morra que cil n'i muire :   *11485*
         Verra se rien li porra nuire.
11625   Ariere vient a ses vassaus :
         Ensemble o lui vait Aïaus,
         Qui Paris het mout e manace.
         Ensemble vienent en la place :   *11490*

11610 *M³B²Men* Roide; *N* aguissiee, *eB²M* aguisie, *M³* -ee ; *M³B²FKM¹* R. t. — 11 *EK* lauise, *M* i auise, *FM¹* auisa, *M³* auise; *M²k* e trait, *E* si tret ; *M²* dahir — 12 *e* li a fete *s*. — 13 *kM¹N* Menelax, *AH* -aus; *B²* fent et n. et blacie; *H* a fait une p. — 14 *K* coisse — 15 *MNe* Par, *F* Per, *M²K* A — 17 *B²* traist ire ot; *M* a i. et a d. — 18 (*A*); *M³B²Ke* naura ioie; *M* uel, *FH* uoel, *K* uol, *M¹* uoil — 19 *K* Auant, *M* De ci — 20 *n* Tantost; *F* est — 21 *M* Rest r., *E* Si rest montez; *K* el auff., *F* en lauf. — 22 *M²* monstre; *M¹* B. dit iure, *B²* B. i. et dist — 23 *M* Ainz ; *B²* Ains; *A* en; *F* Quant il m. ; (*M* que cil), *M²B²FKe* que il ; *Ak* nen, *L* i m.; *N* Que il uoudra ainz que il m. ; — 24 *B²M¹* Saura, *N* Sauoir; *M²KLe* se riens, *F* serriens, *B²* se il, *M* se on; *R* la — 25 *B²* Quariere viegne, *M²* Arieres, *EN* Arr.; *M²* en u., *M* uint ; (*B²F* o), *G* ou, *L* od, *M²n* a; *M¹* dant menelax — 26 *FH* Ans. lui; *L* od, *G* ou ; (*M²AJK* uait), *M¹* iert, *B²* ert, *E* est, *L* ueit, *n* uient, *G* juient, *H* uint, *M* estoit; *x* ayax, *A* -aus — 27-8 *m*. à *EHLN* — 27 (*J*); *B²* Que p. h. et m. m.; *F* het p. m., *AK* m. h. p.

Mout l'aguaitent, mout le coleient,
11630 Mout volentiers l'entreprendreient.
Enragié sont e fors del sens
Qu'il ne se trait plus près des rens :
Ja li sereient près veisin ; 11495
O les branz d'acier peitevin
11635 Li meistreient, se il poëient,
Si que mort el champ le rendreient.
Hector conut l'assemblement
E sot lor cuer e lor talent ; 11500
Menelau ot veü navrer,
11640 Et puis ariere retorner :
Vengera s'en, ço set de veir,
Se aise e lieu en puet aveir ;
A autre rien ne vueut entendre, 11505

11629 (*AG*); *M²EFLM* le gaitent; *H* i c.; *M²EGHLRn*
coloient, *BM* colient; *K* la coloient; *B²M¹* M. uolentiers li for-
feroient — 3o *B²M¹* Et u.; *M²AFLM¹* -oient, *N* -panroient, *M*
lentrenpr., *K* len reprendreient, *B²* le prenderoient; *J* Et m.
u. le prendoient — 3ɪ (*H*); *M¹* Enragiez est, *B²* Enragie s.;
M²B²LMe hors; *AM* s. h. de lor s.; *M²K* de s., *N* des s., *G*
dou san; *nE* sans — 32 (*JL*); *A* Nil; *H* traie; *B²* ne serait;
M¹ suens, *M* siens, *nE* rans; *G* Atrait se sont p. p. del ran —
33-64 *réd. à 2 v. dans G*; Menelaus encontra paris De plain
eslais lantrabatist — 33 *B²* La; *K* plus; *N* ueisint, *M²FMM¹*
uoisin, *L* -ins — 34 (*A*); *L* Od; *M²F* le brant; *F* poitein, *les
autres* poiteuin, *L* -ins — 35 *M²* moistroient, *M* mstroient (*avec
un sigle sur l's*), *EHJL* mosterr., *M¹* mosteront, *n* mostrent
tant; *K* Le ferroient; *A* Li feroient tant; *AEL* sil p., *M¹* sil
onques puent — 36 *EHK* Que m. enz el c.; *M²EJK* lesten-
droient; *ALM* Que m. ou uif le li rendroient (*M* le r., *L* len
enmenroient), *n* Ou m. ou pris lo detanroient (*F* tanroient),
B²M¹ Que uolentiers le destruiroient — 37 *J* cognut, *C* perceut;
M²e lasenbl., *N* lasanblemant, *F* lassanblerant — 38 *B²M* le c.
et le, *F* lo c. et lo — 3ɡ (*B²* Menelau), *M²FMe* -aus, *KN* -ax, *J* -aü;
E ont; *M* navre, *B²* monter — 40 *M²* arieres, *EF* arr.; *M* retorne
— 4ɪ (*H*); *M²E* soi, *K* sei, *n* san; *M²Men* uoir — 42 *M²MM¹* Se
l. e a.; *N* saise ne l.; (*MM¹* lieu), *M¹* lue, *N* lou, *EFK* leu ; *K*
pot — 43 *kM¹* uelt, *F* uialt, *N* uiaut, *B* uolt, *E* puet.

Ne mais a Paris entreprendre.
11645   Cele part vait e Eneas
Tot a celé plus que le pas :
Ja esteient jusqu'a lui point,
Lez ses costez se furent joint.   11510
En Menelau n'ot que irier :
11650   Un glaive tint trenchant d'acier,
Vers Paris point. Ja fust feruz
E del cheval jus abatuz,
Se Eneas n'i avenist,   11515
Qui entredous son escu mist.
11655   Paris s'esteit ja desarmez,
Quar li soleuz ert resconsez ;
Mais as lor esteit venuz traire,
Quant se meïssent el repaire ;   11520
E por faire le poigneïz,
11660   Aveit ses guarnemenz guerpiz.
Bien l'aveit Menelaus sorpris.

11644 *B²* que p. — 45 *M* ua; *K* o e.; *n* La uint et il; *M²* uait
il e e. (*v. f.*) — 46 *n* T. soauet, *M* Tout ensemble — 47 *L* ses-
toient; *M²AB²ek* E cil (*A* Icil) furent iusqua (*M²* tres qua); *H* Et
c. ont tant ale et p. — 48 *LN* A, *F* Ia, *M* Lez; *B²* Pres des; *F*
sestoient; *K* Lez les c. serre et point, *H* Quil se sont pres de
paris i. — 49 *M²e* menelaus, *kN* -ax, *F* -as, *B²N* quairier, *F*
quairiez — 50 *B²* .I. espiel prist; *K* trait; *n* tranch. — 51 *B²* V. p.
uient — 52 (*A²*); *B²M¹* mors (*M¹* mort) a.; *n* Et morz (*F* mort)
d. c. a. — 53 (*C*); *A²* nel defendist, *E* o son escu — 54 *n* s. e.
antre dous; *M²* entrelz d., *B²* entredeus, *K* entras deus; *C* Qe
entraus dous; *E* Neust le cop si retenu — 55 *C* sest ia toz d.;
M estoit, *puis ces 2 v. soulignés postérieurement :* Mes il con
preuz et con uassauz Ot le iour perdue sa clarte — 56 (*M²*
Quar), *eK* Car, *n* Que; *M* Quant li solail; *En* solauz, *A* -els;
M²M¹ iert, *B²M* fu, *A²* sert; *En* esconsez, *M* esconsses — 57
(*A¹CL*); *A* au leur, *B* al lor, *M* as lost; *A²* sestoit; *H* Vers la cite
sen uoloit t. — 58 *M²* Quenz, *A²N* Quil, *FM¹* Que, *L* Ne; *A¹* se
meissient, *ABB²* il se mistrent, *M* se remistrent; *H* Ja se me-
toient; *M¹* ou, *K* al, *M* au — 59 *A* ce, *K* les, *M* ses, *n* lor; *M¹*
poigneis — 60 m. à *H*; *M* repris — 61 *est placé dans B² après*
-76; *M¹* sopris, *M* soupris.

       Tote l'enseigne o le fer bis
       Li meïst par mi la forcele,   11525
       Mort le trebuchast de la sele,
11665 Se Eneas o son escu
       N'eüst le coup si retenu :
       Covert en a le cors Paris
       E de la presse l'a fors mis,   11530
       E por ço qu'il ert desarmé,
11670 L'en meine o sei en la cité.
       Mais de tot ço n'i eüst rien :
       Morz fust Paris, ço set om bien,
       Se danz Hector nel defendist,   11535
       Qui a grant fais son cors en mist;
11675 Quar bien mil chevaliers e plus
       A fait par force traire en sus :
       Atainz en i a teüs quarante
       Qui al tornei n'avront mais cante.   11540

11662 *m. à H*; *N* lansoïgne, *F* sansoigne; *M* uert bis; *A²* al
lion b., *B²* de samis — 63 *H* la le ferist en la f. — 64 *M²K* lus;
K trebuschast, *F* trabuchast — 65 *G* ou, *L* od, *B²EF* a, *M¹* en,
N an, *K* sor, *M* et — 66 (*GL*); *M²CK* si le c.; *M¹* detenu, *G*
sousteru, *K* receu; *A* N. le grant cop corrompu, *M* Ne li eust
le cop toulu, *B²* Non eust le cop retenu — 68 *M²B²MM¹* hors;
K toz f. m. — 69 *M²A* iert; *CK* quil uoit (*K* uit); *B²JM¹* Por ce
quil le uit d., *EH* Et quant il le u. d., *x* Por ce que desarmez
estoit; *B* desarmes — 70 *M* Le maine; *JM¹* Len a en la c. mene,
H Fors de la presse la m.; *E* O soi len meinne, *B²* Len a m.;
x An la c. lo (*L* len) mena droit — 71 *G* ni e. il r. — 72 (*HJ*);
xAM Que (*AM* Car) mort fussent; *M²* siet, *M* scet, *K* seit; *M²*
hon, *eAGM* on, *K* len; *H* ce sacies b., *nL* ce sauons b. — 73
(*HJ*); *LMn* nes — 74 *B²* en g.; *M²k* i m. — 75 (*M²* Quar),
B²GNek Car, *FL* Que — 76 *B²* Ot — 11677-706 *réd. à 2 v. dans*
G : An la cite tot droit lan mainne Au grant palais le haut
demainne — 11677-8 *m. à A²B²Dex, sont dans M²AA¹BCHIJk* —
77 (*BH*); *C* Atant, *J* Ateint, *R* Ataint, *K* Ateinz, *M* Ochis; *K*
teι .l,, *A¹* bien cinquante; *AMR* en a plus de q. (*M* lx.); *I* Plus
de .xl. en a occis — 78 *A* a t.; (*R* cante), *AM* tente; *M²A¹BCHJK*
Que (*K* Qui) tuit sunt mort veire cinquante (*A¹H* soixante, *C*
sixante, *K* .lx.), *I* Bons cheualiers et de grant pris.

O l'aïde des suens qu'il ot,

11680   Les a chaciez tant come il pot;

L'espee el poing les enconveie :

Trestruit li fuient e font veie.

Vont s'en : n'i ot le jor plus fait,   *11545*

D'ambedous parz se sont retrait.

DÉLIBÉRATION A TROIE SUR LE SORT DE THOAS ; VISITE AUX DAMES.

11685   Vait s'en Hector par le tornei,

Sa gent en meine devant sei.

Ainz qu'il se fussent desarmé,

Ot li jorz perdu sa clarté :   *11550*

Mais il, com proz et com vassaus,

11690   Vait sus e jus par les ostaus

Por les navrez reconforter

E por dire e por comander

Que l'om lor face lor plaisir,   *11555*

11679 *A*² Od, *nA'HIJLMM'* A; *A*² lajue, *I* laie; *M*ᵃ*B*ᵃ*Ke*
que dès s. ot; *AB*²*M* sienz, *L* soens — 80 (*AA'HIJL*); *B*² t. que ;
*M*²*K* cum plus pot (*M*² puet); *M'* poit — 81 *M'* ou ; *F* poig
— 82 *AMn* Tuit li (*A* le, *n* san) f. tuit li; *M'* Trestoz les a mis a
la u. — 83 *M'* Onques; *L* ont; *F* plus lo i. — 85 *M Va; B*ᵃ*EH*
H. san uet (*H* port); *E* Hectors; (*ABCJek* par le), *M*ᵃ por le,
*A*² lait le; *x* sanz nul desroi; *I* Revient sen h. del t. — 86
*M*ᵃ*AA*²*BB*ᵃ*CILky* Ses genz; *n* anmoine; *M*ᵃ moine, *M*ᵃ mene, *E*
meinne; *L* auecques soi; *M'* m. toż o s. — Pour les v. 11687-
994, *AA'A*²*BB*ᵃ*CDGHIJL sont utilisés (passage édité par Bartsch
et Horning)* — 87 *nA'* que il f. (*A'* soient), *A*² quil f. tot — 88
IL Ot p. li i.; *MM'* le iour; *B*² Ni ot il point le ior c. — 89 *LMn*
Mais il, *les autres ms.* Hector; *M*ᵃ*A*²*B*ᵃ*EHJK* li (*A*² que) prouz et
li (*A*² que) u., — 90 *ACHM* Va; *eknJ* ostax — 91 *F* Pro; *M*ᵃ
reconfortier — 92 *F* pro; *M* et c.; *M*ᵃ comandier, *A'* conforter
— 93 *A*² Quon f. a trestos l. p.; *AM* Que on; *M* a leur p.,
*M*ᵃ*BB*ᵃ*CJK* Q. lon (*B* on) les f. bien seruir (*M'* garir).

Et quiert mires a eus garir.
11695 Puis vait el grant palais descendre :
A s'espee receivre e prendre
Ot assez dames e puceles
Riches e proz, sages e beles.   *11560*
Son cors desarment volentiers :
11700 Onques vaslez ne escuiers
N'i adesa se elës non.
Quant remés fu en l'auqueton,
Qui fu d'un drap Saragoceis, —   *11565*
Cel jor l'aveit vestu tot freis :
11705 Or est deroz e senz color ;
De sanc glacié e de suör
Est toz soilliez e maillentez, —
D'un mantel gris s'est afublez   *11570*
D'un drap de seie a or ovré.

11694 (*A²L*); *M* Querrent, *An* Quierent; *A²* Et quierent m.
por g., *M²BB²CJKy* E (*B²CHK* A) lur uoloir e (*B²HK* a) lur (*C*
et a lor) plaisir — 95 *ALM* ua; *A¹M* au — 96 *M²B¹K* lespee —
98 *AM* R. s. et p., *B²n* R. et s. p. — 11700 *AMn* Onc (*A* Ainz)
ne uallez (*F* ual., *A* uarlet, *M* ualet), *K* Onques serianz — 1
K atocha; *M* celes — 2 *I* Q. fu r., *A²* Et il remest ; *A²k* lalque-
ton, *F* laqueton — 3 *F* de; *en* sarragocois, *K* -eis, *M* -zinois,
B²L -gonois — 4 *N* Ce, *EFL* Le; *C* uesti; *KM¹* toz — Pour
11705-20, SS¹ sont utilisés — 5 *B²* desrous, *M²AA²BCEk* rom-
puz; *S¹* coulours — 6 *C* Del; *en* glaciez, *I* chargies, *BH* tacies,
A² quaillie, *S* nercis, *B²* uermeil; *C* et sans color; *S¹* suours
— 7 *L* Toz e.; *N* suilliez, *E* solliez, *I* soullies, *M¹* moilliez;
(*AA²DJxy* E. toz s. (*H* Tot fu s.) et), *S* E. s. tot et, *M²A¹BCRk*
Est s. e.; *M²BCK* enuolumez, *A¹* anu., *A* uolumez, *M* enuer-
minez, *RS¹* ensanglenteç, *M¹* englumez, *DE* angl., *x* angluez, *J*
engl., *S* en palluez, *B²* esclanes, *H* maillentes, *A²* mailentez; *I*
Tous en fu s. et malmis — 8 (*AA²L*); *M²A¹BB²CDJKS¹y* Dun
chier m.; *FGK* est, *BCDJSS¹y* fu; *JK* aff., *M¹* aflubez, *S* aflum-
bez; *I* A. est dun m. gris — 9-12 *réd. à 2 v. dans* x*AA²IL¹MRS*:
Les (*A* Des) mailles ot el front escrites (*GM* escriptes) Ne fu (*G*
fust) pansis mornes (*AMRS* embrons pensis) ne tristes (*M* tris-
tez, *N* trites) (*A²* Qui nestoient mie petites) — 9 (*BCDHJS¹*); *A¹*
bien ourez.

11710   Bien pert qu'il aveit manovré,
        Quar en son vis ont fait lor merc
        Parfont les mailles del hauberc.
        Les sorcilles ot mout enflees   *11575*
        Del grant fereiz des espees.
11715   La char ot perse en plusors lieus:
        A lui pert bien queus est li gieus.
        Bien fu chauciez d'un paile chier.
        Onques ne nasqui chevalier
        Cors a cors le poüst sofrir,
11720   El champ ne l'esteüst morir.   *11582*
            Paris s'en ert venuz avant: *11593*
        Semblant d'amor e joie grant
        Li aveit dame Heleine fait,

11710 (*BDHJ*); *M²* piert, *C* part; *S¹* que il a; *A¹* menoure — 11
B²S¹ le m.; *DM¹* front perent li m. — 12 *B²* Les dures m.; *DM¹*
P. de m. de; *H* Par lius les m.; *M²* del hauzberc, *BCJ* de lauberc
— 13 (*R*); *A* sourciz, *I* -ius, *x* oroilles; *M²K* espalles, *A¹BB²y*
-aules, *H* -aulles, *A²* maisseles; *M²ACJKe* auelt e. (*A* m. e.), *I* a.
tous enfles — 14 *M* et des e.; *A²* Des cols quil a et de spees, *I* Des
grans cols con li ot donnes — 15 *H* La car percie; *M²FKLe* a; *A¹S¹*
Ot (*S¹* Et) la c. p.; *C* tainte; *K* plosors (*forme ordinaire*) — 16 *I*
A lun piert b.; *F* Aluz; *K* peirt b., *A¹M* parut; *A* apert; *A²B*
B. p. a lui; *M²A²K* quels, *B²* ques, *M* quel; *A²* fu li gius; *F* le
geus — 17 *AA¹BCJ* Gent, *M* Et; *CLn* uestuz; *G* Desarme lont;
M¹kx paille, *E* paisle; *I* Bien resamble el uis kil ot fier, *A¹* Gent
ot le cors et le uis fier — 18 *H* Mais ainc; *K* O. el mont not,
A¹ O. not el m.; *B²* Mais el siecle not, *x* An tot lo mont not (*G*
naudit plus chier, *corr. en* na ch'r), *DM¹* Onc ne ueistes, *E* Nus
ne uit onques, *I* Quel mont neust j., *A²* Ainc ne troua on; *B*
ceualiers — 19 *S* Qe c.; *HK* Quel (*K* Quil) p. c. a c. s., *G* Se c. a
c. le woelt s. — 20 *A* En c., *R* Quel camp, *L²* Manois, *x* Que il,
L¹ Que; *F* nesteust; *M²A¹BB²DKy* Maintenant (*M²* Mant.)
nesteust (*A¹B²DHM¹* lesteust, *BK* lesteut), *A²S* El c. le (*S* Qe
au c. ne) couenist; *M²A¹BB²CDJKL²S¹y* aj. 10 v., *qui manquent à*
AA²IL¹MRSx; *voy. aux* Notes; *A²* aj. 2 v.: Fors achilles el
cuer uassal Cil dui furent bien perigal — 11583-720 *sont répétés*
ici dans R — 11721 *ALMR* iert, *M²GKL²M¹n* est; *J* fut; *N* atant
— 22 *A²* damors — 23 *A²* a. ml't; *n* helaine, *e* -eyne, *A²* elaine;
A¹ -eine.

Il meïsmes li a retrait
11725   Com Menelaus l'ot abatu
E il raveit lui si feru
Que por un poi ne l'aveit mort :
« Sire, » fait el, « n'avez pas tort,   11600
« Se il vos het, que lui haeiz :
11730   « Dès or se guart mieuz autre feiz,
« Quar bien li coite, ço m'est vis ».
Quant assez ot joï Paris,
Dist qu'ele ira veeir Hector.   11605
Par mi la sale peinte a or
11735   En est tot dreit a lui venue ;
E quant il l'a aparceüe,
Contre li saut et si l'embrace ;
Les ieuz e la boche e la face   11610
Li a baisié plus de cent feiz :
11740   « Bele, » fait il, « s'ui veïsseiz

11724 M^1 meimes, B meisme, C meesme ; B^2 lauoit r. — 25 M^2 Quant — 26 A^2 le rot issi ; DM' si lui — 27 Que m. à A' ; (AA^2BlK por), $M^2A'BCMxy$ par — 28 (A) ; M^2J ele na mie (v. f.), M' el na m., L el ne a pas, $A'A^2$ ele il na p., BB^2CEHK ele na (B^2 nas) p. ; I Ele respont chou seroit tors ; A^2 aj. 4 v. (les 2 leçons combinées) ; voy. aux Notes — 29 (leçon de A) ; I Des kil ; xIL^2M que (IM se) uos (M lui) lamoiz (G lanmois, F la mort, M namoiz), $M^2AA'A^2BB^2CDJKy$ ainz (E einz, A^2D ce) est bien droiz (K b. e. d., A' a bon droit) — 30 xI Mes or, C Daus ; M^2 mjauz, B mix, G miex, B^2M^1 bien, nAL une ; H Or si g. bien ; A^2 De lui uos gardez altre fois — 31 (A) ; M C. bien le cointez, M^2B^2CKy Quar ce (H or) li couient, B C. il est mestiers ; J Ce li c., x Mestiers (L -ier) li est ; xJ ce mest auis ; I Que m. li est ce mest vis, A^2 Grans m. est ce dit paris — 32 J eut ; M^2B^2Ken oi ; AA^2 ioue ; A^2 iue et ris — 33 ($AA'A^2BB^2DMM'N$ Dist), M^2EFk Dit ; $DGLMM'N$ quele iroit, F que il iront ; K uoier — 34 A^2 Dedenz la chambre — 35 n a li — 36 M^2ek aperceue — 37 $M^2KM'n$ S. (K Salt) c. li (K lie, $A'M'$ lui) ; M' et puis — 38 M^2 oilz, EF ialz, N iauz, B iels, M' eulz, M ieux, K ielz (formes à près constantes) ; $M^2A^2BB^2DJKy$ L. o. la b. (B^2 li baise) e (A^2DJy et puis) ; D sa f. — 39 (AHR) ; A baisiez ; k .v., n .vij., $M^2A'BC$ vjnt, D .m. — 40 kB^2CM' se ; eM ueisoiz, C ueos., F ueissoir.

« Voz dous seignors entremesler,
« Paris chaeir, celui navrer,
« Coment li uns l'autre a requis,   *11615*
« D'ire e de mautalent espris,
11745   « Paor e crieme en eüsseiz,
« Se vos de rien les amisseiz.
— Sire, » fait el, « se jo nes vei,
« N'en ai jo por ço meins d'esfrei ;   *11620*
« En crieme en sui e en dotance,
11750   « Quar paor ai de meschaance.
« Deus vos en guart, si com jo vueil ! »
Adonc plorerent si dui ueil.
En une chambre a or ovree   *11625*
E de cristal pavementee
11755   Que plus reluist cler de soleil

11741 *AA²K* maris, *F* barons — 42 *M²Mn* cheoir, *e* chaoir, *K*
chaier; *C* et lui; *F* colui naurez — 43-4 *remplacés dans EH par
25-6 répétés ici* — 43 *M²BCe* Come; *M* Comment lun lautre,
R C. li autre; *A* C. a lun l. r., *A²* C. luns l. a hui r.; *K* Com
li uns a l. r., *B²EH* Con menelax lot abatu — 44 *M²* mal talant,
k malt., *N* mautalant, *F* mantall.; *B²EH* Et il rauoit lui si feru
— 45 *eN* Peor, *F* Paor, *M* Paour; *B²* ml't grant; *M²* eussoiz,
AA²BDEM -iez, *A'* aussoiz, *M'* eusiez, *Cn* aussiez — 46 *ADk*
riens; *M²* amassoiz, *K* amisseiz, *M* -oiz, *AA²BD* -iez, *M'* -isiez,
F amessiez, *EN* -esiez, *C* -eissiez, *A'* -essoiz, *B²* -iscies — 47 *C* si;
M²BCK nel, *M* ne, *DM'* uos; *A'A²BB²C* f. ele se nel (*A'A²* nes)
— 48 *M* por ce pas, *AK* pas por ce; *k* deffrei, *F* esfroi; *DM'*
io pas menor (*D* meillor) e., *M²B* por ce mejnz de desroi; *B²EH*
Nen sui de rien en moindre foi (*B²* iou pas en maint desfreiz),
A'C Nan s. por ce (*C* Por ce n. s.) mainz en e., *A²* Si en ai io
ml't grant e. — 49-50 *m. à M et sont interv. dans A²* — 49
M²A'BB²C c. s. — 50 *A²* grant; *eN* peor, *M²k* poor; *F* des;
AA'A²BCDkny mesche., *B²* mesest. — 51 (*AA'D*); *M* Dieu; *BCF*
nos; *A²* les me g.; *M²B²K* iel — 52 *M²A²* Adoncs, *B²DJM'* Lores;
n Lors replorerent; *A²* ploroient, *C* plorent; *H* doj; *E* huel, *M'*
eul, *B²* oel, *les autres* oil — *Pour* 11753-808 *R est utilisé* — 53
A' An, *F* A; *A'A²B²x* dor; *x* listee — 54 *R* Et a c., *C* De c.;
M²EHk pauim., *C* paum., *DM'x* tote pauee, *J* estoit p. — 55-6
m. à B² — 55 *x* c. que s., *M* q. li s., *A²R* que rais (*Rrai*) de; *A*
del, *D* du; *n* soloil, *M* solail.

D'escharboncles e d'or vermeil,
Portendue de pailes chiers,
Manda Prianz ses conseilliers :   *11630*
L'uns fu Paris, li autre Hector,
11760   E Troïlus e Antenor,
Deïphebus e Eneas,
E li setmes Polidamas.   *11634*
Cil furent al conseil mandé.
Premerains a Prianz parlé :
11765   « Seignor, li reis Thoas est pris,   *11641*
« Qui riches est e de grant pris :
« N'aveit en l'ost treis chevaliers
« Si forz, si proz ne si guerriers.
« Venuz nos ert deseriter   *11645*
11770   « E de cest regne fors geter
« E nos laidir e nos ocire :
« Por ço vos vueil mostrer e dire,

11756 *A'J* Descharbocles, *e* -ougles ; *n* Descharbocle (*F* -oncle) cler et uermoil — 57 *C* Portandues ; *E* paisles, *nM'* pailles — 58 *AA'A²B²Ex* cheualiers, *R* chiu., *BCD* consiliers — 59 *ACM'* Lun fu, *n* Li uns, *R* Li uns fu ; *M²AA²BCe* e lautre, *B²* lautres — 60 *enM* Et troylus, *K* Deyphebus ; *AA'A²BDekn* anth., *C* prothenor — 61 *K* Et troylus, *MM'n* Deyph., *B²E* Deif. — 62 *A²* Li s. fu, *N* Li setiemes ; *M²F* semes, *G* sesmes, *A* sismes, *A'* sepmes, *K* septmes, *M* septismes, *B* senes ; *D* Et li seurs, *M'* Et le seur, *E* Anchises et, *H* Et lautres fu, *B²* Anthenor et — 63-4 *développés en 6 v. dans A'BB²CDJKL²y* — 63 (GL) ; *AA²F* an, *AM* a — 64 *M²* Premeir., *F* Pro mer., *A²* Pr. a prem. — 65 *M²ADMM'* Seignors, *A²* Baron, *AA'BB²EK* Fet il, *C* Ce dit ; *n* S. fait il — 66 *M²* Q. e. r., *AMR* Q. ml't e. riche ; *M* haut p. ; *A²n* Ceianz (*N* Caianz, *A²* La ens) lauons en (*F* a) prison (*F* pres.) mis — 67 *M²* en tot ; *A²* un ch. — 68 *A'C* Si p. si f. ; *K* Plus f. plus p. ne plus g. ; *R* si buen guerrier — 69 *M²AMM'* iert, *B* ert, *A²CDRk* est ; *R* por desertier, *F* deseritez — 70 *B²* nost r. ; *DMe* hors ; *AA'A²BCNk* giter, *F* gitez, *B²De* ieter ; *A'* Fors de c. r. f. g. — 71 *F* A nos ; *R* batre et o. ; *M²An* ocirre ; *AA'BCCKy* Ce ne puet mie contredire — 72 *ER* uuel, *les autres* uoil ; *M'* monstrer.

« Saveir quel conseil en prendrons,
　« Sera raienz o sel pendrons,　　　　　　*11650*
11775　« O membre a membre seit desfaiz,
　« O vilment a chevaus detraiz,
　« Que cil qui ça nos ont requis
　« Seient seürs, certains e fiz
　« D'aveir en autretel loier,
11780　« Ses poons prendre ne baillier.　　　　*11656*
　« Crieme en avront, paor e dote,
　« E sin vaudra meins lor gent tote ;
　« Meins en seront hardiz et proz. »　　　*11657*
　Eneas respont devant toz :
11785　« Seignor, » fait il, « jo endreit mei
　« Vos di e lo en dreite fei　　　　　　*11660*

11773-4 *B²* V le gietons en no prison Se raembrons v sel pen-
dons — 74 *M²ABn* Sera, *A'R* Sil ert, *A²* Sil iert; *F* reienz, *N*
reainz, *K* ra-, *M²B* raiens, *A²R* raens, *M* reanz, *A'* reans, *B*
rayens; *R* ou sil; *C* Ses raienz, *D* Sel raambrons, *M'* Sel reein-
drons; *C* o le p.; *E* Sauoir se nos le reaimbrons — 76 *C* uille-
ment; *B²JR* cheual, *A²N* -als, *H* ceuals; *A²K* O à c. u. d., *M* Ou
soit a c. d.; *C* detrahiz — 77 *F* que; *R* ci; *A* nes; *M* nos
o. ca r.; *B* Si que c. q. nos o r. — 78 *R* Seront s. c. et fins; *A²*
Puissons faire, *B²* Soit bien cascuns, *n* Soit chascons cerz; *DM'*
En soit c. s., *E* S. seur certein, *M* S. c. s.; *M²* S. s. se il sunt
pris — 79 (*M²D* en), *E* an, *M'* ent, *AA²RKn* un; *A'* tot (*m.* à
B²); *F* oier, *BCK* mestier — 80 *BB²n* Sel; *N'* panre; *R* ni; *B²*
v ballier — 81-2 *m.* à *BCK* — 81 *G* aurons; *eGN* peor, *M²A'L*
poor, *M* paour; *A²* Grant c. en a et grant d.; *B²* v d. — 82 *DM'* Si
en, *AM* Et sen; *R* la; *M²NR* genz, *A²* gens, *F* grant; *A²* Et m.
an uaudront, *B²EH* Plus en crienbront (*H* P. cremiront, *B²* P.
cremerent) nostre g. t., *n* Moins an u. lor g. trestote — 83 *M²J*
Meinz, *CHM* Mains, *A* Maint; *xC* hardi; *M²* prouz, *M* preuz; *R*
p. et h.; *K* Li plus hardiz en ert meins p., *DM'* Chascuns deuls
en sera mains p., *B²E* Maint preu maint hardi (*B²* Mains h. m.
p..) en s. — 84 *M²* dauant, *ABDJKM'* auant, *A'Cn* oiant; *B²E*
E. auant t. r., *R* E. a ce respondi — 85 *B²* Sire; *A²* Bel sire f.
il e. m.; *AA'* il e. de moi, *DM'* il entendez m. — 86 *kE* V. lo et
di, *DM'* Ge (*D* Ce) u. lo mont; *R* loi, *B²* loc, *F* lou; (*A'B²kn*
en), *M²AA²CMR* par; *B* droit, *AA'A²CD* bone.

« Qu'il ne seit desfaiz ne maumis.

« Mout est forz hom, trop a amis :

« Se de lui est venjance prise,

11790 « A la maniere e a la guise

« Refereient Greu d'un de nos.   *11665*

« Trop sont li tornei perillos,

« E vos i avez tant amis !

« Cuidiez qu'il n'en i ait de pris?

11795 « Oïl, certes, n'i avra faille,

« Se uit jorz dure la bataille.   *11670*

« Trop i avez parenz e fiz :

« Se de nul d'eus erent saisiz,

« Arivez sereit a mal port,

11800 « Dure sereit la soë mort.

« Tel en prendront, cui qu'il enuit,   *11675*

« Por ceste chambre d'or recuit

11787 *A* Que; *AM'R* desfait; *B²* et; *les sept mss. et B²R*
malmis — 88 (*R*); *K* ert; *A²* haus; *M²* hon, *MM'* hons; *B²EM*
ml't a, *A'A²DM'* sa trop; *A²* damis — 89 (*BB²CDR*); *M²* iert, *M*
ert, *A²* fust — 90 *A²* En tel m. et en tel g. — 91 *C* Referont; *A²*
il, *K* griu, *M²MM'* grieu; *M* lun; *ABK* des, *K* noz — 92
M²A'BCM Li t. s. ml't (*M²* trop) p., *A²* Et li estor s. p., *K* Li t.
s. cruels et forz; *M'* peillos — 93 *M* Et ia; *De* si a., *A²* a. ci, *C*
lauez; *N* tanz, *A'BB²CDKe* ml't; *AA²BB²* damis — 94 *K* Quidez,
B² -ies; *A²* uos nen i, *C* qe il ni; *EN* i oit, *F* aient — 95 *K* ne i a.,
M ni a. c., *D* c. nen i a. — 96 *M²* oit i., *B²* un an; *M* .vj²·· i.;
DM' Einz (*M'* Ainz) que departe, *A'BCK* Ainz que (*A'* quil) soit
fins de — 97 (*AA²K*); *M* T. p. t. i a.; *A'BB²CDKe* Tant (*A'e*
Trop) i a. filz de grant pris — 98 *F* n. en erent, *N* n. estoient;
M Se nus deulz i est saissis, *A'CDGKy* Se li uns dels (*A'B²CE*
Et se nus (*CE* uns) dax, *DM'* Se aucuns deuls) i estoit pris, *B*
Et suns dels est en lestor p., *A²* Se griu en auoient .j. p., *R* Qe
.a nul en mesauenis — 99 *M²B²K* mals porz, *DE* max p.; *B* Ariue
s. al m. p. — 11800 *M²B²DEK* morz; *A* Ja nen auroit el que la m.,
A² Ml't tost lauroient entrels m., *R* Qele en moroit a puta m. —
1 *K* Tant; *M'* i; *N* panront, *M²* prendrent; *A²* Encor en p. tel; *K*
onquor co quit, *A'BB²CDe* encor ce (*B²* ie) cuit; *M²* qui quen, *R*
cui quel; *AMN* anuit, *F* anoit — 2 *M* plaine dor cuit; *nA'* Qe
por ceste c. (*F* chanse) dor cuit, *A* Por ce palais tout plain dor c.

« Ne voudriëz qu'il fust ocis,
« Desfaiz, afolez ne maumis.
11805   « Al mien conseil e al mien sen
        « Vos cuit jo dire ço por buen.   *11680*
        « Roëz qu'en diront cist seignor,   *11683*
        « Qui mout vuelent tuit vostre honor. »
        Hector respont en es le pas :
11810   « Sire, bien vos dit Eneas.
        « Seit or tres bien guardez li reis,
        « E anceis que vienge a un meis,
        « Savrons que nos en devrons faire :
        « Tost porra l'om estre al desfaire   *11690*

11803 *CJ* Nel; *k* uoldreiz, *M'* uodriez, *FJ* uoldriez, *E* uoldreiez,
N uoudreiez, *B²* uolries uos ; *F* ques, *J* que; *B²E* malmis — 4 *k*
Deffez, *B* A tort; *B²* ne honis, *D* ou m. — 5 *F* An raien c. et an
sain mier, *M* A mon c. et a mon sen; (*AR* al m. sen), *A²* al m.
sens, *M²GLN* al sen (*M²* sens) m.; *I* al m. auis; *A'BB²CDEHJK*
Cest mes consauz (*J* bons consez) et (*DJ* ce, *B²* cou) sachiez (*D*
sai ge) bien, *M'* De mon c. ce uoi ge b.— 6 *M²* por bien; *x* Lo uos
c. ie d. por b. (*F* bier), *M* V. c. ce d. p. bñ, *R* Ce uos c. ie loier
p. b., *A²* Vos en ai dit ce que gen pens, *A* Vos c. ie conseil doner
bon, *I* Nel desferes, chou vous devis; *A'BB²CDJKy dével. en
3 v.:* Ne (*DM'* Nel, *C* Bien n.) uoldreie (*DM'* uodroie, *EJ* uoldriez)
por (*C* par) nule rien Que uos tel chose en feissiez (*K* -eiz, *J* -ez)
Dont (*B²* Que) apres (*K* en plus) uos (*B²* en, *C* uos en) repentis-
siez (*K* -eiz, *J* -ez) — 7 *A'K* Roiez, *ABMR* Oez, *A²B²CHI* Oies;
M²ACRk que ; *B* dient; *R* cest, *AA'BDIJM'n* cil, *A²* que cist
altre en diront — 8 *CJKR* aiment (*KR* ament) t. (tuit *m. à CR*),
BDM' par aiment, *A'* a. la, *B²E* uoldroient, *H* ualroient; *M*
ueulent u. honneur, *M²AI* en u. uostrenor, *A²* Ki uostre ami et
uo fil sont — 9 *M'* enelepas, *D* en el le p., *F* isnellopas, *G* isnel le
p. — 10 *eA'A²D* ml't d. b. (*A²* b. d.), *C* b. d. uos; *M* Biau sire
b. d. e.; *AA²B* dist — 11 *A'A²BCKe* ml't b. g., *B²D* g. m. b. —
12 *A* aincois, *N* anc., *F* enc.; *M* uiegne un m.; *M²A'A²BB²CDJKy*
E ainz ce (*B²* Car ainc iou, *A²* Ancois io) cuit (*M²* assez) que u.
(*B²e* uiegne, *HJ* uigne) uns m. — 13 *FM* Sauons, *A²* Sauom, *e*
Sauron, *A²* Verrons; *A²M* deuons, *A'* deuom, *e* devron, *nC* por-
rons, *H* poron — 14 *M²* lon, *N* lan, *F* on; *DM'* reporrons, *A'*
porroiens, *A²* poiuns; *B²E* Ml't t. porons; *AA²BM* T. puet on
(*AA²B* porrons) uenir au deff., *K* T. reserons a lui detraire.

11815   « O al raiembre o al quiter
         « O a son cors tot desmembrer.
         « Ne savons pas les aventures :
         « Les batailles sont forz e dures,
         « Uns chevaliers est mout tost pris ;   11695
11820   « Nus des noz n'est si poëstis,
         « Se il i esteit retenuz,
         « Que por cestui ne fust renduz.
         « Tresors nos iert a raençon,
         « Tant com le tendrons en prison.   11700
11825   — Veire ! » fait sei Prianz li reis,
         « Mais sempres diront li Grezeis
         « Que tant ont art, sen e veisdie
         « Que mauvaistié e coardie
         « Nos a si toz espoëntez,   11705

11815 M^2M O a, F O an, AN Ou au, K Ou, A^1BB^2CH Al, E Au,
DM^1 A; M^2 rajenbre, M rainbre, K raaindre, E reainbre, BCM^1
reembre, A^2B^2 raembre, A^1 reimbre, H desfaire; M^2BDM^1k o a;
A^1BB^2CDKy deliurer; n pandre ou a lafoler — 16 n san c.;
C tost, B^2 tos — 18 C f. d. — 19 K m. t. est p.; B^2 .I. cheual
i e. t. p. — 20 F de noz, N des uoz; M^2AM Ni a des (A de)
nos (AM nous) si posteis (M^2 poestis), A^1BB^2CDKe Nauez (C
Naurez) baron (D barons) de si grant (B^2CDM^1 haut) pris, A^2 Nos
nauons home de tel p. — 21 E Sun dax; M^2 ert de la; A^1K Sil
esteit pris et (A^1 ne), A^2 Sil e. des grius; $ABCM$ Se il lauoient
retenu — 22 CDK Qi; A^1 par; M^1 cetui, A^1 celui; E fu; $ABCM$
rendu — 23-4 m. à A — 23 M^2 Thesors, BB^2FM^1 Tresor, les
autres Tresors; B^2FK uos; B^2EK ert, n est; AA^1A^2Cn et r.;
M^2 raancon, EF rean-, B^2DM^1 reen-, M raenchon — 24 N
tanrons, F -ont, D tenrons, B^2 tenra, M^2K tendreiz; A^1DEM
-oiz, M^1 -ez, A^2 nos lauons — 25 AA^2 Voire, M Loire, n
Seignor, $eAA^1A^2BB^2CDK$ Amis ; $BCEH$ ce dit, nAA^1BB^2K ce
dist, DM^1 respont — 26 A^1BB^2CDKe S. d. tuit (B tot, A^1CE
tost, K toz) li g., M Mes or d. li; AMe greiois, B gregois —
27 B^2 Qui t. nent; F arz; En san, M^2AA^2Bk sens, CM^1 senz;
B^2E s. art; B^2 ne; A^1Den uoidie, B boisdie, D boidie — 28
M^2 malueztiez, GLN maluestiez, eF -ie, A^2BD maluaistiez,
AA^1B^2CE -ie; B^2 ne c. — 29 M ait; BB^2DM^1k tost; B^2EIJ
espoente, BH -es.

11830   « E si par somes esfreez,
          « Que nen osons faire autre rien ;
          « Ne jo ne vueil, ço sacheiz bien,   11710
          « Que mauvaistié pensent de nos.
          « E ne por quant jol met sor vos :
11835   « Faites en ço que vos voudreiz ;
          « Ne vueil eissir de vos conseiz. »
          Tant li ont dit e fait entendre   11715
          Que le respit li ont fait prendre
          Del rei Thoas a mort livrer.
11840   Conseil li sorent buen doner :
          Ja la fin del meis ne veïst

11830 (*AR*); *M²x* E si nos (*G* ont par, *nL* par a) e., *I* Et afoi-
blis et e., *A²* Et si durement e.; *L* effreez; *A¹BB²CDIJKy ont 3
v.* : Que toz nos a desesperez (*BIJ* tuit (*B* tout) en somes despere
(*B* -es), *A¹B²EH* tot (*E* tuit) somes desespere (*H* -es), *DM¹* il nos
ont toz (*D* tout) desperez (*C* Qa desespoir nos ont menez) Et que
nosons cestui (*BEM* nos ne (*B²* ne nos) losons) desfaire Ne iustice
de son cors (*BB²EH* de s. c. i.) faire — 31 (*AA²L*); *MR* non o,
G nous nosons; *R* osom; *F* riem; *I* Q. nous nen o. f. r.,
A¹BB²CDIJKy Ce diront tost (*E* tuit, *H* tot, *B* tos, *J* il, *m. à B²*)
sachiez (*K* -eiz) le (*A¹B²DIJe* ce (*I* ccu) s.) bien — 32 (*AR*); *I*
Mais, *A²n* Et; *FL* lo uoil, *G* le loz; *M²* nil nest pas bien, *K*
s. lo b.; *A¹BB²CDJKy* Ne (*B* Nel uoudroie por nule rien; *F*
biem — 33 *M²* malueztie, *k* maluestiez, *R* mauuestie, *les autres*
maluestie; *FL* panse, *M* poissent, *A²* dient; *G* troeuent en nos;
B² sor n.; *FGL* uos — 34 *F* Ne, *AH* Et non, *B²* Et nont, *C* Et ie;
A pour tant; *A¹* Et nequedant; *M* cel, *A¹* iou; *G* ie mest; *A* sus —
35 *EH* Ce an fetes; *F* uoldroit, *k* -eiz, *J* -oiz, *GN* uoudroiz,
ABCDM¹ uodrois, *A¹B²EH* uolez; *M²I* tot uostre plaisir — 36
nAM issir, *L* oissir, *R* ensir; *A* consois, *R* -oils, *M²IM* -eilz, *F*
otroit, *GN* otroiz; *M²I* de c. c. eissir; *A²* De uo uoloir sui apres-
tez, *E* Totes ferai uoz uolentez, *B²* Jen entroi bien uos u., *H* Et
bien en uoil ce quen loez, *A¹BCDJKM¹* Car (*DM¹* Que) ce est
bien raisons (*DM¹* reson) et droiz (*A¹* et si est d.) — 37 *M¹* Tuit;
A² li funt atendre — 38 *M* li foient; *B²* en o. f.; *A* rendre — 39 *B²*
thoart — 40 *C* len s. bien; *A²B* C. s.; *M* seurent; (*K* buen),
M²E boen, *nMM¹* bon; *B* liurer; *B²E* B. consoil li s. d. — 41
(*ABB²CDH*); *K* Et; *M²AM* le chief; *M¹* dun m.; *A²* Qains que
la fins del m.; *A²M* uenist.

Que chierement s'en repentist.   11720
Ensi partirent del conseil
Cil qui ami sont e feeil.
11845   Eneas vait veeir Heleine,
Polidamas o sei en meine ;   11724
Ensemble o eus vait Troïlus.
En une chambre de benus,
Que plus reluist e plus resplent   11733
11850   Que la lune del firmament,
Truevent les dames. Cent puceles
A o eles gentes e beles :
N'i a celi n'ait endreit sei
Pere o seignor o frere a rei.
11855   Ecuba fu corteise e proz :
Les treis vassaus a joïz toz ;   11740

11842 (H); A² Ml't; A²DM¹ durement, M²AM ledement; M² se
— 43 e Einsi, A²FK Issi, D Einsinc, les autres Ainsi; A¹BB²CDKe
departent — 44 K Qui bien; A¹BB²C DKe s. a. — 45 A² u. a dame
h.; K ueier, M uoier; M¹ heleyne, N -ayne, F -aine, B² elaine —
46 J Pal.; M²AA²GLL¹NR Les dous uassaus, I De ses amis;
M²HIMR auec (H auolc, I auoec, R ouec) sej (H lui) meine;
A²B²L od; A¹A²BB²CDJKL²y lui; L² lo m.; F Ansanble o ces que
il anmaïne — 47-8 sont dével. en 8 v. dans A¹BB²CDJKL²y; voy.
aux Notes — 47 M² o els, R els, GN o aus, L¹ o oaus; L Auecqes
els; L¹M ua; F Et auoc ax est, A² Polidamas et; x troylus, R
troiolus — 48 R çambre, L¹ reuenus; 49-5o m. à L² — 49 (A²Ix);
k Et, BB²CEH Car; A reluit; A¹BB²CDHKM¹ cler et r. — 5o
I Que fait la l. el f. — 51 A¹ T. i; A²H T. d. et, M T. les d. et;
nE la dame o (n et); B²DM¹ les p., n ses p., A¹C et p. — 52 ABCk
Auec e., B²E Acesmees, n Qui ml't erent, A² Enuiron li, A¹DM¹
Auecques li; H uaillans — 53 A²H celi, A celui, nM²EM cele,
A¹BB²CDKM¹ nule; A² qui, EHn noit; EH a seignor; B² ni ait
segnor — 54 D Mere; A ou fil ou roi; B²E V r. v conte de ualor,
H R. ou c. de grant u., A² Nen ait v pere v f. a r., puis ces 2 v. :
Li baron uont a la roine Qui ml't estoit cortoise et fine — 55
(AA²R); A¹BB²CDJKy p. (B²E sage) et cortoise (H la saige c.)
— 56 R ioi, A iouis, M² oiz, M oi; A² barons honora; I Les ba-
rons a bien ois tous, A¹BB²CDJKy As barons rit ioe (K giue, J
ioie) et enuoise (C ens uoise, B uoise).

De parfont sen a eus parole,
Come cele que n'est pas fole :
« Seignor, » fait ele, ço sai bien,
11860   « Del pro mon seignor e del mien,
« Ne d'essaucier nostre corone   *11745*
« De ço que dreiz e leis nos done,
« Nos traisistes onques ariere.
« Certaine amor e fei entiere
11865   « Nos avez jusque ci portee :
« Ore est la chose a tant alee
« Que conoistre nos estovra
« Qui onc de bon cuer nos ama.   *11752*
« Ço dist cil qui pas ne menti
11870   « Qu'al bosoing veit l'om son ami.
« Li bosoinz est ore avenuz :
« Onques si granz ne fu veüz.
« Dès ore apareistra l'amor   *11753*

11857 *M²ABCk* sens; *M²* o els, *F* aust — 58 *A²* Si cun; *M²M*
pas nest f. — 59 *A* Seignors; *M²* il, *A* el; *M²AM* ce sai ie b.,
A² io s. b. — 60 *M²ek* prou, *n* preu, *A* preus; *A'BCEJK* ne;
e bien — 61-2 m. à *A* — 61 *L* Qe, *nG* Et; *A²* dessalcier; *FM*
uostre; *A'BB²CDJKe* Nabaissiez (*K* -eiz) pas (*B²* Ne baisies)
nostre (*M'* uostre) c. — 62 *A²* Et; *CDM'* l. et drois; *A'* los; *F* et
sans uos — 63 *M²* Nes, *M* Ne; (*M²B²M* onques); *B²* Ne uos traies;
AA'A²BCDJKn Ne uos tr. (*F* traistes, *EN* traiss., *DM'* en
traiez) onc (*AEN* ainz, *DFM'* mie, *A'* pas, *A²BC* ainc) a. — 64
M² Certejne, *E* -ainne; *A²* forte et e. — 65 *M²* desque, *E* tresque,
B dusque, *D* iusques, *B²* -a; *A²* longement; *N* mostree — 66 (*k*
Ore); *E* cose; *A²* en t., *A'BB²DKe* t., *n* si — 67 *F* conostre, *E*
conuistre; *F* uos; *H* estora, *DJM'* couendra, *A²M* conu., *B²*
conuenra — 68 *AA'* ainz, *B²H* ainc; *AA²CDKNy* Q. de bon (*E*
fin) c. nos amera (*J* -ai), *F* Cil q. de c. uos a. — 69-72 m. à
A'BB²CDJKy — 69 *M²* dit; *G* cist — 70 *F* Que an, *M* A li, *A²*
Al, *M* Au; *M²* lon, *L* len, *N* lan, *FG* an, *AM* on, *R* hom — 71 *A*
besoing; *A²* ore uenus; (*M²A²LN* ore), *AFG* or; *A* auenu — 72
AF grant; *A* ueu — 73 (*A²EM* Des ore) *les autres* Des or; *M²*
aparestra, *A'BCIx* -istra, *K* appareistra, *M* aparra; *B²* i para
bien, *E* parra b., *DM'* conoistron nos; *A²* Desore mais parra;
A²BE lamors, *N* la mors, *F* lanors.

« E li granz sens e la valor
11875 « Que en vos est e l'atendance,
« Quar mout i avons grant fiance.
« Ja por nul haut conseil doner
« N'i estuet autres demander :
« Li reis s'est mis del tot en vos.
11880 « Mout est cist sieges perillos : 11760
« Por Deu, sin seiez en grant cure,
« Quar tost avient mesaventure.
« Faites la vile bien guarder,
« Ne nos laissiez desheriter :
11885 « L'onor en iert vostre e li proz, 11765
« Sin sereiz honoré toz jorz,
« E nostre heir, qui le regne avront,
« Les voz toz jorz en ameront.
« S'abaissions, l'abaissemenz

11874 A^2 Et la proece; ABM^1 le grant; D sen; A^2BEFN ualors — 75 B^2 la tend., F latance — 76 (A); A^1BB^2CDKe Car nos i, n Car an uos — 77 $AA^1A^2DKM^1$ p. un; B^2 bon c.; n consoil — 78 A^2 couient; A^1BFK autre d., A meilleur d.; B^2 autres mander; A^2De autre gent mander; C amander — 79 B^2 est ml't; K sor uos — 80 B cis; M^1 siege, K siecles, R consauz; A^2B^2E $C.$ (A^2 Li) s. e. m. p. — 81 C Par, F Pro; M dieu (forme constante); n san; A^1BB^2CDKe si en prenez (B^2 prendez), A^2 soies ent en — 82 n Que — 84 CF uos; F faites, M^2 laisseiz, N laisiez — 85 EN Lenors, F Lanors, M Lonnors, C Le nos; B^2K ert uostres et; A^1A^2 nostre; K prouz, B^2 prous — 86 AA^2CM Sen, BDM^1 Si, A^1 Don; M seriez h. toz; A^2 serons; AA^1B honnorez, K enorez, M^2BM^1 hen.; (M^2A^1BC toz iorz), AK sor toz, DM^1 de t.; nA^2E Si an s. dotez (F -er, A^2 -e, E amez) de toz — 87 B^2 uostres, F uostre, A^2 li; (M^2 heir) ABD hoir, K eir, les autres oir; DM^1N lenor, F lanor, B^2 honor, M^2 le reine; A^2 apres uenront — 88 DM^1 honoreront, EN en., F an., M en seruiront, A^2 en doteront, B^2 a onvront (trait sur l'r); K Voz eirs, A^2 Noz oirs, B^2 Les nos — 89-90 m. à A^2 — 89 M^2 Sabeissions, $A^1A^2BB^2DKy$ Se nos bessons, A Se baisions, M Si baissiez, F Sil abaissoit, C Se as besoinz; M^2 labeiss., AA^1A^2BCDKy li baissemenz, F li baissim., B^2 maluaisement; N Sil baissent li abaissemenz.

11890   « Resereit vostre e a voz genz.   *11770*

         « Ore en aient li deu pitiez,

         « Si nos facent joios e liez

         « De ceus qui tant nos ont gregiez

         « E ci enclos e asegiez.

11895   — Reïne dame, » font li il,   *11775*

         « En iceste uevre a grant peril,

         « Quar a tant est la chose alee,

         « Ne puet mais estre trestornee

         « Desci que il o nos, senz faille,

11900   « Seions tuit vencu en bataille.   *11780*

         « E se li deu l'ont porveü,

         « Mout avrons tost escombatu

         « Nos e la vile e le païs

         « Des mains as morteus enemis.

11905   « Estre l'estuet a lor plaisir :   *11785*

11890 *M* Que seroit, *A¹B²CDEK* En sera, *n* An seroit; *M¹* Ce
sera honte; *B* En ert uostres et a no g.; *M²* Ressereit, *A²* Sera
uostre; *B²* et uostre gent — 91 (*M²A* pitiez), *B²* petie, *les autres*
pitie; *A²* Or en soient li deu prie — 92 *M* Et; (*M²A* liez), *les
autres* lie; *A²n* Que nos (*A²N* Si que) trestot (*N* nos tuit, *F* destruit)
en soions (*N* -ens, *A²* -on) lie, *A¹BB²CDke* Et si en facent (*B²*
ficent) mon cuer lie — 93-4 *m. à M* — 93 *E* cez, *F* ces; *K* cil qui
ci; *A¹BCDe* si; *A* nous o. t. g., *B²* nos o. guerroie; *A²* par qui
sommes gregie; *C* greuees — 94 *D* Et si, *A* Ceens; *F* anclox;
M²AA¹BCDFK ass., *M¹* asezies, *B²* asagie; *A²* Et en ceste uile
assegie — 95 (*R*); *M* Eleine d.; *K* Dame dame co dient cil;
n Ma dame helayne (*F* -aine); *C* foint (*m. à F*); *B* si il, *C* cil,
A ce il, *M¹* se il, *M²* li ill, *M* il; *A²B²* dient il — 96 (*A*);
A¹A²BB²CDKe En (*A¹* A) ceste; *A²* chose, *M²* hueure, *E* oeure,
M¹ uoure, *D* heure, *les autres* oure; *A¹B²DKe* ml't g. p. — 97
A en t. e., *B²F* t. en est; *B²* cose — 98 *K* puot; *F* retornee,
A¹A²C dest., *MM¹* restoree — 99 *M²AA²CM* De ci, *A¹BB²DKen*
Deuant; *B²* nos v il — 11900 (*M²* Seions), *nB²* Soiens, *Me* Soient,
A¹BK Seront; *N* uoincu, *F* ueincu, *B²M* uenu; *A²BC* S. u. en
(*F* tot) la b., *B²* S. u. tuit en b. — 1 *E* ont — 2 *AEFM* auront,
C laurom — 3 *F* Nos an deliure —4 *A¹BB²CDKe* De toz nos
mortels e.; *M²* mortiels, *F* mortez, *K* -ax, *M¹* -iex; *enM* anemis,
A¹ esn. — 5 *K* lestuot; *A²* uoloir.

« Autrement ne poons guarir.

« Toz noz aveirs, toz noz tresors,

« Noz sens, noz vies e noz cors

« Sont a ço mis si a bandon

11910 « Que nostre poëir en feron.   11790

« Iço creez e sacheiz bien,

« Ja ne nos en feindrons de rien. »

     En la chambre ont assez esté

     E o Heleine mout parlé

11915 E a conseil e en oiant.   11795

     Mout lor a fait joios semblant.

     Mout fu corteisé sage e proz :

     De ses chiers aveirs done a toz.

     E il l'ont mout aseüree

11920 E en maint sen reconfortee.   11800

     Polidamas toz sous se taist :

     Ço qu'il a del suen mout li plaist.

11906 M²K Altr.; K Ne p. a. g.; D nel, B² nen, B² ne; BB²
porons g.; A² Il ni a plus que le pooir — 7 A² Dos noz, De Tuit
nostre, M Toz n.; B² Tos nos sauoir; ABDMe auoir; nACK et
noz t., De et nostre cors — 8 F mes et; BB²DM' et nos mors, E
noz tresors — 9 (E S. a ce m.), n Auons si mis, M²AA'BB²CDM'k
S. m. a ce (M' cen) (mis m. à M²); (CF tot a b.), M²AA'BB²DN
en ab. — 10 M Que tout n. p. — 11 k Et ço; n sachoiz et c. —
12 C Qe ne; AA'A²BBDKe uos; F fandrons, N foindrons, E
faindrons, A' feindron, B faldrons, M faudrionz, M' faudron,
B² -ons, AA²CD faldron; F riem; A²aj.: Ce li ont dit et bien
promis Que tos iors li serunt amis — 14 ABB²DFe Et a; e heleyne,
M² -ene, n -aine, B² elaine; C ont ml't p., n assez p. — 15 m. à
M; E Tot; AB en c.; F auoiant, A' anotant; En consoil (forme
constante) — 16 N ioiex, M ioeuz; A'BB²CDKe Ml't par (K Et
m.) lor (B² li) a f. bel (DM' biau) s. — 17-8 interv. dans M —
17 B² est; M' c. s., AA²MJ s. c., M² saiue c.; F c. et saz — 18
B² s. a. doña, nCE ses ioiaus d.; M' son chier auoir, M riches
a.; A² aj.: Riches caintures et anels Et cherchels dor riches et
bels — 19 C ont tuit; D aseure, M aseignoree — 20 A' Et a; EK
mainz; M²AA²BEK sens, B² liu; D reconforte — 21 M²N sols,
B²EF seus; AM' tout seul; C sen t. — 22 E Quan quil; F des s.,
M du sien.

Bien sai plus en voudreit aveir,
Mais il n'iert mie a son voleir
11925   Ne a son cuer n'a son talant.   *11805*
N'a entre eus dous fait ne semblant
Ne parole, dont vilanie
Puisse estre dite ne oïe;
Mais grief chose est a averer
11930   Voleir, corage ne penser.   *11810*
Troïlus baise sa soror,
Que de beauté porte la flor.
Après s'en vont, congié ont pris.
Ne sai que plus vos en devis:
11935   L'eve fu prise el grant palais;   *11815*
Mil chevalier e mil e mais
I mangierent a grant honor.
Qui qu'eüst ire ne dolor,
Paris ot mout de son talant,

11923 *A²K* uolsist, *DM'* uosist — 24 *A²* ce nert, *A* ne miert, *M* nen niert, *BB²CKM'* il nert, *A'* il nest; *A'IK* pas a — 25 *B²* Na a; *K* Na s. c. ne a, *DM'* A s. chois ne a; *A'* coer, *n* bon, *C* dit; *B²C* s. semblant, *M²* ses talanz — 26 *M'* fez ne senblanz; *C* nes talant; *A'IKM'n* nul s.; *B* Ne entrex dols fols, *A²* Nentrels d. nauoit — 27 *A'* En p.; *DM'* De coi honte ne u.; *CEF* don, *M* de, *A'B²* ne, *A* ou; *M²M'* uilanie, *les autres* uilenie — 28 *M'* Puise, *A²B* Puist — 29 *H* Car; *BH* gries; *xDM'* Ml't e. g. (*x* grant) c. a, *A* Mais m. g. c. e.; *M* M. m. c. rot a ueoire, *M²I* M. m. e. g. c. a celer (*I* muer), *A²* Sages doit estre quauerer; *B²* cose que a auerer — 3o (*I*); *A'* Voloirs coraiges; *M* P. c. ne u.; *A²* Volra; *K* et c. assembler, *B* et c. et p., *L* c. et p. — 31 *eknI* Troylus; *C* beisse, *M²E* beise, *nA²L* uet a, *G* ua a — 32 (*F* Que); *A'BDM'k* Cele (*B* Celi) qui de b. ert (*BK* est, *DM'* ot, *M* a la) f., *C* Qi estoit de b. la f. — 33 *A²* sont c. p. — 34 *k* se; *M²* i d. — 35 *M* Liaue, *M²* Laigue; *B* Laue fu preste; *A'M'* ou, *M* au; *B* ens el p.; *J* En done leue — 36 *A'Bek* cheualiers; *n* .C. m. c. et m., *ABM* .ij. mile c. et m. (*M* esmez), *A²* Al mangier sunt assis en pais — 37 *A²* Il; *A* esnor — 38 (*J*); *F* Que, *C* Si; *A²* ioie, *D* poinne, *M'* pene; *B²* Q. quen e. ire et deul — 39 *F* P. auoit ioie ml't grant.

11940 Quar cele o le cors avenant,   11820
     Cui resplendist ieuz, boche e face,
     Le tient la nuit entre sa brace :
     N'est dreiz que rien ait duel ne ire,
     Que entre ses braz la remire.
11945   Doroscaluz, li fiz le rei   11825
     Fu plainz, quar bien i ot de quei :
     Chevaliers esteit merveillos,
     Forz e hardiz e corajos.
     Si frere l'ont plaint e ploré
11950 Et li comuns de la cité :   11830
     N'i a dame que duel n'en ait
     E por sa mort ne se deshait.
     Mout en a fait grant duel Priant.
     Lez son frere Cassibilant,
11955 L'ont mis en un sarqueil mout riche   11835

11940 A^1 Co c.; BB^2DM ot, A^2 od; F ot ml't de son talant —
41 BHK Qui; K ielz, M^2 oilz, C oils, nH oil, E ialz, B^2 iols,
M^1 eulz, B iex, AD eux; A^1 la clere f., A^2 et cors et f., AD eux
b. f., M et b. et ieaz; H Qui resplendissent oil et f. — 42 B^2 La
t. ; A^1 La n. la t. ; A^1BB^2CDHk tint; F sa blace, M ses braz —
43-4 $m. à nL$ — 43 J Nestuet quil ait dolor qui; M^2K riens, DM^1
homs, C nus; EJ oit; B^2G qui (G quil) ait ne d.; A^2 que ait dolor;
M que d. ait ne grant i., A^1 qui doie auoir nule i.; B et i. — 44
B^2 .ij. b.; BH le, M^1 se; R bien la — 45 $AA^1A^2BB^2CDM^1$ doros-
calus, I -ulus, K Doroscalcus, M Lor., C Dorochalus; R le filç
au rois; M^2 lor rei — 46 n quassez; R de quois, K por quei ; M
Fu ml't p. et fait grant desroy — 47-52 $m. à DM^1$ — 48 C
Proz; A^1BCH uertuos — 49 C Li — 51 n grant d. ; A^1 ne nait,
E nant et — 52 A^2 Et de; BMn Et qui; Bn por lui; Ck p.samor;
AA^1B^2J sen; M desait, $M^2AA^2BCJKM^1$ dehait, E deshet — 53
F f. d. li rois p. (v. f.); eBD M. par en fist g. (B faisoit) d., B^2 G. d.
en a mene, A^1CK M. fu plorez del rei, A^2 M. ueissies plorer;
M^2Den prianz, B -ans, K -an — 54 K Les; (A^1 cassibilant), B
-ans, A -elant, M^2 -elanz, A^2 -alant, K -alan, M cassabelant, C
-illan, Den carsibilanz, B^2 -ans — 55 C Lot; M^2M^1k dedenz
(K -anz) un s. r.; KM^1 sarqueu, M^2 -el, E -euz, N -cou, B^2 -cu,
M cerceu.

D'une pierre qu'a non oniche,
Que mout reluist e mout est dure :
Cent mars valeit la sepouture.
    En l'ost de Grece furent quei,
11960   Qu'en crieme sont e en esfrei.   *11840*
Trop lor meschiet, ço lor est vis :
Mout i a ja des lor ocis,
E des bleciez e des navrez
Teus dont mout sont desconfortez.

11965   Rei Telamon plaignent e plorent,   *11845*
La ou il gist vont tuit e corent ;
Grant paor ont que il n'en muire.
Mais ço lor diënt bien li mire
Qu'ainz ne guaires sera toz sains,
11970   De ço seient fiz e certains :   *11850*
Nes espoënte si la plaie

11956 $A^1A^2BB^2CDJKe$ quon (*JKe* quen) claime o.; *n* Qui
estoit faiz dun chier (*F* cler) o. — 57 *DK* reluit, *M* est riche;
E et est m. d., A^2 par nuit obscure; *C* Qi est r. et m. d. —
58 DM^1 dor ualt, A^2 ualut; *k* sa; A^1kn sepolt., $M^2AA^2B^2Cy$
sepult. — 59 *C* erent — 60 *F* Quem, *M* Qui en, $AA^1A^2BB^2CDe$
En, *N* An; M^2 e enfrej — 61 *C* meschief, *B* mestiot, *F* mischiet
— 63 M^2ABB^2M E de b. e de — 64 *n* Dont (*F* Don) chascons
(*F* cascuns) est d., A^2 T. dunt eurent les cuers irez, A^1BB^2CDKe
Ml't les ont cil dedens greuez (B^2 menes) — 65 *F* thalemon,
M telamon, *les autres* thelamon; *eF* pleignent, *K* plaingn. —
66 *E* Et a son tref; DM^1 ml't tost i ceurent; A^1A^2 uont t. (A^2 tot)
et, *C* uienent et — 67 M^2C ni, *N* nan A^1BB^2Fek ne; A^2 Par lui
sunt tot en grant martin — 68 *K* li; *Fk* ont b. dit — 69 *M* Ainz,
F Qua; M^2K gaires, *F* guere, DM^1 -es, *M* guerrez; *A* Mes ml't
tre tost, B^2 Que molt par tans, *E* Qua po de tanz, *N* Jusqua petit
B Jusqua tierc ior; *n* lo randront sain, *B* sera il sains; A^2 Dus-
qua negaires sera s. — 70 *C* Dice; DM^1 Toz les en f.; M^2 les
font, B^2 les fait; *n* soient (*M* soiez) trestuit certain, AA^1A^2EK
soit (A^1 sont) bien chascuns certains (*A* fis et c.); *B* fi — 71 M^2
Nos, *A* Ne; A^1BCEK e. pas; nDM^1 Ne sespoantent sil a (DM^1 de
la) p., *M* Nespoentez de cele p., *G* Si les e. la p., B^2 Ne sesmaie
pas de la p.

Qu'il par cuident qu'a mort le traie.
S'il fust guariz e respassez,
Bien fussent Greu reconfortez,
11975 Ne fust sol por Thoas le rei 11855
Qu'il ont hui perdu al tornei :
Cuident que ja n'ait raençon
Se de la teste perdre non.
Dolent en sont e abosmé :
11980 N'i ot la nuit ris ne guabé, 11860
Ne eschar fait n'enveiseüre.
Icele nuit fu si oscure
E tant tona, venta e plut,
Onc, puis cele hore que l'oz mut,
11985 Nen orent trait si grant martire. 11865
Desci qu'al jor venta a tire :
Li pavillon furent versé
E derompu et desciré.

11972 *A* Qui pas c., *A'A²BB²CDekn* Ne cuident (*BB²* cuide) pas; *B* len, *C* la, *De* li ; *G* Quil c. que a la m. t. — 73 *M'AM* Se, *B* Ne; *C* repouse, *M'N* respasez — 74 (*ABC*); *M²A'B²DKen* B. (*n* Ml't) eust g. (*E* les e.); *A²C* reconforte; *M²* grieus, *A* griex, *BM* grieu, *A²* griu — 75 *K* por s., *M* ce por ; *A²B²E* Se (*B²* Ne) ne f. por; *D* lor r., *C* li r. — 76 *A* Qui lont; *A'A²BCDKe* Que il o. p., *n* Q. o. hui p., *C* Qi lont p., *B²* Qil perdirent er — 77 *M²K* Quident; *A'EN* noit; *B²E* Bien c. quil n.; *M²DM'* raancon, *les autres* reancon *ou* reencon — 78 *B²* Si — 80 *DM'* ioe; *B²* n. gue ases (*sic*) — 81 *B²* escart, *M²B* eschars; *K* Neschar fet ne e.; *DM'n* Ne f. gabois, *A²* Neschergaite; *B²* ne voiseure ; *G* Ne nule riens ni ont seure — 82 *M* Et cele; *EN* nuiz, *BB²C* nuis; *A* Et que la n.; *DM'n* fu ml't; *A'* obsc. — 83 *n* Que, *G* Qui; *M* Errant; *B²* Tant cele nuit; *n* uanta t. — 84 *M²* Unc, *A'CN* Ainz, *G* Quains, *B* Ainc, *B²* Ains, *AEF* Que; *M²* cel ; *A²B* los, *M²* losz, *kM'* lost; *G* que mons fais fust (*v. f.*) — 85 *AB²E* Norent il (*A* grieu), *DM'n* Nauoient, *M* Ni erent, *A'* Norent soffert, *A²* Ne traisent mais, *G* Ne trait nus hons; *B* itel m. — 86 *A²Mn* De ci; *A²* al, *M* au; *AA'BB²CDe* Tote la nuit; *K* Mostre lor ont li deu grant ire — 88 *A'BB²* desr.; *A'E* dessire, *B²* desc., *N* des.; *FD* et deserite.

Chaeit en sont la nuit cinc cent :
11990   Tant par ont esté fort li vent.   *11870*
A l'ajornant cessa l'orage,
Soëf tens fist, mout asoage :
Or i avra tel poigneïz,
Dont mil seront enseveliz.

CINQUIÈME BATAILLE; LE SAGITTAIRE; ANTENOR PRISONNIER.

11995   Mout fu bele la matinee,   *11875*
E senz nule autre demoree
Se rarmerent tost e isnel,
Quar venir veient tel cembel,
Ou a dis mile chevaliers
12000   Trestoz armez sor lor destriers :   *11880*
N'i a cel n'ait heaume lacié,
Escu e lance e bon espié

11989 *K* Chaie, *B* Caois, *M* Cheu, *CEN* Cheoit, *ADFM'* Chaoit, *A'* chai; *M'* en sunt, *B* en a, *E* an fu; *M'* cinc cenz, *A'en* .v°'; *A* Bien en i a c. .v. cent, *A'B'* La n. en sunt c. (*B'* cairent) cinc c. — 90 *F* per; *CM* a e.; *K* grant; *B'* fors li uen, *M'* é (*sic*) uenz, *A* le uent, *B'M* li uens, *Ce* li uenz, *A'* li uanz — 91 *A'A'BB'CEkn* Al aiorner, *G* Al ani.; *K* chania; *nG* ml't sasoage (*N* -as.); *A'* Mais al aiorner sas., *I* Al ior cesserent li orage — 92 (*I*); *B'* si asoage, *D* mont rosoage, *G* cessa loraige; *M'* sasoage; *B* S. fist et m. a., *A'* S. uenta cessa lorage, *n* Puis comanca un grant o. — 93 *A'DM'* la — 94 *A'* Don, *F* Dom; *B'DLe* D. i (*D* il) (*L* Ou ml't) aura denseveliz; *C* D. m. ierent; *A'* en i aura ocis, *F* s. mort et honiz — 96 *M'* nul; *I* Sans nesune — 97 (*ABC*); *F* Ralierent, *B'* Se armerent, *M* Sarmerent; *M'* ignel — 98 (*ABC*); *nM* u. (*M* ueir) uolent; *B'* uinrent, *E* uirent; *M* Soruenir firent; *n* au c., *B'* le c. — 99 (*ABC*); *B'e* Ou ot, *F* Qua; *M'* cheualers — 12000 *M'M* Tres bien a.; *e* Toz adobez s. (*M'* sus) les; *B* bons d. — 1 *B'* nul; *En* noit; *ER* liaume, *M'* leume, *B'* lame — 2 *F* E. an col.; *M'* E. o l. oe.; *M* et e., *n* et fort e., *R* e bone spee; *B'Ke* Et nait (*E* noit); *B'E* enseigne et b. e., *KM'* escu l. et (*M'* ou) e.

Cler e trenchant d'acier molu.
Cil de Troie s'en sont eissu
12005 Volenterif e desiros   *11885*
De Grezeis faire coroços.
    Des herberges s'en ist premiers,
Bien o set mile chevaliers,
Danz Achillès, les escuz pris,
12010 Vers ceus dedenz mautalentis.
Diomedès e sa compaigne
Le siut après tote la plaigne :   *11892*
O les trenchanz fers acerez,
Les fuz dreciez gros e planez,
12015 O les enseignes qui baleient,
Vers ceux de la vile se traient,
Felon, engrès e malfaisant
E d'eus destruire desirant.
Agamennon e Menelaus,   *11893*
12020 O la force de lor vassaus.

12003 *F* dacer, *M¹* o fer, *B²E* et bien — 4 *B²* se s., *n* sont forz — 5 *M¹* Volunt., *n* Volanteif (*F* -tief), *M* Volenteiz, *M¹* -eis, *E* -eif; *N* dessiros, *F* desirrox, *M* -euz, *e* -eux — 6 *e* greiois; *M* De f. grisoiz courouseuz; *M²* correcos, *E* -eus, *K* corecos, *M¹* corocex — 7 *M* issent — 8 *En* B. a; *C* dous m., *EK* .x. ᵐ·; *B¹* B. ot .xx. mile — 9 *M* Dant; *n* son escu — 10 (*A*); *F* cez; *M²FM* mal talentis; *eB²CIK* Dire et de mautalant (*K* malt.) espris — 11 *n* Dyom.; *M²* en — 12 (*AA²*); *kx* Les; *A¹MM¹* sieut, *K* sielt; *N* suist ades; *EHK* parmi, *J* pormi, m. à *B²*; *A¹M¹* par la chanpeigne — 13-18 m. à *A¹BB²CJKy*; 13-4 *interv. dans L* — 13 *F* acerz, *M²* acherins, *A²* et quarrez — 14 (*A²I*); *A* Es fus; *GRn* granz, *M²* forz; *M* groz et pleinz; *F* a plantez — 15 *L* Et, *A* Od; *N* ansaignes, *F* ansoignes (*formes constantes*); *nAA²GR* balaient, *M* -oient — 16 *F* cez; *AM* cite; *M* troient — 17 (*IR*); *M²A* Fels e, *A²GMn* Fel et; *M* engrez, *nG* angres; *M* et de maltalent (*v. f.*); *M²* malfeizanz, *A²* -ans — 18 (*AA²ILR*); *F* l das, *G* Et de, *M²* E del; *M²* desiranz, *A²* -ans, *N* dessirant, *AFMR* des. — 19 *B²FM¹* Agamenon, *E* Agamannon (*formes constantes*) — 20 (*A*); *A²L* Od, *G* A; *M²R* ses u.; *yA¹BB²CJK* Li dus dathene et aiax.

Sont des herberges fors eissu,
Por eus combatre fervestu :   *11896*
Granz sont les torbes, granz les rens.
Puis chevauchent vers Troïens,
12025   E cil revienent encontre eus,
Qui mout lor sont crueus e feus,
Guarni de bataille aduree :
Oëz quel en fu l'assemblee.
        Des suens s'est partiz Achillès,   *11897*
12030   E vint poignant tot a eslais
Sor un cheval, qui plus tost vait
Qu'arbaleste ne ars ne trait :
Par lieus fu sors e par lieus blans
Le col, la crope e toz les flans;
12035   Mout fu isneaus, mout fu hardiz;
Del reiaume de Leütiz   *11904*

12021 *M*²*M* hors; *A*¹*BB*²*CJKy* Sen (*BB*² Se) s. des h. (*C* tendes fors) i. — 22 *I* Por iaus desfendre; *B*² P. c. tot fierviestu; *R* a f. — 23-8 *m. à A*¹*BB*²*CJKy* — 23 (*A*²); *x* G. t. i ot et granz r., *R* G. t. font et ml't grant r.; *A* les treues; *M*² li r.; *AM* et les r. — 24 (*AI*); *F* cheual-, *R* cauaucent; *x* troyens, *A*² cels dedens — 25 *M* reuindrent, *F* remenent; *M*² elz, *M* eulz, *nA*²*G* ax, *A* aus — 26 *M*²*M* Que; *M*² trueuent; *M* cruel et feulz, *A* c. et faus, *M*² cruels et fels ; *A*²*Gn* Qui mult les troverent cruax (*N* cruiaus), *R* Qi lor sunt nemis (*sic*) cruels — 27 *x* Garniz — 28 *M*²*AGLMR* Oiez, *A*² Oies, *F* Gardez; *M*²*A*² quels, *A* quelz, *nG* quex, *M* quele; *AM* q. en iert, *R* coment fu; *A*²*x* q. fu la destinee — 29 (*AA*¹*A*²); *R* De sens, *G* Des siens; *CHIJM*¹*k* est, *G* cest; *F* estoit pres — 30 *R* uient, *F* uait, *N* uet; *E* toz; *B*²a un fais — 31 *M*² ueit — 32 *K* Quarbelaste, *M*¹ Quabaleste, *G* Quaubrelestre, *FR* Que balestre; *M*²*MM*¹ arc; *M*² treit — 33 *M*² lues, *N* lous, *EFHK* leus, *M* lieuz, *M*¹ liex; *B*² p. lius fu b.; *R* uair mes toç fu blance — 34 *M*² li f.; toz *m. à B*²; *H* El c. en la c. et es f., *R* En c. et en c. et en flance — 35 *B*²*EK* M. estoit (*K* par iert) i. et h., *M*¹ I. e. et ml't h., *H* Ml't est isniax fors et h.; *M* isnialz, *EHKn* -iax, *M* Igniax — 36 *m. à H*; *A*²*F* reaume, *K* reialme, *M*²*NR* -aume, *E* roiaume; *M* Do roame, *M* Car du regne; *A* fu de lutiz; *F* de lautiz; *A*² Et del r. de leutis, *R* Del grant r. de lentiz, *I* Nes fu del regne de botis.

Fu amenez e chier venduz.
L'aubers fu beaus e li escuz,
E li heaumes d'or encerclé.   *11909*
12040 D'un fraisne dreit, lonc e plané
Ot grosse lance o fer trenchant ;
D'un chier vermeil paile aufricant
Ot confanon e conoissance,
E senz nule autre demorance
12045 Ala joster par tel devise   *11915*
O Hupot, le rei de Larise,
Qui mout ert forz e mout ert granz,
Por poi ne ressemblot jaianz.
Cil dui s'atainstrent premerain
12050 Devant les autres el champ plain.   *11920*

12037-8 *dével. en 4 v. dans* A'BB²CJKy Li (B² I) fu amenez
(B²e enuoiez) a present Son pois ualoit de fin argent Escu auoit
si con lison Vermeil si ot dor (B² dor i ot) (M¹ De uremeil or a)
.j. lion — 37 (A²GLR); M Cha, A Ca — 38 (AA²GILR); M²
Lausbers, nAM Lauberc; M²A biaus, n bons, M blanz — 39 A²
Helme ot el chief bien e.; Jy le hiaume, M li heaume, A li
helmes, K li alme; C laume dor e.; B Et lesme auoit, R Si ot
hiaume, M² Et ot heume; nL O (L Et) liaume dor; LN au cercle
plain, F et lance plaine — 40 (AB²); EJ plene; HMR l. d.; I et
bien p., N et l. et sain, F a longue anseigne — 41-2 m. à M —
41 B² Sot; I Eut l. g.; M²B²K e f., En a f. — 42 M² uremeil riche
aufriquant; F Et dun uermoil paisle a., n Dun mult r. p. aufricant
(F -chant), K Dun paille u. a., B² Dun u. palie a.; M² affr., I
auferrant — 43 F Et; M²HKM¹ gonf., M gonfenon; M¹ conois.,
E conuiss., J cognoiss. — 46 B²EJn A, AMM¹ Contre; E huppot,
M¹ hupo, nC hupoz, H -os, M huspoz; M² Ouec huspol rei;
K li reis, M¹ roi, M roy (sans art.); N larisse, B² -lce; A hupet
le roi de frise — 47 M²M¹ iert ...iert; k e. m. f.; CK et ert (k fu)
si g.; M grant; B²EH fu proz et m. fu biax — 48 A A pou, M
A poy; M² resenbleit; M senbloit iaiant; M¹ Come ce fust .j.
grant iaianz, n Bien r. quil fust i., CK Quen (C Com) diseit quil
esteit i. (C ieanz), B²EH Et ml't estoit riches uasax — 49 M²E
Cist; BB² doi; M²C sateinstrent, A sateingnent, M saillirent,
BB²JKy iosterent, n sarestent; M² premejrein, k primer., n pre-
merein — 50 K dauant; My en, K al; y .j. plain.

Mout fu d'eus dous la joste dure
E laide la mesaventure.
Hupoz li granz feri premier,
Si que la lance de quartier
12055 Li a passee lez le flanc,   *11925*
Qu'a l'esporon raia le sanc :
Mout en faut poi ne l'a ocis.
Achillès fu mautalentis :
Hupot feri par mi l'escu,
12060 Si que l'aubers qu'il ot vestu   *11930*
Ne le guari qu'en mi le piz
Ne past l'enseigne de samiz.
Le cuer li trenche en dous meitiez,
Qu'a la terre est morz trebuchiez.
12065 Le destrier prent, a tel le baille   *11935*
Qui li rendra, s'il puet, senz faille.
Set cenz mars d'argent vaut e plus :
Onques meillor n'ot reis ne dus.

12051 *B²* des .ij.; *M* M. dut estre — 52 *M* Et leide la descon-
fiture — 53 (*A*); *E* Huppoz, *M¹* Hupos, *B* -ot, *M²M* Huspoz;
M²M premiers, *F* -er; *BB²CJKy* fiert achilles (*B* acciles) p. (*C* pro-
mier) — 54 *M²M* quartiers, *n* pomier — 55 (*A*); *nB²E* passe; *n*
delez lo flanc, *B²E* ml't pres des flans; *HM¹K* Li passa si tres
pres (*K* si p. dun) des flans — 56 *M²FMe* lesperon; *B²* Quas
espomons, *M* Tresqua talonz; *M¹* uit hon; *B²Fky* raia (*M¹* roia)
li sans (*F* sanc); *N* A terre an fait cheoir lo s. — 57 *E* sen —
58 *M* A. ml't; *M²* mal tal., *B²k* maltalantis — 59 (*AB*); *M²*
Huspot, *E* Huppot, *M* -oz, *CM¹* Hupos, *B²* -o — 60 *F* Que li
hauberc; *M²B²e* lauberc; *K* maillie menu — 61 *n* lan; *F* gaist
(*sic*), *M¹* garra, *AMNR* gari; *F* quami; *M* pis; *BB²CJKy* A
(*M¹* Li) fet derompre (*K* desr.) (*BCH* Li a f. rompre) et desmen-
tir — 62 *M* passe; *R* Passa lans. del; *M* samis; *BB²CKe* Ne le
(*M¹* Que nel) pot (*K* puot, *B²* puet) de mort garantir, *HJ* De
m. nel puet pas (*H* ne la pot) g. — 63 *EN* mitiez, *M* moyt. —
64 *BB²CJKy* A la t. e. ius t., *n* Si qua la t. e. t. (*F* trabuchez), *A*
Si qua t. e. m. t.; *M* mort — 65 *F* p. autrui — 66 *B²* li trence; *F*
Quil lo rande; *k* puot (*forme constante*); *M¹* sanz nule f. — 67
B²E .V"·; *M* dor uault (*v. f.*); *M¹* .C. m. dargent ualoit — 68
n Ainz plus uaillant; *M²* meilor; *M* roy, *K* quens.

Li reis de Larise fu morz,
12070 E sacheiz bien, granz desconforz   11940
En ont le jor tuit cil dedenz;
Mais ainz que parte li contenz,
Sera vengiez, ne puet remaindre :
Assez ravront li Greu a plaindre.
12075 D'ambedous parz s'entrenvaïrent,   11945
Merveillos cous s'entreferirent;
Lances passent par mi escuz :
Mil en i gist des abatuz
Morz e navrez, sanglenz e freiz.
12080 Par ire assembla li torneiz,   11950
Par ire se sont entrataint :
Grant sont li cri, grant sont li plaint.
Sor les verz heaumes clers bruniz
A des espees fereïz   11954
12085 Si merveillos et si mortel

12069 M roy; N lariste; E De la rise li r. fu m.; M mors
— 70 FKM' grant; B²M desconfors, M' desfors — 71 B²Me
icil — 72 M partent — 73 M² remeindre — 74 n A. auront; M
que p.; M² pleindre — 75 F santrau., M²B² sentreu. — 76 F
Meruoilles, N -os — 77 F baissent per — 78 n an g. morz des
(F de); B² gisent a. — 79 (AR); F Mort et naure sanglant — 80
F Per; R asemble, E asanbla, M' ariua — 81-2 interv. dans
A' — 81 m. à M; F Per; M²K entrateint, M' -eins — 82 N
hui, F hu; R les cris et anc le, E et li c. et li; EJM grief; M²
pleint, M' plains — 83 (A²); A Sus; FL S. les heumes c. et b.,
R S. l. h. ki sunt b.; L burniz; A'BCJKM' Si par fu grant li
(A'JM' le) poigneis (K-iz), E Ml't i ot grant abateiz, H Tant fu
ruistes li pogneis, B² Sor hiames ot marteleïs — 84 (AL); A² Ot,
FG Et; G tel f. (v. f.); N A d'espees grant f., R Firent d. f.;
A'BB²CDFIJKy Et d. li (M' le, E grant, B² tel, I tels) f. — 85-90
réd. à 2 v. dans A'BB²CDJKy : Que mains (DM' maint) om
(M' hons, CK en, A' an) i pert (EH M. en i perdent), J Que
m. i p.) la color (C i muert a dolor) Qui (J Et) enz el (M' ou)
champ muert (EHJ el c. muerent) a dolor (BC pert la color)
— 85 AA²GIMR Si merueillos et si mortel (A -er, A²IM els, G
-ex), nL Granz cox se uont antredoner, M² Qui fortment fait a
redoter.

Que les testes volent, non el :
N'i a espargne ne merci.
D'ambedous parz sont enemi :
Por ço sera aparissant,
12090 Anceis que vienge a l'anuitant.
En l'ost aveit un riche rei   *11957*
Qui sages ert e proz de sei :
Orcomenis ert apelez,
Devers Inde sai qu'esteit nez.   *11960*
12095 Mil chevaliers vaillanz de pris
Ot amenez de son pais :
N'i ot un sol n'eüst conrei
Com se ço fust li cors d'un rei.
Lor sire esteit Orcomenis,   *11965*
12100 Qui mout aveit d'armes grant pris.
O Hector joint : ço fu folie.
Par mi l'escu, qui d'or flambie,
Li a passé le fer d'acier
E l'enseigne de paile chier ;   *11970*
12105 La lance esclice e enastele.
Hector ne muet ne ne chancele,

12086 *M²A* Quar, *xMR* Que ; *G* les hyaumes ; (*R* uolent non
el), *M²AMx* se font uoler ; *A¹* Ja mais nus hom ne uerra tels
— 87 (*AGL*) ; *IN* espairgne, *R* piete, *A²* manace — 88 (*AL*) ;
xIM anemi — 89 *N* Par, *F* Per — 90 (*A*) ; *N* Ancois, *F* Enc. ;
GILM Ainz que il (il *m. à GIM*) uiegne ; *Fuegne*, *N* ueigne, *G*
uoigne ; *M²F* u. lan. ; *A²G* a lauesprant ; *R* Auant que la nuit
li atant — 92 *B²* Q. rices e., *M* Q. iert sage, *M²* Q. iert
saiues, *M¹* Ml't tres haus hons ; *E* Q. ml't feisoit parler, *n* Q.
m. par estoit p. — 93 (*AA²BL*) ; *N* Orcomenys, *F* -ius, *G* Orcho-
menis, *C* Orcominis, *B²* Ercomenis ; *M* est — 94 *M¹* D. ynde soi
quil iert n., *E* De d. y. estoit cil n. — 97 *K* nes un, *n* celui — 98
(*H*) ; *M* Conme ; *M¹k* le c. ; *B²n* le roi — 99 *M²K* Lor sires ert
(*M²* iert) ; *N* orcomenys, *C* -inis, *B²* eccomenis — 12101 (*ACR*) ;
B²ny A ; *JK* ioinst — 2 (*CJ*) ; *F* Permi liscu ; *M²AM* ou lor ; *M²*
flanbeje ; *H* q. reflambie — 4 *Nk* paille — 5 *K* Sa l. froisse ;
n brise et escartele ; *M* estancele, *M²* en estele — 6 *K* must, *E*
mut.

Ainz li ra si l'escu percié
E le fort hauberc desmaillié
Qu'il li desjoint les dous costez :   *11975*
12110 A la terre est morz craventez.
Cil orent duel qui mout l'amerent,
E qui grant amor li mostrerent :
Ço furent si home demeine,
Qui o travail e o grant peine
12115 Ont le cors trait d'entre chevaus.   *11981,*
Diomedès o ses vassaus
I est venuz, puis vont joster.
La veïsseiz estor lever ;
La veïsseiz lances brisier ;
12120 La ne se set nus conseillier ;
La oïsseiz tel tinterece
E sor heaumes tel croisserece ;
La veïsseiz tant chevalier

12907 *K* A. li a si, *E* Eincois li a — 8 *F* hauberz, *M²* hauzberc — 9 *M* Que li; *B²EHK* Qua (*B²* A) a la terre est morz (*K* mort, *B²H* ius) crauentez — 10 *F* Qua; *M* mort est (*v. f.*); *N* est acrauantez, *B²* e. ius c.; *F* chiet crau.; *M¹* ius grauentez, *M²* m. enuersez; *B²EHK* Et del cheual ius (*B²E* i. d. c.) enuersez — 11 *K* doel; *M²AJM'k* plus, *H* mius; *AK* lamoient — 12 *M* Et maint a.; *ABB²CFJKy* g. honnor; *M²* Qui greignor amor; *M²M* monstrerent; *AK* portoient, *B²Jy* -erent — 13 *M¹* demaine, *E* ·einne, *n* -oine — 14 *nyK* a... a.; *M²BB²CJKy* O (*BB²CJKy* A) grant t. et o (*BB²CJKy* a) — 15 *M²* dentres, *n* dantre, *R* hors des; *BB²CJKy* Traistrent (*BCJ* Traient, *B²* Traisent) cil le cors (*B²y* le c. hors) des c. — 16 (*A*); *M* Dyomedez, *n* dyomedes; *M²* e ses; *N* uasax; *BCJKy* Bien si est aidiez (*K* edie) aiax, *B²* Et ml't b. si aida aiaus — 17-26 *m. à BB²CJKy* — 17 (*AA²GIL*); *M²* Est auenuz, *R* Est u.; *M* uint, *NR* uet, *F* au — 18 *R* vn storm l., *x* tornoi l., *M* estour mortel — 19 *M²* bruisier, *A²* baissier — 20 *M²M* siet; *R* riens, *F* uns; *A²* sot cours aidier — 21-2 *R* n'a qu'un vers : Por les grans cops qi uont doner — 21 *x* oissiez, *AM* ueissiez; *G* tynteresse, *nL* tinterie — 22 *M* grant; *G* croisseresse, *nL* -ie — 23 *AMx* ueissiez, *R* -eç; *A²x* maint c.

Qui ne puet nuire ne aidier.

12125 Par sus les morz passent li vif.
Grant piece i ot duré l'estrif :
A tant Diomedès s'eslaisse. *11983*
La ou il veit la greignor presse,
Vait si ferir rei Antipon

12130 Que tot le feie e le poumon
Li fait del ventre devaler.
N'est pas legiere a restorer
La grant perte que Troïen
Ont faite en lui, ço set om bien. *11990*

12135 Bien i parut qu'Ector en peise :
Alamenis si poi n'adeise
Que d'une lance nel trespert
Ensi que l'ame del cors pert.

12124 *FM* puent, *N* poent; *R* ni a., *n* naidier; *A²* pot soi nautrui a., *puis ces 2 v.*: La ueissies tel fereis De lances et despils forbis — 25 *A* Par sor, *A²* Par mi, *nG* Desus, *L* Desor; *M* les cors, *R* li mors; *G* pasment; *A* les uis — 26 *M* auoit d., *x* ont maintenu; *A* lestris; *A²* ont mene cel estrif; *M²* Mout i aueit pesant e. — 27 *M²* O t.; *xMM¹* dyom.; *BB²CJKy* E d. qui s.; *M* leslesse, *L* sesleisse, *M²BCEHJKN* -esse, *AR* se laisse, *M¹* -esse, *FG* eisse — 28 *FGL* La o, *M²A* E la; *M²* ou u., *A* auoit; *enLM* uit, *B²* oit; *M²AEMx* greignor, *R* grignor, *HJM¹* grenor; *E* feste — 29 *GK* Si ua (*K* uait), *AMn* Va il (*AM* si), *R* Vait il, *A²* Voit si; (*HR* antipon, *cf. 6769*), *M²BC* santipon, *B²* sanct., *I* xantippon, *K* -ipon, *E* sanctipon, *M* rant., *A²M¹* sarpedon, *GL* santipus, *n* -ifus, — 30 *BCK* Que le; *J* Si que le; *A²* Le cuer la fie; *M* le foe, *B²* li fie; *KL* polmon, *nEG* por-, *B²MM¹* po-; *x aj. ce v.* Que del cheual lo porte ius; *x aj.*: Li espandi desus (*L* abati desor) larcon — 31 (*AA²CHJR*); *B²* adeualer; *M¹* du cors ius aualer; *x* Toz les boiax li fist uoler — 32 *FMM¹* legier, *A²* -iers — 33 *A²* ce sachies b. — 34 *A²* Quunt fait de lui li t.; *M* fait el lieu; *K* len, *N* lan, *e* on; *B²* cou sacies b., *M²M* ce uos di b., *F* ce seuent b.; — 35 (*AA²BCH*); *n* que hector; *K* pareist, *M* appert; *M²* B. apárut; *R* B. p. qa h. — 36 (*corr.*); *eA¹BCJ* Palamenis, *H* -inis, *R* -idis, *M²B²Mx* -edes, *K* Polimenis (*cf. 5611 et 7259*); *K* tant p.; *R* nadese — 37 (*AGL*); *MR* ne, *B²* li; *F* trespast, *M¹* trespart — 38 (*A*); *K* Issi, *N* Ansi, *G* Assi, *R* Eisi; *B²* cum, *M* con; *B²R* larme; *M¹* Si que l. du c. li part.

Alamenis ert riches dus
12140 D'outre le flun de Jotarus; *11996*
Mout aveit fait e mout feïst, *11999*
S'Ector ne le desavancist.
Dui rei avindrent en l'estor,
Qui mout erent de grant valor :
12145 Frere esteient cil dui gemel.
Païs aveient grant e bel
E riche e plenteïf toz dis : *12005*
C'ert li regnes de Phocidis,
Une terre mout delitose
12150 E de trestoz biens abondose.
O grant planté de chevaliers
Guarniz d'armes e de destriers *12010*
Erent venu en l'ost Grezeis :

12139 (*corr.*, *cf. v.* *12662*); *eA'BB*²*CJ* Palamenis, *H* -inis, *R* -ides, *M*²*HMx* -edes, *K* Polimenis; *M*²*BCMM'* iert, *J* est, *R* fu; *KM'* riche — 40 *K* Doltre, *F* Dostre, *I* Contre; *K* lo flum (*éd.* l'ostum); *BC* iotharus, *A* iet., *B* iut., *M'* iost., *nL* cost., *G* test., *E* ioc., *J* ioch. — 41 (*A*); *FG* aust, *L* eust; *A*² et plus f., *I* molt en fesist; *FR* faist; *BB*²*CDJKy dével. en 3 v.* : Ml't (e Tant) auoit fet (*B*² i auoit) cheualerie Le ior dont (*E* don) maint (*M'* mains) orent (*K* D. m. o. le i.) enuie Et encore (*K* onquore) plus en (*B*² ne) feist — 42 *GI* Se hector nes d.; *R* nesse d.; *n* len, *A* li; *BB*²*CDJKy* si (*B*² se) tost (*H* li prous) ne loceist; *M* Se h. ne leur ocheist, *A*² Sector li prous ne loccist — 43 *AM* en uindrent (*A* uinr.), *GN* i u., *L* reu., *F* uundrent, *CJKy* sont uenu (*yJ* -uz); *M*²*Ky* a l. — 44 *M* ierent — 45-6 *m. à B*² — 45 (*C*); *Ken* andui, *M* dui; *M*²*Ky* jumel, *Bn* gimel, *M* geumel; *A* F. e. il dun uentrel — 46 *M*²*A* gent, *n* riche; *C* P. orent et grant et bel — 47 *N* Et bon, *A* Et large; *C* Et r. plentif; *M* et planteiz; *B*² aplanteum; *FM'* tot — 48 *BMM'* Ciert, *K* Cest, *F* Ce est, *A* Iert; *M*²rennes, *N* raignes, *E* resnes, *AFM'* regnes, *J* reignes, *M'* -e ; *K* lenseigne; *F* des; (*G* phocidis), *M*² Folchidis, *M* folcidis, *L* frocidis, *n* frocedis, *BB*²*CJKy* focidis, *A* foltidis — 49 (*ABCHJ*); *M*²*M* Cest u. t. d., *n* U. t. planteurose — 50 *M*² abund., *A* habund.; *nB'* Et de toz b.; *K* trestot bien; *B*² ml't abond., *n* abandonose — 51 *n* plante — 52 *B*² Garni — 53 *M* Ierent v., *F* V. e.

Mout esteient pro e corteis.
12155   L'uns aveit non Epistrophus
Et li autre reis Scedius.
Amoënt sei d'amor certaine :   *12015*
Parole laide ne vilaine
Ne sot l'uns d'eus a l'autre dire.
12160   Ensi com Daires fist escrire,
Vos dirai come il lor avint.
Reis Epistroz un glaive tint   *12020*
Cler e trenchant come rasor :
Hector choisi en mi l'estor,
12165   Le damage veit qu'il lor fait,
Par mi la presse a lui se trait ;
Coup li done grant a merveille,   *12025*
Si que la sele en est vermeille.
Empeint le bien, mais ne chiet mie ;
12170   Puis li a dit : « Vostre estoutie

12154 *n* M. par erent; *M²n* prou, *M* prouz; *B²e* M. erent hardi,
K M. furent hardiz — 55 (*BH*); *AM* Lun; *xKM'* Li uns (*M* un)
ot n.; *M²K* epistrofus, *n* -trous, *L* espitrous, *CM'* epystropus,
CEJ epistr., *B²* eup., *M* epystorphus — 56 *M²ABB²CJny* autres,
K altres; *M* roy, *B²* nom; *nAB²CM* cedius, *H* chedius — 57
M²Ke Amoient; *M²e* certejne; *nA* Mult (*A* Cil s.) samoient, *M*
Cil contramerent — 58 *M²* P. leide ne uilejne — 59 (*G*); *N* nus
dax, *L* li un; *BB²CJM'* Ne uolt onc luns a (*B²JM'* li uns),
B²E Ne uolt (*E* uost) li uns a, *H* Ne uoloit ainc luns, *K* Ne
uoldrent onc luns; *M²AMR* Not onques lun (*R* Not unc nus
dels *A* Nauoit luns deuls, *M* Nen ot lun deulz) a l'autre dit —
60 *FKM'* Issi, *G* Ici, *AM* Ainsi, *L* Einsi, *C* Ansi; *A* raconte,
M reconte, *M²* -ent; *M* A. r., *M²* Si cum r. ; *M²M* li e.; *A* A.
c. r. lescrit, *R* Eisi c. ge truis en l.; *HK* daire; *L* uolt; *FL*
escriure — 61 *M* con leur, *A* ie com lor — 62 *J* epistrox, *B²H*
epitros, *M'* epytros; *M* Roy epystrofus (*v. f.*) — 63 (*H*); *B²* com
vn r., *M²ABJCM* p. que (*J* cuns) r. — 64 *M* coisi, *K* choisit, *n*
cerche; *F* per, *N* par — 65 *e* V. le dom. — 66 *F* Per... arrier se t.
— 67 *B²* Grant cop li d. de grant m.; *n* dona — 68 *F* s. nest; *KM'*
fu, *E* ot; *M'* urem., *En* uermoille — 69 *M'* Enpaint, *n* An-
point; *B²E* B. la enpoint (*E* -eint) — 70 (*AC*); *n* par e.; *K* estoltie,
e mestrie.

« Nos damage, mais, ço sacheiz,
« Si griefment l'espeneïreiz   12030
« Que l'ame i laissereiz del ventre.
« Bien redevez aler soëntre
12175 « Après iceus quos avez morz :
« Si lor sera mout granz conforz,
« Quant de vos se verront vengiez. »   12035
Hector l'entent, mout fu iriez :
« Vos les sivreiz, » fait il, « premiers,
12180 « Et des autres trente miliers,
« Ainz que jo ja après eus auge ;
« Et si ne cuit que rien vos vauge   12040
« La manace quos m'avez faite. »
A tant la bone espee a traite ;
12185 Tres par mi l'eaume ou l'ors resplent
Li done tel que mort l'estent ;
Jus le trebuche del destrier,   12045
Puis li a dit en reprovier :

12171 *H* damace, *nL* domagiez ; *L* Vos nos d. m. s., *J* Cest
demaige tres bien saichoiz; *H* mais bien ; *M²* sachez, *CM* -iez, *eB*
-oiz, *H* sacois — 72 *xEH* Que, *B* Si, *B²* M'lt ; *M²AB²CJek* grie-
ment, *n* -ant, *B* durment; *M²* lespeneirez, *B* lespenisterois, *C* le
peneiriez, *A* les espaneriez, *yB²JK* les peneireiz (*JM¹* -oiz, *E*
penoiroiz, *B²* esproueries), *M* le conparriez; *n* Que mult g. lo
conparroiz (*F* -aroiz) — 73 (*A*); *E* Car ; *K* en less., *B²* i laiseries;
x Si que lame i lairoiz (*F* ler.); *L* du uostre — 74 *M* souuentre;
L Ice sachiez tout mal gre uostre — 75 *k* Et enpres (*M* aprez)
cels; *B²E* icez, *M¹* icex; *M* qu'auez mort, *B²Ke* que a. m., *M²n*
A. celz (*F* cet) que uos a. m.; *M¹* mors — 76 *F* Si clos; *n* plus
g.; *M¹K* grant; *K* g. reconfort, *MM¹* m. g. confort (*M¹* -ors) —
77 *B²En* les aurai (*E* -e) u., *M¹* iert chacun u. ; *M* uengie — 78
M irie — 79 (*J*); *H* le ; *M¹* i serez, *M* le saurez — 80 *M¹* Et de
ces autres .iij. m.; *M²* millers — 81 ia m. à *B²*; *yJK* Ancois (*E*
Einc., *K* Anceis, *J* Enc.) que ie a. ax; (*M²* auge), *les autres* aille
— 82 *N* se; *M²Kn* quit; *Fk* riens; (*M²* uauge), *B²* faille, *les
autres* uaille — 83 *M²e* manace, *K* manaie; (*M²* quos), *les autres*
que — 85 (*G*); *M* lelme, *M²* leume ; *M²MN* lor; *F* T. par
liaume qui dor r., *eB²K* Par mi le hiaume (*K* lialme) qui r.

« As morz dites quos trovereiz —
12190 « Ja mar por mei lor celereiz —
« Que ios ai après eus tramis,
« Quar n'eriëz pas mis amis. »   *12050*
    Quant Scedius veit Epistrot,
Son chier frere, qu'Ector a mort,
12195 Si grant duel a por poi ne muert :
Sa chiere bat, ses poinz detuert,
Sovent se pasme de dolor,   *12055*
E si home tuit li plusor.
Après reprenent les escuz,
12200 Feus e dolenz e irascuz.
Hector quierent, jal troveront.
Tel mil l'en asaillent d'un front,   *12060*
N'i a un sol de mort nel hee.

12189 (*M²* quos t.), *A* que vous t. (*v. f.*), *B²CLNky* que t., *FG*
que uos uerroiz — 90 *K* mal; (*FH* lor), *M²N* lo, *AB²CJek* le;
G ne; *E* lesseroiz, *N* laiseroiz — 91 *AM* Q. uous; *B²EHJKx*
Que (*J* Car) a. ax (*G* apremes moi, *K* enpres els) uos ai t., *M¹*
Q. a. uos ci uos t. — 92 (*J*); *M¹* que, *L* qui; *N* nesteiez, *F*
uestroiez, *ekAJL* nestiez, *B²* nestez (*v. f.*); *G* Que vous estes
mie, *H* Car nestes m. — 93 *R* Cant; *AB²IMN* cedius, *C* celi-
dus, *EG* scelidis, *A²* -us; *nG* quepistroz, *L* qespystros, *M* epystrot;
I son frere uoit; *A¹BB²CJKy* Rois s. ses poinz detort — 94
(*R*); *nG* Ses chiers frere (*N* -es) est ensi (*G* e. issi, *F* i. e.) morz,
L Ses uaillanz freres est si m., *A¹BB²CJKy* Por (*C* Par) s. f.;
CM¹ questor, *EJ* quectors; *k* ot m.; *M²* qui tant amot; *A* S. c.
(*sic*) qui gisoit m., *I* Kector li prous occis auoit; *A²* quocis li
ot Hector li fors li uertuos Le cuer en a ml't doleros — 95 (*A²R*);
B²E Tel d. en a; *ANe* par, *F* per, *A¹HM* a; *H* nen; *B²* nesrage
— 96 *eB²K* Son uis debat; *R* son poin; *B²* detort sa face — 97
F et a d. — 98 *n* Et ansement, *K* Et li autre; *M* tout — 12199-200
interv. dans B²e — 99 *nM¹* reprenant, *B²* -endent, *M* -ennent;
FM¹ lor; *K* Puis reprent chascuns son escu — 12200 *M²A* Fels,
M Felz, *n* Fel; *AM¹* dolent, *nK* -ant; *B²E* Chascuns en est ml't
i., *M¹* Ml't est d. et i., *K* En sont d. et irascu — 1 *M²H* que-
rent; *E* ia le, *B²M¹* ia, *AMn* sel — 2 *M²* Tiels, *B²* Tels, *k* Tex;
B² bien asalent, *k* len ass., *M¹* lassaillireat, *N* seslaisierent, *F*
seleisserent — 3 *B²E* celui; *K* a m.; *F* nul s. des lor nel h.

       Iluec reçut maint coup d'espee.

12205 Mout le batent, mout le laidissent :
       O mort o pris le retenissent,
       Se Eneas nel socorust;   *12065*
       Mauvaisement li esteüst.
       Poignant i vint o teus set cenz,

12210 Qui ja feront Grezeis dolenz.
       Tres par mi eus se sont plongiez,
       Fierent de lances e d'espiez;
       Mais durement resont feru,
       Mort e navré e abatu.   *12072*

12215 La ot maint cri, la ot maint plaint;
       La se sont il bien entrataint.
       Eneas i ocist un rei,   *12125*
       Qui riches ert e proz de sei :
       Amphimacus l'apelot hom,

12220 Mout par ert hauz e de grant non.   *12128*

12204 *F* Iloc, *MM'* Illeuc, *K* Ilec; *B²ek* mainte colee — 5 (*HJ*);
M²M La (*M* Ia) labatent, *eB²K* Abatu Iont; *A* m. et l., *M'* m.
laidement — 6 *H* Ou p. ou m.; *M'* la fust mors sanz recourement
— 8 *FC* esteut — 9 *C* iuient; *N* a; *ekB²* .v°·; *F* i uindrent tel —
10 *L* Q. ml't f.; *F* dolant, *e* -ent — 11 (*H*); *B²E* Car; *I* mi lieu les
ont perciez; *M'* sen est p.; *A²* Droit p. mi els ez les p. — 12
(*AA¹A²GIJL*); *M²EH* Ferant; *B²* De l. f. — 13 (*A²IJ*); *k* Molt d.;
F sont referu, *A¹B²M* se s. f., *R* rest f. — 14-51 m. à *B²EH*
(*bourdon amené par le mot* feru) — 15-6 *interv. dans* x, m. à
A¹BB²CJKy — 15 *M²AR* a ...a; *R* grant cri, *M²A²M* granz cris;
A grans plains, *M* granz plainz, *M²A²R* grant pleint (*A²R* plaint);
A² La auoit cris et maint p., *I* La ot asses crije et p. — 16 *A*
ml't b.; *M* entre atainz, *A* entratainz, *M²* -ejnt, *xIR* -aint; *I*
Quant il se furent e. — 17-20 *placés dans A¹BB²CJKy après les*
4 v. spéciaux qui suivent 12272 — 17 *M* occist — 18 *M²* Q. iert
r.; *AM* Q. ml't iert (*M* ert) riche et, *n* Q. m. par estoit, *R* Ki m.
fu riches et; *J* r. ere et; *A²* Q. m. ert r. endroit soi — 19 *A¹B²F*
Anf., *L* Amplim.; *R* lapele; *M²CR* lon; *A²B* auoit a non — 20
M²A iert, *J* fut; *M'* M. estoit; *JM'* haut; *R* M. per fu biaus,
A M. iert grans homs, *M* M. i. hons, *n* M. par estoit; *Mn* de
g. renon.

O son espié l'a mort geté.

Mout l'ont puis plaint e regreté :

N'aveit nul heir, e por ço fu

Sis reiaumes tot confondu.

12225   Reis Scedius, il e sa gent,   *12073*

Se combatirent durement :

Seit bien, seit maus, coment qu'il prenge,

Ço que il puet son frere venge.

Quant veit Hecter entre les suens,

12230   Donc cuide aveir mout de ses buens.

Trebuchié l'ont de son cheval,

Mais il lor a livré estal :   *12080*

C'est li senglers, il sont li chien,

Qui ne s'entrespargnent de rien,

12235   Quar, s'il le fierent, il fiert eus.

Desci qu'a poi creistra li dueus :

12221-4 *m. à* A'BB²CJKy, *qui ont 4 v. spéc.* (C *les deux premiers seulement*), *puis les v.* 12273 *et suiv., qui m. à* C (*lacune jusqu'à* 12334) — 21 xAM A, A²I De; M²M un ; A²I espiel; A²x gite — 22 (A); A² griu pl. et, M² si ami; R M. per lont p. plant et plore, AM M. fu p. p. (M plainz) et r. — 23-4 m. à A²x — 23 R per; M² ce fu enuiz, I por chou laissa — 24 M² Ses; AMR Son reiaume; A en fu c., M² en fu destruiz; I Son regne a tel ki labaissa — 25 (BJ); M Roy; MN cedius, C celidus, A² sc.; AR la g. — 26 N conbatierent, M' -oient; A longuement, N fierement — 27 (A²J); M²AM Soit m. s. b., M S. mal ou s. bien, CFJKLM' S. bien s. mal; M²ABRk que (M qui, R cor) que len (B on) (A quil en) p. (A prengne, M plaigne); G qui p., M' que p.; A²Le preigne, n prange, G praingne — 28 ACM Au meus (AM De ce) quil p., KR Quant (R Cant) que il p., A'M' Si con il p., x Rois scedius (N cedius, G scelidus) — 29 F h. u.; M siens — 30 M² Doncs, n Lors; M²k quide; K aconplir toz son buen; M' A. cuide t. s. bons; M biens — 31 F Trab., KM' Abatu; M lorent du c. — 33 F li sengres, M' le sengler; F li s. — 34 M Quil; N sentrespairgnent, KM' -esparnent, A² -aprocent — 35 F si, M' il; M refiert; M² elç, K els, n aus, M eulz; A² et il els — 36 M²n De ci, M' De si, k Dessi; M² lur duels; A²K dels, N diaus, F dias, M dueulz.

« Par Deu! coilverz, » fait Scedius,   *12085*
    « Ici morreiz, ne vivreiz plus.
    « De mon frere prendrai venjance :
12240   « Ja comparreiz la desevrance
    « Que vos avez de nos dous fait. »
    O le brant nu d'acier qu'ot trait   *12090*
    Li est coruz come desvez ;
    Par mi l'escu qu'est d'or bendez
12245   L'a si feru que li clavel
    En sont volé o le chantel.
    Un autre coup li ra asis   *12095*
    Sor le nasal, en mi le vis.
    L'espee li torna el poing :
12250   C'esteit bien a Hector bosoing,
    Quar, se a dreit l'eüst feru,
    Malement l'en fust avenu ;   *12100*
    Le nes perdist desor la boche.
    Grant ire esprent Hector e toche :
12255   « Dès or, » fait il, « sui jo honiz,
    « Se jusqu'a poi n'estes marriz. »

12237 *M'* dieu, *K* de ; *M²* A ce, *A* Ahi, *M* Hai ; *M'n* cuiuerz, *MM'*
cuuert, *K* couerz ; *M'* dist ; *MN* cedius — 40 *n* conparroiz, *M* -es,
M²M' comperrez ; *M²M'k* dess., *F* dessaur. — 41 *K* deus fete —
42 (*A*) ; *M²* nu b. ; *MM'N* branc ; *M'* hors tret ; *Mn* O le b. d.
quot nu (*n* quil ot) t., *K* O lespee que il ot trete — 43 *M²M'kn*
desuez — 44 *M²M* dor enboclez, *AKM'n* quest (*n* quert) dor ben-
dez (*n* bandez, *A* parez) — 45 (*AA²CG*) ; *R* clauiau, *F* chantel, *N*
chanel, *L* chen., *M'* neel — 46 *M²* chaoit, *G* feru ; *M* En uolent auec ;
A²L od le, *ACJKM'* et li ; *R* cantiau, *A²* cantel, *M'* clauel ; *F* en
un montel — 47 (*L*) ; *G* .vij. autres cox ; *K* li a ; *K* assis — 48 *FK*
nasel, *N* nassel, *M'* hiaume ; *F* emi — 49 *M* uola du poin ; *M'* es
poins, *K* es poinz — 50 *kM'* Co e. bien h. (*MM'* a h.) ; *A²x* De
ce auoit (*F* cauoit) h. grant ; *K* besoinz, *M'* besoins, *M* besoin —
51 *M* sil — 52 *HIKn* li, *E* lor ; *B²* Hector fust ml't mal auenu —
53 *n* neis ; *M* partie ; *M²* desus, *M* desouz, *K* tot et, *B²* tot et a,
e tost et ; *M* bouce — 54 *F* h. e., *E* prant h., *M* enprent h. ; *B²*
ml't al cuer li t. — 56 (*A*) ; *E* Si ; *M²* desqua, *E* tresqua, *M'*
dusqua ; *F* Se mest ius capo, *N* Se niestes iusqua pou ; *n* feniz ;
E niestes m., *M'* nen esmarris, *M* nest resaillis.

Tot dreit a lui s'a eslancié,   *12105*
Le braz destre li a trenchié
E le costé jusqu'al nombril :
12260   Icest cop virent plus de mil.
Cil chaï morz en es le pas.
Desci qu'a lui vint Eneas :   *12110*
Monter l'ont fait en son destrier.
Ja i avra estor plenier,
12265   Quar al bosoing i vint Paris
O plus de dis mile Persis
Sor les destriers isneaus coranz.   *12115*
Deïphebus en raduist tanz :
Plus sont de vint mile a cheval.
12270   Polidamas, le bon vassal,
E il e sis pere Antenor,

12257 *M* sest lancie, *A* sest auancie; *M'* Andui se sont si aprochie, *E* Tantost com il lot a., *BCK* De lui sest (*K* est) si bien (*C* pres) a. (*B* aprocies), *B'* De cedius sest aprocies, *n* T. d. anuers lui sadreca — 58 *B* est trencies; *B'* Le brac li trence en .ij. moities, *n* Et lo b. d. li coupa (*F* corpa) — 59 *n* Et la; *M* costel iusqua; *E* tresquau, *M'* desquau, *F* ius cau, *N* i. qau; *M'* lonbril; *B'* Et del coste dusqua nonblis — 60 *MN* Icel, *F* Et ce; *B'* Icels cols — 61 *nEM* chei; *M* mors, *M'* mort; *F* isnes lo pas, *L* isnelepas, *M* en ellepas — 62 *M'n* De ci, *M* De si; *B'Ke* Dreit a hector; *M'* uet heneas — 63-4 *interv. dans M* — 63 *n* lo, *EK* la, *BB'MM'* le; *F* a s., *A'* en un — 64 (*GL*); *A'* Ore; *M'AM* Des or sera (*M'* uerront) lestor p.; *BCEJK* ml't fier — 65 *M'* auint; *eB'K* Car de troie sen ist p. — 66 *AM'* A, *A'M* Et; *BC* .vij. mile p., *K* .iij. mil perseis; *M* de p. — 67 (*L*); *E* Arme sont es d. corranz, *B'HK* Armez sor buens (*B'* lor, *H* les) d. c., *JM'* A. sor les cheuax coranz (*M'* ferrans), *G* Sor le destrier isnel corrant — 68 (*A'*); *GM'Nk* Deyph., *F* Deyf., *E* Deif.; *M'* raduit (d *exponctué*); *AM* raconduit (*M* rec.) tans (*v. f.*), *M'* riot t., *n* rot autanz, *J* r. auquanz; *G* a tout autant — 69 (*L*); *M* P. de, *B'* P. ot de; *M'AB'CGek* set, *N* .x.; *B'* .vij. millier c.; *G* P. de .vij. mil sunt; *M'A'BEkn* cheuaus — 70 (*AGL*); *M'K* li buens, *M* li bon, *A'BB'Cen* li bons; *M'A'BEkn* uassaus — 71 (*A'*); *BC* peres (*v. f.*); *A* son pere; *ekxA'B'J* Il et ses (*K* sis) peres (*M'* freres) (*L* son pere); *exJK* anthenor, *A'C* -on.

En sont venu al duc Hector.   *12120*

   De la revint reis Menelaus   *12133*

O grant plenté de bons vassaus,

12275   Reis Aïaus, reis Ulixès,

D'Arges li proz Diomedès,

Reis Archelaus, reis Machaon

E li sages Agamennon.

O ço que pot aveir chascuns,

12280   Fu li chaples le jor comuns;   *12140*

Mout fu engrès, mout fu felons :   *12141*

Reis, dus e contes e barons   *12142*

I ot le jor assez ocis.   *12143*

Ne sai que plus vos en devis :

12285   D'ambedous parz ot grant esforz,

Por ço en i chiet mout de morz.

Set feiz o uit avint lo jor

Que Greu en orent le peior,

12272 *A²* Cil s. v. aidier h.; *G* a bon h.; *M²ARn* grant (*M²* buen) estor; *A'BB²CJky* Filimenis (*K* Phil.) li rois mennor (*BM'* menor, *E* mamor, *C* menon, *A'* mennon, *puis 4 v. spéc.; v. aux* Notes— 12273-334 *m. à C — Au lieu des v. 12273-4 A'BB²Jky en ont 6 (v. 12129-34 de l'édition); v. aux* Notes — 73 *R* iuint; *A²* A lestor uint; *G* De lautre part uint; *M* roy; *G* menalaus — 74 *G A*; *M²An* plante; *A* de ses u. — 75 *M* Roy, *B²EH* Et; *FM* aiax, *N* ayax, *M²* aiaux, *Jy* thelamon, *B²K* -ons; *A'BB²JKy* et, *M* roy; *A'Jy* hulixes — 76 (*HL*) ; *K* Dargos, *F* Darces; *K* prouz, *M* preuz; *Mn* dyom. — 77 *F* menelax, *B²* marchelaus, *L* medelax; *N* epinor; *M* Roy archelauz; *B⁴EHL* et macaon, *F* r. mafaon — 78 *B²F* agamenon — 79 *en A, B²* Et; *A'BB²JKy* quant que p.(*K* puot) — 80 *A'BEFH* antrax, *B²JM'* entre eus, *K* entrals — 81 (*J*); *E* eigres; *n* Et m. e. et m. f. — 82 *B²* R. et d. c.— 83 *F* a. lo i.; *M* ochis — 84-9 *m. à K* — 84 *A* i d. — 85-6 *m. à A'BB²JKy* — 85 (*G*); *M²AMR* a, *L* ont; *N* granz; *F* esfort, *M* effors — 86 (*A*); *R* en c.; *M* plus de mors; *x* Mult en i ot (*F* et) naurez et morz (*F* naure et mort) — 87 *F* auint o uit, *G* ou .xx. a., *M* ou .xx. ou .x., *M²BB²JRy* ou .x. a. (*M²* o vjnt), *A* ou .viij. ou .x. — 88 *R* Ke furent greçois sordeior; *M²AM* En f. grieu; *A* li sodoiour, *M²* tuit li peior, *M* mis au desous; *L* grieu, *F* grex; *H* en furent li p.; *A²E* poior, *B²H* pior.

E li Troïen autresi.

12290 Ja esteit bien passé midi :   *12144*
Grezeis ont fait aliement,
Si ront ensemble trait lor gent.
Quant lor batailles ont sevrees
E lor eschieles ordenees,

12295 Si rasaillent lor enemis
Tant qu'a la veie les ont mis.   *12150*
A lor destreiz les ont hurtez :
Por poi n'i perdirent assez ;
A l'entasser del pas saisir,

12300 En i covint maint a morir.
Estreites furent les entrees,   *12155*
E les presses desmesurees :
Por ço i ont grant perte faite.
    Achillès tint l'espee traite :

12305 Mout en ocit, mout en cravente ;
Des morz est la terre sanglente.   *12160*
Un riche rei, Eüfemis,
Qui mout aveit d'armes grant pris,
Trencha la teste o la ventaille,

12289 *G* tout a., *FG* autressi, *M²* autresis, *R* altressi — 90 *x*
Ja (*F* I) auoient, *H* Ja ert del ior, *R* Lors estoit ia; *k* passez; *B²*
apries, *M'R* pres de, *EH* antor; *M²K* midis, *M* miedi, *J* misdi
— 91 (*AGL*); *M'* Li grieu; *M'N* ront; *F* raliem., *Bk* un parle-
ment, *B²E* asanblement — 92 (*L*); *BB²* ont; *M²* treit, *G* tout —
93 (*GL*); *F* banieres; *M'* ront; *K* sont sarrees — 94 *LN* banieres,
FG batailles; *M* deuisees — 95 *M'F* Se; *k* rass., *B²* ralascent; *en*
anemis — 96 *F* que — 97 *n* A un destroit; *F* hurcez, *M* uertiz —
98 *eN* Par, *F* Per; *B²* ne; *M* A poy ni p. asseiz — 99 *M* En; *B²* A
lenteser, *E* Au rantasser, *M'* A lentree; *M²* ces p.; *H* issir — 12300
(*J*); *M²AHM* I c. ml't deulz (*M²A* delz mout) a m.; *K* auint; *N*
mainz, *F* mult — 3 *eB²* Por tant, *k* Par t.; *B²* i ot g., *M* iont il; *M²*
Por poi ni ont g. p. feite — 4 *N* tient — 5 *M* ochist, *BM'* ocist; *E*
grauente — 6 *M²* De; *A²BB²Ke* Entor lui (*A²* Des ocis) est (*B²* lait)
lerbe s. — 7 *M* Uns r. roy, *B²F* Et uns (*F* Uns) riches rois, *E* A
un roi riche; *M²AM* eufenis, *FIe* eufremis, *CN* -nis, *H* eufeminis,
B enfimenis, *A²* eufremius — 9 *eB²K* le chief (*M'* chies) soz la.

12310 E bien sacheiz de veir, senz faille,
 Que mout en pesera Priant   *12165*
 E cele o le cors avenant.
 Parenz esteit as fiz le rei:
 Cosins germains, si com jo crei.

12315 Trop i perdissent cil dedenz,
 Mais cil qui n'ert coarz ne lenz,   *12170*
 Hector, li soverains de toz,
 Li forz, li hardiz e li proz,
 Quant veit des suens la meschaance,

12320 Tel duel en a e tel pesance
 Que por un poi n'enrage vis.   *12175*
 Le brant nu trait, d'ire sopris,
 Est recovrez toz premerains :
 Dous reis lor ocist de ses mains

12325 Forz e riches e combatanz
 E en lor regnes mout poissanz.   *12180*
 Li uns aveit non Elpinor,
 Del reiaume de Libanor;

12310 *M²B²EK* E si; *EK* poez sauoir (*E* dire); *M¹* Et s. b., *M*
Et s. — 11 *n* Mult an pesa au (*F* lo) roi p. (*F* prianz) — 12 *M* Et
a c. au c.; *n* Et cil ot; *F* auenanz; *eB²K* Et a la bele (*B²K* Et la
b.) au (*K* al cler) uis (*B²* cors) riant — 13 *FM¹* Parent; *FMM¹*
au, *K* lo; *F* fil, *ekN* filz; *M¹* lor, *nK* lo — 14 *M¹* Cosin germain;
M² germajnz, *E* iermains — 15 *M* perdirent, *n* perdoient — 16
M² niert, *ekB²* nest — 17 *M²* souerejns, *B²* sovirains — 18 *F* fort,
M¹ fiers — 19 (*A*); *B²EH* uit; *M* siens; *K* des s. u.; *n* mescheance,
B² -keance, *JM* -chance — 20 *K* duol, *M²* ire; *M* Grant i. en a
et g. p.; *B²* pensance — 21 (*ABJ*); *M²ny* par; *B²HMM¹* nesrage
— 22 *N* bran; *e* a t.; *A* sorpris, *M* soupris; *N* mautalantis, *F*
uint ademis, *A¹BB²Ky* ce mest auis — 23 *k* E. retornez, *M¹* Sest
remontez; *L* tout; *M²* premejrejns, *E* premereins, *k* primerains;
N premieremant — 24 *B²N* l. ocit, *F* a ocis, *M* l. ochist; *EK* a;
N maintenant; *M¹* a ocis au mains — 25 (*GL*); *B²* F. et hardis;
F bene aidanz — 26 *e* regne, *N* terres; *M* leurz regnez, *B* lor
regnes; *M¹* bien puisanz; *En* puiss., *A²* proisans — 27 (*A²BJ*);
nM¹ un; *n* epinor, *GL* epynor, *K* helpanor, *J* holpenor — 28
M Dozoine de l.; *K* reialme, *F* riame; *H* limpanor.

L'autre Dorus de Satelee :

12330   Cist ne verront mais lor contree.
          Li recovriers fu esforcis :   *12185*
          Sacheiz bien s'i aida Paris ;
          Mout i sofri e endura
          E maint des lor i damaja.

12335   Donc recovrerent Troïen :
          Li preisié d'armes le font bien.   *12190*
              Ne puis tot dire n'aconter,
          Qu'enuiz sereit de l'escoter,
          Ço que chascuns fist endreit sei.

12340   Mais en la vile aveit un rei
          Qui sire esteit d'Alizonie :   *12195*
          O merveillose compaignie
          Esteit venuz Troie guarnir,
          Mais mal ot eü al venir.

12345   Reis Pistropleus ert apelez,
          De totes arz esteit fondez.   *12200*

12329 (*A*) ; *EN* Lautres, *A²* Laltres ; *M²L* dorins, *eGM* dormis, *B²* domis, *L* dorins, *K* dorcains, *BHJ* dornus, *A²* forneus ; de m. à *M* ; (*M²AJM* satelee), *enBB²GK* salatree, *L* salantree, *B* saletree — 3o *nM* Cil ; *eB²K* Une (*BE* Dune) terre ml't longue et lee — 31 *M²* recourers, *N* -ies, *M¹* -ier ; *E* anforcis, *B²* ref., *KM¹* enf., *M* efforciez — 32 *ek* Ml't si (*K* li) a. b. p. ; *B²* Ml't tres b. ; *M²* saida p. — 34 *M* et detrenca ; *eB²* M. home i ocist et naura, *K* M. en ocit m. en n. — 35 *M²* Doncs, *n* Lors, *B²CKe* Tuit ; *M* D. recourent li t. ; *enC* troyen — 36 (*A²C*) ; *F* proise, *EN* prisie ; *F* lont fait, *M* le fist, *B²* fisent — 37 (*B*) ; *H* Nel ; *M* puiz, *K* pui ; *H* ne rac., *M¹* ne c. — 38 *EH* Quannuiz, *M¹* Canui, *N* Que nuiz, *R* Ke n., *F* Que muz ; *kM¹* a e., *K* escolter, *n* escoter ; *H* del tot conter, *B²* del raconter — 39 *n* chascons — 41 *B²EHK* Qui sires (*B²H* -e) ert (*H* est) ; *B* daliss., *e* daliç., *B²* dalix., *L* daliz., *N* dalit., *k* de lizonie, *F* de liconie, *H* darcomenie — 42 *B²M¹* A, *F* Or, *N* De — 43-4 *interv. dans F* — 43 *x* troye — 44 *E* Maint mal, *NK* Mainz maus ; *n* en ot al auenir ; *M* Mes maleur ot, *B²* Ml't fu trauellies — 45 *N* epipex, *M²AIK* pistroplex, *G* pystr., *LM* pytropex, *M¹* -iex, *EH* pitroplex, *A* -pleux, *C* pistoples, *B²* -ex, *B* epistros, *F* -oz ; *A²* Epistropleus ; *J* est a. — 46 *yB²K* Ml't estoit bien des arz f. (*H* pares), *n* De letres sages et f.

Quant il oï e dit li fu
Que li Greu erent tant venu
E lor gent esteit si laidie,
12350   Si fist armer sa compaignie;
Isnelement s'en est eissuz   12205
O bien trei mile fervestuz.
Il ot o sei un Saietaire
Qui mout ert fel e deputaire.
12355   Dès le nombril enjusqu'a val
Ot cors e forme de cheval.   12210
Il n'est rien nule, s'il vousist,
Que d'isnelece l'atainsist.
Cors, braz et chiere aveit semblanz
12360   As noz, mais n'ert mie avenanz.
Il ne fust ja de dras vestuz,   12215

12348 *M* ierent; *n* Q. g. estoient; *M²M¹* grieu, *k* griu — 49
n Que; *M²M* E que l. g. e. l., *eB²K* Q. la l. g. e. l.; *M²EFM*
genz; *F* laide — 50 *M²* Se — 51 *eB²K* De la uile; *F* eissiuz —
52 *n* O tot, *K* B. o, *E* A b.; *M¹* A .xxx. ᵐ· — 53 *F* Cil; *enB²K*
o lui; *M¹* seaitaire, *B²* saiget., *A* sagitt., *M* sagitere — 54 *M²M¹*
iert, *n* est, *K* fu; *k* fels, *M¹* fet, *G* fors; *M* ert m. f. — 55 *M²*
lonbril, *B²* -is, *A²* lonblil, *en* nonbril; *M²* iusquen aual, *A²* dus-
quen a., *eB²K* tot contreual; *M* Des les nobril en aual — 56
(*AB²H*); *M²FJKe* en f. — 57 *B²* Si, *A* Et; *M²ENk* riens, *F*
riem; *A²* nee; *M²* Il ne nest r., *M¹* Il nest beste; *M²M¹* se il u.;
B²EFK uols., *M¹* uos.; *M* qui u., *B²H* quil u. — 58 *M²FKL*
Que; *NR* disnelete, *G* dinellete, *E* disnelesce, *M¹* dignelece; *M*
ce dit la letre; *F* dune lance, *L* dune hore rien; *M²* latejnsist,
EGLN lateins., *F* latoms., *K* nateinsist, *A²MR* natains., *B²*
li tainsist; *H* Quil noceist lautraisist — 59 *x* Grant (*G* Grans)
b. grant c. grant (*L* et g.), *M²* Chief dome aueit b. e, *M* Cors
et b. et c. a.; *M²Mx* semblant; *H* C. dome et b., *K* C. ch. b.,
A² C. et b. ot; (*HMM¹* auoit s.), *A²BB²EJK* a noz (*B²* no)
sanblanz, *AA²R* a no (*R* nos) semblant — 60 *M* As no⁹,
ABB²EGJKLR Auoit; *n* Ot mes nerent (*F* nere) pas, *M²* Mais
nesteient mie, *H* M. nert m. bien; *GR* niert, *JM* nert; *AGLR*
pas; *M²ALRn* auenant; *M¹* Dome m. ml't mesauenant, *A²* Et
chiere auoit m. — 61 *F* fu; *CL* pas, *A²* ainc.

Quar come beste esteit peluz.
La chiere aveit de tel façon,
Plus ert vermeille d'un charbon.

12365   Li ueil el chief li reluiseient,
Par nuit oscure li ardeient :   *12220*
De treis granz liuës, senz mentir,
Le poüst om tres bien choisir.
Tant par aveit la chiere orrible,

12370   Soz ciel n'a nule rien qui vive
Que de lui ne preïst freor.   *12225*
Un arc portot : n'ert pas d'aubor,
Ainz ert de gluz de cuir boillie,
Soudez par estrange maistrie ;

12362 *L* fu; *M²B²M¹* veluz; *A²* Cum b. e. trestos p., *puis 4 v. spéciaux; v. aux* Notes — 63 *M* char; *FG* Lo chief; *H* ditel ; *M²* faicon; *xA²* auoit et la f., *B* Car si con el liure trouon — 64 (*AHJ*); *M¹* iert; *C* est; *E* uermoille, *CM¹* uremeille; *K* esteit roge; *M²* e. neire de; *M* que nul c. (*v. f.*); *x* Ausi (*L* Auaint, *F* Ansi) noire conme c. (*F* carbon), *A²* Assez plus n. dun c., *B* Vermeils estoit p. dun c. — 65 (*A²B*); *M¹* oill, *kn* oil, M eul, *B²E* oel ; *M²B²* del, *MM¹* du ; *N* reluiss. — 66 *n* Conme chandoiles (*F* can-) il (*F*qui) a. — 67 (*B*); *E* De g. .iij. l., *M* De .iiij. l.; *M²AA²M* De tres l. sans nuil (*M* nul) m.; *M²M¹* lieues — 68 *M²M* Le pot hon (*M* Les pcust on) veeir e c.; *K* poet len, *N* poist lan, *M¹* peusiez, *B²* peuisciez, *E* poissiez; *A²B²E* ml't b.; *A²* oir; *F* poist autres b. c.; *A²* *aj. 2 v.* : Henir crier et forment braire Griu i eurent grant auersaire — 69 *M²* la forme eschiue; *enB²L* la chiere orrible; *A¹A²CM* T. p. ert fiers; *A¹C* et t. horribles, *M* et h., *A²* et si hisdos; *JK* T. ot fieruis (*K* cors) et tant orrible, *H* T. estoit et f. et o. — 70 *A¹BB²JKe* Quel mont; *K* riens; *A²M* na honme q.; *A²* h. tant soit pros; *H* Quel monde na r. tant paisible; *C* si terrible (*v. trop long*) — 71 *M* Cui; *C* nen; *M* freours, *C* flaor; *B²JKM¹* neust grant peor (*K* paor), *A²* Neust de lui ml't g. poor — 72 (*R*); *M* turquoiz; *n* ne p., *BB²Cky* non p.; *M* pas niert daubors; *B* dabor — 73 *F* Aint; *M²GMM¹* iert, *J* fut, *R* fu, *BL* est ; *EM* de c. de (*E* a) g., *B²* dedens o glut; *K* Mes de c. et de g.; *C* glai, *B* glius, *HR* glu ; *e* cuirs, *G* coir; *H* a quir, *B* deius; *A²* de cor a g.; *A²BB²EFGHJ* bolie, *AL* boulie, *M¹* boilli — 74 *EKL* Soldez, *M* Sodez, *G* -es, *R* Soude, *F* Sondez, *B²* Sot dens; *H* Solde par ml't grande m., *M¹* Mestrement fet si bien ne ui.

12375   Tant par ert forz, rien n'en traisist
       Ne par force nel destendist.   *12230*
       Cent saietes de fin acier
       Portot en un cuivre d'or mier,
       D'alerions bien empenees :
12380   Es granz terres deshabitees
       Sont e conversent vers Midi.   *12235*
       Si faitement com jo vos di,
       S'en eissirent fors al bosoing.
       Ne quistrent pas Grezeis trop loing :
12385   Près de la vile les troverent,
       Por ço vos di quel comparerent.   *12240*
       Troïens orent reüsez,
       En sus les aveient botez :
       Lors vindrent Alizoniëns
12390   Tuit eslaissié par mi les rens;
       Ceus vont ferir qui les atendent
       E qui estrange estor lor rendent.   *12246*

12375-6 *interv. dans F* — 75 *B²* T. estoit fors; *FMM¹* est ;
F force, *M¹* fort; *K* riens, *M²B²* nus; *M¹FK* ne, *N* ni, *B²* non,
G nan; *E* tressist, *N* traissist — 76 *Hk* Que; *F* per ; *FH* ne; *F*
destandiest, *H* desfendist; *B²* ne le tendist — 77 *M¹* seetes; *n*
bon; *F* acer — 78 *M²M* Porta; *B* en ly cure; *M* coure, *M²*
coiure; *F* mer — 79 *M* De lerion, *M²B¹Ke* Dalerion ; *M¹* enpa-
nees, *En* anp. — 80 *F* As; *M²K* desab., *M* desheritees, *n* desba-
retees; *B²E aj. 2 v., répétition des v. 13399-400* — 81 (*H*);
B²E Cest une terre — 83 *eky* issirent; *yB²M* hors; *F* an besoig
— 84 *M¹* quitrent, *B²* quisent; *F* loig — 86 (*J*); *K* Par tant, *C*
Por t.; *K* quil, *M²M* le, *CJMM¹* conpererent; *B²* Cest merueille
sil nel comparent — 87 *n* Troyens; *M²* T. ueissez, *M* Troien
ierent; *eB²CJK* Car t. sont (*C* ont); *B²Jek* recoure, *M²C* -ez,
G reuerses — 88 (*C*); *F* Ensi; *M¹* Qui ariere estoient b., *J* Qui
m¹'t e. recule; *ek* bote; *B²* Quil auoient tant de bonte — 89 (*J*);
ABH Dont, *M* Donc; *M* il u., *B²* Lor uirent, *M²KR* As te uos;
xKR alit., *H* alys.; *B²* alixomenes; *C* Et desconfiz en plusior
sens — 90 (*BCJ*); *H* Tout; *F* elaissie, *N* eslaisie; *M* Tous
eslessie, *M²K* Toz esleissiez — 91 *E* Cez, *F* Ces; *M* attendirent
— 92 (*BCGHJL*); *M* e. rendirent; *N* Et chi e. e. l. rendent (*de 2*
main, d'abord laissé en blanc), *F* Et q. de riem ne les contandent.

La fu li chaples perillos
E d'ambedous parz damajos ;
12395 Ci ot des morz estrange perte :   *12247*
Tote la terre en est coverte.
    Uns dus corteis de Salemine,
Polixenarz de la Gaudine,   *12250*
Parenz Telamon Aïaus, —
12400 Bons cheualiers ert e vassaus, —
Cel a Hector tel coup feru
Que la teste desor le bu
Li fait el champ bien loing voler.   *12255*
Adonc laissierent cil aler
12405 Le Saietaire, quil teneient
E qui en lor guarde l'aveient :
Mostré li ont as queus forface,
As queus aït e les queus hace.   *12260*

12393-4 *m. à A¹BB²CJKy* — 93 (*AR*); *M* chaple; *EGL* perillous,
N -ox — 94 (*AR*); *GLN* domaiox, *F* angoissous, *M* merueilleuz
— 95 *M²JM* de; *M* mors — 96 *M* en fu; *K* T. en fu la t. — 97 *F*
An, *R* Un; *B²* Un duc; *M¹* sallam., *M²K* salam., *nL* salenie, *G*
salaine — 98 *M²* Polexenarz, *BC* -ars, *nK* Polixenarz, *H* -nor, *M*
-marz, *A²* Pollixenart, *BGLR* Pol., *A* Polizenaus; *LN* la gaudie, *G*
la gaudaine, *F* laubandie — 12399-400 *m. à E* — 99 (*AA¹*); *M²k*
Parenz, *n* Paranz; *A²* Telamonius a.; *KM¹* aiax, *n* ayax, *M²* aiaux,
M aiauz — 12400 *C* Boens, *K* Buens; *A¹HJM¹* Bon cheualier ;
B² et preus u.; *M²A* P. c. e b. u., *nA¹BHJM¹* proz et loiax (*F*
loyax, *H* uasax), *K* et prouz et biax, *M* et bon uassauz; *A²* Qui
ml't par ert preus et u. — 1 (*AR*); *M* Cil; *A²JKny* Celui (*F* Chelui)
a h. si (*A² a si* h.) f. — 2 *M¹* de soz, *M²M* o tot, *A* o trestout — 3
B²K fist; *n* mult l. (*F* loig); *B²* lonc; *F* uoller, *B* aler, *M·* enmi le
c. u ; *M* Li a f. el c. u. — 4 *M²* Adoncs, *B²M¹* Lores; *M²F* laisse-
rent, *N* laisierent; *n* Lors l. icil a. — 5 *M²* saitaire, *B²* saiget.,
M sagit., *e* saietere; *M* qui le t. — 6 *M* Et cil qui (*v. f.*); *H* Et
en lor demaine, *B²* Et qui en g., *M¹* Du tot en l. g., *n* Et quil (*L*
Que il, *G* Et qui) an lor bataille (*G* baillie) a. — 7 *N* a; *M²K* quels,
M quelz, *N* qex, *e* quex, *F* queis; *N* mesface (*m. à F*) — 8 *LM* Les,
R Le; *M²k* quels, *eR* quex, *N* qex, *F* ques, *L* quiels, *M* quelz; *ENR*
aist, *M* hait, *F* il aut; *M²K* quels, *eNR* quex, *F* queis; *L* il aint
les quielz il h.; *M* l. q. menace ; *B²* Et lesquels ait et les ques h.

Adonques saut, mout fait grant joie.
12410 Mout le remirent cil de Troie.
Grant noise fait e brait e crie,
Que par trestot en vait l'oïe.
Toz ceuz de l'ost fait merveillier ;   *12265*
E quant il veient l'Aversier
12415 Qui a eus trait e quis ocit,
N'i a un sol, grant ne petit,
A cui il n'en prenge esfreance ;
E senz nule autre demorance   *12270*
Se traient sus, e cil lor vait,
12420 Qui estrange damage en fait.
Li Saietaires trait a eus :
A un sol coup en ocit dous
O treis, ço dit l'Escriz, sovent ;   *12275*
En petit d'ore en ocit cent.
12425 De la boche li saut escume.
Que par mi l'air del ciel alume.
La gent de Grece mout s'esmaie.
Ses saietes, ainz qu'il les traie,   *12280*

12409 *k* Adonc ; *M* cil s.; *K* salt et fet molt; *n* et feit (*F* fait);
M¹ Lors s. et fet une, *E* Lores lor s. et fist, *B²* L. sault et si f. —
10 *F* rim., *M¹* par lesgardent; *n* troye — 11 *M²* si b. — 12 *F*
lestor an net; *M²* veit, *M* ua — 13 *F* cez, *E* ces; *B²* esmaier
— 14 *M¹* uirent ; *M²* lauerser — 15 *JN* t. a els; *AJMM¹* qui les,
F et ques, *M²B²EGK* et les — 16 *K* uns sels, *M.*j. seul — 17 *N*
praigne, *F* preigne, *e* preingne; *K* A qui il ne p. effraance, *M*
Qui nen prengne grant effr., *M²* Que il ne mete en esfr. — 18
M² Sans negune a. d. — 19 *M¹* Sen; *B²n* et il; *E* tret, *M²M* uont
— 20 *eB²* E. dom. lor fet; *M²M* font — 21 *m.* à *M*; *M²* saitaires,
B² saiget.; *M¹* (Le) saietere (*de même à peu près partout*); *M²e*
tret; *M²KN* els, *F* aus — 22 *M²* s. tret; *ek* ocist; *KN* dels, *F* das,
M²E deus, *M* .ij., *M¹* deux; *B²* A un cop lor en fist deus — 23
KM¹ lescrit, *M* lescript; *n* Ou t. ou quatre mult s. — 24 *M²* peti;
M¹ En po de terme, *K* A cele pointe; *eB²* ocist, *M* occist — 25
B² sans; *M* lescume — 26 *M²* laier; *K* par ler; *B²KM¹* art et a.;
E par mi les art et a., *F* per l. d. c. li a. — 27 *M²B²KN* genz;
KM¹ esmaie, *M* esmaient (mout *manque*); *E* g. san e. — 28 *M*
Les; *M¹* seetes; *M* traient.

I mueille e entosche e adeise ;
12430 Après, si tost come il enteise,
Flambe li fers, l'airs e li venz.
Se longes durast cist contenz,
L'ost de Grece fust maubaillie :　　　*12285*
Ja uns sous n'en portast la vie.
12435 Par l'esfreïssement de lui,
Si com jo pens e com jo cui,
En perdent le jor teus dous mile,
Dont bons chevaliers ert li pire :　　　*12290*
Desconfist les li Saïetaires.
12440 　Ço　dit l'estoire que fist Daires,
Par mi les tentes s'embatirent
E sacheiz bien grant perte i firent.
Tuit esteient a mort livré,　　　*12295*
Ne poëit estre trestorné,
12445 Ne fust une estrange aventure.

12429 *E* .j., *k* Et (*m. à n*); *M²EKn* moille, *M* mole, *B²* molle,
M¹ muelle; *M²EK* atoche; *MM¹* ent., *F* ant., *N* antouche; *n*
andoise — 3o *nM* Flame; *E* leirs, *F* lars, *N* lares; *M¹* le fer lair;
B² li airs li — 32 *AJN* longues, *E* auques; *AJM¹* Se d. l. (*M²*
gueres), *F* Sauques lor d.; *kN* cil, *B²F* li; *M²M¹* tormenz, *M* tor-
ment — 33-4 *interv. dans KM¹* — 33 (*H*); *M¹* .j. seul, *M²KN* uns
sols, *F* un seus; *E* uns toz s. nen p. uie — 34 *M²* mau balie, *F*
mal bailie, *les autres* malballie — 35 (*H*); *M¹* lespontement, *C*
lesfremisiment, *B²* le fremiscement, *x* lo fremissemant (*F* ferem.),
B lesfraiss.; *A* lesfreement de celui, *M* les efr. de cestui — 36 *L*
cuit; *M* et si c. ie di; *eBB²K* Plus que par (*eB* por) la force dau-
trui (*K* daltrui), *C* P. par le suen que par lautrui — 37 *M²* tiels
d., *M* telz .ij.; *n* An perdirent lo ior trois mille, *BB²CKM¹* En per-
dent tex deus (*B²* daus, *C* dou) m. le i., *E* En perdirent tel m. le
i. — 38 *M* Donc, *F* Don; *M²* buens, *M* bon; *M²* iert, *M* est;
eBB²CK Qui ml't erent de grant ualor — 39 *F* Desconfi, *kM¹* -it,
B² -ist; *M²* sait., *B²* saget., *M¹* seeteres, *M* sagitairez (*de même
plus loin*), *F* saietaire — 40 *M²B²* dist; *M* lestorie; *M* et lescript,
FK et lescrit, *N* et lescrist, *B²* et sil dist; *M²* Si con dit li e. et
d.; *F* daire — 42 *M* Et b. s., *K* Mais co s.; *M¹* Ce; *n* mult i per-
dirent, *B²M¹* g. p. f. (*B²* fisent) — 43 *B²* m. naure — 44 *nK*
destorne, *M* rest. — 45 *M* tu.

As tres ert la desconfiture :
Grezeis a pié e a cheval
Se defendeient comunal   12300
A grant meschief ; mout i perdeient.
12450 Ensi come il se combateient, —
Li Saietaires par tot vait ;
Mout redote chascuns son trait,
Que rien n'ataint que ne seit morz ;   12305
Haubers dobliers ne escuz forz
12455 N'a de son coup defension ; —
Par dedevant un paveillon
Ert trespassez ; Diomedès
Veneit fuiant toz sous après.   12310
Navrez ert li fiz Tydeüs
12460 D'un dart par mi le chief desus,
Mais ne se sent guaires bleciez ;
Mout a grant duel, mout est iriez
De ço que si grant perte ont faite.   12315
Tot a cheval, l'espee traite
12465 S'embat desus le Saietaire.
Entrepris est, ne sait que faire :

12446 e trez, M griex ; n Antraus ; M^2M iert — 47 n desfan-
doient, k deff. — 49 B^2E A granz (B^2 grant) meruoilles i p. — 50
FKM^1 Issi, M Ainsi, E Einsi, M^2 E si — 51 M sagitaire ; N ensi,
F issi — 52 M^2B^2Ekn Tant ; A C. r. ml't — 53 M^2 Quar, AM^1
Car ; K riens ; M^2Ek natejnt, N natoint, B^2 ne taint ; AM quil ;
n ne chice m. ; B^2 mort — 54 M Laubers ; M^2 Ozbers doblers,
B^2M^1 Hauberc doublier ; B^2MM^1 ne escu fors (B^2 fort) — 55 (AL) ;
M A ; M^2GM trait, eCK dart (corr. dans C), B^2 cors ; H deuant
lui — 56 F Per, M^2AM Tres ; CM deuant (v. f.) ; H son p. — 57
(H) ; M^1 Iert ; M^1N trespasez, M trespasse ; nM^1 dyom. — 58 A
V. suiuant, x F. san uet (G ua) ; M tot ; AM seul ; L s. en pes,
G a esles, yB^2CK Qui (C Si) sen fuioit (H aloit) a (E de) grant
esles — 59 M^2MM^1 iert ; eB^2 thid., M^2k tid. — 60 n lescu — 61
M^2 gueres, F guere, M gaire ; eB^2K M. il nest (E nert) mie a
mort b. (B^2 iugies) ; M blecie — 62 F irrez ; eB^2K M. par est
dolenz et i. ; A M. est dolent — 63 (A) ; M^2 quensi ; eB^2K quil o.
tel p. f. — 65 B^2 segaitaire — 66 M^2M siet.

S'ariere torne, c'iert folie,
Sempres maneis perdra la vie ; —   *12320*
Tel vint mil le siuënt e mais,
12470 Qui o lui n'ont triuë ne pais ; —
Le Maufé crient dedevant sei,
Qui Greus a mis en tel esfrei.
Li Saietaires le choisi :   *12325*
En haut cria, braist e heni ;
12475 La terre crolla soz ses piez.
A lui a trait : mout fu iriez.
D'un dart d'acier l'a si feru
Qu'onc ne s'aresta en l'escu :   *12330*
L'auberc li trenche e le costé,
12480 De l'autre part fiert en un tré.
Por poi n'est morz : s'enz plus entrast,
Ja mais sa boche ne manjast.
Donc ra la main mise al tarquais,   *12335*

12467 *EN* Sarrieres; *n* uait ce iert; *M²B²k* cest, *M* cert — 68
B² perdroit — 69 *M²* Tiel, *M* Tiex; *n* .ix., *M¹* .vij.; *B²M* siuent,
M²KM¹ sieuent; *N* lasiuent, *F* ansiuent — 70 *e* a lui, *B²* uers
l.; *K* nont o li; *K* trieue, *EN* triues, *M¹* treues, *F* crieme — 71 *F*
man fe, *B²k* malfe; *M* uoit; *F* criement deuant — 72 *eM* griex;
n An crieme en est (*F* an sont) et an e. — 73 *M²F* saitaires,
B² saget.; *MM¹* Le sagitaire (*M* scaiterc); *M²EK* choisist, *H* coi-
sist, *M* saisist; *x* la choisi (*F* saisi) — 74 (*A¹*); *K* Cria en halt;
B²FM brait, *M²M¹* bret; *M²Ek* henjst — 75 *B²* A t. sestut; *N*
crolle, *FM* crole, *eKN* bondist; *F* sos — 76 *N* ot; *F* ont t. mult
est; *B²* trestous i. — 77 *N* darc; *F* dacer — 78 *A* Quainc, *n* Ainz,
M Onc; *eB²CK* Conques (*K* Que onc, *C* Q. ainc) naresta; *M* en
escu — 79 *M²* Lozberc, *F* Lahuberz (*sic*); *M* li c. — 80 (*A*); *n*
pre, *M* tref (part *manque*); *G* an verite; *B²CM¹* Mais ne la mie
(*CM¹* pas) a mort naure — 81-2 *G* La si feru seust plus trait
Jamais nus hons neust par lui brait — 81 *N* Par, *F* Per, *AM* A;
M se p.; *AB²CEKM* Por qant se (*C* senz) un poi (*B²* se en char,
E san la c.) p. e., *M¹* Se un petit p. i e. — 82 *B²CEk* parlast,
M¹ meni. — 83 *M²* Doncs, *n* Lors, *B²* Lor, *e* Puis; *n* a; *M²* sa; *F*
an; *M²* tarquoiz, *EN* -es, *L* -qais, *F* talques, *M¹* taques, *A²B²*
tarcais, *A* turcois, *K* -ais.

Mais cil li vient de plain eslais,
12485   Le brant d'acier li fait sentir.
Mout ot grant force e grant aïr :
Andous li trenche les costez,
En dous meitiez est desevrez :   *12340*
Ço que d'ome est chiet en la place, —
12490   Ço cuit, ja remandra la chace —
Ço que a beste ert resemblant
Ala grant piece puis corant,
Tant que Grezeis l'ont abatu,   *12345*
Qui en recuevrent lor vertu.
12495   Se ne fust li fiz Tydeüs,
Vencu esteient, n'en sai plus.
Quant le Saietaire ont ocis,
Si ront Grezeis hardement pris :   *12350*
Sonent buisines, sonent corz ;
12500   Par estoveir e par esforz

12484 *F* Icil, *N* Et cil; *eB²* li (*B²* i) uint; *M'en* esles, *A* elais,
M eslez — 85 *eN* branc — 86 *n* M. a; *A'* ahir — 87 *M* Andui
— 88 (*A*); *M* moitie; *A²* est decolpez; *M²* Doutre en outre est li
branz colez, *x* Qua (*L A*) la terre est acrauantez (*FG* crauantez),
B²E Si est arrieres ius uersez, *BCJKM'* Si qua la terre est i. u.,
H Ius est a la t. u., *A* Si qua t. e. i. anuersez — 89 *M²A'K* qui;
A² quest domme; *M* honme; *B²EH* Si que il chiet enmi la p. —
90 *A²n* Ge, *M* le; *M²K* quit; *A²* or r.; *K* Or r. co q., *B²EH* Or
c. que r., *B* Or en r. ia; *N* remanra, *F* remenra; *M'* Puis lor
fist il une grant c. — 91 *B* Ce qua la b., *B²* Icou que b.. *A²* Ce
qua cheual; *M²MM'* qui; *M'* de beste auoit senblant; *M* est
semblant; *n* Et ce qua (*F* que) b. estoit sanblant; *K* Co quest a
b. res. — 92 (*A²*); *F* plus; *en* auant; *K* A. molt grant p. corrant —
93 *E* li greu, *B²K* li griu — 94 *M²* recoeurent, *F* recourent, *N*
recoiuent; *M'* Q. ont recoure, *A²B²K* Ki recourerent — 95-6 *interv.*
dans B²EH — 95 *R* Si (*forme ordinaire*); *M²B²k* tid., *e* thid.,
— 96 (*AA²R*); *n* Voincu, *JMy* Vaincu; *M'* fusent; (*M²AA²MR*),
nH V. f. ie nan s. p., *eBB²JK* V. fussent tuit et confus — 97 *M'*
Q. o le s.; *M* fu ociz (*v. f.*) — 98 *M²B²* Se; *A²* Dunc ont li griu; *M²*
ard. — 99 *m. à M²A'BB²CJKxy, est dans AA²MR; AM* S. busi-
nes s. cors — 12500 (*R*); *A²* esfors, *AM* effors; *x* Par (*F* Per) e.
par poestez, *A'BB²CJKy* Par uiue force et par air; *M²* aj. : Par
desus celz qui gisent morz.

Les vont des tentes fors geter
E loinz as plains chans reüser.
La ot estor, ne vit hom tel
Si doloros ne si mortel :
12505   Perdu i ot e guaaignié,
Dont li plusor furent irié.
    Un rei i ot de ceus dedenz   *12355*
Qui mout ert beaus e proz e genz :
Phileüs esteit apelez.
12510   Norriz esteit e engendrez
Del grant regne de Palatine :
Oëz quel esteit sa destine.   *12360*
Joster ala a Achillès;
Trop par embraça pesant fais,
12515   Quar il l'en ocist de sa lance :
Ço fu as suens ire e pesance.
Hector le vit, cui pas n'agree :   *12365*

12501 (*A*); *R* de tendes; *M*²*A* hors g., *M* g. hors, *R* giter forç
(*ce vers a été gratté et corrigé en* : Par uiue force les firent retor-
ner); *x* Les ront f. des t. gitez, *A*² L. ont d. t. f. gete, *A*¹*BB*²*CJKy*
Font ceus dedenz (*E* troyens, *B*² troiens, *H* troians) des trez (*A*¹
dantrex) partir (*BCK* issir) (*H* tant departir) — 2 (*A*); *M* En; *F*
loig, *R* loign, *ABCy* loing; *M* loin es p. c. dehors; *R* canps; *A* a
plain champ; *x* reusez, *A*² -e; *A*¹*BB*²*CJKy* L. (*B*² Lonc) as plains
(*EH* pleins) c. les ont fors (*JM*¹ hors, *B*² or, *BH* il) mis, *puis ce v.* :
Si ont (*K* ront) maint troyen (*B*²*EH* Et san (*H* sin) i ot (*B*² Si en
i ont) assez ocis; *x aj.* : La ot (*F* rot) des morz et des naurez —
3-4 *m. à A*¹*BB*²*CJKxy* — 3 (*R*); *A* tal — 4 *R* doloiros, *M* doule-
reuz; *A* mortal — 5-6 *m. à A*¹*BB*²*CJKy* — 5 *x* ont, *M* ot ml't (*v.
f.*) — 6 *M*² Dunt, *F* Don, *M* Donc; *R* en f. ire, *M* sont irie — 7
EF ces — 8 *M*²*M*¹ iert; *M* Qi ert; *B*²*FM*¹ p. et b.; *H* fu fors et
biax — 9 *eB*²*K* Fil., *F* Fill., *N* Fyl., *H* Pil. — 10 *E* estrez; *EF*
angenrez — 11 (*AR*); *N* raigne, *E* reigne, *B*² resne; *M* palacine,
*M*¹ palestine, *LN* -trine, *F* palastine — 12 *M* Oes, *K* Oiez;
*M*²*KR* quels, *eFGL* quex, *M* quele, *N* qex; *n* la; *H* Fu engenres
tele ot d. — 13 *M* o; *B*¹ acilles, *A* ulixes — 14 *A* li charcha; *M*
mortel fes; *B*² encarga grans f. — 15 *x* Qachilles (*F* Que a.)
locist — 16 *B*²*M* siens; *M*¹ duel, *E* diax, *K* dels — 17 (*GLR*);
*M*²*AA*²*ky* ueit; *KM*¹ qui; *A*² point.

Vers Achillès point Galatee.
Granz cous s'entrefierent andos,
12520   Quar l'uns e l'autre est aïros :
Peceié sont li fort espié,
E l'uns e l'autre est trebuchié.   *12370*
Achillès rest montez premier,   *12373*
Puis tent la main al bon destrier ;
12525   Galatee saisist e prent,
O tot s'en torne isnelement :
Dès or a il mout de ses buens,
Se mener l'en puet jusqu'as suens.
Ire a Hector, as suens escrie
12530   Qu'il ne l'en laissent mener mie :   *12380*
« Franc chevalier, poigniez après,
« Quar ja grant joie n'avrai mais,
« Se il si quitement l'en meine :
« Ore i metez travail e peine. »

12519-20 *interv. dans x* — 19 (*A*) ; *M* sentredonnent ; *x* Hector
le fiert et cil (*L* il) fiert lui, *R* Ambedui g. c. sentrefierent, *B²* Bien
sentre f. a. ; *M²A¹A²EH* se fierent anbeduj (*A¹* anmedeus, *H* am-
bedos, *C* entraus dous, *A²* par iror), *BCDJKM¹* se donent entreus
.ij. — 20 *A* lun ; *M* Que lui ; *A* iert ; *R* Car par grant ire se
requierent, *M²* Cil het h. et h. lui, *A²* Andui ierent de grant
uigor, *A¹BB²CDHJKM¹* Car ml't (*A¹* il) estoient vertuos (*K* -ox,
B² anemi), *Ex* C. (*L* Qe) m. e. fort andui — 21 *R* forç espie ;
A¹BB²CDJKy Li fort e. (*B²H* escu) sont pecoie (*M¹* depecie) — 22
AM Et lun ; *A* iert t. ; *M²* Li uns a l. t., *n* Et li uns l. a t., *A²*
Et il a terre t., *R* Si canbeduy unt t., *A¹BB²CDJKy* Bien a li uns
(*H* luns) l. essaie (*C* ensage), *puis ces 2 v.* : Car a la terre sont
chau (*K* chai, *EJ* cheu) Mes il ni ont gueres ieu (*K* gaires geu) —
23 *A¹BB²CHJKM¹n* est m., *M* remonte, *E* remonta ; *A²* Mais a.
monte p. — 24 (*A²*) ; *K* rent, *AB²n* met ; *J* les meins ; *n* a son d.,
A au branc dacier — 25 *EJ* seisist — 26 *eB²MN* A tot, *K* Puis si ;
B² sen ua — 27 *eB²K* aura ; *B²* bons — 28 *B²* Samener le p. dus-
qua sons ; *M²* des quas, *F* ius cas, *M¹* trusqua ; *M* iusqua siens ;
E Se remener lan p. as suens — 29 *M* a siens, *B²* as s. — 30 *M*
Qui ; *M¹* Que il nen l. — 31 *B²* poigniens — 32 *M* la mes ; *M²* naura
— 33 *M* Sainsi q., *B²* Sil ausi q. ; *E* meinne, *n* moine, *M¹* mene
— 34 *M²* treuail, *B²* -al ; *e* pene, *n* poine.

12535   Donc en i brochent tant ensemble,   *12385*
         Tote la terre en crolle e tremble :
         Por la rescosse del cheval
         Sont mort e navré maint vassal.
         Mout en dura li fereïz,
12540   Ainz que nus d'eus en fust saisiz :   *12390*
         Maint heaume i ot ainz descerclé
         E maint bon escu eströé
         E maint chevalier abatu.
         Mais, si com jo l'ai entendu,
12545   Li Bastart l'ont rendu le jor   *12395*
         Hector lor frere e lor seignor :
         Li lor esforz e lor proëce,
         Lor hardemenz e lor vistece
         Le fist voler celui des poinz
12550   Qui Greus mantient es granz bosoinz.   *12400*
         Ainz que departist la meslee,

12535 *M²* Doncs, *en* Lors; *H* Adonc i; (*M²M* brochent), *A* broche, *M¹* pointrent, *B²* poistent, *EHR* poinstrent; *n* L. i brochierent (*F* brocenrent); *M²* b. e. (*v. f.*); *n* tuit ans., *H* tot ens. — 36 *En* t. c.; *FM¹* crole, *E* crosle; *K* soz els t. — 37 *E* resqueusse — 38 *N* uas. — 39 *M²AB²Rek* Longement (*kE* Longuem.) en d. (*B²* dure) lestor (*M²* -ors) — 40 *M²AB²Ke* A. q. nus eust (*eB²* quen e. n.) le meillor; *M* f. seignour; *R* A. kil eust point de s. — 41 *M¹* a. descecle, *B²* esquartele — 12542-783 *sont dans P²* (5ᵉ *fragm.*) — 42 *KM¹* fort, *E* chier; *M²* osberc; *E* desbocle, *M¹* desbougle; *n* cheualier naure; *B²* Et m. e. frait et troe — 43-4 *interv. dans P²* — 43 *KM¹* M. c. mort a., *nL* M. uassal i ot (*F* u. ont) a., *G* Et m. bon u. a. — 44 *P²* Einsi con; *M²* come ie ai, *M¹* conme iai, *B²* com iou ai, *M* con lai; *x* M. ensi (*F* issi) con ge lai leu (*L* veu) (*G* iai antendu) — 45 *P²* batart — 47 *AHM¹P²* Le; *K* Lor grant e., *M* La leur effort; *M¹P²* esfors; (*M²B²JP²ky* et lor), *n* la lor; *e* proesce — 48 *F* hardimenz, *M¹* hardement, *M²* ard.; *F* la lor; *M* iustece, *B²* rustece — 49 *B²ek* c. u.; *P²* u. dentre les mains; *F* d. poraz — 50 *MM¹* Que; *M²* grieus, *M* griex, *F* grius, *M¹* grieu, *B²* griu; *E* maintient, *B²M¹* mainent; *M* maintienent a, *K* secort as; *eB²* an lor besoinz; *n* Q. grezois m. as b. (*F* besoraz), *P²* A ice point fu il trop uains — 51 *M¹N* mellee.

Lor en fu bien s'ire mostree ;
Quar Antenor lor a toleit,
Dont cil dedenz sont mout destreit ;
12555 Pris l'a par fei e retenu. *12405*
Quant Polidamas l'a seü,
Por un petit n'enrage vis.
N'i esteit pas quant il fu pris,
Toz s'en voleit abandoner :
12560 Ja lor feïst chier comparer *12410*
S'ire e son duel e son damage ;
Mais li haut home e li plus sage
Font departir la grant bataille,
Quar icil jorz lor faiseit faille :
12565 Vespres estoit e nuit prochaine. *12415*
A grant travail e a grant peine
Sont departi e desevré :
Li un s'en vont en la cité,
Li autre dreit as paveillons. *12419*

12552 *P²* L. a il ml't — 53 *M* Quant; en*KP²* anth., *B²* entenor; *F* adoloit — 54 *F* Don; *K* dedanz, *M* de lost; *M²* molt, *B²* en — 55-6 *interv. dans* x*P²* — 55 e*AJK* Mis, *B²* Mais; *H* p. force; x*P²* Que Achilles la (*P²* a) retenu (*F* receuu, *N* detenu) — 56 *P²* a; *n* sau, *B²H* ueu — 57 (*HJ*); *AENk* Par, *F* Per; *M* un seul poy, *M²* un sol poi; *P²* A bien petit; *En* nanr., *MM¹* nesr. — 58 *M* cil fu — 59-60 *interv. dans K* — 59 *m. à M; K* Tot; *nP²* si, *eK* se; *B²* Tot lor uoloir — 60 *eK* conperer, *M²* cumparer — 61 *M¹* Sire son; *k* doel; *B²* Son d. et sire, *P²* Son mautalant — 62 *n* li plus haut (*F* hauz), *M¹* li haus hons; *k* home li — 63 *F* lor granz — 64 *LP²* Qe; *A* celui iour; x*P²* li i. lor f. ia f. (*GLN* failloit sanz f.); *BB²CJKy* Por le ior (*C* iors) qui lor f. f.; *k* feseit, e fesoit, *C* fassoit — 65 (*BJ*); *M* Vespre; *AE* V. ert (*A* iert) bas, *M²* Vespre esteit b.; *En* nuiz, *B²* nuis; *M* proich., *B²* proc., *F* prochiene, *E* -einne, *M* -ene — 66 *M²C* O... o — 68 *L* en; *M* ua; *M²M* uers — 69 (*AA¹A³BCDJL²*); *M* autres; *B²EHK* a. uont; *I* Et la nuit u., *P²* Et grezois u., *x* Et li autre (*G* autres); *GP²* an, *nL* es; *L¹* pauillons, *P* -eilons, *EH* -ellons; *A¹BB²CDJKLP²SS¹y* aj. 20 v.; voy. aux Notes.

12570   La nuit josterent lor barons   *12440*
           E lor princes e lor hauz homes :
           De lor conseil oëz les somes.
           Agamennon lor a preié
           Que pas ne seient esmaié :
12575   Combatent sei seürement,   *12445*
           Quar il set bien certainement
           Que de Mese tel gent vendra
           Que grant aïde lor fera.
           Lor oz creistra mais chascun jor;
12580   Si n'i ait neient del sojor   *12450*
           Se del combatre non a tire,
           Tant que cil en seient li pire
           E qu'il seient vencu o pris
           O en bataille tuit conquis.
12585   « Veez, » fait il, « quel demostrance   *12455*

12570 (*A'BCDGJLL'*); *m. à H*; *P²* asemblent, *G* assam-, *E*
sasan-; *B²EMP* li, *M²AKS* les, *S'* an; *A²* parlerent as b.; *I* Li
autre. (*sic*) et mandent les b.; *B²E* baron — 71 (*LL'*); *GM'* Et les
p. et les; *M²AA'M* Et tuit li prince et, *BB²CEHKP* Et li p. (*H*
princhier) et, *J* Tuit li p. tuit, *A²* Li roi li p. et, *P²* Et li baron
et, *I*|Assemblerent soi; *M²AA'A²BB²CHIJPk* li haut home, *E*
li plus h. h. — 72 *EP²* consoil, *M²AA'A²B²CKM'* -eil, *B* -el,
P -eilz, *x* -auz, *I* -aus, *M* -eulz; *A'A²B²JM* oiez, *K* orreiz, *M'*
orrez, *H* ores, *P²* ce est; (*xM'* les somes), *les autres* la some — 73
B²FM' Agamenon, *EH* -annon; *K* sot molt p. — 75 (*B²EGHLNP²*
seurement), *M²K* prooesement, *M* prousament, *F* deliurement,
M' hardiement, *J* ard. — 76 *M²* siet; *A²* Il set de fi; *F* seuent
seurement; *K* a escient — 77 *eknB²P²* messe; *B²EKN* tels genz
(*B²* gens), *M²* tiels g.; *N* uanra, *F* naura — 78 (*F* Que); *M* aie;
B²M' nos — 79 *B²* Li ; *xP²* Et l. oz (*F* nos) (*P²* nostre ost) cr. c.
i. ; *M²* chescun — 80 *eB²k* Or, *M²* E; *M²M* nient, *K* naient,
e mes point; *B²ek* de; *P²* Si ni aient de riens poor, *x* Gardez
que ne pansoiz aillor (*F* -ors) — 81 *B²ek* de; *M* tire a t. — 82
EM T. quil en s. tuit li (*M* s. au) p. — 83 m. à *M*; *B²* V quil; *F*
ueincu, *NP²* uoincu, *e* uaincu, *K* ou mort; *B²M'n* et p. — 84
répété dans M; *M'n* Et; *K* ocis — 85 (*AB*); *n* enorance, *L* seur-
tance.

« Nos font li deu por seürance
« Del deable pesme e hisdos
« Qui hui s'est combatuz o nos.
« Tuit fussons mort, pris o vencu,
12590 « Se jusqu'a ore eüst vescu ;   *12460*
« Se ne fust li fiz Tydeüs,
« De nos fust fait, jo n'en sai plus.
« Bele aventure e grant honor
« L'en ont li deu fait hui cest jor :
12595 « Mout en est sis pris avanciez,   *12465*
« Et mout en devons estre liez,
« Quar il fu fiz estraiz e nez
« E del meillor pere engendrez

12586 (*A*); *MM¹* dieu; *B²CEFKe* par; *M²* segurance, *E* seurt.,
C laseur., *M¹* reuerence, *P²* sostenance, *B²K* seuerance; *N* tel
demostrance, *F* par d., *H* et quel semblance — 87 *M²AB²CJky*
Dun, *P²* Cun; *N* deiable, *J* deauble, *Fk* diable, *M²* dyable; *AH*
p. h.; *Ne* hidos, *FP²* -ous, *M²* isdous, *A* hydous — 88 *K* oi;
B²CM¹ sest h.; *P²* se combati; *enCP²* a nos — 89 *P²* fussion,
M²EN fusiens, *K* fussiens, *L* fuissons, *M¹* fusons, *B²* fuscons,
FMR fussent; *n* pris et tuit u., *P²* mort et u. (*v. f.*); *eK* p. et
u.; *EF* ueincu, *NP²* uoincu, *M¹* uaincu, *M* -uz — 90 m. à *k*;
(*R*); *M²* desqua, *E* tresqua, *M²* trusqua; *F* ius caore, *N* ius
qaor; *P²* Se il eust guieres u.; *n* aust (*f. ordinaire*) — 91-2
interv. dans *H* — 91 (*HL*); *B²e* thid., *n* thyd., *M²K* tid.— 92 (*BJR*);
M² Des; *AM* f. fins; *B²EH* Vencu fussiens (*H* fuissons), *P²* Vaincu
fussions, *Kn* Tuit fussons (*F* fussiens, *N* fus.) mort; *R* non; *P²*
se; *n* et tuit conclus, *E* t. et confus, *B²* et retenu — 12593-752
m. à *R* (*1 feuillet disparu*) — 93 *E* et bele; *M²ENk* enor.— 94
nB²P² Nos, *M* Li; *nP²* faite; *J* f. li d.; *K* oi, *B²* en; *M* ce, *J*
cel; *E* hui li deu fet por nos — 95 *M²E* en a, *M* len est; *M²Me*
son p., *A* cist p., *H* nos p.; *M¹N* essauciez, *K* essalciez, *M²E*
auancie; *B²* M. nos a hui tos a. — 96 *M²E* lie; *K* Et il en deit
bien e. liez, *nM¹* Chascons (*M¹* Chacun) an doit e. mult l.,
B²H Et ml't par (*H* Et cascuns) en d. e. lies — 97 *DJM¹* au
meillor home; *H* Et cil de troie ml't ires — 98 *B²* Et de; *P²* Du
m. home et, *H* Si est del millor; *n* angenrez, *H* eng.; *DJM¹* Au
(*M¹* Et) plus hardi ce est la some, *puis ces 4 v.* : Qui onques fust
ne qui ia soit Le pris de tot le mont auoit Auques nos est bien
auenu Car pris auons et retenu (*cf. 12607-8*).

« Qui onques jor ceinsist espee.
12600 « Un des plus hauz d'este contree   12470
« E des plus sages qui i seit
« Et qui greignor lieu i teneit,
« Qui plus i puet enprès le rei
« E cui il plus dit son secrei,
12605 « Par cui conseil e par cui sen   12475
« Font ço que font li Troïen,
« Cel avons pris e retenu.
« Mout nos en fust bien avenu,
« Quar, si com j'oi dire e retraire,
12610 « Toz noz voleirs nos feïst faire,   12480
« Pais e concorde a nostre gré ;
« Mais malement somes mené
« Del rei Thoas qu'il tienent pris. »
Fait Achillès : « Beaus sire amis,
12615 « Se nos delivrer le poon   12485

12599 (A) ; m. à DJM¹ ; ior m. à P² ; H Q. ainc encor cainsist ;
P⁰ o. c. ; n o. ferist cop despee ; M saisist e. — 12600 B²En
Uns ; n des meillors ; BK diste, M de ceste, ACEHNP² de la ;
M² deste encontree, DJM¹ de cest pais — 1-2 interv. dans nP² ;
DJM¹ donnent ces 2 v. : Qui or i soit ce mest auis Et le plus s. q.
i. soit — 1 (ABCH) ; E Et la p. sage ; n Uns des, B¹ Et de ; F riches
saies ; P² q. estoit — 2 (AH) ; M²EN greignor, B²P² gregnor, F
grenior, M¹ -nor, M maire ; AEHJK leu, M² lue ; E Qui le g. ;
BCDJM¹ Et q. le g. l. t., nP² Et q. g. los (F lox) i auoit — 3 AM
i pot, K i puot, Jy pooit ; (M²AK enpres), E an-, B²HJM'n apres,
M aprez ; M²E lor ; P² Et q. p. puet enuers, B Q. p. puet ore
endroit — 4 M²BCHKn E qui ; F p. disoit, B²HJMP² il (J i)
dit (B²H dist) p., N p. i dit ; e Cui (M¹ Qui) il disoit p. son segroi
(M¹ secroi) — 5 M²BCKM¹ qui... qui, M quel... quel ; EP⁰n
consoil (forme constante) ; H a cui s. — 6 B²K quil — 7 M Cil ;
H Molt en auomes r., nP² Pris lauons hui (P² lauomes) et r. (F
receuu) ; e Nos lauon, B² Auons hui — 8 K est ; H mesauenu —
9 H con oi ; nMP² c. ie loi (MP² iai oi) r. — 10 F uous f., B² en
f. — 11 nP² acorde, M¹ conconde ; F uostre, k noz ; K agrez,
M grez — 12 P¹ mene s. m. (sic) — 13 M¹ tiegnent ; FP² que
il tient (P² ont) — 14 M Dant, E Dist ; B² bialx ; nP² dolz a. ; B
Acilles respont b. a.

« Por Antenor de la prison,
« Mout nos en iert bien avenu.
« Trop avrions en lui perdu :   *12488*
« Mout est hauz hom, riches e proz ;
12620 « De lui plus feible somes toz ;
« Or le ravrons, si iert grant joie,   *12489*
« Por Antenor le vieil de Troie. »
De ço li sorent mout bon gré
Tuit cil qui erent assemblé ;
12625 A mout grant bien li atornerent,
Tant com vesqui plus l'en amerent.
    La nuit se font escharguaitier :   *12495*
Bien sont trei mile chevalier
Cil qui en ont esté bani.
12630 Si faitement com jo vos di,
Furent cil de la ville quei,
Qu'il n'i font noise ne esfrei.   *12500*
Por Antenor sont deshaitié,

12616 (*BC*); *F* Pro; *enJK* anth., *P²* ath.; *NP²* que nos (*P²* pris) auon — 17 *P²* nos sera; *B* ert, *K* est; *H* Sacies ce seroit bon af aire — 18 *P²* Ml't; *M²BB²CJKP²e* auions, *M* i auions, *N* aureiens, *F* aueriens; *H* Car por thoas ai grant contraire — 19-20 *m. à xEHP²* (*R lacune*) — 19 (*ABJ*); *B²* biaus h. ; *A* et riche et prous, *C* et de grant bruit — 20 (*B*); *A* Por; *C* tuit; *JM¹* Et ml't en doit (*J* M. nos en d.) peser a toz, *B²* Et li moldres de nos trestous — 21 *F* Quant; *K* rauront, *B²* rarons, *M* rauons; *B²EK* ert; *nM* ce iert, *P²* dont ie; *M²N* granz — 22 *enK* anth.; *eknB²P²* uiel — 23 *M* sceurent — 24 *M* ierent; *P²* la sont as. — 26 *B²* T. quil; *M²EK* puis; *P²* lonorerent; *n* T. con il u. len. (*F* lan.) — 27 *F* escharguetier, *M* -eitier, *M²* esquergueter, *EK* eschalguetier, *P²* eschaug. — 28 *M²* cheualer — 29 *M* bailli; *M* i furent establi; *P²* Preu et cora-chex et hardi — 30 *B²* si cum uos di — 31 *B²FP²* coi, *eMN* quoi — 32 *AL* Qui, *k* Que, *F* Quel; *M²B²K* ni ot; *B²* tornoi; *x* ne firent noise nesfroi; *P²* Ne f. n. ne e.; *x aj. ces 2 v. :* Ca (*F* Cha, *G* Sa) troyens reconfortez (*G* si desc.) (*L* T. sont r.) Que thoas est anprisonez, *et P²* ceux-ci : Por t. reconforter Firent thoas desprisoner — 33 *ekn* anth. ; *B²H* ml't (*H* tot) irie, *n* correcie, (*M²ABC* deshaitie), *eK* dehetie, *MP²* desh.

E mout s'en fait Prianz irié :
12635   Trop ont en lui grant perte faite,
Mais ço les conforte e rehaite,
Qu'il ne li feront se bien non
Por Thoas, qu'il ont en prison.   12505
     Del Saietaire ont mout parlé.
12640   Diënt trop en sont maumené
De ço que si tost l'ont perdu :
Se sol le jor eüst vescu,
Tote fust quite la contree,   12510
Chier l'eüssent Greu comparee;
12645   Ja mais n'en tornassent ariere
Cent mil n'en remansist en biere.
Assez ont plaint Eüfemis,   12515
Hupot le grant e Phileïs,
Astor, Menestren e Antif.

12634 (ABC); KM¹ Et molt en sont desconseillie (K trestuit
i.), B²EH Mais de cou sont auques hetie (B² il a. lie), xP² Pensif
(G Dolant) et triste (n morne) et deshaitie (P² correcie) — 35-6 m.
à B²EH — 35 A Ml't — 36 K reconforte; k et heite, M² e enhete
— 37 (H); A Qui, K Que, F Quel — 38 (AH); M toas; F qui
lont, M² quil ront, M¹ qui est, B² cont mis — 39 F saet., B² saget.,
P² seait., M² sait. — 40 B²F qu'il en s., K que t. s.; M que mal
en s. mene — 12641-978 m. à J (deux feuillets disparus) — 41 P²
Por; B²F qui; M¹ quil lont si t. — 42 N sols; M .viij. iours, F un
ior, P² ce i.; eB² Car se .j. i.(B² sun seul i.) — 43 M leur c.—
44 n laussent; k griu, M²A grieu — 45 AB²EK ne; n Ja nan t.
m., M Ne t. ia m. — 46 M¹ Que mil; A¹ an, M en, B² ren;
MM¹ remainsist, A¹ remeins., E remass., K remas.; K Sin r.
.c. m.; n Que .c. m. nan geust (N fusient), P² Quil nen eust .c.
m. — 47 BCEHK eüfemis, M² -nis, M euphenis, A²B²FLM¹
eufremis, N -nis, P² euframis, G eufremenis — 48 (G); M²
Huspoz, A² -os, nCMP² hupoz, E huppot, A²B²HM¹ hupos; M
li g., N li grans; BCe fileis, M² filleis, P² sileys, K filinis, M
fillenis, A¹L fil., G phil., B² liturnis, A² scelidis; n filemenis
(sans e), H le poëstis — 49 nP² Hastor, A¹ Astro, CGL Castor;
A¹ menestan, M² menestrem, BM¹ -en, P² -an, K -on, M -el, C -eu,
A² le uiel et; M²BK xantis, P² santif, M¹ sanctif, L sant., GN
fautif, F fauftif, M rantis; H Astronnenestran et randis, B² Aestor
vestram et candis; E Astor nestren et caridif; C xantipus, A² sant.

12650 C'erent sis rei poësteïf :
Les quatre en ocist Achillès,
Les autres dous Diomedès. *12520*
Bien puet l'om creire, ço m'est vis,
La ou il a sis reis ocis,
12655 Que mout i a autre gent morte.
Auques les enhaite e conforte
Ço que Hector a le jor fait, *12525*
Qui sous lor en a ocis set :
Li sis en erent riche rei,
12660 Li setmes dus, si com jo crei.
Li uns ot non Orcomenis,
Li autre reis Alamenis, *12530*
Reis Elpinor, reis Scedius,

12650 *n* Erent, *L* Ierent; *M²K* sis reis; *M²KL* poesteis, *n* molt
posteif (*N* poteif); *B²MP²* Ce (*B²* Si) ierent (*P²* Cierent) .vij. roy
posteis (*P²* poesteif); *M¹* Ce sont .vi. rois poosteif, *H* Cil erent
:v. r. enforcis, *A¹* Ce furent .vj. roi poteis, *A²* .vj. rois eurent le
ior perdus, *C* Cist f. tuit r. de granz bruz — 51 *H* Les .iij. — 52
B²MP² .iiij.; *n* dyom. — 53 *F* Bin; *L* feit a c.; *N* croirre, e dire
— 54 *FKM¹P²* il ot; *FMP²* .vij., *B²* .viij. — 55 *P²* Quades;
KM¹P² i ot; *En* dautre — 56 *k* Alques, *B²M¹* Mes ml't; *M* li,
n lor; *M* enheite, *n* anhaite, *E* -ete, *KM¹P²* rehete; *P²* Ce les
r. et reconf.; *B²* se haite et rec. — 57 *n* lo ior a f.; *P²* Que h.
auoit ce ior fet — 58 *B²* Que tos s. en a; *M* Cil qui tous seul en
ocist s., *P²* Qui lor en auoit ocis .vij.; *B²M¹* Que, *EK* Quil;
M²K sols, *M¹* sol, *B²EF* seus; *F* ior — 59 *M* Li fil, *M¹* Li
doi; *nP²* estoient; *B²* Li .vij. e. tos — 60 *M²CF* semes, *KN*
sepmes, *AE* sesmes, *B²* siesmes, *M* sepimes; *C* duc; *M¹* Li
autre .ij.; *P²* Et li .vij. si conme ie c. — 61 (*A²*); *CM¹* Li un;
F oromenis, *M* acomenis, *AP²* orcam., *G* orch., *C* orcominis;
ABB²EHk Luns (*A* Lun) auoit n.; *M¹* Li uns a. n. orphenis
(*cf. 5611 et 7259*) — 62 (*correction; cf. v. 12139*); (*M* au-
tre), *EK* altres, *les autres mss.* autres; *M²AA¹A²BB²CP²kxy*
E li a. palamenis (*G* palemonis, *P²* non flebeis, *M¹* ot non
dormis) — 63 *n* epinor, *AP²* epynor, *M* elinon, *BK* epistrox,
AA²P² -os, *M¹* epytroz, *E* epitroz, *B²* espitos, *C* epystor, *H*
opitrois; *M* roy, *eCK* et; *AHMNP²* ced., *C* sel., *B²* sed., *A²*
scelidus.

Reis Epistroz, reis Dorius;
12665 Polixenarz li dus ot non,
Riches, poissanz de grant renon :
Sacheiz qu'en la quinte bataille   *12535*
Ocist Hector cez set, senz faille.
Danz Eneas rocist un rei
12670 Qui riches ert e proz de sei :
Amphimacus ert apelez.
Ç'a Troïens reconfortez,   *12540*
Que par tot en sont li meillor :
Por un en perdent treis des lor.
12675 Polidamas fu mout pensis
Por son pere, que Greu ont pris;
Mais ço comence a porpenser,   *12545*
Se demain vuelent assembler,
Mout lor voudra chier s'ire vendre
12680 E tel rei d'eus ocire o prendre,

12664 *M* Roy; *AP²* epistros, *H* epinor, *eB²K* elp., *C* eip.; *M* roy rantibus; *eP²* sanctipus, *n* santifus, *AH* -pus, *M³BCK* xantipus, *A²* xaint., *B²* sancpus, *A²* forneus — 65 *E* Polixenart, *CH* -ar, *A²G* -ars, *M¹* -at, *F¹* -aus, *B²* -as, *L* Pollixenart, *B* -ars, *M* Politenart, *P²* Polis., *A* Polizenars; *M²* dux — 66 *M* Riche et poissant, *LM¹P²* R. poissant (*M¹* puisant); *EGn* puissanz, *B²* poiscanz; *H* Qui ml't estoit; *M³ABB³Cek* et de g. non; *P²* regnon — 67 *P²* lcez a; *n* qua; *H* la siste — 68 (*H*); *A* Rocist; *M²* cesz set, *K* toz ces, *LM* ce est; *M* O. ces s. h.; *FP²* sanz nulle f. — 69 *M¹* Dant; *P²* heneas; *knP²* ocist — 70 *M²M¹* iert; *M²* Q. i. r.; *P²* Q. ml't par estoit preuz; *k* Q. m. ert riche (*M* fors); *n* Q. m. estoit proz androit soi — 71 *M²* Anph., *ekB²F* Amf.; *P²* Amf., *M²MM¹P²* iert — 72 *F* Cha, *B²P²* Qua; *M²M¹k* Ça mout (*K* Co a) t. confortez — 73 *e* Car; *F* de tot, *M¹* ml't par; *nM¹* en ont lo m.; *E* mellor — 74 *NP²* i. perdent, *B²F* perdirent; *K* deus; *M¹* trois ont perdu — 76 *M²M* grieu, *K* griu — 77 *eB²* Ml't se (*B²* sen), *FP²* Mais or (*P²* il); *nP²* a bien an (*F* a) son panser, *M* len fait bien consiurer — 78 *M²* Sil, *nB²* Sel; *M²n* uolent, *B²M* ueulent; *N* asanbler, *P²* asembler, *M²* asenbler; *KM¹* uienent (*M¹* uiegnent) al ioster — 79 *EFK* uoldra, *P²* uorra; *CM¹* uodroit sire (sire m. à *C*) c. u. — 80 *P²* .C. des lor o. que p.; *e* Ou; *C* T. roi il cuide, *n* Cei ior des lor, *B²* Autels .ij. rois; *M²P²n* ocirre, *e* occire; *M²C* e p., *A* ou pendre.

Par quei sis pere iert ostagiez,
O, s'il l'ociënt, chier vengiez.   *12550*

Sixième et septième batailles

La nuit passa : li jorz repaire,
Que Lucifer e l'aube esclaire.
12685 Un poi fu embrons li matins,
Rosee mueille les jardins ;
Mais del soleil vint la clarté,   *12555*
Que del jor abat l'oscurté.
Sor la fresche herbe vert e lee
12690 Chaï des arbres la rosee ;
Beaus fu li tens e cler le jor.   *12560*
Sacheiz n'i ot autre sojor,
Mais de la vile s'en eissirent,
E cil de l'ost les recoillirent,
12695 Qui pas nes porent eschiver :

12681 B^2CFK Por, M^2M De; M quoy, C qoi, enB^2P^2 coi; MM^1P^2
son p.; B^2EP^2 ert, F est, K ere; B^2 estagies, M chier uengiez —
82 C O sil o.; eB^2 Sil l. c. iert (B^2E ert) u., x Bien an sera sil puet
u. (F iriez), M Et sil losent ostagier; B^1 aj. 4 v.; *voy. aux* Notes —
83 (A^2P^2); M^2En nuiz, B^2H nuis; AL passe; N apaire, B^2 esclaira,
M^1 esclere — 84 (A^2L); F lo ior e.; B^2 esclaira; P^2 Chascuns
satorna de bien faire — 85 B^2 Vn poins; M^1 enbruns, n anbruns,
P^2 embrong — 86 M^2ekn moille, P^2 mueillent; M li, K cez —
87 M^2e clartez; K M. li soleuz rent grant c., M Et du soleil li
cler rai uindrent, nP^2 Mes lo s. uirent (P^2 uoient) leue; B^2 uirent
lardor — 88 K Qui a departi; n la clarte, M^2 loscurtez, P^2
locurte; e Q. en osta les oscurtez, B^2 Q. lesurte (*sic*) osta le ior,
M Q. lobscurte du iour descueurent — 89 P^2 Sus la f. h. qui est
l., nM^1 S. (M^1 Sus) la u. h. f., E S. lerbe f. u., B^2 S. lcr u. (*sic*) —
90 *En* Chei; n aubres, P^2 arbres — 91 n iorz et c. li tans; K clers fu
li ior, L et cler li iors, M cler li iours, $M^2B^2P^2e$ e clers li iors —
92 KL a. (K altre) seior, eB^2 autre seiors, M^2 autres s., M autrez
seiours, n autre contans; P^2 Cil de troic plain de corrouz — 93
P^2 Fors de la cite; $eknP^2$ issirent — 94 nP^2 defors — 95 M Que.

Mieuz amassent a sojorner
Qu'a eus combatre a cele feiz;   *12565*
Mais li bosoinz e li destreiz
Le lor fait faire, o peist o place;
12700   E o preiere e o manace
En sont venu el champ mortal;
E cil qui furent plus vassal   *12570*
S'entrencontrerent as premiers.
Puis comença li estors fiers,
12705   Pesmes, estranges, doloros :
La veïsseiz tant angoissos,
Qui sont navré e qui se plaignent,   *12575*
Qui s'entrocïent e mahaignent.
Grant sont li renc e li conrei,
12710   Grant la bataille e li tornei,
Granz les chaces e les meslees;

12696 *N* Mielz, *M* Miex; *P²* le s.; *tous les mss.* sei. — 97 *M¹*
Co eus, *E* Qua ax, *M* Que eulz, *M³* Qua celz, *P²* Que a, *n* Que;
K ceste, *P²* cete — 98 e le; *MM¹* besoing — 99 *E* Lor a fet, *B²* L.
fait; *M³* f. o pest, *NP²* f. poist; *MM¹* Lor f. fere poist ou desplace
(*M* place), *F* Lo ior se faire poist p. — 12700 *B²FP²* Et a p. et
a, *N* Ou a p. ou a, *M* Ou en p. ou en; *M³MP²* priere — 1 e
uenuz; *M* en, *M¹* ou, *N* au; *M* camp; *P²* En s. tout droit u c.
u. — 2 *K* bon u., *P²* p. cremu — 3 *B²* Sentrec.; *M* les p. *P*
des prumiers — 4 *P²* Lors; *M* comence; *K* estorz, *F* estor; *n*
gries — 5 *kP²* Pesme et estrange et doleros — 6 *M³E* tanz,
C maint; *M¹* dangoiseus; *P²* La ot assez des engoissex —
7-8 *interv. dans B²* — 7 *C* qil se; *E* pleignent, *B²* plagnent,
M¹ plainent; *P²* Q. sen outreillent et se p. — 8 *K* Si, *nP²* Et;
E Iluec se tuent; *K* meh., *P²* mehain-, *M¹* mehei-, *E* mahein-,
M² maai-; *M* Des doulors qui les destraignent — 9 (*GL*); *M³B¹Ny*
tornoi, *M* tornoy; *P²* li cri grant li desroi — 10 (*GL*); *F*
Grant les batailles, *NP²* Les b., *M* Et la b.; *E* Granz; *K* et le;
M³MP²e conroi; *H* Les batailles et li desroi — 11 (*B²CHP²*);
F Grant; *M³M* granz les menees; *C* et grans, *BB²* grans; *CM¹*
melees, *BP²n* mellees; *M³M aj. 2 v. interv. dans M :* Granz les
(*M* Grant li) contenz e les meslees Granz est li chaples des
espees.

Si n'ont les testes si armees   *12580*
Qu'il ne s'espandent les cerveles,
Les entrailles e les boëles.
12715 De lor sanc est grant la paluz.
Tant i gist morz e abatuz,
Nus hom n'en set esmee faire ;   *12585*
Mais ço vos puis por veir retraire,
Que l'Estoire me conte e dit
12720 E Daires, qui as ieuz le vit,
Que solement des chevaliers
I ot le jor plusors miliers   *12590*
Abatuz morz e detrenchiez.
Mout s'i sont bien Grezeis aidiez,
12725 Mout ont le jor estrangement
A ceus dedenz mort de lor gent ;
Mais chierement lor fu rendu,   *12595*
Qu'estrange perte i ront eü.
Trestot le jor se combatirent,

12712 (*CH*); *M¹* Et uont, *M* Ni ont, *n* Ne sont; *B* lor t.; *E* Nont
les t. si bien a., *B²* Si ont t. b. a. — 13 *M¹* Que; *M* Qui ne sen-
fondrent; *F* boeles — 15 *M²EKP²n* granz; *B²MM¹* li p. — 16
B²Ke T. en i g. m. (*M¹* mort, *B²* des) a. (e m. dab.) — 17 *B²P²*
Que nus; *M²* hon, *MM¹* hons; *C* en; *M²* siet, *M¹* sot, *BC* puet,
K puot; *M²* esmance, *B* eesme, *C* esme; *MP²* nen sauroit esme
(*P²* conte) f.; *E* Nus nen s. esmee f. — 18 *F* M. ce nus; *M* M. por
ce uous uoil r., *B²P²* M. cou (*P²* tant) u. puis iou bien r. — 19
KM¹ reconte, *n* lo c., *MP²* nous c., *C* men c. — 20 *F* Que;
M¹N dayres, *M* daire; *M¹* euls, *K* ielz, *EF* ialz, *N* iauz, *B²* eus;
M a loil, *M²* o ses oilz (*v. f.*); *P²* q. fist cest escrit — 21 (*B²*);
M²KP²e de — 22 *k* plosors, *n* .vij. c. — 23 *M* tous d. — 24
M²k se; *M¹* aidie, *E* eidie; *n* M l't les ont lo ior (*F* Mais m. o.
morz et) mehaigniez (*F* mah.), *P²* Grezois les ont m. domachiez
— 25 *P²* ot; *F* en i ot e. — 26 *B²* de lost; *n* morz; *M* Assez
i ot m.; *P²* M. de la troienne g. — 27 *CK* Molt; *FP²* l. ont,
C l. sont; *n* randu — 28 *B²E* Estr.; *F* parte; *P²* Car grant
domage, *M* Que laide p.; *M¹* en; *M²B²MM¹NP²* ont; *B²M*
receu; *n* au; *K* Le damage quorent eu — 29 *M* Trestuit; *F*
conbatierent.

12730   Onc jusqu'al seir ne departirent.
         Grief en fu mout la departie.
         De ceus i a poi qui s'en rie :   *12600*
         Mout sont gregié, mout sont lassé,
         E li plusor d'eus sont navré.
12735   Li jorz failli, la nuit vint tost :
         As herberges vont cil de l'ost,
         E Troïen s'en retornerent,   *12605*
         Dedenz la vile s'en entrerent
         Irié, senz noise e senz gabeis.
12740   Espris sont d'ire vers Grezeis,
         Qui par orgueil les ont requis
         E lor homes lor ont ocis   *12610*
         E par force les cuident prendre
         E Troie ardeir e metre en cendre.
12745   De sanc vermeil e de suör
         Sont lait e teint tuit li plusor.
         Li cuirs des mains lor est failliz,   *12615*
         Tant a duré li fereïz.
         Qui son ami lait el champ mort,
12750   Sin a dolor e desconfort :

12730-1 *interv. dans F* — 3o *M²* Unc, *EN* Ainz, *P²* En, *F*
An; *M* iusquan, *M¹* trusquau, *E* tresquau; *L* Deci au s.; *B²*
Et iusqua s. lestor souffrirent — 31 *M²Ek* Gries; *nP²* Greuose
fu, *B²* Griu en font m. — 32 *EFL* ces; *N* i ot; *M²* por;
B²M q. en; *P²* Mainte ame i ot de cors partie — 33 *B²EM*
greue, *n* laidi, *P²* ateint, *M¹* blecie; *P²* m. s. greue — 34 *k*
plosor; *P²* Et li sain et tuit li n. — 35 *M* ior; *M²EP²n* nuiz;
B² La nuis f. li i. — 37 *en* troyen; *M* se — 39 *F* sanz ire —
40 *M* enuers — 42 *B²K* mors et o. — 43 *M²B²K* quident —
44 *nP²* troye; *B²* a c. — 45 *F* san; *EP²n* uermoil — 46 *P²* las;
F taint, *N* toint; *B²* mellor — 47 *(GHL)*; *KM¹* cos, *E* cox,
M²BB² cols, *C* cous, *A* cop, *M* cal; *CHM* de; *P²* Et cuers et
cors ont toz f. — 48 *M¹* le fereis — 49 *M* sont; *M¹* ou, *P²* u;
B²FP² camp; *K* Q. let ilec s. a. m., *M¹* Quil sont ou c. a mil-
liers mors — 5o *P²* Cil, *B²M* Sen, *E* San; *n* D. en a, *M¹* Grant
duel i ot.

N'en sont meü ne aporté.

Plaint i ot mout e regreté   12620

E de chaudes lermes plorees.

Ore avendront les destinees

12755   Que li deu ont en providence :

Ne faut pas l'uevre, anceis comence,

Si dolorose e si cruël   12625

Que ja nus hom n'orra mais tel.

Que vos en fereie lonc plait ?

12760   En l'ost ra pro ire e deshait :

Mout ont perdu, poi guaaignié,

Ne rien n'ont ancore espleitié ;   12630

Fort gent ont encontre eus trovee,

Qui bien defendent lor contree ;

12765   Par plusors feiz les ont laidiz,

Chaciez del champ e desconfiz ;

La vile est fort, que rien ne crient,   12635

12751-2 *interv. dans* P² — 51 (R) ; B²HM Ne ; H meus, n uenu ;
H ne aportes ; P² Onc nen furent li cors porte — 52 M² Pleint ;
n i a ; P² Ml't furent p. et r., H Plains les ont m. et regretes —
— 53 (AH) ; B² des ; e Et ml't c. ; n C. l. i a p., P² Sen ont main-
tes l. p. — 54 (K Ore), *les autres* Or ; P² auenront, n auanr. ; B²
lor — 55 (A) ; MP² dieu ; n porueance — 56 A fuit ; knM' loure,
B² leure ; AP² aincois, E eincois, F encois, M²B²M ainz — 57 kN
doler., e -euse, P² doul., A doulereus ; M' Tant d. et t. ; B²M'
mortel, A crueus, P² tres male — 58 M Q. neguns hon ; M' hons ;
B²M Q. ia mais ; M niert ueue t. ; n Q. n. norra ia mes autel
(F nul t.), A Q. ia ni ert oie teus, P² Q. n. noi parler de tale —
59 M² fareie ; AP² Q. u. f. plus l. — 60 M² ra prou, FP² ot
(P² ont) mult, MN a m. ; B² ot duel et i., K i a plor ; (B²M
deshait), M²EP²n deshet, R desait, A dehait, HM' dehet ; EH ra
(H a) plor et grant d., A ra poinne et d. — 61 B² Trop ; A et g.
— 62 P² Et, L De ; AKP² riens ; n ancor, AP²e encore, K onquore
— 63 L Fors ; M ml't contreuz ; P² Car f. g. o. contrex ; G anc.
ancontree, B² encontre t. — 64 (GL) ; F meslee ; K Que chiere-
ment ont comparee, B² Qui lor gent ont ml't mal menee — 65 F
Per, P² Et, B² Par li (*sic*) ; K plosors ; C p. iors ; M leidiz — 66
M'P² de ; F canp — 67 M²Ekn forz ; (M' que), M et ; B²K riens.

E li socors toz jorz lor vient;
De vivre i a si grant plenté
12770 Que trop sont riche e asazé.
Mout s'en deshaitent li plusor
Et mout vousissent le retor,   *12640*
Mais c'est neienz : ne sevent mie
Quel mortel guerre les desfie.
12775 Calcas lor fait de teus sermons
E lor mostre de teus reisons,
Par que plusor se raseürent,   *12645*
Tel qui la mort puis en reçurent.
    Senz triuë que entre eus fust prise,
12780 Si com l'Estoire nos devise,
Dura oitante jorz, senz faille,
Icele setme grant bataille :   *12650*

12768 M^2k lor; M^1 le s. tot — 69 M^1P^2 De uitaille; B^2E De
uiande i a (E ont) g.; P^2 tel p.; M^1 ont si g. p. — 70 B^2 Et;
A^2 ml't, nM tuit; M^1 Q. r. s., E T. s. r. home; N asade, nM
asase, B^2 asese ; P^2 Que de tout bien s. rasaze — 71 B^2 se; M^2
desheit., e deshet., K dehet., M dehaite, P^2 confortent; K plosor
— 72 B^2EK uols., nP^2 amassent; P^2 bien lestor — 73 M^2 nienz,
EF neanz, N noianz, M^1 nient, K naient; F nel, M ne ne;
M^2 sieuent, M sceuent, F uolent, N uoient — 74 M^2 Quels,
eB^2KN Com, F Que; EKP^2n mortex, M^2 -iels, B^2 -als; k deffie,
eB^2 afie — 75 (GL); M a f. (*v. f.*); B^2 tels, F tes, N tex, M^1P^2 tiex,
M^2ACEHR granz; B ml't grans, A^2 ses bels; K lor mostre
granz resons — 76 (ACR); P^2 tiels ; (M^2ER reisons), G respons;
K Et si lor dit de tex sarmons, n Et lor redit tex octions (F
ocions) — 77 (H que), M^2K quei, MP^2 quoi, *en* coi; K plosor (*for-
me constante*); M^2 sen; Fk rass., G rasseurerent, B^2 rauserent;
P^2 li p. saseurent — 78 M^2 Tiels, M^1 Tiex, K Tex, P^2 Et; n p. la
m.; M rech., F recuillent; B^2 p. endurerent; G Qui por ces dis
rancommencerrent — 79-84 *m. à G* — 79 M treue, K trieue ; M
en eus; F fu — 80 (B^2L); M^2 Si onc, M Si conme; F listoire, M
lystoire, M^1 la letre; M^2P^2 me, $ACky$ le — 81-2 *interv. dans K*
— 81 (R); AA^2ny huitante, B^2 wit., M .xxx., C cinquante — 82
E Iceste; K sepme g., C pesme granz, E sisiesme, LMN
-ieme, B^2M^1 -ime, F -aime, A^2 sizaine, A -iesme; F Ice s. la b.,
H Ici si sure la b., B Icele si s. b., M^2 Cele astenue de b.

Oitante, ce sont quatre vint.
Mainte merveille lor avint :
12785   Maint dur estor, mainte meslee
E maint grant coup feru d'espee
E maint chevalier mort e pris   *12655*
I ot, por veir le vos plevis.
Danz Achillès e danz Hectors
12790   Mainte bataille cors a cors
Firent a cheval e a pié :
Par plusors feiz se sont plaié,   *12660*
Par plusors feiz entrabatu ;
Mais n'ert pas ancore avenu
12795   Li jorz de lor grant destorbier,
Qui ne puet mais guaires targier.
Grant pris en a Polidamas :   *12665*
Sa grant ire n'oblie pas,
Que s'il son pere tienent pris,
12800   Que a plusors n'en seit de pis ;

12783-4 *m. à L* — 83 *e* Huitante, *n* Vit., *B²* Wit. ; *K* se s. ; *M*
Voire ce dit daire .iiij.^{xx}. — 85 *M¹* melec, *B²N* mellee, *L* merlee ;
G M. e. et m. m. — 86 *m. à B²* ; *A³* dur colp ; *G* I fu faite e
reuelee — 87 (*H*) ; *M²* mainz cheualiers morz ; *M* ou p. — 88
(*AA³GH*) ; *n* iel uos, *B²* les uos ; *L* ce uos di et p., *H* le ior et
maint ocis — 89 *AMM¹* Dant a. et dant ; (*M¹AA³BEGKLN*
hectors), *M* hestors, *B³FM¹* hector — 90 *G* Mandent ; *F* a cor
— 91 (*BEH*) ; *B²* ceuiaus ; *G* Soit a c. ou s. a p. ; *L* piez — 92
F Per ; *n* mainte foiz ; *L* plaiez — 93-4 *m. à nL* — 93 *M²* entre-
batu ; *A³G* Et (*G* Par) mainte (*G* -es) fois e. (*G* -us) — 94 *M* niert ;
A³B encor p. ; *M²E* ancor, *K* onquore ; *B²M¹* M. ne sont p.
encor uenu, *G* M. ancore nert mie uenus — 95 *B²* Le ior ; *F* des-
torber — 96 *M* gaire, *M²E* gueres, *FM¹* -e, *B²N* gaires, *M* -e, *K*
longues ; *F* tarder, *GKM¹N* -ier ; *M¹* Mes ne puent g. t., *B²E*
M. ne puet g. tardier (*E* delaier), *A³* Ne p. m. g. at. — 97 *M¹* G.
ire ; *A³* en ot ; *M²B³K* Pr. (*B²* Puis) en a g., *G* Grans an a pr. ; *L*
poll. — 98 *eK* noblia — 99 *F* Et se, *e* Que se, *K* Q. si ; *M¹*
tiegnent — 12800 (*L*) ; *G* Qui ; *B²EKn* as ; *B²* ne s. ; *BB²* despis,
F de pris ; *K* Quil nen s. as p.

Sovent lor vent sa prison chier
O l'espee trenchant d'acier.   *12670*

TRÊVE : ÉCHANGE D'ANTÉNOR CONTRE THOAS; CALCAS RÉCLAME SA FILLE.

     Ainz que li termes fust passez
     Des oitante jorz devisez,
12805 I ot des morz si grant merveille
     Que tote la terre vermeille :
     Les eves e li flueve grant   *12675*
     Corent de sanc trestuit sanglant;
     Des charoignes ist la flairor
12810 E li airs est pleins de puör
     Des cors qui sont, piece a, ocis,
     Qui ne sont ars n'en terre mis ;   *12680*
     E por l'olor, que si est male,
     En gisent mil envers e pale,
12815 Gros e enflé. Chascuns engrote :

12801 *B²n* la p. — 2 *B²e* A — 3 *E* Einz — 4 *F* huitante, *EN* es,
B¹ witantes, *M* iiij".; *n* deuissez — 5 *M²B²* de m. — 6 *M²AKe* est
u., *FGL* ert u.; *B²* T. la t. en est v. — 7 *KM¹* floue; *M* Li f. e tuit
li lac, *M²AFGKLy* Li (*M¹* Le) f. e les e. (*M²G* aigues, *L* eaues);
G corrant, *M*corent, *M²AKy* corantes — 8 *B²* Furent, *M* Corant;
G C. dessans trestous sanglans, *L* En c. de s. toz sanglenz; *F* sanz;
M trestout senglent, *M²AKy* totes sanglantes — 9 *M²Aky* De la
charoigne (*M* caroigne); *M²B²M¹N* flairors, *É* fleirors, *A* -our,
FL flerors, *GH* puors; *II* Et de laraine ist la p. — 10 *H* Si que
lairs; *MM¹* air, *M²E* cirs, *F* ers, *B²* ars; *AMM¹* plain, *B²N*
plains; *les sept mss. et H* puors, *A* puour, *G* flairors — 11 *B²ekn*
pieca; *H* poris — 12 *n* Que ars nan terre ne sont mis — 13 *K*
lolors, *E* loleur, *M¹* lodeur, *A* lodour, *B²* dolor; *M²* quensi e.,
AFM qui e. si, *eK* q. si ert — 14 *k* mile, *B²* maint; *M¹* uert —
15 *n* chascons; *C* chascunt sanglote, *A²* et tot e., *B* et en en-
groute; *G* egrote, *nL* angrote; *M²* Gros e enfle. e engrote, *A* G.
sont et e. et en groute, *IK* La gens en enfle et en (*I* enfermé et)
e., *yB²* Qui estoient tuit (*H* tot) englote (*B²* engrote, *E* angrote),
M Gros sont enfle et engloute.

Por poi la gent n'en perist tote.
Soz ciel nen est rien que la sente,   *12685*
Que toz li cuers ne li desmente.
Qui navrez est, ço le partue :
12820 Ne li puet mires faire aiuë;
Toz les esteint la fort puör.
Entre eus triuës n'eüst mais jor,   *12690*
Se ço ne fust, jol vo plevis,
Desci qu'il fussent tuit ocis :
12825 Mais nel porent plus endurer.
Agamennon a fait joster
Trestoz les reis e les demeines,   *12695*
Les dus, les princes, les chataines :
« Seignor, » fait il, « franc chevalier,
12830 « Autre conseuz nos a mestier.
« N'i a mais rien de plus sofrir :

12816 *M²MN* Par, *F* Per, *A²K* A ; *F* lor; *M²A A²Gn* genz; *K*
quele; *AA²BCk* ne; *F* nanpire; *I* Merueille est que nen; *B²EH*
De la puor et tuit anfle (*B²* tot emfle), *M¹* Et de la p. t. enfle — 17
M nest rien, *eB²* nen a r.; *M²A²B²n* riens; *A²* Il nest s. c. r., *K* ll
n. hom s. c.; *A²* le, *B²* nel; *H* na r. qui le lor (*sic*) s. — 18 *M¹*
tot le cuer, *M* tout li c.; *K* cors — 19 *B²n* cele partie — 20 *FM¹*
mire, *M* mie; *M¹* aue, *B²n* aie — 21 *F* T. lestaint; *M* estaint,
N -oint, *K* ocist; *M²e* forz, *M* fors, *N* granz; *E* puors, *M*
puourz; *F* de la p. — 22 *n* Santraus naust de triues (*F* -c) i., *yB²*
Neust antrax (*B²* Entraus n., *HM¹* Entre eus n.) t. .ij. iorz; *M* A
ces triuez; *M²K* trieues, *M¹* treues — 23 *K* Se ne f. co; *M²M* ie
— 24 *N* Desi, *eB²F* Deuant, *K* lusque il, *M²* Des quil; *M²k* se
f.; *M¹* fusent; *F* tuiz, *M¹* toz; *M* Ainz se f. tuit entrochis — 25
B²M ne pooient e.; *M¹* pas e. — 26 *B²FMM¹* Agamenon; *B²G*
ont; *E* fest asanbler — 27 *x* demaines, *M²K* chadajnes, *A* chast.,
B cat., *A* chadoines; *B²Me* r. les ceuetaines (*M* cheu., *E* -einnes,
M¹ -eignes) — 28 *B²* Les rois; *M²A* demaines, *A¹* demoines, *M¹*
demeignes, *E* -einnes, *k* -eines; *G* p. cheuetaines; *A¹* aj. 2 *v.* :
A aus comanca a parler Et cel affaire a demostrer — 29 *e* Seignors; *F* f. li, *K* fist il — 30 *E* Autres, *K* Altres; *M²* conseilz,
K -els, *E* -auz, *MM¹* -eil; *n* Dautre consoil auons (*F* aucz) m. —
31 *B²K* riens; *M²* del; *M* m. nient de s.

« Toz nos i covendra morir.   *12700*

« Ceste puör nos ocit toz;

« Nen est si riches ne si proz

12835 « Que meins n'en puisse e meins n'en vaille.

« Tant a duré ceste bataille,

« Des morz sont tuit li champ jonchié : *12705*

« N'i a de terre demi pié

« Qui delivres seit a combatre.

12840 « Quinze jorz a o vint e quatre

« Nos n'assemblames, ço m'est vis,

« Se sor morz non e sor ocis.

« Triuës nos covient a requerre,

« Si metra l'om les cors en terre,   *12712*

12845 « Si seront li champ delivré.

« Quant seront ars et enterré,

« Passera l'air e le venin   *12713*

« Qui nos fait traire male fin ;

« Puis revendra l'airs sains e freis.

12832 *n* couanra, *M* conuendra, *M²* -eit, *eB²K* couient a — 33 *M²B²kn* puors; *KM¹* ocist, *M* ochist — 34 *kn* Ni a si riche (*F* uaillant, *N* -anz); *eB²* Nen i a nul qui tant soit p. — 35 *ek* Qui; *B²* mais, *M* mainz, *M¹* mains, *EN* moins; *M* poisse, *M¹* puise; *E* et piz — 36 *n* Trop; *B²* duree la b. — 37 *M¹* De mors; *k* ioinchié, *B²* ionkie — 39 *F* Que; *N* deliure s., *M²BB²ek* s. deliure; *M²Bk* a nos c., *B²EN* por c., *M¹* p. bataille (*sic*); *M²* cumb. — 41 (*L*); *M²e* nasemblames, *n* nasambl., *k* nassemblasmes; *N* Nas. ce mest auis — 42 *MM¹* mors, *F* mort; *F* o s. — 43 (*L*); *F* Trive, *M¹* Treues; *B²* conu., *F* couint, *M²A¹* besoigne, *K* -oingne; *E* T. estoiuent; a m. à *M²FK* — 44 *M²* Se; *n* Si metrions; *K* cez, *M* ces — 45-46 m. à *M²A¹BB²CDJKxy*, sont dans *AA²M* — 46 *A²* Et les cors ars — 47 (*A*); *A²BK* lairs, *A¹* et lair; *A¹K* li; *A¹* venim, *A²BK* -ins, *G* uelin; *x* Osterons les (*G* lair) et, *I* Et ferons oster, *y* Si ostera len (*H* on), *B²* Si nos osteran, *C* Ne sentirons plus — 48-9 *interv. dans F* — 48 (*A²CL*); *n* font; *M²ABB²k* fere; *A²BK* males fins, *B²* puta fin — 49 (*AB*); *I* P. uenra li airs; *nG* reuanra, *L* reuendrons; *C* li aers toz f.; *M²AG* clers s., *A²* et s., *N* c. airs, *L* s. c., *A¹* c. tans, *F* cler s., *M* cler sens, *K* tens sain; *yB²* Por nos fere toz (toz m. à *B²*) s.; *CM* froiz.

12850   « Seient les triuës a treis meis
          « Prises o ceus de la cité. »
          Tuit ont le conseil creanté.
              La nuit, senz autre demorier,
          I alerent li messagier.   *12720*
12855   Diomedès fist le message,
          E Ulixès, le pro, le sage,
          Armé d'armes sor lor chevaus.
              Encontre eus dous vint uns vassaus :
          Riches hom ert, de Troie nez ;   *12725*
12860   Dolon sai qu'esteit apelez.
          Chevaliers ert proz e corteis :
          Quant il aparçut les Grezeis,
          Demandé lor a ambedous :
          « Di, va, » fait il, « qui estes vos ?   *12730*
12865   « Armez vos vei, si est nuit neire :
          « Reconoissiez m'en chose veire,

12850 *F* Prenez, *M* Metez; *M'* treues, *M²AK* trieues; (*GLMN*
a), *M²AC* des, *yB²K* de; *F* t. airat m. — 51 *M* Pristrez, *B²* Pri-
ces; *exA²B²* a; *E* cez, *F* ces, *A'* cax — 52 *AM* ce, *K* cest; *K*
craante, *M²* agrae; *H* Icel c. o., *eB²* Cest c. (*B²* Ceste cose) o. t.,
n Lo consoil o. bien — 53 (*A'BCH*); *F* nuiz; *AM* demouree,
B²Ex destorbier; *M²* sens nient plus targier — 54 *A'BCH*);
AM En fu la parole portee; *M²* lur, *E* lor, *M'* dui; *M'N*
mes.; *G* Aler i conuient m. — 55 (*A'H*); *M* Dyom.; *n* cest;
eN mes.; *M²* fu des messages — 56 (*L*); *N* O; *e* hul.; *A* le
preus, *N* lo prou, *M²Fk* li proz; *kF* li s., *AN* le s., *M²* li
sages; *A'y* au fier corage, *B²* al grant c. — 57 (*H*); *M²B²ky*
Armez; *M'* sus les — 58 *MM'* E. e. u., *M²* En contrelz d.,
N An contrax dox, *B²* Mais enc., *H* E. les a — 59 *M²* hon,
MM' hons; *M* fu, *M'* iert, *M²* molt, *A* et — 60 *M* sce; *n* Qui
delon e. a., *B²ek* Dolons (*k*-on, *B²* Delon) e. cil a. — 61
M²M' iert — 62 *M'* cil; *k* apercut, *F* aparont — 63 *K* D.
a a a.; *M²k* anb., *N* anbedos, *e* enb., *F* amedos, *B²* ambe-
dus — 64 *B²* Dites; *K* fist; *I* v ires vous — 65 *I* sest ia; *M²EKn*
nuiz; *M* si estes uous uoire — 66 (*AL*); *K* Reconisseiz, *M²*
Reconoissez, *M'* -oisiez, *M* Reconnoissez, *E* Requenuissez;
B²FK moi, *MM'* ment, *N* man.

« Fous e estouz me resemblez.

« Que querez vos ne ou alez,

« Qui or chevauchiez a ceste hore?   *12735*

12870 « Ne jo ne vei qui vos socore,

« Se il vos torne a grant bosoing;

« Ne de ço n'estes guaires loing.

« N'en tornereiz mais hui ariere

« Que jo al meins en l'un ne fiere :   *12740*

12875 « L'aubers n'iert tant forz, se l'ataing,

« Que al cors ne face entreseing

« Tel, par que l'ame en iert a dire. »

Diomedès prist a sozrire :

« Vassaus, » fait il, « mout estes proz,   *12745*

12880 « Conceü l'ai as premiers moz :

« Se o les diz i sont li fait,

12867 *I* F. non sachant ; *M²A²M* Folz, *K* Folx, *L* fols,
A²BFGINy Foi, (*M²LM¹* estouz), *AM* estoz, *K* estolz, *A²* estolt,
G estol, *BEFHN* estout ; (*ACHx* me r.), *B²* ne r., *M²BJKe* en
r., *M* estre semblez — 68 (*CH*) ; *B²* Qui estes uos ; *B²Ekn* et ou ;
M¹ Et que q. et ou — 69 *B²* Que uos ; (*B²CEHKn* ceste), *M²* tiel,
M¹ tele ; *M* Q. c. a itel heure — 70 *M* Car ie, *F* Ne rien ; *C* Ne
uoi home ; *B²* que — 71-4 *m.* à *C* — 72 (*G*) ; *K* Mes, *n* Et ; *E*
niestes , *B²* Ne cou naies g. l., *L* De ce estes uos auques l. — 73
AA²B²M¹k Ne ; *M²* mes or, *BH* hui mais, *xI* ia mes, *K* m. oi,
M iusques — 74 *M²* meinz, *M* mainz ; (*M²B* en lun), *K* sor lun,
FGL ia un, *N* un ia ; *AM* Que au m. .j. (*A* lun) de uos, *yB²* Q.
ie aucun de u., *A²* Q. lun de u. ml't tost ; *Ax* nen — 75 *B²KM¹*
Laubert ; *HK* nert ; *M²M* F. iert lozbers (*M* lauberc), *C* Ni a
hauberc, *x* El fort h. (*F* -erz) ; *M²Cx* se ie lateing, *AM* mais
que lataingne ; *BM¹* latein, *F* -aig, *G* -aint, *N* -oing, *M²EK* -eing
— 76 *A* Se au, *G* Quau, *F* Que el, *N* Quel ; *G* nan fiert .j.,
n ne f. un ; *L* Que ne li face un, *A²B²y* Que ie ni f. un ; *FL*
antresaig, *N* -oing, *G* -aint, *M¹* entresain, *A* -cingne ; *I* Se iou
ni faic auchun ensaing, *BC* Q. ie ne li f. mahaign (*B* entre-
saing), *M* Sau c. nen fais aucun enseigne — 77 *M²* por, *B²FM*
part ; (*M²AB²Mk* que), *KM¹* qui, *E* coi ; *B²M¹* larme ; *C* T. qe
ferai a luns larme ensire (*v. refait, sauf les 2 premières syl-*
labes) — 78 *M²* sor rire, *M¹* sorr. — 79 *M²B²M¹* Vassal, *k* -als,
F -ax, *EN* Vasax — 81 *yB²K* Se li dit i s. et li f.

« Embatu somes en fol plait.

« Por quant si n'i avreiz reguart

« A ceste feiz de nostre part,   12750

12885   « Se premiers vers nos n'enchaez.

« Seürs seiez, ne vos tamez :

« Ja mar por nos fuireiz plein pié.

« Li Greu nos ont ça enveié;

« Parler alons al rei Priant.   12755

12890   « Retorne o nòs, si va avant,

« Si nos condui jusqu'al palais.

« Triuës volons tenir e pais

« Dous meis o treis, se il le vuelent,

« Por enterrer les morz qui uelent. »   12760

12895   Dolon respont : « Ço sereit bien :

« Ja nel desvoudront Troïien,

« Quar mout nos a ça enz afliz

« L'olor des cors desseveliz.

« Se por ço non qu'armez vos vei,   12765

12882 *M²* sûmes; *nEK* Antre s. en malues plet — 83 *F* Por ce,
N Peruec, *M* Portant; *M¹B²N* se ni, *F* sem, *A* sil ni, *M* ni :
M²Kny auez, *M* aurez, *B²* -es; *H* Ne p. q. ni — 85 *M¹* pre-
mier, *FGLK* primes; *N* nancheez, *B²* nen caes, *M* ne sachiez :
K Se u. nos p. — 86 *M²* Segurs; *L* Soiez s.; *F* Se nus scoiz
ne nus chamez; (*KN* tamez), *B* cramez, *B²* cremes, *G* mouez; *M*
se ne nous mouiez — 87 *B* Ja mais; *G* vous; *L* f. en la; *M²L* fuirez,
M¹ furez, *F* fuironz, *ekF* plain, *N* ploin — 88 *M²M¹* grieu, *k*
griu; *L* enuoie ca — 89 *F* prianz — 90 *n* Tornez; *M²* a nos, *N*
arriers, *F* -ier; *K* et ua, *n* alez; *M* deuant, *F* auanz — 91 *n* Con-
duissiez (*N* -uisiez) nus; *M¹* trusquau, *E* tresquau, *B²* dusqual
— 92 *K* Trieues, *M¹* Treues; *B²* en p. — 93 *Fk* Deus; *M²E*
uoelent, *KM¹Rn* uolent, *B²M* uculent — 94 *N* Si osterons; *M²B²E*
oelent, *Rkn* olent, *M¹* huelent — 95 *M²R* Dolons, *B²n* Delon,
e -ons; *AA²* biens; *eB²* iel tieng a b., *n* ie cuit mult b. — 96
EFK desuoldront, *M¹* desuodr.; *A²* desuoldra troiens; *A* Quil
trouueroit es troiens; *en* troyen — 97 *L* Que; *N* caianz, *M¹*
caienz, *A²* caiens; *eB²F* tainz (*F* teanz) et a.; *A* Ml't nos a atains
et a. — 98 *K* Lorors, *M* Louleur, *M¹* Loleur, *M²E* Lolors, *A²N*
Lodors, *F* Londors, *B²* Loudors, *A* Lodeur.

12900 « Menasse vos devant le rei :

   « Trop en crembreie estre blasmez,

   « Se devant lui vos mein armez.

   « Mais ja, por chose que j'en crienge

   « Ne por damage qui m'en vienge,   *12770*

12905 « Ne laisserai qu'o vos n'en auge.

   « Mestiers vos est qu'anuit vos vauge,

   « Quar mout vos heent nostre gent.

   « Or chevauchiez seürement :

   « Nos vendra mais hui destorbiers   *12775*

12910 « Qu'o vos n'en seie parçoniers. »

   Danz Ulixès mout l'en mercie

   E mout li pramet e afie

   Que, « se lieus est, le guerredon

   « A cort terme vos en rendron :   *12780*

12915 « Ç'avient en l'an, o meins, espeir,

12900 *M*ᵃ*M* Vos m. dauant; *F* denant; *K* Gie u. m. dreit al
r. — 1 *B*ᵃ Tost; *M*ᵃ crenbreie, *E* crienbroie, *M*¹ crein-, *K* cren-
drai, *AB*ᵃ*M* deuroie, *n* -ai — 2 *M*¹ main, *E* maing, *N* moing, *F*
moig, *k* meine; *B*ᵃ uenoie a. — 3 *B*ᵃ*En* M. p. c.; *B*ᵃ*E* q. ie an
(*B*ᵃ uos) c., *n* qui man aueigne, *M* que ien gaaingne; *M*¹ criene,
E criengne, *B*ᵃ criesme — 4 *n* domache; *K* me, *B*ᵃ en; *n* ueigne,
eM uiegne — 5 *n* Ne lerai (*N* ferai) ia; *B*ᵃ*EM* ni; *eknB*ᵃ aille —
6 *M*¹ Mestier, *F* -er; *M* quancui, *n* quenuit; *ekn*
uaille; *B*ᵃ quan quil aille — 8 *K* cheualcheiz, *En* -iez; *M*ᵃ segu-
rement — 9 (*M*ᵃ Nos); *xIK* Ne uos uanra hui (*K* nus) (*I* i u.) d.
(*FIL* -ier), *AM* H. mes naurez nul destorbier, *yB*ᵃ Vos n. m. h.
(*H* h. m.) destorbiers (*B*ᵃ -ier) — 10 *M* O uos ne, *En* Dont (*F*
Don) ie ne, *B*ᵃ*M*¹ Que iou nen; *F* perc., *AILM* parconier —
11 *MM*¹ Dant; *M*¹ hulixes; *K* le; *I* Atant u. lan merchie — 12
(*B*); *M*ᵃ*M* Et bien — 13-4 *I* Se lius en est nous vous r. Chou
saches bien le g. — 13 *B*ᵃ Et, *n* Car; *B*ᵃ si; *N* selonc ce; *M*ᵃ
lues, *B*ᵃ*EFK* leus, *M*¹ liex; *M* Qua lieus le uous guerredoron
— 14 (*GL*); *M*ᵃ*BKy* Dui en auant; *M* En poy de temps le vous
r., *B*ᵃ Dor cnauans le uos rendons — 15-6 m. à *B* — 15 *G* Sauient;
EL Ce a. bien, *B* Tel cose a.; (*HKM*¹ en lan), *M*ᵃ*C* a lan, *A*
ml't tost, *Gn* souant; *nB*ᵃ*HKM*¹ au mien (*K* mon) espoir, *E* si
con iespoir; *M* Ce a. en un moys e., *A*ᵃ Kar ce a. en un sol
soir.

« Que l'om ne cuide ja vëeir. »
   Ensi parlant ont chevauchié :
De plusors furent areisnié,
Mais lor conduiz por eus respont,   *12785*
12920 Dit que il quierent e ou vont.
Tant espleitent qu'al palais vindrent :
Onques anceis resne ne tindrent.
Al mangier ert asis Prianz ;
Mout ert la cort pleniere e granz :   *12790*
12925 Fu i Hector, Deïphebus,
Paris li beaus e Troïlus,
E tel trei mile chevalier
Qui asis furent al mangier
N'i a pas dis n'aient testee,   *12795*
12930 O coup o de lance o d'espee.
Mout i pareit bien as plusors
Qu'il ont sofert les granz estors :
Chamoissié sont e emmaillié
E des haubers entreseignié ;   *12800*
12935 Les vis et les fronz ont escriz.

12916 *M²B²KC* quide; *F* auoir — 17 *M* Ainsi, *k* Issi, *e* Einsi
— 18 *B²* des; *ekN* aresnie, *M²* -e, *F* aresmie, *B²* araisnie — 19
MM¹ conduit — 20 *n* Que il q.; *nM* et ou il u.; *M²B²* querent
— 21 *K* alerent; *M¹* qua; *n* T. esploitierent (*F* esproidirent)
quil (*F* que) i u. — 22 *E* eincois, *F* encois; *en* resnes, *k* regne;
FM ni — 23 (*B²H*); *k* iert, *M¹* est, *n* fu; *M²EFk* assis — 24
(*B²*); *M* iert, *M²Ke* fu; *M²En* corz, *B²* cors — 25 *B²* Si fu;
n H. i (*F* li) fu et troylus; *E* hectors (*forme à peu près constante
au sujet*); *M* et d.; *M¹k* deyph., *B²E* deif. — 26 *n* li b. deyphebus
(*F* deyf.) — 28 *M²B²Fek* assis; *k* f. a. — 30 *B²* De cols, *EH* De cos,
AM¹x De cop, *M²AFek* de l., *H* de lances; *N* ou de l. ou d.;
E et despee, *K* ou colp despee — 31 *M²* lur, *K* lor (*m. à M*); *enAB²*
paroit, *HM* -ut, *M²K* -eist; *KM¹* a p. — 32 *n* soferz; *M²AM¹k* de;
HK durs, *M²* bons; *B²* le grant estor (*mauvaise rime*) — 33 *kn* Ca-
moissie, *E* Quam., *B²* Camosse, *M²* Chamoisie, *M¹* Cam.; *K* De-
batu s. et c.; *B²* esmallie — 34 *n* Et lor hauberc (*F* -erz), *M²* E
des ozbers, *M¹* Et du hauberc — 35 *B²F* Le uis et (et *m. à B²*) le f.
(*B²* tront) o. escrit (*B²* -is), *K* Les u. les f. o. escarriz; *MM¹* escris.

Encens ne basmes ne raïz
N'ueut si soëf come il faiscient;
De noise faire se teneient.
Mout par sont servi richement　　　　*12805*
12940 En chiers vaisseaus d'or e d'argent.
Cil sont venu devant le deis,
E Ulixès, li plus corteis
Qui en l'ost fust de nul aage,
A dit al rei tot son message,　　　　*12810*
12945 Si come Agamennon lor mande.
E Prianz lor dit e comande
« Qu'il s'atendent, sin parlera;
« Après, si lor en respondra. »
Ses reis, ses dus e ses privez　　　　*12815*
12950 A toz Prianz a sei mandez :
La parole lor a mostree,
Que mout lor plaist e lor agree :
« Seignor, » fait il, « ore esguardez
« Quos en voudreiz e qu'en loëz.　　　　*12820*

12936 *M³e* basme, *M* bames, *F* baume, *N* -es; *M³* radiz, *M*
rais, *F* cait; *HM¹* flaireis; *B³* En aus not ne bausme ne ries —
37 *A* Neult, *N* Niaut, *F* Nialt; *AM* pas si bon (*v. f. dans M*);
M³K Noleit, *R* Noloit, *HM* Nolent, *M¹* Neulent, *B³* Veullent;
M³y si bien, *KR* si buen — 38 *M¹n* gardoient — 39 *K* M.
furent — 40 *M* A cler; *M¹* chier; *e* uessiax, *k* uaissax, *B³* uassaus;
n An un uaissel (*N* vais.) — 41 *M²* dauant; *M¹* les d. — 42 *e* hul.
— 43 (*AR*); *K* Q. f. en l.; *knB³* de son, *M³* fu de ioune a. —
44 *B'e* Al roi a d. — 45 *M²* agamennonz, *eF* -cnon; *k* le, *M²E*
li — 46 *MM¹* priant; *AB³M* li; *AB³* dist, *M* a dit (*v. f.*) — 47 *R* Ki;
A atende, *B³* se taise, *e* se tesent; *H* Arier traie; *kB³M¹* si, *AH*
sen, *n* san, *E* si am — 48 *n* Et puis, *K* Enpres; *A* Et a. il lor r.,
H Sorra con li respondera; *M* leur r., *B³* lor respondera — 49
n S. d. s. r.; *F* princez — 50 *K* A p. t.; *M¹* o soi; *M* A t. le roy
priant m. — 52 (*AB³C*); *M³By* li p. et li a.; *K* et a. (*v. f.*); *n*
Qui formant lor p. et a. — 53 *M³e* Seignors; *EH* en parlez —
54 (*M³* Quos), *B'y* Que en, *n* Que an, *M* Ce que; *y* uolez; *K*
Que uos en dites et l.

12955 « Treis meis nos quierent Greu de trieve
« Por la puör, que mout les grieve,
« Des cors qui sor terre porrissent :
« Il n'i a el, mais tuit perissent.
« Mestier ravons grant de sojor :   *12825*
12960 « Las e navré sont li plusor ;
« Nel porrions mais endurer.
« Chascuns en die son penser. »
Tuit l'otreient e mout lor plaist,
Fors sol Hector, qui ne s'en taist :   *12830*
12965 « Seignor, » fait il, « mei est avis
« Qu'il ont trop granz triuës requis.
« Decevant sont e engeignos,
« Mais ço n'est pas li proz de nos.
« La guarison d'este cité,   *12835*
12970 « Le pain, le vin, la char, le blé
« Nos vuelent faire deguaster,
« Mais mout avons mal sojorner :
« Toleiz nos ont les guaaignages,
« Les porz de mer e les passages.   *12840*
12975 « Por quei nos soferrons enclos

12955 *M²* nos querent, *AM* requierent; *M²M* grieu, *K* griu ; *BEKN* trieue, *CM'* treue; *H* Li grigois requierent lo truie, *B* T. m. t. li g. r.; *M'n* nos r. (*F* queroient) de t.; *B²* griu trieues (*v. f.*) (*fin du fragment*)—56 (*M²CK* que); *ACM'k* si, *E* trop; *M* lur, *FK* lor ; *Ce* greue; *H* qui lor anuie; *B* Por les mors qui forment les grieuent — 57 *KM'* sus; e porisent — 58 *FM* rien, *N* plus; *M'* Il meimes tuit en perisent — 59 *F* Mester; *nK* auons; *n* de g. seior — 61 *n* plus and. — 63 *M'* ples, *M²Ekn* plest — 64 *M'n* se — 65 *M²M'* seignors ; *n* ce mest a. — 66 *M²FM* grant; *F* trieue, *M²M* trjue, *E* triues, *M'* treues, *K* tricues, *N* terme — 67 *M'e* engignous, *k* engingnos — 68 *E* mie; e au preu (*M'* prou), *M* le prou, *K* li p. — 69 *M²* garisons, *ekn* -on ; *K* diste, *M* de ceste, *M'* de la — 70 *E* pein; *F* loura la chair; *M'* La c. le p. le uin — 71 *M²M'kn* uolent — 73 *En* Toluz, *M* Toulu, *M'* Tolu, *M"* Toleit; *M²Nk* gaaignages, *F* gah., *E* gahaingn., *M* gaan. — 75 *F* soferrions anclox.

« Ne que nos vaudra cist repos,
« Quant combatre nos restovra ?
« Si savons bien que cil deça
« Le font por nos plus damagier.   *12845*

12980 « Piece a ne lor lut porchacier ;
« Tant par a duré la bataille
« Que grant sofraite ont de vitaille ;
« Querre en vuelent e près e loing.
« Par estoveir e par bosoing   *12850*

12985 « Nos ont il tel terme requis.
« N'eüst joi pro de quinze dis
« As morz ardeir e enterrer
« E a toz les chans delivrer ?
« Oïl, par le mien esciënt.   *12855*

12990 « Mais l'art e le decevement
« Qui est en eus ne conoist rien :
« Ne m'est pas avis que seit bien.
« Non pas por ço que sous desface
« Chose qu'a toz seit bele e place :   *12860*

12976 *nE* Et que, *K* Et quei; *F* ualdroit; *M'* Que n. u. icist r.
— 77 *M'n* couendra, *M* conu. — 79 (*AC*); *M* tous d., *n* andoma-
chier (*F*-ger), *E* a domagier, *B* a dam. — 80 *M²M'n* Pieca; *M²K*
les l., *n* Ne lor l. pieca p., *M* Por ce lor l. a p. — 81 *R* bataile
— 82 *x* Que par (*F* per) s. (*F* soferte) de u. ; *M²A²B* sofrete; *R*
uitaile — 83-4 *m. à nL* — 83 *M* uoudront, *A²* uolrunt, *B* uolront,
M²ACM'R uoelent, *G* uoellent, *K* uolent; *G* Q. la u. p. et loins;
M ou prez ou l. — 84 (*BR*); *C* o par; *A²G* Par grant (*G* Et par)
soffraite et par besoign (*G* besoins) — 85 (*GL*); *M²* de tiel,
BCM'Rk de tel, *E* itel, *x* il cest, *A²* si grant; *R* treue — 86 (*C*);
R Neust, *les autres mss.* Ni eust; *R* ioie de, *ABM* ior de; *eFL*
preu de, *KN* prou de, *H* ml't en; *GJ* il prou de (*v. f.*), *A²* Ml't i
e.; *B* ke, *A²HL* en — 87-8 *m. à nL, sont dans ABCGJRky* —
87 *M* A — 88 *R* camps desl.; *H* Et tos les cans a deliurer — 89 *R*
men — 90 *EK* ne le; *L* lor; *k* desc., *GN* destruiemant, *F* des-
truierant — 91 *G* connuit, *E* conuist; *M²ken* riens — 92 (*J*);
M' uis que il, *E* auis quil; *M²Ken* biens — 93 *H* quns; *M²GN*
sols, *L* sels, *EFH* seus, *M'* sex, *K* gie, *M* ie; *k* deff. — 94 (*G*); *F*
que; *M²EFk* bel, *H* bon, *M'* bons; *L* Ce qui a toz s. bel; *FM'* ne p.

12995   « Voz volentez engré e vueil;
      « Trop i fereie grant orgueil,
      « Se jo desvoleie toz sous
      « Içô que agree a toz vos. »   *12865*
        Mainte parole i ot parlee,
13000   Ainz que la triuë fust donee.
      Le lonc espace e le sojor
      En aiment mout tuit li plusor,
      Quar mout sont las e enoié,
      Blecié, lassé e traveillié :   *12870*
13005   Por ço fu de toz creanté.
      Li reis Prianz l'a afié,
      E cil tres bien de la lor part,
      Que nesuns hom n'i ait reguart.
      Après tornerent as herberges :   *12875*
13010   N'ert pas la nuit li cieus tenerges,

12995-6 *interv. dans M¹* — 95 G Voil; *M²* Voz uolentez craant;
H Volenters en; (*M* engre, *K* otreie, *A²Bxy* otroi; *C* La
uolente de uos toz; *A²M¹kx* uoil, *BH* uoel, *E* uuel *A* Vo uolente
en gre recueil — 96 *C* T. f. ore, *AM* T. par f. — 97 (*J*); *A* iel;
H desfaisoie, *L* deueoie; *M²* Se d. ie — 98 *H* Cose, *M* Ce;
kAHLM¹N qui, *M²E* quil; *A* Ce q. a. a trestous vous; *M¹* nos;
H a u. tous — 99 *M* contee — 13000 *K* trieue — 1 (*A²C*); *n*
respit; *K* La longue e.; *A* et li plusour — 2 (*A²C*); *M¹n* Amerent
m.; *B* tot; *M* m. li p.; *A* le lonc seiour; *E* Desirroient ml't li
p.; *F* pluisor — 3 *EN* enuie, *FM¹* an., *K* ennoie, *M* ennuie
— 4 *K* B. naure; *M²* treuaillie, *E* trauellie; *F* Et de con-
batre t. — 5 *K* craante, *M* cre-, *M²* graantee, *M¹* gre-, *k* affie,
M²M¹ afiee — 7 *n* Icil; *eK* de lautre p. — 8 *M²K* neguns h.
(*M²* hon), *M¹* ia mes hons, *M* nulz hons; *F* nes nus hom noit
mais, *N* nus h. ni ait mes, *EH* luns de lautre noit; *A²* Q. 1.
noit de lautre r., *puis ces 2 v.* : Puis repairierent a lor trez Nert
pas la nuit li aers troblez — 9 (*B*); *F* Lores; *E* retournent, *A²*
san tornent, *H* san reuont; *E* As trez tornent et as h., *A²* Et
quant uenu sunt as h., *CK* A. sen issent fors des murs — 10
GLN Lores, *F* Et lors; *M* la n. trop tenebres; *A²* Si ne fu p., *JK*
La n. nert (*K* niert) p., *A¹* Si nestoit p.; *C* li ciel; (*AA¹A²BEHJLn*
tenerges), *M²A²* tenierges, *R* toç inerges, *G* si vierges, *MM¹* tene-
bres, *K* oscurs.

Ainz raiot la lune auques cler.
Quant tot lor ot fait trespasser
Dolon la vile e les destreiz :
« Seignor, » fait il, « dès or ireiz   *12880*
13015   « A hait soëf le pas o tost :
« Ne cremez rien desci qu'en l'ost. »
Andui ont pris de lui congié,
En l'ost des Greus sont repairié :
La triuë dïent qu'est donee,   *12885*
13020   Del rei e des suens afiëe.
Par les tentes en font grant joie,
E ensement par tote Troie.
Mout lor est bel, mout en sont lié;
E quant li jorz fu esclairié,   *12890*
13025   Comunaument les cors amassent,
A cenz, a miliers les entassent ;
Par lieus en font granz aünees,
Granz monceaus e granz asemblees.
Le bois atraient des montaignes :   *12895*

13011 *M²* raieit, *AN* raioit, *MM¹* raoit, *R* -eit, *E* raiot, *F* lui-
soit, *K* raia; *K* alques, *n* mult; *M* clere — 12 *M* Q. tout lestour
ont trespasse — 13 (*A¹*); *M²Fe* Delons, *N* Delon, *M* Delonc ; —
13 *K* les pas — 14(*A*); *M²e* Seignors; *EK* or an iroiz (*éd.* irez) —
15 *M²M¹* A ait, *K* A et, *E* A het, *M* Alez; *nK* le p. s.(*F* serre) — 16
M² criemez, *n* criembroiz, *M* remaisist; *K* riens, *F* riem; *M²Mn*
de ci, e desi; *EN* qua, *F* ca, *MM¹* a — 17 *E* a lui — 18 *E* A;
M²M¹ gries, — 19 *k* tricue, *M¹* treue — 13021-247 *sont dans P²*
(*6ᵉ fragm.*) — 22 e Et autresi, *K* Et altr.; *M¹* font cil de t.; *En*
troye (*forme ordinaire*) — 23 (*A*); *M¹* biax; *B* tot en s. lies, *M²*
tuit sen funt lie, *Jy* chascuns est lies; *CK* Ni a un delz (*K* sols)
qui nen seit liez — 24 (*A*); *M²P²x* Q. le ior uirent (*P²* uoient)
e.; *BJM¹* esclairiez, *M²* escleirie, *E* -iez, *CK* esclariez, *M* -ie,
H repairies — 25 *n* Comunemant, *C* -elment, *M²BK* -alment;
M Trestouz les cors si assenblerent — 26 *N* A c. milliers l.
c. ant.; *M* m. entasserent — 27 (*M* lieus), *M²* lues, *N* lous,
M¹ liex, *EFK* leus, *P²* lex (*formes à très peu près constantes*);
P² en firent a. — 28 *M²* moceaus, *F* moncias, *M* -iaz, *K* -ials,
BNe -iax; *M* auneez.

13030 Mout par i vait de granz compaignes,
       Mout par i suefrent grant labor.
       Ardent les cors e nuit e jor,
       Li ré ardent par plusors lieus :
       Mout en est laiz e neirs li cieus.   12900
13035 Cil de Troie les lor alument :
       Tuit li convers e li champ fument ;
       Contre le feu croissent li os.
       N'i a nul d'eus qui seit si os —
       Tant forment ueut e put e flaire, —   12905
13040 Tant come il art, qui s'i ost traire.
       Quinze jorz ont entiers duré
       La grant arson e li grant ré :
       Mout i ont travaillié lor cors
       E cil dedenz e cil defors.   12910
13045 Li rei, li duc qui sont ocis
       Sont mout ploré de lor amis.

13030 n i uont a; M M. en i a de; P² Par ualees et par mon-
taingnes — 31 M²M¹ i s.; M² soefrent, n sofrent, k souffr.; n
dolor; P² En poine sont et en d. — 32 K L. c. a., P² Dardoir
l. c. — 33-4 interv. dans P² — 33 M Les tes; F i sont; e an p.;
P² Puanz et vils et doulerex — 34 A¹ M. estoit, C M. ert; A²H M
par est; est m. à B; AA²H n. et l., M noir et lait; P² et max;
M¹ ciex, M² fues, N fous, J feos, ABEFGLP²k feus; F Mult
par an sont hideus li f. — 35 e ralument — 36 (A); F Doz li;
P² Et li cors esprennent et f. — 37 M² fue, N fou; M¹ croisent,
P² saillent; k ox — 38 e .j. dax; K ox; P² Ni ot si hardi ne si os
— 39-40 interv. dans nKP² — 39 K Si f.; M¹ eolt, M¹ eut, EF
ialt, N iaut, K eult; M ieulz puent et flairent; P² Car trop du-
rement p.; M²KP²e flere — 40 M¹ Ni a .j. dels; F T. com il i an
ait; M¹ que; M nus ne si ot t.; P² Qui delez le feu se puit t.;
M²KP²e trere — 41 nP² antiers a, e a e., K e. ont — 42 M²Ken
grana; EFM arsons, M² arsors, KN ardors. — 43 M² treuailliez;
MM¹n traueillie, E -ellie — 44 M²Me dehors — 45 (HIJ);
M¹AA²A²BCM Les (M² Leis) reis les dus, P² Roi et conte —
46 (IJ); H Furent; P² m. plorez, K regrete; M²AA²A²BC Plai-
gnent (C paignent) e plorent (A¹ crient), M Pleurent et p.; A² a
hals cris.

En sarqueuz riches de liois
E de fin marbre verz e blois,
Jaunes e pers, menuz gotez, *12915*
13050 Sont seveliz e enterrez.
Quant la terre fu delivree
E cele olor fu trespassee,
L'aure venta soëf e saine,
E cil qui orent trait la peine *12920*
13055 Se reposerent volentiers,
Quar mout lor en ert granz mestiers;
Mout s'esjoïssent del sojor,
Mais Troïen ne cessent jor
D'eus enforcier e atorner *12925*
13060 E des granz fossez reparer.
Les murs haucent la ou sont bas
E granz trenchiees font as pas.

13047 *H* Es; *M²AC* sarquels, *K* -keus, *M'* -ques, *EP²* -queuz,
N -coz, *A²BHI* -cus, *F* -quou, *M* serquex; *F* inde, *HM'* yndes,
N indes; *A²* En r. s.; *P²* r. eccortois — 48 (*A²I*); *K* De fins
marbres uermeils, *N* Et de uert m. iaune; *A²MM'* uert, *C* inde;
F De uert manble giaune et oblis, *P²* Qui sont de m. et de lyois,
H De bon fin m. de l. — 49 *A²* Galnes, *E* Giaunes, *K* Ialnes, *n*
Indes; *C* e pres, *P²* et verz, *A²* uermels; *AHM* menus, *M'*CKn*
menu; *M'* gostez, *M'*CKn* gote — 50 *M'*CKn* S. seueli (*K* sep.) e
enterre; *I* enseres; *y* Les ont toz mis et c., *A²* La les o. m. et
enterez; *P²* donne 3 v.: En ont les cors mis et boutez Puis les
ont ml't bel e. Einsinques sen sont deliurez — 51 *M'* treve — 52
M²E olors, *M* oleurs, *A* öleur, *M'* ouleur, *n* odors, *P²* odor; *n* san
fu alee; *K* Et c. puors t. — 53 *ENk* Lore; *M* uente; *F* Lors
reuanta; *M'K* soeue; *eK* seine; *M²* Adonc recurent odor s.
— 54 *P²* Lors c., *M'* Et ceus; *M* Et c. o. t. la grant p.;
M²MM' paine, *n* poine, *E* peinne — 55 *M²* uolunt., *N* uolant.,
F uolanters — 56 *M²* iert, *eM* est; *nk* lor estoit — 57-8 *interv.*
dans *F* — 57 *n* sesioirent, *M* -isent — 58 *n* Et troyen; *M'* Mes
troyens —. 59 *KM'* et datorner — 60 *A* Ne; *M²An* de; *M²K*
doues; *C* Et des f. toz; *M* releuer — 61 *AM* Il (*M'* La) les
hausent ou il; *P²* Des m. haucier ou s. plus b. — 62 *M'P²* au,
M a, *n* es.

Al mieuz qu'il porent s'atornerent,
Tant com les triuës lor durerent.   *12930*
13065   A parlement vindrent un jor
Li rei, li prince e li contor.
Prianz i fu e tuit si fil
E autre chevalier tel mil,
Dont li plus povre aveit cité,   *12935*
13070   Tor o chastel o fèrmeté.
Agamennon e Menelaus,
Reis Telamon, reis Aïaus
E li haut home des Grezeis,
Contes, dus, amirauz e reis,   *12940*
13075   I sont venu de l'autre part :
Li un des autres n'ont reguart.
Grant sont li renc, granz les conseiz

13063 *N* miauz, *M¹* mex, *M* miex — 64 *M²AA²* T. dis cum (*A²* que) l. t. d.; *M¹* treues, *K* trieues — *Pour les v. 13065-120, AA¹A²BCDHIJP²R ont été utilisés, sauf pour les variantes insignifiantes* — 65 *GLN* Un, *F* Del, *P²* Au, *B* Al; *xP²* pristrent — 66 *K* Li p. li r.; *J* p. li — 67 *nP²* il et si f.; *M²* fill — 68 *I* Et auoec des autres; *en* Et dautres cheualiers; *M²* autres; *R* cheualer, *F* -iers; *P².*ij. m.; (*AA¹CJMR* tel), *A¹BKn* troi, *H* teus, *I* tes, *M²* tiels, *M¹* tiex — 69 *M²A²EHKR* Li p. poures; *AA²M¹P²n* Toz (*nM¹P²* Dont) li p. poures ot c. — 70 *R* T. et castel et; *nP²* C. ou t., *M¹* T. ou donion; *N donne au bas de la colonne (avec un signe de renvoi placé ici) les v. 13077-8, qui m. à P²* — 71 *FG* Agamanon, *E* -annon, *MM¹* -enon; *G* menal. — 72 *M²CIJRkny* Reis (*M* Roy) pandarus et a.; *C* et rois a., *A²* Et thelamon et rois a. — 73 *E* de g. — 74 *F* C. et d. a. r., *ANP²* Conte duc amiraut (*A* -aus) et rois; *I* Molt i ot; *M²A²IM¹* amiraus, *M* -alz, *K* -als, *R* -anç — 75 *M* Qui; *AJKRy* Resont u., *A²* I a uenus — 76 *A* Les uns; *A²I* Li un nont (*A²* Ni a nus) d. a., *M²M* Nont li un d. a. (*M²* de l'autre); *P²* resg.; *R* Luns na del autre nul r., *K* Des a. ni ont nul r., *A¹* Ni ot des a. n. r. — 77-8 *m. à GLP²; sont rétablis d'une autre main et d'après un ms. d'une autre famille dans N, au bas de la colonne* — 77 *M²AA¹A²BCDIJPKny* Grant (*N* Gran) sont li renc (*M¹* rens, *A²* plait), *R* Granç les rens; *M²M* grant les c. (*M* li consei), *AA¹BKN* et li (*K* les) consois, *DJNPy* et li conseil, *C* et li segroiz, *A²* grans s. les lois, *I* li conseil grant; *B* consoils, *A¹* -oiz, *R* -oilç, *DEHJ* -oil, *N* -oill.

Qu'il se mandent par plusors feiz;
Mais onc requeste que fust faite   *12945*
13080   Ne pot le jor estre a chief traite,
Fors d'Antenor e de Thoas:
Cil furent quite en es le pas.
Por l'un a l'om l'autre quité :
Grant joie en font en la cité,   *12950*
13085   E de Thoas en l'ost Grezeis.
Calcas li sages, li corteis,
Ot une fille mout preisiee,
Bele e corteise e enseigniee :
De li esteit grant renomee,   *12955*
13090   Briseïda ert apelee.
Calcas ot dit Agamennon,
As autres reis, a Telamon,
Qu'il la demandassent Priant :
« Ne voleit pas d'ore en avant   *12960*

15078 (*A²BC*); *AA'FM* Que (*A* Qui, *M* Quil) sentremandent
plusors (*AM* maintes) foiz, *DJNPy* Par mi le (*P* les) bois (*N*
bosc) et par (*J* por) le (*N* li) brueil (*E* broil, *DM'* bruel, *N* breill)
— 79 *R* Mas unc; *A²N* ainc, *B* ains, *AFGL* ainz; (*F* que), *G*
quil; *C* M. chose qui le ior f. f. — 80 *C* Ne puet e. (*v. f.*); *M²*
a chef, *A'* a fin — 81 *EKNR* danth. — 82 *P²* Cil sont deliure; *AF*
isnel le pas (*F* yas), *P²* isnelepas — 83 *M²A²R* aquite — 84 *P²*
ont; *A'A²EK* par la — 85 *M* toas — 86 *A'* Carcas, *H* Caucas;
nA²KP² li proz et li — 87 *P'* Une f. auoit; *M* bien p.; *K*
preisie, *MM'* proisie, *M²* preisce, *ENP²* prisice, *R* cortoise; *H*
Une f. ot m. renomee — *88-89 manquent à H* — 88 *eK* Ml't
bien aprise et e., *AM* B. et proz et bien e., *R* B. fu et saiue et
sanç noise — 89 *K* lie, *M'* lui, *M* ce; *M²N* granz — 90 *N* Brys.;
A' fu — *Pour 13091-120, W est utilisé* — 91 (*AA²*); *A'* Carcas,
H Caucas; *CW* la dit, *yB* lot d., *A'* le dist, *M* ot dit a;
n a dit a Thelamon; *CMRW* agamenon, *E* -annon — 92 *A²* A
ulixes, *P²* A achilles; *M²AA'EKRW* thel., *C* tell., *M* thal.; *A'*
et t., *n* tot anuiron, *P²* a camenon — 93 *A'K* Que, *R* Ki, *CW*
Qi; *A²* Quil d. roi p.; *A'* demandesient, *M* demandent a;
nP² Q. mandassent (*P²* deissent) au roi p. — 94 *M²CNR* dor; *R*
euant; *AM* Ne ueult mes des or en a.; *A'* v. mais, *E* v. plus;
P² Quil ne uoloit, *CW* Car il ne velt.

13095 Qu'ele fust plus en lor comune,
       Car trop les het, ço set, Fortune ;
       Si ne vueut pas qu'o eus perisse,
       En l'ost o lui vueut que s'en isse. »
       Ceste requeste fu bien faite :   *12965*
13100 Mainte parole i ot retraite.
       Calcas blasmerent Troïien,
       Diënt que plus est vis d'un chien :
       « De toz hontos e de toz vis
       « Est il curaille li chaitis,   *12970*
13105 « Qui riche e haut ert entre nos,
       « Puis nos guerpi, s'ala a vos. »
       Li reis Prianz jure e afie,
       S'aveir le puet en sa baillie,
       Que male fin li fera traire,   *12975*
13110 C'iert a chevaus rompre e detraire :

13095 *N* Cele; *ACM* soit; *P²* P. f. sa fille, *kR* Que ele f. —
96 *AP²* Que; *M* scet, *M²* siet; *nCP²W* dit; *A²* T. durement l. h.
f. — 97-8 *interv. dans* C W — 97 *nP²* Se; *AA²* quele ; *E* uialt
quauoec ax p.; *CW* Ne vout que la (*W* veaut la) ens (que la
ens 2ᵉ *main dans* C) entrau perisse — 98 *M²* a l. uuelt qui;
M' ques, *E* quel; *A'* uiaut que o l. sen i.; *nP²* defors; *P²* Ainz
uelt de la cite; *CW* Ouec lui velt quen lost sen isse — 99 *n* C.
queste (*F* Le de queste) fu mult b. f., *P²* Cete priere fu b. f. —
13100 *M²A'* M. requeste; *C* i ont — 1 (*R*); *KM'* blamerent;
nP² blasment (*F* blam.) li troyen — 2 *CW* Dien; *AP²e* quil est
p. u.; *MA'Nk* vils, *A²*uilz, *EF* uix, *M'R* uil, *A* uiel ; *CM* que
un, *EP²W* de; *K* cien — 3 *A'A²y* De tos hontes (*M'* homes) et
de tos uices; *M* de tous chaitiz; *NP²* uils — 4 (*AC*); *R* curaile,
F corailles, *NP²* cur. ; *P²* des c., *N* et c.; *A'A²y* Est il contralios
et nices, *M* Et il clamez las et caitiz — 5 *F* Que, *R* Ke; *M²*
Qui riches hauz, *A'A²EK* R. et halz (*A* fors, *A²* haut), *CW* Car
h. et r. ere; *MM'* est, *A'* fu, *M²R* iert; *nP²* auoec (*F* auoc) nos
— 6 *CW* laissa; *MP²R* o.; *M* euz — 7 *M'* Le roi, *M* Li roy;
MM' priant — 8 *M²A²* bailie; *A²* aj. 2 *v.* : Qua honte le fera
morir A ce ne porra pas faillir — 9 (*A²NR* trairc), *M²CFWek*
faire; *A²* Qua m. f. nel face t., *CW* Qil le face m. f. f. — 10
M Chiert, *CW* Cert, *F* Certe, *P²* Et; *R* cheuas, *M* -alz, *A²*
als; *A'Ke* Et (*A'* Ou) uilment a c. d.

« Se por ço non que la pucele
Est franche e proz e sage e bele,
Por lui fust arse e desmembree. »
Nos en quier faire demoree, *12980*

13115 Li reis Prianz la lor otreie :
« Aler s'en puet, tienge sa veie ;
Qu'il ne het rien », ço lor dit, « tant
Come le vieil, le soduiant ;
Ne vueut que rien que a lui taigne
13120 En sa cité seit ne remaigne. » *12986*

13111 *CW* Se n. p. tant ; *P²* Et se sa fille la p., *A²* Se sa
f. ne fust tant bele — 12 *M* france, *K* sage ; *R* sauie p. et
b. ; *M* p. s. ; *A¹* cortoise et b. ; *n* E. p. et cointe (*N* sage)
et s. (*N* cointe) ; *P²* Ne fust tant cortoise et tant b., *M¹* Est
debonere s. et b., *E* E. preuz et s. et deb., *A²* Et si cortoise
damoiselle, *CW* Est tant c. et s. et b. — 13 *C* Par ; *HM¹* li ;
A² Il leust a. v d. ; *A¹* deuouree — 41 *A²CJWe* Nen (*CW* Ne,
e Ni) quier (*CW* quiert) plus, *kAR* Ne uos q. (*M* quiert) ;
P² Nen ueuel plus f. ramembree, *H* Li rois prians lor a liuree
— 15 *A²* le lor, *CW* ainz lor ; *H* Et tot maintenant lor o.
— 16 *P²* Saler sen ueut ; *eFMP²RW* tiegne, *N* teigne ; *F*
sanuoie — 17 *F* Mais ; *A²S* Que (*S* Car) nule r. ne het il t.,
A Que il lor d. ne het riens t., *S¹* Puis lor dist quil ne h.
r. t., *CW* Car ce dit ne heit il t. *M* Quil le h. t. ce
sachiez bien — 18 *M²KNRy* uiel ; *CW* fel ; *P²SS¹* C. calcas ;
F lo mel lo son druant ; *CW* fel uielz s. ; *S* li ; *CRS* seduant,
W sosduiant, *P²S¹* soudoiant ; *A²* Cum le uieillart le sold.,
M Comme vil et soudiant le tien — 19-20 *m. a S¹* — 19 *H*
uoil, *R* ueit ; *M²CEHKSW* riens ; (*A¹* que) ; *eAW* qua lui
ateingne (*A* atiengne, *M¹* ateigne) ; (*M²A²HKS* taigne), *A¹Bn*
teigne, *CM* teigne ; *P²* quen la cite remaingne ; *S* Donc ni uelt
il qe r. qua li t. — 20 (*BCJR*) ; *AA¹A²Mn* la, *H* ma ; *K* S.
en sa c. ; *I* od lui r., *M* ne ne r., *S* iames r. ; *B* ne uiegne,
A¹JNy remeigne ; *P²* Chose qui a li apartiegne ; *A²F aj. ces 2 v.* :
La ot ml't gent (*F* mant zant) ou ce fu dit Si cum io truis
el liure escrit ; *puis FL² donnent ces 2* : Li cheualer(*L* -ier)
sont a seior Si sesbanoient (*F* -ogent) tote ior.

ENTREVUE D'ACHILLE ET D'HECTOR

A Hector vait danz Achillès
O teus cent chevaliers e mais,
Qui tuit erent rei, o contor,
O amiraut, o aumaçor.
13125 De ceus dedenz i rest la flor
E des Grezeis tuit li meillor.
La ot retrait chevaleries
E de plusors fait aaties ;
La ot parlé del desconfire
13130 Quin iert li mieudre, qui li pire ;
Qui jostera, qui sera pris ;

*Pour les v. 13121-260, M²AA¹A²BCDIJL'PRSS'kxy (et P²
jusqu'au v. 13247) sont utilisés — 13121-206. Pour la 2ᵉ rédac-
tion, voy. aux* Notes *(le texte donné ici se trouve, sauf exceptions
indiquées, dans M²AA²IL'MP²RS'x)*; — *pour les v. 13121-34,
AF donnent la 2ᵉ réd. à la suite de la 1ʳᵉ — 21 P² uient; L H. si
uit; I H. sen vait a achylles, A²M H. i ua (A² fu) et achilles, S'
Au parlement vint a.; A dant — 22 M² tiels, NS' tex, F tes,
R tel, M tiex; A²I Et tel, GP² Ou tout, L Entre — 23-4
M²AMRS' Si poure dels nen i a (S' out) (A ni estoit) nus Ne
seit (A fust) reis amiraus (M -alz, R -anç) o dus, I Li plus poures
ert rois ou dus De .iiij. cites ou de plus; A² aj. 2 v.: Ni ot un
sol de si bas prois Ne fust ou amirals ou rois — 23 F Que; x
et c. — 24 A² amiral — 25-6 interv. dans I — 25 FGL ccs;
P² cez defors; N i est, A² j fu, P² estoit, R i ront; A²L'P²x
flors — 26 M² de; M greioiz; M tout; R meilor; A²L'P²x Des
(G De) plus proisiez (NP² prisiez) et des meillors (F mill.) —
27 P² ont; M² retreit, FL assez; L cheualerie; N a. fait
anhaties — 28 G des; M²A²FGP²R faiz; I Et faites pluisours;
R a acies, F anhaties; L fu anuaie, M fait atines, N cheua-
leries — 29 M²R parole; M²A²INR de d., G de lor empirez, L
en ce concire — 3o GLM Qui, A²IR Ki; M²GM iert, R fu;
M²A²I mjeldres, M -ez, G meudrez, FL mialdre, N miaudres;
P² Li quel sont m. et li quel p.; xL' ne li p., M et li p., R
et ki li p.; L le p., G li pirez — 31 IP² ioutera; A² Ki ioste
ot ki auoit p.; G aura p., LN fera pis.*

Quin iert blasmez, quin avra pris.
En plusors sens se contraliënt :
Li un s'iraissent, l'autre en riënt :
13135   « Beaus sire Hector, » fait Achillès,   *13049*
« Onc de mes ieuz ne vos vi mais
« Que n'eüsseiz la teste armee.
« Mout truis vers vos dure meslee ;
« Ço est de loing, se vos m'amez.
13140   « A mon hauberc pareist assez :   *13054*
« Sovent m'en derompez les laz.   *13065*
« Se de la force de voz braz   *13066*

13132 *nLL'M* Qui... qui; *A²FL* ert; *G* Quil fera miex ne
qui le pis, *P²* Et con de touz a. le p.; *M* blasme et qui ara p.; *I*
ki ara pis, *F* et qui ot pris, *LN* qui aura (*N* aural) p., *R* ki nen
a p., *A²* et ki malmis — 33 *R* En plusor sen, *xL'M* Et (*m. à M*)
en maint sen (*L* senz, *N* san, *M* sens, *G* leu), *A²* En tant maint
sens, *I* En p. lius; *A* En mainte sentre contralient, *P²* Einsi
parlent et einsi dient — 34 *A²* Cil iraissent, *S'* Li un en bessent,
G Li un tanssent, *L* Li un gabent, *A* Li un sairent (*v. f.*), *IR* Lun
sen iraissent, *M²M* Li un (*M* Lun) sen (*M* se) corrocent ; (*M²IS'*
lautre en r.), *M* li a. en r., *AA²GLR* li autre r.; *nL'* Li un se
rasanblent (*FL'* ressanbl.) et dient, *P²* De lor moz se moquent
et r. ; *A²F donnent ensuite la deuxième rédaction* (*v. 12987-
13048 de l'édition*) — 35-40 *sont communs aux deux rédactions*
— 35 *FLS'* dit, *AA'A²GNPP²* dist, *K* fist — 36 *P* Ainc,
AA'EFP² Ainz ; *M²M* oilz, *K* ielz, *P²* elz, *M'* eus, *EH* ialz, *n*
iauz, *L* oex, *L'* iaux; *G* Onques mais ne vos vi de pres, *puis les
vers 13167 sqq.* — 37 *F* naussoiz, *N* -iez, *R* -es, *M* neusiez, *les
autres* neussiez; *M²A²HIM* leaume (*M* lalme) lacie — 38 *AFP²*
en uos d. mellee; *M²A²HIM* Souent uos truis uers moi irie —
39 (*M²AILL'MN*), *A'A²BCDFJKL²PP²Ry* Se uos mamez (*Dy*
mauez) ce est de loing (*F* loinz) — 40 *S'* En; *M* hauzberc, *I* escu ;
N parist, *LM* paroit, *A* -ut, *L'* pert il ; *A'A²BCDFJKL²PP²Ry*
Il i pert (*R* apiert) bien (*K* B. i pareist) al grant besoing
(*F* es grant besoinz) Et es estors et es batailles, *etc.* (*vers
13055-64 de l'éd.; voy. aux* Notes — 41-2 *m. à I*; 41-4
communs aux deux réd. (*var. à -44*) — 41 *M²L'M* me d.,
A² men decolpez; *N* desr.; *xL'* mes l.; *P²* Que toz sont de-
rompuz les l. — 42 *M²DM'* uos, *M* vous; *S'* Par la f. de vos
deus bras.

« Ne me puis guarder ne defendre,   *13067*
« La mort m'en covendra a prendre.   *13068* (var.)

13145   « Mais, par toz les deus sovcrains,
« De ço reseiez toz certains,
« Se Patroclon vengier poëie,
« Mout volentiers m'en pencreie.
« Grant duel avez en mon cuer mis,   *13076*

13150   « Mais jo espeir, e sin sui fiz,
« Que j'en avrai mon desirier,
« Que que il deie porloignier.
« Ja si de mei nos guardereiz
« Que ne vos ataigne une feiz :

13155   « C'iert, se jo puis, en tel maniere
« Qu'om vos en portera en biere.
« De ço poëz estre seürs,
« Se vos sovent eissiez des murs.

13143 *FR* Ne p.; *S'* Se de vous me conuient deff. — 44 *L*
estoura; *P²* c. atendre, *S'* conuient a a. (*leçon intermédiaire*);
A'A²BCDFJKL²PRSy Sanz recourer (*A²EH* -ier, *P* reconter,
F recoiler) puis bien (*S* Prochinement ie p.) atendre (*R passe
ensuite à la deuxième réd.*). *Les mêmes mss.* (*et P²*) *aj. 4 v.* (*voy.
aux Notes*); (*P²* suit ensuite la première rédaction, *A²FR* la
deuxième) — 45-62 *sont dans M²AILL'MNP²* — 45 *S'* pour; *P²*
diex, *M* dieuz — 46 *P²* soiez fiz et certains, *S'* s. vous touz c.;
L'N Ne par les dex citerains (*sic*), *L* Et p. l. d. des citeiens —
47 *LL'* patroclum, *P²* -ũ, *M²AIM* -us; *P²* uenchier — 48 *AI*
Que; *M²* uoluntiers; *A* le uengeroie — 49 (*cf. la deuxième
réd.*, v. *13076*); *I* maues mis en m. c. — 5o *M²AS'* iespeir
bien; *M²* si en, *MS'* et si, *L* et en; *L'N* M. de ce e. an sui f.
(*cf. 15513-4*), *I* M. ne remanra a nul fuer — 51 *I* Que nen aie,
S' Q. quant saurez; *NP²* desirrier; *M* Que ie en a. m. desir —
52 *M* i doie; *A* prolongnier, *NP²* poloignier, *M* prolongier; *I*
Coi quil me d. delaier — 53 *A* ne g., *M* ne uos g.; *I* Ja si ne
uos en g., *LL'NP²S'* Ia si b. (*S'* Si de moi) ne u. g. — 54 *M²*
reteigne; *A* Q. ie ne la taingne, *LLNP²* Q. ie ni auiegne (*N*
aueigne) une f., *IS'* Q. ni (*S'* Ne vous) a. aucune f. — 55 *S'* Se
ie p. ier; *M²* por tiel — 56 *M²AI* Quon, *P²* Quen, *LL'* Qen, *N*
Qan, *MS'* Con; *M²* en tiere — 57 *M²* segurs — 58 *M²* issez,
les autres issiez; *P²* Se s. i. fors, *I* Se uos i. s.

« Jo m'i atent e atendrai :

1360   « Desci qu'al jor que jol verrai

« N'i a guaires, j'en sui certains :

« Vostre mort port en cez dous mains ».

      Hector respont : « Sire Achillès,   *13105*

« Se jo vos hé, jo n'en puis mais :   *13106*

13165   « Mout par i a acheison grant.

« N'irai or ja plus atendant,

« Mais se tant vos fiëz en vos,

« Seit la bataille entre nos dous ;

« E s'en champ me poëz conquerre,

13170   « Troïen guerpiront la terre,

« Que ja uns sous n'en i remaigne

13559 *M* Si; *S'* Je vous a.; *A* Se mi atens ie tatendrai — 60 (*I* Desci), *M²ALL'N* De ci, *P²* Dici ; *ALP²* au i.; *A* que ie u.; *MS'* Dusqua .i. iour que ie u., *I* D. quauenir le u. ; *P²* aj. 2 v.: En point de ce que uos ai dit Ml't pou i aura de respit — 61 *M²* Na mes gueres; *A1* guieres; *MS'* ie; *M²* certejns; *P²* De ce sui touz fiz et c. — 62 *M²* portent cesz d. meins; *AL'M* porte, *L* est; (*I* en ces d. m.), *LL'NP²S'* entre mes (*P²* en mes .ij.) m., *M* cest du mainz, *A* ces .ij. m.; *la deuxième réd. aj. 6 v.* — 63-4 *communs aux deux réd. (quelque changement au premier vers)* — 63 *deuxième réd. :* Tot en riant s. a. (*ou* H. li r. simplement, *ou* H .r. respont come afaitiez); *au v. qui précède A'CDF donnent 3 vers); la deuxième réd. donne ensuite 4 vers spéciaux (voy. aux Notes)* — 65-94 *sont dans* M²AILL'MNPP²S' *et aussi dans* F; *A², qui suit d'abord la deuxième réd., donne ensuite les v. 13177-94 de la première; pour le mélange des deux réd. dans S, voy. aux* Notes — 65 *AM* i sai lachoison (*M* lacoison); *I* i est grans sofrisons; *LMP²* achaison, *F* acaison, *L'N* acoison — 66 *A* Ne uous irai; *F* atardant, *M²A* acontant; *P²* la plus nen irai en auant, *I* Pour ca tant dure li tencons — 67-76 *sont dans* G — 67 *S'* tost; *IP²* se uos f.; *P²* enuers tant, *I* t. en uos; *A* nous — 68 *F* Sot, *P²* Coit; *AM* par nous d. (*M* .ij.), *S* de n. d; *n* dos, *L* dols; *P²* b. ne porquant — 69 *xL'P²* Sen cest (*P²* plain) ch. — 70 *xIL'S'* uous lairont; *M²* vos guerpissent; *G* Troyes soit vostre saus la t. — 71 *M²I* sols; *M²* .j. seul ni r. (*v. f.*); *xL'P²* Que (*L* Qa) ia mes nus (*L* nul, *F* nuls) (*G* Nus des nostre) ni enterra (*N* anterra, *F* antrara, *P²* remanra).

« Qui ne s'en fuie en terre estraigne.

« Ço vos ferai aseürer

« E bons ostages ja livrer,

13175   « Mais autretel refaceiz mei :

« Si pro vos sai e cuit e vei,

« Ja devers vos ne remandra.

« L'ire grant que vostre cuers a

« Porreiz vengier e les mesfaiz

13180   « Que tant dites que vos ai faiz,

« E la dolor del compaignon

« Dont j'ai fait la desevreison,

« Que tantes feiz avez sentu

« Entre voz braz tot nu a nu,

13185   « Et autres gieus vis e hontos,

« Dont li plusor sont haïnos

13172 *M* estrange ; *xL'P²* Nen la terre ne remandra (*L* -eindra) (*G* Jamais. mais uostre r., *P²* Heritage ni clamera) — 73 *M²* asegurer, *FL* aseurer — 74 *AM* Et les ; *A* hostages ; *I* deliurer ; *xL'P²* Et ml't b. (*NP²* fiers) o. (*G* Et o. m. b.) doner (*P²* liurer) — 75 *GS'* Et ; *M²* autretant, *L* a itel ; *M²AIS'* refacez, *GM* refaites, *P²* refere ; *LL'S'n* uos (*S'* et) sai et uoi — 76 *M²* Si sauie et prou uos quit ; *ILP²S'* preu, *A* preus, *M* proz ; *P²* uos sent et ou (*sic*), *IS'* u. c. et s. ; *A* et voi et croi ; *M* uos uoy et si, *LL'N* si saige et si, *F* si sages si ; *L'n* cortoi, *M* cortoy, *L* -ois ; *G* Ne remandra tant prou vous sai, *puis les v. 89-98* — 77 *Mn* de uers ; *I* Que ia en vos ; *M²ILMP²* remaindra, *L'N* -anra — 78 *L* Ire ; *M* Lire est g. ; *AA²* La g. i. que vo (*A'* uoz) ; *AM* cuer — 79 *A²* le mesfait — 80 *P²* Que uos d. ; *LL'n* que ie ai ; *A²S'* fait — 81 *M²* cump. ; *P²* de patroclon, *L* des compaignons — 82 *P²* D. iai fete, *A²L* D. io ai fet, *I* D. ai f. ; (*M²N* deseureison), *AL'M* -oison, *F* -aison, *P²* desseuroison, *L* -ons, *A²* dessoiurison — 83 *A²* Cui ; *M* t. nuiz, *M²* tante nuit ; *IL'x* tenu, *P²* veu — 84 *P²* Et entre b. lauez sentu — 85 (*E autres gieus*, correction), *AA'I* As entresains, *P²* Et des autres, *L'Mn* Et autres sainz (*L'N* mainz, *F* aure), *L* Et autre rien, *M²* Icist jues est, *S'* Et si en sont ; *AA²IP²* uilz, *M* uis, *MEN* vils, *S'* viex, *L* uill, *F* uil — 86 *A²M* Dunt, *M* Donc, *n* Don ; *A²* pluisor ; *F* hairos, *A* vergondeus.

« As deus, quin prenent la venjance
« Par la lor devine poissance.
« Granz biens sereit, se par nos dous
13190   « En erent tant de mort rescos
•   « E si mortel guerre fenie,
« Dont cent mile perdront la vie.
« Par noz cors en puet estre fin
« Ancore anuit o le matin ».
13195   Ire e vergoigne ot Achillès :   *13171*
« Jo ne vivrai, » fait il, « ja mais
« Jor el siegle senz deshonor,
« Que l'om ne m'en tienge a peior,

13187 *P²* diex; *I* ki; *L* prennent; *nL'P²* qi en prandront, *A²*
il en preignent; *S'* Li deus en prengnent; *A* Ha deus car em
prenez v., *M* A! dieu quen pregnes la u. — 88 *F* Et par la diu.,
A Par uostre deu., *M* Par la d., *A²* Por lor grant d.; *n* puiss. —
89-94 *sont dans G* — 89 *M²GL* se pur, *I* sentre, *A²* que par;
A²F dos — 90 *S'* Eussons, *IP²* Estoient, *A²* En fussent, *L* En
ierent; *G* Ierent tant gent; *F* a m., *P²* de morz; *IM* rescous,
N -ox, *F* -os, *P²* resquix — 91 *P²* Et tant; *M²* mortiels, *xL'*
mortex; *A²* Et si grant g. fust f. — 92 *A²* Dunt, *n* Don, *M* Donc;
I tant; *M²M* milliers, *A²I* millier, *P²* .m.; *S'* D. mil des lor; *M*
donne ensuite les v. 13145-54 de l'éd., puis les v. 13193-4, qui
m. à *P²* — 93 *A* P. nous .ij.; *xIL'* P. nos an poons faire f., *A²*
Nos doi en p. f. f. — 94 *AM* Encor; *M²* enuit, *M* nuit, *G* annuit,
S' enquit; *LL'n* Ou anquenuit; *A²* *donne ensuite les v. 13169-84*
de l'éd. — *13195-206 sont dans M²AA'FILL'MNP²RSS'* (*et A²,*
qui donne successivement les deux réd.); la deuxième réd. donne 14
v. différents; voy. aux Notes — 95 *commun aux deux réd.; R*
uergogne, *A* -ongne, *DM'* -onc; *P²* I. et honte ot danz a., *B* V.
et i. ot a., *L²* I. ot et u. a., *A²* Adunc lor a dit a. (*ce v. est précédé*
des 14 v. de la deuxième réd.) — 96 *S'* Ja ne uiurez; *P²* uiue;
A² io quit — 97 *M* I. en ce s., *xLM'* I. el (*M'* du *refait sur* ou)
monde; *A'* ou, *GS'* au, *I* al; (*A'R* siegle), *les autres* siecle;
I sanz grant freor; *M²A* desenor — 98 *IL'* on, *nL* lan, *P²* len;
IL'P² me; *L'* teigne, *nA'L* taigne, *IP²* tiegne; *ILP²* au poior;
G Qui ne men teignent a pior, *AMRS'* Que nen soie (*S'* soiez)
li soudeor (*R* la sor de ior), *A'* Quan ne me t. a souduior, *M²*
E sans contraile e sans iror; *G résume en 4 v. les v. 13199-*
206; voy. aux Notes.

« Se ja de ceste en mei defaut.

13200   « Querez qui voz ostages baut :

« Jo referai les miens livrer.

« A ço ne quier plus demorer :

« Toz prez en sui, ne m'en guenchis.

« N'en seit ja jorz ne termes pris,

13205   « Mais faites voz armes venir,

« Si seions mis al covenir. »

     Departent sei por rassembler :   *13185*

La veïsseiz genz aüner.

Entor Hector sont Troïen,

13210   A Achillès vienent li suen.

13299 (A'); M²R Se ia ceste ; I Se ia c. chose en moi
faut, FL' Se ia c. bataille f., S' Se ia de se en vous d., A²P² Se
la b. en moi defaut, M Se hui por lachete en moy deffaut, N Se
ia icest ostage f., L Se a ices hostages f.; R desfaut, A² defalt —
13200 A² balt; L A hector dist qe les soens b., S' Q. uos host.
si b. — 1 A' Et ie ferai; I Iou f. les moies l., MS' Les m.
refarai ie (S' vous r.) l., A² L. m. ferai deliurer — 2 P² ne uuel
p.; I la mais ni q. p. — 3 F Toz premiers s., A'A² T. en s.
prez (A² prest); S' nen g.; P² eschis — 4 A² la nan soit i.; M²
iors; S' ior nus respiz p.; F ne respiz; P² Nen s. cure ne terme;
M²N mis, L mis *corr. en* pris — 5 M²A'FM vos; A² F. u. a.
tost u.; F tenir — 6 L Et; P² Puis si s.; (M² seions), R seiom, *n*
soiens, LL'MP² soions; A en c.; S' Si vous metez; I Si vous
en laist on couuenir —*BDEHJL²M'P résument les v. 13207-60
en 5 vers (leçon de E) :* A tant departent (*y* sen (M' sin) par-
tent) si sen uont Li troien deshetie sont Car bien uolsist prianz
sanz faille Que hector (E -ors) feist la bataille (H *aj.* : Et Paris
uolenters lotrie Quil set bien en qui il se fie; *cf. v.* 13226 *de
l'éd.*) Ml't len poise (E pesa) ml't sen deshete (*cf.* A² Mais troi-
lus ml't se d., A' Hector durement san deshete); A'A², *qui ont
les v.* 13207-60, *suppriment naturellement les 4 v. qui précèdent;
pour les v.* 13261-8, *ils suivent* BDJL²Py; *voy. aux v.* 13261-8
— 7 (C); A'ILL'NR assanbler, AP² asembler, S ascemblier,
F lacesmee; K Si les ont fet desassenbler, A² Entrels .ii. uont
la gent ester — 8 (AA'A²CP²R); A' iant, LN gent, L' gens,
A² grius; KL'N amasser, M² asenbler, F assamblee — 9 nCLP²
uont — 10 M² uindrent, CP² reuont; A²CIP²k sien, L soen;
A² Et entor a. li sien.

De la bataille qu'il ont prise
Parolent tuit en mainte guise :   *13190*
La ot estrangement parlé
E maint conseil pris e doné.

13215   Agamennon ne li haut home
Ne vuelent pas, ço est la some,
Qu'Achillès face la bataille.   *13195*
Mais jo vos di por veir, senz faille,
Que en lui mie ne remaint ;

13220   Quar d'eus se claime e d'eus se plaint
Que si le vuelent abaissier,
Quant por le cors d'un chevalier   *13200*
Nel laissent metre en aventure.
Mout s'en corroce e mout en jure

13225   Que ja de lui mais en sa vie
N'avront ne secors ne aïe.
D'Ector quos ireie acontant ?   *13205*
Par Troie est la tomoute grant.

13211-2 m. à A², *interv. dans* S¹ — 11 K quont enprise — 12
L P. ml't, S¹ Ne veulent pas — 13 C serroiement (?) panse;
M²AA²R estreitement, P² estrangement, A¹ estreing., I estrai-
gnem.; nL an maint sen (L sens) porparle — 15 A²CLS¹k et li;
P² ce est la some — 16 M"N cen est, M cest; P² Ne uouloit p.
ne li haut home — 18 C M. tant; S¹ M. ce uos di ie b. — 19
(A²CL); F Car; P² li; S¹ de r. ne r.; M²Rk Quen lui de rien pas
(MR p. de r.), A¹ Quen achilles p. — 20 L Que; S¹ Qa eus;
M²A²Rk Deus se clajme (R mauclame); S¹ et mout se p., A²
forment et p.; P² Aus diex se claiment (*sic*) ml't et p. — 21 R
Cant, A¹C Qant, L Qui; S¹ cil; A² Quensi — 22 (A¹R); KLP²S¹
Que; CLM par; nL De uers — 23 P² Nu lessent, CS¹ Ne l. —
24 F correce, KR irest, A²S¹ aire, C afiche, M ira; M² e molt,
L ml't; A² et forment i. — 25 S¹ m. de lui ; C par lui, P² de
li; F nus; K a sa, M² en lur, M en leur, R a lor — 26 S¹ N.
ia force; (A² socors), CLS¹ sec; M²RS¹nk force; L aide; P² uers
troiens aie — 27 AA¹ Hector, n De h.; (M² quos), R keus,
AA¹A²LL¹kx que, I quen; I riroie; IKR contant; P² Que vos i.
ie c. — 28 A; (A²k est la), M² est le, F en ont, P² en a, A¹LN
en ot, I en ert, C en font, R ua; A² Ot en t.; M²AFR temulte,
M tum., CKL temolte, P² -oute, A tumolte, I parole.

A la reïne e as puceles
13230   En sont contees les noveles :
Por la paor, por l'esmaiance,
Por la pitié, por la dotance,   *13210*
Ont mout ploré e grant duel fait.
Quos en fereie plus lonc plait ?
13235   Ne vuelent sofrir Troïen
A nesun fuer n'a nesun sen
Qu'Ector se combate por eus.   *13215*
Onc tel merveille ne teus dueus
Ne vit mais nus hom a gent faire.
13240   Tuit vuelent oster e desfaire
Que la bataille pas ne seit :
A toz vos di que desplaiseit,   *13220*
Fors solement al rei Priant ;
Mais a son dit n'a son semblant
13245   Ne pert il pas qu'il le desvueille,
La soë face pas ne mueille.

13229 *A¹* As reines et; *P²* Aus dames et au (*sic*) demoiseles —
30 *CLP²n* uenues — 31 *N* peor, *M²A¹KP²* poor, *M* paour; *M²C*
lesmaance, *F* la smaiance, *P¹* la doutance; *M* de mescheance
— 32 (*AA¹R*); *C* Par; *F* dolor, *N* crieme et; *C* par; *M* pitie de
doutance; *P²* de mescheance, *F* por la pesance — 33 *K* En ont
p. et g. duol fet — 34 (*M²* Quos), *R* Keus; *M²* fareie; *ALMP²*
Que uos f. plus (*n* ie), *A¹A²CK* Que u. en f. — 35 *M²* noelent,
P² uoudrent, *L* uoldr., *n* uostrent, *M* ueulent, *K* uolent — 36
M²K negun, *R* neum; *K* foer; (*M²AA¹R* na), *N* nan, *CF* a;
M²KR negun; *L* ne en .j. sens, *P²* por nule rien, *A²* ce sachies
bien; *M* Ne en fuer nen nul engien — 37 *n* Qe hector — 38 *A²*
Ainc, *L¹P²kx* Ainz; *M²* tiels m., *P²* tel marrement; *nL* tex
dolors (*F* dolor) ne nus t.; *M²A²* duels, *M* dueulz, *KP²* dels, *L*
deuls, *F* dous, *N* diaus, *A¹* diax — 39 *M²* hon; *M* nus hons mes,
R nuls hom (*v. f.*); *A²* hon m. nulle g.; *CK* Ne ueistes m.
a; *K* gens — 41 (*LP²R*); *A²F* Que ia la b. ne (*F* pas ne); *M²AM*
ia ne s. — 42 *kA¹P²* quil; *A²* igalment d. — 44 *M²* ses diz; *K*
ne a; *n* talant — 45 (*A¹CLP²n* Ne pert il), *R* Napareist, *M²AK*
Ne pareist, *M* Ne parut, *A* Ne paroit; *M²CM* la; *M²KLR*
desuoille, *C* -elle, *M* deslongne — 46 *M²A¹A²* point; *AA¹A²* nen;
F p. ne se muoille; *M²CLkn* moille.

Que que chascuns parout ne die,   13225
Il set mout bien ou il se fie.
La bataille sai qu'il vousist,
13250 Se es Grezeis ne defaillist;
Ja par lui ne fust desloëe,
Sempres ceinsist Hector s'espee,   13230
El champ entrast armez maneis,
Mais li haut home des Grezeis,
13255 Li duc, li prince e li contor,
Tuit li plus sage e li meillor
Ont tant parlé e dit e fait   13231
Que l'uns ne l'autre n'i a lait
Ne rien qui tort a deshonor.
13260 Ensi departirent le jor.

13247 *KP²* parolt, *M* -aut, *F* -oit — 48 (*A²CL*); *M* scet, *M²* siet; *M²AA'Rk* tres b.; *AM* en cui, *R* en kil, *K* en qui, *A'* a quil — 49 (*AA'A²CR*); *M²* sce; *KLn* que; *K* uolsist — 50 (*A*); *M²* en, *F* as; *A'* defaussist, *MR* -sist, *K* remasist, *N* remass., *CFLL'* remans. — 51-2 *interv. dans R* — 51 *F* por; *C* la plus ni eust demorce — 52 *L* seinsist, *L'N* cainsist, *K* sesist, *M* saisist; *C* Par tens cheinsist — 53-6 m. à *K* et 53-4 à *C* — 53 (*AR*); *S'* sasist; *M* En; *R* camp; *MS'* hector m.; *A²* tot demanois, *I* a quel que plait, *M²* armez sestejt; *A'* An c. a. e. m., *nL* Sempres uenist el c. (*L* El c. u. s.) tot droit; *M²I aj. ce v.:* la endroit lui ne fust desfejt, *et nL celui-ci:* En (*L* Sen) Achilles ne remanoit — 54 *M* li homme; *M²I aj. ce v.:* Et cil qui aiment les torneis, *et nL celui-ci:* Qui estoient prou (*L* preuz) et cortois — 55 *S'* p. li; *xL'* et li (*F* li) chadaine (*F* -oine, *L* chateine, *L'* chastaine) — 56 *A²IL* Et li; *M²R* saiue, *A²* sage, *A'S'* riche; *A²* poigneor, *LL'* cheuetaine, *N* -caine, *F* chaueitaine — 57 (*A'A²IR*); *G* T. o. p.; *N* plore; *CGL'* et ont tant f., *nL* et t. o. f.; *K* Mes li baron ont d. et f. — 58 *ACS'* lun; *F* ni l.; *N* lautres; *M²* ait, *A'* ot; *FS'* fait; *I* Que nuls dials ni dut auoir l., *A²* Que la bataille chascuns lait, *G* Qune autre fois soient an plait — 59 *CK* riens; *F* que; *C* li torne; *A²* Que nul dels ni a d.; *M²CIKLL'n* desenor, *M* -honnor — 60 *A²KS'* Issi, *A'* Ainsin, *L* Einsint, *M* Ainsi; *CK* cel ior; *L* partirent de lestor; *A² aj. (en marge):* Li griiois et cil de la uile Dunt i ot plus de .xxx. mile.

Amours de Troïlus et Briseïda ; Briseïda au camp des Grecs.

Qui qu'eüst joie ne leece,   *13235*
Troïlus ot ire e tristece :
Ço est por la fille Calcas,
Quar il ne l'amot mie a guas.
13265   Tot son cuer aveit en li mis ;
Si par ert de s'amor espris   *13240*
Qu'il n'entendeit se a li non.
El li raveit de sei fait don
E de son cors e de s'amor :
13270   Ço saveient tuit li plusor.
Quant dit li fu, quel sot de veir,   *13245*

Pour les v. 13261-456, M²AA¹A³BCDEFHIJKLMM'NRSS¹
V¹V²(et C¹ pour les v. 13391-456) sont utilisés. — 13261-8 sont
réduits à 5 v. dans A¹A³BDEHJL²M'P (à 3 v. dans A²) : Mes
(DM¹ De, A'L² Et) la requeste qui fu (BJP est) fete De (le D
est une lettre ornée dans DM') la fille calcas de troie Tolt (M
Tot, A¹ Tost) troylus (A² Ice li t.) deduit et ioie Esragiez (EJ
Enr.) est toz et (E et t.) desuez Car bien feisoit ses uolentez (ces
2 v. m. à A², qui a les v. 13265-8 — 61 FLN Qui quen ait,
G Que qui ait, C Qui en aust, V² Qui que naust ; GLV¹V² tris-
tece — 62 R Troiulus, S Troyllus ; n an oit (N a) grant t., GL
V¹V² na (V¹V² not) pas g. leesse, S¹ fu en g. destresse — 63 I
Chou ert, n Ce ert, G Cestoit, L Ce fu ; I de, C par — 64 FS¹ Que
il, M Il ; M²AV¹V² Il nel amot nient (V² mie) a g., S Il lamoit
ml't non mie — 65 A cors ; CFM an lui — 66 AIS Tant ; FP²V¹V²
est, R fu, M²ACM iert ; I T. estoit ; F son a. ; G Et elle restoit de
lui pris — 67-74 m. à G — 67 FIS¹ natendoit, M ne tendoit, R
nen rendeit ; FM lui — 68 AC Et li, LM Ele, R Il li, F Elli i ;
FVV² auoit ; M²ACK f. de sei — 70 I Chou ; K Ico seiuent, P²
Et le s., EH Ce seuent bien, DM¹ Car ce s. ; M²AM bien li p.
— 71 x li ont ; K Q. dire oi ; nG assez, L¹ trestot, C et set, L et
seit, A²DJKy et sot, S e soit, S¹ et sout, M et scot ; AL'S¹ por
u., S par u. ; A'L² Q. la pucele sot.

Que par force e par estoveir
L'en coveneit en l'ost aler,
N'i aveit rien del plus ester,
13275   Mout ot grant duel, mout ot grant ire.
Des ieuz plore, del cuer sospire :   *13250*
« Lasse », fait el, « quel destinee,
« Quant la vile dont jo sui nee
« M'estuet guerpir en tel maniere !
13280   « A une assez vil chamberiere
« Sereit il d'estre en ost grant honte :   *13255*
« N'i conois rei, ne duc, ne conte
« Qui ja honor ne bien m'i face.
« Or moilleront lermes ma face
13285   « Chascun jor mais, senz alejance.
« Ha ! Troïlus, quel atendance   *13260*

13272 *S'* Et par; *S* et por e.; *I* estauoir — 73 *F* Li, *H* Le, *MN*
La; *FM* conu., *D* couu.. *M²* conuendreit, *C* -oit, *A* couuenroit,
H conu.; *HLV²* a lost — 74 *V²* auroit; *AKS'* riens; (*M²V'*
del', *A'S* dou, *les autres de* — 75-6 *interv. dans V²*, *m. à LN* —
75 *V²* ont; *DHJM'* a... a; *S* et m. g. i., *V'V²* et g. i. — 76 *F*
Plure des iaulz; *M²CRSV'V²* oilz, *K* ielz, *AC* eux, *DM'* eulz,
GIMS' iex, *E* ialz (*formes ordinaires*; cf. *13307*); *CV²* de; *M* p.
et sousp.; *y* sop., *ADS'* soup.; *A²* aj. 2 v. : Ele en estoit mlt
deshaitie A poi quele nest enragie — 77 *S'* dist; *DFHMSS'V'V²*
elle; *C* con dure d. — 78 *m. à V²*; *M* donc, *E* don; *S* Q. ore la
u. ou; *S'* Ci en la u. ou ie fui; *ACS* fu; *nL* Q. de la gent; *F*
deste contree — 79 *K* Mestuot, *V²* Mestoit; *nLV²* partir; *M²FS*
tiel; *FS* mainiere, *R* -ere, *ES'* meniere — 80-86 *m. à V²*. — 80
AM uilz; *L* uill; *M²* chanberere, *M* chanbriere — 81 *A'CEJK*
S. dester (*E* destre); *G* Serai; *FGJKLMSV'* lost; *N* granz; *S'*
S. de retenir g. conte — 82-3 *m. à G*; *KS'V'* Ne; *L* cognois, *C*
connuis, *A* connoist; *M'S* rois; *SR* ni d. ni; *A²F* duc ne (*F* ni) r.
ne (*F* ni) — 83 *F* Qe; *n* la; *F* ni; *FIJLRSV'ky* me — 84
IR larmes — 85 *V'* aidance, *H* arestance, *CDEJKM'* aten-
dance, *LMNS* aliance, *F* aleance; *M* i. me sient a.; *I* arai pesan-
che, *G* seur rai la trance — 86 *m. à G*; *DFJLNy* troylus, *S*
troyllus, *R* troiulus (*de même à peu près partout*); *ALN* quele
at., *A'CDJy* q. fiance, *K* q. affiance.

« Ai faite en vos, beaus douz amis!
« Ja mais nul jor que seiez vis
« Nos amera rien plus de mei.
13290   « Mout a mal fait Prianz, le rei,
« Qui de sa vile m'en enveie.   *13265*
« Ja Deu ne place que jo seie
« Vive desci qu'a l'ajornant!
« La mort vueil e quier e demant. »
13295   La nuit vait a li Troïlus,
Qu'iriez est si qu'il ne puet plus.   *13270*
Del conforter n'i a neient :

13287 *CDEJR* fait; *H* de u. mes; *MM'* biau; *M'* chier; *V²* Ai
que farez uos biel dos a., *G* Hay troilus biaus anmis — 88 *F*
nuls; *S* qi; *AFV'* soie, *A²HV²* soies; *G* nulle homme qui soit uis
— 89-91 *CK* Ne trouerois si com ie croi Feme qi plus uos aim
(*K* aimt) de mei Mes or fenira nostre ioie — 89 (*M²M'* Nos a.),
D Nous a., *EIRV²* Ne uos a. (*V²* -ai) (*v. f.*), *BJ* Namera u., *S'* Ne
uos ama; *M²DES'* riens; *H* R. ne u. ama p., *AMSV'* Niert (*M*
Nest) r. qui p. uos aint, *x* Nameroiz (*F* Namarais) uos r. p. (*G*
p. or), *A'* Vos namera nus p., *A²* Niert houre ne soie en sospois
— 90 *B* Par dieu m. f., *S'* M. mal me f., *S* M. ot m. f.; *A²* Grant
mal a f.; (*M²RS* prianz), *A²B* -ans, *ACMS'V'V²* -ant; *KRS* li;
A² rois; *M²* par fei; *x* Plus deuroie (*G* Ml't deueres) hair, *DJy*
Ce mest fait par (*J* por) pryant, *A'* Ml't me plain de priant,
I Maugre deues sauoir — 91 *F* Qe, *S* Qes; *A'DM'x* la u., *E* sa
terre; *S* sa cite men enuie; *A²* me conioie — 92 *FMM'* dieu; *C*
nen p.; *F* uoie; *I* Ja ne plache diu; *S* Ne uous des place que
tel die, *G* Que troilus la nuit reuoie — 93-4 *m. à G* — 93 (*I*
desci), *M²A'A²DLMRSn* deci, *ACy* de si, *P²* duques; *A²MM'P²V'*
a; *V²* aiornant, *A'CDHFLM'N* lanuitant — 94 e *m. devant*
quier *à FSS'V'V²*; *R* ker, *S* qiert, *FV'* qier, *V²* quiere; *EKN*
q. et u., *J* requier u.; *L* et la uois querant — 95 *m. à G*;
F Ma; *MV'* ua; *DFHIJM'V²* uint; *L* iut od li, *S'* out ou
lui, *R* uait ele a; *S* al li troyllus — 96 *A'* Dolanz e. si,
DMM'RV'V² Qui i. e., *F* Q. e. irrez, *JS'* Q. i. fut, *I* I. en est,
E Tant fu i., *S'* T. i., *H* Si i., *CK* I. est si; *E* pot; *V'* e. nen
puet p.; *G* A lei querre mais nan p. p.; — 97-8 *interv. dans HJ*,
réd. à 1 v. dans G : Desconfortes rest ml't chascuns — 97 *JS'* De;
M reconforter; *S* oit noiant; *S'* niant, *V'* neant, *FR* nient,
*CEJK*une ore, *V²* nul o., *DH* nule o.

Chascuns d'eus plore tendrement,
Quar bien sevent que l'endemain
13300 Seront l'uns de l'autre lointain ;
N'avront plus aise ne leisor   *13275*
De faire ensemble lor amor.
Tant com lor leist, qu'il en ont aise,
Vos di que l'uns d'eus l'autre baise ;
13305 Mais la dolor qu'al cuer lor toche
Lor fait venir par mi la boche   *13280*
Les lermes qu'il lor chiet des ieuz.

13298 *F* C. plure t.; *K* C. plaint et sospire et plore, *CDJV²y*
C. s. (*C* se plure) et plaint (*H* s. brait) et plore ; *M²A²CSS'V'* C.
sospire; *S* et fet duel grant, *A²* et plaint forment; *I* Andui souspi-
rent t., *A'* Pleure li uns lautre forment; *S'V'* et plore et plaint (*S'*
plant); *A'* aj. 2 *v.* : Et ambracent par grant amor A lambracier
refont lor plor — 13299-309 *m. à V²* — 13299-300 *DHM'* Car
b. s. (*H* il seut) trestout (*H* andui) de fi Que (*H* Qel) demain
s. departi, *J* C. b. s. qua lor besoing Sera li uns de lautre loing
— 13299 *A'* Que; *I* Kil s. b.; *M²* sieuent, *M* sceuent, *F* seiuent;
C a l.; *G* Plorent b. s. l. — 13300 *A'A²BK* Sera ; *B* lun; *A'*
li uns de lautre lein, *A²* S. chascuns daltre lointain, *E* S. parti
bien tost au main, *Cx* Ne seront mie trop prochain, *MSS'V'*
Niert mes (*S'* Ert mout, *V'* Ier) lun de lautre (*M* de lun l.)
certain, *M²* Partiront bien en sent c., *I* Seslongeront si s. c. —
1-2 *m. à G* — 1 *S'* Ne porrent mie auoir lesour; *C* mais a. ;
A lessour, *I* laissour, *S* lausor, *R* lagor, *N* laisir, *A²FL* loisir,
C lesir, *M* seiour — 2 (*A'S*); *A²CLn* plaisir; *M²KRV'* asen-
bler l. a., *DJy* assemblement damour; *M* seiour, *S'* honour
— 3 *R* est leu et eisse; *A²* et quil, *A'CK* et en, *DJy* et il;
G se uoient tant sunt a., *H* il porent et ont a. — 4 (*AV'*);
R lun dels, *DEFJ* li uns, *S* li uns dels, *CM'* li un, *M* lun;
HI Acole li uns l. et b., *G* Luns dax lautre acole et b. — 5-6
m. à G; A' Et lamor qui au c. lor uient Lor aduist laiue et
que deuient — 5 *M²E* dolors; *M²IJ* quas cuers, *E* quau
cuers, *H* qua cuer; *FSS'* li; *C* thoice, *S* thoce, *H* toce —
6 *FS* issir, *L* saillir; *S'* Li fet oissier; *F* por; *C* boiche
— 7 *CIJ* Les larmes; *S* Lermes, *A²* Larmes; *M²AA'K* qui l.
c., *CDIJS'y* q. chieent, *A²* q. chient, *MS* q. lor c., *F*
qissent, *LN* qui corent, *G* lor corrent; *EF* ialz, *N* iauz, *L*
oeus, *A²* eols.

Entre eus n'a ire ne orguieuz,
Defension ne descordance.
13310　En grant dolor e en pesance
　　　Les ont cil mis qui ço lor font :　　　*13285*
　　　Ja Deus joïr ne lor en dont !
　　　Le pechié deit espeneïr
　　　Qui dous amanz fait departir,
13315　Ensi come li Grezeis firent,
　　　Qui puis griefment l'espeneïrent.　　　*13290*
　　　Troïlus les haeit devant :
　　　Puis lor mostra e fist semblant
　　　Qu'il li aveient fait tel chose
13320　Dont li membra puis a grant pose.
　　　Onc ne s'en sorent si guarder　　　*13295*

13308 *I* Not entre als; *A'A²KR* nest, *S* not; *A'* fertez, *M²* ires,
les autres ire; *G* ne na ieus; *M²* ergoilz, *K* org., *M'S* orguelz,
M -ex, *C* -eaus, *V'* -eilz, *A'EF* -ialz, *N* -iauz, *I* -iels, *S'* -iex,
L -oels, *D* -eulz; *A²V'* Entrels deus na (*A²* nest) i. ne o. (*A²*
norgheols) — 9 *ACILMN* Deff., *F* Doff., *A'A²DJy* Desf., *KS'*
Dissension; *A²* maluoillance; *S* Ne d. ne bobance — 10 *A'* an
paciance; *S'* Entraus na ire ne p.; *V²* aj. : En grant plait por
desperance — 11 *xCV²* mis cil, *M'* m. ceus, *D* m. ceuls — 12
M²A'A²FGV' d. ioie, *M'* ioir diex, *S'* d. pooir; *G* les; *M²K*
doint — 13-22 *m. à V²* — 13 *A'* Ne lor pechiet espanoir, *I* Asses
a a e., *N* Lo pechie faire e., *G* Li pechiez an d. espannir, *FL*
Grant (*L* Mal) p. font toz (*L* feit tout) sens mentir — 15 *LM'R*
Einsi, *M* Ainsi, *K* Issi, *G* Ici, *J* Ensint, *D* Einsint, *ACES*
Ausi; *M* con; *x* com li g. lo f.; *S'* Et cist comment; *M'S'*
greiois, *RS* greçois; *A²* fisent — 16 *DM'V'* plus g., *HL* ml't g.,
A' chierement; *CDIJny* griement, *V'* grieument; *N* lespanoi-
rent, *E* lespen., *G* les departirent, *M* le conperirent; *F* Q. g.
les espanoirent, *A²* Ki onques noient ni conquisent — 17 *S*
Troyllus; *A* le; *A'CJK* hai, *GJ* hait, *R* aeiç, *M* en enhait;
M²AA'A²CJKSS'V' auant — 18 *A²* P. l. en m. bien s. — 19 *I*
Ki feit li a., *S'* Que il li ont fete — 20 *C* D. p. li m.; *M'* D.
lor, *FG* D. lui; *G* remanbra p. g. p.; *A'DJKy* apres, *A²* puis
bien; *nL* an g.; *I* Ki en cuer li estoit enclose, *S'* D. il li membre
et puis oppose — 21-2 *interv. dans AJMSV'* — 21 *HSV'* Ainc,
ENS' Ainz, *F* Anz, *R* Unc; *S* ni se, *AA'* ne si, *LMS'* ne se; *V'*
nel seuent; *M* se scorent si bien g.; *R* esgarder.

Qu'il ne lor feïst comparer.
La nuit orent ensemble esté,
Mais mout lor a petit duré.
13325   Assez fu griés li departirs,
Geté i ot plainz e sospirs;   *13300*
E l'endemain, quant fu cler jor,
Fist la pucele son ator.
Ses chiers aveirs fist enmaler,
13330   Ses dras e ses robes trosser;
Son cors vesti e atorna   *13305*
Des plus chiers guarnemenz qu'ele a.
D'un drap de seie a or brosdé,
A riches uevres bien ovré,

13322 *L* Qc; *M²AA²JMV¹* A mil le (*A* la) fist puis (*J* chier)
c., *A'DIKRy* A (*EJ* Qua, *R* Ka) mil (*H* maint) nel f. c.; *A¹* nou,
I nes; — 23-4 *I* Toute la n. furent ensamble Mais courte est molt
si con lor sanble — 23 *CV²* ont, *A²* ont ml't, *KS* o. tote, *M²* o.
prou, *S¹* o. preu; *A¹Dy* Cele n. ont; *V¹* Toute la n. o. e. e., *J*
La n. firent lor uolente — 24 *H* M. ce; *S¹* m. p. lor a d., *puis ce
v. :* De ce lor auoit mout pese; *A'* aj. 2 *v. :* Et quant par uint
a laiorner Que il les couint desseurer — 25-6 *interv. dans nL* —
25 *FM* grief, *G* griers — 26 *M²RS¹* lete, *E* Gitiez, *A* -ez, *M*
Getez, *I* letes, *V¹* -ez, *D* Gite, *S* Giete, *A'Ln* Assez; *V²* ont;
A'CJV¹ plors, *F* plaint; *E* sopirs, *DHM'S¹* soupirs; *S¹* Et iete i
out mout s. — 27 *A'CDHIJSS'x* A, *eR* En; *A²MV¹* Lendemain;
V² A le demain q. uit le i. ; *S¹* quil fut cler iours, *IR* quant
fu clers iors (*R* ior), *M²* dreit au cler i., *S* quant uint au clier i.,
DJxy q. u. al i., *A'K* quil fist c. i. (*A¹* i. c.), *AM* q. il fu cler i.,
A² quil uirent le i. — 28 *nL* La p. f.; *A'K* donzele; *I* ses ators,
A¹ anmaler — 29-30 *m. à A¹* — 29 *V²* Ses cer auoir (*nous négli-
geons désormais pour ce ms. les leçons ineptes*); *M* fait, *L* feit —
30 *DEFL* sa robe, *V²* ses robe; *L* ses coffres, *R* ses choses; *K* Et
ses r. totes t., *S* S. d. s. r. fist entorser; *HJV²* torser, *M'V'n*
troser, *M* trorser — 31 *V²* adorna — 32 *F* uestiment, *V¹* garni-
mens; *C* Des meillors robes qele a; *M* D. p. riches g., *V²* De
p. cer guerniment — 33 *K* Dun riche d.; *FV¹* dras; *A'LM'S¹*
brode, *A* broude, *CK* bende, *n* bande, *DM* borde; *CS* bien oure
— 34 *M²R* O, *A'F* De; *Dy* chieres, *K* beles; *S¹* armes, *M* hueu-
res, *DLy* pierres; *H* olure; *A²* Ou mainte meruoille ot o., *S* A
chiers oures dor brosde, *I* Et de cieres pieres o.; *C* dor bende.

13335 Ot un bliaut forré d'ermine,
       Lonc que par terre li traïne,   *13310*
       Qui trop fu riche e avenant
       E a son cors si bien estant
       Qu'el mont n'a rien, s'el la vestist,
13340 Plus bel de cel li avenist.
              En Inde la Superior   *13315*
       Firent un drap enchanteor
       Par nigromance e par merveille :
       N'est pas la rose si vermeille,
13345 Ne si blanche la flor de lis,
       Com le jor est, cinq feiz o sis.   *13320*
       Le jor est bien de set colors,
       Si n'a soz ciel bestes ne flors
       Dont l'om n'i veie portraitures,

13335 *F* Et; *C* Un b. ot; *V²* Auoit b.; *M¹* bluiaut; *CR* fore, *V²*
folre — 36 (*A²I*); *nL* Si que, *A¹CS* L. qui; *F* por, *R* per,
AMSV¹V² Si l. qua t.; *DJy* Si l. que p. t. t.; *SV¹V²* le t.; — 37
FK chiers; *nL* T. fu riches (*F* riche), *M²* Q. fu riches, *A¹V²* Et
ml't fu riche, *A²* M. fu riches; *M²EHLNS¹* auenanz, *A²I* -ans —
38 *S* Et sor, *A* Et sus, *nL* Et de, *V¹* Et seur; *S¹* col, *K* oes; *A²V²n*
ml't b., *A¹* trop b., *DJ* tres b., *S¹* fut b., *HS* fu b., *L* b.; *M²E*
estanz, *DJM¹SS¹V²* seant, *H* saanz, *A²I* seans, *E* seanz, *F* aidant,
N -anz, *L* -ans — 39-40 *m. à A²V²* — 39 *A¹L* El, *F* Qil; *DSS¹* not;
DS¹ riens, *I* dame; *K* Soz ciel na drap; *M²V¹* quele, *DEKM¹*
sel le, *J* sel o, *I* scl, *C* se le; *HLSS¹* qui la (*S* le) ueist; *N* uol-
sist, *M¹* uetist, *D* uestit — 40 (*Dy* P. bel de cel), *nL* Qui (*F* Que)
ia p. bel (*F* belle), *M²A¹JKRSS¹V²* Qui (*KSR* Que) plus (*A¹*
miauz) de cel (*M²A¹JRV²* ce); *I* A cui ele mius a. — 42 *F* Furent;
A¹H le d., *V²* li d.; *M* engigneour — 43 *FJ* Por... por, *RV¹*
Per... per; *A* n. par; *A¹En* meruoille — 44 *H* La r. nest p.;
M pas r.; *L* plus u.; *A¹En* uermoille; *V²* Non fu en hanc sue
pareille — 45-6 *interv. dans A¹JK* — 45 *K* Ne plus — 46 *L*
iert, *n* ert; *SS¹V¹* set f. — 47 *DM¹* de .v.; *A¹* e. de mainte
colors; *V²* color — 48 *M²* Se, *I* Ne, *F* Qil, *L* Il, *N* Nil; *M²FL*
nest; *nL* el mont; *M²AA¹FHKLM¹* beste; *V²* ni flor — 49 *M*
Donc, *N* Dom, *F* Don, *J* Que; *M²* lon, *A¹CDJM¹RS* len, *n* an,
AA²HJMS¹ on; *V¹* Tant en i u.; *L* Qen ni ueist en portreture;
E il ni eust; *FJ* ne u., *R* nen uoia; *J* es p.; *A¹* porpointures.

13350   Formes, semblances e figures.
          Toz jorz est freis, toz jorz est beaus :   *13325*
          De cel drap fu faiz li manteaus.
          Un sage poëte Indiien,
          Qui o Calcas le Troiien
13355   Ot esté longement apris,
          Li enveia de son païs.   *13330*
          Onc nus nel vit n'eüst merveille
          Qui est qui tel chose apareille,
          Quar a si faite uevre bastir
13360   Covient grant sen e grant avir.
          Del mantel fu la pane chiere,   *13335*
          Tote enterine e tote entiere:
          N'i ot ne piece ne costure.
          Ço truevent clerc en escriture
13365   Que bestes a vers Oriant, —

13350 L Forme samblance et figure — 51 S Tot ior; I ert, L
iert; M² fiers, V¹ biauz, F bons; S f. tot ior beals; I ert, L iert; A²
et tos iors bels, S¹ et tous nouuiaus — 52 nA V¹ ce, A¹M tel; H
teus dras, L tielz draz — 53 I Dun; E poeste; e ynd., DHJN
indyen, S¹ indoien, M² indie — 55 V² Ont; A¹CDILS¹V²en lon-
guement; S¹ Ot l. este a., A² Auoit e. lonc tans a. — 56 I Li fu
enuoies et tramis. — 57-60 m. à A²E — 57 M²A¹HI Ainc, R Unc,
nAC Ainz, V² Einz; V¹ nul, A¹CKV² hom, JM hons; FH qi ne
m. — 58 S¹ Et qui tel c. a.; I Quels — 59 L Qe; M ausi, FR
assi; S¹ fet, JKV²x grant; M¹ hueure — 60 A¹ C. angin et art;
KN Couint; F san, M²ABCDHIJM¹k sens, LS senz, S¹ cure; (B
auir), A¹C auoir, DJKS¹V²e air, I aruir, M² hair, N laisir, A les.,
nHLMV¹ lois. (cf. 5954); S sanz mentir (v. f.) — 61 H est li;
BLS¹ penne, A¹D panne, R penna, J peine, M²K pene; F pance
entiere — 62 GLV¹ T. fresche, R T. belle; E anterinne, M² ente-
rigne, J entereigne ; I Car riche estoit, B Ml't bele e.; A¹S¹ Tres-
tote (S¹ Et toute) seine et, F T. belle et; DH Dune pel fu (H est),
S Sanz piece fu; DHS trestote e., FM et t. chiere; CK Molt aue-
nant (C -ans) et molt (C toute) e., N Car ele fu trestote ant. — 63
RS¹ Et ni out, A² Ni auoit; nH ni, S ainc; R cesture, S¹ iointure
— 64 A¹M¹ treuue lan an, L con deuise; A¹LM¹ lescr. — 65 (AB);
S De b., A¹ Des b., A V¹ quen b., V¹ Ne beste, CE B. sont;
AA¹CESk deuers o., R en uers o.; DH Dune beste est; M² D. b.
fu de dous anz, x D. b. fu faite grant, J Quel fu de bestes doriant.

Cele de treis anz est mout grant, —   *13340*
L'om les claime dindialos ;
Mout vaut la pel e plus li os.
Onc Deus ne fist cele color,
13370   En taint n'en herbe ne en flor,
Dont la pel ne seit coloree.   *13345*
Gent sauvage d'une contree
Qui Cenocefali ont non, —
Lait sont e d'estrange façon, —
13375   Cil les prenent, mais c'est a tart,
E si vos dirai par quel art.   *13350*
La ou il sont a grant arson,

13366 (*AA'BR*); *V'* gent; *A²* Ni a celi nait le cors gr., *J* Dont la gent ont merueille gr., *DHM'* Que la (*H* li) g. tiegnent a ml't gr., *E* Don la menor tient an a gr., *M²* Molt par fust cele de treis granz, *x* Qe len (*N* lan, *G* on) trueue uers oriant, *C* Qi ne sont osiel ne serpent, *I* Grans et de meruillous samblant — 67-8 *interv. dans J*; 13367-406 *m. à H* — 67 *S* Home, *C* Com, *M¹M'* Lon, *E* Lan, *KLR* Len, *n* An, *GMS* On; *DEGN* la c., *FKLM'* lapele; *R* clame, *J* cleime, *E* cleimme, *A* claimme; *L* disclialos, *A* dyndialos, *G* -ox, *C* dyndjalos, *A¹* -anos, *M'* dind.; *A¹* Eles ont non dydyanos — 68 *R* peuç, *GRS'n* piaus, *A'BE* piax, *A²J* pels, *C* peas, *K* pials, *M* piau, *S* pelle, *L* beste; *G* ox, *nL* cors, *M* dos — 69 *R* Unc, *A'A²PS'V'V²* Ainc, *A'EILn* Ainz, *J* On; *S* des, *M'S'* diex; *M* O. ne f. nus; *D* tele; *F* colors — 70 *N* Ne t., *S* En prez, *F* An chans; *exSS'V²* en; *A¹* An totes erbes, *V'* Qi soit en h.; *F* flors — 71 *FS'* Don, *V¹ª* Dond. *M* Donc (*M'* pel), *M²C* peaus, *A'FGRS* piaus, *BEN* piax, *k* pials, *A²* pels, *M* piau; *I* li pols, *V²* li peus; *S'* ni; *M'* henoree — 72 *V'* gens sauuages; *M²* encontree — 73 *C* scenoncifali, *S* cenocefalli, *I* cenocefali, *DM'* cenotefali, *J* cenetofali, *L* -thefali; (*M²BCDGHIJM'S* ont n.), *KV'* ot n., *LRV²* a n.; *E* cenotefail, *A²* cinolofi, *F* cenofailli, *M* -falli, *N* -phali, *S'* cenefailli, *A* or nochifal; *AA'A²EMS'n* c. ont a n.; *V²* Que ci ne te faci; *R* Ki cenifaloit a n. — 74 *A²* dorrible, *x* de pute, *I* destraigne, *A²* destreinge — 75 *S* Cels, *V²* Cel; *LV²* la, *M²IR* en; *C* prendent, *J* prengnent; *M²AM* ce est t., *C* cest t., *V²* ce en trait — 76 *N* quele; *F* Si u. d. ia por; *V²* ai dite de quel part — 77 *A²* La v sunt en la g. a.; *EJ* el, *I* cil; *M* en g., *I* o g.

N'i a ne ombre ne boisson ;
Mais li mostre, li aversier
13380 Prenent les rains del balsamier,
Lor cors en cuevrent e lor braz, —   *13355*
N'i font ne pieges n'autres laz, —
E la beste, que n'est pas sage,
Vient a la fueille e a l'ombrage.
13385 Ne set sa mort ne son encombre :
Broste, puis si s'endort en l'ombre.   *13360*
Cil la tue, qui mainte feiz
En est jusqu'a la mort destreiz,
O ars o esteinz de chalor.
13390 Il n'i vont mie chascun jor.
D'icele beste fu la pane :   *13365*

13378 *nRS* ni; *FSS'* arbre; *FS* ni b.; *V'* Il ni a o., *A²* Ni
a esconsier ; *A²KS'* buisson, *AS* buison, *V'* boison — 79
A'A² maistre, *L* murtrier; *J* auarsier, *S* auerser, *L* -iers; *S'*
Puis li a monstre lauercier — 80 *J* Prengnent; *M²A'A²* reins,
K rais ; *V'* le rams; *S'* dun; *M²* balsamer, *E* -emier, *F* bas-
samer, *C* baussemier, *S* balsemel, *M'* bafamier, *D* balf.; *L*
des basemiers, *A'KV'* de loliuier — 81 *M* et les, *A'* an lor;
A² dras — 82 *M²FM* Ne f., *A²* Ni a; *A'A²JM'SS'V'V²* p. ne
autres (*A²JM'SS'* autre, *V²* altre) l.; *F* proges, *JK* piges, *V²*
peges, *A²ISS'* piege; *A'K* Nont altres p. (*A'* roiz) — 83 *I* Mais;
(*V²* que); *S'* pas nest s. — 84 *V'V²* Vint; *S'* la flour — 85-6
m. à *S'* — 85 *J* ne qui len combre, *M²* ne sen encombre —
86 *F* Boce, *V'* Bostez, *V²* Broster, *A'* Broute, *K* Brosde, *A*
Brouste en; *L* lors si; *C* sen drot, *M* se dort; *A²* p. uait dor-
mir, *A'* p. prant repos; *V²* e pois si sen engonbre — 87 *KV²*
la troue, *C* la troeue; *A'I* Et cil la uoit (*I* locist) qui, *L C.* qui
la guete; *FV²* que; *DEJSS'V'* maintes — 88 *A²S* dusqua,
M² des qua, *V²* iusquez — 89 *S'* Ou art ou estaint de char-
bon; *A²* Et ars et; *CDIJKe* Darson estaint (*C* estent) et; *F*
estaint, *N* estoinz, *R* esteinç; *S* dou calor — 90 *V'V⁴* ne; *A'*
Si ni, *A²* Il ni; *A'M* uient, *A²* ua — 91 *DJM'SS'V'* De cele,
V² De cella, *M²EK* De celes, *AI* Diceles, *A²n* De ceste; *M²AEIK*
bestes; *A'* Dicele bestes; *M²ACLR* penne, *C'K* pene; *L* Bonne
est la p. qui tant valt.

Basmes, encens ne tumiame
N'uelent si bien come el faiseit ;
Tot le drap del mantel covreit ;
13395 Deugiee ert plus que nus ermines.
L'orles n'ert pas de sebelines,   *13370*
Qui d'unes bestes de grant pris :
Dedenz le flun de Paradis
Sont e conversent, ço set l'om,
13400 Se ço est veir que nos lison.
D'inde e de jaune sont gotees.   *13375*

13392 *F* Bausme, *C'N* Balmes, *V'V²* Basme, *S* Blasme, *A'*
Baumes, *A²* Balsmes; *M²* ences, *A'MS* nencens, *K* ne e., *V²*
et e.; *RV²* et t.; (*R* tumiame), *M²* timjene, *A²EJMS'V'V²*
tubiane, *M'S* -iene, *A* -ienne, *A'* tybianne, *C* tubiame, *K*
tubaine, *F* cubiene, *I* -iane, *N* tybiane, *C'* tumene; *L* ne garin-
gals — 93 *A²FS'* Ne oult (*A²* Nolt, *S'* Nuet) si soef, *A'C'R* Nolt
(*C'* Noelt) pas si boen (*C'R* bien), *S* Ne reolt p. si bien,
V² Ne olent si b., *M²* Noelt onc si b., *V'* Not pas si bone odor;
(*E* Nuelent), *D* Neulent, *M'* Neule, *J* Nolet; *DEJM'* N. si b.
(*J* bon); *A* Neult, *L* Ne elt; *ACL* bon; *A'AC'RV²* il; *RV²*
fasoit, *S'* fassoit; *IKN* Niaut (*I* Nolt, *K* Nelt) si b. (*K* buens)
con ele f.; *M* Nole p. si bon — 94 *M* acouroit; *A²* aj. 2 *v.*:
Qui si estoit encoloree De tote gent fu ml't loee — 95 *A'* De
poil fu basse come ermine; *M²* Dolgee, *E* Dougiee, *C* -ie, *R*
Douget, *AM* Deugiez, *I* Delgies, *A²* -ie, *C'* Dolgies, *S'* -iez,
V' Dogiez; *x* Deliee p. dune (*L* qune) hermine, *DJM'* Delie
(*J* -iee) est p. que (*J* cuns) hermines (*M'* derm.); *M²AM* iert,
A²DJM' est; *E* que uns e., *S* qe un h.; *A²M'S'* que dermi-
nes, *C'I* que hermins — 96 *M²ACEMx* Lorle, *M'* Orne, *D*
Lorne; *I* Li orles nert p. s.; *JV²* nest, *M²AA'MM'* niert;
RV² senb., *V²* samb., *C* cenbellines, *M²* cenbel., *xA'* sebeline,
C'I sebelins — 97 *CJK* Que (m. à M), *AA'A²C'ILSS'* Mes;
AC'SV'kx dune beste — 98 *D* paris, *M²V'V²* paredis — 13399-
400 m. à *V²* — 13399 *M²* siet, *M* scet (*formes constantes*); *R* se
cet lon, *V'* ce dit hom, *A²* ce dist on; *AA²CC'Ln* on — 13400
M²A²IKRSV' Se cest veirs q. n. en (*A²* quel liure) l. (*SV'* n. l.),
S' Si est se uoirs com n. l.; *L* Ice; *AA'CDEJMS'x* uoirs; *CJ*
Se ce u. e.; *C²* que en l.; *A'* dison — 1 *IM'* Dynde, *D* Dyne,
C' Dinge; *F* De uert de; *JM'* iaunes, *A²* galne, *I* gausne, *C'*
jausne, *V²* iaumes, *R* iaume.

Trop sereient chier achatees,
Quin trovereit ; mais, par ma fei,
Si com jo cuit e com jo crei,
13405   N'en furent onques prises dis :
N'est nule beste de lor pris.   *13380*
De dous robins sont li tassel :
Onques si riche ne si bel
Ne furent veü n'esguardé.
13410   Quant son cors ot gent atorné,
Congié a pris de mainte gent,   *13385*
Qui de li furent mout dolent.
Les puceles e la reïne
Ont grant pitié de la meschine,
13415   E mout en plore dame Heleine ;
E cele, que n'est pas vilaine,   *13390*
Se part d'eles o plors, o criz,

13402 *V²* T. i seront cer; *M²* cher; *ACL* achetees, *M* com-
perees, *C'* -arees; *A²* Ml't par furent chier a. — 3 *A'C'N* Quis,
FS'V² Qui, *CL* Qes, *M'* Ques, *ADJ* Quen; *V²* trouerent; *E*
Qui an t. mes p. f. — 4 *KLSV'* pens, *M²A²* quit, *C* quid; *M* et
si con — 5 *V'* Ne; *R* unkes — 6 *N* mie b.; *A²CC'Kx* son, *V²*
suen — 7 *A²CC'IS'V'* rubins, *R* rubinç, *CDLMy* -is, *A'* -ic, *N*
tobins; *C'* tassiel, *F* taissel, *S'* chassel; *I* i ot tassiaus — 8 *R*
Donques; *A'DM'R* riches; *I* biaus — 9 *C'* F. ueu; *CIMRS'* Ne
fu ueuç (*CM* ueu), *DM'* Veu ne f. ; *I* ni esgardes, *M²S'* nesgar-
dez, *C'FKS* ne (*S* ni) esgarde, *R* ne esgardeç; *A'* Ne uit nus
hon de mere nez — 10 *KM'* Q. ot s. c.; *xM* bien a.; *M²A'IRV²*
Q. sis c. fu g. (*V²* bien, *A'* si b.) atornez; *DJ* Q. ot s. g. c. a.,
H Q. a s. c. bien acesme, *S'* Q. ses gens out touz atournez —
11-2 *m. à V²* — 11 *A²RV'* maintes genz; *A'* aj. 2 *v.*: Ml't par fu
jante et ml't fu bele Tot em plorant la damoisele — 12 *AA'DV'*
lui, *F* liei; *RV'* dolenz; *A²* Que por li laisse ml't dolens — 13
A' a la; *N* raine, *ACDM* royne, *FLSS'* roine, *H* reigne — 14
S' O. mout plore pour la m. — 15-6 *m. à V²* — 15 *AC* Elainne,
A' eleine, *C'M'* heleyne, *E* -einne; *I* a plore h. — 16 *H* nert —
17 *H* Sempart, *A* Se pert; *F* dax ou p. et ou c.; *N* Se parti dax,
A'L Se depart dax, *A²* Sent part de li; *A²C'RSS'* o (*A²* od, *C'* a)
p. et c., *I* a p. a c., *K* a ml't halz c., *V'* et o p. et o c.; *V²* Da il
se p. a plur et a c.

Quar mout par est sis cuers marriz :
Rien ne la veit pitié n'en ait.

13420 Un palefrei li ont fors trait :
Onques pucele a nes un jor   *13395*
Ne chevaucha, ço cuit, meillor.
Li conveiz fu des fiz le rei :
O li s'en issent plus de trei.

13425 Troïlus a sa regne prise,
Qui mout l'ama d'estrange guise.   *13400*
Mais or faudra, dès or remaint :
Por que chascuns sospire e plaint.
Mais, se la danzele est iriee,

13430 Par tens resera apaiee ;
Son duel avra tost oblïé   *13405*

13418 *H* Ml't par ; *V¹* Mes, *F* Qi, *L* Qe ; *A¹* an ert, *A²FHLN*
estoit ; *M²* sis cors, *MM¹* son cuer ; *S¹* ses urais amis — 19
M²AA²CDFJSS¹V² Riens, *A¹C¹IK* Nus, *M* Nul ; *H* Nest riens
nee ; *V²* ne het ; *L* Lors se depart a tant sen ueit — 20 *F* palafroi,
V² -ois ; *M²AMM¹* hors, *J* ors ; *E* li a lan t. — 21 *C¹JS¹V²* p.
nes ; *M²A¹KV²* negun ior, *DV¹* a nul i., *AHM¹* en (*HM¹* a)
nisun i., *A²S* mais nul i., *R* de son i. ; *I* Ne cuic que puciele a
nul i. — 22 *C¹* ie quid, *H* io croi ; *I* Plus bel ceualcast ne
millor — 23 *V²* Li enuoiz fu li f. ; *A²* est ; *Dy* del fil, *V¹* de
fiz ; *H* au r. ; *n* Si com cest uoirs ; *L* Ml't fu gente sot bel conroi
— 24 *AA¹DHMM¹V²* lui ; *S¹* en ; *S* eissent, *V²* ist ; *C¹* Auoc-
ques li uunt — 25 *C¹V¹* Troillus ; *R* Troiulus la per la r. p. ;
ACLn la r., *S¹* samie — 26 *V¹* lame, *S¹* lainme, *F* laama, *ES*
lamoit, *K* lamot ; *A¹* destreinge, *M* de mainte — 27-8 m. à *V²* —
27 *EF* M. ce, *AS* M. hui ; *S¹* et or r. ; *S* faudrai des ore r.,
I faurra dor en auant — 28 (*A¹A²* Por que), *M²BKRSS¹V¹V²*
Por quei (coi), *C* Par co, *Dy* Por ce, *M* Por cui, *Ln* Ce dont ; *C¹*
Ch. dels deus ; *I* Si sont andoi tristre et dolant — 29 *A²ENR*
donzele, *F* doncelle, *V¹* damoiselle (*v f.*), *A²IV²* pucele ; *L* Et
de la, *n* Mais de sa ; *AC* Se la d. est or i. ; *A²CC¹IK* irie ; *S¹* M.
celle adonc elle est iree — 3o *V¹* Per, *V²* Por ; *F* Por tant,
A¹ Par tant ; *CC¹IK* apaie ; *S* sera repaiee ; *A²* lusqua brief
terme sera lie, *S¹* A prime cuide estre apaie — 31-4 m. à *S* ;
31-2 *interv. dans V²* — 31 *V²* Son cors ; *K* Par tens a. tot, *H* T.
ara s. d. ; *F* obliez.

E son corage si müé
Que poi li iert de ceus de Troie.
S'ele a hui duel, el ravra joie
13435 De tel qui onc ne la vit jor : 13410
Tost i avra torné s'amor,
Tost en sera reconfortee.
Femme n'iert ja trop. esgaree :
Por ço qu'ele truist ou choisir,
13440 Poi durent puis li suen sospir.
A femme dure dueus petit : 13415
A l'un ueil plore, a l'autre rit.
Mout muënt tost li lor corage.
Assez est fole la plus sage :
13445 Quant qu'ele a en set anz amé
A ele en treis jorz oblïé. 13420

13432 *FS'* tost m. (*F* muez), *N* tot m., *A'CL* remue, *V²* -ee
— 33 *A'* Ml't p., *V²* Ca pou, *ADL* Que pou, *EM'* Q. po;
AA'CC'DEFRV'V² ert; *S'* Q. p. i a, *H* Poi li sera, *F* Qe li ert po;
E cez, *F* ces; *M* len iert a poy de tens — 34 *IJ* or d.; *A'* Sele
en a d.; *DHJM'V'V²* ele aura; *M* sil laura gens; *A²* Sore a d.
demain a. i., *S'* Se celle a d. or aura i. — 35 *L* A, *S* Par; *F* cel;
C' que; *A²CHIS* ainc, *R* anc, *A* ains, *Ex* ainz; *A'* quainz mes,
V' qe ainc, *V²* que inz; *S* quelle onques ne u. i., *L* qonqes nel
uit nul i. — 36 *F* T. a. tornee, *N* T. laura t. a, *L* A. t. donee —
37 *EH* estera, *M²AIR* se sera, *CC'M* resera, *V²* i sera, *SV'*
sera; *A'* Et t. s., *A²* Ml't t. s., *SS'* Toute s. — 38 *HIM'* nert —
39 *N* Peruec; *A²C'V'V²* Por quele; *A²* troue, *V'V²* truisse; *L*
puisse c.; *R* on, *A* que — 40 *E* P. d. po, *M* Poy dure p.;
ACHM sien; *E* sopir, *ACDHJM'* soupir; *I* Poi duerront p. si
s., *C'* P. durerent p. li s., *S'* A poinne truissent si s. — 41 *M'IR*
duels, *C'* deuls, *A²* deols, *EF* diax, *A'N* diaus, *HK* dels,
ACLMM'SS'V' duel, *V²* dol — 42 *CV'* Da... da; *M²DL* A un;
I Se dun oel p. dautre r., *S* De un oil p. o l. r. — 43 *JS'* mue, *S*
canient; *E* M. se muent; *A²* Femea t. mue son c., *V²* Mue mout
t. son c.; *C'LM'* le l. c., *S'* le sien c. — 45-52 m. à *V²* — 45 *C* Q.
ele a s.; *F* an dos a., *A'* an trois a.; *A²* Ce quele aura .vij.; *N*
aura toz iorz a.; *M* bien s.; *R* a s.; *S'* en deus a. a a.; *L* Qan
qele seit qan qa a. — 46 *Dy* Ra, *S* Ot; *A²* Raura, *A'* Aura, *V'*
A celle, *L* A tout; *FMN* .ij. i., *A²CLN* un ior.

Onc nule ne sot duel aveir.
Mout lor pert bien de lor saveir :
Ja n'avront tant nul jor mesfait
13450 Chose ne rien que tant seit lait,   *13425*
Ço lor est vis, qui que les veie,
Que l'om ja blasmer les en deie.
Ja jor ne cuideront mesfaire :
Des folies est ço la maire.
13455 Qui s'i atent ne qui s'i creit
Sei meïsme vent e deceit.   *13430*

13447 A^1A^2HS Ainc, $ACEF$ Ainz, V^1 Einz; A^1 feme; SV^1 Einz ne (S ni) s. n. (S nul) ; $ACDJ$ nen ; S^1 sout, K pot — 48 (CC^1JL) ; $M^2ADEMSV^1$ B. lor pareist (M en p., ASV^1 apert, D parit, E parist), M^1 B. aparist, H Assez l. pert, I Il p. a., A^1 A. perent ; FI a ; A^2C li (C le) lor s., N de ce s. ; S^1 Et b. paroit a son uoloir — 49 CC^1DV^1ny naura ; V^1 n. i. nul rien m., F n. nul i. t. m., E t. n. nul i. m.; S^1 Et ia ni aurons ior m. — 50 M^2R que si, JM^1 qui li, H quissi; V^1 qui s. l.; A^2 C. nule quon tieigne a l.; S Nule c. qui a tort uait, S^1 Choze a cui quelle sera let, I Ke ne cuident tant ne mert l. — 51-2 *interv. dans I* — 51 (A^2L) ; H Bien li, DJy Ce li; S^1 qui qui, A que qui, GV^1 que que, N se lan; $CDJWe$ que (J quoi) quele en oie, C^1 quel que on o., K que quen en o., H qui quele u.; A^1MV^1 le u.; I Ki le sache ne ki le u. — 52 M^2A lon, A^1E lan, $CDRW$ len, AC^1HM^1 on, M nul ; A^1 b. ia ; n Qan mie b. ; L Qe ia nus garder, S Q. nus ia blaumer, S^1 Q. n. hons b., I Ne ia n. b., V^1 Q. ia b. ; $C^1S^1V^1n$ ne les, ES len (*v. f.*), R nes en, BL ne len, H ne li, DJ ne la, M^1 on la; GK Que (*m. à K*) ia b. ne les en d., A^2 Q. ia nus hon b. nes d.; M^2 dejue — 53-4 *interv. dans* A^2 — 53 A^1HV^1 la rien, FL la iors; A^2 Dunt de r. ne quident m., V^2 Li ior ne quidoit m., AS la ne qideront r. (A riens) m.; M^2C^1KLM quideront, E cuidera ; M malfaire — 54 A^1H De lor folie, A^2 De l. folies; M De f.; I e. chou li m., A^2S^1 est la m., M Des foles est ce la maniere, L Qe lor folie lor est bele, C^1 Tos iors fait feme le contraire (*puis 6 v. de développement sans intérêt*) — 55-6 M Ceulz doit bien grant honte auoir Qui si attent ne qui les croit (*interv.*) — 55 V^2 se a.; nCC^1HIKLS et, R ni; S^1 ci c., V^2 se c. ; M^2K creit, *éd.* trait — 56 HV^2 Lui, V^1 Li ; $AA^1A^2C^1DEJS^1$ meismes, M^1 meimes, C meesme ; *x* gabe.

De cest, veir, criem g'estre blasmez
De cele que tant a bontez
Que hautece a, pris e valor,
13460   Honesté e sen e honor,
Bien e mesure e sainteé,   *13435*
E noble largece e beauté ;
En cui mesfait de dames maint
Sont par le bien de li esteint ;
13465   En cui tote sciënce abonde,
A la cui n'est nule seconde   *13440*
Que el mont seit de nule lei.
Riche dame de riche rei,
Senz mal, senz ire, senz tristece,

13457-70 *m. à* A²DL'L²xy ; *ils sont dans* M²AA'BCC'IJPRSS'
V'V²k — 57 A' Dices, M² Dicest, CKPR De cest, ABC'I De
ces ; (P ueir), JR uoir, S uoirs, M²AA'BC'IJK uers, C mot ;
M De celui, V'V² De ce ; V' c. ie, J c. ge ; M²M crien, AA'B
crieng, P criegne, SV² crient, I cuit, S' doit, *les autres* criem
— 58 I cheli, A' celui ; PV² qe ; M Qui t. a en lui de b. ; S t.
ot ; M²IMRV' biautez — 59-60 *placés dans* V² *avant* -57 —
59 V² Qui a h. et p. ; P Qa hautesse a ; J ai ; A' Et noblece p. ;
AIRV' Et (R Ki) hautece (I -che) p. (A et p)., C' H. et p. ; M sens et
u. — 60 M²BCC'IV'V² sens, P senz ; B et doucour ; MV' H. pris
(V' sens) et h., C' Honestee s. et h., I S. et sauoir et grant h., A'
Onestee san et ualor — 61 M²IK seintee, C sante, P sciente, J
saintete, R santaeç, MV' saintez, C' -e, V² simplete ; B Cortoise
gente de biauté — 62 (*corr.*) ; M²AA'IJPRSS'V'V² Noble l., M
Bonte l., C Noblece large, C' Gloire largece, K Noblece largesce ;
R larghece, P larsesse ; A l. honestee, MRV' et honestez,
M²C'IJPSS'V² et (M² e) honeste, A' et dignete ; B Noble et larghe
est en honeste ; (C et beaute), K et bonte — 63-4 *m. à* JV² — 63
M² Et qui, R Et cui, B A cui, I Par cui, C Et li ; M maintez damez
de meffait (*v. f.*) ; C' Li meffais quas d. ataint, A'P Qui (P Et qui)
les mesfaiz des dames ueint (P crient) — 64 C les biens ; AA'R
de lui, C delles ; I Ont este cele e. — 65 M E qui ; BJPV² A cui,
A'I Et cui ; J escience ; M² abunde, V² hab., JV' habonde —
66 A'CI Et a ; C' qui, P qi, M²AKR quel ; I nule nest s. ; V' A
la quelle nulle e. s., M A la q. nest nule somme — 67 M² mond,
M monde ; V' Q. s. el m. — 68 C' R. dautrui r. de soi — 69
M malz, R mau ; A cri, V² irihe ; AA'MV' et s. ; I tristeche.

13470 Poisseiz aveir toz jorz leece !
       Salemon dit en son escrit,   *13445*
Cil qui tant ot sage esperit :
« Qui fort femme porreit trover
Le Criator devreit loër. »
13475 Fort l'apele por les feblors
       Qu'il sot e conut es plusors ;   *13450*
Fort est cele qui se defent
Que fous corages ne la prent.
Beauté e chasteé ensemble
13480 Est mout grief chose, ço me semble :
       Soz ciel n'a rien tant coveitiee.   *13455*
Assez avient mainte feiee
Que par l'enui des preiëors

13470 *M²I* Puissez, *CR* Puissiec, *B* Peusse, *M* Poissoinz, *C* puison, *V²* Posons, *J* Puisson, *P* -ons; *A* Puis auoit; *I* leeche, *J* liece; *V¹* Aiez toz ior ; *BCIPV¹V²* ioie et l. ; *A¹* De uos nasquie tote l., *C¹* De li p. a. l. — *Pour 13471-520, AA¹A²BC¹GHLRV¹V²* sont utilisés — 71 *M²A¹C¹EGHKLL¹²NV¹V²* Salemons, *F* Salomons, *PR* Salam.; *BC¹HKLM¹* dist; *n* nos ansaigne et dit — 72 *A²V¹* ot t.; *M²AR* saiue; *RV¹* espirit — 74 *C¹* Son; *A²C¹FM* creator ; *V²* poroit — 75 *M²AA²R* lapela, *F* lapellent; *R* ftebors, *GMM¹* floibors, *E* foiblors, *A* -ours, *nL* plusors, *C¹* fors mors, *V¹* fort plors, *V²* fort plor — 76 *A¹* Quil uoit et conoist; *L* Dont sot; *LN* lor folors, *M²GMM¹* en p., *C¹* es pluisors, *A²* des p. ; *F¹* Qe sont et conoissent les fors, *V²* Que font e conuint li plusor — 77 *M²ELRn* Forz, *A²GM* Fors, *K* Forte; *V²* sen desfent — 78 *A¹* Quant, *R* Chi; *M²A²C¹* tols, *M* folz, *V¹* fouz, *A* fors, *A¹E* fos; *M¹* fol corage, *V²* fort c.; *A²* nel soprent — 79 *M²A¹FMRe* Biautez, *C¹K* Bialtez, *A²* Beltez, *V²* Beutez, *A* Biaute; *M²Me* chasteez, *FR* casteez, *V¹* castetez, *G* chastez, *C¹* caaste — 8o *M²EKR* gries, *A²* grant, *C¹* fors, *nV²* fort; *C¹* moi s. — 81-2 m. à *V²* — 81 *M¹K* riens; *A²M* si; *M* conuoitiez, *A²C¹* couoitie, *M²KN* coueitee, *F* conuoitee, *R* comucie — 82 *M²K* fiee, *A²R* foie; *M* maintez foicz; *A¹* Come feme est plusors faiee — 83 *R* per lenin; *A²C¹G* lanui, *M* lannui, *K* la main, *nL* langin, *e* lenchauz; *G* de requirours; *A* prieours, *A¹* -ors, *F* proieros, *M* proieurs, *K* prieors, *éd.* peiors; *H* P. les encaus; *A¹* Car par lamor de ces priors, *V¹* Que por les maus des pecheors, *V²* Qui por li mal des peceor.

En sont conquises les meillors :
13485   Merveille est com rien se defent
A cui l'om puet parler sovent.   13460
Quis trueve beles e leiaus,
Uns des angeles esperitaus
Ne deit estre plus chier tenuz :
13490   Chiere piere ne ors moluz
N'est a cel tresor comparez.   13465
Ici porrions dire assez,
Mais n'est or lieus : retornerons
A ço que proposé avons.
13495   La danzele cuide morir,

13484 *A* aquises, *A²* uencues; *nL* meillors; *V²* li plusor — 85
G commant se; *M²AA²EKn* riens; *C'* quant tant se deff.; *V²*
Merueilles e. sen d. — 86 *M²A²K* qui; *M²R* lon; *C'* Quant' on la
prie si s. — 87 *e* Q. (*E* Qui les) troueroit bones (*E* bien) loiax;
M²AA'A²BCHLRV' V²kn Qui (*R* Cant) la trueue (*A²* Sest trouee)
bele (*A'* boene, *K* bone) et leial (*C* lial, *AA²MRV'* loiaus), *C'*
Quant feme est bele et liaus — 88 *MM'* Nulz, *M²KR* Un;
(*M²A²K* angeles), *BCC'M'R* angles, *EM* anges, *A'* amges,
A angels; *x* Cil (*L* Cele, *FG* Par) est an gloire (*L* angle, *G*
as angres), *H* Prist est a engele; *V'* espiritaus, *M* esperi-
tuauz, *M²A'BCHKn* esperital, *A²* -als, *V²* espirital — 89-90
interv. dans x — 89 *A²Kx* si c.; *EK* chiers, *C'* ciers; *F* tenu;
M' Ne seroit pas p. c. t. — 90 *M²AA²Rk* Chieres pieres (*A'M*
pierres); *eN* pierre; *M²MM'RV'* or; *F* molu, *V'* batus; *V²* Ci
ert pere mor m. — 91 *V'* Riert, *x* Ne; *enMR* tel, *G* tex, *L* nul,
A ce; *G* tresors, *M²* thesor (*forme constante*), *V²* tesahur, *les
autres* tresor; *A²* Ne doit estre a li c., *A'* Ne deuoit e. si amez;
M' conperez, *nL* conparer — 92 *F* la, *E* la an, *G* Ainssis; (*M²AM*
porrions), *N* porriens, *A'* porroiens, *FV'* porions, *C'V²* poron
(*V²* -ons) nos; *R* Ice porrom d.; *A²* auroit a d.; *nL* ml't
trouer — 93-4 *A²* donne 4 *v.; voy. aux* Notes — 93 *A'* nest
pas l. ancois dirons, *A²* il nest l. de ce parler; *GLM* n. l. or;
V' Nest hore l. si retornons; *A'FV'V²* leus, *AC'* lius; *M²* re-
torneron, *R* -om — 94 *C'FV²* porpense; *M²* auon; *A'* Ice
dom opose a., *A²* A mon traitie uoil retorner, *puis ces 2 v.* :
Deci en auant uos dirons Sor ce que propose auons — 95 *E*
donz., *R* donc., *C'* dans., *FV'* doncelle, *V²* donç., *A²* pucele;
V'V² cuida, *A²* quida.

Quant de celui deit departir   *13470*
Qu'ele tant aime e tant a chier.
Ne li fine hore de preier
Qu'il ne l'oblit, quar a sa vie
13500   Ne sera ja autrui amie;
S'amor toz jorz li guardera,   *13475*
Ja mais jor autre ne l'avra,
Ne rien n'avra joïe de li :
« Bele, » fait il, « or vos en pri,
13505   « S'onc m'amastes, ore i pareisse !
« Ne vueil que nostre amor descreisse : *13480*
« De meie part vos di jo bien
« Qu'el n'apeticera de rien.
« Mon cuer avreiz toz jorz verai,
13510   « Ja por autre nos changerai. »
De ço se sont entreplevi,   *13485*
Ainz qu'il se seient departi.

13496 *F* uialt, *N* uiaut, *A²* dut; *V²* da c. se doit partir — 97
N Qe t. a., *R* Ki t. lame; *A²* et a t. c. — 98 *M* le; (*M²A'* hore),
A² houre, *R* oure, *C'M* onques, *les autres* ore — 99 *F* oblie; *En* an,
M' en; *M²* la; *M* que autre amie — 13500 *F* Car ne; *n* s. a a.;
V' dautrui; *M* Ne fera nul iour en sa uie — 1 *F* toz ior, *M'* tot
iors — 2 *N* la nul i.; *C'EHK* nus, *M'* nul; *M²AA²EN* autres,
K altres; *F* autrui ni sera; *M* m. por autre nel leira — 3 *V²*
Qui r.; *A²MN* riens, *K* nus; *A'* Nus hom; *A'Ce* i. naura, *V²*
i. ni a.; *V'* lui — 4 *A²* uostre merci, *F* ge uos an p., *AM* ore (*M*
or) uous p., *V²* or en u. p. — 5-6 m. à *V²* — 5 *M* Se onc, *V'* Sanc,
AA²C Sainc, *A'* Seinz, *E* Sainz; *xC'M'* Sonques m. or paroisse
(*M'* sparoisse, *C'* i pareisse, *L* i pere); *R* quor; *K* pareise, *C*
paristra (*v.f.*) — 6 *FGLMR* uostre ; *K* desceise, *C* descroistra
(*v. f.*); *A²* Que n. a. ia ne d. — 7 *V'* di b. — 8 *R* na peciora, *K*
namenuisera ; *nLMV'* Quele ne descroistra (*V'* decr.), *V²* Que
elle nen perira, *yCC'* Qele nanpierra (*C'* nenpierra, *C* nen men-
tira); *A'* Namperra ia lamor de r., *A²G* Que altre (*G* nulle) name-
rai de (*G* por) r.; *A²* aj. 2 *v.*: Se uos mamez or i parra Et qui sa foi
mielz gardera — 9-10 m. à *V²* — 9 *V'* aurai; *C'* de urai — 10 *BCK*
ne uos lairai (*K* larai); *AMy* nel c., *V'* ne laisserai; *M²A'A²C'* Por
a. (*C'* autrui) ne uos (*C'* le) c. — 12 *G* quis; *A²* Ancois que fussent
d., *EV²* Ainz que il f. (*E* quil se f.) d.; *V'* qe se; *MN* que il s. d.

    Li conveiz a ja tant duré
    Qu'il furent fors de la cité.
13515   Ceus la livrerent cui il durent,
    Qui mout volentiers la reçurent.   *13490*
    Contre li vint Diomedès,
    Reis Telamon, reis Ulixès,
    Reis Aïaus, Menesteüs,
13520   Cil qui d'Athene ert sire e dus,
    E chevalier bien tel seisante
    Dont li plus povre ert riche cante.   *13496*
    La dameisele plore fort;

13513 *G* conuans; *M* ont; *A²N* a puis poi (*N* pou), *V¹V²* aura poi, *F* lor a t., *K* i a t., *H* a itant, *A¹* a assez, *M²* a ia prou — 14 *V²* Quan; *A¹* Tant quil sont; *M²A¹C¹Me* hors — 15 *E* Ces; n*A¹* A cels (*F* ces) la liurent; *K* la uinrent; *M²KM¹* qui — 16 *M²F* uolunt. — 17 *A²MM¹V²* lui, *K* lie; *C¹* Encontre u.; *V²* uient; *A¹MM¹n* dyom. — 18 *V¹* R. menelaus, *A²* Aiaus li preus; *E* et hul., *A¹A²C¹M¹V²* et u.; *J* Thelamon et palamedes — 19-28 m. à *E* — 19 m. à *M*; *V²* meneceus, *P* -ius; *V¹* R. a. ne m., *A²* Auoc cels fu m. — 20 (*P*); *C¹GJ* dathenes, *M* datheinez, *A* dathaismes; *V²* Que de anthene; *A¹A²Ln* Q. dathenes (*A¹* dathienes, *A²* -aines); *M²AGM¹* iert, *MV²* est; *G* sires; *J* Cil d. li gentis dux — 21-2 m. à *EGH* — *Pour 21-51 tous les mss. sont utilisés* — 21 *M²A¹A²BRV¹* Et cheualiers; *M²S* b. tiels, *AA²* b. tels, *CM* b. tex; *A¹* Et b. t. c., *M²* Et biaus c. t.; *A* sess., *S* sois., *V¹* sesainte, *A¹CC¹KP* cinquante, *M* .xl.; *L²* b. iusqua trente; *B* Et tes .l. cheualiers, n*LL¹R* Et d'autre part (*L* des autres, *R* cheualers) .lx. et (*F* ou) plus, *DM¹* Et dautres c. ades, *I* Et tel cheualier cheualier, *J* Et c. tex .xxvj., *V²* C. tel .c. por conte, *S¹* Et c. que nen sai nombre — 22 *A* Tout; *C¹* D. li pires ot castel ou rente, *A¹L²* Li plus poures ot (*L²* Ni a celui nait) ml't grant rante, *C* Toz li p. poures auoit r., *M* Li p. poure ot r. tante, *A¹* Qui ualurent daltres huitante, *J* Toz rois o amirauz de pris, *B* D. cuens ert tos li mainz prisies, *I* Qui asses font bien a proisier, *M¹* Bien en i ot .l. et mes; *LL²MRSV¹* Li p. poures (*M* -e) (*V¹* Li poures) ert (*R* fu, *S* est, *M* ot), *S¹* Tuit erent roi et, *M²* El p. p. auoit; *M²APS¹V¹V²* r. conte, *LNR* cuens ou dus, *F* sire et dus; *L¹* poures estoit d.; — 23-6 m. à *A¹BCC¹DJKL²Py* — 23 *M²* damais., *A* danzele.

Rien ne li puet doner confort:
13525 De Troïlus a grant dolor,
Qui si s'esloigne de s'amor.
En lui ne ra joie ne ris :   *13497*
Mout s'en torne trisz e pensis.
E li fiz Tydeüs l'en meine,
13530 Qui ainz en soferra grant peine   *13500*
Qu'il sol la baist ne qu'il i gise :
« Bele, » fait il, « a dreit se prise
« Qui de vostre amor est saisiz :
« Le cuer de vos e les periz

13524 *M¹ARV¹V²x* Riens, *J* Hom; *M* pout — 25 *V¹* Troillus; *S* ot — 26 *NS* Que si, *M²* Quensi; *V¹* selonge, *V²* sas longe, *n* saloigne, *R* se strange — 27 (*I*); *A* nen a, *RV¹* naura, *A* na ne; *C* En troilus noit ieu; *A¹BDJKPV²y* T. na i. (*J* deduit); *MS* En li; *S* ni ot, *M* na (*v. f.*); *xL¹* En lui na i. iou (*G* ieus) — 28 *S¹* Cil; *K* M. retorne; *M¹* tristre et, *V²* trist e, *A¹CDJKL²* triste et, *M²* tristes; *AFLMS¹V¹* morne et, *R* mornes et; *L¹N* m. p., *G* doulans p.; *I* T. sen mornes et, *A²B* M. sen uait m. (*B* ua tristres) et; *C¹* M. sen retorne trespensis, *H* Tristres sen t. et ml't p. — 29 *C¹* Le fils t. celi en maine; *V²* cen m.; (*AA¹A²LL¹NV¹* tyd.), *R* tihdheus, *BEGV²* thideus, *I* thyd.; *P* len lameine, *V²* ien m. — 30 *V¹* einz, *V²* enz, *A²C¹GI* ains, *A¹* ml't; *S* soffri; *M* Q. en s. ml't, *F* Ancois an sofrira; *S¹* De li honorer ml't se poinne — 31 (*B*); *APV¹* Que s. (*A* seul), *R* Kil ia; *A* bese quo lui, *V²* best cum o li; *xyCC¹DJL¹* Quil (*C¹* Que) ne (*C* ni) la baist (*H* baise) et (*L* ou) quil (*H* qui) ni (*C¹* ne) g., *A²* Que il la b. ne quil i g., *A¹MV²* Ainz (*V²* An, *A²* Ainc) quil la b. ne quo (*M* quan, *V²* qui) li (*A* lui) g., *I* Kil nel b. et quo li ne g., *A²* Quil ne la sente sos chemise, *S¹* Quil ne la lait en nulle guise — 33-4 *C¹* Q. est s. de u. a. Le c. de uos et la ualor, *K* Q. de u. a. fetes don Plus deit aueir cuer que lion — 33 *xL¹* Qui (*F* Cui, *G* Que) vos amez contredit (*cf. 13583*) — 34 *S¹V¹V²* Li cors, *R* Li cuers, *MS* Li cuer, *G* Lanmor; (*BM* les periz), *AGR* les peris, *A* lesperis, *V¹* li espriz, *V²* li spiriz, *LL¹n* lesperit; *EHS* u. les esperiz, *A¹L²* u. et les boens (*L²* biens) diz; *M²IJ* Vostre cuers e uostre esperiz, *M¹* De u. c. li esperiz, *C* Vetre cuer sanz nul contrediz, *A²* Le uostre amor io uos pleuis.

13535   « Voudreie aveir par covenant   *13505*
          « Que vostre fusse a mon vivant.
          « Se por ço non que trop est tost
          « E que si somes près de l'ost,
          « E que jo vos vei deshaitiee,
13540   « Pensive e dotose e iriee,   *13510*
          « Jos criasse mout grant merci,
          « Qu'a chevalier e a ami
          « Me receüssiez tot demeine.
          « Ainz en voudrai sofrir grant peine
13545   « Que, se vos plaist, a ço n'en vienge ; *13515*

13535 *R* Voudrai; *M²IJ* Fust ore (*I* Cor f. or) miens; *FJ* por, *RV'* per; *A²* couenance, *AIR* conuenant, *xJL'* tel couant (*GJ* conu.), *A'* ce c.; *K* Gie la prendroie par c. — 36 *A* V. en f., *V'* Metre en f., *BC'M* Q. u. hom (*M* en) f.; *ACC'FL* fuisse, *R* soie; a *m. à LL'N* — 37 *S* par; *K* Se non por co; *N* ce uan — 38 *DM* ci, *A'A²IRS* trop, *C'* nos (*m. à L²*); *V²* sumes si p., *K* si p. somes — 39-40 *m. à ISV'* — 39 jo *m. à SV²*; *y* si uos u., *xA²CL'* uos u. si, *M²PR* ie uos sai; *D* ci uoi desheritee; *K* deheitiee — 40 *V²* E p. e d., *DHJM'P* P. d., *L* P. morne, *nL²* P. et m., *C* P. dolente, *C'* P. moriue; *S'* et esmaie — 41 *M²L'x* Vos, *AA'BCDJL²MPV'* Je; *C* ia g. m., *xL²* por deu m.; *C'HKRSV²* Ge uos c. la (*C'R* ia, *SV²* ml't, *K* grant) m., *S'* Je u. proiasse a g. m. — 42 *S'* Et, *PS* Qe a — 43 *S* Moi; *A'CDGJLL²e* Me retenissiez (*A'* -oiz), *V'* Me reduissiez, *n* Me tenissiez et, *L'* Me preissies et, *S'* Ne refusissiez; *R* en domaine, *A²IJy* en demaine, — 44 *xL'* Jan (*GLL'* Je) uoudroie ainz (ainz *m. à F*), *JP* A. (*J* Einz) en uoldroie; *J* auoir; *A²CV'* Ancois (*V'* Eincois, *C* Anchois) en sofferai, *V²* Ml't en sofre ainz, *C'* Ml't uauroie sofrir, *B* Ancois uolrai s., *S'* A. en souffrissiez mout — 45-50 *m. à V²* — 45 *S'* Se il, *S* Sil; *MR* ce, *A²P* sil, *AG* cil; *AFIL* que, *FG* qua; *A²GR* ne u., *N* man u., *L* remaigne; *B* a uous bien uiegne, *S'* et il auiengne, *S* que ce auiegne; *M* Que ne uos p. que ce uienge, *I* Se u. plaisoit que chou nauiengne, *A'L²* Que de uos ioie ne me ueigne (*L²* uiegne), *E* Quaucuns biens de u. ne me uiengne, *CK* Qe ie nostre solaz nen aie, *DHM'* Que ien aie u. manaie, *J* Que ie ne fusse a uos del tot, *C'* Par ceul[em]ant que mamissies.

« Mais mout me dot e mout me criem ge
« Que vostre cuers seit haïnos
« Vers mei e vers ceus devers nos.
« A la gent qui vos ont norrie
13550   « Sai que sereiz toz jorz amie :   13520
« De ço nos deit om ja blasmer.
« Mais j'ai oï assez parler
« Que gent qu'onc ne s'erent veü
« Ne acointié ne coneü
13555   « S'amoënt mout, ç'avient adès.   13525
« Bele, » fait sei Diomedès,
« Onques d'amer ne m'entremis,

13546 *AH* Car; *G* doz, *H* dolt; *M* me redot et ml't crien ge; *ALL*² criengne, *A*² crieigne, *S* creingne, *F* creigne, *N* crigne, *A'EGR* criegne, *L'V'* crieme; *DHM'* mesmaie; *CK* Mes ce me confont et esmaie, *J* M. m. me crieng et m. me dot, *I* Et que del tout a uous me tiengne, *S'* Que ia de ce doutez mehangne, *C'* Et por ami me tenissies — 47-8 *I* Mais iou dout qua ces deuers nos Ne soit uostre cuers hainos — 47-50 *C'* Mais ml't cremon et ml't doutons Et non porquant bien le sauons Que tous iors ameres cels de la Plus que ne feres cels de ea — 47 *S'* Qui; *D* uestre, *V'* uetre; *ADMM'* cuer; *A*² Q. uoz c. ne s. h.; *R* ainos, *C* adinous, *V'* aisnos — 48 *HL'* et a c.; *V'* et enuers de nos; *F* cez, *E* ces; *M* a estroz; *S* Enuers toz cels de deuers nos, *S'* A uous et a touz amourous — 49 *m. à F*; *M* Et a; *L* a n. — 50 *L* Croi que, *n* Sauques; *DGJLy* t. i. s.; *C* t. tens a.; *L'* Se uous estes ades a., *S'* Sai que irci touz dis en uie — 51 (*leçon de M*²); *V*² E de ce; *AA*²*BCC'DJRSS'V'V*²*kxy* ne uos doit on (*CJR* len, *D* en, *En* an, *M*² hon, *KLL'V'* nus, *S* nulz) b. (*S* blaumer), *IL*² Ne u. en d. on (on *m. à I*) ia (*L*² la) b., *A'* Ne u. en d. nus hon b. — 52 *A*² M. a. ai oi, *APRV'V*² M. ie ai (*APR* iai) a. o.; *A'Kn* oi souent, *S'* souuent oi, *S* a. oi, *C'* o. tos iors — 53 *E* De gent; *FK* genz, *AMM'* gens; *R* cunc, *P* qainc; *E* sierent; *K* Genz qui ne se sont onc u.; *AN* quainz ne se sont u. (*A* ueus), *M* qui ne furent u. — 54 *AV'* acointiez ne coneus (ne *m. à V'*); *PV*² aconte — 55 *AM* Sentraiment m.; *A*² puis; *M* m. tranchanment a.; *M*² Samoient molt cauint, *A'* Seiment ml't ce a.; *R* ce uient, *e* ca u., *P* ce auint, *V*² quament — 56 *EF* f. se — 57 *V*² damor.

« N'amie n'oi ne fui amis :
« Or sent qu'Amors vers vos me tire.
13560   « Qui vostre grant beauté remire,   *13530*
« N'est merveille se il esprent.
« Tant sacheiz bien certainement
« Qu'en vos metrai mon bon espeir :
« Ja ne quier mais grant joie aveir
13565   « Desci que j'aie seürance   *13535*
« D'aveir vostre amor senz dotance,
« E que j'aie vostre solaz
« Si faitement qu'entre mes braz
« Vos bais e ieuz e boche e face.
13570   « Douce amie, ne vos desplace   *13540*
« Rien que vos pri ne que vos die,
« Ne nel tengiez a vilanie.
« Preiee sereiz e requise
« D'amer, ço sai, en mainte guise,
13575   « Ci sont tuit li preisié del mont   *13545*
« E li plus riche qui i sont,

13558 V^2 Namie ai, V^1 Si amie ai ; M ne ne fu ; MV^1V^2 fu —
59 KM^1 sai, V^2 soit ; FV^2 amor ; e V^2 u. soi, A^1a s., n u. moi,
K u. li ; R men tire, M matire, n se t. — 60 V^1 uetre — 61 n se
ie, V^1 sil ; V^2 sesprent — 62 n T. uos di ; M^2 sachez, eNRV^1
-iez, A^2 -ies (*cf.* -79), V^2 sacies ; A^1 Tuit saichent b., K Co sacheiz
uos — 63 A^1V^1 boen, R buen, V^2 ior ; A^2 tot mon e., M ml't
bon e. ; K poeir — 64 M^2M le ; V^2 nen ; A^2 quit — 65 M^2MRn
De ci, K Dessi, e Deuant ; V^2 nace ; V^1 qage s. ; M^2 segur., EV^2n
seurt., K asseur. — 67 A^2 de uos solas — 68 M comme entre b.
— 69 A b. eux ; V^1 b. oilz b. ; M^2RV^1 oilz, M^1 eulz, M ieulz ;
EN et oil et nes (N neis), V^2 e nes e ol, F et neis et b. — 71
$M^2KV^1V^2$ Riens ; V^1 que ie uos, A^1KN que ge, A que uos ; N
proi ; M et que ; eKNV^1V^2 ie d., A^2 uos prie ; A^1 die ne que prie ;
F ge face ne ne d. — 72 A^1 Ne nou, A^2MV^2 Ne le, V^1 Ne ne ; R
teignieç, eknA tenez, V^2 retenez ; EV^1V^2 uilenie, M^2 -enje, K
-ainie, M felonnie — 73 Rk Priee, A^2M^1 Proie ; V^2 s. en mainte
guise, F auez este et qise — 74 V^2 Damor ce sai e ml't requise ;
V^1 gise — 75 n li plus bel, e li prince — 76 M^2Re Etuit li r.,
A^1 Et li r. home ; V^2 rique que.

« E li plus bel e li meillor,

« Qui vos requerront vostre amor.

« Mais sacheiz, bele, bien vos di,

13580 « Se de mei faites vostre ami,   *13550*

« Vos n'i avreiz se honor non.

« Preisiez deit estre e de grant non

« Qui de vostre amor est saisiz :

« Bele, s'a vos me sui ofriz,

13585 « Ne refusez le mien homage.   *13555*

« Tel cuer prenez e tel corage

« Que mei prengiez a chevalier :

« Leial ami e dreiturier

« Vos serai mais d'ore en avant

13590 « A toz les jorz de mon vivant.   *13560*

« Mainte pucele avrai veüe

« E mainte dame coneüe :

« Onc mais a rien ne fis preiere

« De mei amer en tel maniere.

13595 « Vos en estes la premeraine,   *13565*

13577 *K* belz, *V¹* biaus — 78 *E* ml't r. ; *M* requierent, *V²* requiront ; *V¹* reqiront uetre a. ; *A²* Ki tot u. requerrunt damor — 79 *V²* saces, *A¹* saichoiz ; *M* ie uos, *A²* gel u. — 81 *R* ne nauroiç ; *A²* ia sonor n. — 82 *A¹EMNR* Prisiez ; *V¹* et g. non, *V²* uostre non — 83 *V¹* uetre (*forme constante*) ; *M²* uostremor ; *FK* iert ; *A²* sera cers — 84 *A²* offers — 85 *AM* pas mon h., *R* mon homenage — 86 *V²* T. cor, *V¹* T. conseil ; *R* preignieç ; *A²* P. t. c. — 87 *R* preignieç, *M²AA²FMM¹V¹V²* prenez, *N* prenoiz ; *A¹EK* Que soie uostre cheualier — 88 *A¹EM* Loiaus amis et droituriers (*M* -ier) ; *V²* driturer, *R* droit. — 89 (*A*) ; *A²N* Aurez en moi, *M* Vous seruirai, *V²* Fere me uos ; *M²NRV¹* dor ; *k* a (*M* tout) mon uiuant — 90 *M¹V²* A tot ; *V¹* li ior ; *M* Tenez mamour, *K* A toz i. mes ; *k* dore (*M* dor) en auant ; *A* Tenez que mamour vous present — 91 *V²* aie uehue, *A²* ai io ueve, *M* ai u. — 93 *R* Unc, *AEn* Ainz ; *A¹* A nule mais nan, *A²* Ainc a n. nen, *V¹* A. mes rien ne, *V²* Einz a r. non ; *KV²* fi, *R* fist ; *k* priere — 94 *F* Damor auoir, *N* Damors amer, *e* Dauoir samor — 95 *A¹R* iestes ; *V¹* primer., *V²* primir., *M²* premeircine.

« Si sereiz vos la dereraine.
« Ja Deu ne place, s'a vos fail,
« Que mais por autre me travail :
« Non ferai jo, ço sai de veir,
13600   « E se vostre amor puis aveir,   *13570*
« Guarderai le senz rien mesfaire;
« N'orreiz de mei chose retraire
« Que vos desplace a nes un jor.
« Des granz sospirs e del grant plor
13605   « Dont vos vei mout chargiee e pleine, *13575*
« Metrai mon cors en mout grant peine
« Com vos en puisse esleecier
« O acoler e o baisier ;
« Si metrai tel confort en vos
13610   « Dont vostre cors sera joios.   *13580*
« Al servir sui abandonez :
« Grant joie avrai, se vos volez.

13596 *V²* Sin ; *M²A²* Et si s., *A'* Si seroit uos; *M²A* dereeine,
V' -aine, *M* derreine, *M'* desreeine, *V²* deraine, *J* derehaine,
A'N darreaine, *E* -hiene, *A²* daeraine, *F* derrerieine, *R* dera-
raine, *K* dederaine — 97 *V²* ni p.; *M* qua, *R* ca, *V²* si; *K* faille
— 98 *M* Que ia, *V²* Q. io; *M'* treuail, *M* trail, *K* trauaille —
99 *M²FR* Ne, *N* Nel; *M²* farai; *A²V²* gel s. (jo *m. à V²*); *AR* f.
ce s. ie de u. — 13600 *V'* puisse, *F* pois, *V²* pos — 1 *V²* le si
sanz m., *V²* li sens m.; *K* riens — 2 *A²F* c. de m. — 3 *A'V'*
desplaise, *K* -ese; *M²K* a negun, *MV'* a nul, *R* a neun; *MR*
iors — 4 *R* De grant s. et de grançs plors; *n* Del g. sospir (*N*
sopir), *e* D. g. sofrir — 5 *A'* Dom, *E* Don; *M²* chargee, *A²FM*
chargie, *V²* carie, *M* charcie, *R* cargiee; *A²* Dunt io u. uoi, *E*
D. tant u. u., *M'* D. u. u. si, *nAV'* D. ie u. u. — 6 *M²A* Merrai;
M²R a m., *V²* en si — 7-8 *m. à V²* — 7 *eA'K* Que; *F* Coment
uos p., *M* Com u. p.; *M'* puise; *M²* leecier, *V'* esleicier, *E*
esleescier, *A* eleescier, *R* aleecier, *N* esclaroier, *F* escachier —
8 (*AR*); *A'M* Ou a.; *A'MV'* o (*A'M* ou) a beisier; *enL* Ou daco-
ler ou de b., *A²* Par a. et par b. — 9 *M²* Se; *V²* metrons; *A*
confors; *F* a uos — 10 *L* Que, *EF* Don, *M* Donc; *ALR* cuer,
A' coers, *CEGJ* cuers — 11-2 *m. à A'BCDFJKy, sont dans
M²AA²GLMNRV'V²* — 11 *GLN* A, *MR* An; *A* hab. — 12 *R*
si le u.

« Dès ore en sui apareilliez :   *13581*

« Deus doint ne m'en faceiz deviez !

13615   « Quar qui ço aime e prie e sert

« Quil het, tote sa peine pert. »

     Briseïda fu sage e proz,   *13585*

     Respondi li e a briés moz :

« Sire, » fait ele, « a ceste feiz

13620   « Nen est biens ne reisons ne dreiz

« Que d'amer vos donge parole :

« Por trop legiere e por trop fole   *13590*

« M'en porriëz toz jorz tenir.

« Se dit m'avez vostre plaisir,

13625   « Bien l'ai oï e entendu,

« Mais ne vos ai joi coneü

13613-6 *m. à V²*; 13-4 *interv. dans A¹M* — 15 *M²A¹A²BCJV¹e* or; *H* ore s., *M* or s. — 14 *F* Gardiez; *A²LM* doinst, *M¹* dont (*m. à G*); *A¹N* facoiz, *M²K* -ez, *eBCJL* -iez, *G* fasies; *A²* que nen (*H* ne men) soit fais d.; *M* ne me soit deueiez, *L* qe ie en soie liez; *V¹* s. deueez; *R* faca deieç; *J* desuiez, *I* deueiz, *FG* iriez, *N* irie — 15-6 *sont interv. dans n et placés après 13632*; *m. à L* — 15 *R* Car sil samie aime (*N* prie) et s.; *JMM'PV¹* prise; *n* Car ki sa ama; *P* Qe qui ame, *M* Cuer qui aime; *H* Car cil qi a. prie; *A¹* et qui ce s. — 16 (*J*); *V¹* Qielle het sa; *x* Qui h., *R* Kiel et, *A* Qui el, *P* Qi leht; *HM* Sil (*M* Et) nest ames sa; *A²* aj. 2 v.; Bele por deu ore en pensez De uostre amor masseurez — 17 *M²R* saiue, *N* saige; *A¹K* ne fu pas fole, *J* au cler uisaige — 18 *N* Respondie; *M* tout a; *H* Si li r. a, *F* Respondu li a a; *A²* tot sanz coroz, *V¹* et as b. m., *V²* au brief m., *A¹K* a brief (*A¹* bries) parole; *J* Li r. bien conme saige — 19-20 *interv. dans nM* — 20 (*M²V²* Nen est b. ne), *A²B* Nest il mie, *Hn* N. m. bien (*n* bel), *V¹* N. pas b. ne, *eAA¹CDMP* N. b. ne bel, *K* N. biau ne buen; *n* bien lo sachoiz; *R* N. pas r. nest p. d. — 21 (*P*); *F* Qi; *H* doinse, *M¹V²* done, *E* doingne, *A¹CMRV¹* tiegne, *A¹* tieigne, *n* teigne — 22 *V¹* P. l.; *M* T. p. l. et f. — 23 *A¹A²V¹ek* Me; *A¹* porroiez, *A²* pories, *V¹* poriez; *V²* tot ior, *M* t. iors — 24 *A²* Se m. d. — 25 *M²* coneu — 26 *M²* M. poi uos ai encor ueu, *n* M. ie u. ai pou (*F* poi) c.; (*R* ioi c.), *BL* ior c., *V¹* un ior c., *kAA¹A²* pas c., *yCG* preu c., *V¹* rien c.

« A doner vos si tost m'amor.   *13595*

« Mout s'en desveient li plusor.

« Mainte pucele est escharnie

13630 « Par ceus ou est la tricherie

« E qui sont mençongier e faus :

« Cil deceivent les cuers leiaus.   *13600*

« Trop est grief chose a esguarder

« Ou l'om se deit d'amors fiër :

13635 « Por un quin rit en plorent sis.

« Ne vueil entrer de mal en pis :

« Qui tant a ire e esmaiance   *13605*

« E en son cuer duel e pesance

« Come jo ai, mout li tient poi

13640 « D'amors ne de bien ne de joi.

« Mes bons amis guerpis e lais,

« Ou ja ne cuit recovrer mais,   *13610*

13627 (*C*); *M²A'* A uos d., *H* Por a d., *AV'* A otroier, *M* A otrier; *E* manor — 28 (*H*); *AR* se; *CKV²* desloent, *BM* desioient, *R* desoient, *M²* dedujent; *A²* M. sesioissent; *A'* Maint san sont ia gabe p., *x* Grant mal diroient (*GN* an (*G* nan) dient) li p. (*L* en d. p.) — 29 *RV'V²* (*v. f.*) sont, *M²* sunt; *EHn* eschernie, *B* caitiuie — 30 *M* En ceulz, *F* Por ces — 31 *RV'V²* mençoner, *A'* mancoignier, *A²* menc., *les autres* mencongier — 32 *R* Deceuent, *F* descourent — 33 *L* Ml't; *M²* gries, *M* grant; *V²* greu cose; *A'K* acorder, *V'* esmaier; *V²* dacorder — 34 *M²* O len, *A'* Ou en; *M²A'KV²e* damor; *V'* Sen se d. en amor — 35 *KMM'NV'V²* quen, *A'* quan, *E* qui an, *R* ki en, *F* qi; *G* pl. .x. — 36 *A²* amer; *eV²* de m. e. (*V²* estre) en p. — 37-50 m. à *V²* — 37 *M'* esmeance — 38 *R* Et a; *V'* dol, *k* duol, *AM'* ire; *n* si grant p. — 39 *KV'* Com; *V'* ie sai m. li ai p.; *M* iai; *Ak* li est p.; *B* peu; *DJxy* m. poi (*DJM'* pou, *E* po) (*x* petit) len (*nG* lan,*L* li) t. — 40 *M²A²MM'R* Damor; *R* ne b.; (*M²ACR* de ioi), *M* desioy, *B* de ieu; *Dxy* gaires (*FG* guere) ne li souient, *J* nes point ne len s., *A²* de ioie et desbanoi; *A'K* De tot co que dire uos oi; *A²* aj. *2 v.* : Nen ai pas tort foi que doi uos Pluisors ai laissie corocos — 41 (*AR*); *M²R* buens, *A'A²* boens; *K* Mon buen ami; *M* et l. et g. — 42 *F* repairier, *N* retorner; *M* R. ia m. ne les puiz, *A'K* Ou ne c. r. ia m.

« Que conoisseie e que amoë

« E ou a grant honor estoë.

13645 « N'est richece ne bons aveirs

« Que n'i eüsse a mes voleirs :

« Ore en sui mise del tot fors;   *13615*

« Por ço en ai meins chier mon cors.

« N'est merveille se m'en deshait,

13650 « Ne n'est mie bien, se vos plaist,

« A pucele de ma valor

« Qu'en ost emprenge fole amor :   *13620*

« Se en li a point de saveir,

« Guarder se deit de blasme aveir.

13655 « Celes quil font plus sagement

« En lor chambres celeement

« Ne se pueent pas si guarder   *13625*

« D'els ne facent sovent parler.

13643 (A); *M²Me* iamoie, *R* iamoi; *K* Que gie a. et c., *F* Qe qenoissoie et a., *A¹* Ges conoissoie et il mamoient — 44 *K* A qui; *A* amour; *R* estoi; *M* Et o g. honnor i estoie, *A¹* Et a g. esnor me gardoient — 45 *A¹* rechetez; *K* grant, *A¹* granz, *M¹R* biax, *M²V¹* bel, *F* bon; *A²* Ne sai r. ne; *M²A²FV²* auoir — 46 *A²* Dont io neusse; *M²A²FV¹* a mon uoleir — 47 *A* Or s.; *R* misse; *A²* tote; *M²Me* hors — 48 *n* ce aurai; *A²* mains, *M²* meinz, *M¹* maint — 49 *M²M* me; *AKM¹V¹* deh. — 50 *V¹* Non est; *M²A¹N* biens, *K* sens; *AA¹V¹* sil; *A²* en tresait; *n* Ne nest ce b. se a u. p. — 51-2 *interv. dans E* — 52 *M²RV¹* Quen ost, *A²EHV²* Qua uos, *M¹* Quo u., *M* Quen u.; *K* Que o u. prenge, *n* Qi nosc anpanre (*F* anprande); *RV²* en pregne, *A¹* am preigne, *M¹V¹* enp., *M* enprengne, *E* anpreingne — 53-8 m. à *A²* — 53 *FM* Sil (*F* Se) a en li; *M¹* en moi, *K* lie; *A* ualour — 54 *M¹* me doi; *K* a son poeir, *A* de noise a.; *F* Gardez selle an d. b. a. — 55 *M¹n* qi, *E* quel; *M²* funt; *M²V¹* saiuement, *V²* saiement, *R* sauiement, *N* saigement; *AMRV¹* Icil (*M* Car cil) ki (*A* quel, *V¹* qi le) f. s.; *A¹* Cil qui le f., *V²* Et c. q. sunt; *A¹M¹* celeemant — 56 *R* cambres; *AA¹Ke* priueement — 57 *M²* poent, *MM¹RV¹* puent, *n* seuent — 58 *V¹* Qe daus ne f., *A¹* Ne face daus; *n* Qe deles ne f. p., *A* S. ne f. deuls p.

« Or serai en feire e en fole,

13660   « Senz autres dames serai sole :

« Ne voudreie pas chose faire

« Que l'om poüst en mal retraire.   *13630*

« Non ferai jo, n'en ai corage ;

« Mais tant vos cuit de haut parage

13665   « E pro, solonc le mien avis,

« Bien afaitié e bien apris,

« Ne vos vueil chose faire acreire   *13635*

« Que mout ne fust leial e veire.

« Soz ciel n'a si riche pucele

13670   « Ne si preisiee ne si bele,

« Por ço que rien vousist amer,

« Que pas vos deüst refuser :   *13640*

« Ne jo nos refus autrement.

« Mais n'ai corage ne talent

13675   « Que vos ne autre aim aparmains ;

13659-60 *m. à* V^2 — 59 A^2M Or (A^2 Ci) sui en ost et en grant f., A^1KM^1 Ore iere (M^1 erre) (A^1 Or sui) en tel f. (M^1 flote) en tel f., E Or sere an f. et an f., RV^1n Mais (n Ou, V^1 O) en t. f. et (n ou) en t. f. — 60 A^2Mn S. autre dame; AMR i (M et) sui s. — 61 n Ne ie ne doi, A^1M Ne uodroie — 62 M^2A^1Ke poist, A^2MR peust, V^2 en pose, n me doie; FMV^1V^2 a m. — 63 V^2 Ne feraie ne no c.; Mn Nel, A^1 Nou, A^2RV^1 Ne; M f. nen — 64 (C); M^2A^2K quit, M^1 sai, V^2 si; AV^1 t. estes; R M. car uos estes daut p. — 65-6 *interv. dans* A^2 — 65 A^1Ne preu, FM prou, K prouz, M^2R proz; A^2 Et afaitie ce mest a. — 66 F ansaignie, R aftaities; A^2 Sage et cortois — 67 R Ke; eA^2KV^2 f. chose; AA^2V^1 f. croire; B uolroie f. a c. — 68 (K Que); ekA^1 bien; n soit; M^2 leiaus, E -ax, K loials, M -alz, N-aus, FM^1 -ax; A Que ne me semblast estre u., B Chose qui ne f. bone et u. — 69 K tant r. — 70 MV^2 prisee, NV^1 -iee, F prosiee, R proise, A^1 proeuse; ekV^1 damoisele; A^2 Qui tant par fust sage ne b. — 71 N Peruec; KM^1 riens; A que ne, A^2n quele; enV^2 deust, M peust; A^1 Puis quele doie bien a. — 72 A^2 Q. ia; V^2 Q. u. en d., R Che ia uos doia; A^1 doie r. — 73 (M^2 nos), M uous, V^1 mi, A nel; $enKRV^2$ Je ne uos r. — 74 A^2 Jo nai — 75 M^2A^1 ain aparmejns; V^1 auparmains, A^2N aparmain, V^2 por meins; A autre ap.; A^2 Quamasse nul homme a.

« Si poëz bien estre certains,
« S'a ço me voleie aproismier,   13645
« Nul plus de vos n'avreie chier.
« Mais n'en ai pensé ne voleir,
13680   « Ne ja Deus nel me doint aveir! »
        Diomedès fu sage e proz :
Bien entendi as premiers moz   13650
Qu'el n'esteit mie trop sauvage.
Itant li dist de son corage :
13685   « Bele, ço sacheiz bien de veir
        « Qu'en vos metrai mon bon espeir :   13654
        « Amerai vos d'amor veraie,
        « Tant atendrai vostre manaie
        « Que vos avreiz de mei merci
13690   « E que me tendreiz por ami.

13676 *M²* Se, *A* Si en; *A¹* poet; *V²* Ce p. uos b.; *M²* e. b. c.;
A²N Mais de tant (*N* Et de ce) uos faz b. certain — 77 *N* pooie;
V¹ uoil; *F* Se ce me poieez aprismer; *M²* apresmjer, *V²* -osmer,
A¹ aprimer, *M¹* -ier, *E* aprismier, *k* aprochier, *A²* aprocier — 78
FV¹V² Nus; *R* P. de uos nul; *V²* auroie; *A²* N. nul home plus
c., *V²* Ice uos di certainement Nai fol corage ne talent — 79 *A²*
Damor nai; *E* ni ai, *n* ie nai; *G* nan ai pance; *K* nen pense ne
nai u. — 80 (*GP*); *MV¹* ne; *J* men; *M²A²MR* doinst, *M¹*
dont; *FR* uoloir; *A¹* sauoir; *A²* Ia d. ne le me d. a. — 81
enM Dyomedes; *R* saiges, *E* sages, *H* saiue; *P* D. sage; *M²*
qui molt fu p., *V¹* fu m. uoiseus, *A²I* ne fu pas sos, *J* bien
sapercoit, *A¹K* ot ioie grant; *x* Ml't fu sages d. — 82 (*A²IR*);
x antandie (*F* -e, *L* -i, *G* -ist) sanpres manes; *P* primer, *V²* pre-
mier; *V¹* mous; *A¹K* Que b. parcut (*éd.* parait) a son samblant,
J Comme li hons qui ml't sauoit — 83 *A²V¹* Quela, *V²* Quil;
A²V² niert, *A¹* niere — 84 *A¹* li suen coraige — 85 *M²* sachez,
ABCGRV¹e -iez, *A²* -ies, *V²* sauez; *M* s. de u.; *A¹* B. or saichiez
tres b., *nL* Dame fait il sachoiz (*F* bien sai); *V¹e* uos de u. —
86 *A²H* En uos; *M²M¹PRV²* tot mon e.; *V¹* boen; *IK* pooir
— 87-90 m. à *A¹BCDJPky* — 87 (*AA²GI*); *V¹* Amera; *L* de
cuer uerai — 88 (*AA²GI*); *R* uetre; *F* menaie, *L* delai — 90
R moi tindres; *A²* Et me tenrez a uostre a.; *N* tanroiz, *G* ten-
rois; *N* a a.

« Quant Amors vueut qu'a vos m'otrei,   *13655*
« Nel contredi ne nel denci :
« A son gré e a son plaisir
« Li voudrai mais dès or servir.
13695   « De vos me rendra guerredon :
« Jo ne l'en quier nul autre don ;   *13660*
« E se a ço ne m'atendeie,
« Ja de bon cuer nel servireie.
« De sa maisniee serai mais,
13700   « E se sol vostre boche en bais,
« N'avra nul plus riche de mei   *13665*
« En l'ost de Troie devers sei. »
Mout deïst plus Diomedès,
Mais ja erent des tentes près :
13705   Ne poëit plus o li parler.
Ainz que venist al desevrer,   *13670*
Li a crïé cent feiz merci,
Que de lui face son ami.
Un de ses guanz li a toleit,

13691 *AM* veult, *A²M¹* uelt, *G* welt, *E* uialt, *A¹* ualt, *M²*
uout, *GLN* plaist, *F* plait; *L* Q. il uos p. — 92 *F* El contredit
ne el desroi; *M¹V¹* ne ne; *AEGM* denoi, *M¹N* desuoi, *A¹R*
desnoi, *L* deuoi, *K* deuei — 93 *M²EV²* pleisir, *V¹* uoloir — 94
M Li uoldroie, *A²* Le uolrai, *A¹* La uodra, *F* La voudrai; *M¹*
desor mes; *NV²* m. toz (*V²* tot) iorz s., *F* m. toz tenir — 95 *n*
donra, *M¹* rende; *E* men rande — 96 *MV¹* li quiert (*V¹* qier);
R Io nen len quer, *nA²* Ne li demant — 13697-700 m. à *V²* et
13699-702 à *DHM¹* — 97 *V¹* mandoie; *M²* E sele ce, *R* Et sa
cestui — 98 *A¹* naseruiroie, *M* vous s., *F* ne s. — 99 *V¹* masnie,
V² -ee — 13700 *A¹* Se ge s., *n* Et se ie; *A²EJRV¹V²k* Et se ie
sol (*V¹V²* ia seul); *A²EJRk* sa b., *V¹* uetre b., *M²* cele b.; *A* Et
se ie ia uo b.; *A¹* boiche, *R* buche; *AKRn* b. bais — 1 *Ekn*
Ni aura p. — 2 *A* de gresce; *N* des grex si con ie croi; *M* d.
moy — 3 *M¹* desist, *V²* li dist, *nA¹A²MM¹* dyom. — 4 *n* M.
tant; *M* ierent; *RV²* tendes, *F* autres; *A²* M. d. t. estoient p.
— 5 *M²R* poet; *eknA¹A²V¹V²* a; *A¹MV¹* lui; *V²* Ne poent a li
pl. p. — 6 *n* Ainz lan (*F* lo) conuint a d. — 7 *n* Il li crie —
9 *E* ot t.; *M* touloit.

13710   Que nus nel set ne aparceit :
        Mout s'en fait liez, n'aparceit mie   *13675*
        Que ele en seit de rien marrie.
            A tant Calcas i est venuz,
        Qui contre li s'en fu eissuz.
13715   Mout l'a joïe e ele lui,
        E mout se sont baisié andui ;   *13680*
        Assez se sont entrembracié :
        Calcas en plore de pitié.
        O sa fille li vieuz parole,
13720   Mout sovent la baise e acole :
        « Sire, » fait ele, « dites mei,   *13685*
        « Ço est merveille que jo vei
        « De vos, qui ensi l'avez fait
        « Que toz jorz mais vos iert retrait,
13725   « Qui aidiez a voz enemis,
        « Come il destruiënt voz amis   *13690*

13710 A V' V² riens; M' ne, V' ni; M scet, K seit, M³ siet,
A² uit; R ni aperceit, A²M' ne napercoit; V' Q. r. ne sen a.;
E Ne quenuist pas ne a. — 11-2 m. à V² — 11 V' en est l., A²
en fu l.; A² napercut, A nel percoit — 12 A²M Quele; A² sen
s.; M²ARV' Quel (A Que, R Kil) sen face; A riens; C irie — 13
M²RV' est auenuz; A² Adonc i est c. u. — 14 M'V' lui, K lie;
A' san est; M² eissus, *les autres* issuz — 15 R ioy, E ioi, M'
ioist, A' ioiez, A² ioiee, V² conuoie; V' lesioi — 16 RV' baissie
(V' -e) il duy; nM' Ml't santrebaisent (M' -aissent) amedui
(F amdui, M' anbedui), V² M. se s. basse ambdui — 17 RV' en-
trebracie, V² entra-, nEK entrebaisie — 18 V² piete — 19 eA'A²
A; KV² le; M' uiex, M²A²MV³k ujelz, A' uiauz, E uialz; N
calcas p.; R Ossa f. li uient a paroile — 20 A² le; R baisse, E
beise — 21 A' fist — 23-4 m. à A' — 23 M' cinsi, M ainsi, KR
issi, V' ensint; V² quensi — 24 e Qua, knA²V² A; V² tot ior,
M' t. iors; E ert; V² u. sera, A²F sera — 25 A² Por ce quai-
dies; A' Q. a. n. isnemis; V' Q. aiuuez; n Qui (F Qe) si
amez, R Qi ameç; M²M'V' nos, E noz; V² Gardez a uos
anemis — 26 K Que; N Qui nos, A²F Ki si; n uoz (F noz) pais,
KR nos a., A'M noz a., M² uos a.; V'V² Qui destruidrent
(V² destruit) uetre pais, e A destruire nostre p. (M' les nos a.),
A² destruisent noz a.

« E la terre dont estes nez,

« E qui vos tres granz heritez,

« Voz richeces, voz mananties

13730   « E voz honors avez guerpies

« Por estre povre e eissilliez.   13695

« Come iert ja mais vostre cuers liez,

« Qui de tel uevre estes aidanz?

« Vostre clers sens, li hauz, li granz,

13735   « Qu'est devenuz? Ou est alez?

« Trop malement estes blasmez,   13700

« E si devez vos mout bien estre :

« Seignor e vesque e pere e maistre

« Vos aveient sor toz eus fait;

13740   « Trop a ici vergondos plait.

«,Mout deit om plus honte doter   13705

« Que mort foïr ne eschiver.

« A morir a, ço set, chascuns, —

13728 *M²* que uos; *A¹* noz, *V²* nos; *V¹* uos g. h., *R* uos g.
hereditez; *A²* u. grandes, *n* u. riches; *KN* eritez, *A²* iretez — 29
e richesces; *n* Et (*F* Qi) uoz auoirs; *A²* V. r. auez guerpies; *A¹*
noz m. — 3o *A²* Voz auoirs et uoz manandies — 31 (*FRV²* poure
et e.), *M²N V¹ek* poures essilliez, *A²* uielz et essillies — 32 *M²*
cors, *V²* cor; *A²* I. dunc ia m. — 33 *M²* tiel huvre, *V¹* ceste oeure;
F houre, *M¹* hueure, *E* oeure, *M* ouure, *KNV²* oure — 34
RV¹V² Vetre (*R* Vestre) cler sen (*V²* sens), *A¹* Vostres boens
sans; *V²* li aut li grant; *MM¹* cler s., *K* biau s.; *nM¹* li biax, *M*
li haut; *N* li ianz, *F* li ganz; *A²* V. s. li hals et li g. — 35 *R* Ke
est d. on est — 36 *M* iestes; *V¹* blaumez, *ekA¹* greues, *V²* me-
nez; *A²* Ml't deuez bien estre b. — 37 *e* tres b., *V²* trop b.; *A²*
Par droit le d. — 38 m. à *V²*; *K* Euesque et p. et sire, *M²*
E. e p. s.; *nM¹* E. (*F* Et uesque) p. s. et m. (*F* s. m.), *A¹*
Euesques peres seignor m., *A²* Quant euuesque seignor et
m., *V²* E. enpere sire et praistre — 39 *V²* amoient; *enV¹* aus
toz, *V²* els tot; *A²* tot sor els — 40 *M²* uergoindos, *A¹R*
uergoignex (*R* -os), *V²* -ognos, *F* uergnogneus — 41 *M²* hon,
V¹ en, *A¹A²* lan, *MM¹* on, *En* an, *KR* len — 42 *V²* Qua;
M²M¹ fuir, *M* hair; *V²* et e. — 43 *M²* siet, *M* scet, *V¹* soit; *A¹*
ce s. a c.

« Icist dons est a toz comuns, —
13745 « E qui morir puet honorez,
« Li cors en est beneürez   *13710*
« E l'ame en vait en granz deliz ;
« Mais qui en cest siegle est honiz
« En l'autre sera trop hontos :
13750 « Li laiz enfers, li tenebros,
« Li est aprestez, c'est bien dreiz.   *13715*
« Sire, mout est mis cuers destreiz
« De ço qu'ensi faite haïne
« Vos a Pluto e Proserpine
13755 « E li autre deu enfernal,
« Par cui vos avez icest mal,   *13720*
« Iceste honte, icest damage.
« Quant vos aviëz en corage
« Qu'en la cité ne tornisseiz
13760 « Ne qu'a nos ne revertisseiz,

13744 (AA²CG); A² Icest, B Et cis ; M Icil; V² Cist est d.; M
duelz, L doelz, n diax; H Cest uns usages toz quemuns, I A
tous nous e. cis d. c. — 45 (ABCGHIJRV'); F poit, V² uout,
M' uelt, EH uialt ; nL a enor — 46 (AHRJV'); L cuers; M² bon
eurez, BEGI bons e.; Ck bien e.; V² remant bien ourez; nL en
est miauz (L plus) sanz dolor — 47 H Li arme; V' Et larme ua,
V² Larma en uont; HMV' ua, nL en est; F a grant, HM en
g., e es granz — 48 M ce; M²HM'k siecle — 51 V² a. ci est;
A' droit — 52 n mes c. est bien d.; A' destroit — 53 B De chou,
F Por ce; A'A²n que si; F pute, LN laide — 54 (AHIR); A'
Nos; eK ont, A² muct, nL met, G mest — 55 A'MM' dieu;
N anf., ekFR inf., — 56 n Por quoi; A'M' auez eu (A' au) cest
m.; M nous auons; n assez m.; E uus sont uenu cist m., V'V²
uos est uenu cest (V' tel) m.; A² a. et honte et mal — 57 A'KV'
Et ceste h. et ces (V' ce), M²MR Ceste h. e cest (M cist); EM et
cist domages — 58 A' auoiez, N aueiez; A'n cest, KM' tel; A² Dunt
uos auez itel c., EMRV'V² Q. tiex en iert (E ert, R fu) (V' estoit,
V² estan) uostres (MR -e) corages — 59 A' Quant; M² tornesseiz,
n -iez, A'E -esiez, M²V' -isiez, MR -issiez, A² -issies, V² -asez —
60 A² Et as noz; V' Ne qui uos ne reuertisez; EMR reuertissiez,
A² -ies, M' -isiez; ek Ne que uos ne (Me ni) r., n Et que uos (F
Qe u. ca) ne reuenissiez, A' Ne que uers moi ne uenissiez.

« Por que fustes donc si cruëus,   *13725*
« Qu'avuec noz enemis morteus
« Venistes ci nos damagier
« Ne nostre perte porchacier ?
13765 « Mieuz alisseiz vos sojorner
« En un de cez isles de mer,   *13730*
« Tant que de cest sieges fust fin.
« Trop i mesfist dant Apollin,
« Se il tel respons vos dona
13770 « Ne se il ço vos comanda.
« Maudiz seit hui icist augurs,   *13735*
« Icist dons e icist eürs,
« Qu'a si grant honte vos revert !
« Qui l'onor de cest siegle pert

13761 (*A*' que, *les autres mss.* quei (coi); *M*² doncs, *M*' dont,
A'FK donc, *A*²V² ainc — 62 *EN* Quauoec, *K* -ec, *MM*'
Quouec, *R* Qua uoc, *F* Qauoz, *V*' Qa, *M*² Que uers; *A*²M uoz
— 63 *A*' Venissoit, *M* -iez, *K* -eiz; *A*²V*' Nos uenistes; *M*
uous ci, *M*² nos ci, *E* ci por; *n* por (*F* par) nos anpirier — 64
A'V'V² Et; *nV*² uostre; *V*² perde, *A*² honte, *E* terre; *R* proç
approchacier; *E* Et por nostre terre essillier; *n* domagier —
65 *kR* alissiez, *A*² -ies, *M*'V' alisiez, *EF* -esiez, *N* -essiez, *A*'
-esoit, *V*² alez; *tous les mss.* sei. — 66 *C* Et; *M*² celz; *AA*²BEIV*'
En une des, *R* En u. des set (*avec un sigle sur l'* e) — 67 *R*
T. ki; *A*² ceste oeure, *G* ces oure, *M*' cest siecle; *F* f. fists,
GHLM'N f. fins; *C* del s. f. la fins, *R* cest siege eust pris fin,
*M*²ABEJV'V²k cist (*V*' li) sieges (*V*² segle) preist (*A* eust) fin
(*EJ* fins) — 68 *A*'F T. an, *A*² Et la; *y* mesprist, *F* mesist,
*M*²CEKn danz, *R* sire, *A*² trop; (*M*²BMRV*' -in), CFGHM'
apolins, *A*'V² -in, *A*²EL apollins, *K* app.; *N* T. m. d. apollinis
— 69 *M*²A' Se itiel; *A*' consoill — 70 *A*'V' Et; *V*' se ice; *R*
ensi (*corr.*) le c.; *V*² u. manda — 71 *m.* à *M*; *V*² s. il cist;
V' Maleiz s. i.; *M*² Maudit, *K* Maldiz, *M*' Mal dit; *K* oi;
*M*²RV²icest; *x* argus (*G*2ᵉ *main* augurs), *A*' aurs, *A*²M eurs, *R*
agur, *V*² augur, *E* algurs — 72 *M*' Icil d. et icil e., *M*²RV' E
i. d. (*R* don) e cist e. (*R* cest eur, *V*' icit e.); *n* aurs; *M* I. d. i.
e.; — 73 *A*' Qui, *F* Qe; *V*'V² Qui a tel h., *M*²AA'BCFGJy nos,
L li; *A*² Ki a si g. h. r. — 74 GLN Qe; *M*² dicest, *K* de ce;
*M*²A²M'V'k siecle, *R* sigle, *V*² segle.

13775 « Mout deit petit sa vie amer. »
      Adonc comença a plorer   *13740*
      E si par ot serré le cuer,
      Ne parlast plus a nes un fuer.
          Calcas respont a la meschine :
13780 « Fille, » fait il, » ceste destine
      « Ne vousisse que ja fust meie.   *13745*
      « Bien soi que grant blasme en avreie,
      « Mais ne m'en poi faire escurdos
      « N'encontre les deus refusos ;
13785 « Ne poi desvoleir lor plaisir :
      « Tost m'en poüst mesavenir.   *13750*
      « Ço m'estut faire e venir ça,
      « Dès qu'Apollo le comanda.

13775-6 *m. à* A^2Ln ; - 77-8 *m. à* A^1xy — 76 (AA^2BCIRV^1) ; M^2 Adoncs, Jy Lores ; V^2 comence ; G Lors recommansa — 77 C par oit, J por ot, B ot par ; I siere ; M^2 li est serrez ; AMV^1 p. li serra (A serroit) ; A au c. ; R Et ce li sera si — 77 (A) ; $M^2CIJV^1V^2$ Que (J Quil) ne (V^1 Ne) p. p. (C puis) a nul f., M Ne pot parler a nul f. ; R neun, BK negun — 81 V^2 uosissen, A^1 uossise, R uoussise ; n quele ; A^1A^2 Pas ne u. (E Ne u. p.) que f. m. — 82 $M^2M^1RV^2kn$ sai ; CRV^2 nauroie, F auoie ; A^2B B. soi de uoir b. i a. ; eM q. blasmez (M^1 quablauez) an seroie — 83-4 C M. ne men osai escondire Car li deu sont molt de grant cre, J Por le congie le fis as dex Car lor commandement fut tex, I M. iou ne poi escondit faire Desuoloir as dex ne retraire — 83 M^2MR puis, M^2E escurdeus, A -ez, B escordos, V^1 abscurdois, V^2 ascondanz, M escuseuz, M^1 -ex, H -os ; A^1A^2Kx pooie (G pouroie, A^1K poi pas) escuser — 84 V^2 Encontra, LMR Ne contre, K Ne lo buen, A^1 Ne le uueill ; E les .ij. ; A^2 Nenuers l. d. rien ; V^1 refusois, V^2 -anz ; M^2E -eus, M -euz, M^1 -ex ; A^1A^2GK refuser, nL reuser — 85-86 *m. à* V^2 — 85 V^1 pooie, A^1 puis, I peu, n doi ; M^1 mon, F son ; M^2 pleisir — 86 L Ml't ; K me ; M^2A^1EKN poist, IM^1 peust, R puest, M puet, L porroit, A^2F poroit ; K mesaduenir, A^1 max auenir — 87 M^2M mestuet, V^2 mestoit ; A^2 Cestui dui ; F f. u. — 88 $M^2KV^1V^2$ Puis ; A^1 quapolo, V^1 qapolo, V^2 que polo, F qapollo.

« Onc ne fis rien a tel enviz :
13790 « Jo n'en dei pas estre honiz,
    « Quar, se il fust al mien talent,   *13755*
    « Ceste uevre alast tot autrement.
    « Rien ne set mie la dolor
    « Qu'en sofre mis cuers nuit e jor.
13795 « Mais se fusse si fous ne teus
    « Qu'encontre le voleir as deus   *13760*
    « Vousisse errer ne chose faire
    « Que de neient lor fust contraire,
    « Ne sui de ço pas en dotance,
13800 « Qu'il n'en preïssent tel venjance
    « Que toz jorz mais me fust grevose,   *13765*
    « Pesme, mortel e perillose.
    « Ensorquetot bien vei e sai
    « Que morz e destruiz les verrai ;
13805 « Si nos vient mieuz aillors guarir
    « Que la dedenz o eus morir :   *13770*

13789 *R* Unc, *A V²x* Ainz, *BCHV¹* Ainc; *V²* nen; *M²* Ne f.
mes r.; *KV¹* riens; *N* plus a e., *B* aussi e., *G* ausis e., *M²A²CH*
si a e., *eK* a tex (*M¹* tiex) e., *F* tant soit honiz; *V¹* annuiz —
90 *M²* mie; *F* despiz; *A²* Ce ne doit p. — 91 *FV¹* sil; *V²* sil
feist tot; *eKV¹V²* a mon t. — 92 *M²M¹* Cest (*M¹* Ceste) hueure,
K C. oure, *A²* Ceste chose fust a. — 93 *A¹* Riens; *A²* Nule r. ne s.,
K Nus hom ne seit la grant d.; *M²* siet, *M* scet (*formes const.*), *V²*
soient — 94 *M²* soefre; *A¹A²EV¹V²*n Que mes coers soffre; *MM¹*
mon cuer — 95 *RV¹* M. si; *A¹MV²*e ie f. fos (*M* fol) ne (*V²* e) t.;
R ie fous si fols — 96 *K* Que contre, *V²* Que contra; *M¹* Contre
la uolente — 97 *AA¹A²NV¹* V. oeure, *FKR* V. ourer, *V²* Volsist
ourir — 98 *R* Ke ; *M²* Q. l. f. de nient c. — 99 *M²* De ce ne s.
p., *n* Ne s. p. de ce — 13800 *M²* en p.; *V²* Que il nen prengnent
u., *A²* Q. tost nen preissent u. — 1 *V²* Que a tot ior ne men f.
grauose; *M²* Que, *eK* Qua; *A²*n Qui a. t. i. f. mais; *M* douteuse
— 2 *FV¹* P. mortex (*V¹* -aux); *M²* e mortiels, *A¹* et mortal, *ER*
et mortel, *N* et mortex; *A²* et horible et tenebrose — 3 (*C*); *M¹*
Enseurquetot; *M²* por ueir s.; *R* soi et uai; *B* Et sourquetout
tres b. le s. — 5 *m. à M*; *V²* uent; *RV¹* alors, *V²* alor, *E* ici,
N o cels, *F* ou ces — 6 *E* leidemant; *V²* alor; *MV²* morir.

« Mort seront il, vencu e pris,
« Quar li deu l'ont ensi pramis.
« Ne puet mais ço longes durer.

13810   « Ne finoë hore de penser
« Com ça vos en traisisse a mei: *13775*
« Jo n'esteie d'el en esfrei.
« Quant or vos ai, mout bien m'estait :
« N'avrai mais ire ne deshait. »

13815   Mout fut la danzele esguardee ;
Mout l'ont Grezeis entre eus loëe :   *13780*
« Mout est bele, » ço dïent tuit.
Diomedès tant la conduit
Qu'el descendi al paveillon

13820   Qui fu al riche Pharaon,
Cel qui neia en la mer Roge.   *13785*
Danz Calcas l'ot d'un suen serorge,
Por aprendre li la mesure

13817 *FMM'* uaincu, *N* uoincu, *A²* por uoir — 8 *V'* Qe; *A'*
einsi, *M* ainsi, *FKM'R* issi; *K* permis — 9 *A'* Ce ne p. m.;
A'ekn longues, *M²R* gueres, *V'* geres; *V²* Ce ne puent mes lon-
ges d., *A²* Ne p. m. l. demorer — 10 *KM'R* ore, *M V' V²* or, *A'*
eure; *A²* Io ne f.; *nE* Ne f. de porpenser — 11 *A²* Cumment;
M² entreis., *R* entrassisse; *F* Com ce u. tramisse, *kA'* C. uos
ca uenisseiz, *eV²* C. uos u. ca (*M'* ci, *V²* ia); *M'* o moi; *V'* u.
traisisse uers m. — 12 *RV'* en tel e. — 13 (*CHJ*); *R* Or char; *M²*
se b., *AR* si b.; *A* mesfait; *V'V²* Q. uos ai; *V²* u. ue m. b. men
uet — 14 *AA'A²BCKV'* dehait, *JM'V²* dehet, *R* des ait, *EN*
deshet — 15 *NR* donzele, *E* -ele, *F* doncelle, *M* dancele (*cf.*
13846); *V'* damoiselle regardee; *K* loee, *GL* esgaree — 16 *M²*
entrelz g., *A'* antre g.; *eA²M* greiois; *K* Li g. lont m. esgardee
— 17-8 *interv. dans V²* — 18 *A'A²MM'n* Dyom.; *V²* la t. c.,
A' t. la deduit — 19 *nKV'* Qil, *V²* El; *A'M'* ou, *M²A²V²* al —
21-2 *interv. dans n* — 21 *F* Ce il, *LM'Rkn* Cil; *V²* que; *V'*
noa, *GM'NR* naia; *A'* Q. fu noiez; *A²GN* Celui cui (*N* qui)
n. la mers (*N* mer); *V²* roie, *A'* roige — 22 *M'k* Dant, *M²R*
Dan; *A²* C. lauoit; *x* de son, *M* du sien; *R* sehorge (l'*h pro-*
vient d'une correction) — 23-6 *m. à V²* — 23 (*ACR*); *GV'* P. lui
apanre; *E* lui; *nL* a lui sa m.

Com bien li monz est lez ne dure,
13825 Ne com bien la terre est parfonde,
Ne qui sostient la mer ne l'onde : *13790*
Ço li aprist e fist saveir.
Assez l'en dona grant aveir,
Quant il le paveillon en ot.
13830 Onques ancor clers tant ne sot
Que la façon ne la merveille, *13795*
Ne ço que li tres apareille,
Poüst escrire en parchemin
Ne en romanz ne en latin.
13835 Taire m'en vueil a ceste feiz.
Si fust il bien reisons e dreiz *13800*
Que jo de la façon parlasse,
Mais laidement m'i demorasse :
Mout ai a dire e mout a faire,
13840 Por ço n'en vueil or plus retraire ;
Mais trop fu beaus, riches e genz. *13805*
Jonchiez fu toz d'erbes dedenz,

13824 *A²* C. li m. e. g. et quil d.; *C* Come li m.; (*A'CEM* lez), *M'* le, *B* les, *K* lons, *M²AA²RV'V²* granz; (*ABR* ne d.), *M²V'*e e d.; *x* C. b. el tient (*F* tint) con bien el (*L* et c. b.) d. — 25 *M²* Cum b., *M'* Et con b., *E* Et comant; *V'* la mer, *H* li m. — 26 (*L*); *A* Ce qui,*M²A'A²Ke* Et qui, *V'* Ne que; *F* souuent; *nA²KN* et londe, *M* ne sonde, *F* reonde — 28 *V'* Qar mout; *MV'* li d. — 29 *V²* Q. el — 30 *AA²RV'V²* encor, *A'* nes .j., *K* nes un, *M'V²* mes un (*M'* nul); *KM'* clerc, *M* cler; *E O.* uns c. itant, *M²* Car o. nus clerz t.; *V'* tancer ne — 31 *A'A²LMNV'*e Qui; *F* Qil la face; *M²* feicon; *N* et la m.; *nE* meruoille — 32 *n* Et ce, *A'A²k* De co; *R* lo tries; *nE* li trez aparoille — 33 (*V²* Poust), *M²A'KLV'en* Poist, *A²M* Peust; *V'* perch., *V²* pergamin — 34 *LNV²* romans, *F* roman — 35 *A²* Plus nen dirai, *M* T. me uoil — 36 *M²n* Se; *nR* raisons, *A'MM'V'* raison, *V²* rason, *K* resons, *MM'* -on — 37 *M²V²* feicon — 38 *E* leid., *M'* dur., *N* malem., *F* malam., *M²A²* longem., *V'* trop assez; *M²A²n* i d., *V²* men d. — 39 *A'* et el — 40 (*L*); *M* men, *V'* ne; *F* si man u. or r. — 41 *R* et riche et g., *n* riches et granz; *M²ek* Ml't (*M²* Trop) fu r. (*M* riche) et b. et g. — 42 *n* Bien fu i., *V'V²* I. fu; *M'* derbe,

Que o les flors furent coillies :
Ne furent flaistres ne mesties,
13845 Mout olurent buen e soëf.   *13810*
Quant la danzele fu el tref,
Ou sis conduiz l'ot descendue,
Qui sovent color por li mue,
Congié a pris de li a peine.
13850 Mais li haut prince e li demeine   *13815*
I sont venu li remirer
E ses noveles demander.
Corteisement e a briés moz
E sagement respont a toz.
13855 Mout l'ont joïe e honoree   *13820*
E mout l'ont tuit reconfortee.
Or li vait mieuz qu'el ne cuidot,
Quar sovent veit ço que li plot.

13843-4 *m. à* V^2 — 43 V^1 lor flor — 44 (*L*); *R* flestes, *F*
frestes, M^3Nek flestres; V^1 masties, A^1 maisties; A^2 Nestoient
mie trop machies — 45-6 *interv. dans L* — 45 (*R*); M^2 suef;
M^2V^2 oloerent, ekA^1NV^1 oloient, *F* olirent, *G* odorent, A^2 flai-
roient; *GM* bon, M^3LNe bien; *L* M. b. olant dolz et s. — 46
($M^2MM^1V^2$ danzele), *E* donz., V^1 doncelle, A^1A^2K pucele, *R*
puncelle ; *x* Q. la dedanz ; *G* furent au t., *n* fu anz el t., *L* fu
el beau t. — 47-8 *m. à* V^2 — 47 RV^1 O, M^2 E, *M* En; (M^2K
sis conduiz), V^1 si conduis, MM^1 son conduit — 48 $A^1A^2FM^1$ p.
li (A^1 lui) c. m. — 49 V^2 ot p.; *F* lui; A^1V^1n poine, A^2MM^1R
paine, *E* peinne (*formes ordinaires*) — 50 RV^1n h. home; *M*
demaine, *R* dom., $A^1A^2V^1n$ demoine — 51 M^2V^2 S. u. por;
A^2 por esgarder, *n* por li mirer — 52 (M^2AR E ses), A^1MV^1e
Et les, KV^2 Et des, A^2n Et por; A^2 aj. 2 v.: Comment il ert
en la cite Sil estoient bien atorne — 53 (*ABC*); *M* A b. m. et
c., A^1A^2K Et cele est (A^2 Elle fu) molt et sage (A^1 cortoise) et
proz — 54 (*ABC*); M^2 R. a t. molt s.; *R* Et saiuement, A^1A^2K
Cortoisement; A^2 aj. 2 v.: Et a dit que ml't sunt a aise Ne
lor falt chose qui lor plaise — 55 A^2R loee — 56 A^2 tot —
57 M^2F que, *R* quel° — 58 *L* Qe; *F* Car maintes foiz; *ek*
uit; *F* ce qi; V^1V^2 que (V^2 qui) ml't amoit, *M* que ml't li
plot, M^1 qui li plaisoit.

Anceis que veie le quart seir,
13860 N'avra corage ne voleir
De retorner en la cité.
Mout sont corage tost müé,   *13825*
Poi veritable e poi estable ;
Mout sont li cuer vain e muable.
13865 Por çol comperent li leial :
Sovent en traient peine e mal.   *13830*

HUITIÈME BATAILLE ; DIOMÈDE DÉSARÇONNE TROÏLUS.

Mout sont enoié li plusor,
Mout lor enuie del sojor :
Mout voudreient que li respiz
13870 E li termes fust acompliz,
Qui de treis meis esteit donez.   *13835*
Assez fu anceis desirez

13859 (*L*); *E* Encois, *A'V'* Aincois, *V'* Anchois, *M²* Auant ;
eN quel ; *K* uenist ; *A'* Car a. que ueigne au cart s.; *M* uiegne li
quars soirs, *RV'* u. au quart soir ; *V²* quil u. au departir — 60 *M*
ne uoloirs, *V²* sens mentir — 62 (*B*); *C* Et son c., *V'* Mout ot
c., *A* M. est c.; *A²* M. par a tost son cuer m., *R* M. a t. corage
m., *n* S. c. a t. remue, *JK* Son c. ot (*K* est) m. t. m., *V²* T. en
est sis corage m. — 63-4 *interv. dans A²*, m. *dans V²* — 63 (*C*);
FGL Por; *A'G* uerite, *A²* en uerte, *B* uretable, *N* uezie, *FL*
uezier ; *A V'* P. uoir tenir et por e., *R* Poi sunt uerai poi sunt
e. — 64 *A V'* S. m.; *N* lor c.; *ALV'* li corage m.; *M²* uejn —
65-6 *placés dans nL après-74* — 65 *M²ELRkn* cel, *ACGM'V'V²*
ce, *A'* ce el, *B* cou, *A²* tant; *R* conparent, *A²* le cunprent, *V²*
conparerent; *V'* loiauz, *nL* uassal — 66 (*A²H*); *M²* Assez; *GMR*
paine, *nLV'* poine, *E* poinne, *ACM'* pene, *B* bien; *V'* mauz; *A²*
aj. *ces 2 v.* : Or sunt en lost asscure Et altresi en la cite —
13867-92 m. à *V'V²* — 67 *N* enuie, *M* enn., *FM'* an.; *K* Sain et
hetie sont, *L* Bien s. repose; *K* li plosor — 68 *F* M. sont anuie;
Ce anuie; Nenuient li s.; *K* Ml't lor ennoie le s., *M* Del lonc
espace et du s., *M²* Quil ont este tant en s., *A²* De ce quil ont
si lonc soior — 71 (*A²R*); *M²e* des — 72 *EN* encois.

Qu'il fust trespassez ne failliz.
D'ambedous parz se sont guarniz.
13875 Sain sont e freis e sojorné
E de lor plaies respassé.   *13840*
Lor armes ont renovelees
E lor lances bien atornees :
Penons, enseignes de colors
13880 I atachierent es plusors.
Cler sont li fer e bien trenchant,   *13845*
De fin acier resplendissant.
Les heaumes ont fait resclarcir
E les espees reforbir.
13885 Sojorné sont li bon destrier :
Dès or repueent torneier   *13850*
E dures batailles fornir.
A ço ne pueent il faillir,
A ço seront il assez tost :
13890 Demain vendront desci qu'a l'ost
Icil dedenz eus envaïr   *13855*
E granz colees departir.

13873 *M* Qui, *R* Kil; *K* et f.; *M²* Que il f. passez e feniz; *R*
traspasseç ne faliç — 74 *nM'* Dambes p. (*M'* Danbepars) sest
(*M'* est) chascuns g., *K* Ni a cel nen fust bien g. — 75 *n* Fort s.
et sain; *M²* Quant li trei mes (*sic*) furent passe — 76 *R* plages;
K bien sane, *F* trepasse; *M²* Tuit li plaie sunt trespasse — 77
Cn sont; *N* bien atornees — 78 *N* b. acerees — 79 *M²* Pennons,
en Panons — 80 *R* Il ont acate (*sic*) tuit, *M* I atachent tuit; *k* li
plosor, *R* li plusors — 81 *K* et li — 82 (*R*); *M²* brun a.; *eBM*
reflanboiant, *N* replandissant — 83 *M²* resclerzir, *F* esclarir (*la
première* r *grattée*), *K* esclarcir — 84 *Cen* lor — 86 *ACJRky* em
(*C* i) puet hom (*J* len) t.; *N* repoent, *FG* repuent, *L* reuoldrent,
M² porront bien — 88 *F* puent, *M²KM'N* poent; *eK* p. pas, *JM*
puet len (*M* on) pas — 89 *K* uendront — 90 *A²K* iront; *M²En* de
ci, *kM'* de si; *A* a lost, *M²* quen l. — 91 *BHkn* Et cil d., *A* Li
troyen; *A²* Cil d. por els e.; *M'* grieu, *J* cels, *E* ces; *C* esuair,
E asaillir — 92 *A²* Et por; *M²* Par proece e par air, *puis ces 2 v.*:
Voudront le champ sor elz conquerre Ne uolent mes trjues
requerre.

La nuit sont les triuës rompues,
Que tant ont esté atendues.
13895 Enz en l'aube del cler matin,
Senz nule autre hore de destin, *13860*
Cuevrent chevaus de mil manieres
De colieres e de cropieres.
Li chevalier se sont armé
13900 Comunaument par la cité.
Autretel font en l'ost defors : *13865*
Chascuns a bien armé son cors
D'aubers e d'eaumes e d'escuz
Forz e entiers, a or voluz.
13905 Les batailles sont ordenees
E departies e sevrees. *13870*
De la cité s'en ist Hector
L'eaume lacié al cercle d'or.
Bien sist armez sor Galatee,
13910 L'auberc vestu, ceinte l'espee,
L'escu al col a dous lions. *13875*
Plus de dis mile compaignons

13893 (BCJ); HM'n L. t. s. la n. r., M² Ainz sunt la n. del tot r. — 94 M² Car molt, CEn Qui m. — 95 A²E Droit; E a, M' que — 96 (ABCJ); x oure; M n. h.; G o. destin, L o. defin, H o. de termin; M² Sans achaison e sans d., A² Sanz noise faire et s. hustin — 97 M²CHKM'n Courent, M Coeurent; BCJy de conoi- sances — 98 F Et de clices; A² De couertures de c., A De bons coliers et de crup., BCJy Lacent (CM Metent, M' Ferment) enscignes (H E. l.) en lor lances — 13900 M² Comunalment, AF -ement, N comm.; ekC Con (CK Et) por bataille conree (M, répétant le v., donne : Et por) — 1 M² Si refunt il, M Si resont il, A² Alsi font il; M²Ek dehors; K Si resont en lost de d., eA A. refont cil d. — 2 M² Unt molt bien adobez lur c. — 3 M' Dauberc et diaume et descu; M de heaumez, M² deumes — 4 M²k e dor (cf. 13973); M² uolsuz, K moluz, C batuz — 5 K deuisees — 6 K Et parties et ordenees — 8 M Lauîme; M²EK a — 9-10 interv. dans n — 9 kE Gent; M sest, K est, M' siet, M²E fu (cf. 15560) — 10 M² Lauzberc u., K Lescu al col (cf. 15559) — 11 K En lescu ot peint deus; N leons.

Le sivent, tuit bon chevalier :
N'i a cel n'ait heaume d'acier.
13915   Après cez s'en rist Troïlus :
        Cil en raveit dis mile e plus   *13880*
        Armez es chevaus milsoudors,
        O covertures de colors
        Detrenchiees de dras de seie.
13920   Paris se rest mis a la veie
        O ceus de Perse qu'il chadele :   *13885*
        La lor compaigne fu mout bele.
        Li tarqueis sont plein e guarni
        De saietes d'acier bruni
13925   Reides, trenchanz e acerees.
        Li plusor d'eus portent espees   *13890*
        As morteus chaples maintenir.
        Deïphebus s'en vueut eissir
        E reis Mennon o lor compaignes,
13930   Que mout sont fieres e grifaignes.
        Tuit li haut prince e tuit li rei,   *13895*
        Les batailles e li conrei
        Sont fors des lices es graviers :
        Bien furent plus de cent miliers.

13913 *K* Lensieuent; *M²FM¹* sieuent, *M* suient — 14 *E* a nul
— 15 *K* Enpres; *M²* cesz, *M¹* ces, *KN* cels, *M* ceulz; *Fek* ist —
16 *M* a bien, *n* i ot, *M¹* auoit; *M²* Dis mjle en aueit bien e p., *A*
Qui b. en ot .v. m. et p. — 17 *n* sor c.; *M²* mjl soldors, *M* mis.,
M¹ misodors, *F* miss. — 18 *M¹* Es c. — 19 *A* Entreuees, *M* En-
tranchiez, *K* Entretrenchie — 20 *F* san est — 21 *EF* ces — 22
M¹ ml't est b. — 23 *M¹* carques, *F* car qes, *N* tarcais, *A* -ois, *M*
-ques, *K* turcais, *E* coiure; *ek* plain, *N* ploin — 24 *F* seietes,
M¹ seetes — 25 *n* bien a. — 26 *ek* p. p. .ij. e. — 27 *nM* Au mor-
tel chaple — 28 *M¹Nk* Deyph., *F* Deyf., *E* Deif.; *M²* uolt; *EF*
uialt, *N* uiaut, *M* ueult, *M¹* uelt, *K* uet, *B* uait — 29 *n* Li rois,
M Et roy; *M¹* menor, *F* menon, *E* mannon; *N* o les, *F* ou ses
— 30 *e* grifeignes — 31 *E* h. home; *M* et li conroy — 32 *F* tor-
noi — 33 *M²MM¹* hors; *F* el grauier — 34 *F* miller; *M¹* P.
estoient; *K* P. f. de .vij. c. m., *BM* P. f. bien de c. m.

13935   E cil de l'ost, que refereient?
          Por poi que tuit ne se desreient :   *13900*
          De combatre sont coveitos,
          Volenterif e desiros.
          Reis Menelaus toz premerains
13940   Chevaucha contre Troïains,
          O bien set mile compaignons   *13905*
          Vers Troïens durs e felons.
          Diomedès après cez vient,
          Qui grant partie del champ tient :
13945   Maint bel penon e mainte enseigne
          Puet l'om choisir en sa compaigne   *13910*
          Danz Achillès plus ne sojorne,
          Sa bataille fait e atorne :
          Sevrez en a bien teus set mile,
13950   Dont bons cheualiers est li pire.
          Vers ceus chevauchent e se traient,
          Qui de neient ne se resmaient.   *13916*

13935 (A); *A²Jen* refaisoient, *C* reffassoient; *H* qui ce ueoient,
B qui si se resfroient — 36 *N* Par, *A²CJky* A; *A²BH* tot; n que
(*F* qi) ne se desreoient; *M¹* sen; *CM¹* deroient, *H* desuoient —
37 *M* conuoiteuz, *N* desirros, *FK* desir., e angoiseux — 38
M²Men Volenteif, *M¹* -eis; *M²BC* desirous, e desirrex, *N* coraiox,
F -os — 39 (*AA²HI*); *M²* e premjers rens, *les autres* toz (*BMM¹*
tot, *m. à G*) p. (*C* promerainz, *A¹* -cinz, *EN* -iens, *JL* -eins, *K*
primerains, *F* primirens) — 40 *eA²CM* Cheuauche, *K* Sen issi;
C encontre; *M²* troiens, *C* -ainz, *enA²* troyens — 42 *K* En
batailles — 43 *K* enpres, *A¹* ampres; *M²* ces, *A¹K* cels, *M* ceulz,
M¹ cex, *I* chials, *N* aus, *F* ax — 44 *F* Qe — 45 *K* buen; *En*
panon, *M* pennon — 46 *M²* lon, *K* len, *MM¹* on, *En* an — 47
MM¹ Dant; *HN* ni — 49-50 *m. à H* — 49 (*ABCGJL*); *A²FMM¹*
Seure; *A¹* en i a t. s. .c.; *K* mire; *M²* A une part s. m. en vire
— 50 (*I*); *L* bon cheualier; *A* le p.; *G* Des b. c. ert si p.; *M²*
B. c. est toz li p., *Bek* Qui ne sont pas (*K* p. ne s.) des autres
p., *C* Qi tuit corent enuers la uille, *A²* Ki m'lt heent cels de la
u., *A¹* Qui feront troyens dolanz — 51 *E* ces, *A¹* tex; *I* tout
abrieue; *F* qi cheuauchent se t. — 52 (*G*); *A²* sen; *AA²* esmaient,
M remaient, *L* recraient; *M* de rien ne se remaient; *H* ne si
delaient, *A¹N* nes (*A¹* ne se) remenaient, *M²CKe* nes remanaient
(*M¹* -eient); *I* Ke nient ne se redelaient.

Reis Antipus e reis Phelis,
Qui mout esteient de grant pris,
13955 De la terre de Caledoine,
Senz respit prendre e senz essoine,
Se sont des tentes departi;
Avuec, trei mile fervesti.
Li autre rei, senz atendance
13960 E senz nule autre demorance,
Des chevaliers de lor contrees
Ront lor batailles conreëes.
Agamennon après icez   *13917*
Revient de bataille toz prez.
13965 Quant es plains chans e loinz es plaignes
Sont ordenees les compaignes,   *13920*
Merveilles veit, merveilles mire,

13953-62 *m. à* K (*AA'A²BCDGIJL sont utilisés*) — 53 *M* Roy
x. et roy; *AA²FHGL* santipus, *De* sanct., *M²BCM* xant., *N*
sath.; (*M²A²* phelis), *BCDJ* felix, *AMxy* felis — 55 *A²* calidoine,
G -oinne, *H* chalidoine, *EJ* calcid., *D* -oinne, *M²A'BCILMn*
calcedoine, *M'* carcid. — 56 (*A'B*); *C* Sanz nul r., *A²* S. con-
tredit, *HIM* Sans escondit; *x* S. r. et s. autre e. (*F* ansoigne) —
57 *A'* de t.; *M²A* Se sunt de lor t. parti, *I* Se resont des t. p., *H*
Des t. se s. d., *A²* S. des paueillons d.; (*A'FGHJLMy* departi),
N -iz, *A²* is — 58 *A²I* Od, *H* O dels, *F* Ou; *M* Bien a, *A'A²BCJex*
O bien; *A'* set m.; *M²A* O set m. darmes garni, *I* Od trois m.
tout f.; (*A'FGIJLMy* feruesti), *N* -iz, *A²* -is — 59 *Cx* demo-
rance — 60 *N* nesune a.; *Cx* atendance — 61-2 *interv. dans A'*
— 62 *M* Ont; *A'A²BCDJy* ordenees, *AI* deuisees, *M* dessoureez,
n conrees; *L* I refont de granz assamblees — 63 *AA'A²BCILM'*
ices, *G* iceus, *M* iceulz; *M²* o son conrei — 64 (*A'*); *CH* Reuint,
K Sen ist; *E* De b. r.; *AA²ILM'* t. pres, *G* t. preus, *B* tos fres;
CLN R. de la b. p., *M²* Ist apres cesz sans nul desrei — 65 *n*
Car; *xyA²M* as, *B* a, *C* en; *F* pleins; *K* par les c.; *ABMM'* et
loing, *A²* bien l., *E* sont et, *G* enmei, *F* emi, *LN* anmi, *K* et
par; *A* des, *xK* les, *BM* as; *A* plagnes, *E* pleingnes, *B* plainnes;
C et es chanpaignes; *I* Q. ordenees sont as p. — 66 *G* S. assam-
blees, *I* Les batailles et; *EFGLM* lor — 67 *A²* qui les remire;
x Meruoille u. meru. mire, *J* Ml't grant merueille pue (*sic*) len
dire.

Qui le jor veit si fait empire :
Grant pris i a e grant orgueil ;
13970   Des lances i sont grant li brueil
E des armes les resplendors.   *13925*
Sus el palais e par les tors
E as fenestres d'or volues
Sont les dames mout esperdues,
13975   Mout paoroses e dotanz :
La bataille, que mout iert granz,   *13930*
Vuelent veeir e esguarder.
Qui lors veïst lor cors trembler
E les colors muër sovent
13980   Merveillast sei com faitement
Poüssent vivre une sole hore.   *13935*
Quos en fereie autre demore ?
D'ambedous parz se sont requis
Ensi com morteus enemis.
13985   Caledoneis se desreerent,
Qui laidement le comparerent :   *13940*

13968 *A²* Nus ne uit mais; *A²K* si grant e., *M²* lor g. e.; *kA* Onc (*A* Ainz, *M* Onques) ne fu mes; *x* Qi uoit ansamble tel (*F* tiel) amp.; *eCI* Qui esgarde (*CE* regarde), *J* Car nus ne uit; *CJ* si grant — 69 *H* i ot; *K* Fort p. i a et fort; *M²* ergoil, *ekn* orgoil, *H* -oel, *J* uoil — 70 *ekn* broil, *H* broel, *J* bruoil — 71 *N* hiaumes, *F* hermes; *A'n* la r. — 73-4 *interv. dans n* — 73 *A'* es — 75 *M²Ke* poor., *M* peour., *N* poer.; *eK* ml't d., *M* et m. d. — 76 (*A²*); *K* tant; *E* ert, *k* est; *n* qi est m. g. — 78 *M²K* lur (*K* lor) v. les c. — 79 *n* Et lor — 81 *M²KNe* Poissent, *H* Peussent, *M* Puent, *F* Puisse, *C* Deussent — 82 (Quos en *corr.*); *AA'A²n* Que uos f., *M²* Quen farcie ore, *CEHK* Por quen f., *BJM'* Por coi feroie, *M* Puiz ni ot fait — 83 *EF* Danbedos, *M'* Danbe .ij., *N* Damedox — 84 *M* Ainsi, *KM'* Issi, *EH* Einsi, *L* -int, *J* Ensint; *K* mortax, *H* -el — 85 *A²* Calidonois, *M²* Calcedones, *AEGIJNk* -ois, *M'* Carcidonois, *A'L* Carced., *F* Parced, *H* Caced.; *M²* desreier., *G* desroier., *AHM'* desreoient, *M* desroient, *F* deseurerent, *K* desserrerent; *L* desheriterent, *E* desreant uont, *J* premerein u. — 86 *E* chierement; *M* conparoient, *EJ* conparront; *HM'* Q. troyens ml't manecoient.

Trei mile en ont les escuz pris,
Puis si brochent les aumaris.
Lor enseigne criënt en haut.
13990 Des Troïens cil qui plus vaut,
Hector, o ceus de son conrei,   13945
Assemble avuec eus al tornei.
Premerains vint li reis Phelis :
Armes ot d'or a lions bis,
13995 E en son heaume un chaperon
Plus blanc que neif, d'un amiton,   13950
Dont les langues batent a val
Par son la crope del cheval,
Qui plus se muet e plus tost vait
14000 Qu'arbaleste ne ars ne trait.
Hector ataint, qui vint premiers :   13955
Veant dis mile chevaliers,
Li vait doner par mi l'escu,
Que d'ore en autre l'a fendu.

13987 kA²F Trei mil, N Troi .m., M²HM¹ Treis mil; E .iij.
m. sont; I o. les e. saisis — 88 M² Qui tuit estoient de grant
p., L Et b. sanz autre deuis, A²Kn P. brochent les (A¹F lor)
amoravis (K les cheuax de pris); G Pois; M¹ P. cheuauchent,
B P. si poignent, CEI P. brochierent; F lor; (ABGMM¹ auma-
ris), CHI arabis, E alfaris — 89 (ACHI); Mx Les enseignes;
FL ruent, N ruient — 90 E Les t.; n miauz — 91 E o cez,
n et cil — 92 M²A A. auoc celz, ekC Assembla o els (C a cel),
n Asanblent primes; A le tornoi, C del t. — 93 E Premeriens,
L -eins, M² Premeir., M¹ Premerain, N Premiers i, F Primes i;
K poinst, L uint; MM¹ le roi; (M²A² phelis), M felix, CKcn
felis — 94 N leons — 95 M² E sor; n chief; A¹ Et an hiaume;
K ot; F chapiron — 96 AA²BM noif, en nois, M² nest; M
aumaton, A¹C aumiton; K iusqual menton, A² de ciclaton,
n dun auqueton, BHJ ne a., M² un a., A que a. — 97 (A); EF
Don; C lenghes, A²EJK langues, M¹ bendes; A²J Les l. en (J
len) b. (A² pendent) a u., n D. la langue pant contreual — 98
KM¹ Par sor, M P. sus — 99 K se muot, n sesmuet, e tost
cort — 14000 F Qe baleste — 1 (AHJ); N atoint, M²EK ateint;
M²n uient — 3 E sor son e. — 4 F Qe dostre an ostre; I deure,
les autres mss. dor.

14005 Sor le hauberc la lance archeie ;
Esclat en volent, si peceie.   *13960*
Hector l'encontre, qui ne faut :
Par mi l'escu, auques en haut,
E tres par mi le gros del piz
14010 Passe l'enseigne de samiz ;
Mort l'a empeint jus de la sele.   *13965*
Puis prent le destrier de Castele,
Qui vaut son peis de fin argent :
A tel en fist le jor present,
14015 Qui mout en fist chevalerie,
Ainz que la presse fust partic.   *13970*
    Quant ço virent Caledoneis,
Les chevaus brochent demaneis ;
Ceus vont ferir qui les recueillent
14020 E qui en lor cler sanc se mueillent :
Mout sont angoissos e pensis   *13975*
De lor seignor, qui est ocis.
Tant com lor lances lor durerent,
Escuz, haubers en esfondrerent,
14025 E vassaus cors de chevaliers :
Mout en chiet morz de lor destriers.   *13980*
La ot d'enseignes grant traïn,

14005 *A²I* Desor lalberc, *M²* S. le hauzberc, *n* S. lescu dor;
C arçoie, *ABH* arcoie, *M* eschoie — 6 *M²* P. dauant le camois
p.; *JL* Esclaz, *H* -ac, *IM¹* -as, *B* Clices, *F* Li eschat; *A* en la
uoie — 7 (*C*); *M²* recontra, *AH* recontre, *JMM¹* encontre — 10
K Passa — 11 *e* enpaint, *F* amp., *N* anpoint — 12 (*A*); *M²*
destrer de chastele — 16 *F* f. faille (*sic*) — 17 *F* Quanc; *A²* cali-
donois, *M¹* calcid., *AEHLkn* calced., *M²* -eis — 18 *E* demenois
— 19 *K* quis; *M²MNk* recoillent, *E* recuellent, *F* rechoiuent
— 20 *tous les mss*. moillent — 21 (*A*); *EK* Dolenz est chascuns,
M Dolens et a., *M¹* D. angoisex, *nC* Dolent angoissox — 22
(*A*); *F* qil ont s. — 23 *ek* les l. — 24 *M²* hauzbers; *n* i; *F* ef.,
M² esfronderent, *KM¹* estroerent, *M* estroierent — 25 *M¹* Maint
uaillant; *En* uasax, *M²* hardiz; *KM¹* cheualier, *M²* -ers — 26
EFk mort; *K* ius del destrier; *M¹* I chai m. de son destrier.

E de forz lances de sapin
Grant briseïz, grant croisserece ;
14030 Iluec se pasment de destrece
Tel mil cui la mort fu prochaine, *13985*
Ainz que trespassast la semaine.
Maint brant d'acier forbi e cler
I font sor heaumes resoner,
14035 Si qu'il beivent jusqu'es cerveles
E jusque es arçons des seles. *13990*
Ha ! quel ocise e quel merveille !
E quel damage i rapareille
Hector li forz, li vertuös,
14040 Tot nu le glaive perillos,
Dont il lor trenche chiés e bus : *13995*
Dous cenz lor en a morz e plus !
Reis Antipus fu en l'estor :
Niés fu Phelis, de sa soror,
14045 Genz chevaliers e proz e beaus,

14028 *F* De fort l. — 29 *F* Granz ; *M'* bruiseis, *n* froisseiz —
30 *F* Iloc, *k* Ilec, *M'* Illuec ; *k* peinent ; *M²K* par d. — 31 *M²*
Tiels, *M'* Tiex ; *KN* qui — 32 *M²* semejne ; *A²E* Ancois (*E* Ein-
cois) que passast — 33 (*AA²IR*) ; *M* bran ; *F* Mainz branz dacer ;
A'BCJk i ot sanglant (*B* sanlent) ; *y* I ot m. b. d. s. — 34 *A* Il ;
M²A² funt ; *N* lor ; *C* hyaume ; *A²* F. sor ces helmes ress. ; *F*
ras., *I* resonner, *M²* retinter ; *A'BCJky* Ce dit li liures (*H* lestore)
qui ne (*M* nen) ment — 35 *BH* Quil i, *Cek* Car il ; *N* noent,
F uoient, *C* colent ; *E* desquas, *A²* -ques, *M²* tresquas, *B* dusqua,
H -qes, *kC* iusquas — 36 *M²k* dessi (*M²* de ci) quas, *e* ius que
as ; *F* Et iusquax es archons ; *e* de lor s. — 37 *N* quele ; *M*
ochise, *K* damage — 38 *K* Et quelle occise ; *AC* i ap., *E* rapa-
roille ; *n* Qui onques mes (*F* Ainz nus hom ne uit) la paroille,
M' Et quel doleur il lapareille — 39 (*C*) ; *M²* li proz, *F* li fort ;
AM' le f. le (*A* li) ; *AH* merueilleus — 40 *M* Tout, *M²AJKen*
Tint ; *n* un g. ml't p. — 41 *M* Donc ; *M²* ches, *K* et chief — 42 *n*
D. m. (*F* mille), *K* Treis .c. ; *M* mort — 43 *M* Roy ; *N* santhi-
pus, *AA²GHL* sant., *F* santiphus, *e* sanctipus, *M²BCJkn* xanti-
pus, *A'* xaint. — 44 *M²K* iert ; (*A²* phelis), *k* felix, *M²ABCJxy*
felis (*de même 14057*) ; *M* de soreur, *M²* fiz sa seror — 45 *N*
Granz ; *M²* Cheualers iert molt genz ; *e* prox, *K* prouz, *M* preuz.

Auques d'aé, non pas toseaus.   *14000*
Son oncle venge e sa grant ire,
Des Troïens i fait martire :
Sol o sa lance en a morz dis
14050   E o s'espee vint e sis.
Hector requiert : mieuz li venist   *14005*
Que l'esloignast et quel foïst ;
Por quant sil fiert en l'eaume agu
Que tuit li laz en sont rompu,
14055   Del chief le li a fait voler.
S'outre li leüst recovrer,   *14010*
Bien fust vengiez li reis Phelis ;
Mais Hector l'a si entrepris
Ne li puet mais hui eschaper.
14060   Dist li : « Bien vos poëz vanter
« Que la mort vos depent a l'ueil.   *14015*
« Trop envaïstes grant orgueil
« De mei ocire ne laidir :
« Tart estereiz al repentir.
14065   « Pesant fais prent cil e embrace,
« Qui a ocire me manace :   *14020*
« Ço font li vostre chascun jor.
« Mais se ma force e ma vigor

14046 *F* Danqes ; *E* dahe, *M* daage ; *M²* dahe (*avec un e au-
dessus de l'*a) niert p. tosiaus ; *Kn* tosax, e tous., *M* tonsiaus —
47 *M²* vent ; *M* o sa ; *F* ou ; *N* dont a i. — 49 *M* O sa, *M²* Car
o sa, *K* Sol o la, *en* S. a sa — 50 *en* Et a ; *K* lespee — 52 *MN*
sesloingnast, *F* se loignast, *A* leslongnast, *H* leslongast ; *C* qi
les loignast ; (*M¹* quel), *M²CEHJkn* quil, *AB* le ; *M²* fuist — 53
M²Me sel, *K* cil ; *N* sor liaume, *M¹* el hiaume — 55 *M²* chef la
li — 59 *K* puot ; *KM¹* m. mie e. ; *E* Quil ne li p. mes e. — 61 *e*
uos est pres ; *M²kn* loil, e luel — 62 *M²* ergoill, *nK* orgoil, *e*
-uel, *M* -uoil — 63 *M²Ne* ocirre ; *K* ocir ne mei ledir — 64 *E*
esteroiz, *L* -ez, *M²Gn* estes (*G* iestes) mis (*n* mes), *AHM¹* en
uendrez, *A¹* an uanroit, *A²* uenrez mais, *kBCJ* en sereiz — 65 *A* p.
cilz, *M²* en prent — 66 *M²ANe* ocirre ; *M²* Cil q. o. — 67 *FK* sont
— 68 (*A²GL*) ; *FMe* ualor — 14069-209 *sont dans* N² (*utilisés*).

« Me vuelent li deu guarantir,
14070 « Ja tant n'en i savra venir
« Que jo nes face ensevelir *14025*
« E o cest brant d'acier morir.
« Ja savreiz, » fait il, « come il taille. »
Le chief o tote la ventaille
14075 Li trenche si qu'en dous meitiez
Est a la terre trebuchiez. *14030*
Mort a e l'oncle e le nevo,
Qui mout erent vassal e pro.
Ci est tote lor gent vencue,
14080 Ici ont Greu grant perte eüe,
Que laidement les damaja *14035*
E que mout les desconforta.
    Adonc i avint Achillès,
E si sacheiz que pesant fais
14085 Charja a ceus de maintenant :
La ot un fereïz si grant *14040*

14069 *M'Kn* uolent, *eM* ueul.; *A²* Me uoloient li d. garder
— 70 *M²* la nen i s. t. u., *A²* Nen j s. t. assembler — 71 (*LN²*
nes), *n* ne ; *M'ek* Com gen (*eM* ie) ferai (*M²* farai) e. (*M²* ci sepe-
lir, *M* ci seuelir) — 72 *A²N²ekn* Et a ; *K* fenir — 73 *A²* ml't tost
cum ; *M* coment t. — 74 *nN²* a t., *K* par desor, *e* p. desoz — 75
(*A²BC*); *A* iusquen ; *M²N* mitiez — 76 (*AA²*); *CMM'* E. cil a t.,
N E. ius a t., *FN'* E. i. del cheual, *M²* E. de la sele ; *E* trabu-
chiez ; *A²* aj. ces 2 v. : Morz fu li oncles et li nies Ce fu grans
deols bien le sachies — 77-8 *sont placés dans A² après* -80 —
77 *MM'* M. est ; *LM* M. a l., *A²* Ocis a l. — 78 *N²* mont ; *M*
ierent ; *M²* ardi, *eA²* uaillant; *K* estoient andui p.; *n* Ml't furent
bon uasal (*F* uaisal) ; *M²N* prou, *ekFN²* preu — 79 *A²* fu, *M²*
sunt ; *N* genz ; *e* uaincue, *n* uenue, *N²* ueue — 80 *M²* grie, *K*
griu, *M'* grieu ; *e* Ci (*M'* Or) o. li g., *nLN²* Ci (*N²* Si) o. grant
(*N²* la) perte receue — 81 *F* lo dom.; *A²* Ki durement les enpira
— 82 *F* Ce molt lo d. — 83 (*IR*); *M²* Adoncs, *nL* Lores, *Cky* Atant;
I i reuint, *A* est uenus, *K* i uint danz; *A²* Lors u. a lestor a., *N²*
A cest point i u. a., *G* Rois i est uenus a. — 84 *LN²* Et s. bien ;
L de p. — 85 *E* Chercha, *M'* Caria ; *M* o ceulz, *F* a cez, *E* a
ces; *N²* Lor a chargie ; *e* tot m. — 86 *NN²* rot.

Qu'om ne parot ja mais de tel,
De si cruël, de si mortel.
Fiere compaigne ot Achillès :
14090 Troïens requierent de près,
Qu'a cent en font les chiés voler   *14045*
E de la place remuër.
Mais mout lor fu grief chose a faire :
Ne ne retrait en nul lieu Daire
14095 Que si doloros fereïz
Ne si estrange chapleïz   *14050*
I eüst eü autre feiz.
La fu Hector ensi destreiz
E si grevez, n'en dirai plus,
14100 Que sor le conrei Troïlus
Le reüserent par destrece.   *14055*
Dous mout hauz contes de noblece,
De la vile de Troie nez,
Riches, vassaus e honorez ; —

14087 *B* On, *K* Quonc, *C* Nuls; (*BM'* parot), *M²CEK* parolt, *AM* tal; *A* Que ia nuls homs norra m. t.; *n* Qe hom norra (*F* noira) parler, *N²* James norrez paller — 88 (*BC*); *FN²* De si pesme, *M²* De si grant ne; *AM* mortal; *A* Ne si c. ne; *K* De si m. de si c. — 89-90 *interv. dans M* — 90 *en* Troyens; *N²* des p.; *ek* requiert de si p., *M²* r. si de p. — 91 (*A'BCGHJL*); *N²* A; *ek* fet; *F* les chief — 92 (*A'BCGHJLN²*); *F* reuser; *A* La ueissiez estour leuer, *M²* E plus de cinc cenz afoler, *A²* De la place les fist torner — 93 *NN²* gries; *M²* Iluec ot molt pesant afaire, *AA'BCJky* M. ne fu pas legier a f. — 94 (*AA'BCHJLN²*); *E* nel; *Ce* reconte, *K* dit pas — 95 (*ABCHJN²*); *nL* estrange — 96 *N* dolerox, *M'* angoisex; *N²* abateiz — 97 *n* I aust au; *M'* l e. eu hector a. f. — 98 *FN²* la; *N²* fust; *M* ainsi, *IKM'* issi, *n* si an — 99 (*AC*); *NN²* Ensi; *B* gregies; *e* ne; *N²* direz; *k* et si confus, *n* ie nan sai plus; *I* Ke ne sai quen desisse p. — 14100 *I* Mais; *M²* leschiele; *N²* troillus — 1 *kn* Les — 2-4 *disparus (rognés) dans N²* — 2 (*AA'A²BCIL*); *M²* D. h. c. de grant n.; *y* Dui haut conte (*M'* home); *K* richece — 3 *y* ne — 4 *M²* R. barons; *F* asadez, *C* bien senez; *y* Riche uasal et enore.

14105   C'ert Licaon de Porte Cee,
       Mieudre vassaus ne ceinst espee ;   *14060*
       L'autre cuens Eüforbius,
       Qui sire esteit de Chastel Clus :
       Ço ert un merveillos repaire
14110   En la forest de Mont Esclaire ; —
       Conte erent cil e de granz nons ;   *14065*
       Onques Hector n'ot compaignons
       Qui plus pro fussent de cez dous.
       Iriez dut estre e angoissos,
14115   Que veant lui e assez près
       Les li ocist danz Achillès.   *14070*
       N'orent les testes si armees
       Qu'il ne lor ait des bus sevrees.
       Ici a perte fiere e grant,
14120   Quar des autres i perdent tant,
       Se Troïlus tarjast un poi,   *14075*

14105 *y* Cest ; *C* lichaon, *M²BIMy* lacaon, *F* mac., *N* mach.,
A² -ons; *LN²* see; *n* pierre lee — 6 *M²K* Mieldres, *M* -e, *EHn*
Miaudres, *M¹* Meudre; *M²* uassauz, *EH* uasax, *M¹* uassal; *FMe*
ceint, *N* caint, *H* cainst — 7 *nA²* Li autres c. (*A²* ert), *M* Li
autre fu, *M²* Lautre li c.; *e* quens; (*M²AA²HNN²* euforbius), *eI*
-bus, *k* eufobius, *F* eufrobrius, *B* conforbius, *I* Li autres ot non
euforbus, *N²* Lautres ot n. eforbius — 8 (*HI*); *E* Q. sires fu, *K*
Q. s. iert, *N²* S. estoit; *M²C* del ; *B* castel clus, *k* chasteldus,
LNN² chastiax (*L* -eau, *N²* -iaus) dus, *F* castre et dus — 9 *K* Co
est, *M* Ciert, *M²* Ce iert, *L* Cestoit; *M²KN* uns; *eN²* Ml't i auoit
.j. gent (*M¹N²* bon) r. — 10 *M* Verz la f. du — 11 *E* cist ; *M*
ierent et de grant renon; *M¹* C. estoient — 12 *N* Nonques; *M*
nont; *N²* compaignon — 13 *A* Que il plus amast, *M²ek* Qui p.
(*M²* mielz) uauissent (*K* ualussent); *N* prou, *F* proz; *N²* furent,
E fuissent; *N²* que cil dui; *M²* cesz — 14 (*A*); *M²M¹* deit; *F*
Mult fu i.; *N²* et plains danui — 15 *K* Car, *M²Me* Quant; *A*
deuant, *M²* delcz; *MM* li — 16 *MM¹* dant; *I* La li a occis a. —
17 *M²* lur t. — 18 *K* Que; *enM* del bu (*F* buz) — 19 *e* ot; *K* et f.
— 20 (*B*); *F* Ca, *N²* Et; *C* perdirent, *E* i perdi — 21 (*A²*); *N²*
troillus ; *AA¹BCJRkny* tardast; *M²* un poi tarjast; *M* a poy, *G*
un pou, *AR* poie; *I* Se ni soruenist t.

N'eüst Hector mais des meis joi.
De la place s'est remuëz,
E si i ot perdu assez
14125   Des plus vassaus de sa compaigne.
La chiere li escrieve e saigne   *14080*
D'une plaie, mais n'est pas dit
Coment il l'ot ne qui li fist.
     Quant il se vit ensanglantez
14130   E par force del champ getez,
E vit Heleine e ses sorors   *14085*
E set cenz dames par les tors,
Ire ot e honte tot ensemble ;
De mautalent fremist e tremble.
14135   Torne desvez contre Grezeis.
Merionès, uns riches reis, —   *14090*
Cosins ert Achillès germains,

14122 mais *m. à M*; *AR* ioie, *M* oi ; *B* M. d. m. neust h. ioi;
A²DJy ioie de soi; *C* Nuls ne saust de lui conroi, *nA¹LN²* H.
aust besoing (*A¹* paor) (*G* nos deliurast, *N²* neust mie) de soi,
M² H. molt cher le conparast, *I* H. nes i damagast plus — 23 *M²*
sert, *A²* est — 24 *E* ot il, *K* i a; *C* Hector si ot, *N²* Mes aincois
ot, *A²* De sa gent a — 25 *E* uasaz, *n* uasax, *M²C* vaillanz — 26
(*AA¹A²N²*); *R* escreue, *F* est grieue; *E* seinne, *M²* segne, *M¹*
seigne, *k* saingne; *C* Li neis li e. et li s. — 27 (*AA¹BCL*); *R*
mas ; *G* p. nes dit, *N²* p. ne dit, *y* nai p. d., *A²* nest qui dist,
I nus nel d.; *M²J* quot lez la boche (*J* boiche) — 28 (*A¹A²H*);
A C. ot non, *I* Com ot a non; *CG* il ot; *kBR* Com il lot (*B* ot) ne
qui la li fit (*K* fist); *C* et qui, *A* cil qui, *N²* ne quil; *x* la f.;
M²J Dom la dolors au cuer li toche — 29 (*BLR*); *F* Q. se u.
hector; *M²AA¹A²CIJN²* ensanglente, *EH* -er — 3o *A* de; *R*
camp; *nL* gitez, *EH* -er, *M¹* ietez, *kA¹* gite, *N²* oste, *AI* torne,
R -eç — 31 *F* Et h., *I* V. h., *A²* Et uoit h.; *nN²* helaine, *M¹*
heleyne — 33 *M* I. et h. ot — 34 (*AR*); *M²* mal talant, *k* mal-
talent; *C* et ire t.; *M* tranche — 35 (*N²R*); *F* Come d., *Ae* Dire
d., *kJ* D. est d. (*K* deuez), *A²* T. deriers, *M²* Iriez guenchist —
36 (*A²C*); *M* Merion (*v. f.*), *K* Vit m., *M²* E m., *JN²R* Merions
(*N²R* -on) est, *EGH* Merionen, *AM¹* -em, *I* -ain, *n* meredian, *L*
merid.; *kAIN²* un riche rois (*I* roi), *y* qui estoit r. — 37-8 *interv.*
dans M²IJM¹ — 37 *M²AGKM¹* iert, *JM* est, *N²* fu; *M²* germejns ;
I Et cousin a. germain.

Del reiaume de Lidiains;
Jovnes esteit, de poi d'aage,
14140 Mais mout esteit e pro e sage, —   *14095*
Celui ataint Hector premier :
De l'espee trenchant d'acier
Li trenche l'eaume e la ventaille,
Que la cervele e la coraille
14145 Li espant tote. Cil chiet morz.   *14100*
N'orra ja mais hom tel esforz
Com fist Hector iluec toz sous.
Achillès fu mout angoissos
De son cosin, qu'il vit morir.
14150 Hector cuida desavancir :   *14105*
D'une lance grosse e trenchant
Li vait doner un coup si grant
Que li ais de l'escu percierent
E les manicles desmaillierent.
14155 Por poi les dous deiz de la main   *14110*
Ne li trencha trestoz a plain :
N'est pas navrez a mahaignier

14138 *I* lindiain, *R* -ains, *J* lindeins, *A* lydiains, *E* lyndieins, *M¹* uindieins, *M²* mindiejns, *A²* mediains, *L* citeiains; *CGHkn* des (*M* de) indiains (*F* -iens) — 39-40 m. à *H* — 39 *E¡* Juenes, *knM¹N²* jones; *I* eage, *E* daages — 40 *E* preuz et sages; *ABM* iert (*B* ert) biaus et preus (*BM* proz); *M¹* Ml't i auoit preudome, *nJN²* M. ot an lui bel home (*J* prodome); *C* Mes molt ert de grant uasselage — 41 *M²E* ateint, *K* ateinst — 42 *F* Ou, *N A (rogné dans N²)* — 43 *M* helme — 44 *C* Et; *n* Si qe la c. et lantraille — 45 *C* respont; *n* tot cil chei — 46 *n* Norroiz, *M¹* Naura; *B* Noi ainc; *M²M* hon, *M¹* hons, *N²* om, *L* nul, *n* un; *K* Ia mes h. norra, *C* Nora m. nus h. — 47 *N²* h. f.; *n* C. il i f., *eK* Come il (*K* cil) f.; *C* Com il a fait anqi; *F* iloc, *M* illeuc, *M²Ke* ici ; *A* iluecques s., *L* illecques s. — 48 *A* orgillos — 49 *F* cosins, *M²* coisin, *N* neuou; *CN²* uoit — 50 *N²* cuide d. — 51 e fort et t., *M* g. poignant — 53 *K* parcierent, *F* pecerent — 45 *F* mameles; *M¹* desmellierent; *N²* Les m. desmaillecerent — 55 *eN* Par, *K* A; *N²* .ij. des doiz — 56 *nN²* a tranchie (*n* aracha) tot de p.; *ek* trestot de; *M²E* plejn — 57 *ek* bleciez; *M²* maaignier, *E* maheingnier, *M¹* mehei-, *KN²* mehai-, *M* meshai-.

N'a l'estor guerpir ne laissier.

Hector se rest vers lui empeint :

14160   Dous cous sor l'eaume l'a ataint,

  Si qu'enz el chief ont fait lor merc   *14115*

  Quinze des mailles del hauberc ;

  N'i ot cele sanc n'en traisist.

  Ne l'uns ne l'autre ne s'en rist.

14165   Hector li dist : « Danz Achillès,

  « Ne vos traireiz de mei si près,   *14120*

  « Ne me traie plus près de vos.

   « Trop est cist miens branz perillos ;

   « Laiz est e teinz del sanc des reis,

14170   « Qu'il s'en est hui moilliez en treis :

   « Tant en a trait, tuit en sont freit.   *14125*

  « Mais s'en cel vostre test ne beit,

   « Si que esclat de la cervele

14159 *M* se seot; *AN²* empaint, *E* enpeinz, *B* empoins;
M²A²M¹ H. u. l.; *M²M¹* ml't tost sempejnt (*M¹* -aint), *A²* son
brant e.; *nLN²* H. lo ra tres bien anpoint — 60 *AM¹* sus le elme
(*M¹* hiaume) lataint, *N²* le ra sor liaume a., *A²* desur lelme
lataint; *F* li anpoint, *N* li atoint, *E* ra ateinz, *B* li a ioins —
61 *M¹* quen, *M* quan, *AN²n* que; *A* ou ; *N²* mers; *F* c. antrer
an fet (*sic*); *A²* Si quel c. li fist un lait m. — 62 *M¹* meilles du;
N² des haubers — 63 *F* maille, *M¹* nule, *M²EK* une, *M* nulz;
(*N²* sanc; *M. Wilmotte imprime à tort* sans); *E* tressist — 64 *n*
Li uns ne lautre (*F* nel autres); *M¹N* Ne lun; *E* lautres — 65
(*A²LN²*); *M²A²k* sire a. — 66 *M²k* Ia ne; *M²* venreiz, *M¹* trerez,
F tanroiz — 67-8 *interv. dans F* — 67 *F* Ne retraie; *eK* Ne me r.
plus (*M¹* pres) de uos, *M* Pl. prez ne me r. de u. ; *A²* si p.; *n*
nos — 68 *M²* Molt; *M* iert; *M¹* cil, *A²* cis; *MM¹* mien branc;
nLN² Mais cest mien brant quest (*N²* cist miens brans est) p.
— 69 *K* Et lez; *EFM* tainz, *M¹* tains, *N* toinz; *KLM¹* sanz;
kM¹ de, *F* as, *N* a; *N²* Lez et t. de s. a .ij. r. — 70 (*N²*); *F*
Il; *M¹* en; *K* oi; *KL* baigniez, *E* baingniez, *M¹* beignies — 71
(*L*); *M²* a¹ (*sic*); *F* tuiz an s. frois; *N²* a trestuit en s. f.; *M²Aek*
remes s. f. — 72 (*AC*); *M* ce, *B* scel; *M¹* se en; *nN²* sele an
(*N* sil el, *N²* se el) u. sanc — 73 *M²* quesclates, *K* quesclaches,
BM -ces, *M¹* que el clat, *AA²* ques esclaz; *C* Si que le sente
la c.

« Vougent el plat de la lemele,
14175 « Ne sera ja rasaziiez;
     « E se vos ne vos esloigniez,   *14130*
     « Jan cuiderai bien acomplir
     « Son desirier e son plaisir.
     « Mout a grant seif de beivre en vos :
14180 « Il n'est de rien si desiros.   ·
     Achillès fu mout orgoillos,   *14135*
     Cruëus e fel e aïros;
     Nel sopleia ne tant ne quant :
     « Hector, » fait il, « mauvais semblant
14185 « En faisiëz n'a ancor guaire,
     « Quant vos meïstes el repaire :   *14140*
     « Le dos tornastes a noz genz
     « Por remirer celes dedenz,
     « Que ne vos en sevent nul gré.
14190 « Plus lait ne plus ensanglenté

14174-6 *m. à N²* (*rognés*) — 74 *enM* Volent, *K* Voisent, *M²B* Volgent; *A²* Baint li trenchans; *C* Et de mespee la l., *A* Aillent li p. de la lumele; *M²* del alemele, *B* de la mamele — 75 *F* Ne serai, *E* Nestera; *knL* resaziez; *C* Je ne serais ia mes hatiez — 77 *k* Gie; *n* la an c. a., *A* Ien recuiderai a. — 78 *N* dessirrier, *EK* des., *M²* desirer; *M* Tout son uouloir — 79 *A* o vous — 80 *K* riens; *n* De r. nest il; *L* tant; *N* dessirros, *ek* angoissos; *A²* *aj. 2 v.:* Com de sa soif en uos estaindre Si fera il ne puet remaindre — 81 *FL* est; *M²* erg., *E* orgueilleus, *M* -ous, *M¹* -elleus, *L* angoissous — 82 *n* Et fiers, *MM¹* Cruel; *K* fels, *E* fiers; *A* Fel et cruel — 83 *knL* Ne; *L* souploia, *N* sospl., *E* sozpl., *F* se plora, *K* soublia — 84 *K* fist; *M²Ne* malues, *k* -eis, *F* mauueis, *A* iames — 85 *N* faisoiez, *E* feisiez, *M¹k* fes., *M²* feisseiz, *LN²* feissiez; *K* onquor, *MN²* encor ; *k* o. na; *F* gueres, *A²G* gaires; *A* desor ne guiere; *M²* ia hui matin — 86 (*A*); *F* dox arieres; *G* mestiez an r., *M²* metiez au chemin; *N²* meuetz; *A²* Ml't uos est loins vostre repaires — 87-8 *interv. dans M* — 87 *FK* dox, *E* doz; *M²A²M¹* nos, *EN²n* uoz; *M* T. le d. — 88 *A²* P. ueoir les dames la ens — 89 *A* Quil; *N* sorent, *F* soient, *M²* sieuent, *M* sceuent, *K* seiuent — 90 *F* et p.; *ek* Mes uos le feisiez de gre.

« Ne vei jo nul que jo faz vos ;   *14145*
« De tel chose estes desiros
« Que vos fera descompaignier
« Entre vos e le brant d'acier :
14195   « Autre seignor avra, senz faille,
« Ainz que seit fin de la bataille ;   *14150*
« Mais ja nel porra mais porter
« Nus qui tant face a redoter,
« Qui tel force ait ne tel poëir
14200   « Com vos, iço savons de veir. »
       Ne porent plus aveir leisir   *14155*
    D'autres paroles departir,
    Quar Troïlus i fu venuz,
    Qui plus ot de cinc mile escuz.
14205   Ceus vont ferir qui les atendent
    E qui estrange estor lor rendent :   *14160*
    S'il fierent, bien resont feru,
    Mort e navré e abatu ;
    Mais par force les remuërent

14191 *M²* Ni; *F* uoi nullui; *A* Nen i uoi nul; (*A²N²* io faz), *A* ne fas, *M²* ie uei; *n* com ie ui; *ek* Par cele foi que ie doi u. — 92 *N* dessirros, *AM* desirrous, *e* -os, *K* enuios — 14193-15480 *sont placés dans A après 28654; voy.* Introd., *Description des manuscrits* — 93 *M²* fara, *F* feira; *e* descompeignier — 94 *K* De cel buen trenchant, *M²AA²Me* De uos e de cel — 96 *E* Einz quil ; *M²Ken* fins — 97 *N²* nes p. nus p.; *M²* M. nel p. m. nus p. — 98 *K* Hom, *N²* Mes; *F* que; *M²M* Qui t. f. — 14199-200 *interv. dans F* — 14199 *M²* Ne tiel; *E* oit; *kn* et tel p. — 14200 (*N²*); *M²AA²Ek* ce (*K* lo) s. bien (*A²* tot, *E* nos), *M¹* auez sachiez — 1 *M* mie; *N* lessir, *F* laisir, *N²* loissir, *M¹* loisir, *k* lesir — 2 *F* paroiles — 3 (*AC*); *F* Quant; *Ken* troylus; *n* i est — 4 *M²* Q. bien aueit, *BCN²* Q. ot plus de, *M* Q. bien ot (*de manque*); *K* a; *F* Ou toz p. de, *N O* p. de; *N²* .vij. mil, *A²* .iiij. m., *M²BC* dis mile, *k* .x. m., *Ae* .xx. ᵐ· — 5 *EF* Ces; *N²* Caus vet — 6 *A²* mortel e. — 7 *e* Cil, *K* Bien; *N²* firent; *A²* Si durement resunt f.; *A* ferus — 8 *A* Mors et naurez et abatus; *A²* *aj.* : Gisant sor lerbe par moncels Li sans j corut par ruissels — 9 *F* M. a la foiee les mueuent; *A²* M. li griiois; *N* reuserent.

14210 E de la place les sevrerent, *14165*
E les ociëient a cenz.
Mais lors i vindrent unes genz,
Que mout se mistrent a grant fais
De vengier la gent Achillès
14215 Et le damage des treis reis.
Bien recovrerent li Grezeis, *14170*
Quant Menelaus s'i fu jostez.
Troïen perdissent assez,
Ne fust Mennon, li reis de Perse,
14220 Qui trei mile ot de gent averse : *14175*
N'i ot un sol qui ne jostast
E sa lance ne peceiast
En cors d'omes o en escuz.
Cin ot teus dous cenz abatuz,
14225 Dont n'en leva onc la meitié;

14210 (*AJ*); *K* giterent, *M¹* ruserent, *F* dessueurent — 11 *M²A²Jky* Plus en ocistrent (*M¹* ocitrent, *K* ocirent, *M* ochient) (*M²* Ocis en ont plus) de cinc cenz, *A* Ocient les a .xx. a cent; *F* Et lors les ocient — 12 *M²* Car or, *A* Quant ia; *M²A* i auint; *Jky* Car uenu i sont (*H* est) (*K* uenue i fu), *F* Apres uenoient; *AFM* une; *A* gent; *A²* La fu grans et fors li contens — 13 (*M²* Que), *les autres* Qui; *M¹* mitrent; *EN* an, *M¹* en — 14 *M¹* les genz — 15 *K* de — 16 *M²* se recourent — 17 *M²KM¹* i fu, *N* se fu; *B* fu remontes — 18 *en* Troyen (*forme constante*); *N* perdirent, *F* i p. — 19 (*C*); *A* Quant uint m.; *FM¹* menon, *J* mennor, *E* mannon; *M* li roy, *M¹* le roi, *K* uns reis; (*ACk* de perse), *M²A²FJy* daresse, *N* dareste, *L* darese — 20 *nAL* Qi ot (*A* not) o soi (*L* od lui) troi (*A* tel) mil de perse; *BCM¹k* Troi mille ot (*C* a) dune g.; *C* aduerse, *M²Jy* engresse; *A²* de cels de gresse — 21 *AK* Ni ot celui — 22 *C* Ne sa — 23 *C* dome; *M²* En cheualier, *nA* An gros de piz (*A* du cors); *M²ACn* ou en escu — 24 *AK* Ci ot, *M* Ci rot, *B* En ot; *E* Ci en ot tex c. dabatuz, *M¹* Tiex .ij. c. i ot dab., *C* Si not tels cinc cent abatu, *n* Ci en ot dox (*F* dos) mile abatu, *M²* Ci furent tiels cent a.; *B* embatus — 25 *F* Don, *M* Donc, *A* Quainc; *M²B* ne l. ainc, *K* puis ne l., *AEM* nen (*M* ne) releva; *E* mitiez, *M²N* mitie; *JM¹* Que trestuit furent detranchie.

Ci se sont il endamagié,　　　　　　*14180*
Ci fu li estors mout pleniers,
Trop i ot morz de chevaliers;
Ci vont li vif desus les morz.
14230　D'andous parz fu granz li esforz :　　*14184*
Ne se chacent ne ne se muevent,
Mais o les branz nuz s'entretruevent.
Trenchent sei chiés e poinz e braz,　　*14185*
Que rais e gotes e esclaz
14235　Lor saut del cors espessement:
Del sanc d'eus sont li champ sanglent.
　　Bien ert li estors comunaus,
Quant o Mennon joinst Menelaus.　　*14190*
Abatu l'ot navré el vis,
14240　Mais a son tor fu entrepris,
Quar Troïlus li est guenchiz :

14226 *n* Si; *M²* Molt furent grie ci damagie, *kBCJM¹* Ml't par
se (*C* sen, *M¹* si) sont bien eschangie (*M* -iez), *E* Ml't bien si est
chascuns aidiez — 27 mout *m. à F*; *A* lestour grans et p.; *BCk*
Ici fu li estors p., *HM¹* Car (*H* Quant) hector i uint tos (*M¹* tot)
premiers, *EJ* Ici u. hectors toz p. (*J* a premier) — 28 *H* Molt i ot
mort, *E* Ici ot morz; *M²J* Molt (*J* Trop) i morirent c. (*J* -ier), *A*
Ici mourut t. c., *k* T. i m. (*M* morent) buens (*M* bons) c., *C*
Molt i sont boens c., *n* Ici (*F* Ia) i morut des destriers — 29 *ek*
Li uif passent; *M²* par sor, *E* par sus, *J* desor, *A¹* dessor — 30
M²EHJ De douz, *K* Des deus, *M* Danbe .ij. (*v. f.*); *MM¹* grant;
C Ml't par i est g. ; *n* Damedox p. i ot e., *A²* Dambes p. fu ml't g.
lesfors — 31-2 *m. à BCky* — 31 (*AA²GJ*); *L* hastent; *M²* mouent,
R muent — 32 *A²G* b. dacier se treuuent; *nL* O (*L* Od) l. b.
dacier; *N* sentresprouent, *M²* sentretrouent, *A* -treuuent; — 33
B Trence lor; *K* T. les chiefs, *M* T. chief; *M²k* et piez; *xA²* piz
et poinz (*A²L* piez), *M¹* piez et poins, *BCEJ* poinz et piez; *H*
Pies se t. et puins — 34 *M²* guotes; *ACM¹* esclas, *F* -at, *B* eslas;
kyBC Q. sans (*BMM¹* sanc) a (*C* et) merueilleus e., *A²* Des mors
i fu ml't grant li tas — 35-6 *interv. dans nG* — 35 *E* L. chiet;
M²JKLy des — 36 *M¹* De lor s.; *E* Tuit li c. s. de sanc s. — 37
(*BCL*); *eGK* iert, *nAM* est; *G* lestors — 38 *E* Car; *ek* a; *AMen*
ioint; *nM* Q. m. i. (*M* se i.) a m., *A²* A m. est ioins m.; *M* me-
nalax — 39 *MM¹* lont — 41 *enK* troylus, *M²* troillus.

Enz el mi lieu del gros del piz
Li a sa lance peceiee,   *14195*
Si que la sele en est voidiee.
14245   Forz fu l'aubers, quant ne fausa :
La grosse lance debrisa ;
Se tel ne fust la destinee,
L'ame li fust del cors sevree.   *14200*
Sacheiz sor le rei Menelaus
14250   Fu granz li chaples des vassaus :
Mainte ame i ot de cors sevree,
Ainz que departist la meslee.
La se resont bien entrataint,   *14205*
Ne tant ne quant ne se sont feint,
14255   Hector n'Achillès : cors a cors
Trop laidement se sont amors.
Il i perdront, jol sai de veir :
Ne puet pas anceis remaneir.   *14210*
Pris e saisiz fu Menelaus,
14260   Mais, por la presse des chevaus,
Nel porent del champ esloignier.
E si sacheiz lor chevalier

14242 *e* Tres; M^2 e mi lue, *F* al mi leu; *F* cros — 44 M^2
qua; *N* uoidie, M^2 -ee, M^1 uidie — 45 M^1 Fort; M^2 lauzbers,
KM^1 lauberc; *n* Bon haubere ot; *M* qui — 46 M^1 debruisa, *n*
pecoia — 14247-660 *sont dans* B^1 (2e *fragment*) — 47 B^1 tas, M^2
tiels, *enK* tex — 48 (*A*); B^1C Larme, *F* Lanme; *nC* d. c. li f. s.
(*F* f. deseuree, *N* an f. alee) — 49 B^1 Sachiez; AM^1 sus; M^2 lo
r., *C* le cors; *n* sor hiaumes sor cheuax — 50 *K* Est; *k* grant;
M li chaple, M^1 le c. — 51 B^1CF arme — 52 M^1N mellee — 53
M^2B^1 resunt; *n* tres bien atoint (*F* -aint), B^1 b. entretainz — 54
B^1 si s. feinz; M^2B^1 sunt; *eF* faint, *N* foint — 56 M^2E leid., M^1k
led.; B^1E si; M^2B^1 sunt — 57 *F* Il li; B^1 perdrunt (unt *est la
forme ordinaire des troisièmes pers. du plur. en* ont *dans ce ms.*);
kM¹ gel, M^2B^1 iel, *EMn* ce — 58 (M^2B^1 anceis), *E* eincois, M^1n
ancois; *e* a. pas, *M* la chose; *EM* remenoir — 59 B^1 saisi, M^2E
scisiz, M^1 sesiz, *K* -is; *EFk* fust — 61 *k* Ne; B^1 pourent; M^1
gueres e.; B^1 esloinier — 62 M^2 sachez, *n* -oiz; *eM* -iez; *N* si,
F li; *K* Et s. que lor c.

Le firent si que nule gent *14215*
Nel firent onc plus vassaument :
14265 Ne seront hui del champ parti,
Ainz ne seient d'eus mil feni.

    En icestui destruiement *14220*
E en icest ociement
I avint li fiz Tydeüs,
14270 Quin ot o sei trei mile e plus
De teus qui bien furent armé.
Si come il vindrent abrivé,
Si vont lor lances peceier *14225*
E lor proëces essaier.
14275 Tel i a d'eus cui bien en prent
E tel i a qui s'en repent.

14263 *M* Leur; *B'* cum, *A* quainc — 64 *M²B'R* Nel fist; *B'* nul
ior si saiuement, *M²R* ainc si ardiemant; *F* Ne lo firent; *BH*
ainc, *EN* ainz, *C* mes; *M²ABJRy* si; *BCJky* richement, *An*
uasalment — 65-6 *H* Onc nel porent d. c. partir Car il norent
tant de loisir — 65 *E* Nen; *M²* serunt, *BB'Ce* sera; *B'* ui, *K* oi;
M de; *G* d. c. partis hui; *M²B'ERk* partiz, *BCM'* -is — 66 *AB'*
Nen soient a. m. deus, *BC* Ne s. des sains (*C* daus ainz) m., *E*
Quil nen i oit .ij. m., *M'N* A. en i aura m., *F* Ancois en a.
maint; *G* Ainz i a. mil et m. hui, *M* Ni aient m. les chies rauiz;
M² dels; *M²B'ERk* feniz, *BM'* -is, *C* ocis — 67-8 m. à *GV²* —
67 (*L*); *AB'CRk* Enz en (*R* En ans) icest (*CK* icel), *M* Enz en
cel grant, *AA²* An (*A²* A) icest g., *B* En icesti; *M²C* torneie-
ment, *KV'* destruiment, *R* destrumeent — 68 (*ABB'RV'*); *EHJ*
cestui, *M'* cetui, *M* icelui, *M²CK* icel; *A'* Et anz anz cel; *M* ochie-
ment, *M²* occi., *E* ocis. ; *A²* Quil sentrocient mortelment — 69
A'A²ek Vint poignant, *V²* Ci u. p., *G* Anqui u., *R* Eia u., *V'*
La u.; *B'* le; *eV²* thideus, *B'MV'n* tyd. — 70 *eA'CMV²* Qui,
V' Qui en, *A²* Bien; *B'* out (*forme constante*); *M²* treis m. o
sei; *A'A²M* o (*A²* od) lui, *K* o li; *A'* o l. ot; *B* Co lui en ot;
MN mil, *F* mille; *V²* dos mil; *A²V²* escus — 71 *F* cex, *V'* ceaus,
V² ces; *B'* qui gent; *RV'* armeç; *A²* ml't f. loe, *V²* f. b. arme —
72 *M²B'* cum (*forme constante*); *RV'* abriuez — 73 *A'* San;
R pecier — 74 *V²* proece asaier; *A²* ass. — 75 (*A²R*); *Kn* Tex,
M Tiex, *M²* Tiel; *V²* lie a cui; *M²B'M'k* qui, *FV'* qi — 76
(*A²R*); *kn* tex, *M²* tiel; *V²* se.

Cil qui se trueve fors de sele,
O cui traïne la boële,   *14230*
Ne puet muër ne se repente

14280 Qu'il eissi hui fors de sa tente.
Mais ne por quant, par vif bosoing,
Del champ dous traiz e plus en loing
Chacierent Greu lor enemis :   *14235*
Mout lor ont de lor gent ocis,

14285 Mout i perdirent a cest poindre.
Diomedès est alez joindre
O Troïlus por la danzele :

14277 (*A²*); *M²B¹KM¹* troue, *M* treuue, *R* torne; *F* qi chaoient; *M²ek* hors, *V²* ors; *M²* la s. — 78 *A¹A²FKR* Et; *B¹FM¹V²k* qui; *R* traina, *A¹* treine; *F* trainent lor boelle; *k* sa b. — 79 *A¹A²B¹MV²ek* sen — 80 *M* Qui; *A¹V¹* Que il issi, *A²* Et quil i., *V²* Mil ensi h., *B¹n* Dont (*N* Dom) il e. (*n* issi) h.; *K* oi, *B¹* ui; *M²A²MV²e* hors — *Pour les v. 14281-300, tous les mss. sont utilisés* — 81 *R* Mas; *I* nan porquant, *A* non p., *A¹* por noiant; *FV²* por; *A²I* fin; *R* beisong, *F* besoig (*les autres* besoing); *C* dous trais de loing, *C¹* par uif esfors — 82 *xA²L¹* Bien .ij. archiees (*L¹* archies, *F* -ecs, *G* achies, *A²* traities) et plus l., *DJPV¹y* D. c. d. traities (*V¹* treites, *J* tracies) bien (*P* en) l., *V²* D. c. b. d. traites l., *A¹* D. t. dou c. au p.; *S* Dou cap pres et; *B¹* deus trait & p. l., *S¹* ne furent pas mout l.; *A* et bien, *L²* ou p.; *R* de l.; *F* loig, *I* loign, *M* long; *C¹* D. camp d. archies fors, *C* Les chacierent par u. besoing — 83 *V²* Caceront g., *A²* Chacent li g., *S¹* Quil chasserent, *C* G. c.; *M¹S* grie, *B¹* gre, *AM¹* grieu, *HKL²* griu, *I* gryu, *A* greus; (*KPR* enemis), *A¹* esn., *les autres* an. — 84 *D* Mont; *C* Molt ont (*v. f.*), *I* Asses o.; *L* M. en i ont lo i.; *nGIL¹* en ont lo ior (*I* des lor), *AB¹RV¹V²* i ont (*B¹* i un, *V¹* ont) des lor; *S* Mas mult en ont de lor, *S¹* Mout en i out des l.; *M²A¹A²BCC¹DEHJL²PWk* malmis (*P* maumis) — 85-92 *m. à V¹* — 85 *D* Mont; *B¹IR* en; *E* M. p. a icel, *S* Nout p. a cil, *A¹L²* M. i perdent a icel; *M²A²CC¹HILL¹Mn* a cel, *K* por cel, *A* a ce — 86 *M²AA¹A²CC¹DGHIJLL²MM¹NSS¹W* dyom.; *AM* iert, *G* sest; *B¹M¹* ale; *F* iondre — 87 (*B¹R* O), *M²V²* E, *les autres* A; *A¹A²C¹DEFGIKLL²M¹NW* troylus, *R* troiulus, *C* troillus, *S* troyllus; *M²B¹AA²l* danzele, *FGLL¹R* doncele, *N* donz., *S* dancelle, *les autres* pucele.

Jus le trebuche de la sele.   *14240*
Le destrier prent par le noël.
14290   Un suen vaslet, un dameisel,
A apelé e si li tent :
« Va tost, » fait il, « isnelement
« A la tente Calcas de Troie   *14245*
« E di a sa fille la bloie
14295   « Que jo li envei cest destrier :
« Guaaignié l'ai d'un chevalier
« Qui mout par se fait bien de li ;
« E si li di que jo li pri   *14250*

14288 *S*[1] Qui; *FR* trabuche, *A*[1] -a, *BCMW* trebucha; *AB*[1]*L*[2] la trebuchie (*L*[4] -e); *M*[2]*V*[2] A trebuche (*V*[2] tra-) ius, *S* Qe ius, lenuerse — 89 *L*[1]*N* cheual, *M*[2]*V*[2] destrer; *R* per, *S* por ; (*xR* noel), *A* neel, *S* anel; *B*[1]*IS*[1] p. les nocaus (*IS*[1] noiaus), *M*[2] isnelement ; *A*[1]*BCW'k* saisi (*B* saisist, *CW* ses., *K* sesit) par la (*B* le) resne (*K* regne, *A*[1] legne), *C*[1]*DJPV*[2]*y* a ml't tost s.; *A*[2] retint a grant paine, *L*[2] prent a soi len moine; *E* Puis a s. le bon d. — 90 *S* A un s. uallet d.; *FG* A un uallet, *A* .J. sien uarlet, *L*[1]*N* Lo fil carriz; *G* danmoisel, *B*[1] iouinceaus; *I* Ki mcrueilles par estoit biaus, *S*[1] Et a lui vint uns des uassaus, *M*[2] Sans nul autre demorement, *A*[1]*A*[2]*BL*[2] Un d. a soi (*B* lui) acesne (*L*[2] acoine, *A*[2] acaine, *A*[1] acegne), *CWk* Un d. ml't tost aresne, *C*[1]*DJy* Puis a un d. choisi (*C*[1] coisi, *V*[2] iausi), *E* Si acena .j. escuier — 91 *S*[1] Quil apella, *V*[2] A. lui, *A*[1] Apela lou, *CC*[1]*DJL*[2]*Wky* Apele la (*M* le), *L* Tost a., *S* Ot a.; *N* se; *B*[1]*C*[1]*EJPRk* si (*P* se) le (*K* la) li t. (*R* tient), *DM*[1] puis si li t., *CW* se le li tient; *A*[2]*B* Par le fraim le cheual li tent, *H* Apela ia li t. (*sic*), *I* .J. sien uarlet ml't tost le t., *M*[2] Apele un danzel se li t., *FL*[1]*SV*[2] et si li rent (*FS* rant), *A*[1]*L*[2]*S*[1] si li dist tant — 92 *A*[2]*BI* tent; *K* fist; *M*[1] ignel., *M*[2] deliurement, *S* si en feiz pressant — 93 *CW* tende — 94 *H* a la donsele b., *W* me a sa f. la b. — 95 *A* Que li; *AB*[1]*V*[2] enuoie; *AS*[1] cel, *V*[2] ce, *S* cist, *CW* un — 96 *M*[2]*N* Gaaignie, *F* Gah., *M*[1] Gaanie, *etc.* — 97-8 *rognés dans B*[1] — 97 *nILL'V*[1] se par f.; *RV*[1] per; *A*[1]*BCC*[1]*DJL*[2]*PV*[2]*Wky* sest hui penez (*M*[1] pene) por (*CW* par) li (*M* lie, *BK* lui), *S*[1] se faisoit b. de li, *M*[2] se f. priuez de li — 98 *M*[2]*B*[1]*N* se, *L* ci; *L*[1] a li di, *K* li diras; *V*[2] lai p., *N* li pril; *I* Di li que io li manch et pri, *S* Et puis ce di qe la p.

« Qu'el ne s'iraisse de mes diz,
14300   « Qu'en li est toz mis esperiz. »
          Cil s'en torne les sauz menuz;
          Devant la tente est descenduz,
          Puis est entrez el paveillon,   *14255*
          Dont de fin or sont li paisson,
14305   L'estache tote e li pomeaus
          E li aigles, qui trop est beaus.
          Li fiz Cariz de Pierre Lee
          A la danzele saluëe   *14260*
          De part son naturel seignor :
14310   « Dame, » fait il, « cest milsoudor
          « Vos enveie par druërie :

14299 *HILS'* Que, *M'S* Quil, *P* Il; *F* se risse, *N* siraise, *RV'*
sirasse, *V²* se rese, *S'* se lasse, *S* len greue, *L'* saire; *G* Quiree
ne soit, *A* Quel ne se courrouce, *HI* Que ne se corost (*I* courout)
— 14300 *KS'* En; *M* lie, *M'* lui, *V²* leu, *G* lei; *S'* mout, *AS*
tout; *V²* mon experis, *S* mon espiris; *M²B'KL²* mis, *les autres*
mes — *Pour 14301-57 A'A²B'RV'V²* sont utilisés — 1 *V²* Et cil;
S' entre; *B'* les grez, *V²* lasaut — 2 *M²V²* Dauant; *R* sa t.;
eA²MV'V² en est uenuz; *K* D. la pucele est u., *S'* Et ua tant
quil est d. — 3-4 *A²* P. e. el p. entrez Qui de soie fu tos ourez —
3 *B'* e. entre, *F* saresta; *A'M'* ou, *V²* al; *P* paueilon, *M* -ellon —
4 *B'V'* peisson, *F* paison, *P* poison, *M²N²k* pesson, *V²* passon;
A' Les estaiches et li p. — 5 *A'* Sont de fin or et li p.; *B'* &
lestache &; *A²* L. dor, *R* L. toche, *N* La tante tote, *M²Pe* Li
estaches (*M'* -e), *FV'* Les e., *k* Li estøges, *V²* Lis estaies; *M²N*
pomiaus, *eA'FM* -iax, *P* -elz, *K* pommials, *A²* pumels, *R* penels
— 6 *eA'MNPV'V²* q. m. est (*A'* ert), *K* q. fu m.; *MN* biaus,
ekA'F biax, *P* belz, *A²* bels, *R* biels; *A²* Et laigles q. ml't estoit
b., *puis ces 2 v. :* Diuoire estoient li paisson Les cordes de soie
enuiron — 7 *B'* Le fiz, *M²* Li f.; *M²A* karis, *JP* caruz, *CV'V²*
-us, *A'A²M* carut, *nL* carriz, *G* carras, *y* -uz, *K* carin; *R* garin;
KP piere lee, *EJ* perrelee — 8 *E* donzele, *PV'V²* doncelle, *R*
puncelle, *nA'A²K* pucele — 9 *A'A²B'ek* De par; *B'* sen; *F* natural
— 10 (*M²* milsoudor), *B'* misoudor, *M* -our, *F* missodor, *N*
-oudor, *A'* -ordor, *R* -eudor, *A'EKV'* -oldor — 11 *R* per,
FV'V² por.

« Sacheiz que pas ne vos oblie.

« De Troïlus, ços sai retraire,   *14265*

« Qui tant se sueut de vos bien faire,

14315   « L'a guaaignié, n'a se poi non ;

« Jus l'en trebucha el sablon.

« Tel poindre fist, veant mes ieuz,

« Ne fu de la si granz l'orguieuz,   *14270*

« Cent n'en chaïssent tuit envers,

14320   « Dont li plus sains est pale e pers.

« Ço vos mande, por vos se peine

« E que toz est vostre demeine. »

Par l'anelet d'or a cristal   *14275*

14312 *BB'MV'e* Sacheiz, *K* -ez, *n* -oiz, *V²* saces, *A* Cil qui ;
A'V'V²ek ne uos o. mie ; *A²* Mes sire qui uos pas noblie, *M²* Vos-
tremor (*sic*) nujt ne ior noblie — 13 *R* troiulus, *enA'K* troylus ;
R cous, *K* co, *enA'A²B'MV'V²* ce ; *M²* na encor gaire — 14 *B'*
le set, *N* se siaut, *F* se sialt, *A²* se selt, *R* se suet, *M²* se suel ;
A'V'V²ek por (*K* par) uos sialt (*M'V'* seut, *K* selt, *V²* soit, *M*
scet) tant (*A'* les) iostes (*V'V²* tant ioste) f. — 15 (*B'R*) ; *M²A²MN*
gaaignie, *E* gahaignie, *M'* gaanie, *V²* -gne, *V'* gaignie ; *K* Le
gaaigna ; *En* po, *M* poy, *A'* La trabuchie ce uos dison — 16 *A'B'ek*
le ; *N* Qil lo ; *M²* trab., *M* trebuca, *RV²* trabuche ; *A'V'V²* de
larcon ; *F* Qil li a trabuchie ; *A²* Quil labati ius del arcon —
17 *eV'* pointe, *V²* enpointe ; *B'* i fist, *KV²* en f. ; *M²B'K* ueiant,
eA'M uoiant, *nA²* deuant ; *R* ueant mes oliç ; *M²B'* oilz, *V'* oils,
K iclz, *M* ieulz, *A²EF* ialz, *NV²* iauz, *M* eulz, *A²* eols — 18 *M²*
Ni ; *A'A²* fust ; *A'B'MM'RV'* grant ; *B'* lorguil, *K* lorguielz, *V'*
-eils, *A²* -eols, *A'E* -ialz, *M'* -elz, *V²* -euz, *M²* lergoilz, *M'* or-
gueulz, *R* orgoliç ; *n* Ne fu daus (*E* fust dax) si g. li orguiauz
(*F* -alz) — 19 *M²EMn* cheissent, *M'* chaisent ; *M²A²* C. ne ni
(*A²* en i) c. e. ; *BF* C. an c. ; *V²* iaussent ; *B'* toz, *M'* hui — 20 *B'*
Toit, *ER* Toz ; *M²* seins, *V²* seur, *V'* seurs ; *R* paile, *V²* paille ;
M²A'A² Li p. s. e. (*A'* ert, *A²* fust) pales, *n* Dont li p. sont et
pale (*F* pailes), *K* Li plus faisanz pales — 21 *R* per ; *n* poine, *eM*
paine ; *K* P. u. se p. co u. m. — 22 (*B'*) ; *V'* Et t. e. ; *MV'* en u.
demaine ; *R* domaine, *M'* demaigne, *n* demoine ; *FEt* t. iorz iert ;
K Et t. e. en u. comande, *A'* Et dou tot a uos se c., *V²* Et tot uos
e. en de moine, *A²* Et quil e. uostres ; *eA²R* en d. — 23 *F* Por lo
noelet dor c., *N* Par lo noel dor natural.

Prist la danzele le cheval :
14325   « Di mei, » fait ele, « ton seignor
        « Que ci me porte male amor ;
        « Quar, se rien se fait bien de mei
        « Par le mien gré n'a mon otrei,   *14280*
        « Ne s'aucuns est mis bienvoillanz,
14330   « Tant com vers mei iert depreianz,
        « Nel deit laidir ne damagier :
        « Ço qu'est de mei aint e ait chier.
        « Bien sai, s'il m'aime de neient,   *14285*
        « Que mieuz en sera a ma gent :
14335   « A toz en deit porter manaie.
        « Mais, se il est quil me retraie,

14324 *M²A¹A²V¹ek* Prent; *N* donzele, *R* donçelle, *FV¹* donc. —
25 *M¹* a ton — 26 *F* Que ce, *V²* Que; *B¹* porte il; *M²M* mal;
M¹V¹V² Quil me p. (*V¹* porta) mauaise heneur (*V¹V²* anor);
M honnour — 27 *B¹* Que, *R* Ke; *B¹* si; *A¹B¹EKRy* riens, *n*
nus; *A²* alcuns est b., *V¹* r. nulle e. b. — 28 *M²A'ek* Par mon
gre ne (*eA¹* et) par mon o., *V²* Por son g. et por son o., *A²* Par m.
congie p. m. o.; *B¹* no mun, *n* par mon, *R* et m. — 29 *M* se
aucuns, *K* salcuns; *B¹LNR* Ne de (*N* que) rien (*B¹N* riens) seit;
B¹ mis depreianz, *M¹R* mon bien uoillant; *A¹A²EMN* mes, *V¹*
mi, *V²* mien, *M²* nus; *F* Nel doit haier se il ma chiere — 30
C 9uer, *W* comer; *A²* il esta m. proians; *M²B¹* ert, *ekCV¹V²W*
est, *n* soit; *M²M* deprianz, *M¹* -ant, *R* depreiant, *CW* de-
rianz, *V²* reproianz, *B¹* bienvoillanz, *F* en proiere — 31
M¹RV¹V²ek Ne, *A* Non; *M²B¹E* leidir; *A²* d. il mie laidengier
— 32 *A²* Puis que io laim; *N* Que cest, *R* Ce ki ert, *B¹KR* Ce
qui ert, *M* Ce qui est; *A¹* de coi; *eA¹K* eincoiz (*A¹M¹K* ancois)
lait c., *M* ainz l. c., *A²NV¹V²* a. lait (*N* lai, *V¹* lot, *V²* lont) ml't
(*A²* plus) c., *R* ain e ait c.; *F* Qe por ma foi ge lai ml't c., *M²*
Ce que ie ain ne laidengier — 33 *M* se il; *M²M* nient, *R* neiant,
A¹FV¹V² noi-, *A²M¹N* noient, *E* neant — 34 *B¹* Que de m. en s.
ma g.; *M²k* mielz, *A¹F* mialz, *N* miels, *M* miex, *A²* mius, *ekA¹A²*
Por moi en (*e* nan, *A¹* lan) iert m. (*M¹* mal, *E* pis), *V¹V²* Por lui
nen soit maux; *A¹* m. aidanz — 35 *A¹A²V¹V²ek* P. lor (*A¹* an,
V² li) d. a tos; *R* dei; *B¹* manaice, *R* mainaie, *n* men., *M* me-
noie — 36 *e* Et; *R* Mas si el; *eknA¹A²* sil e· qui (*A¹K* quil) le
me r.; *V¹* qui me, *V²* q. men; *B¹* retraiee, *M* retroie.

« Assez orrai, ainz le quart jor,

« Que cil avra pris tel retor   *14290*

« De cest milsoudor o s'espee,

14340   « Dont la perte iert bien restoree.

« N'est pas vilains a desguagier,

« Quar soz ciel n'a tel chevalier.

« Bien cuit que il sivra sa preie,   *14295*

« Si ne li chaudra qui quel veie :

14345   « Teus la li cuidera veer,

« Qui bien le porra comparer.

« Va ariere, torne a l'estor,

« Si me salue ton seignor,

« E si li di que tort fereie,

14350   « Puis qu'il m'aime, se jol haeie :   *14302*

14337 *B'Rn* Jorrai (*R* Je orrey) asez, *M²* A. tost ore; *A²* horez, *V'* orrez, *e* orre, *V²* orrons; *kA'* quint, *eA²I* tierz; *V'V²* iusqa tiers (*V²* toz) i. — 38 *I* cis; *A'A²CKV'V²ny* Que il (*nA'* cil) en a., *M* Q. len a. — 39-40 *interv. dans x* — 39 *B'* De c. cheual ove s.; *M²A* milsoldor, *R* -odor; *M²* a; *A'A²BCJkxy* Ou par (*x* a, *CJV²* por) sa lance ou par (*x* a) (*V²* et por) sespee (*F* saspee) — 40 *M²* Dom, *FG* Don, *V'* De, *V²* Qui, *CHJM'* Que; *G* perde, *R* parte; *A'B'HR* ert, *M²* est; *kB* Que b. iert (*M* ert) la p. estoree, *A'A²E* Iert b. (*A²* Sera) la p. r. — 41 *B'M* uilain, *EN* uilein, *M²* -eins, *V²* uils; *k* damagier, *A'V'V²* dom., *A²* esmaier — 42 *B'* Quer, *A'A²EKRV'V²n* Car, *M'* Que; *K* C. na s. c., *M* Quel siecle na; *M²* S. c. na meillor c. — 43 *H* B. croi que sa p. s.; *B'k* quit; *N* siudra, *F* seiura, *A* suiura; *A'BCJM* quil secorra, *M²Ke* quil rescorra — 44 (*R*); *F* Se, *E* Quil; *K* chauldra, *nM* chaura, *CV²* caudra; *K* Si li c. poi, *A²* Ne li c. ia; *B'* quil quen, *M²* qui que, *A'A²V'ekn* qui le, *V²* q. lan; *H* Qui le u. ne li calra — 45 *B'MR* Tel, *M²* Tels; *B'M* li (*M* le) quidera, *A²* le li c.; *K* Et tex li quidera u., *H* Et t. li porra deuer ; *E* ueher, *R* ueoir; *A²* Ki chier le pora; *B'M'* comperer — 47 (*M²FM'R* ariere), *E* arieres, *les autres* arriere; *B'* tost; *A'* Va tan arriers a son seignor — 48 *B'* saluee — 49-50 *rognés dans B'* — 49 *M²N* Et se; *F* lie; *R* kector¹ (*sic*); *A'EKV'n* auroie, *H1M'* aroie, *M²* fareie; *A²* t. li f. — 50 *nA'IR* Des; *k* se (*K* si) le heieie (*M* haoie); *M²JM'n* gel, *EIR* iel; *eJ* Se il mamoit et, *HV'V²* Sil mamoit (*V²* mamort, *V'* mahoit) et io la ⟨*sic*⟩ hoie (*H* haoie); *R* haioie.

« Ja nel harrai, se jo n'ai dreit,
┌« N'ancor ne l'aim dont mieuz li seit. »
└   Li vaslez s'est de li partiz,   *14303*
      Ariere torne al fereïz,
14355 Al merveillos e al mortal,
      La ou fenissent tant vassal,
      Tant conte e tant riche baron.
      Paris e tuit si compaignon
      Furent ja en l'estor venuz
14360 Sor les destriers, les ars tenduz.   *14310*
      Qu'en direie? Tel traëiz
      Ne si estrange poigneïz
      Ne vit nus hom ne tel dolor.
      Ne porent Greu sofrir l'estor,
14365 Derompu furent de la place :   *14315*
      Jusqu'as tentes dura la chace.
      S'Agamennon nes socorust,

14351-2 *m. à* A'BCDky — 51 (A²GLV²); V' Ne ie airai; I se
iou; M²J se ni ai; R hairay si ge — 52 nL Ancor, V² Nel cor, A
Noncor, M²IJV' Nencor; R non lam, M²J ne lain; A²G Nel aim
encor (G anc.); A² dunt, FG don — 53 (C); n uallez, V² -et, M
danziaus, M' -iax, K -ials, V' donceaux, A² dansels, A'E don-
ziaus, H uasax; A'By est; F da li, A' de lui — 54 ENk Arr.; H
A. uint, BCk Si t. a., eA² Si uint a., R Ariers retorne, V' Sen
est uenuz, V² Sest u. — 55 HM' dolereus, M²A' perillous — 56
M²B' La o, R La ont; FM maint; nE uasal — 57 FKV² T. c. t.;
A² T. duc t. prince t. b.; B' barun (*graphie ordinaire de* -on)
— 58 A² et tot; M² cump. — 59 B' F. al besoing auenuz; Kn F.
tuit; M'V'V² Estoient, E Estoit ia; A²Fke a; A²M'n uenu — 60
A²ek Le petit pas; n Chascuns auoit son arc; M' lor arc, A²
maint a., B' les arz; A²M'n tendu — 61 AK Que; B' dirreie;
N tex, M²F tiel; M²A traieiz, Ek fereiz, A²M' fereis, I poi-
gneis — 62 B' poingneis, M' poignreis, A² chapleis, A fereis, n
fereiz, I traeis — 63 B' Ne uit unc riens; M² hon, M hons; M²F
tiel — 64 B' Ne pourent grius; M² poent, A pueent; M²MM'
grieu, K griu — 65 B' Derumpuz, F -u; A' erent; M²ky Fuiant
sen tornent (M' se partent) — 66 F Jusqa as, M Jusques as,
M²E Tres quas, H Des quas, M' Trus qua — 67 FM' Saga-
menon; F ne, M nel.

Mauvaisement lor esteüst.
Dis mile Greu novel e freis,
14370   Laciez les heaumes Paviëis,   *14320*
Le sivent tuit, les escuz pris.
Cist requierent lor enemis
O fers esmoluz de Gontaut :
La fausent hauberc e bliaut,
14375   La desjoignent costez e piz;   *14325*
La ot assez des esbaïz,
Qui ne se sevent conseillier.
Par les chans vont vuit li destrier,
Des seles sont li arçon frait.
14380   Que vos en fereie lonc plait?   *14330*
Li Troïen sont resorti,
Si ont el champ des lor guerpi
Treis cenz e plus, ço dit l'Escrit
E cil qui o ses ieuz le vit.

14368 *M²F* Mauueis., *M* Mauues., *B¹* Mauueiss., *Ne* Maluais., *K* Malueis. — 69 *B¹* Dimile grieus nouiaus; *M²* greis nouels, *k* griu (*M* greu) nouials; *M¹* grieu; *A²* Set m. grius tos fres — 70 *B¹F* haumes; *CN* paienois, *F* paenois — 71 (*A*); *B¹M¹* Le sieuent, *K* Lensuient; *n* Lan (*F* Le) siuerent — 72 *ekA* Cil; *M¹* recoillent, *AEK* recurent, *M* recoiuent; *M²* Molt esteit chascuns de grant pris — 73-4 *interv. dans A* — 73 *B¹* Es e. fers & de gontauz, *A* Le fer esmolu de gontaut (*cf. 19994*); *M²A²BCJky* As bruns (*K* buens, *eM* bons) espiez (*B* espils, *A²* -iels, *K* glaiues) moluz (*M²k* forbiz, *H* trencans) dacier, *x* O les esmoluz branz d. — 74 (*A*); *M²A²BCJky* F. (*K* Falsent) maint blanc (*eA²* bon, *k* buen) h. doblier (*M²* -er), *x* I (*G* Il) f. maint h. d. (*F* dopl.); *B¹* fauss.; *M²* auberc; *B¹* osbers & bliauz — 75 (*CGIL*); *B¹* desioinnent, *A* -ngnent, *M²J* deronpent — 76 *M²B¹* La a; *B¹ek* esbahiz, *F* abahiz, *M²* establiz — 77 *M²* sieuent — 78 *ek* le champ, *R* les champ; *B¹* voiz, *Fk* uoit, *M¹* uit, *R* uoir; *M²* Ne porrent nus apareiller — 79 (*RS*); *B¹* sun; *M²* Le damage que paris fet — 80 (*R*); *S* Par qoi uos; *M²* fareie, *B¹* frereie — 81 (*GR*); *B¹* resortiz, *L* departi; *S* Les troiens furent desconfiz — 82 *B¹* guerpiz; *kyPS* des l. el (*M¹S* ou) c. g. — 83 *P* cent; *A* ce dist lescript, *xS* ce truis escrit; *M²BCJPky* si cum dit (*K* di, *HP* dist) li escriz — 84 m. à *M*; *x* a; *B¹* oilz, *F* ialz, *N* iauz; *M²BCJPky* Grant (*M²* Granz) fu (*B* i fu) la noise et grant (*EP* granz) li criz (*M²BC* et li c.).

.

14385   Par mi les lices les meïssent,
         Ja anceis mais ne departissent,
         Se n'i venist Polidamas   *14337*
         E reis Fion, li fiz Doglas :
         Cil ont les lor resvigorez,
14390   Par eus fu li chans recovrez ;   *14342*
         Mais mout i ot anceis colees
         Prises, rendues e donees,
         Que li enchauz fust arestez.   *14345*
         Perdu i ot le jor assez :
14395   Miliers de gent, ço truis lisant.

14385 *HM'P* Dentre les tentes tuit sen issent — 86 *M*² ainceis,
A -ois, *n* encois, *E* eincois; *A* Ja mes a., *HM'P* Por (*P* Par)
nul pooir (*P* poeir); *EHPk* resortissent, *M'* resorsisent — 87
(*A'A*²*BCHJP*); *R* Si (*forme ordin.*); *FR* ne; *L* pollid. — 88 *n*
fions, *L* frion, *S* phyon, *S'* yon; *B'* le fiz; *nB'RSS'* duglas, *A*
durglas; *M*²*A'BCJPky développent en 3 v.* : Qui sire e reis iert
(*CPky* Q. esteit s., *B* Q. s. e.) de damas (*A'* Plus preu nauoit
iusqua d.) Et reis fion (*P* fions, *E* fyon) li prouz li genz O lui
auoit ml't fieres (*P* fiere, *H* fortes, *A*² nobles) genz (*M*² Cist orent
merueillos g., *B* Et reuint a totes ses genz); *A*² *donne ces 2 der-*
niers v. ainsi modifiés : Ki ml't estoit et p. et g. Od soi a. m. nobles
g. — 89 (*A*); *RS'* Cist, *S* Cels; *R* orent (*l'o dans l'interligne de*
2ᵉ main); *B'* lestor, *F* le lor; *B'G* esuigore, *LN* rauigorez, *FR*
reu., *S'* assouagiez; *M*²*A'A*²*BJPky* De hardement bien esprouez
(*M*² sunt b. prouez), *C* B. e. de hardemenz, *v. placé avant le*
précédent ; puis vient celui-ci : Per aus fu li recouremenz — 90-2
m. à F et 90-3 *à LN* — 90 (*A*²*G*); *E* Par lui, *A'* Par tans; *B'M'*
le; *B'KM'* champ, *R* camp; *A* La refu li chans deliurez; *B'*
recoure — 91 *B'S'* out; *M*²*P* ainceis, *AA'A*²*BC* aincois, *M'R*
ancois, *M* -oiz, *GS'* ainsois, *E* eincois; *S'* donnees — 92 *G* Prin-
ses; *M*²*A*² E departies; *G* et deuiees; *S'* Et rendues de grans
colees — 93 *AS'* Car; *B'* torneiz, *AGRSS'* -ois, *F* tornoi (*ce vers*
remplace à la rime le v. -90), *K* enchaz, *M* -aus, *A'* anchauz, *P*
chanç; *AS'* fu; (*M*²*AA*²*B'FGHKRS'* arestez), *A'JPe* ahurtez, *B*
-es, *C* hasurtez, *M* aurtez, *S* acostez — 94 (*B'G*); *M*²*A'BCJKPy*
Anceis (*M*²*A* Auant) i ot p. a.; *L* i ont; *F aj.* : Des morz i ot et
des naurez (*rime avec* -94) — 95 (*BB'CLR*); *M*² Millers, *n* Mil-
ler; *FGM'k* de genz, *A* domes.

Ci ot bataille trop pesant.
Devant les doves, près des murs,
Fu li torneiz pesmes e durs,   *14350*
Tot le jor puis, desci qu'al seir :
14400   Mout le poëient bien veeir
Les puceles des aleors
E des ars voutiz e des tors.
Polidamas mout i josta,   *14355*
Chevaus assez i guaaigna.
14405   Mout se pena d'armes porter :
Assez saveient son penser
Plusor, qui nul plait n'en teneient
Ne qui semblant ne l'en faiseient.   *14360*
Diomedès e il josterent,
14410   Qui tant ne quant ne s'entramerent.
La joste fu mout aïrose
E a chascun d'eus perillose :
N'i ot celui qui ne saignast   *14365*

14396 (*A*²); *R* Ici ot b. trop grant, *x* Fiere b. i ot et g., *A*
Ceste b. fu ml't g., *BCJky* Ci ot estor fier et p. (*C* pensant) (*K*
et dur et grant) — 97 (*A*); *B*¹ douues, *R* douies, *M*²*BEP* fossez,
CH -es, *M*¹ fosez, *nG* dames; *L* De d. les dames des m. — 98
*M*² torneis, *x* -oiz, *E* estorz, *kHM*¹ estors; *M* pesme, *M*¹ pesanz,
J pleniers — 99 *M*²*B*¹*ACx* de ci, *Me* desi, *K* dessi; *AGM*¹ au
s. — 14400 (*AG*); *B*¹ len, *L* les; *F* poirent.; *L* pres; *BCJky*
Mes m. le (*H* les) pueent (*CJK* porent, *M* porront) b. u., *M*² Si
que tres b. porent v. — 1-2 *rognés dans B*¹ — 1 *M*²*BCHJM*¹*k*
sus de (*HM*¹ s. en, *M* de sus) la tor, *E* de la grant t. — 2
*M*²*BCHJky* Qui mielz se contient (*CE* se contint, *M*² le faiseit)
en lestor (*M*¹ lostor); *A* uotis, *L* uoltiz, *G* -is — 3 *M*¹ bien i —
4 *B*¹ Et c. pro, *F* Et mult c., *N* Et mainz c.; *M*²*Nk* gaaigna, *F*
gaigna, *E* gaheigna, *M*¹ gaana — 5 *B*¹ si p. — 6 *B*¹ Asez; *n* i s.
panser; *B*¹ sun — 7 (*A*); *K* Plosor; *B*¹ nus plai; *M*²*MM*¹ menejent
— 8 (*A*); *K* Et; *nK* nul s. nen f.; *M* monstroient — 9 *nM* Dyom.;
*B*¹ D. & lui, *K* Il et d. — 10 (*AC*); *B*¹ Qui de neient — 11 *C*
ainose — 12 (*AR*); *MM*¹ chacun, *K* chascon; *ekBC* ml't p.; *n*
Et felonesse et anuiose — 13 *B*¹ Quer ni out cel, *K* Ni ot un sols;
*M*² segnast, *B*¹ saingn., *N* seign., *F* senast, *ekBC* iostast.

E qui sa lance ne brisast.

14415 Mais li chevaus Diomedès
Torna desoz lui tot a fais :
Soz lui chaï, mout fu bleciez.
Ainz qu'il refust sailliz en piez,   *14370*
Ot Polidamas le destrier

14420 Livré a un suen escuier;
A Troïlus en fist present.
La joste virent tel cinc cent
Qui mout en orent grant envie;   *14375*
E celes que nel heent mie

14425 L'ont l'une a l'autre al dei mostré :
Assez en ont entre eus parlé
E mout grant bien retrait e dit.
Quant Troïlus le cheval vit,   *14380*
Grant gré l'en sot del don si riche :

14430 Enz en son cuer dit e afiche
Qu'il en fera chevalerie,
Si qu'en orra parler s'amie.
E si fist il : ne tarja guaire,   *14385*
Ensi com vos m'orreiz retraire.

14414 *B'* ni bruisast; *ekBC* Et sa l. ne (*E* ni) pecoiast (*E* peceast) — 15 *B'* le cheual; *MM'N* dyom. — 16 *B'* Vira, *K* Torne; *B* desor; *B'M'A* trop a fes; *E* toz; *N* a un f., *K* t. ades; *F* Se ,t. de soz l. a f. — 17 *K* Sor; *En* chei; *M'* iriez — 18 *B'* sailli — 19 *B'* Out — 20 *N* L. la un; *K* sien esquier — 21 *enK* troylus, *M'* troillus — 22 *B'* teus, *F* tex, *M'* tiel; *ek* plus de c. — 23 *B'* ourent — 24 *B'* ne, *F* nes — 25 *B'* lun; *M'* a d., *F* an d. — 26 *B'* Asez; *M'* entrels, *n* antraus; *k* ris et p. (*K* gabe) — 27 *n* lont bien — 28 *enK* troylus (*nous n'indiquerons plus cette variante*) — 29 (*H*); *M'C* li; *B'* sout, *C* seit; *M'* de, *M* du, *B'A* quer (*A* que) ml't fu r., *n* et fier et r., *E* del cheual r. — 30 *A* Ens en, *Bn* Et an, *M'JM* Dedenz, *H* De tot, *E* Anz anz; *B'* sun; *BCJky* iure, *M'* ivre — 31 *B'* fra — 32 *E* Si an; *H* ora — 33 (*AH*); *C* Ensi; *M'Bek* E il si f.; *B'* tarza, *BEHkn* tarda — 34 *CKM'* Issi, *AM* Ainsi, *EH* Einsi; *M'* orreiz, *C* morois, *B* -es; *A* A. con en uos puet r., *n* Si con porroiz oir r., *B'* Eissi cum ie uos puis r.

14435　　Trop les empressot Achillès,
　　　　E tant se teneit des rens près
　　　　Que n'i poëit nus des lor joindre
　　　　N'a dreit aler ne a dreit poindre,　　　　　　*14390*
　　　　Qu'il ne li sorsist a la chiere
14440　　O as costez o par deriere :
　　　　Ociëit les veant lor ieuz,
　　　　Mais ja charra tost sis orguieuz.
　　　　Troïlus sist sor le destrier,　　　　　　　　*14395*
　　　　Que mout ama e mout ot chier,
14445　　Quar en si buen n'ot onc monté.

14435 *A²* Ml't; *B¹* empressout, *G* ampr., *A²CL* apressoit, *M¹*
enpresoit, *n* anpresse, *B* encauca — 36 (*AB¹*); *M¹* Et si, *M²n*
Et trop; *R* par se t. dels p.; *BEk* Et si se tint (*EK* se teneit) des
r. si p. — 37 *B¹* Quil ne p. nul; *A* nul de l.; *AB¹R* poindre; *nK*
Qil ni (*K* ne) p. nus dax (*K* nul dels) desioindre, *M²JMy* Que
il ni p. nul (*EH* nus) dels (*EH* dax) (*M* nulz) ioindre — 38
M²CJR Ne; *A²y* uenir; *AB¹R* ioindre — 39 *R* sorcist, *A* sour-
dist, *H* solsist; *BCJek* Que il ne li fust (*M* ne f.), *GLN* Que il
ne fausist (*L* ferist, *G* soisist), *F* Qen ne saisit; *B¹H* en la; *A²*
Quil ne li fust enmi la c. — 40 *R* Mas; *A* en coste; *GLN* p.
derr., *F* a la chiere, *H* en la c.; *A²BCDJek* Ia sespee ne fust
(*K* fu) (*DM¹* neust) tant chiere — 41-2 *A²* donne d'abord la leçon
de *BCDJky*, puis celle du texte critique — 41 *R* Ociet, *xAA²*
-oit, *M²* -ent; *M²B¹* ueiant, *Gn* uoiant, *AA²* deuant; *B¹* ouilz, *M²R*
oilz, *N* iax, *F* ialz, *A²* eols, *A* iours; *A²BCDJky* Que (*H* Quil)
de (*A²* des) grans cols ne lor donast — 42 (leçon de *A²*); *M²* Mes
or; *B¹* orgu (les dernières lettres illisibles), *R* orgoilç, *A²* -eols, *G*
-uex, *L* -oex, *A* -ours, *M²* ergoilz; *x* Ml't tost c. ia; *AR* Mes (*R*
Mas) en pou (*R* poi) dore chiet o., *BCDJky* Et braz et piez (*A²*
poins) (*BJ* Et p. et b., *DM¹* Et poins et p.) ne lor coupast (*K*
lor decolpast) — 43 *DM¹* sus; *n* un d., *A²BCDJky* passelande —
44 *B¹* Quil, *F* Qi, *A* Qui; *Ln* amoit; *N* Quil a. m.; *M²* Que il
molt ajme e a c.; *A* lot c., *G* tint c.; *n* et tenoit c.; *A²BCDJky*
Fols est qui nul meillor (*Dy* plus isnel) demande — 45 *B¹* Quer
unc en si b. nout m., *A* Car onc sor si bon not m., *G* C. ains
nout soi si bon m.; *n* bon; *M²* naueit m.; *A²BCDJky* Car onc
(*EH* ainz) (*A²* Ainc hom) not mes (*M* m. n. *A²* ne uit), si bon
(*H* bel) destrier.

L'escu al col d'or emboclé,
L'eaume lacié, l'auberc el dos,
La lance el poing, ou fu entors   *14400*
Li confanons cui li dona
14450   Dameisele Briseïda,
Que mout l'amot ancore al jor,
Toz les granz sauz del milsoudor
A le renc pris : bien esguarda   *14405*
Que uns des suens poinst e brocha.
14455   Ferir alot un chevalier,
Mais Achillès sailli premier,
Quil feri si par mi la chiere
Que morz chaï en la poudriere.   *14410*
A tant i sorvint Troïlus.
14460   Ne sai que aloignasse plus :
Devers sei le trueve acosté,

14446 *CEJ* Escu; *B'* enbogle, *F* abocle; *A²BCDJky* bocle
(*DM'* bougle, *A* bende) dor mier; *M²* Qui tant preisiez fust de
bonte — 47 (*A²*); *B'* losberc, *M²* lausberc; *M'* ou, *F* an, *A* du;
FK dox; *H* laubers fu fors — 48 *M²* al, *M'* ou; *F* poig; *K* Le
buen espie; *A²* v pent a clos, *H* et fu destors — 49 *KM'* Li
(*M'* Le) gonfanon; *M²* confenons, *M* -on, *B* gunfanon; *AB'* que,
M² qui — 5o *B'* Damisele, *M²* Damais. — 51 *B'* Quil ml't amout,
A Qui m. amoit; *G* anmoit; *AB'* encor, *M²x* ancor; *kyJ* de
fine (*H* fiere, *E* grant) amor — 52 *kyJ* Les g. s. sor (*M'* sus) le
m.; *A* el; *B'* missoudor, *M* misoudour, *M'* misodor, *A* -our,
M²EK milsoldor — 53-4 *rognés dans B'* — 53 *G* la ranc, *H* les
rens — 54 *M* siens; *enM* point; *ekC* iosta — 55 (*GL*); *AB'*
Joster al cors dun c., *M²* Por i. a lur cheualiers, *A'A²BCJky* Por
domagier (*K* dam.) lor (*J* lors, *B* les) c. — 56 *M²A'A²BCJky*
premiers — 57 (*A²C*); *LN* Qel; *ek* Si le f.; *n* an mi, *G* an mei
— 58 (*A²*); *B'* mout, *M'* mort; *EN* chei; *KL* Quil c. m., *F* Qe
mort labat. *CEK* poldr., *B'* poudere — 59 (*A²*); *B'* O t.; *ky*
i auint, *M²A²* est uenuz, *I* lait courre — 6o *B'* qui, *A²* quen; *B'*
aloingnasse, *K* aloniasse, *M'* -nasse, *E* ialoign., *M* laloign., *F*
ge loign., *N* gesloign. — 61-2 *interv. dans C* — 61 *n* le troue a.,
M²AB'I troue (*A* treuue, *I* trueue, *B'* trone) le coste; *ekC* D.
senestre anz el (*M'* ou) (*CM* s. el) c., *A²B* D. le s. c., *H* Par d.
s. ou c.

Merveillos coup li a doné,
Quar outre passe toz li fers. *14415*
Onques nel pot tenir haubers :
14465 Se Achillès ne se baissast,
Ja mais sa boche ne manjast.
Cil l'a hurté come vassal
Fortment de sei e del cheval ; *14420*
Jus le trebuche del destrier.
14470 Senti a si le fer d'acier
Que ne fu puis d'un meis durant
Qu'il n'en eüst le cuer dolant.
Ne fu mie trop esbaïz. *14425*
Mout refu tost en piez sailliz,
14475 Son destrier prent par mi la resne.

14462 *M²BCM* Estrange c.; *yA²K* Li a m. cop d., — 63 *B¹*
Quant dautre part sen ist; *M²Bky* Si quoltre (*M¹* coutre, *M* cotre
(*M²B* Quant outre) en est (*E* Si que oltre est) passez — 64 (*GL*);
M²AA²BB¹ky Onc (*M²BH* Ainc, *E* Einz, *M* Que) ne si (*k* se,
M¹ le) pot; *F* aubers, *B¹* lousbers — 14465-580 *sont dans P²*
(*7e fragm.*) — 65 *A²* Sachilles dunc; *M²ek* bessast, *n* baisast;
AA²L sab.— 66 *L* de b.; *J* boiche; *M²ABCEIJk* parlast, *A²HM¹*
meniast; *FP²* Ge cuit (*P²* Je croi) que ia mes ne m. — 67 *FM¹*
a h., *A²* le hurte; *E* Bien a enpeint; *e* le bon u. ; *B¹* cum; *P²*
uasal, *x* uasax — 68 *B¹ek* Forment; *eM* de lui; *A²* Et de son
cors; *M* des cheualz; *xP²* Par (*F* Por) pou ne chei li cheuax
(*P²* du cheual) — 69 *FR* trab., *M²* trebucha; *Me* len enuoie;
K I. lenuoia del buen d. — 70 (*A²BCHJR*); *AP²n* Si a s., *A²*
Sentir li fait; *AMP²* sentu; *M* le branc; *nP²* glacier; *B¹* Si qua
leaume fiert el grauier — 71-3 *B¹* Desoz lui fu lerbe vermeille
Ml't par me tient a grant merueille Cum il est de la mort guariz
— 71 *M²A²BCDJky* Quil ne fu iorz de (*H* en) la (*M²* puis de-
dens) quinzejne (*A²C* semaine); *L* Il; *Gn* del m.; *A* contant, *R*
entrant; *P²* Puis ne fu ior dun m. passant — 72 *M²A²BCDJky*
Quassez (*H* Assez) neust (*A²* Neust a.) dolor (*M* trauail) e peine;
A Que, *R* Kel; *n* Qe il naust; *R* le cors — 73 *M²* Nesteit;
CEHM ml't e.; *J* Ne fut achilles e., *A²* Achilles fu preuz et
hardiz — 74 *M* M. t. r. — 75-6 m. à *A²* — 75 *B¹* Sun; *H* prist;
B¹GR regne; *M²BCDJky* isnelement (*HM¹* ignel.)

E Troïlus point ne l'esperne :
De l'espee li meist e done
Sor le heaume, qui cler resone.   *14430*
Tuit se rassemblent comunal :
14480   Ci rot estor dur e mortal ;
Ci fait Hector teus escremies
Dont cent des lor perdent les vies.
Si vos di bien que li Bastart   *14435*
I font de ceus de l'ost essart :
14485   La ou il vont sont li renc cler,
A mainz en font les chiés voler.
La rescosse ert mout angoissose
E as plus forz mout perillose :   *14440*
Rien ne vit onc tel foleïz
14490   Ne d'espees tel fereïz.

14476 *P²* Mes; *R* troiulus; (*R* lesperne), *B¹* lesperenc; *P²*
bien le desresne, *G* trop bien laresne, *nL* tres b. (*L* tel cop)
li esme; *A* Son cheual saisi par la resne, *M²BCDJky* Mes (*M²*
Et) t. molt eigrement (*M* asprement) — 77-78 m. à x — 77
K Sor lialme, *CM* De sespee; *M* le fiert, *L* si grant; *BCEHR*
moist, *K* mist, *M¹* muet; *A* tel cop li done; *P²* Qui tout
son cors i abandone — 78 *B¹* Sur leaume; *G* le hyaume, *M*
le helme, *R* lu aume; *K* De lespee; *J* que; *C* chier; *A* Sor
lelme qui si cler r., *A²* S. son helme que il ress., *P²* De lespee
grant cop li done — 79 *B¹* Ci rasenblent, *F* resamblent; *AR*
Li fers ass.; *M¹A²BCDJky* Les flors en abat contre ual, *P²*
Parmi le hiaume de terral — 8o *A²CFJy* ot, *B²* ront; *H*
caple; *M²AP²n* fier — 81 *B¹* es teus e., *A²* tel eschermies; *n*
Ci fist h. mainte escremie — 82 *M²n* maint, *K* .m.; *Ek* des
grex; *n* la uie — 83 *B¹* Ci — 84 *B¹* I funt, *C* Refont; *F* cez,
E ces — 85 *M²B¹* sunt — 86 *B¹FM¹* A maint; *B¹* le chief;
K Les chiefs en f. a maint u. — 87 (*A*); *M²MM¹* iert; *M²BB¹C*
trop; *E* La resqueusse fu a.; *e* perilleuse — 88 (*A*); *CMM¹*
a; *M* chascun, *K* plosors, *M²CE* plusors, *M¹* -eurs; *e* dole-
reuse — 89 *AB¹* Riens, *n* Nus, *M²* Ainz; *B¹* unc, *M²* hon, *G*
ains, *A* mes; *ek* Ainz (*k* Onc) hom (*M¹* nus) ne uit; *AMM¹*
foleis, *n* fereiz — 90 *M¹* fereis; *n* Nc de cheuax tel (*F* tex)
foleiz.

Outré aveient Achillès
Cil qui s'en mistrent a grant fais.
Toz esteit pris e retenuz, *14445*
Quant Telamon i est venuz
14495 E li bons dus Atheniëns.
Cist n'i fussent mais hui a tens,
S'il tarjassent ne tant ne quant,
Ja Achillès n'eüst guarant; *14450*
Mais il l'ont de la presse trait,
14500 Sin furent ainz maint espié frait
E maint escu d'or emboclé
Tot detrenchié e decoupé,
De maint heaume li laz rompu *14455*
E maint chevalier abatu.
14505 Grant piece dura la meslee,
Trop fu l'escosse comparee,

14491 (*A*); *R* Autre, *B* El tre, *M²k* Oltre, *n* Anclos, *C* An-
dois, *JM¹* Quatre en, *EH* .iiij. an, *éd.* Entre eus; *BCJy* me-
noient — 92 *AMRn* se, *B* si; *eM* en — 93 *M* Ia; *B¹* esteient —
94 *M²Men* thel. — 95 *F* Ou; *M²B¹* buens; *M¹* le bon duc; *K*
Et li d. des a.; *B¹N* aten. — 96 *kAM¹* Cil, *n* Mais; *A* ne; *M¹N*
fusent; *M* huimez, *K* oimes, *B¹* m. ui; *M²* Ia mes ni uenissent,
F Mais ni u. mie — 97 *B¹* targassent, *ekn* tard. — 98 *M¹* Iachil-
les; *n* naust — 99 *M²B¹* lunt — 14500 (*CR*); *B¹* Et sin fu ainz
mainte (*sic*); *nL* Ml't (*L* Si) i ot a., *A²BCJky* Et si (*M* sen) ot
(*A²CM* ont) a.; *B* espiel trait; *M²* M. fort e. en ont a. fret, *A* Et
m. e. en fu a. f.; *A²* aj. 2 *v.*: Et maint cheual esboele Et maint
cheualier afole — 1-2 *sont interv. dans A et placés après les* 2
suivants dans A²BCJky — 1 (*CJP²R*); *A* M. bon e.; *B¹* enbogle,
M¹ -ougle, *BL* desbocle, *M²* neele — 2 (*ABCHJP²*); *L* Tant;
B¹ decoupie; *M²* Fendu et tot eschantele — 3 *R* m. hiaumes, *eJ*
mainz heaumes; *B* helme, *A* elme, *F* haume, *HN* hiaume, *M²*
heume, *k* hialme; *BB¹CJRMny* les (*H* lor) laz rompuz (*B¹* rum-
puz, *M* rompu), *M²* r. les l. — 4 (*P²*); *EHNR* mainz; *BCEHN*
cheualiers, *R* keu., *B¹* keualer; *BCJRny* abatuz; *M²* Iluec aueit
mauuez solaz, *puis ces* 2 *v.* : A cels qui bien arme nesteient Car
als plusors les chies coupeient — 5 *N* mellee, *L* merlee — 6 *B*
Molt; *E* lesqueusse, *M* lescouse, *A* la rescousse, *n* la chose; *C*
La rescouse fu c.

Trop i ot grant damage fait.

Il n'i a plus : li jorz s'en vait   *14460*

E la nuit vient oscure et neire,

14510   Que a fait departir la feire.

Parti s'en sont e trait en sus,

A cele feiz n'i ot fait plus :

As herberges s'en retornerent   *14465*

Cil qui guaires n'i sojornerent ;

14515   El ne refirent cil dedenz.

Trente jorz dura li contenz,

Onc un sol jor ne trespassa ;

N'onques lor gent ne desevra   *14470*

Desci ques departi li seirs

14520   E li vespres oscurs e neirs.

Li trente jor furent penible :

14507 *B*¹ T. en fu; *kE* T. let (*E* grant) d. i eust (*M* ot) f.
— 8 *B*¹*LM*¹ le ior; *ek* Quant la nuit (*E* nuiz) uint; *M* A tant
la nuit uient li iour u. — 9-10 *m. à H* — 9 *M*¹*n* nuiz; *ekJ* Et
por la nuit; *E* nere, *GJMM*¹*n* noire — 10 *AG* foire, *n* faire;
ek Ont de .ij. (*K* dandeus) parz guerpi la foire (*K* laffaire, *e*
lafere), *J* Sentrelaissent cen est la uoire — 11 (*L*); *B*¹ Partiz;
*M*²*EK* se s.; *M*²*B*¹ sunt; *HJM*¹ Departi s.; *B*¹ & traiz; *F* ni
a fet plus — 12 *B*¹ out, *L* a; *F* sont trait ansus — 13-4 *interv.*
dans F — 13 *K* Al herberge — 14 *M*²*BJL* ne, *C* nil; *M*²*B*¹*CMen*
sei., *K* demorerent; *A*² Li griiois plus ne demorerent — 15
*M*²*BB*¹*JM*¹*k* Nou (*BJM* Nel, *KM*¹ Non, *B*¹ No) r. icil (*M* il
cil) d.; *C* Et non r., *GN* Et ne (*G* nou) r., *A* Car ne r., *H*
Ensi r., *E* Ausi ne f.; *L* Autretel f. — 16 *B*¹ dora — 17 *m.*
à M; *B*¹ Unc, *M*² Ainc, *A* Ainz; *xIP*² Onques un (*L* nul) ior
(*I* nus iors); *I* nen t.; *A*¹*JKy* Nonques (*A*¹*HJ* Onques) tant
com li iorz (*H* lestor) dura — 18 *AA*¹ Conques; *M*²*AA*¹*I* l.
genz, *L* ancois; *G* Onques .j. ior, *n* Ne (*F* Na) lautre ior, *P*²
Lun de lautre, *A*²*Jky* La meslee; *I* nen; *M*¹*k* dess., *L* defina
— 19 (*I* Desci), *AA*²*B*¹*P*²*x* De ci, *M*² Dauant, *A*¹*Jky* Deuant;
(*IP*² ques d.), *KR* que d., *M*²*A*¹*B*¹*JMxy* que les parti; *M*²
lo seirs — 20 *P*² obcurs; *A* Et que li cieux estoit touz noirs
— 21 *N* plenible, *BHL* penable, *J* penex; *K* Molt f. li t. ior
fort.

N'en i ot nul si mautraïble
Qui toz ne fust las et matiz,   *14475*
Ainz que il fussent acompliz.
14525 Dui des Bastarz i furent mort,
Qui donerent grant desconfort
Al rei Priant e a Paris
E as meillors de lor païs.   *14480*
    Es deriers jorz de la bataille,
14530 Par les mailles de la ventaille
Fu Hector navrez en la chiere
D'un lonc quarrel en tel maniere
Que por un poi ne fu ocis ;   *14485*
Puis en jut bien teus quinze dis
14535 Qu'onc son hauberc ne pot vestir
Ne fors des murs de Troie eissir.
Mout en reçurent grant damage

14522 (*BJR*); *M²* Ainc ni ot; *M²CGJM¹* un; *M²* tant mal
treible; *AN* traitible, *E* tret., *M¹* aanible, *H* ahanable, *B* mal
tirable, *L* m. creable, *J* trauaillex; *P²* Ml't doulereus et ml't
orrible, *K* Maint buen cheualier i ot mort — 23 *B¹JM* Que, *R*
Ke; *M²* molt, *M* tout; *C* mal ne fussent esmaris; *AH* matis,
M²MR mestiz, *JM¹* mestis, *E* mate, *B* malmis; *n* Qil ne fust
ancois toz lassez, *P²* Car chascuns fu aincois l., *K* Et affolez
et malbailli — 24 (*CR*); *B* quil f. tot a.; *HM¹* li termes fust
compliz; *E* trespase; *nP²* Qil les aussent trespassez, *K* Anceis
que il fussent failli — 25 *F* Dos, *M¹* .ij.; *B¹* morz — 26 *B¹*
desconforz, *M* -ors — 27 *M A* — 28 *AB¹* Et as plus chiers; *n* plu-
sors, *k* meillors; *K* ses — 29 (*leçon de B¹*); *FGL* Lo derrien (*G*
darien, *L* derrain) ior, *N* Au darrien i., *A* Au definet; *A²BCJky*
En la daeraine (*M¹* desreaine, *M* derraine, *C* der., *E* darrehiene,
B daarraine, *M* daar., *J* septeisme, *K* primeraine, *A²* prem.)
b., *M²* E en la vintaine b. — 31 *B¹* naffrez, *M* naure; *B¹* chere —
32 *B¹* Don lung; *P²* grant, *n* gros; *B¹* quarel par t. manere; *E*
meniere, *F* maynere; *N* par mi luilliere, *P²* darbaletiere — 33
(*B¹* por), *les autres* par; *M* ochis — 34 *B¹* en vint, *CK* auint, *P²*
iut il; *F* plus de .xv. — 35 *B¹* Conc, *M²M* Quainc, *enC* Que; *K*
Que sol lauberc; *F* auberc; *B¹* sun osberc — 36 *M²Me* hors; *N*
troye — 37 *B¹* Ml't en receurent grand; *L* i r., *M* i auoient, *E*
en ont eu.

Li plus prochain de son lignage :   *14490*
Tant com la bataille a duré
14540 Dès puis qu'il fu el vis navré,
En furent bien li sordeior.
Mout ert regretez chascun jor ;
Mout en ploroënt tendrement   *14495*
Cil qui le grant destruiement
14545 Veeient faire de lor genz.
Par maintes feiz les mistrent enz,
E par maintes feiz reüserent
Plus sovent qu'il ne recovrerent.   *14500*
Mout en aveient le peior :
14550 Quant il n'aveient lor seignor,
N'aveient point de forterece.
Mout regretoënt sa proëce,
Mout en esteient angoissos   *14505*
E dolent e trist e ploros.

14538 *B¹* procain, *M²* prochein, *N* -ien, *F* -en, *E* pruichien ;
B¹ sun linniage ; *F* linage — 39-40 *m. à LP²n et sont interv. dans*
M²A²BCDJky — 39 (*AGR*) ; *M²A²BCDJky* ont (*D* ot) tenue — 40
A D. lors qui ; *R* ki ; *B¹* naffre ; *M²H* Grant perte i ont puis (*H*
tot) receue, *A²BCDEJM¹k* Puis o. g. p. r., *G* En furent tuit
desconforte — 41 *AR* f. il ; *B¹* sordeor, *A* soudoiour ; *M²* En f.
toz iors li peior, *A²BCDJky* T. .j. en f. li (*A²* orent le) p. (*A²E*
poior, *DM* piour, *H* -or) (*K* lo p., *M¹* le paior), *n* Et ml't en orent
lo p. — 42 *M²M* iert, *M¹n* fu, *R* lont ; *B¹R* regrete — 43 *A²* le
p. ; *B¹* plorouent, *nKM¹* plorerent, *R* plore[rent?] ; *A²* durement
— 44 *R* lor ; *K* destruiment, *M* definement — 45 *K* I uoient, *F*
Voloient ; *C* maintes g. ; *F* gent ; *M* V. chascun ior de l. g. — 46
A²H furent (*H* les ont) mis ens — 47-8 *m. à H* — 47 (*P²*) ; *L*
Car ; *A²BCJM¹* mainte ; *ABB¹CM¹k* Par mainte f. les r. ; *M²E* re-
courerent — 48 (*L*) ; *M²AA²BCGJM¹k* E par maintes (*AA²BCJM¹*
mainte) feiz, *E* Et m. f. i ; *M²E* reuserent — 49 *B¹* M. esteient
sordeior ; *A* M. en estoient, *P²* Toudis auoient ; *AM* li p. ; *eP²*
poior, *H* pior, *M* -our — 50 (*BCH*) ; *B¹* Qui ; *AB¹* ni aueient —
51 *B¹* fortelece — 52 *B¹* regretouent — 53 (*ACL*) ; *B¹* Ml't sen fai-
seient, *M²* M. par en erent — 54 (*C*) ; *M²FM¹P²* D. et triste (*M¹*
tristre, *A* -es), *L* D. t., *B¹* Dolenz e tristes, *M* Et t. et dolenz ;
P² poerex, *L* poorouz.

14555   Li champ erent covert des morz,
         E li vergier e toz les orz :
         Ço diseient e afichoënt
         Cil quis veeient e esmoënt,   *14510*
         Que plus en i aveit assez
14560   Que quant il furent ars es rez.
         Ço diseient bien li plusor :
         « N'en i ot pas tant l'autre jor. »
         Nel reporent plus endurer,   *14515*
         Quar n'aveient ou assembler :
14565   L'olor e la puör les chace.
         N'i aveit vuit ne champ ne place.
         Empor Hector, qui jut navré,
         Dont li suen erent maumené,   *14520*
         E por redelivrer les chans,

14555 (*AA³GL*); *J* couerz, *M¹* rengie; *M³Ben* de; *K* Tant i furent mort cheualier — 56 *G* Et uerjiers; *IJM¹* Tuit arengie (*I* Toz arengiez) de si (*I* ci) qua hors (*J* quas hoz); *E* antres quas orz; *BLMn* tuit li; *BM* or, *M³* horz, *L* port; *C* Et iardin et uerjier et ors, *A³* Si lor estoit grans desconfors, *K* Couert en sont champ et uergier — 57-8 *rognés dans B¹* — 57 *M¹* afioient, *Jk* aff.; *P³* Cil bien tretuit si redisoient — 58 *M* qui, *n* qi; *M¹* Ceus que, *J* Qui les; *E* qui les uoient, *H* et ooient; *P³* Que onques mes nen i auoient — 59 *B¹ky* Quil en i a. p. a.; *B¹E* asez; *P³* i eust a. — 60 *E* es prez — 61 *kP³* tuit li plosor — 62 *B¹* out (*f. constante*); *n* Ni (*F* Ne ni) auoit — 63 *B* Ne; *B¹* poeient, *Cek* pooient, *n* porroient; *e* mes — 64 *B¹* Quer, *M³EKn* Car, *M* Que; *kC* ni aueit; *M¹* Pas nauoient; *B¹* o asembler; *M³* asenbler — 65 *M³BKen* Lolors, *M* Loleur; *M³EKn* puors, *M* pueur; *B* cache — 66 (*C*); *B¹* voi, *M³* voit, *B* vint, *KN* mes, *F* mais — 67 *B¹* En por, *M³CGkn* E (Et) por, *A* Tout p.; *M³IM* iert, *eBK* est, *AH* fu; *B¹* naffre, *M³BKny* naurez — 68 *F* Don, *M* Donc; *A* li sien, *nP³* li rois; *n* estoit, *P³* est si; *I* Les ont li grigois; *A* malmene, *n* -ez, *I* -es; *M³BM* molt erent (*M* ierent), *e* chascun est; *HK* Qui molt les a (*H* ot); *M³* despoentez, *eB* espoantez, *kC* espoentez, *H* espoentes — 69 (*AA³BB¹CHP³*); *C* deliurer; *nL* chanz, *R* camps; *JK* Et por les c. r. (*K* places deliurer), *I* Por chou et por les cans widier.

14570 Requist triuës li reis Prians.
Ses genz veeit, ço dit l'Autor,
A miliers morir chascun jor :
Bien apareit que n'i ert mie   *14525*
Cil quin aveit la seignorie.
14575 Messages prist li nobles reis
Membrez e sages e corteis,
A Agamennon les tramist;
Mais ne truis pas lor non escrit.   *14530*
Sis meis requistrent triuë entiere,
14580 Qu'om n'i traie ne lanst ne fiere.
Donee fu senz contredit
Qui fust de grant ne de petit;
D'ambedous parz l'ont afiëe.   *14535*
Adonc refu grant l'assemblee

14570 (*AA³BCP²*); *BCM¹* treues, *K* trieues, *FH* triue; *IJK*
Fist prianz (*K* -ant) t. demander (*I* porcachier) — 71 *M¹* ce dist,
K tesmoing; *M²K* lauctor, e lactor, *M* laucteur; *A²* en grant
tristor ; *n* uoit a ml't grant dolor; *P²* Et por sa gent qua g. d., *I*
Car ses gens veoit a d. — 72 *F* muerent; *M* Morir a m.; *P²* Voit
m. a duel c. (ior *disparu*), *puis ces 2 v. :* Et a vilte et a hontage
Trop par i a pesme domage — 73 (*P²*); *N* B. i paroit, *B¹* Parisseit
i, *M²Je* Molt pareit b., *M* Ml't b. parut, *K* M. parceit b.; *F* qui,
M quil; *M¹P²* ni iert, *J* niere — 74 *nM¹* qui, *J* quen; *E* qui dax
ot; *M²* La flors de la cheualerie; *P²* aj. : Et le poior des troiens
Por ce ne lor uenoit nul biens — 75 *M²FJe* Messagiers, *P²*
Mesages p. prianz li r. — 76 *B¹* Riches & saiues; *eM* Ml't proz;
K Li p. li s. li c.; *M¹* ml't s. ml't c. — 77 *AFM¹* agamenon,
E -annon; *N* tramit — 78 *G* ni; *xP²* nons; *P* escriz; *L* t. les
n. en escrist ; *A* Ne t. p. les nons en ; *AG* escript; *I* M.
daires pas les n. nescrist, *M²A¹A²BCJky* Qui des (*M* de) gries
(*MM¹* griex) sor toz (*A¹* s. t. d. g.) sentremist — 79 *E*. ij. m.
quistrent triues antiere (*sic*); *P²* requierent, *C* requist la; *BCJM¹*
treue — 80 *B¹* Que huem; (*M²* lanst), *B'EM* lant, *M¹* lanz; *F*
lail ni; *CKNP²* Que len ni t. ne ne (*C* ni) f. — 81 *k* onc c. —
82 *k* Ni ot; *A²* Tot le uuelent g. et p. — 83 *B¹* Damedeus, *F*
-ous, *N* -ox; *A²* fu a. — 84 *M²* Adoncs, *A²* Adunc, *nE* Lores;
n i ot g., *M²A²Ek* fu molt granz (*k* grant), *M¹* Lors r. m. grant;
M²B¹M¹ lasenblee, *n* assamblee, *E* launee.

14585   As rez faire e as cors ardeir :
          Ne finerent ne main ne seir
          Desci que tot fu acompli
          E que tuit furent seveli   *14540*
          E mis en cendre e en sarquieuz.
14590   N'i ot si jovne ne si vieuz
          Qui ne fust liez del lonc sojor.
          En fuerre alerent li plusor :
          Mestiers lor en ert e bosoinz ;   *14545*
          Mout lor covint a querre loinz.
14595   Li fil le rei furent ploré
          Le jor qu'il furent enterré ;
          Sarquieuz orent trop precios.
          Seveliz les ont ambedous   *14550*
          Delez lor freres richement,

14585 *A²* As feus, *B¹* A arez; *M²* Por les r. f. as, *n* La rez (*F*
tref) firent as; *JM¹* fere as; *I* A r. f. et a c. — 86 (*A²HJ*); *B¹*I
Ne cesserent; *B¹* ne matin ne s. — 87 (*I*); *AB¹* De ci; *FG* Dauant,
M²JLNky Deuant; *M* tuit; *M²EJK* ont; *A²* Tant que tot aient
a. — 88 *B¹* & tuit; *G* Et t. li mort sont; *M²B¹Ik* sepeli, *AF* seuelli,
GLN anfoi; *y* tot ont (*H* fu) anseueli; *A²* Et quil o. t. ensepeli
— 89-90 *m. à x* — 89 *R* ou en; *B¹* sarcous, *M²* serquelz, *E* sar-,
K sarkeilz, *A* -queus, *MR* -queuz, *C* -qeus, *A²BI* -cus; *B* Et que
tot furent en, *C* Et tuit f. mis en; *DHJM¹* et atorne — 90 *M* a;
A² remest iofnes; *I* eut des iouenes des quenus; *B¹* iouenvre, *E*
iuesnes, *K* iones, *M* ione; *M²K* uielz, *A* uieus, *C* ueus, *R* ucuç,
E uelz; *A²* ne chenus, *B* ne kenus; *DHJM¹* Ni ot .j. sol si adure
— 91 *B¹* Que, *R* Ke; *K* fu; *I* Ne fussent lie; *IM¹* grant; *A²* Ml't
sunt en lost lie d. s., *nL* Ml't par amerent lo s., *G* M. se pener-
rent chascun iour; *A²* soior, *les autres* seior (*de m. partout*) — 92
M¹ fuere; *M* en uont; *I* chascun iour — 93 *M²M¹k* iert; *M* et
besoing; *M¹* Mestier l. i. et grant besoing, *E* M. en orent et b.,
I Car m. en ont et b.; *B¹* besoingz, *M²K* besoinz — 94 *B¹* Ml't
coitout a q. loingz; *K* couient a, e estouoit; *eIM* loing — 95 *B¹*
fiz; *M¹* Le filz; *n* plure — 96 *M* que — 97 *M²* Sarquelz, *G* -ueus,
EM -ueuz, *M¹* -uex, *K* -keus, *N* -couz, *B¹* -cous, *F* -coz; *B* ou-
rent, *F* i et; *EG* ml't — 98 *B¹Ek* Sepeliz; *B¹M* furent; *B¹n* ame-
dous; *M¹* Si les mist on enz, *x* Mis les i a lan (*F* an); *K* Bien l.
o. s. andox — 14599-600 *m. à G* — 599 *n* hautemant.

14600   Solonc lor lei mout hautement.
    En pais furent e en sojor
    Bien demi an, ço dit l'Autor.
    Dès or ont bien lor volenté   *14555*
    E li malade e li navré.
14605   Broz li Puilleis, li plus senez
    Qui de mirgie fust usez
    Ne d'oignement freis ne d'emplastre,
    Dedenz la Chambre de Labastre,   *14560*
    Tailla Hector si gentement
14610   Que mal ne trait, dolor ne sent.
    Totes les dames, les puceles,
    Totes les riches dameiseles
    Sont devant lui e nuit e jor;   *14565*

14600 *B¹* & son l. l. honestement; *M²En* Selonc; *K* la l.; *Ln* richemant; *M¹* Enterrez furent h. — 1 (*C*); *n* Apres, *L* Empres, *G* An pais; *nL* ce f.; *Ax* a s. — 2 *B¹* Buen; *L* ce dist, *N* tesmoing, *F* -oig; *G* lauctor, *A* -our, *L* lactor; *M²CJM¹k* car (*C* qe) onc (*M²* ainc) (*JK* quonques) nul ior, *E* que onques i., *H* que un sol i. — 3 (*G*); *B¹* un b.; *B¹L* volentez; *M²CJky* Ni ot ioste ne torneie — 4 (*GL*); *F* Li m.; *B¹* les naffrez; *M²* Respasse furent li plaie; *CJky* Gari f. tuit li p. — 5 *B¹* Broc le p. le; *M²* Brot, *BI* Bros, *A* Brus, *k* Goz, *G* Goz (*B en marge*) (*cf. A² et v. 10245*); *AGN* puillois, *M* -oiz, *Ck* puillanz, *B* -ans, *éd.* puissanz, *M²EJ* pullanz; *F* Puis sanz toz li; *L* Danz broz li preuz et li s., *A²* Li bons mires gos li s., *HM¹* Uns sages mires ml't senes — 6 *m. à G*; *F* qe; *n* des; (*A* mirgie), *B¹* migie; *nEJLMM¹* mecines, *K* mesc., *M²CH* mecine; *nKL* fu; *k* chasez, *C* casez; *A²B* sot assez; *M²* De mecine qui ainc fust nez, *HM¹* De m. (*M¹* -es) fu (*M¹* ml't) aloses, *puis ces 2 v.* : Byos (*M¹* Fyoz; *cf.* Sioz, *ms. BN 301 f° 93 v°*) ot non ml't fu cortois Nus hons ne sauoit tant de (*M¹* des) lois — 7 *E* doignemanz, *HM¹* -ens; *yGJ* fres; *n* Et d. (*F* D.) faire et; *L* D. et de bon e. — 8 (*BH*); *F* Dadanz; *CKN* lanbastre, *FGL* lambastre; *M²A²EJ* c. dalabastre, *M* c. dalb. — 9-10 *rognés dans B¹* — 9 *ekJN* Gari, *G* -ist, *F* Garri; *A* richement, *ekJ* doucement — 10 *K* Que nul m. ne d., *J* Q. m. ne grant d.; *A* Qui ne trait m. ne qui nel s.; *M¹* trest — 11 (*A*); *B¹G* & les p.; *M²ek* Vienent (*M¹* Viegnent) i d. e p. — 12 *n* Et les plus r., *M* Et les priuees; *M²A* damais., *B¹* damis. — 13 *M²B¹* Sunt; *M²* dauant; *k* D. lui (*M* li) s.; *n* noit.

Vienent i rei, prince e contor,
14615 Vienent i cil qui plus valeient
E qui de greignor pris esteient.
Polixena i est, sa suer,
Que mout l'aime de tot son cuer,   *14570*
E dame Heleine, que le sert,
14620 Que sa plaie li leve e tert
Mout doucement e de bon gré.
Assez en ont sovent parlé
La quel en tienent a plus bele,   *14575*
O dame Heleine, o la pucele;
14625 Mais n'en sevent que afermer
Ne la plus bele deviser.
Soz ciel n'a cuer qui porpensast,
Ne n'a boche qui devisast   *14580*
Les beautez ne les resplendors
14630 A la meins bele d'eles dous.

La Chambre de Beautés.

En la Chambre de Labastrie,

14614 *M'* Viegnent; *M* y roy et c. — 15 *M²B'ekn* icil — 16
B' & de greinor p. i e.; *k* graignor, *M'* grenor — 17 *M* Polis-
sena; *K* ert sa suor — 18 *B'* sun, *F* lo; *Jky* Et dame heleine
(*E* -ene) o le franc c. (*K* cuor) — 19 *Jky* Qui ml't laime (*E* lainme)
et (*HM'* par leme, *J* leime) enore et s. — 20 *EJ* Et; *HM'* ses
plaies; (*JNy* leue), *F* laue, *M²B'k* lie — 21 *K* franchement — 22
n la nuit p. — 23 *M²Me* La quele t.; *n* La q. an tenoit; *F* por p. —
24 *E* elene — 25 *M²* M. il nen sieuent; *MM'n* ne; *M* sceuent, *K*
seiuent; *M'* ne sauoient quafremer; *B'k* aff. — 26 *B'* Al p. bel
quil puet aler — 27 *B'* na c. p.; *n* lo pansast, *H* deuisast — 28
M²B'ek Ne la b.; *n* Ne b. qui lo d., *H* Ne la mains bele por-
pensast — 29 *M²ACMn* La biaute (*N* biautez, *M²* biautie); *n* et;
AB'CM'n la resplendors — 30 *J* Et, *K* De; *AM'* mains, *M²* meinz,
C plus; *F* de le; *B'Jen* dos, *k* deus; *E* Que eles auoient andous
— 31 *H* Ne; (*EM* labastrie), *A²CGJN* lanbastrie, *L* lambastrit,
F -tre, *B'HK* laubastrie; *M²* dalabaustrie, *ABM'* dalabastrie.

Ou l'ors d'Araibe reflambie,
E les doze pieres gemeles   *14585*
Que Deus en eslist as plus beles,
14635 Quant precioses les noma, —
Ço fu safirs e sardina,
Topace, prasme, crisolite,   *14590*
Maraude, beriz, ametiste,
Jaspe, rubis, chiere sardoine,
14640 Charbocles clers e calcedoine, —
D'icestes ot de lonc, de lé,
En la Chambre mout grant plenté.
N'i coveneit autre clarté,   *14595*
Quar toz li plus beaus jorz d'esté
14645 Ne reluist si n'a tel mesure
Come el faiseit par nuit oscure.

14632 *B¹* O; *B¹FJMM¹* lor; *BJM¹n* darrabe, *A²* -bie, *FM* darabe, *K* darraibe, *A* darrable, *C* dar.; *F* resplandie; *H* Qui faite ert par si grant maistrie — 33 *H* Ne; *L* Auoit d.; *B¹F* iumelles, *M²JNy* -eles, *M* gimeles, *K* iom. — 34 *M¹* diex, *M* dieu; *L* i; *H* ellit, *kFL* eslut — 36 *M* Se; *M²ek* est; *L* saff., *B¹* safir, *A²M* saphirs, *M²* -ir; *K* sardona — 37 (*A²J*); *M¹* Topasse, *B* Tospace, *F* Topaces; *L* prames, *K* brasme, *A* basme, *B* blame; *K* et c.; *CM* gris., *M¹* criss., *N* crisolites, *F* crist, *B* gris. — 38 *nL* Rubiz (*F* Robiz, *L* Beriz) meraudes (*F* smer.); *e* Meraude, *B* Maraudes, *C* Smaraude, *A²* Miralde, *M* Esmeraude (*v. f.*); *K* Bericle esmeralde; *AB¹* berilz, *A²* -ils, *e* -iuz, *M* -ic, *C* -il; *B* bericle amarides; *M²* aumentiste, *M* amatice, *L* armetites, *A²* amestite, *C* amet., *F* merecites, *N* meietites — 39-40 *interv. dans e* — 39 *BK* Jaspes; (*AL* rubis), *B¹* rubi, *yM* rubiz, *M²* robin, *A²C* rubins, *n* beriz; *nRM* clere s., *L* et cler s. *B¹* chier & s., *J* chiere sardine, *K* chieres sardoines — 40 *B¹* Charbocle cler, *M¹* Charbougle c., *M²M* Charboncle c., *F* Carbocle c., *C* Carboncle c., *A²* Et lescarboncle; *K* Escharbocles et calcedoines; *E* calcid., *M¹* carsyd., *n* carced., *B* calcedone; *A* Escharboucle cler calcid. — 41 *M²Ak* De cestes, *C* De cest°, *n* De cez, *M¹* Diceus, *E* Dicez; *B¹* out del lonc & le; *Cn* et de le; *A* ont du l. du le — 42 *M²ek* Dedenz la c. g. (*K* a g.) p.; *n* plainte, *k* plante — 43 *B¹* Ni besoigna, *n* Il ni couint; *B¹* clartez, *F* biaute — 44 *B¹* Quer, *les autres* Car — 45 *F* r. il nan tiel — 46 *B¹* Cum ele fait; *F* il; *K* feseit, *eM* fesoit; *K* la n.

De prasmes verz e de sardines
E de bones alemandines   *14600*
Sont les vitres, e li chassiz
14650 D'or d'Araibe tresgeteïz.
Des entailles ne des figures
Ne des formes ne des peintures
Ne des merveilles ne des gieus,   *14605*
Dont mout i ot par plusors lieus,
14655 Ne quier retraire ne parler,
Qu'enuiz sereit de l'escouter.
     Mais en la Chambre, es quatre angleaus,
Ot quatre pilers lons e beaus :   *14610*
L'uns fu de leutre precios,
14660 L'autre de jaspe vertuös;
D'une oniche li tierz après
E li quarz fu d'un guagatès :
Plus de dous cenz mars d'or recuit   *14615*

14647 *L* prames, *n* pasmes, *K* brasmes; *F* alixandrines — 48 *B*¹
buenes, *E* boenes; *L* alam. — 49 *M*²*B*¹ Sunt; (*B*¹ vitres), *M*²*Mn*
listes; *E* o; *B*¹*E* les chassiz; *K* chasiz, *M* -is; *K* I firent listes et c.:
n l. auironees — 5o *M* darabe, *en* darr.; *B*¹ trejeteïz, *KM*¹ treg.,
E tresgit.; *n* Et dor d. tresgitees — 51 *B*¹ ne de — 52 *n* pointures
— 53 *n* meruoilles, *M*¹ figures; *B*¹ ieus, *M*² iues, *N* ious, *M*¹
giex, *E* gex, *k* geus; *F* Des m. ne des serqeus — 54 (*A*); *B*¹ D.
tant; *F* il li ot; *k* a, *B*¹ out; *M*² en; *k* plosors; *M* lieuz, *M* liex,
K leus, *E* lex, *N* lous, *M*² lues — 55 *A* Nel; *M*¹ quer, *nC* qier;
*M*² Ne vos voil ore reconter — 56 *B*¹ Quenui, *K* Quennui, *EM*
Quennuiz, *F* Quanuiz, *M*¹ -uis, *A* Anuis; *N* de lescoter, *E* de
laconter, *M*¹ a aconter — 57 *A*² Ens en; *B*¹ la c. aigleaus (*sic*);
*M*¹ as, *n* ot, *L* a, *C* e; *M* aigliauz, *M*² anglieus, *A*² -els, *An* -iax,
E eingliax; *I* Q. angliax en la cambre auoit — 58 *m. à B*; *B*¹*In*
&, *C* O; *kM*¹ piliers; *L* bons; *M*² bieus; *I* qui sont droit — 59
*A*² Luns est, *n* Li uns; *A*²*n* dun; *M* Lont fu de; *B*¹ lede (*avec un
sigle sur le* d), *A*²*I* lectre, *B* lentre, *C* lentie, *G* loutre, *M* leutte,
F ladre, *N* lauctre, *L* iaspe; *eK* delectre, *H* dal. — 6o (*B*); *E*
Lautres; *A*²*Cx* dun; *L* iasphe, *M*² prasme; *AB*¹ uert ros, *kL*
merueillox; *I* Li autres dun uert iaspre rous — 61 *EF* Dun;
eM onicle; *M*¹ le tiers; *K* enpres — 62 *M*²*GM* de; *BM* gagates,
K -res, *EJx* gargates, *A* galg., *C* agathes, *M*'sardines — 63 *CK*
.v⁴.; *y* Et p. de .v⁴. m. dor cuit; *A* molu.

Valeit li noaudre, ço cuit.
14665   N'est hui nus hom de cel poëir,
        Qui par force ne par aveir
        En eslijast les dous menors.
        Trei poëte, sages dotors,   *14620*
        Qui mout sorent de nigromance,
14670   Les asistrent par tel semblance
        Que sor chascun ot tresgeté
        Une image de grant beauté.
        Les dous que plus esteient beles   *14625*
        Aveient formes de puceles;
14675   Les autres dous de jovenceaus:
        Onques nus hom ne vit tant beaus;
        E si esteient colorees
        E en tel maniere formees,   *14630*
        Quis esguardot, ço li ert vis
14680   Qu'angle fussent de Paradis.

14664 *en blanc dans* N; *B* noadres, *H* -aldre, *M²Je* -audres, *C* naudres, *K* noals, *M* noalcles; *H* io; *HK* quit; *F* li noaus zo ert seu; *A²GL* Furent (*A²* en fu) li noaldres (*L* noaillor, *G* noallet) uendu — 65 *A²L* Il n'est; *A* Nest hom uiuant, *n* N. nus hom uis; *E* or n., *K* oi n.; *Me* hons, *M²* hon; *M²* cest, *Ken* tel — 66 *KM¹* Ne — 67 *BJ* Quen, *KM¹* Qui; *BJN* esligast, *M* -gnast, *K* eslitast; *M¹* pas le menor — 68 *M²A* Trois poetes; *M¹* .iiij. poete sage et actor; *C* cis auge auctor; *F* poeste, *E* poestes; *M¹n* sage; *AL* doctours, *A²L* doctors, *N* dauctors, *EK* auctors, *B* -ours, *M* -eurs, *M²* autors, *F* damors — 70 *Fk* ass. — 71 *M²* chescun; *M* i ot; *En* tresgite, *M²* -iete, *k* tregete, *M* -iete — 72 *tous les mss.* ymage — 73 *n* qui ml't; *kE* en erent (*M* ierent) — 75 *k* Li altre dui; *N* dox; *M²* iouenceus, *K* -ials, *En* iouanciax — 76 *M²* hon, *M¹* hons; *M²AL* si, *K* plus; *M²* beus — 77 *R* Einsi; *L* colore — 78 *F* manieres; *R* guise erent f.; *L* forme — 79 *HM¹* Ques, *L* Qes, *R* Kis, *J* Quil; *M²* regardot; *C* Qi esgrar-derent, *E* Qui les ueoit; *F* est; *M* enmi le uis; *K* Q. es chieres les esgardast — 80 *M²* Quangel, *L* Qangles, *n* Quangles, *R* Can-gles, *I* Cangele, *A* Angels; *yCM* Por uoir cuidoit (*H* quidast) (*C* Senblant estoit) que (*yC* quil) fussent uis, *J* Quil parlassent ce fust auis, *K* Que uiues fussent li senblast.

Des dous danzeles la menor
Teneit toz tens un mireor
En or asis cler e vermeil :   *14635*
Rais de lune ne de soleil
14685   Ne resplent si come il faiseit.
Qui onques en la Chambre esteit,
Si se veeit veraiement,
Senz deceveir, apertement.   *14640*
Li mireors n'ert mie faus :
14690   A toz iceus ert comunaus
Qui onques en la Chambre entroënt.
Lor semblances i esguardoënt :
Bien conoisseient maintenant   *14645*
Ço que sor eus n'ert avenant ;
14695   Sempres l'aveient afaitié
E gentement apareillié.
Apertement, senz deceveir,
I pueent conoistre e saveir

14681 *(A)*; *K* Des d. a; *N* dox, *R* dos; *F* doncelles, *e* puceles, *R* puncelles; *M²* Des damaiscles, *IJ* Des p. lune (*J* Une d. p.) tenoit — 82 *(BC)*; *F* En oit; *AL* tot t., *HM¹* t. iors, *AA²n* t. droit; *K* Firent tenir; *IJ* .j. m. ki bials estoit (*J* ml't ualoit) — 83 *N* si c. et si u.; *Fk* assis; *M* uermail, *En* -oil — 84 *M²* Reis, *A* Ray; *M* solail, *En* -oil — 85 *(AA¹BCGJ)*; *A³H* tant; *L* conme, *M²* cum, *les autres* com *ou* con; *FR* fasoit — 86 *(H)*; *R* kiquonkes, *A²BGIJLNek* Quiconques; *I* estoit, *M²ACM²Rk* entreit, *A²BEHn* antroit; *A¹* Et ice ml't i auenoit — 87 *(R)*; *K* Si u. bien, *M¹* Se ueoit b., *A²EM* Si sauoit b. (*A²* tot); *M²R* apertement, *EK* isnel., *M¹* ignel., *M* uraiement; *I* I pooit ueoir son semblant — 88 *(A²R)*; *EK* ueraiement, *e* tot (*m. à E*) uraiement, *I* ne tant ne quant, *M* isnelement; *M²* Sans fauser son auisement; *A²* aj. 2 *v.;* Tot ce que lui mesauenoit Et a son cors li messeoit — 89 *M¹* Le mireor, *M* Li mireour; *M²M* niert, *N* nest — 90 *F* icez, *E* ices; *M²k* iert, *M¹* est; *I* Ains ert a tous chiaus comm. — 91 *A²ek* Quiconques, *F* Onqes; *I* Qui dedens cele cambre; *E* estoient — 94 *nMM¹* qui — 95 *M²k* niert — 96 *n* A. s.; *M²* afeite, *k* affetie, *F* esfacie — 98 *M* Le puent, *K* Poeient, *F* Et puet; *M²* I poent conostre; *HM²* I (*M¹* Le) pooit on aperceuoir, *E* Le pooient a.

      Les danzeles se lor mantel
14700 Lor estont bien e lor cercel   *14652*
      E lor guimples e lor fermal.
      Ço esteit bien, non mie mal :
      Plus seürement s'en estoënt   *14653*
      E mout meins assez en dotoënt.
14705 N'i·esteit om guaires repris
      De fol semblant ne de fol ris :
      Tot demostrot li mireors,
      Contenances, semblanz, colors,
      Teus com chascuns aveit en sei,
14710 D'el serveient li autre trei.   *14660*
          L'autre danzele ert mout corteise,
      Quar tote jor joë e enveise
      E bale e tresche e tombe e saut,
      Desus le piler, si en haut
14715 Que c'est merveille qu'el ne chiet.   *14665*
      Par soventes feiz se rasiet :

14699 *EHn* donzeles, *M¹* puceles ; *M²ABCIJky* quant; *M* chapel, *N* mantiax, *L* -eaus, *A²* -els, *B* -ax, *F* uinciax — 14700 *A* estait, *R* -ut, *N* sieent, *M* seient, *FKM¹* sient; *M¹R* gent; *HM* mantel, *ACJe* chapel, *B* capiax, *n* cerciax, *L* -eaus, *R* corcel, *A²* tassels ; *I* Lor auienent v mal v bel — 1-2 *m. à BCDJky* — 1 *M²ANR* gujnples, *F* gratiple; *M²A²* fermals, *A* -aus, *G* -iaus, *R* -ais; *I* gimple et tout autre riens — 2 *M²GN* biens; *A* niert, *R* nest; *M²A* mals, *R* mais — 3 *F* s. assez en e.(*v. f.*); *CJKy* en e. — 4 *M²* meinz, *M¹* mains, *M* mainz; *K* dassez — 5 *M* on, *F* an, *N* lon, *K* len; *y* Ni estoient; *H* guieres, *F* guere, *KN* gaires, *BM* -e, *M²Ce* gueres; *B* sospris, *Ck* sorpris, *E* -ises, *M¹* souprises, *H* sop. — 6 *M²* fols; *BCk* ne entrepris, *y* ne entreprises; *H* Ne de fax samblans e. — 7 *M¹* le mireor, *M* li mireour — 8 *M* senblant, *M²* -anz; *MM¹* color — 9 *F* Tiel; *K* que; *ANe* lauoit; *M* sor soy — 11 *ERk* est — 12 *M²* ioie — 13 *n* baule; *M²K* B. e tr.; *M* t. tunbe; *M²ek* tunbe, *N* tume, *F* tome; *M¹* B. trepe et t., *E* B. t. et tripe — 14 *E* Desor; *K* un; *KM¹* pilier — 15 *M* Q. nest m.; *F* Ce ert m.; *N* Q. m. est quele; *FM¹* quil, *Ik* que — 16 *I* Por chou ke souuent; *K* rass.

Lance e requeut quatre couteaus.
Cent gieus divers riches e beaus
I fait le jor set feiz o uit.
14720 Sor une table d'or recuit,   *14670*
Que devant li est lee e grant,
Fait merveilles de tel semblant
Que ne porreit rien porpenser, —
Bataille d'ors ne de sengler,
14725 De grip, de tigre, de lion,   *14675*
Ne vol d'ostor ne de faucon
Ne d'espervier ne d'autre oisel,
Gieu de dame o de dameisel,   *14678*
Ne parlemenz ne repostauz,
14730 Batailles, traïsons n'assauz,
Ne nef siglant par haute mer,
Ne nus divers peissons de mer,
Ne batailles de champions,

14717 *M*¹ requet, *E* requialt, *M* requiert, *K* refiert, *n* recoit, *I* rechoit; *En* costiax; *K* les q. angliax — 18 *kF* geus, *E* gex, *M*² giex, *F* ious, *M* iues — 19 *M*¹ .vj. f.; *FK* oit — 21 (*C*); *M*² dauant; *K* lie, *M*¹ lui; *n* estoit tenanz, *A* estentenant — 22 *MM*¹ meruelle, *En* -oilles (*forme constante*); *A* tel, *M*² tanz, *les autres* tex (tiex); *F* samblant, *M* senbl., *M*² senblanz, *KNe* sembl. — 23 *n* Lan, *E* An, *HM*¹ On; *K* nes, *M*² nel; *M*¹*k* riens, *M*² cuers; *M*¹ recorder — 24 *M*²*M* Batailles; *M* et; *F* sanglers — 25 *M*² grif, *AM*¹ gris; *GIM* tygre, *JKM*¹ -es, *L* troye; *I* et de; *N* Ne de t. ne de; *EI* lyon, *A*¹*BCDHJKM*¹ lions, *M* lyons, *A* leions — 26 *HIn* De; *D* uox, *A* uos, *M*¹ uolt; *M*²*HM*¹ dostoir, *BD* dostoirs, *I* doisel; *FHI* et; *AA*¹*BCDHIJM*¹*k* faucons — 27 *M*² desperuer, *Ny* despreuier, *F* -er — 28 *B* leus; *CDGMe* Ne jeu; *H* ne dautre oisel, *DMe* o d., *CFGKL* ne de (*C* o del) danzel (*G* donzel, *C* doncel), *H* lu de d. de damisel — 29-34 *m. à A*¹*BCDky, sont dans M*²*AA*²*IJRx* — 29 (*A*²*G*); *R* Parlemenç; *M*² Ne parlement; *N* repoutauz, *L* repostaux, *A* rebostais, *R* -aiç — 30 *M*²*AA*²*Rx* Bataille; *L* traison, *R* -ont; *M*²*A*²*GJn* nasauz, *L* mortax, *R* nagaiç, *A* nagais — 31 *M*² si grant; *N* nes siglanz, *G* n. ionglans; *R* Nef siglante per alta m. — 32 *LR* nul d. poisson; *M*²*J* Reison (*J* -ons) de hair ne damer — 33 *R* Ne de b.; *LNR* ne; *FLR* campions.

N'omes cornuz ne marmions,
14735 Ne serpenteaus volanz, hisdos,   *14679*
Nuitons ne mostres perillos, —
Que n'i face le jor joër,
E lor natures demostrer :
Conoistre fait tot en apert
14740 De quei chascune joë e sert.
Merveille semble a esguarder,   *14685*
Quar om ne savreit porpenser
Que devienent après les gieus.
Des arz e des segreiz des cieus
14745 Sot cil assez quis tresgeta
E qui l'image apareilla.   *14690*
Qui esguarde la grant merveille,
Qui est qui tel chose apareille,
Merveille sei ço que puet estre,

14734 *M²* Homes, *R* Nomes, *A²* Nonmes, *A* Ne hons, *G* Ne honmez; *L* chanus, *n* coranz; *A²* marions, *L* marmirons, *N* marunons; *F* nesmerilons — 35 *M'k* Ne granz serpenz, *A'BCy* Ne (*A'* De) grant (*B* de) serpent; *N* sarpantiax, *FGL* serp., *AR* serpentions; *A'BCy* uolant; *M"AK* hisdous, *x* hidous, *BCy* hideus, *M* hydeuz — 36 (*IM* Nuitons), *M²* Nuituns, *GK* Noituns, *A²* Nutuns, *AB* Luituns, *HL* -on, *CM'* -un, *D* Liton, *E* Nestun, *N* Nizons, *FL* Nirons; *G* montres, *CFy* mostre, *L* monstre; *A'* M. ne nuistres p. — 37 *n* Quil; *A'FR* ne; *A²* iuer — 38 *M²F* nature; *M* painturez — 39 (*JL*); *G* Et quenoistre tout, *E* Quenuistre fesoit; *M²BRk* bien; *M²* e, *K* et, *R* in — 40 (*GL*): *K* geue, *A* ioue, *M'CJMe* vit; *G* Et de chaque ioue ce s.; *B* Cou de coi cascuns iue — 42 *Tous les mss.* Car (*de même jusqu'à la fin, sauf les exceptions signalées*); *n* nuls, *KM'* len, *E* an; *F* nel porroit; *K* saueit deuiser — 43 *M'* deuiegnent, *F* demandast; *K* enpres; *F* des, *eM* lor; *M²* gieuz, *M* giex, *E* gex, *K* geus, *N* ieus, *M²* iues — 44 *E* segroiz, *M²MM'n* -ez; *M²* ciels, *M'* cielx, *n* ceus, *E* cex; *M* de ceuz, *K* as deus — 45 *F* Sont; *FM'* il; *MM'* ques, *E* quies, *AF* qui; *AEn* tresgita, *k* tregeta, *M'* treieta — 46 *F* lymage — 47-8 *m. à An* — 47 *C* Qi les garde illa g. m. — 48 *M* t. ouure — 49 *n* Merueilles est, *M* M. a, *M²J* Grant m. est (*J* a); *En* con ce p. e., *ABCJ* que ce p. e.

14750   Qu'onc ne fist Deus cel home naistre,
          Quis esguarde, ne s'entroblit   *14695*
          De son pensé e de son dit,
          E cui entendre n'i covienge,
          E cui l'image ne detienge.
14755   A peine s'en puet rien partir
          Ne de la Chambre fors eissir,   *14700*
          Tant com l'image ses gieus fait,
          Que desus le piler s'estait.
            Uns des danzeaus de l'autre part
14760   Fu tresgetez par grant esguart.
          Sor le piler esteit asis   *14705*
          En un faudestuel de grant pris.
          D'une ofiane fu ovrez :
          C'est une piere chiere assez.
14765   Cil qui la veit auques sovent,
          Ço dit li Livres, qui ne ment,   *14710*
          En refreschist e renovele,
          E la color l'en est plus bele,

14750 *M²A* Quainc, *n* Quainz, *e* Car; *Ae* d. ne f.; *MM'* dieu; *F* tiel, *e* nul — 5ı *EM* Sil lesgarde, *KM'* Qui 1. -- 52 *M* penser; *M²e* o de — 53 *KM'* qui; *F* Et qantandre ne li c.; *M²e*. ra c.; *M²n* coueigne, *E* couiengne, *MM'* -iegne — 54 *m.* à *M*; *KM'* qui; *eF* lym.; *n* Et gue l. nel deteigne; *M²e* detiegne — 55 *N* poines, *F* -e, *E* poinnes; *M²E* riens, *Kn* nus; *n* issir — 56 *F* Et; *n* departir; *M²e* hors, *M²ek* issir — 57 *EFk* lym.; *M* gieuz, *nK* geus, *e* gex, *M²* iues — 58 *F* Qe; *E* desor; *M'* pilier; *M²K* estet, *M'* se tet — 59 *N* donziax, *K* -ials, *FM* -iaus, *E* -siax, *M'* dansiax, *M²* danzeus — 60 *En* tresgitez, *M²* -ietez, *K* tregetez, *M'* -ietez; *H* p. tel e. — 6ı *FH* un; *n* de sus, *ek* se fu — 62 *E* An; *M'* faus desteul, *EH* faudestue, *M* fal destue, *K* fadestuol; *xA²* En (*L* Fu) un trestel (*G* tretel, *A²* trestor) destrange p. — 63 (*A*); *CIJM* Dun; *x* Dune fiane; *y* off., *CM* ofiace, *k* off., *G* offiaine, *L* bonne oeure; *BCky* bien o., *M²IJ* esteit o.; *A²* Dune ofrane ml't clere o. — 64 *L* dune; *A²x* clere, *M²* riche — 67 *M²k* refreschit, *M'* rafreschist; *n* Refr. (*F* -iz) toz et — 68 *M²en* colors; *M* leur, *F* sen.

Ne grant ire ja nen avra
14770 Le jor qu'une feiz la verra.
       L'image ot son chief coroné   *14715*
       D'un cercle d'or mout bien ovré
       O esmeraudes, o rubis,
       Qui mout li esclairent le vis.
14775 Estrumenz tint granz e petiz,
       E si n'en sot onc tant Daviz,   *14720*
       Quis fist e quis apareilla,
       N'onques si bien ne les sona
       Come l'image, senz desdit.
14780 Iluec par ot si grant delit
       Que gigue, harpe e simphonie,   *14725*
       Rote, vïele e armonie,
       Sautier, cimbales, timpanon,
       Monocorde, lire, coron, —
14785 Iço sont li doze estrument, —

14769 *kyJ* le ior naura; *n* Ne ia trop g. i. n. — 70 *kyJ* Que
il (*E* seul, il *m. à M*) une f. — 71 *en* Lym. — 73 *En* A... a ; *K*
esmeraide, *F* -aude; *K* et o; *M²C* rubins; *M¹* Desmeraudes et
de rubiz — 74 *M²* esclerient, *F* esclaire, *M²* escleroit — 75 *M*
Estrument; *KN* tient, *F* trait, *e* ot; *M* grant et petit — 76 *EG*
ains pas; *K* Si nen s. onques; *B* ne sot onques d.; *M* dauid,
A²BGe dauis; *A²* Ains t. nen ot li rois d. — 77 *F* Qes; *Cek* Qui
les f. et a. — 78 *M* se b.; *Cek* Ne (*C* Et) si (*M* tant) doucement
nes (*k* ne) — 79 *Cek* Com fist l.; *en* lym.; *FGL* Com l. s. nul d.
(*L* contredit) — 80 *MM¹* Illuec, *K* Ilec, *N* Ici; *L* En ce si ot, *A*
Ia par ot, *F* Ia pot — 81 *M²Ek* Quil; *M²M* il h., *CEK* et h.; *M*
il s. (e *m. à xA²*); *N* sinfonie, *A²* simph., *CEF* sif., *M* syph.;
A Ne orgue h. ne chyfonie — 82 (*ACL*); *F* Rotte uiclle, *G*
Rothomesse; *A²* narm. — 83-4 *interv. dans A²* — 83 *A²* Psalte-
terie cymbal; *C* Sauciers, *F* Sauter, *E* -ers, *M¹* Sautiers, *G* Psau-
tier; *M¹* cynbalis, *G* -e, *H* cymbes, *A* cymbale, *M* cybales, *K*
tinbales, *N* cinbale, *E* -es, *CF* cimballes; *AH* et t.; *M²K* tinp.,
M typ.; *B* tinpane cicoron — 84 *M²CJy* Monacorde, *L* Mona-
chie, *F* Monarche, *N* -ie; *A²* Nalachiel; *M²AHJLN* lyre; *CG*
choron, *K* corum, *M* toron, *F* corion, *A* et coron — 85 *A²* Icil;
M¹ instr

Tant par les sone doucement   *14730*
Que l'armonie esperital,
Ne li coron celestial,
N'est a oïr si delitable :
14790   Tot semble chose esperitable.
Quant cil de la Chambre conseillent,   *14735*
A l'endormir e quant il veillent,
Sone e note tant doucement,
Ne trait dolor ne mal ne sent
14795   Quil puet oïr ne escouter.
Fol corage ne mal penser   *14740*
N'i prent as genz, ne fous talanz.
Mout fait grant bien as escoutanz,
Quar auques haut pueent parler :
14800   Nes puet om pas si escouter.
Iç' agree mout as plusors,   *14745*
Qui sovent conseillent d'amors

14786 *M'* T. les par s., *H* Ml't par les soneit, *n* Qe il sonoit
(*F* sonent) si — 87-8 *H* Q. rien nule con puist ueir Nestoit si
plaisans a oir — 87 *A²K* esperitals, *M²A'BC* -aus, *n* -ax (*F* espir.)
— 88 *AI* Et; *L* chores, *I* cores, *B* tute, *M²AA'EHJM* curres,
M' cysires; *C* Ne la cite, *K* Neis li chans, *G* Li mouuemens;
M²A'BCJ celestiaus, *exM* -ax, *K* -als — 89 (*GL*); *H* Ne a tote
gent d.; *A* si agreable, *F* celestiable — 90 (*GL*); *A* Trop, *H* Ce —
14791-933 *sont dans N²* (*utilisés*) — 91 *N* consoillent, *F* consoi-
lent — 92 *K* sesueillent, *n* -uoillent — 93 *K* N. et s., *E* Chante
et n.; *n* si d. — 94 *M²* treit — 95 *M²FK* Quis, *M'* Ques, *NN²*
Qui; *M²* e escoutier, *K* et escolter; *E* Qui les p. o. nescouter —
96 *M'* Fel, *N²* Mal; *kxR* Fox (*n* Max) corages ne fol (*FK* fox,
M mal) p., *R* mals parler — 97 (*G*); *nKM'R* Ne; *K* a gent; *E*
mautalanz, *M'* mal talenz; *R* a rien ne fost allanç; *N²* Ne li
uandra ia an talant — 98 *ekN²* Ce f.; *M²* funt; *KN²* a, *L* aus,
R als; *E* consellanz, *N²* escotant — 14799-800 *m. à xA²N²* —
99 *A* Qui; *R* Kaukes autet puet; *yKJ* Quant (*E* Quan) que (*H*
quil) uolent (*E* uuelent, *H* uoelent); *M²K* poent, *JMM'* puent
— 14800 *A* Nel; *JKR* len, *E* an, *M'* on; *M* Ne si p. on e., *M²*
Ja nes porra nus escoutier — 1 (*A²*); *M²E'n* Ice, *AM'N²R* Ce,
G Il; *K* Si cagree; *M²* a. as p.; *M* Ice plaist ml't; *ABMM'* a
p. — 2 *k* Que; *n* c. s., *ek* s. parolent.

E de segreiz e d'autres diz
Qui pas ne vuelent estre oïz.
14805   Li dameiseaus, qui tant est genz,
Après le son des estrumenz,   *14750*
Prent flors de mout divers semblanz,
Beles e fresches, bien olanz ;
Adonc les giete a tel plenté
14810 Desus le pavement listé
Que toz en est en fin coverz :   *14755*
C'est en estez e en iverz.
Ço fait l'image assez sovent,
Si ne set rien com faitement
14815 Ne tant en a ne tant en prent.
Ne dure mie longement,   *14760*
Quar sor l'image a un aiglel
D'or tresgeté, sor un arcel,
Qui mout par est bien faiz e beaus :

14803 *M²EMN²* des; *M²MM'N* segrez, *FN²* secrez; *K* daltre
ioie (*le dernier mot m. à N²*) — 4 *K* Que; *M²N²* ne u. mie (*N²*
pas); *M²Ken* uolent, *M* uculent, *A* doiuent; *K* quon les oie —
5 *M²* damaiseus, *nAHJM'* damoisiax, *M* -el, *E* damesiax; *AHJe*
ml't; *n* fu g. — 6 *M'* Enpres; *K* les sons — 7 *K* mainz; *F* sam-
blant — 8 *nAKN²* B. f. et; *N²* f. souef o.; *N* oillanz, *F* oilant —
9 *M²* Adoncs, *nN²* Et puis, *H* Lors si, *e* Lores; *H* le; *K* gite,
M gete, *M'* iete — 10 *EHIJ* Desor; *M²F* pauiment; *M* lite
— 11-2 *m. à xA²*; *N²* Comme sil fust emmi uns prez Flors
diuerses espant assez, *J* En trestot lair nauoit pas ior O il ne
feist cest labor — 11 *kyBC* Q. trestoz (*H* tos iors) est; (*AR* en fin
c.), *M²BCky* de flors c. (*M* -ert); *I* Coloir en fait plus soef ler —
12 *K* Ia ne sera si granz i., *B* Cest es estez et es i., *C* Et por e. et
por i.; *H* Et; *M²AIMy* este; *M²A* yuerz, *M'* -ers, *I* -er, *M* iuert
— 13 *Fe* lym.; *J* Et ml't par le feisoit s. — 14-15 *m. à E* — 14
M² siet, *kI* seit; *M²ABI* riens, *CK* len, *n* an, *HJM'* on — 15 (*A*);
M²HJM'kn O (*n* Ou) t. en a; *M²K* nou, *nM* ou; *I* Il en a t. nu il
les p. — 16 *M²Jy* durent; *N²* Ne pallerent pas; *M²JNN²ek* lon-
guement — 17 *K* Delez, *MM'* Desus, *A* Sus, *E* Desor, *N²* Mes
sor; *M²AFe* lym.; *K* ot; *M²* aigel, *E* eiglel, *n* oisel — 18 *M* tres-
gitie, *nE* -gite, *M'* treiete, *N²* tregite; *M²N²* archel; *A* merueilles
bel — 19 *A* Et; *M* iert b. fait; *E* et bons et b.

14820 Oëz de quei sert li oiseaus.
       Trestot a dreit, de l'autre part,   *14765*
       Ra tresgeté par grant esguart
       Un satirel hisdos, cornu,
       En piez desus un arc volu :
14825 Une mace tient en sa main,
       Poi meins grosse d'un petit pain.   *14770*
       Tot dreit a l'aigle esme a geter,
       E quant il lait la mace aler,
       Volez s'en est tost e foïz
14830 Tant que li cous est resortiz.
       La pelote a tost recoillie   *14775*
       Li satireaus, n'en laisse mie;
       Ne il ne porreit pas faillir
       Al receveir n'al recoillir   *14778*
14835 N'al relancier les autres feiz,
       A icele hore qu'il est dreiz.

14820 *K* Oiez... oisals; *J* oiseiax — 21 (*A*); *n* T. androit,
M²BCJky A senestre — 22 *CN²n* A; *M²EN²n* tresgite, *K* tregete,
M¹ -iete, *J* -gite; *N²* mout grant art — 23 *CF* sauterel, *M¹* sal-
terel, *L* sart., *J* satyrel; *M²FK* hisdous, *N* hidos, *M* -euz, *eCN²*
-eus, *A* hyd. — 24 (*ALN²*); *M¹* Tot droit; *M²* de soz, *E* desor
— 25 (*AR*); *M²* tint, *BCe* dor — 26-7 m. à *N²* (*rognés*) — 26 *A*
Pou, *R* Por; *AIL* mains, *M²* meinz; *M²* Petite m. g. ert dun p.,
n Qui nest pas (*F* p. n.) m. g. dun p., *BCek* Tenoit roonde come
(*CK* com un) p. — 27 *M* leigle; *M²* e. ieter, *C* e. egiter; *ERkn*
giter, *M²LM¹* ieter — 28 *M¹* masse, *F* messe — 29 *M* toz; *M²M*
fuiz — 30 *M²* coups, *K* cols, *M* cop, *N* cops, *F* cox, *E* cos; *n* Et
quant li c. ert — 31-2 *interv. dans nLN²* — 31 *M²* Et la mace a
r.; *I* est bien r. — 32 *MN* satiriax, *K* -als, *M²* -aus, *J* satyriax, *M¹*
salter., *L* sartereax, *F* sauteriax, *N²* -iaux, *E* satariax; *N²* ne sen
fuit mie — 33 *ek* Car il; *K* ni poeit; *xIN²* Il ne (*N²* ni) porroit
mie f. — 34 *G donne 2 v.*: Tant si auise par loisir A la pelote r.;
(*LN²*); *R* reuoir; *BCDJMy* Au relancier, *K* Al lancier, *A²* Al
geter; *kA²* ne al — 35-6 m. à *BCDJky et sont interv. dans*
A²GLNN² — 35 *M²N²x* Nau, *A* Na; *N²Rn* as, *J* nes; *I* Ne a
relanchier; *IJN²* autre f.; *A²* par maintes fois — 36 (*I*); *L* Na;
N² Car (*partie illisible*) est croiz; *M²* icel ore, *A²N* cele ore,
FGL celles ores (*G* ore); *R* ki, *A* que, *AN* que il; *A²* destrois.

Mais, tant come en dure li lanz,   *14779*
Fuit li aigles e est volanz :
De ses ailes e de sa plume
14840   Ist venz, quar c'est dreiz e costume.
Si tost come il vient sor les flors,
Par l'artimaire des dotors,
Sont si seches e enveillies,   *14785*
Ainz que de rien seient flaistries,
14845   Que nus ne set qu'eles devienent ;
Après celes, autres revienent,
Beles, fresches, d'autre color.
Ensi avient dous feiz le jor.   *14790*
Si tost com rest asis l'aigleaus
14850   E sa mace a li satireaus,
Si respant l'image ses flors
Mout mieuz olanz e mout meillors.

14837 *illis. dans* N^2; I c. i d., xH c. d.; F anz, A^2 ans, N uanz, L champs — 40 M^1k uent; M^2GM car, nK que; e ce est; FKN^2 droit, E lois; MN^2 d. (N^2 droit) est; n et mesure, L par c. — 41 F c. li uanz, N^2 c. il chiet — 42 (L); F por; FGM latimaire, N lartimaie, M^2 lartymage; F de; eA^1K auctors, M autours, N^2 -ors — 43 N soiches, M seichez, G seschez, A^2 beles; M^2 ennelies, F anueillies, E esnullies, B esnelies, K en., M esueilliez, A^1N si ueillies, L si ueciees, A^2 si flories, G si marcies, N^2 si flestries, M^1 esflories, I effoies — 44 J Einz; K riens; M fussent flestriez; G flaticz, K flaties, M^2BJen flestries, M -iez, N^2 meties — 45 M^2 siet, M scet — 46 M^1 reuiegnent, K rameinent — 47 M B. et freches — 48 N Ensis, L -int, e -i, N^2 Ainsint, kA^2 Issi; K auint; F Et si ament — 49 FLR assis; A^2 est rassis, FG sest a., N^2 set a., L a. est; M^2Dek cum se siet (DMe sasiet, K sassiet) li aigliax (E eigliax, M^2 aigleus, M oisiax); FN^2 legliax, N laigliax, A laïglaus, L legleax, A^2 loisel, — 50 (BR); (N^2 Et sa m. a), n Et la masse et, M^2K Sa m. ra; D sateriaus, EN satiriax, BR -iaus, M -iauz, M^2 -aus, K -ax, M^1 salteriax, N^2 -iaux, F saut., C sautireaus, L sartereax; H Et la mole et li soteriaz — 51 (A^2); xE reprant, M respent, N^2 repont; M^2F lym., M li masse; M^1 et s. f. — 52 DM^1 miex, H mix, M^2Ekx bien; N oillanz; A^2 flairant od lor colors, N^2 olant dautre colors.

Jons ne glaiueus n'erbe menue
N'i avra ja autre estendue.   *14796*
14855 L'image n'est guaires oisive :
A mainte chose est ententive
Que mout plaisent a esguarder
E que assez font a loër.
Des flors tienent a grant noblece :   *14797*
14860 Diënt que mout est grant richece ;   *14798*
Ne fu onques si grant maistrie
Por rien ne faite ne oïe.
La quarte image reserveit   *14799*
D'une chose que mout valeit ;
14865 Quar ceus de la Chambre esguardot
E par signes lor demostrot
Que c'ert que il deveient faire
E que plus lor ert necessaire :

14853 *M²BCDJky* lonc ne glaiol (*M¹* -iel, *DE* iaglel, *J* glaieul),
S¹ Jons ne glaiois; *A²N²x* Ions et glagiax (*A²* glaiols, *N²* iagliax,
L -euz, *G* glais et) herbe m., *S* Cest ionc et les herbes menues
— 54 *BCDky* espandue; *H* Ni auera a.; *A²* tant e.; *S* Ni auront ia
els atendues, *N²* Tot contreual la chambre rue, *puis ces 2 v.* :
Mantastre [...] fenoil pimant Giete sanz nul delaiemant — 55-8
m. à A¹BCDSky — 55 *M²R* Lymages, *F* -e; *N* Limaige niert
ia gaire o., *I* Ceste ym. gaires nuisdiue; *A²* huisiue, *N²* oiscuse
— 56 *N²* De m. c. est curieuse — 57 (*AGIJLN²R*); *A²S¹* plai-
soit; *M²* Quest molt plaisanz — 58 *M²* fait, *F* ou font — 59-60 *S*
Ce t. tot a tiel merueille Distrent ni fu ains sa pareille — 59
(*ABCLS¹*); *DN²Ry* Les ; *M¹* richesce, *S¹* destresse — 60 (*AC*);
DN² mont; *F* q. ce est, *yBDK* q. cest ml't; *A²N* granz; *M¹* no-
blece; *H* Tuit d. q. cest grans haltece, *S¹* Et de q. cest g. r. —
61-2 *m. à BCDSky* — 61 (*AJS¹*); *R* unkes, *M²* ainc mes; *I* plus
g.; *N* granz — 62-3 *m. à N²* (*rognure*) — 62 (*R*); *A²G* De; *G*
riens; *A* Par nule r. f. noie; *I* Nautre tel f., *M²J* Par (*J* Por)
home f., *S¹* Nul ior ne f. — 63 *M²CLN²ekn* ym., *S* ymaie resor-
uoit; *L* Li quarz ymages; *C* resenbloit — 64 *S* qe sor ualloit
— 65 *S* miret — 66 *M²MN* signe; *F* pas si ne; lor *m. à S*; *M²*
demonstrot — 67-8 *m. à S* — 67 *F* Qe cert et qil, *N²S¹* Tot ce que
il — 68 *M¹k* iert; *M²* Qui p. lur estoit n.

      A conoistre le lor faiseit   *14805*

14870   Si qu'autre ne l'aperceveit.

      S'en la Chambre fussent set cent,

      Si seüst chascuns veirement

      Que l'image li demostrast

      Iço que plus li besoignast.   *14810*

14875   Ço qu'il mostrot ert bien segrei :

      Nel coneüst ja rien fors sei,

      Ne jo ne nus, fors il toz sous.

      Ici ot sen trop engeignos :

      Merveille fu com ço pot estre

14880   Ne come rien de ço fu maistre.

      Ja en la Chambre n'esteüst

      Nus hom, fors tant come il deüst :

      L'image saveit bien mostrer   *14811*

14869-78 *S donne ces 4 v.* : Ca et la mes [nus] naperchoit Ice quele lors demostroit Ne coment ele ce feist Toz deceuoit toz eschernist — 69 *F* Qi; *E* conuistre; *N²* Mont bien c. lor f. — 70 *EK* qualtres, *n* qe rien, *M²* que riens, *I* q. nus; *S¹* saperceuoit — — 71-8 *m. à I* — 71 *B* .v°.; *y* Se en la c. an eust c., *S¹* En la c. i aloit c. — 72 (*N²*); *CE* Eust c. (*E C. s.*) certainement, *M²FHS¹k* S. c. (*S¹* C. s.) ueraiement (*M* certainement, *K* a escient); *n* Saust; *M²* chescuns, *M* chascun, *M¹* chacun; *BM¹* uraiement — 73 *H* Car; *DFe* lym. — 74 (*L¹L²*); *A* Tout ce, *B* Et ce; *M²FKLy* qui; *A¹* meillor li samblast — 75-82 *m. à BCDJL¹L²ky; ils sont dans M²AA¹A²N²RS¹x (les 4 derniers seuls dans I, les 2 derniers seuls (intervertis) dans S* — 75 *R* Ne; *A²S¹* que; *M²* monstrot; *LR* iert; *A A¹N²* secroi, *F* seroi; *L* ce i. segroi, *A¹* ert en s., *S¹* estoit sotroi — 76 *M²* Ne; *A¹A²* a r.; *nGR* riens, *L* nus; *S¹* Nulz ne le c.; *R* por, *N²* for; *M²* mei, *AR* moi; *G* Nes coignoist r. ia f. que soi — 77 *M²A* de nul; *A²* Ne nuls dels tos f. uns, *N²* Sil fussent mil u uns; *G* Ne cil de .iij. f. il dous s., *S¹* Nule de lui et il touz ceus; *F* Neis cil del mont, *L* Ne c. ne nul — 78 *M²AN²S¹* sens, *L* senz; *A²* I. en sont t. anguissols; *N* (*refait postérieurement*) Ml't estoit prouz et meruelox; *F* angineus, *M²* enignous, *G* angoisseus, *N²* merueilleus — 79 *M²AN²* Merueilles; *I* que chose pot — 80 *M²AIR* coment; *ARS¹x* riens, *I* nus, *M²N²* hon; *M²A* fu de ce — 81 *S¹* Pas — 82 *I* Nus se tant non; *S* Mes nul hom fors t. c. d. — 83 *n* Lym., *D* Li mesage; *S* Qar limaie sauroit mostrier.

Quant termes esteit de l'aler,
14885   E quant trop tost, e quant trop tart;
Sovent preneit de ço reguart.   *14814*
Bien guardot ceus d'estre enoios,
D'estre vilains, d'estre coitos,
Qui dedenz la Chambre veneient,
14890   Qui entroënt ne qui eisseient :
Nus n'i poët estre obliëz
Fous ne vilains ne esguarez,
Quar l'image, par grant maistrie,   *14815*
Les guardot toz de vilanie.
14895   D'un grant topace cler e chier
Tint en sa main un encensier,
O chaeines bien entailliees

14884 *L'N* Q. li t. e. daler, *L²* Q. il e. t. d.; *DIky* Q. e. t., *S* Q.
il ert ore — 85 *S* Et q. est t. t. et t. t. — 86 (*J*); *CDMe* S. se prent;
HK De co se p. s. r., *B* De ce prenoit tos iors r.; *C* dice
r.; *M²A'IL²N²RS'x* S. sen (*x* si, *N²S'* se, *A'* en) preneient (*R*
preneit en) r. (*I* resg., *FS'* esg.), *S* Si qe souant prenent r., *puis
ces 2 v.*: Qant il demostroit le partir Tot estranges sen estuet
issir — 87-92 *m. à BCDJL²Sky; ils sont dans M²AA'A²IL'N²RS'x*
— 87-8 *interv. dans S'* — 87 *LS'* B. (*S'* Et) les gardoit; *F* ces;
N enuios, *AFGL* anuieus, *I* anious, *A²* anuios, *N²* anoiex, *A'*
esniex — 88 *M²N* vileins; *F* et couoiteus; *M²* coitous, *G* cuitox,
I coustous, *A* -eus, *A'* coteus, *A²* dotos, *R* cortois; *A²* Destre en
esfroi destre dotos, *N²* De uilenie et de fox ieus — 90 (*N²*);
(*ALS'* ne qui), *M²L'N²* e (et) qui; *INR* Qui i (*R* Cil ki) antroient
(*IR* entr.) et i., *FG* Et qi a. et i. (*F* et qi ansoient), *A'* Q. i. et
q. a., *A²* Et q. i. et e. — 91 *R* ne; *A'* Ne ni; *F* puet, *AS'* peust,
G porroit; *A'A²G* esgarez, *N²* assotez — 92 *N* uileins; *I* ni; *A'A²*
forsenez — 94 *I* uilonnie, *M* -onie, *M²xy* -enie, *R* la uilaine —
14895-936 *m. à BCDL²ky, sont dans M²AA'A²IJL'N²Rx (l'édit.
les emprunte à J, mais en modifiant souvent ce ms., surtout à l'aide
de G)* — 95 *A²I* topasce; *A²S* riche et ch. — 96 *N²* Tient; *S* sa
destre; *M²* encesser, *I* eskiekier — 97-8 *m. à S* — 97 *A'JL'x* éd.
A, *F* An; *éd.J* chaaines, *A'L'x* chaenes, *N²* chaienes; *A'* dargent
trechies, *N²éd.* dor entailliees (*éd.* -iez), *JR* ml't b. tallies (*R*
tailies), *I* menu taillies.

E de fil d'or menu treciees.   *14820*

D'unes gomes esperitaus,

14900 Dont mout traite li Mecinaus,

Fu toz empliz li encensiers :

Onc tant d'aveir ne fu si chiers.

Une piere ot enz alumee,   *14825*

Dont il n'ist flambe ne fumee :

14905 Senz descreistre art e nuit e jor,

Granz est li feus de sa chalor.

Des gomes qui dedenz alument

Bone est l'olor, puis qu'eles fument :   *14830*

Soz ciel n'est rien que la receive,

14910 Ja fous corages le deceive.

Esperital en est l'olor,

Quar il nen est maus ne dolor

Que n'en guarisse, qui la sent.   *14835*

14898-99 *m. à N²* (*rognés*) — 98 *M²* trecees; *éd.* De bone oure
m. tregiez, *F* De fin or ml't bien treciees, *R* De fil dor b. entre-
cees, *A²* Subtilment faites et delgies — 99 *S'* iasmes; *F* Dune
gome espiritax, *S* Dor dune g. e., *A²* Et d'une gonne especial —
14900 *L* nos t. li mirenax; *F* trece, *S* trecte, *S'* flere; *IS* meci-
nals, *J* -ax, *M²* matinaus, *S'* mecinenauz; *A²* Dunt on trait bon
medecinal, *N²* Plus reluisant que nul cristal, *N* (*v. refait posté-
rieurement*) Qui des odors est li plus bieaus (*sic*) — 1 *S* tot empli;
n anc., *éd.* encenciers, *M²* encessers — 2 *M²* Ainc, *n* Anc, *éd.JN²*
Ainz; *L* t. auoir; *F* fu c., *éd.J* fu tant c.; *M²* chers — 4 (*LN²*); *F*
Don; *J* inist (*éd.* il nist), *A²* nissoit; *n* flame — 5 *M²* descrestre,
JN²Réd. -oistre, *N²* -oitre, *n* estoindre; *M²FR* a. n. — 6 *J* fex (*éd.*
feus), *M²R* funs; *R* de la c., *G* et la c., *L* et sanz c. — 7 *F* Les; *G*
genmes, *M²* guomes, *R* boiues — 8 *L* Dont ist; *éd.JR* lolors,
nG lodors, *N²* loudors, *L* lodor; *nR* des, *L* de; *G* que elles f., *A²*
dont e. f. — 9 *N²* Souciel; *M²* na r.; *éd.Jx* riens; *I* les r., *x* lo
concoiue, *A²* le decoiue — 10 *A²* Ne el monde qui lapercoiue — 11
M²Jéd. lolors, *A²x* lodors, *A* lodours, *N²* loudors — 12 (*AI*); *F* Qe
rien nen ist, *N* Car riens ne e., *A²* Il nest sos ciel, *G* Car ciel na
(*sic*); *L* Ne si ni a mal; *M²AA²GN²n* mals (*GFN²* max, *N* malx, *A*
mal) ne dolors; *G aj.:* Con puisse auoir ca mort meust (tant *sur*
meust) — 13 (*L* Que), *M²A²Jéd.* Qui, *nA²G* Qil, *N²* Don; *M²JN²éd.*
ne; *G* seust (*puis sen d'une autre main*); *A* Ne g. des quil.

Ici covint grant esciënt
14915 A faire si que fust durable
    E a trestoz jorz mais estable;
    E si fust il jusqu'al juïse,
    S'ensi ne fust la cité prise.   *14840*
    En la Chambre n'ot onc mortier,
14920 Chauz ne sablon ne ciment chier,
    Enduit ne moleron ne plastre :
    Tote entiere fu de labastre.
    C'est une pierre mout soutis :   *14845*
    Nen est si blanche flor de lis
14925 Come est defors tote e dedenz.
    Quant il i a aucunes genz,
    Veeir pueent tot cler par mi,
    Mais il n'i seront ja choisi :   *14850*
    Qui dedenz est, defors veit cleir;

14914 *F* conuint — 15 *GJéd.* ci, *AA²L* ce; *GJ éd.* qui, *N²* quil, *I* kil; *J* durables (*éd.* durable), *A* doutable, *A²* estable — 16 *Jéd.* Et a toz i. fust mes estable (*J* estaubles) — 17 *éd.* Ici, *FGL* Ansi, *I* Caussi; *M²* Si f. ele; *L* f. de ci au i.; *I* dusqual, *M²J* tresquau, *éd.* -al, *N* ioisse, *éd.* iustise — 18 *L* Se si, *J* Sensint, *N²* Sainsinc, *G* Sansois, *éd.* Sanceis; *M²Jéd.* citez, *xI* uile; *A* Se ne par f. la cite p., *A²* Se la c. ne f. ainz p., *I* Se la u. ne f. conquise — 19 *M²I* ainc, *G* ains, *N²* einz, *éd.* ainz; *J* Onc en la c. not m. — 20 *A²* Chalc, *I* Cauc; *A²* cimentier — 21 *M²* maierun, *éd.G* moilleron, *J* moiron, *G* -ons; *A* ne moilon ne emplastre; *G* platre; *A²* E. ne de chalc ne demplastre, *I* Nonques ni ot e. ne plaustre, *N²* Ni ot aimant gres ne p., *L* Enduite fete nenbalestre — 22 *A²* Fane est la chambre; *éd.* Trestote fu dun alabastre; *M²* dalabastre, *A* daleb., *A²N²* de lambastre, *J* dun labastre, *G* la lambatre, *L* la lambestre, *N* la lanplastre — 23 *M²* Est; *M²Jéd.* de grant pris; *A²* subtis, *G* sultis, *L* sostis, *I* soutius — 24 *N²* Il net, *A²G* Et nest; *I* Nest plus b. li, *nL* Nest pas plus b., *M²J* B. est ensi (*J* ausi) con (*M²* cu); *AA²xéd.* flors — 25 *xI* Quele est; *L* dahors et par d.; *A²N²* Cum ele est def. et d., *M²* Trestote dehors et d. — 27 *M²AA²GN* poent, *F* puent, *A²N²* puet on (*N²* len); *L* Pouent u. qui dehors si, *I* V. i p. bien par mi — 28 *M²JNéd.* ne; *F* seroit; *L* M. ne s. ia si c. — 29 *M²* dehors.

14930 Si ne set nus tant esguarder,
       S'il est defors, ja dedenz veie.
       Bien met son aveir e empleie,
       Qui en tel uevre le despent.   *14855*
       Li huis furent de fin argent,
14935 A neiaus fait, mout bien ovré,
       E li torel d'or esmeré.
           Li liz en que se jut Hector,
       Se il i ot argent ne or,
       Ço pot estre la plus vil chose.
14940 Del lit par sereit trop grant chose,   *14862*
       Se j'en comenceie a parler;   *14867*
       Mais ne m'i leist a demorer :
       Mout par ai ancore a sigler,
       Quar ancor sui en haute mer.   *14870*

14930 *F* Qil ni ; *A²N²* Et (*N²* Mes) nus ne s.; *M²* siet
riens; *J* hons — 31 *M²* dehors — 32 *M²* sen; *Jéd.* Son a. m. b.
et e. — 33 *M²Jéd.n* oure, *N²* hueure — 14934-15182 *sont dans*
N² (*sauf rognures*), *3° fragm. faisant suite au 2° (utilisé*) — 35
M² O neielz; *x* noiax, *A¹* neel, *A²I* noiel, *Jéd.* esmauz; *NN²*
faiz; *A* Aniaus i ot dor esmerez; *L¹* dor esmere; *A²N²* ourez —
36 *nL¹* toron, *L* coroel, *M²* corell, *A²* torels, *A¹* uerrou, *Jéd.* uer-
roil, *A* courans; *G* Li tornours fu; *AL¹* fu (*L¹* ml't) bien ouurez
(*L¹* -e); *A²N²* esmerez — 37 *F* Le lit; *K* ou se; (*M²A¹EH* que),
AA²JN²n quoi, *M* quoy, *BM¹* coi; *HJK* gisoit; *G* Tex fu li lis
ou iut h., *L* Li filz au roi i iert h. — 38 *A¹A²BCDJL²ky* Sil i
auoit, *N²* Se i ot; *L* et or — 39 *A¹A²BCDJL²ky* Ce (*C* Cen) ert
(*k* iert, *A²DHIM¹* fu, *CJ* est) tote, *M²I* Ce puet e.; (*A²DM¹* uil),
H uius, *kx* uix, *I* viex, *M²AN²* vils, *G* uis; *E* la pire c. —
40-4 *dével. en 9 v. dans A¹BCDJL²ky; voy. aux* Notes — 40 (*A*); *A²*
fiere c., *nG* nule c.; *R* iere t. granz c.; *L* Mes ie i metroie grant
pose, *M²* Nen sereit ueritez esclose, *I* Bien est sire ki si repose,
N² [...] os di a la parclose — 41-2 *interv. dans A¹*; *A²* Se io
parler en commencoie Mais que io trop i demoroie — 41 *M²* Huj
mes sen voleie parler; *I* Se iou — 42 *M²* me l. pas d. ; *A* lest or
d.; *G* M. ni weil plus ci d., *I* Trop mi porroie d., *N²* [...] roit a d.
— 43 *N²* [...] tant essigler; (*A* M. par), *n* M., *L* Que m.; *A²Gk*
Que (*G* Qui) iai ancor m. a s. (*G* singler), *M²* Molt ai a corre et
a s., *I* M. ai a s. et a c. — 44 *I* Mais damedex me puet secourre.

14945   Por ço me covient espleitier,
        Quar sovent sordent destorbier ;
        Maintes uevres sont comenciees,   *14871*
        Qui sovent sont entrelaissiees.
        Ceste me doint Deus achever,
14950   Qu'a dreit port puisse ancre geter !
        Quant Paris ot pris dame Heleine,   *14875*
        Si li dona tote en demeine
        Ceste chambre li reis Prianz,
        Par le voleir de ses enfanz :
14955   Onques a dame n'a pucele
        Ne fu donee autresi bele   *14880*
        Ne si riche, ço dit li Livres :
        Plus valeit de cent mile livres.

14945-6 *m. à K* — 45 *I* A lueure faire et e. — 46 *L* Que; *HM¹* Souent auienent (*M¹* -gnent); *M²A A²BCEM* S. sort (*CM* sorst, *E* fort) noise (*A²* paine) e d., *J* Que ni aie point dancombrier, *I* Molt me couuenra a coitier; (*M²HMn* destorbier), *eCGLN²* encombrier — 47 (*AH*); *N²* [...] oses; *M²* commencees, *A¹M¹* comencies, *F* ancommencies; *A²* En m. choses c., *I* Car puis que chose est commenchie — 48 (*AH*); *A¹M¹* entrelessies; *I* Ne doit pas estre entrelaissie — 49 *AI* Cestui; *M²LM* doinst, *M¹* dont, *les autres* doint; *M¹* diex, *A* deux; *N²* [...] les diex a., *K* Dex me d. si c. a. — 50 (*AI*); *N²* [...] rt encre giter, *e* Que a d. p. p. ariuer, *L* Qa honor men p. g.; *M* p. antrageter, *F* an p. ariuer, *G* p. aamcrer, *puis ce v. :* Que sa ne la puit chanceler; *H* Car encor sui en haute mer (*cf. 14944*) — 51 *N* ot prisse h., *N²* ot rauie h., *I* prist a femme h.; *nI* helaine — 52 *n* an son demoine, *eN²* tot en d., *k* tote d. — 53 *M¹* le roi priant — 54 *KM¹* conseil, *L* congie; *n* a ses — 56 *N²* [...] donee si b.; *A* si tres bele, *N* mes si b.; *F* el mont done si b.; *M²BCek* Ne (*M²BC* Nen) dona lon (*M¹k* len, *E* lan, *B* on, *C* li) autre (*B* cambre) si b. — 57-8 *m. à ABIN²Rx* — 57 (*A¹DJ*); *M²C* Nausi; *K* bone; *H* dist; *A²* Ne si uaillant — 58 (*A¹H*); *J* Car b. u., *C* B. u.; *M* P. u. bien de .c. m. l., *DM¹* Dor u. bien plus .c. m. l., *A²* Or escoltez encore auant, *puis ces 2 v. :* Dector si cum il fu garnis Et cum requist ses enemis.

ADDITIONS ET CORRECTIONS

AU TOME I (COMPLÉMENT) [1]

Avant-propos :

Page 1, *l.* 7. *Il faut mentionner, en particulier, E.-G. Sandras, qui, dans son* Etude sur Chaucer considéré comme imitateur des trouvères *(Paris 1859, thèse de doctorat), a publié, d'après notre ms. E, (anc.* 7191²), *avec quelques suppressions, les passages qui se rapportent à l'épisode de Troïlus et Briseïda. La jolie scène où Briseïda offre à Diomède de lui prêter le cheval enlevé par lui à Troïlus semble lui avoir échappé — p.* x, *note, l.* 3, *fermez la parenthèse après* : rarement.

1° *Texte :*

V. 78 *lis.* l'om — 104 grezeis *est à maintenir* — 152, 1317. 4085 *et* 7015 a vis — 172. 577. 1204 *et* 2781 *lis.* E — 259 E s'orreiz — 267. 345. 539 *et* 5100 truiës — 288. 5241. 5492 *et* 6819 vertuös — 351 triuë — 380 respons — 408 *et* 1656 senz — 409 vendreit — 421 Bastart s'i aïdierent (*cf.* 2115. 8698, *etc.*) — 473 sacrefises — 488 homes — 506 Com — 512 perdi — 584 vuel — 636 qu'om — 650 *et* 1196 l'om — 685 *virg. à la fin —* 724 *lis.* Pelopene — 752 l'en — 785 Sis niés — 817 niés — 873 non — 890 Deus — 921 *effacez le point* — 937. 1538. 1582 *et* 1674 *lis.* Quar — 1009 *point à la fin* — 1036 *lis.* maistre — 1040 cez — 1135 E t. s. a — 1142 guarnement — 1262 *et* 1286 nes un — 1384 Guart — 1392 la p. — 1405 Duel e pitié (*impersonnellement*) — 1468 merveille — 1483 As huis — 1522 escouta — 1575 segrei — 1603 Qui vostre quites s. p. (*leçon de kM'R*) — 1650 a — 1670 crembras — 1698 Oteviëns — 1712

---

[1]. La plupart de ces corrections ont pour but l'uniformisation de la graphie.

tu [1] — 1742 E deaumes — 1748 guart n'i s. oblïé — 1751 afli-
cion — 1771 Endormi sei — 1791 fin — 1808 liuë — 1820
mieudre — 1889 a vis qui l'esguardot — 1903 ars — 1920 giete —
1966 aveir — 1982 Fors — 2007 Cinc — 2011 vienge — 2019
tramis — 2098 *Il faut peut-être corriger* Mal *en* Mar — 2132 fu
— 2227 siegle — 2258. 2278. 2328 *et* 4008 noz — 2320 main-
tenez — 2338 *et* 2875 damage — 2417 socorent — 2459 fait —
2461 *te* 3741 Ore — 2472 maintint — 2496 broigne — 2546 le
face — 2583. 4815 *et* 7358 resne — 2726 ja mais — 2734 ataint
— 2743 trenchiee — 2787. 2969 *et* 6468 maison — 2826 tel —
2827 chançon — 2885 chiers — 2927 avuec — 2931 les treis —
2993 clerc — 3006 espés — 3059 atainsist — 3070 *virg. après*
flors — 3111 *virg. à la fin* — 3144 *lis.* li Autors — 3155 Riche
— 3159 *virg. au lieu de deux points* — 3163 *lis.* sereit — 3222
enoier — 3278 seir — 3356 Onques ne pristrent cès ne fin (*cf.*
1181 et 2201) — 3365 bosoing — 3368 E m. — 3405 marïee —
3546 Eissiez — 3602. 3716 *et* 6365 triuë — 3603 *et* 3815 el —
3606 peines — 3634 Nes un — 3737 nes uns — 3751 ahanz — 3762
vendront — 3863 Le — 3876 Cez — 3883 grezeis — 3901 graé —
3906 *fermeƺ les guillemets à la fin* — 3982 pis — 4004 *lis.* Dehé
— 4027 graez — 4099 empeircreit — 4210 Jusqu'a — 4259 Ou —
4264 deuesse — 4310 om — 4330 espleita — 4458 *deux points à la*
fin — 4563 *lis.* bailliee *et virg. à la fin* — 4614. 4820 *et* 7091 *lis.*
liuës — 4683 vos — 4687 vis — 4701 E al — 4846 resnes — 4942
deshaitié — 4946 *et* 8253 deshait — 4967 e povre e sofraitos —
5157 *point à la fin* — 5196 *lis.* cruël — 5367 *effaceƺ la virg.* —
5368 *lis.* nes un — 5698 Autors — 5762 *et* 5763 om — 5781 Buen
— 5808 *et* 5863 victoire — 6010 asaillir — 6056 l'om — 6224
vestuz — 6238 eirre — 6258 dotoënt — 6593 (*au lieu de* 6589)
point à la fin — 6741 *et* 6824 *lis.* Dou mile — 6892 *point à la fin*
— 7274 cruëus — 7421 tracrece — 7498 *point au lieu de virgule*
— 7528 *point au lieu de deux points* — 7689 *lis.* volenteris —
7771 voz — 7779 *effaceƺ la virg.* — 8052 *fermeƺ les guillemets à*
la fin — 8053 *effaceƺ les guillemets au commencement.*

    2° *Variantes :*

    Page 28, *l.* 15, *lis. : n* Et sor eaus; — *l.* 16, *lis. : k, au lieu de :*
K *et aj. : yJ* maistre (*E* mestres) c., *n* sire et c. (*il faut sans*
doute lire : E sor l'ost p. c. — *p.* 40, *l.* 10, *lis. :* M²EK — *p.* 41,
l. 9, *aj. : A²* Que il ne lut ainc r., *I* Ki onques nen lut r. — *p.* 65,
l. 9, *virg. après* escondesist; — *l.* 15, *lis. : tous les mss., y com-*
pris M², sauoir — *p.* 70, *l. dern., aj. : n* le (le porrai m. *à* M) —
p. 84, *l.* 14, *aj. : N* cendras (*avec le sigle* = er *ou* re *sur* l'c), L
criembras — *p.* 89, *l.* 1, *lis. :* M²k affliction, *J*en afl. — *p.* 90, *l.*

2, 71 *F* Adormi soi, *e* Andormiz sest — *p.* 112, *l.* 12 (*v.* 2225), *aj.* : *M²* Oiez — *p.* 128, *l.* 11, *aj.* : *M* saidierent (*qui est p.-è. la bonne leçon; cf. 421. 2115. 8698, etc.*) — *p.* 149 *l.* 1, *aj.* : *L* od lui — *p.* 199, *l.* 17, *lis.*: *F* bien — *p.* 205, *l.* 4, *les var. du v. 4004 commencent après* escoutier — *l.* 5, *lis.*: *R, au lieu de* : *ACR* — *p.* 226, *l.* 7, *ek* De li — *p.* 242, *l.* 1, *ACELN* ni; (*D* uis), *K* uils, *etc.* (*efface₇* : *B* uis) — *l.* 2, *la var. de H appartient au v. suivant* — *p.* 273, *l.* 18, *lis.* : *M²CKRx* le c. — *p.* 305 *l.* 13, 81 (*R* Buen), *M²A²FM* Bon ; — *l.* 14, *yAJ* — *l.* 15, *aj.* : *A²* S. de uoir certains en sui — *p.* 314, *l.* 11, *lis* : (*cf. 13360,* avir *et 10498,* avire) — *p.* 319, *l.* 2, *M²* roistre, *CM* ruiste — *l.* 3, *aj.* : *R* Croistre et d. contre m. — 329, *l.* 3, *tous les mss.* vestu — *p.* 330, *l.* 2, *lis.* : *M²ACEKR* — *p.* 331, *l.* 2, (*K* riens) li — *p.* 334, *l.* 19, avreiel (*au lieu de* aureiel) — *p.* 336, *l.* 19, *JMy* Dedenz ma t. et se (*BHM* t. se) (*à* l'errata *du t. I, la* 2ᵉ correction à la p. 326, l. 19, *est à supprimer*) — *p.* 351, *l.* 16, *M²* -ee, *R* keuauchie; *K* Et bele cheualerie — *p.* 366, *l.* 9, *ferme₇ la parenthèse après* thrace — *p.* 380, *l.* 4, *lis.* : 25 (*correction*) — *p.* 388, *l.* 9, *M¹* o. r. sus e. — *p.* 410, *l.* 10, *A* marbres) g. et lees; *G* Ne soit de m., *Ln* M. — *l.* 11, (*N* ert et — *p.* 411, *l.* 1, *N* lo — *l.* 3, *H* halt, — *l.* 7, *virg. après* : *A* q. uins — *l.* 21, *aj.* : *P²* Icetui ot le cuer ml't sage — *p.* 413, *l.* 6, *efface₇* : (*L*); — *p.* 417, *l.* 14, *la note à 7784 est inutile* — *p.* 426, *l.* 5, *lis.* : *Q.* isneaus — *p.* 429, *l.* 20, *F* uoudroit — *p.* 435, *l.* 11, *R* De; *M²BCJM¹k* — *l.* 12, *virg. après* : *B* asses — *p.* 440, *l.* 26, *lis.* : *A* ui muel... *A¹* gymel — *p.* 451, *l.* 21, (*E* terop. — *p.* 454, *l.* 10, *M²HM¹P²k.*

ADDITIONS ET CORRECTIONS AU TOME II

1° *Texte* :

V. 8592, *lis.* ducus — 8698 aïdierent — 8716 cez — 8930. 10604. 11358. 12965 *et* 12992 a vis — 8996 fais — 9051 *et* 10877 *virg. à la fin* — 9150 *et* 9178 *lis.* deshaite — 9168 trueve — 9193 *efface₇ la virg.* — 9215 *lis.* Qui mout ert proz e aïdables (*cf. 421. 2115. 2537. 8698, etc.*) — 9259 troveront — 9431 treis — 9527 *et* 10196 deshait — 9586 Chascuns — 9763 *et* 9783 Quintiliëns — 9843 enoié — 9871 victoire — 9967 d'ore — 9994. 10879 *et* 11320 vertuós — 10023 *et* 10820 *point à la fin* — 10155 *lis.* desherite — 10269 deshaitiez — 10738 *et* 11639 *efface₇ la virg.* — 10931 *et* 12026 *lis.* cruëus — 11513 *et* 12542 estroé — 11514 cloé — 11649. 11694 *et* 12596 E — 11917 *virg. après* cortoise — 11993 *efface₇ la virg.* — 12134 *lis.* l'om — 12151 plenté — 12195 *virg. après* a — 12437 *lis.* dou mile *et efface₇ la virg.* — 12469 *lis.* sivent — 12550 maintient — 12600 Uns (*cf. 12397*) — 12823 vos — 12928 *virg.*

à la fin — 12931 *lis.* pareist — 13008 nes uns — 13226 socors —
13236 A nes un f. n'a nes un sen — 13474 *ouvreʒ les guillemets
au commencement* — 13767 siege — 14094 Ne me — 14180 *fermeʒ
les guillemets à la fin*— 14215 *lis.* E — 14473 *deux points à la fin.*

2° *Variantes :*

Page 8, *l.* 2, *lis.* Lespee — *p.* 11,*l.* 14, E ausne, R aime; *p.* 12,
l. 14, rest (*au lieu de* Rest) — *p.* 13, *l.* 16, (A²BDEGIJKLRy —
p. 14, *l.* 19, trop; — *p.* 17, *l.* 11-2, (MM' lun, H mains), FMais
luns; — *p.* 23, *l.* 4, M Et ml't; — *p.* 25, *l. dern.*, *virg. avant :* R
— *p.* 27, *l.* 3, *virg. après* couint — *p.* 29, *l.* 9, *lis.* : e est a.
—*p.* 30,*l.* 16,*virg. après* c. et par — *p.* 32, *l.* 7, *point et virgule
après* : (J) — *p.* 33, *l.* 6, *virg. après* tornois — *p.* 41, *l.* 20, *lis.* :
n Onques — *p.* 45, *l.* 7-8, I amont el uis, M²BCDGLMM'P
trois, A²NR — *l.* 10, M²BCDGMM'P prois (*cf.* 9556. 11342 *et*
24036), A²B²EHIJKRn pris; — *p.* 48, *l.* 3, (B²N deshaite, F
dehaite, M'k -ete. — *p.* 49, *l.* 13, (n deshaite), E -hete, A'CR -aite,
K dehaite — *p.* 51, *l.* 13, *lis.* : 15 M²R m. par; M²K iert — *p.* 53,*l.*
19, *virg. à la fin* — *p.* 57, *l.* 1, *point et virgule avant :* N noiant —
p. 59, *l.* 8, *lis.* : B² Et u — *p.* 62, *l.* 18, *effaceʒ* se *après* Granz —
p. 64, *l.* 12, *lis.* : A'N ot — *p.* 69,*l.* 9, *aj.* : M dehait — *p.* 72, *l.* 18,
aj. : L Escreua soi forment sainna — *l.* 21, *lis.* : F -eigner) — 85
(A'GL); — *l.* 22, 86(H); — *p.* 75, *l.* 12, B²M' flors — *p.* 81, *l.* 15,
p-ê. — *p.* 95, *l.* 3, 67 K Qui; (K dore), M²AJn dor; — *l.* 4, ausne
— *p.* 105, *l.* 2, *aj.* : (M² crensist) — *p.* 106, *l.* 1, *lis.* : M Quainz —
l. 2, desar.; M²LNk deserite — *p.* 108, *l.* 7, (M²BMn deshait),
EF-het, K dehait, M' dehet — *p.* 111, *l.* 12, M²JK dit — *p.* 112,
l. 3, *aj.* : M' dehaitiez — *p.* 116, *l.* 17, *lis.* : M²Fk — *p.* 120, *l.* 5,
13 GJNP² — *p.* 129, *aj. au titre* : DÉLIBÉRATION DES GRECS — *p.*
153, *l.* 22, *lis.* : B² dognon — *p.* 163, *l.* 3, 94 Kn Les genz — *p.*
178, *l.* 6, *point et virg. avant :* A² — *l.* 7, *point et virg. avant :* J
— *p.* 180, *l.* 5, *lis.* : se sunt blecie — *p.* 189, *l.* 17, M²AA'BCHIJRk
— *p.* 212, *l.* 22, M' Car du regne — *p.* 233, *l.* 16, *point et virg.
avant :* B² — *p.* 242, *l.* 19, *lis.* : M² mantient (*au lieu de* : E main-
tient) — *p.* 246, *l.* 3, M' Un, ABCDJM'k .j. — *p.* 258, *titre*,
CALCHAS — *p.* 281, *l.* 21, M²EN vils — *p.* 297, *l.* 12, si bon com
cle fait — *p.* 310, *l.* 18, E tuit — *p.* 313, *l.* 8, R Car (*au lieu de* : n
Car) — *p.* 319, *l.* 21, *point et virg. à la fin* — *p.* 325, *l.* 1, *lis.* :
13807 — *p.* 328, *aj. au titre* : HECTOR BLESSÉ AU VISAGE — *p.* 333,
l. 9, *lis.* : N -iz, A² -is — *p.* 340, *l.* 1, M²CEk; — *l.* 11, E Nel;
—*p.* 341, *l.* 6, *point et virgule après* conforbius — *p.* 344, *l.* 19,
lis. : N² a trestuit en s. froit — *p.* 252, *l.* 19, *point et virg. après* :
se li t. — *p.* 355, *l.* 25, *lis.* : sil e. qui — *p.* 356, *l.* 18, porra
deueer — *p.* 363, *l.* 17, *point et virgule après* : labat — *p.* 368, *l.*
2, *lis.* : AN mal traitible, E mal tret.

TABLE DES MATIÈRES

Publications de la Société des Anciens Textes Français
(*En vente à la librairie* Firmin-Didot et Cⁱᵉ, *56, rue
Jacob, à Paris.*)

———

Bulletin de la Société des Anciens Textes Français (années 1875 à 1905).
N'est vendu qu'aux membres de la Société au prix de 3 fr. par année, en
papier de Hollande, et de 6 fr. en papier Whatman.

Chansons françaises du xvᵉ *siècle* publiées d'après le manuscrit de la Biblio-
thèque nationale de Paris par Gaston Paris, et accompagnées de la musi-
que transcrite en notation moderne par Auguste Gevaert (1875). Epuisé.

Les plus anciens Monuments de la langue française (ixᵉ, xᵉ siècles) pu-
bliés par Gaston Paris. Album de neuf planches exécutées par la photo-
gravure (1875). . . . . 3o fr.

Brun de la Montaigne, roman d'aventure publié pour la première fois, d'a-
près le manuscrit unique de Paris, par Paul Meyer (1875) . . . . . 5 fr.

Miracles de Nostre Dame par personnages publiés d'après le manuscrit de
la Bibliothèque nationale par Gaston Paris et Ulysse Robert; texte com-
plet. t. I à VII (1876, 1877, 1878, 1879, 1880, 1881, 1883), le vol. . 10 fr.

   Le t. VIII, dû à M. François Bonnardot, comprend le vocabulaire, la
table des noms et celle des citations bibliques (1893). . . . . 15 fr.

Guillaume de Palerne publié d'après le manuscrit de la bibliothèque de l'Ar-
senal à Paris, par Henri Michelant (1876). . . . . 10 fr.

Deux Rédactions du Roman des Sept Sages de Rome publiées par Gaston
Paris (1876). . . . . 8 fr.

Aiol, chanson de geste publiée d'après le manuscrit unique de Paris par
Jacques Normand et Gaston Raynaud (1877). Epuisé sur papier ordinaire.

   L'ouvrage sur papier Whatman. . . . . 24 fr.

Le Débat des Hérauts de France et d'Angleterre, suivi de *The Debate be-
tween the Heralds of England and France,* by John Coke, édition commen-
cée par L. Pannier et achevée par Paul Meyer (1877). . . . . 10 fr.

Œuvres complètes d'Eustache Deschamps publiées d'après le manuscrit de
la Bibliothèque nationale par le marquis de Queux de Saint-Hilaire,
t. I à VI, et par Gaston Raynaud, t. VII à XI (1878, 1880, 1882, 1884,
1887, 1889, 1891, 1893, 1894, 1901, 1903), ouvrage terminé, le vol. 12 fr.

Le saint Voyage de Jherusalem du seigneur d'Anglure publié par François
Bonnardot et Auguste Longnon (1878) . . . . 10 fr.

Chronique du Mont-Saint-Michel (1343-1468) publiée avec notes et pièces
diverses par Siméon Luce, t. I et II (1879, 1883), le vol. . . . . . . 12 fr.

Elie de Saint-Gille, chanson de geste publiée avec introduction, glossaire
et index, par Gaston Raynaud, accompagnée de la rédaction norvégienne
traduite par Eugène Koelbing (1879). 8 fr.

Daurel et Beton, chanson de geste provençale publiée pour la première fois
d'après le manuscrit unique appartenant à M. F. Didot par Paul Meyer
(1880). . . . . 8 fr.

La Vie de saint Gilles, par Guillaume de Berneville, poème du xiiᵉ siècle
publié d'après le manuscrit unique de Florence par Gaston Paris et
Alphonse Bos (1881) . . . . 10 fr.

Li Abrejance de l'Ordre de Chevalerie, mise en vers de la traduction de Végèce par JEAN DE MEUN, par Jean PRIORAT de Besançon, publiée avec un glossaire par Ulysse ROBERT (1897) . . . .   10 fr.

La Chirurgie de Maître Henri de Mondeville, traduction contemporaine de l'auteur, publiée d'après le ms. unique de la Bibliothèque nationale par le Docteur A. Bos, t. I et II (1897, 1898) . . . .   20 fr.

Les Narbonnais, chanson de geste publiée pour la première fois par Hermann SUCHIER, t. I et II (1898) . . . .   20 fr.

Orson de Beauvais, chanson de geste du XIIᵉ siècle publiée d'après le manuscrit unique de Cheltenham par Gaston PARIS. (1899) . . . .   10 fr.

L'Apocalypse en français au XIIIᵉ siècle (Bibl. nat. fr. 403), p. p. par L. DELISLE et P. MEYER. Reproduction phototypique (1900) . . . .   40 fr.
  — Texte et introduction (1901) . . . .   15 fr.

Les Chansons de Gace Brulé, publiées par G. HUET (1902) . . . .   10 fr.

Le Roman de Tristan, par Thomas, poème du XIIᵉ siècle publié par Joseph BÉDIER, t. I et II (1902-1905), le vol . . . .   12 fr.

Recueil général des Sotties, publié par Ém. PICOT, t. I et II (1902, 1904), le vol . . . .   10 fr.

Robert le Diable, roman d'aventures publié par E. LÖSETH (1903) . . .   10 fr.

Le Roman de Tristan, par BÉROUL et un anonyme, poème du XIIᵉ siècle, publié par Ernest MURET (1903) . . . .   10 fr.

Maistre Pierre Pathelin hystorié, reproduction en fac-similé de l'édition imprimée vers 1500 par Marion de Malaunoy, veuve de Pierre Le Caron (1904) . . . .   6 fr.

Le Roman de Troie, par BENOIT DE SAINTE-MAURE, publié d'après tous les manuscrits connus, par L. CONSTANS, t. I et II (1904, 1906), le vol.   15 fr.

Les Vers de la Mort, par HÉLINANT, moine de Froidmont, publiés d'après tous les manuscrits connus, par Fr. WULFF et Em. WALBERG (1905) . . . .   6 fr.

Les Cent Ballades, poème du XIVᵉ siècle, publié avec deux reproductions phototypiques, par Gaston RAYNAUD (1905) . . . .   10 fr.

Le Mistère du Viel Testament, publié avec introduction, notes et glossaire, par le baron James DE ROTHSCHILD, t. I-VI (1878-1891), ouvrage terminé, le vol. . . . .   10 fr.

(Ouvrage imprimé aux frais du baron James de Rothschild et offert aux membres de la Société.)

Tous ces ouvrages sont in-8°, excepté *Les plus anciens Monuments de la langue française* et la reproduction de l'*Apocalypse*, qui sont grand in-folio.

Il a été fait de chaque ouvrage un tirage à petit nombre sur papier Whatman. Le prix des exemplaires sur ce papier est double de celui des exemplaires en papier ordinaire.

Les membres de la Société ont droit à une remise de 25 p. 100 sur tous les prix indiqués ci-dessus.

La Société des Anciens Textes français a obtenu pour ses publications le prix Archon-Despérouse, à l'Académie française, en 1882, et le prix La Grange, à l'Académie des Inscriptions et Belles-Lettres, en 1883, 1895 et 1901.

Le Puy, imp. R. Marchessou. — Peyriller, Rouchon et Gamon, successeurs.

www.ingramcontent.com/pod-product-compliance
Lightning Source LLC
Chambersburg PA
CBHW050750030726
47505CB00002B/488